ANNE MCCAFFREY

Anne McCaffrey, la grande romancière américaine,
sait bien que les Anglais, dans leur premier établissement australien – Botany Bay –, ont commencé par
débarquer des bagnards. Beaucoup d'Australiens
d'aujourd'hui ont un déporté au moins parmi leurs
ancêtres ; des gens qui n'avaient pas choisi leur destin
mais qui, après avoir recouvré la liberté, sont restés
dans cette terre nouvelle pour y finir leurs jours.

TOUS LES WEYRS
DE PERN

DU MÊME AUTEUR
CHEZ POCKET

SCIENCE-FICTION
Collection dirigée par Jacques Goimard

ANNE McCAFFREY

LA BALLADE DE PERN

TOUS LES WEYRS DE PERN

Traduit de l'américain
par Simone Hilling

POCKET

Titre original :
ALL THE WEYRS OF PERN

Si vous souhaitez recevoir régulièrement
notre zine **« Rendez-vous ailleurs »**, écrivez-nous à :

« Rendez-vous ailleurs »
Service promo Pocket
12, avenue d'Italie
75627 PARIS Cedex 13

PRESSECO

PAPIER RECYCLÉ
NATURE PROTÉGÉE

© 1991, by Anne McCaffrey.
© 1992, Pocket, département d'Univers Poche
pour la traduction française et la présente édition.
ISBN 2-266-05411-2

PROLOGUE

Le Siav sentit ses capteurs réagir à une reprise du courant émanant des panneaux solaires du toit. Le vent avait dû souffler assez fort pour entraîner la poussière et les cendres volcaniques qui les recouvraient. Au cours des derniers 2 525 ans, cela s'était produit assez souvent pour que le Siav reste fonctionnel.

Passant en revue ses principaux circuits, Siav n'y repéra aucun mauvais fonctionnement. Les instruments d'optique extérieurs étaient encore obstrués, mais, de nouveau, le Siav perçut de l'activité dans son voisinage.

Se pouvait-il que des humains fussent revenus au Terminus ?

Il n'avait pas encore fini sa mission prioritaire : découvrir un moyen de détruire l'organisme que les capitaines avaient baptisé « Fils ». Il n'avait pas reçu de données suffisantes pour terminer cette tâche, mais la priorité n'avait pas été annulée.

Les humains étant de retour, peut-être pourrait-il mener à bien cette mission.

A mesure que les panneaux étaient dégagés, le courant rechargeait ses batteries ; ils n'étaient pas dégagés au hasard, comme par le vent et les intempéries, mais avec ordre et méthode, comme suite à une activité concertée, et peu à peu, l'énergie solaire rechargeait les collecteurs inutilisés depuis si longtemps. Le Siav réagissait en distribuant le courant régénérateur dans ses systèmes, vérifiant rapidement ses circuits si longtemps en sommeil.

Siav avait été bien conçu, et, le temps que tous les senseurs extérieurs soient découverts, il était redevenu opérationnel.

Les humains étaient revenus au Terminus ! En grand nombre ! De nouveau, les humains avaient triomphé de probabilités défavorables. Siav nota dûment, grâce à ses éléments optiques ajustables, qu'ils étaient toujours accompagnés par les créatures nommées lézards de feu. Maintenant, des bruits filtraient par ses canaux audio : des voix humaines, aux accents inconnus. Dérive linguistique ? Au bout de 2 525 ans, c'était plus que vraisemblable. Siav écouta et interpréta, comparant les voyelles altérées et les consonnes inarticulées aux enregistrements de ses mémoires. Il organisa les nouveaux sons en groupes et les compara à son programme sémantique.

Une immense créature blanche entra dans son champ visuel. Descendante de la première production de la bio-ingénierie ? Siav se livra à une rapide extrapolation à partir des archives du biolab, et arriva à la conclusion inéluctable que les créatures baptisées « dragons » avaient, elles aussi, grandi et multiplié. Il chercha, mais ne trouva pas, « blanc » dans les paramètres de l'espèce créée.

Non seulement l'humanité avait survécu à 2 525 ans de Chutes de Fils, mais elle avait prospéré. L'espèce avait eu assez de ténacité pour survivre là où d'autres auraient succombé.

Si les humains avaient pu revenir du Continent Septentrional, étaient-ils aussi parvenus à détruire les organismes ? Cela serait du beau travail. Que pourrait donc faire Siav si sa mission était accomplie ?

Les humains, avec leur curiosité et leur activité insatiables, trouveraient sans doute d'autres tâches pour un Système d'Intelligence Artificielle Activé par la Voix. Ce n'était pas une espèce, Siav le savait d'après ses mémoires, à s'endormir sur ses lauriers. Bientôt, ceux qui travaillaient à déblayer les débris accumulés au cours des siècles dégageraient le bâtiment tout entier et arriveraient jusqu'à lui. Il devrait, naturellement, réagir comme l'ordonnait son programme.

Le Siav attendit.

CHAPITRE 1

Passage actuel (neuvième), dix-septième révolution

Le temps que le Siav termine son récit des neuf premières années de la colonisation de Pern, le soleil Rukbat s'était couché dans sa gloire habituelle. Mais les auditeurs du Système d'Intelligence Artificielle Activé par la Voix ne se souciaient pas du paysage extérieur.

Pendant les heures où la voix vibrante du Siav avait empli la salle et le couloir la précédant, les gens s'y étaient entassés pour entendre ce qu'il disait, se bousculant pour apercevoir les images incroyables dont Siav illustrait son récit. Ceux des Seigneurs et Maîtres d'Ateliers prévenus par lézards de feu s'entassaient à plaisir dans la salle étouffante.

Le Seigneur Jaxom de Ruatha avait demandé à Ruth, son dragon blanc, d'avertir les chefs du Weyr de Benden, qui furent ainsi les premiers à se joindre au Maître Harpiste Robinton et au Maître Forgeron Fandarel. Lessa et F'lar prirent place sur les tabourets que Jaxom et le Compagnon Harpiste Piemur leur cédèrent. Piemur fit les gros yeux à sa compagne, la Maîtresse Forgeronne Jancis, quand elle fit mine de s'asseoir, et, du geste, intima à Breide, qui regardait de la porte, d'aller chercher d'autres sièges. Quand F'nor, le Chef d'Escadrille de Benden, arriva, il s'assit par terre, et dut se dévisser le cou pour voir l'écran, mais se passionna tellement pour l'histoire qu'il oublia bien vite cet inconfort. On fit de la place aux Seigneurs Groghe de Fort, Asgenar de Lemos et Larad de

Telgar. A ce stade, Jaxom avait été progressivement refoulé jusqu'à la porte d'où, poliment mais fermement, il interdit l'entrée à quiconque.

Subtilement, le Siav augmenta son volume pour que tout le monde puisse l'entendre dans le couloir. Personne ne se plaignit de la presse et de la chaleur étouffante, mais la situation s'améliora quand quelqu'un eut la bonne idée de faire passer à la ronde de l'eau, des jus de fruits et, plus tard, des friands. Quelqu'un eut aussi l'intelligence d'ouvrir autant de fenêtres que possible, pour faire circuler de l'air frais dont bien peu parvint pourtant jusqu'à la salle du Siav.

— Le dernier message reçu du Capitaine Keroon par cette installation confirmait que le Fort de Fort était opérationnel. Ce message fut enregistré à 1 700 heures, le quatrième jour du dixième mois de la onzième année après l'Atterrissage.

Quand le Siav se tut, un profond silence tomba sur l'assistance, finalement rompu par de légers frottements : les assistants changeaient discrètement de position après une si longue immobilité. Quelques toussotements polis furent aussitôt réprimés.

Sentant qu'il lui appartenait de répondre à ces révélations historiques et inattendues, le Maître Harpiste s'éclaircit la voix.

— Nous vous sommes profondément reconnaissants de ce conte étonnant, dit Robinton avec humilité et respect.

Un murmure approbateur parcourut la salle et le couloir.

— Nous avons presque tout perdu des premiers temps de notre histoire, qui, très souvent, se réduit maintenant à des mythes et des légendes. Vous avez clarifié bien des questions qui nous intriguaient. Mais pourquoi l'histoire s'arrête-t-elle si brusquement ?

— Il n'y a pas eu d'autres entrées émanant des opérateurs autorisés.

— Pourquoi ?

— Aucune explication n'a été fournie. En l'absence d'autres instructions, cette installation a continué ses observations jusqu'au moment où les panneaux solaires ont été obstrués et le courant réduit au minimum nécessaire pour assurer sa survie.

10

— Ces panneaux sont la source de votre énergie ? demanda la voix grave de Fandarel, vibrante d'intérêt.

— Oui.

— Ces images ? Comment faites-vous ?

Dans son excitation, Fandarel oublia sa réserve habituelle.

— Vous n'avez plus d'intruments enregistreurs ?

— Non, dit Fandarel, l'air dégoûté. Entre autres merveilles que vous avez mentionnées en passant. Pouvez-vous nous enseigner ce que nous avons oublié ?

Ses yeux brillaient d'anticipation.

— Mes mémoires contiennent des données sur l'Ingéniérie et la Colonisation Planétaires, et des fichiers historiques et multiculturels considérés utiles par les Administrateurs de la Colonie.

Avant que Fandarel ait pu formuler une autre question, F'lar leva la main.

— Si vous permettez, Maître Fandarel, nous avons tous des questions à poser.

Il se retourna pour faire signe à Maître Esselin et à Breide de venir à la porte.

— Je veux qu'on fasse évacuer ce couloir, Maître Esselin. Personne ne doit entrer dans cette salle sans la permission expresse d'une des personnes actuellement présentes. Est-ce clair ?

— Oui, Chef du Weyr, parfaitement clair, dit Breide, aussi obséquieux que jamais.

— Bien sûr, Chef du Weyr, certainement, Chef du Weyr, dit Maître Esselin avec force courbettes.

— Breide, ne manquez pas de rapporter les événements d'aujourd'hui au Seigneur Toric, ajouta F'lar, sachant parfaitement que Breide le ferait même sans sa permission. Esselin, faites apporter suffisamment de paniers de brandons pour éclairer le couloir et les pièces adjacentes. Faites apporter des lits de camp ou des paillasses, et aussi des couvertures. Et à manger.

— Et à boire. N'oubliez pas le vin, F'lar, cria Robinton. Du vin de Benden, s'il vous plaît, Esselin. Deux outres. J'ai dans l'idée que ce travail pourrait donner soif, ajouta-t-il avec un grand sourire à Lessa.

— Vous ne boirez jamais deux outres, Robinton, dit sévèrement Lessa, à parler toute la nuit avec Siav. Car je

11

vois bien que c'est votre intention. Pourtant, je trouve que vous avez eu assez d'excitation pour aujourd'hui. Pour moi, c'est plus que je n'arrive à croire en un seul jour.

— Soyez sûre, Madame Lessa, que tout ce que vous avez entendu est vrai, dit Siav d'un ton conciliant.

Lessa se tourna vers l'écran qui lui avait montré tant de merveilles, des gens retournés en poussières depuis des siècles et des objets totalement inconnus.

— Je ne doute pas de vos paroles, Siav. Je doute de ma capacité à assimiler les merveilles que vous nous avez décrites et montrées.

— Soyez sûrs que vous avez fait des merveilles de votre côté, répliqua Siav, en survivant à la menace qui faillit vaincre les colons. Ces immenses et magnifiques créatures alignées sur les pentes sont-elles les descendantes des dragons créés par Madame Kitti Ping Yung ?

— Oui, c'est exact, dit Lessa, avec une fierté de propriétaire. La reine dorée, c'est Ramoth...

— Le plus grand dragon de Pern, dit le Maître Harpiste, l'œil malicieux.

— Le bronze qui se repose sans doute près d'elle, c'est Mnementh, et je suis son maître, ajouta F'lar.

— Comment savez-vous ce qu'il y a dehors ? bredouilla Fandarel.

— Les senseurs extérieurs de cette installation sont maintenant opérationnels.

— Les senseurs extérieurs...

Fandarel tomba dans un silence stupéfait.

— Et le blanc ? reprit Siav.

— C'est Ruth, dit Jaxom, et je suis son maître.

— Remarquable. Le rapport de bio-ingéniérie indiquait que les dragons devaient présenter cinq variétés, imitant le matériel génétique des lézards de feu.

— Ruth est une fantaisie de la nature, répondit Jaxom.

Il avait depuis longtemps perdu toutes ses susceptibilités concernant son dragon. Ruth avait ses qualités bien à lui.

— Et il est aussi une partie de *notre* histoire, dit Robinton d'un ton conciliant.

— Dont le récit, dit Lessa, regardant sévèrement le Harpiste, attendra jusqu'à ce que nous ayons pris du repos.

— Je réprimerai ma curiosité, Madame.

Lessa lança un regard soupçonneux à l'écran.

— Vous avez de la curiosité ? Et que veut dire ce « madame » ?

— Recueillir des informations n'est pas uniquement réservé aux humains. Madame est un titre de respect.

— Le titre de Lessa est Dame du Weyr, Siav, dit F'lar en souriant. Ou maîtresse de Ramoth.

— Et le vôtre, monsieur ?

— Chef du Weyr ou maître de Mnementh. Vous connaissez déjà le Maître Harpiste Robinton, le compagnon Harpiste Piemur, La Maîtresse Forgeronne Jancis, et le Seigneur Jaxom du Fort de Ruatha, mais permettrez-moi de vous présenter le Maître Forgeron Fandarel, le Seigneur Groghe du Fort de Fort, que nous avons toujours connu pour le plus ancien — (F'lar réprima un sourire devant la soudaine modestie de Groghe) —, mais sans savoir pourquoi, le Seigneur Larad de Telgar, et le Seigneur Asgenar de Lemos.

— Lemos ? Tiens !

Mais avant que les assistants aient pu réagir au ton surpris de Siav, il reprit :

— Cela fait plaisir de savoir que le nom de Telgar a survécu.

— Nous ne savons plus pourquoi ces noms ont été donnés, murmura Larad.

— Et nous sommes encore plus fiers de savoir que le souvenir des sacrifices de Sallah et Tarvi perdure jusqu'à ce jour.

— Siav, dit F'lar, se plantant devant l'écran, vous dites que vous cherchiez à découvrir d'où venaient les Fils et comment les exterminer. Etes-vous arrivé à une conclusion ?

— A plusieurs. Les organismes connus sous le nom de Fils sont attirés par la planète excentrique qui, à son aphélie, traverse le Nuage d'Oort ; quand elle approche de son périhélie, elle entraîne avec elle de la matière dans ce secteur de l'espace, qui se trouve peu à peu rejetée dans les cieux de Pern. A l'époque, les calculs indiquaient que cela continuerait pendant approximativement cinquante ans, après quoi la matière présente dans l'orbite de Pern serait épuisée. Les calculs indiquaient aussi que ce phénomène se reproduirait environ tous les deux cent cinquante ans, une décennie en plus ou en moins.

F'lar regarda autour de lui pour voir si tout le monde avait compris Siav.

— Sans vous offenser, Siav, nous ne comprenons pas vos explications, dit le Harpiste. Bien du temps a passé depuis que l'Amiral Benden et le Gouverneur Boll ont conduit les colons dans le nord. Nous sommes actuellement dans la dix-septième Révolution — que vous appelez année, je crois — du Neuvième Passage de l'Etoile Rouge.

— C'est noté.

— Nous avons toujours *supposé* que les Fils venaient de l'Etoile Rouge, dit F'lar.

— Ce n'est pas une étoile ; l'explication la plus raisonnable, c'est qu'il s'agit d'une planète erratique, sans doute arrachée à son système d'origine par un événement quelconque, et qui a voyagé dans l'espace jusqu'à ce qu'elle soit attirée par la force d'attraction de Rukbat qui l'a piégée dans ce système. Les organismes que vous appelez les Fils ne viennent pas de sa surface. Ils sont originaires du Nuage d'Oort.

— Et qu'est-ce que c'est au juste qu'un Nuage d'Oort ? demanda candidement Maître Fandarel.

— D'après l'astronome hollandais Jan Oort, les nuages qui portent son nom sont composés de matière orbitant un soleil très au-delà de l'orbite de sa planète la plus lointaine. Le matériel cométaire suinte du nuage jusqu'à l'intérieur du système. Dans le cas particulier de Rukbat, une partie de ce matériel est composée d'ovoïdes à coquilles dures qui, au contact de l'atmosphère, perdent leur enveloppe extérieure et tombent à la surface sous la forme de ce que vous avez appelé « Fils », organismes voraces qui dévorent les matières organiques à base de carbone.

Fandarel battit des paupières dans ses efforts pour digérer ces informations.

— C'est vous qui avez posé la question, Maître Fandarel, remarqua Piemur, l'air malicieux.

— Vos explications ne font que nous troubler, Siav. Aucun de nous n'a les connaissances pour les comprendre, dit F'lar, levant la main pour ne pas être interrompu. Mais si vous saviez, et si nos ancêtres savaient ce qu'étaient les Fils et d'où ils venaient, pourquoi ne les ont-ils pas détruits à leur source ?

— Le temps que cette installation soit arrivée à ces

conclusions, Chef du Weyr, vos ancêtres s'étaient retirés dans le Continent Septentrional et ne revinrent pas pour recevoir notre rapport.

Un silence découragé tomba sur la salle.

— Mais nous, nous sommes là, dit Robinton, se redressant sur son tabouret. Et nous pouvons recevoir votre rapport.

— Si nous pouvons le comprendre, ajouta drôlement F'lar.

— Cette installation a des programmes éducatifs qui peuvent dispenser un enseignement de base dans toutes les branches de la science. La directive primordiale donnée à cette installation par les capitaines Keroon et Tillek, aussi bien que par l'Amiral Benden et le Gouverneur Boll, était de rassembler des informations et de proposer une stratégie qui mettrait fin à la menace posée par ces incursions.

— Alors, il est possible de se débarrasser de la menace des Fils ? demanda F'lar, impassible, pour ne pas montrer l'espoir qu'il ressentait.

— La possibilité existe, Chef du Weyr.

— *Quoi ?*

Telle fut la réaction incrédule de tous les assistants.

— La possibilité existe, Chef du Weyr. Mais elle exigera de vous, et sans doute de toute la population, des efforts extraordinaires. D'abord, vous devrez être capables de comprendre le langage scientifique et apprendre à travailler avec une technologie avancée. De plus, il faudra accéder aux mémoires principales du *Yolohama* pour ajouter des données utiles sur les positions des astéroïdes. Puis des actions pourraient être engagées qui résulteraient peut-être dans la cessation de ces incursions.

— La possibilité ? Peut-être résulter ? Mais la possibilité existe ?

F'lar s'avança et posa une main de chaque côté de l'écran.

— Je ferais n'importe quoi — *n'importe quoi* — pour débarrasser Pern des Fils.

— Si vous êtes prêts à réapprendre les connaissances perdues et à les perfectionner, la possibilité existe effectivement.

— Et vous nous *aideriez ?*

— La fin de ces incursions demeure la priorité essentielle de cette installation.

— Et la nôtre, donc ! répliqua F'lar, à qui F'nor fit écho avec ferveur.

Les Seigneurs se consultèrent rapidement du regard, partagés entre la surprise et l'espoir. F'lar leur avait promis la destruction de tous les Fils dix-neuf Révolutions plus tôt, quand il était devenu le chef de l'unique Weyr subsistant sur Pern. Les quelques braves escadrilles de Benden étaient le seul obstacle opposé aux Fils, et pouvaient seules éviter à la population de régresser à l'état de chasseurs-cueilleurs par la reprise totalement inattendue des Chutes de Fils après un Intervalle de quatre cents Révolutions. En cette extrémité, les Seigneurs avaient promis de soutenir toutes ses mesures d'urgence. Constamment aux prises avec les difficultés du Passage, ils avaient oublié cette promesse. Mais tous trois comprirent rapidement les avantages qu'*ils* pouvaient en tirer, ainsi débarrassés de leurs antiques responsabilités — tout en voyant quels désavantages cela présentait pour les chevaliers-dragons. Jaxom, qui était à la fois Seigneur et chevalier-dragon, regarda F'lar avec consternation. Pourtant, aucun doute que le Chef du Weyr de Benden pensât exactement ce qu'il disait — à savoir qu'il ferait n'importe quoi pour débarrasser Pern des Fils.

— Alors, il y a beaucoup à faire, dit Siav d'un ton affairé.

Un peu, pensa Robinton, comme si la machine était soulagée d'avoir quelque chose à faire après un si long repos.

— Vos Archives, Maîtres Robinton et Fandarel, seraient extrêmement précieuses pour évaluer votre histoire et votre potentiel, et les connaissances scientifiques que vous possédez actuellement. Et un synopsis de votre histoire nous aiderait dans l'établissement des programmes éducatifs exigés pour atteindre votre but.

— L'Atelier des Harpistes a toujours soigneusement enregistré tous les faits, dit Robinton, mais nos plus anciennes Archives sont devenues illisibles au cours des centaines de Révolutions passées. Je crois que vous tireriez des informations adéquates des Archives des vingt Révolutions de ce Passage. Jaxom, pourriez-vous aller les chercher avec Ruth ?

Le jeune Seigneur se leva immédiatement.

— Et pourriez-vous aussi ramener Sebell et Menolly ?

ajouta Robinton jetant un coup d'œil à F'lar qui acquiesça de la tête.

— Il manque tellement de mots et d'explications dans les Archives de mon Atelier, commença Fandarel, tordant ses immenses mains avec une nervosité qui ne lui était pas habituelle. Peut-être même sur ce Nuage d'Oort. En général, ce qui manque, c'est justement ce que nous ne pouvons pas deviner par le contexte. Si vous pouviez remplacer les mots illisibles ou manquants, vous nous apporteriez une aide inappréciable pour notre perfectionnement.

Il allait continuer quand il sentit la main de Robinton sur son épaule et se tut. Tous entendirent Maître Esselin se ruer dans le couloir, disant à ses aides de donner à Piemur et Jancis les provisions, les coupes et les outres qu'ils apportaient. D'un geste péremptoire, il dirigea les porteurs de paillasses et de couvertures sur les petites pièces adjacentes. Sur un signe de F'lar, il remonta le couloir, hors de portée des oreilles indiscrètes.

— Un instant, mon ami, dit Robinton, voyant Fandarel sur le point de reprendre sa requête. Siav, vous avez sans doute toutes les informations que les colons considéraient comme utiles, mais je ne crois pas que nous devions les dispenser à la légère.

— Exactement ce que j'allais dire, ajouta F'lar.

— La discrétion fait partie intégrante de ce modèle de Siav, Maître Harpiste, Chef du Weyr. Il faudra décider entre vous qui aura accès à cette installation, et de quelles façons exactement elle pourra vous être utile.

Le Maître Harpiste grogna, portant ses deux mains à sa tête, et fut immédiatement entouré par Lessa, Piemur et Jaxom.

— Je vais bien, je vais bien, dit-il avec irritation, les écartant de la main. Avez-vous tous réalisé ce que cette source de connaissance peut signifier pour nous ? Je viens seulement de comprendre à quel point cette découverte peut changer nos vies.

— J'ai eu du mal à le réaliser moi-même, dit F'lar avec un grand sourire. Si ce Siav sait quelque chose qui peut nous aider sur les Fils et l'Etoile Rouge...

F'lar se tut, n'osant exprimer tout haut son espoir. Puis il eut un sourire ironique et leva la main.

— D'abord, je crois qu'il est extrêmement important

de décider qui devra avoir accès à cette salle. Comme vous l'avez fait remarquer, Robinton, Siav ne peut pas être accessible à tous.

— Absolument, dit Maître Robinton, buvant une longue rasade. Absolument. Etant donné la foule présente dans le couloir, il est impossible de cacher la découverte de Siav, et je crois qu'il ne le faut pas. Pourtant, tout le monde ne peut pas entrer ici et monopoliser cette...

— Installation, intervint Piemur, l'air sincèrement pensif. Quand la nouvelle se répandra, tout le monde voudra venir parler à Siav, juste pour s'en vanter, parce que les gens ne saisiront pas bien son importance.

— Pour une fois, je suis d'accord avec vous, Piemur, dit Lessa.

Elle regarda autour d'elle.

— Je crois qu'il y a assez de personnes dans cette salle ayant vraiment besoin de parler avec Siav et assez de bon sens et de courtoisie pour savoir quand s'arrêter.

Elle s'interrompit pour lancer un regard sévère à Maître Robinton, qui lui répondit d'un sourire suave.

— Nous sommes certainement très représentatifs de la planète — Chefs de Weyr, Maîtres d'Ateliers et Seigneurs — de sorte que personne ne pourra dire que Siav est monopolisé par un groupe. Mais pensez-vous que nous soyons encore trop nombreux, Siav ?

— Non.

Pour une raison quelconque, le Maître Harpiste sourit de cette facile acceptation.

— L'autorité peut être étendue ou restreinte selon les nécessités. Pour récapituler, l'accès à cette installation est permis à...

Tous les assistants furent nommés chacun à leur tour d'une belle voix de baryton.

— Et à Jaxom, ajouta vivement Piemur, puisque Jaxom était parti chercher les Archives de Robinton et que quelqu'un devait parler au nom du troisième découvreur de Siav.

— Et le Seigneur Jaxom du Fort de Ruatha, corrigea Siav. Est-ce correct ? Très bien. Les empreintes vocales nécessaires ont été enregistrées, y compris celle du Seigneur Jaxom, et cette installation ne répondra à aucun autre, ou en présence d'un autre, jusqu'à nouvel ordre.

— Pour plus de précaution, ajouta Maître Robinton, la présence en cette salle d'un Chef de Weyr, d'un Maître et d'un Seigneur sera nécessaire pour modifier cette liste.

Il regarda les autres, pour voir si cette précaution était acceptable.

Au même instant, Esselin arriva en courant pour demander s'il y avait d'autres ordres pour la nuit.

— Oui, Esselin, désignez vos hommes les plus responsables et les moins curieux pour garder l'entrée du bâtiment. Seul le Seigneur Jaxom et ceux qui l'accompagnent sont autorisés à y entrer ce soir.

Le temps qu'Esselin ait assuré F'lar de sa totale coopération, une discussion tendue s'était installée entre Fandarel et Larad pour savoir quels Ateliers auraient la priorité pour les enseignements de Siav.

— Si je peux faire une suggestion, intervint Siav, faisant sursauter tout le monde, il est relativement simple de développer cette installation pour faire face à tous les besoins.

Le silence se prolongeant, Siav ajouta d'un ton plus doux, presque comme s'il s'excusait :

— Enfin, pourvu que le contenu des Grottes de Catherine soit toujours intact.

— Vous parlez des grottes situées au sud des pistes ? demanda Piemur.

— Ce doit être ça.

A la stupéfaction des assistants, des images de divers objets parurent sur l'écran.

— Et voilà les objets nécessaires à l'établissement de stations supplémentaires.

— Tes panneaux de perles, Piemur, dit Jancis, le tirant par la manche d'une main, et lui montrant l'écran de l'autre.

— Tu as raison, dit-il. Qu'est-ce que c'est, Siav ? Il y en a des caisses et des caisses, et de tas de sortes différentes.

— Ce sont des microprocesseurs.

Les auditeurs eurent l'impression que le ton mesuré de Siav trahissait quelque excitation.

— Y avait-il aussi quelques-uns de ces objets ?

Et Siav leur montra des boîtes avec des écrans qui étaient des répliques identiques à celui qu'ils avaient devant les yeux, accompagnés de rectangles que Siav nomma claviers.

— Oui, dit Maître Robinton, étonné. Je ne voyais pas ce qu'ils pouvaient être, enveloppés dans ce film épais.

— S'il y a suffisamment de pièces en état de marche, toutes discussions pour l'accès à cette installation seront inutiles. Ces pièces sont les vestiges des processeurs ordinaires. Toutes les autres unités activées par la voix ont été empaquetées pour transport dans le nord, et, semble-t-il, perdues. Mais ces modèles élémentaires conviendront admirablement à nos besoins actuels. Avec suffisamment de courant, douze postes pourront être équipés sans affecter le temps de réponse.

Une fois de plus, l'auditoire se replia dans un silence ahuri.

— Est-ce que je vous comprends correctement ? commença Fandarel après s'être éclairci la gorge. Vous pouvez vous diviser vous-même en douze parties ?

— C'est exact.

— Comment est-ce possible ? demanda Fandarel, ouvrant les bras pour manifester son incrédulité.

— Maître Fandarel, vous ne vous limitez certainement pas à un foyer, ou une forge et une enclume, un marteau et un feu ?

— Bien sûr que non, mais j'ai beaucoup d'hommes...

— Cette installation n'est pas un unique foyer, feu ou marteau, mais plusieurs, et chacun travaille aussi diligemment que les autres.

— je trouve ça très difficile à comprendre, avoua Fandarel, branlant du chef en grattant sa calvitie.

— Devant vous, Maître Forgeron, se trouve une machine qui peut être segmentée, et chacune de ses parties peut fonctionner en tant qu'outil indépendant.

— Je ne comprends absolument pas comment vous pouvez faire, Siav, mais si c'est possible, cela réglera certainement le problème des priorités, dit Maître Fandarel, souriant de toutes ses dents. Oh, toutes les questions des paradoxes passés auxquelles cette merveilleuse créature va pouvoir répondre !

Il but une bonne rasade de vin.

— La création de ces outils indépendants, reprit Siav, constituera en soi la première des nombreuses leçons qui devront être apprises avant que vous soyez prêts à vous attaquer à votre objectif essentiel, l'annihilation des Fils.

— Alors, commençons tout de suite, dit F'lar, se frottant les mains, se reprenant à espérer pour la première fois après ces dernières Révolutions épuisantes.

— Il n'y a pas assez de place ici pour qu'une douzaine d'entre nous parlent avec une douzaine de vous, Siav, dit Larad de Telgar, avec bon sens.

— Il y a d'autres pièces dans ce bâtiment. En fait, il serait sage d'établir des bureaux séparés, et peut-être une salle où de nombreuses personnes pourraient observer et s'instruire. Il faut commencer par le commencement, dit Siav.

Et soudain, des feuilles se mirent à sortir d'une fente sur un côté de l'écran.

— Ce sont les articles dont nous aurons besoin au matin, les outils nécessaires à la construction des postes supplémentaires, et un diagramme montrant comment transformer le bâtiment pour les accueillir.

Etant le plus proche, Piemur rassemblait les feuilles à la sortie de la fente. Jancis vint l'aider.

— Il faudra bientôt du matériel pour l'imprimante. Des rouleaux devraient être entreposés dans les Grottes de Catherine avec les autres fournitures. Le papier serait un substitut acceptable.

— Du papier ? s'exclama Larad. Du papier à base de pâte de bois ?

— S'il n'y a rien d'autre, cela fera l'affaire.

— On dirait, Asgenar, gloussa F'lar, que l'invention de Maître Bendarek n'arrive pas une Révolution trop tôt.

— Vous avez perdu la technique permettant d'extraire du plastique des silicates ? demanda Siav.

Maître Robinton crut percevoir une nuance d'étonnement dans le ton.

— Des silicates ? demanda Maître Fandarel.

— Ce n'est qu'une des nombreuses connaissances que nous avons perdues, dit Robinton avec tristesse. Mais nous serons des élèves appliqués.

Le torrent de feuilles se tarit, et, comme Piemur et Jancis les triaient, ils réalisèrent qu'il y avait six exemplaires de chaque page. Quand ils les eurent rassemblées, ils regardèrent les autres, en attente.

— Pas ce soir, dit fermement Lessa. Vous vous casseriez le cou à descendre de nuit dans ces grottes. Nous avons attendu jusqu'à maintenant, nous pouvons bien attendre jusqu'à demain matin. Et je crois que nous devrions tous nous trouver un lit pour la nuit, ou retourner d'où nous venons.

— Ma chère Dame du Weyr, dit Robinton en se redressant, rien, absolument rien, y compris vos pires menaces, ne pourrait m'empêcher...

Soudain, il sembla s'affaisser sur lui-même. Piemur rattrapa sa coupe au vol, et soutint son maître, avec un sourire suffisant.

— Sauf, bien sûr, ce jus de fellis que j'ai versé dans sa dernière coupe de vin, dit-il en guise d'explication. Bon, mettons-le au lit.

F'lar et Larad s'avancèrent immédiatement, mais Fandarel leva son immense main. Prenant le Harpiste dans ses bras, il fit signe à Jancis de lui montrer où étendre le grand corps de Robinton.

— Piemur, vous n'avez pas changé ! s'écria Lessa, feignant une colère qui se transforma bientôt en sourire.

Puis, parce qu'elle se demandait ce que la machine allait penser de ce qu'elle avait vu, elle ajouta :

— Siav, Maître Robinton se laisse souvent emporter par son enthousiasme à en faire plus qu'il ne devrait.

— Cette installation est capable de monitorer le stress physique, dit Siav. Il émanait une grande excitation du Maître Harpiste, mais rien d'inquiétant.

— Vous êtes aussi guérisseur ? s'exclama F'lar.

— Non, Chef du Weyr, mais cette installation est équipée pour monitorer les organes vitaux des personnes présentes dans la salle. Pourtant, les informations médicales renfermées dans mes fichiers étaient à jour des dernières recherches à l'époque où l'expédition s'est envolée vers ce système. Vos médecins voudront peut-être les utiliser.

— Maître Oldive doit venir ici aussi vite que possible, dit F'lar.

— La moitié de la planète doit venir ici aussi vite que possible, dit Lessa, acide. Je doute que douze Siav suffisent ne serait-ce qu'à la moitié des besoins, ajouta-t-elle avec un soupir.

— Alors, il faut nous organiser, dit Maître Fandarel en rentrant. Il faut contenir notre excitation et diriger nos énergies de la façon la plus efficace...

Quelques gloussements saluèrent le mot préféré du Maître Forgeron.

— Riez toujours, mais vous savez que c'est raisonnable et économique de travailler efficacement, et ce soir, chacun se disperse dans plusieurs directions. Il est normal d'être stimulés par ce cadeau soudain de nos ancêtres, mais il ne faut rien faire à la hâte. Maintenant, je vais rentrer à mon Atelier de Telgar, si F'nor et Canth ont la bonté de m'y transporter. Il faut que je m'organise, que j'enrôle les services de ceux qui pourront nous aider à explorer les grottes pour trouver les matériaux requis, et que je trouve des gens capables de comprendre les diagrammes que Siav nous a donnés. Mais demain, ce ne sera pas trop tard, F'nor ?

Et, haussant les sourcils à l'adresse du chevalier-brun, Fandarel salua de la tête, s'inclina courtoisement devant l'écran et s'en alla.

— Un instant, F'nor, dit Larad, car je dois aussi retourner à Telgar. Asgenar, vous venez avec nous ?

Asgenar regarda autour de lui et sourit à regret.

— Je crois qu'il vaut mieux partir maintenant. Mon esprit bouillonne de questions à poser à Siav, mais je ne suis pas en état d'en formuler une seule convenablement. Je reviendrai demain matin avec Bendarek.

Le Seigneur Groghe, qui avait peu parlé mais semblait avoir beaucoup réfléchi, demanda à N'ton de le ramener au Fort de Fort.

— Jancis et moi, nous resterons ici au cas où Maître Robinton se réveillerait, dit Piemur à Lessa et F'lar.

Puis il ajouta, avec son sourire malicieux :

— Et moi non plus, je ne poserai pas mes huit mille cinq cent trente-deux questions d'une seule haleine.

— Alors, nous allons tous vous dire bonsoir, Siav, dit F'lar, se tournant vers l'écran éteint.

— Bonsoir.

Les lumières de la salle s'éteignirent progressivement. Une lumière verte continua à pulser en bas et à gauche de l'écran.

Deux heures plus tard, Jaxom et Ruth revinrent avec les deux Maîtres Harpistes Sebell et Menolly. Le dragon blanc était tout festonné de sacs. En buvant force klah,

Piemur était parvenu à rester éveillé, tandis que Jancis faisait un somme.

— Demain matin, l'un de nous deux doit être en forme pour organiser les gens, avait-elle dit au jeune compagnon Harpiste. Et je m'y entends mieux que toi, mon chéri.

Elle l'avait embrassé pour adoucir le commentaire.

Piemur n'avait pas discuté ; et, s'amusant à lui donner un baiser paternel, il l'avait installée sur une paillasse dans la pièce voisine de celle de Robinton.

Bien qu'ayant plaisanté en promettant de ne pas poser de questions, il retourna dans la salle du Siav, mais se trouva incapable d'en formuler une seule d'intelligente. Il s'assit donc en silence dans la pénombre de la salle, un gobelet à la main et le pichet près de lui.

— Siav ? commença-t-il, timidement.

— Oui, Compagnon Piemur ?

La salle s'éclaira suffisamment pour qu'il puisse voir clairement.

— Comment faites-vous ça ? demanda Piemur, sidéré.

— Les panneaux que vous avez dégagés hier, vous et la Maîtresse Jancis, sont capables de tirer de l'énergie du soleil : cela s'appelle l'énergie solaire. Quand tous les panneaux sont exposés, une heure de plein ensoleillement suffit à faire fonctionner cette unité pendant douze heures.

— A partir de maintenant, vous n'aurez pas un fonctionnement ordinaire, remarqua Piemur.

— Une question : vous utilisez apparemment un organisme luminescent pour vous éclairer, mais n'avez-vous pas un genre quelconque de générateur d'énergie, du courant hydroélectrique, peut-être ?

— Hydroélectrique ?

L'oreille musicale de Piemur lui permit de répéter correctement ce mot inconnu.

— Il s'agit de la production de courant électrique à partir de la force de l'eau en mouvement.

— Maître Fandarel utilise des roues à eau à son Atelier de Telgar pour actionner les gros marteaux et les soufflets de forge, mais « électrique », c'est un mot que je ne connais pas. Sauf si c'est ce que fait Fandarel avec ses bassines d'acide.

— Des bassines d'acide ? Des batteries ?

Piemur haussa les épaules.

— Je ne sais pas comment il appelle ça. Je suis Harpiste. Mais pour ce qui est de cet « électrique », si c'est efficace, Maître Fandarel va adorer.

— L'appareil de Maître Fandarel ressemblerait-il à cette structure ?

L'écran s'alluma soudain et projeta l'image d'une roue à eau.

— C'est bien ça. Comment le saviez-vous ?

— C'est l'application primitive la plus fréquente. Avez-vous exploré le site du Terminus, Compagnon Piemur ?

— Ce n'est pas la peine de me donner tout le temps mon titre, Siav. Piemur, c'est suffisant.

— Ce ne serait pas interprété comme irrespectueux ?

— Pas de ma part, Siav. Certains Seigneurs sont un peu pointilleux sur la question, mais pas Jaxom, ni Larad ni Asgenar. Lessa peut se montrer susceptible, mais pas F'lar, ni F'nor, ni N'ton. Et oui, j'ai exploré le Terminus. Qu'est-ce que je dois chercher ?

L'écran projeta un mécanisme complexe, installé au bas d'un torrent.

— Il n'y a rien comme ça pour le moment, dit Piemur, branlant du chef.

— Puisque Maître Fandarel utilise déjà les roues à eau, une nouvelle centrale pourrait être créée, pour que cette installation ne dépende plus uniquement des panneaux solaires, qui ne suffiront pas aux nouveaux besoins envisagés.

— Il n'y a pas d'autres panneaux entreposés dans les grottes ?

— Non.

— Comment en êtes-vous si sûr ?

Picmur trouvait ce ton didactique irritant. Ce serait vraiment injuste que ce... cette intelligence ait toujours raison.

— Je possède la liste des articles entreposés dans les Grottes de Catherine, et elle ne fait pas état de panneaux de secours.

— Ce doit être agréable de tout savoir.

— La précision est exigée d'un système Siav — et une très grande banque de données, que vous appelleriez « connaissances ». Il ne faut pas croire que ces banques peuvent contenir « tout ». Mais suffisamment pour réaliser les priorités de la programmation.

— Un Harpiste aussi doit être précis, dit Piemur, acide.

Piemur avait toujours pu trouver un côté humoristique chez Maître Fandarel et sa recherche de l'efficacité. Il n'était pas sûr d'avoir autant de tolérance pour l'assurance de Siav.

— Harpiste — c'est quelqu'un qui joue de la harpe, d'un instrument ? s'enquit Siav.

— Ça aussi, répondit Piemur, dont l'humeur malicieuse se trouva stimulée en réalisant que Siav ne savait pas grand-chose du Pern actuel. Toutefois, la fonction principale de l'Atelier des Harpistes est d'enseigner, de communiquer, et, au besoin, d'arbitrer.

— Pas de divertir ?

— Ça aussi — c'est un bon moyen d'enseigner — et beaucoup d'entre nous ne font que ça, mais les plus doués ont de multiples fonctions. Il serait présomptueux de ma part d'usurper le droit de Maître Robinton de vous éclairer sur ce point. Bien qu'en fait, il ne soit plus le Maître Harpiste de Pern. C'est Sebell qui l'est, parce que Maître Robinton a failli mourir d'un arrêt du cœur et a pris sa retraite. Mais il n'est pas vraiment à la retraite, bien qu'il habite au Fort de la Baie, à cause de tout ce qui s'est passé depuis que Jaxom a découvert le Terminus et la Prairie du Vaisseau, puis les grottes.

Piemur s'interrompit, réalisant qu'il mélangeait tout. C'était bien de lui d'essayer d'impressionner Siav par ses connaissances ; mais il ressentait surtout le besoin intense d'affirmer ses valeurs en présence de cette intelligence supérieure.

— Sebell, qui est actuellement Maître Harpiste de Pern, va bientôt arriver avec les Archives, reprit-il. Et Menolly. Ils vous paraîtront peut-être jeunes, mais ce sont les deux personnes les plus importantes de l'Atelier des Harpistes.

Il ajouta avec déférence :

— Mais vous devez savoir que Maître Robinton est l'homme le plus honoré et respecté de Pern. Les dragons l'ont empêché de mourir. C'est vous dire son importance.

— Les dragons ont donc été une expérience réussie ? demanda Siav.

— Une expérience ? s'écria Piemur, indigné.

Mais bientôt, son indignation fit place à un gloussement malicieux.

— A votre place, je ne qualifierais pas les dragons d'« expériences » en présence des Chefs du Weyr.

— Le conseil est apprécié.

Piemur lorgna l'écran, incrédule.

— Vous le pensez, non ?

— Oui. La culture et les sociétés de la Pern actuelle ont beaucoup évolué et se sont considérablement éloignées de ce qu'elles étaient aux premiers jours de la colonie. Il est du devoir de cette installation d'apprendre le nouveau protocole et d'éviter les offenses inutiles. Ainsi donc, l'importance des dragons dépasse maintenant de beaucoup leur rôle initial dans la défense aérienne de la planète ?

— Ce sont les créatures les plus importantes de notre monde. Sans eux, nous ne pourrions pas survivre, dit Piemur, d'une voix vibrante de fierté et de reconnaissance.

— Sans vouloir vous offenser, est-il acceptable de conserver le mutant ?

— Ruth, vous voulez dire ? Lui et Jaxom constituent des exceptions — à des tas de règles. Il est Seigneur, et n'aurait jamais dû conférer l'Empreinte à un dragon. Mais il l'a fait, et parce que tout le monde croyait que Ruth ne survivrait pas longtemps, on lui a permis de l'élever.

— C'est contradictoire.

— Je sais, mais Ruth est spécial. Il sait toujours *quand* il est dans le temps.

La pause subséquente fit beaucoup pour soulager le sentiment d'infériorité de Piemur. Il avait cloué le bec au Siav.

— Votre remarque n'est pas claire.

— Vous saviez que les dragons peuvent se déplacer instantanément entre un lieu et un autre ?

— C'était une capacité de base des lézards de feu, dont le matériel génétique a servi à la création des dragons. C'est une faculté similaire à la téléportation que l'on trouve chez diverses espèces de plusieurs autres planètes.

— Eh bien, les dragons peuvent aussi se déplacer entre un temps et un autre. Lessa l'a fait, et Jaxom aussi.

Piemur sourit, étant l'une des rares personnes à savoir exactement quand et pourquoi Jaxom s'était déplacé entre un temps et un autre.

— Mais c'est une faculté très dangereuse et sérieusement découragée. Très peu de dragons ont le même sens de l'espace et du temps que Ruth. C'est pourquoi, si un chevalier-dragon remonte le temps sans la permission expresse de son Chef de Weyr, il se fait royalement engueuler — enfin, s'il en revient.

— Auriez-vous la bonté de m'expliquer en quelles circonstances ces déplacements dans le temps sont permis ?

Piemur regrettait déjà d'avoir mentionné la petite excursion de Jaxom. Il aurait dû s'en tenir à l'aventure de Lessa, qui faisait déjà partie de l'histoire. Il passa donc à un sujet moins délicat et raconta en détail son héroïque vol temporel avec Ramoth, et son retour du passé dans le présent avec les cinq Weyrs perdus de Pern pour sauver ceux du Passage Actuel d'une annihilation certaine. Tout en parlant, il se disait qu'il racontait avec un brio considérable. Siav le laissa terminer sans faire aucun commentaire, mais Piemur sentait que son étrange auditoire entendait — et enregistrait — toutes ses paroles.

— C'est un exploit spectaculairement brave et audacieux, une véritable épopée malgré les risques considérables qu'elle courait avec sa reine Ramoth. Mais les résultats on clairement justifié ce voyage, déclara Siav.

Piemur ne s'attendait pas à de tels compliments. Il sourit, satisfait d'être parvenu à impressionner la machine.

— Vous avez dit que le Long Intervalle avait causé le déclin de l'autorité des Weyrs et de leur importance dans votre société, dit Siav. Savez-vous combien de fois le cycle a été semblablement altéré ?

— Le cycle ?

— Oui. Combien de fois l'orbite de ce que vous appelez l'Etoile Rouge a-t-elle manqué à faire pleuvoir les Fils sur Pern ?

— Oh, combien de Longs Intervalles, vous voulez dire ? Il y en a eu deux attestés par les Archives. On nous disait que de longs intervalles pouvaient se produire, mais je ne sais pas qui le savait. C'est pourquoi tant de gens étaient persuadés, jusqu'à la première Chute de ce Passage, que les Fils avaient disparu à jamais.

Quittant sa place favorite autour du cou de Piemur, son lézard de feu se redressa et émit un pépiement.

— Mes senseurs m'avertissent que la boule posée sur votre épaule est une créature vivante.

— Oh, ce n'est que Farli, ma reine lézard de feu.

— Les créatures sont restées en contact avec vous ?

— Oui et non.

Piemur ne pensait pas avoir le temps de raconter à Siav toute l'histoire récente des lézards de feu.

— Elle me dit que Jaxom et Ruth viennent d'arriver avec les Archives. Et aussi avec Sebell et Menolly.

Piemur se leva, vidant son gobelet de klah.

— Maintenant, vous allez savoir tout ce qui est arrivé pendant ce Passage. Qui n'a pas été monotone, mais vous — c'est le bouquet.

Piemur entendait des voix dans le couloir et se dirigea vers l'entrée au cas où les gardes auraient fait des difficultés. Mais il n'avait pas fait trois pas qu'il rencontra Jaxom, Sebell et Menolly, courbés sous le poids des sacs d'Archives.

— Où est Maître Robinton ? demanda Menolly, son beau visage reflétant l'inquiétude qu'elle ressentait perpétuellement pour son mentor.

— Dans cette pièce, Menolly, dit Piemur, lui montrant la porte. Comme si nous allions prendre des risques !

Menolly lui jeta son sac et entra dans la pièce pour se rassurer, sous le sourire indulgent de Piemur.

— Et on t'a laissé Siav pour toi tout seul ? demanda Jaxom à voix basse. Tu as déjà appris tous les secrets de l'univers ?

— C'est plutôt moi qui ai répondu à ses questions, grogna Piemur. Mais c'était très intéressant quand même. Et je lui ai donné quelques tuyaux. Ce qui est la fonction d'un Harpiste, termina-t-il en souriant.

Sebell, qui paraissait plus bronzé que jamais dans la pénombre du couloir, lui adressa ce sourire pensif qui ajoutait un charme considérable à son beau visage.

— D'après Jaxom, ce Siav est un conteur à faire rougir de honte les meilleurs d'entre nous, sachant tout ce que nous avons été et tout ce que nous pouvons devenir.

— Je soupçonne que Siav peut créer plus de problèmes qu'il n'en résoudra, dit Piemur, mais je peux te garantir que ce sera excitant.

Il aida Jaxom à sortir les Archives des sacs.

— Siav s'intéresse aussi à toi et à Ruth.

— Qu'est-ce que tu lui as dit ? demanda Jaxom, du ton qu'à part lui, Piemur avait baptisé son « ton de Seigneur ».

— Moi ? Rien de répréhensible, je t'assure, le rassura vivement Piemur.

Parfois, Jaxom se montrait encore ombrageux en tout ce qui touchait Ruth.

— J'ai passé presque tout mon temps à lui raconter le voyage de Lessa, qu'il a qualifié de véritable épopée, dit-il avec un grand sourire.

Pendant que Piemur parlait, Sebell observait la salle et son étrange ameublement. Sebell agissait rarement à la hâte comme Piemur.

— Et ce Siav s'est conservé depuis nos premiers jours sur Pern ?

Sebell siffla doucement entre ses dents, tapota un panneau de verre et embrassa la salle du regard.

— Où entrepose-t-il ses archives ? Jaxom dit qu'il montre des images étonnantes de notre passé, aussi.

— Siav, répondez, suggéra Piemur avec malice, désirant voir comment Sebell — et Menolly qui entrait au même instant — réagiraient à la machine.

— Siav ? insista-t-il. Je vous présente Sebell, Maître Harpiste de Pern et successeur de Maître Robinton, et Maîtresse Menolly, qui compose la meilleure musique de la planète.

Devant le mutisme de Siav, Piemur sentit son irritation augmenter.

— Ils vous ont apporté les Archives que vous avez demandées.

Siav resta muet.

— Peut-être qu'il a utilisé tout le courant des panneaux solaires, dit-il, se forçant à garder un ton léger tout en se demandant comment Siav pouvait être forcé à parler.

Il foudroya du regard l'écran indifférent et le clignotant vert pulsant dans le coin. Cette misérable machine était éveillée, donc elle entendait.

— Je ne comprends pas, dit-il aux autres, dégoûté de ce silence. Juste avant votre arrivée, je ne pouvais pas placer un mot... Oh, zut ! s'écria-t-il se frappant le front d'un geste théâtral. Toi et Menolly, vous n'êtes pas sur sa liste.

— Sa liste ? dit Jaxom, l'air irrité.

— Oui, sa liste, dit Piemur, s'effondrant sur un tabouret en soupirant. Les gens à qui il est autorisé à parler.

Maître Robinton et les autres ont décidé de limiter le nombre de ceux qui ont accès à Siav.

— Mais j'étais là, moi, s'écria Jaxom.

— Oh, il te parlera sûrement quand Sebell et Menolly seront sortis. Mais il faut la présence d'un Chef de Weyr, d'un Seigneur et d'un Maître d'Atelier pour ajouter quelqu'un à la liste des privilégiés.

— Eh bien, je suis Seigneur de Ruatha, commença Jaxom.

— Mais Piemur n'est pas encore Maître, et il n'y a pas de Chef de Weyr, dit Menolly en riant. Siav obéit aux ordres, ce qui n'est pas toujours ton cas, Piemur.

— Oui, pourtant, ce serait le bon moment pour que Siav se mette au courant de notre histoire, pendant que tout est calme et tranquille. Et avant que Fandarel revienne le monopoliser, dit Piemur, se frictionnant le visage.

La fatigue de cette journée excitante commençait à se faire sentir.

— Mais moi, je suis bien sur la liste, non ? demanda Jaxom, acide.

— Oui — toi, moi, Jancis, Maître Robinton et tous ceux qui étaient dans la salle quand Siav s'est réveillé.

— Et il t'a parlé quand tu étais seul ? dit Jaxom. Peut-être que si Sebell et Menolly sortaient — désolé mes amis — il me parlerait, et alors, je pourrais lui communiquer les Archives.

— Nous ne sommes pas blessés, dit Menolly, regardant Sebell pour voir s'il était d'accord.

Le bon sens de Sebell et son caractère égal étaient deux des nombreuses raisons pour lesquelles elle l'aimait et le respectait.

— Il y a des paillasses libres, Piemur ; tu ne tiens plus debout. Toi et Sebell, allez dormir avec Maître Robinton, moi, je rejoindrai Jancis. Si ce Siav a attendu — combien de Révolutions as-tu dit ? Deux mille cinq cents ? — nous pouvons attendre jusqu'à demain.

— Je ne devrais pas laisser tout le travail à Jaxom... dit Piemur, quand même tenté par la position horizontale.

Son dernier gobelet de klah n'avait pas émoussé sa fatigue.

Menolly le prit par la main.

— J'irai même jusqu'à te border, comme Robse.

Elle sourit à son grognement dégoûté.

— Tu ne vaux pas mieux que Maître Robinton quand il s'agit de ta santé. Viens, tu as besoin de dormir. Toi aussi, Sebell. Demain — non, c'est déjà aujourd'hui ici, non ? — enfin, je suppose que tout le monde va s'agiter comme des wherries sans tête. Donc, c'est à nous qu'il appartiendra de garder notre tête sur les épaules.

Quand les portes se furent refermées sur eux, Jaxom se tourna vers Siav.

— Je suis seul maintenant, Siav.

— C'est évident.

— Ainsi, vous obéissez aux ordres, n'est-ce pas ?

— C'est ma fonction.

— Très bien. Et c'est la mienne de vous communiquer les Archives de notre histoire, selon le désir de Maître Robinton.

— Placez les feuilles sur la plaque éclairée, écriture en dessous, je vous prie.

Soigneusement, conscient que Maître Arnor, l'archiviste en chef de l'Atelier des Harpistes, se ferait des jarretelles de ses tripes s'il abîmait une seule de ces précieuses pages, Jaxom ouvrit le premier volume, Passage Actuel Un, et le posa sur le panneau lumineux.

— Suivante !

— Quoi ? J'ai à peine eu le temps de la poser, s'écria Jaxom.

— Le balayage est instantané, Seigneur Jaxom.

— La nuit sera longue, remarqua Jaxom, ouvrant docilement le volume à la page suivante.

— Le Compagnon Piemur dit que votre dragon blanc est un animal exceptionnel, doué de qualités rares.

— Cela le dédommage d'être petit, blanc et indifférent au sexé.

Jaxom se demanda ce que Piemur avait pu dire de Ruth, tout en sachant que le compagnon leur était dévoué corps et âme, à lui et au dragon blanc.

— Le compagnon a-t-il dit vrai en affirmant que Ruth sait toujours *quand* il est et qu'il a voyagé dans le temps ?

— Tous les dragons peuvent voyager dans le temps, au moins dans le passé, dit Jaxom, un peu distraitement, toute son attention concentrée sur les pages qu'il tournait avec soin et rapidité.

— Le déplacement dans le temps est interdit ?

— Le voyage dans le temps est dangereux.

— Pourquoi ?

Jaxom haussa les épaules en tournant une page.

— Le dragon doit connaître exactement le moment du temps où il va, sinon, il peut sortir de l'*Interstice* au même endroit où il était un moment plus tôt. Si les moments sont trop rapprochés, on pense que le dragon et son maître peuvent mourir. De même, il est déconseillé d'aller dans un endroit où l'on n'est jamais allé ; c'est pourquoi on ne doit pas voyager dans l'avenir, parce qu'on ne sait pas si l'on arrivera où l'on voulait être ou non.

Jaxom s'interrompit pour lisser une page.

— Lessa a fait une remontée du temps particulièrement spectaculaire.

— C'est ce que m'a dit le Compagnon Piemur. Ce fut un exploit courageux, mais apparemment, pas sans conséquences débilitantes. La méthode de la téléportation n'a jamais été expliquée, mais, à en juger sur le récit du compagnon, un déplacement temporel anormalement long peut causer des pertes sensorielles. Vous et votre dragon blanc, vous avez aussi voyagé dans le temps ?

— L'épisode n'est pas généralement connu.

— Compris, répliqua Siav, à la surprise de Jaxom. Auriez-vous des objections, Seigneur Jaxom, à une discussion sur les devoirs des divers groupes sociaux mentionnés jusqu'ici dans les Archives ? Par exemple, quels sont les responsabilités et les privilèges d'un Seigneur ? Ou d'un Chef de Weyr ? D'un Maître d'Atelier ? Certains termes sont si connus des scribes qu'ils ne les définissent pas. Il est pourtant nécessaire de connaître leur sens avec précision pour comprendre les structures politiques et sociales actuelles.

Jaxom émit un léger gloussement.

— Il vaudrait mieux poser la question à un seigneur plus expérimenté. Groghe, par exemple, ou même Larad ou Asgenar.

— Vous êtes là, Seigneur Jaxom.

— Oui, n'est-ce pas !

La vivacité de Siav amusait Jaxom. Et, vu que la conversation soulagerait la monotonie de sa tâche, Jaxom s'exécuta — et trouva très facile de parler avec Siav toute la nuit. C'est seulement plus tard qu'il réaliserait avec quelle habileté on l'avait questionné. Il n'avait pas même idée de l'importance future de ses explications.

Jaxom était venu à bout de cinq Révolutions du Passage Actuel quand les muscles de ses épaules commencèrent à se crisper. Il avait besoin d'une pause. Aussi, quand il entendit quelqu'un remuer, il appela doucement :

— Qui est là ?

— Jancis. Tu es revenu — oh !

Elle sourit en entrant dans la salle.

— Je prends la relève ? Tu as l'air épuisé. Pourquoi Sebell ou Menolly ne sont pas à ta place ?

— Parce que Siav ne veut rien avoir à faire avec eux tant qu'ils ne lui ont pas été présentés. Par un Seigneur, un Chef de Weyr et un Maître d'Atelier.

— Il y a des moments où nous sommes victimes de notre propre astuce. Bon, je prends la relève, Jaxom. Va te chercher du klah. Il y en a encore du bien chaud.

Lui prenant le volume des mains, elle étala les pages sur le panneau.

Le temps que Jaxom finisse son klah, qui n'était pas aussi chaud qu'il l'aimait mais qui le revigora, Jancis avait terminé le volume et en attaquait un autre.

Quand, se demanda Jaxom, pourrait-il faire admettre sa Dame, Sharra, sur la liste ? Elle avait été tellement excitée quand il lui avait parlé des connaissances médicales que Siav prétendait posséder. Elle avait deux malades en proie à des douleurs intenses que le fellis ne soulageait pas. Ils dépérissaient lentement. Maître Oldive, à qui elle avait demandé conseil, restait perplexe devant leur mal. Puis Jaxom se rappela qu'Oldive, étant Maître Guérisseur de Pern, aurait la préséance sur Sharra. Jaxom se servait rarement de ses privilèges de Seigneur, mais ne pouvait-il pas faire une exception lorsque c'était une question de vie ou de mort ?

— Ce sera tout pour le moment, Maîtresse Jancis, dit Siav d'un ton étouffé. Les réserves d'énergie sont presque épuisées. Il faudra une heure de bon ensoleillement pour recharger mes batteries. Si les autres panneaux pouvaient être dégagés, il y aurait davantage de courant disponible à l'avenir.

— J'ai fait quelque chose de mal ? demanda Jancis, confuse.

— Non, dit Jaxom en riant. Il tire son énergie des panneaux que vous avez découverts sur le toit, Piemur et toi. Energie solaire. Or, le soleil est couché depuis des heures maintenant.

Il bâilla à se décrocher la mâchoire.

— Il est tard. Nous devrions aller nous coucher tous les deux.

Jancis réfléchit à la proposition, puis tendit la main vers le pichet vide.

— Non, je suis bien réveillée. Je vais refaire du klah. Il en faudra beaucoup quand tout le monde arrivera.

Et elle sortit, très affairée.

Jaxom aimait bien Jancis. Il n'y avait pas si longtemps qu'ils partageaient les mêmes leçons à l'Atelier des Forgerons, et il se souvenait qu'elle travaillait beaucoup plus dur que lui — et qu'elle avait un vrai talent pour la ferronnerie. Elle méritait son statut de Maître. Il s'était étonné qu'elle tombe amoureuse de Piemur, mais Sharra avait chaleureusement approuvé. Ses longues explorations du Continent Méridional avaient rendu Piemur bizarre pendant un certain temps, disait-elle. Ce qu'il lui fallait, c'était une relation stable. Et assurément, l'impudent jeune Harpiste pouvait donner de l'assurance à Jancis et lui faire perdre une partie des inhibitions qu'elle avait acquises en grandissant dans l'ombre de son formidable grand-père, Fandarel. Jaxom connaissait ses compétences dans son art.

Fatigué mais répugnant à aller se coucher, Jaxom se dirigea vers l'entrée, salua de la tête les deux gardes somnolents, et escalada jusqu'au sommet le talus qu'ils avaient excavé. Ruth lui adressa un grondement affectueux de la colline voisine, et Jaxom lui répondit d'une pensée caressante.

Jaxom n'en avait jamais parlé à Sharra, mais il se sentait des instincts de propriétaire à l'égard de ce plateau, que lui et Ruth avaient découvert les premiers, et particulièrement à l'égard de ce Siav qu'ils avaient déterré. Ayant entendu Siav énoncer les noms des premiers colons, Jaxom se demanda quels avaient été ses ancêtres. Il avait toujours été gêné d'être le fils de Fax, raison principale pour laquelle il se servait si rarement de ses privilèges tradionnels de Seigneur. Larad de Telgar n'était pas orgueilleux, mais il devait être immensément fier de son héritage après avoir entendu les exploits de ses ancêtres, Sallah Telgar Andiyar et Tarvi Andiyar. Groghe était un homme raisonnable, mais savoir que son ancêtre direct avait été un héros universel devait le remplir de fierté. Mais pourquoi le Fort de Fort ne portait-il pas le nom du vaillant Amiral Benden ? Pourquoi le Fort de Benden se trouvait-il dans l'est ? Et pourquoi Siav n'en savait-il pas plus sur les dragons ? Fascinant. Il y aurait d'autres révélations, sans aucune doute.

J'ai écouté, dit Ruth, venant se poser à côté de Jaxom, *ce que ce Siav a dit. C'est vrai que nous étions une expérience ?* Ruth posa la tête sur son maître. *Qu'est-ce que c'est qu'une expérience ?*

Jaxom perçut l'indignation de Ruth et réprima un gloussement.

— Un événement très bénéfique, mon ami, non que la façon dont les dragons sont apparus ait la moindre importance, dit Jaxom avec fermeté. De plus, tu as toujours su — mieux que personne d'autre sur Pern — que les dragons sont cousins des lézards de feu. Alors, pourquoi t'inquiéter de la façon dont tu as été créé ?

Je ne sais pas, dit Ruth, d'un ton étrangement assourdi, incertain. *Ce Siav, il est bénéfique ?*

— Je le crois, dit Jaxom, réfléchissant rapidement à sa réponse. Je crois que ça dépendra de nous, de la façon dont nous utiliserons les informations que Siav nous donnera. S'il débarrasse Pern des Fils...

S'il le peut, cela signifie qu'on n'aura plus besoin des dragons, c'est bien ça ?

— Sottises, dit Jaxom, plus sèchement qu'il n'aurait voulu.

Il jeta les bras au cou de son dragon pour le rassurer, lui caressa le cou et s'appuya contre lui.

— Pern aura toujours besoin des dragons. Vous pourriez faire des tas de choses plus utiles et beaucoup moins dangereuses que de calciner les Fils en plein ciel, tu peux me croire ! Ne t'inquiète pas de votre avenir, mon ami !

Jaxom se demanda ce que les dragons de F'lar, Lessa et F'nor leur avaient dit sur la question. Mais il savait que pour eux, ce n'était pas cela l'important. Les chevaliers-dragons étaient dévoués corps et âme à l'éradication définitive des Fils. Tout le monde savait que F'lar avait assigné cette tâche à sa vie.

— Non, Ruth, ne t'inquiète pas. Le ciel de Pern sans Fils, ce n'est pas pour demain ! Siav en sait bien plus que nous sur les Nuages d'Oort, les planètes et tout ça, mais ce n'est qu'une machine qui parle. Et les paroles ne coûtent rien.

Sans cesser de caresser Ruth, Jaxom considéra le plateau que ses ancêtres avaient habité autrefois. Il y avait des tas de terre disgracieux dans toutes les directions, aux endroits excavés à la hâte et qui s'étaient révélés décevants. Quelle ironie que le vrai trésor ait été déterré le dernier ! Incroyable que ce trésor leur ait révélé leur passé. Serait-il aussi la clé de leur avenir ? Malgré ses paroles rassurantes, Jaxom entretenait les mêmes doutes que Ruth.

F'lar commettait peut-être une erreur en souhaitant la fin des Fils, si cela signifiait en même temps la fin des dragons. Et pourtant, voir la fin des Fils pendant sa vie... Plus important, pouvoir améliorer la vie sur Pern grâce aux vastes connaissances que Siav prétendait posséder — n'était-ce pas pour le bien de tous ?

A ce moment, il vit des lumières s'allumer dans certains bâtiments déterrés utilisés comme dortoirs. Le jour n'était pas encore levé, mais, à l'évidence, ils étaient nombreux ceux qui, comme Jaxom, avaient peu dormi, excités par l'histoire de leur passé et les incroyables images qui tourbillonnaient dans leurs têtes.

Et les promesses de Siav, qui leur proposait son aide ?

C'est alors que Jaxom réalisa qu'il devrait réviser beaucoup de concepts qu'il acceptait jusque-là. Cela serait sans doute difficile. Ce qui est familier est si confortable. Mais le challenge excitait Jaxom — incroyable exaltation à l'idée d'un avenir qu'il n'aurait même pas pu imaginer deux jours plus tôt, lorsque lui et Ruth aidaient Piemur et Jancis à déterrer ce bâtiment parmi les centaines d'autres. Il ne se sentait pas fatigué — il se sentait exalté.

— Ce sera excitant, Ruth. Considère la situation sous cet angle, comme un challenge exaltant.

Il frictionna la paupière de Ruth.

— Un challenge, du nouveau, ça ne nous ferait pas de mal. La vie était bien monotone depuis quelque temps.

Vous feriez bien de ne pas dire ça à Sharra, conseilla Ruth.

Jaxom sourit.

— Elle sera excitée aussi, telle que je la connais.

Ramoth, Mnementh, Canth, Lioth, Golanth et Monarth arrivent, dit Ruth, d'un ton moins abattu.

— Des renforts, hein ? De la compagnie pour toi, en tout cas.

Ramoth est de mauvaise humeur, dit Ruth, d'un ton soudain inquiet. *Canth dit que la lumière a brillé toute la nuit dans le weyr de Lessa, et que Ramoth a eu de longues conversations avec toutes les autres reines.*

Il semblait angoissé.

— Ne t'en fais pas, Ruth. Tout va s'arranger. C'est un nouveau départ, comme l'Empreinte l'a été pour toi ! Mais pour moi, rien ne vaudra jamais *ce jour-là* !

Ruth leva la tête, ses yeux perdant leur couleur terne pour prendre une nuance bleu-vert plus joyeuse.

Les dragons décrivaient des cercles avant l'atterrissage, leurs yeux bleus et verts multifacettes mettant des points de couleur vive dans la grisaille de l'aube. Quand ils rabattirent leurs ailes pour se poser, Jaxom s'aperçut qu'ils avaient tous des passagers. Certains n'attendirent que le temps de les décharger avant de redécoller. Les autres attendirent.

Jaxom soupira, donna une tape affectueuse à Ruth, puis redescendit le talus pour aller saluer les arrivants. Rejoignant F'lar, Lessa et Maître Fondarel à la porte, il les informa que Siav se reposait.

— Il se repose ? s'écria Lessa, s'arrêtant si brusquement que F'lar dut faire un pas de côté pour ne pas la bousculer.

— Les panneaux solaires n'ont plus de courant, répondit Jaxom.

Maître Fandarel eut l'air à la fois navré et incrédule.

— Mais Siav a dit qu'il pouvait animer douze stations.

— Pas si fort, s'il vous plaît, Maître Fandarel. Maître Robinton dort encore, dit Jaxom à voix basse. J'ai ramené Sebell, Menolly et les Archives que Maître Robinton voulait montrer à Siav, ce que nous avons fait, Jancis et moi, jusqu'à la sixième Révolution, après quoi il s'est arrêté.

Il dit qu'il pourra reprendre ses activités après quelques heures d'ensoleillement.

— Alors, nous venons au milieu de la nuit et il ne fonctionne pas ? dit Lessa, dégoûtée.

— Mais nous avons des tas de choses à faire d'ici là, dit Fandàrel, conciliant.

— Quoi ? demanda Lessa. Pas question d'aller tâtonner à l'aveuglette dans les grottes en pleine nuit. F'lar et moi nous avons des questions à poser à Siav. C'est une chose de se voir promettre un miracle, et c'en est une autre de le produire. Par courtoisie, nous devons laisser les autres Chefs de Weyr voir et entendre Siav par eux-mêmes, car je peux vous assurer qu'ils ne croient pas un mot de ce qui s'est passé ici. Et s'ils arrivent et qu'il n'y a rien à voir...

— J'ai du mal à y croire moi-même, dit F'lar, alors je ne peux pas le leur reprocher.

— Il y a plus qu'assez de paniers de brandons pour éclairer les grottes, dit Maître Fandarel en ce qu'il croyait être un murmure, et l'aube n'est plus loin. Mes hommes peuvent commencer à rassembler les articles réclamés par Siav. Où sont ces listes qu'il nous a données ? Bendarek a été fasciné par mon histoire de feuilles sortant d'un mur. D'ailleurs, le voilà.

A l'évidence, Maître Fandarel n'avait aucune réserve quant à la proposition de Siav de restaurer les Archives pour qu'elles redeviennent lisibles.

— Où sont Sebell et Menolly ? demanda Lessa.

— Ils se reposent. Siav n'a pas voulu parler devant eux, ajouta Jaxom en riant.

— Pourquoi ? demanda Lessa, étonnée. Nous lui avons annoncé leur arrivée.

— Mais ils ne figurent pas sur la liste. Et, bien que je sois un Seigneur, Piemur n'est pas encore Maître et nous n'avions aucun Chef de Weyr présent.

Lessa fronça les sourcils.

— C'est exactement ce que nous avons stipulé, Lessa, dit F'lar. Quelqu'un qui obéit aux ordres m'inspire confiance. Surtout quelqu'un d'aussi puissant que ce Siav.

Un second grondement fit sursauter tout le monde, puis ils se rendirent compte que c'était simplement Fandarel qui gloussait.

— C'est la fonction d'une machine d'exécuter les ordres. J'approuve pleinement.

— Vous, vous approuvez tout ce qui est efficace, dit Lessa. Même si ce n'est pas toujours raisonnable.

— Nous vivons depuis trop longtemps avec les dragons, qui nous comprennent sans que nous ayons à parler, dit F'lar.

— Hum, répliqua Lessa avec irritation en le regardant de travers.

— Nous avons tous beaucoup de choses nouvelles à apprendre, dit Fandarel. Et il est grand temps. Jaxom, il me faut les feuilles de Siav pour Bendarek.

Docilement Jaxom alla les chercher sur le bureau où Piemur et Jancis les avaient laissées.

— Jancis est allée faire du klah, dit-il à Lessa. Elle ne devrait pas tarder à revenir.

— Eh bien, au travail, dit Lessa, les congédiant du geste. Jaxom, si vous êtes résolu à fouiller les grottes, emmenez-y donc Fandarel sur Ruth, voulez-vous ? Comme ça, il ne se rompra pas les os à tâtonner dans le noir. Moi, j'attendrai Jancis et Siav.

CHAPITRE 2

Le temps que le soleil se lève, bien des gens étaient arrivés pour voir Siav — la rumeur s'était répandue à la vitesse où les Fils s'enfouissaient. La curiosité et l'incrédulité sont de puissants moteurs, aussi hommes et femmes étaient-ils venus de tous les Weys, Forts et Ateliers. Au grand dégoût de certains, cette ferveur était moins motivée par les vastes connaissances de Siav que par le désir de voir les miraculeuses images animées que cette merveille était censée projeter.

Fandarel, qui surveillait la recherche des articles portés sur la liste de Siav, s'affairait dans les Grottes de Catherine. Breide, aidé de nombreux assistants, dégageait soigneusement les panneaux solaires du toit encore couverts de terre et de cendres. Maître Esselin étudiait les plans de restructuration de Siav, tout en se plaignant de la lenteur de Breide et de ses hommes qui retardait le début de ses travaux. Breide rétorqua qu'il n'avait même pas commencé à démanteler les bâtiments qui devaient lui fournir les matériaux pour ses agrandissements, alors, de quoi se plaignait-il ?

Entendant leur dispute, Lessa leur dit de cesser de se comporter comme des apprentis et de faire leur travail. Puis, avec Menolly et Jancis, elles rassemblèrent des femmes pour laver les murs et balayer les cendres qui s'étaient infiltrées par les portes et les fenêtres. La plus grande pièce, selon elles, devait avoir été une salle de conférences, et elles décidèrent de lui laisser cette fonction. Se rappelant ce qu'elle avait vu dans les grottes, Lessa y fit prendre des tables, des bureaux et autant de chaises qu'on en put trouver sans gêner Fandarel. Tous ces meubles furent lavés, révélant des couleurs vives qui mirent un peu de gaieté dans toutes ces pièces sinon nues et austères. La pièce la plus à l'écart de toutes les activités fut transformée en retraite pour le Maître Harpiste, et équipée d'un lit, d'un siège rembourré et d'une table.

— Le seul problème sera de la persuader de s'en servir, dit Lessa, avec un dernier coup de chiffon sur la table.

Elle avait les joues, le nez et le menton tout barbouillés de poussière, et ses longues tresses noires commençaient à se défaire. Menolly et Jancis se consultèrent du regard, tâchant de décider laquelle la préviendrait. Jancis trouvait que le désordre de sa personne la rendait soudain plus accessible ; elle avait toujours eu un peu peur de la célèbre Dame du Weyr.

— Je n'aurais jamais imaginé voir un jour la première Dame du Weyr de Pern travailler comme une servante, murmura Jancis à Menolly. Elle fait le ménage avec une énergie incroyable.

— Elle a eu tout le temps de s'exercer, gloussa Menolly, quand elle se cachait de Fax au Fort de Ruatha avant de conférer l'Empreinte à Ramoth.

— Mais on dirait qu'elle aime ça, dit Jancis, surprise.

Et c'était vrai. Cela lui donnait l'impression d'être utile de remettre une pièce en état.

Les cartes que Lessa avait prié Esselin de lui envoyer arrivèrent, et elle demanda aux deux jeunes femmes de les tenir contre les murs pour décider où les fixer.

— N'est-ce pas dommage de faire servir des antiquités si précieuses à un....

Jancis cherchait le mot juste.

— A un usage si terre à terre ? demanda Menolly en souriant.

— Exactement.

— C'était leur usage initial, dit Lessa, haussant les épaules. Alors, pourquoi ne pas continuer ?

Cette activité avait redonné son équilibre à Lessa. La découverte de Siav et sa promesse d'aider F'lar à réaliser son ambition la plus chère l'avaient bouleversée. Elle désirait ardemment l'éradication des Fils, presque autant que F'lar, mais elle en craignait les conséquences. Cette séance de ménage avait un peu dissipé son angoisse, et elle se sentait revigorée.

— Puisque ces cartes sont bien conservées — quel matériau étonnant — je ne vois pas de raison de ne pas leur rendre leur usage initial, dit-elle avec animation.

Elle étudia l'une des cartes.

— Le Continent Méridional est vraiment très étendu, non ? dit-elle avec un sourire pensif. Relevez un peu votre coin, Jancis. Là ! Maintenant, elle est droite !

Elle lissa la carte du Continent Méridional contre le mur. Puis, avec une satisfaction non dissimulée, elle enfonça une punaise avec une pierre. Esselin avait tant tergiversé pour leur donner deux paniers et une pelle qu'elle n'avait pas pensé à demander un marteau. La pierre faisait aussi bien.

Elles reculèrent toutes les trois pour juger de l'effet. L'écriture des cartes lui était toujours difficile à déchiffrer. Elle était familière et pourtant différente, et en tout cas, très grosse. Elle se demanda si Siav était parvenu à lire les pattes de mouches minuscules des Archives de Maître Afnor. Pauvre Maître Afnor.

Sans parler du pauvre Robinton, si mortifié d'apprendre qu'il y avait eu des dérives linguistiques, malgré le soin apporté par les Harpistes à conserver la pureté de la langue. L'esprit du vieil Afnor était notoirement inflexible, et il aurait sans doute une attaque en apprenant la nouvelle. Ce qui était un autre aspect de cette découverte : les connaissances et l'intelligence de Siav lui conféraient un rôle de Maître des Maîtres dans toutes les disciplines — sauf, bien sûr, en ce qui concernait les dragons. C'était peut-être son imagination, mais n'avait-elle pas perçu une nuance d'excitation dans la voix sinon égale de Siav quand il avait mentionné les dragons ?

— Oui, les cartes sont bien à leur place ici, n'est-ce pas ? Et elles ne sont pas seulement décoratives.

Elle sourit à Menolly et Jancis. Travailler avec la jeune épouse de Piemur l'avait convaincue que le compagnon était bien assorti avec la petite-fille de Fandarel. Lessa avait hésité à faire mettre Jancis sur la liste de Siav, mais ce matin, elle avait perdu ses réserves. Jancis y avait bien gagné sa place, et pas seulement parce qu'elle avait été instrumentale dans la découverte de Siav, mais aussi parce qu'elle travaillait de grand cœur et avait la bonne attitude à l'égard de Siav et de l'avenir.

Jancis étudia la carte, les yeux brillants.

— Ils fabriquaient des choses merveilleuses. Des choses qui pouvaient durer des siècles ; des choses inattaquables aux Fils. Des choses qui enrichiront notre vie, aussi.

— C'est vrai, dit Menolly. Mais comment vais-je pouvoir introduire cette machine dans une ballade qui racontera ces événements ?

— Cela change de vos sujets habituels, non ? gloussa Lessa. Vous vous débrouillerez, ma chère Menolly. Vous vous débrouillez toujours ! Et n'essayez pas d'expliquer — je doute que même Maître Robinton arrive à expliquer un phénomène tel que Siav. Présentez-le comme un défi destiné à nous sortir de la monotonie du Mi-Passage.

Elle tira une chaise, lui donnant distraitement un coup de chiffon, et s'assit en soupirant. Puis elle les regarda, penchant la tête.

— Je ne sais pas ce qu'il en est pour vous, mais je boirai bien un gobelet de klah.

Jancis se leva d'un bond.

— Avec des fruits et des friands. Le cuisinier était debout avant l'aube, se plaignant d'avoir à nourrir une armée au pied levé — mais il cuisinait assez pour une fête. Je reviens tout de suite.

Menolly se tourna alors vers Lessa, l'air grave.

— Lessa, Siav nous sera-t-il bénéfique ? Jaxom nous a raconté des choses tellement incroyables. Certains n'arriveront pas à les accepter et n'essayeront même pas.

Elle pensait à l'esprit étroit de ses parents et de bien d'autres qu'elle ne voyait plus depuis qu'elle était Harpiste.

Lessa eut un geste résigné.

— Siav est là, il faut l'accepter même si sa découverte nous oblige à de pénibles réévaluations. C'était fascinant d'apprendre comment les colons sont arrivés ici — les images de Pern dans le noir de l'espace sont vraiment impressionnantes. Je n'imaginais pas que ce pouvait être comme ça. Et c'était exaltant d'apprendre comme nos ancêtres se sont bravement battus contre les Fils. Nous, nous nous y sommes habitués — même si certains pensaient que nous avions vu notre dernier Passage il y a quatre cents Révolutions.

44

Elle eut un sourire malicieux en repensant à ces sceptiques.

— Mais quel choc a dû leur faire la première Chute.

D'un air d'excuse, elle toucha légèrement la main de Menolly.

— Vous faites partie de ceux qui ont mérité d'entendre cette histoire, mais nous n'avions pas idée de ce que nous avions découvert quand nous vous avons envoyé chercher. Peut-être que Siav voudra bien la répéter pour vous et tous les autres Maîtres Harpistes, parce que c'est un récit que votre Atelier doit répandre partout. Il nous faudra de nouvelles Ballades d'Enseignement. Mais c'est à Sebell d'en décider, n'est-ce pas ?

Son expression changea de nouveau, le respect émerveillé faisant place à une grimace.

— Je peux vous assurer que j'ai eu du mal à en croire mes yeux et mes oreilles quand Siav nous a dit que les colons avaient créé — bio-in-gé-niéré, c'est le mot qu'il a employé — nos dragons. Je suis presque soulagée que si peu d'Anciens soient encore vivants. C'est une chose qu'ils auraient eu bien du mal à accepter.

— Et vous, trouvez-vous difficile d'accepter que les dragons aient été créés à partir des lézards de feu ? demanda Menolly d'un ton taquin.

Au cours des Révolutions, Lessa n'avait pas dissimulé son aversion à l'égard des petits cousins des dragons, et Menolly veillait toujours à ce que les siens ne paraissent pas devant la Dame du Weyr.

Lessa fit une nouvelle grimace, plus pensive qu'irritée.

— Mais ils sont bien importuns par moments, Menolly. Vous avez laissé les vôtres à l'Atelier des Harpistes, aujourd'hui ?

— Non. Seuls Beauté, Rocky et Diver m'ont accompagnée ce matin. Ils tiennent compagnie à Ruth. Ils l'ont toujours adoré.

Lessa prit l'air pensif.

— Siav a fait des commentaires sur Ruth, mais Ramoth, Mnementh et Canth ont paru l'étonner. Il faudra que je lui demande pourquoi quand j'aurai l'occasion. Enfin, ça nous donne au moins quelque chose à expliquer à Siav. Et s'il peut nous aider à anéantir les Fils à jamais... J'espère que c'est vrai !

L'oreille musicale de Menolly eut l'impression de détecter une nuance de désespoir dans le ton de la Dame du Weyr. Lessa saisit son expression et hocha lentement la tête, le regard triste.

— A ce stade du Passage, nous avons vraiment besoin de l'espoir de nous débarrasser des Fils. Pour mener enfin le genre de vie que les colons avaient espéré mener ici.

— Selon Jaxom, Siav a dit qu'il y avait une *possibilité*.

— Au moins, Jaxom répète les choses avec précision, dit Lessa, ironique. Vous auriez dû entendre certaines rumeurs qui circulaient dans le Weyr ce matin. Le Harpiste du Weyr va veiller à les supprimer et à les remplacer par des informations exactes. L'espoir, c'est très bien, mais il doit rester réaliste.

— Siav a vraiment dit que c'était possible ?

Lessa acquiesça de la tête.

— Possible. Mais que nous devrions tous travailler ensemble pour y parvenir. Et que nous devrions apprendre des tas de choses.

— Même ça peut améliorer le moral. L'étonnant, c'est que nos ancêtres soient parvenus à survivre à chaque Passage en perdant aussi peu de choses de notre culture.

— Ils le devaient, et nous le devions. Mais nous savons que nous avons perdu beaucoup de choses de notre culture. Si les Fils étaient anéantis, oh, quel avenir merveilleux nous attendrait !

Menolly la regarda d'un air significatif.

— Merveilleux aussi pour les dragons et les Weyrs ?

— Oui ! s'écria Lessa avec une force qui étonna Menolly. Oui, l'avenir sera encore plus beau pour les dragons et les Weyrs.

Elle prit une profonde inspiration qu'elle exhala en tapotant la carte de l'index.

— Nous aurons un monde nouveau à explorer.

Elle se pencha pour lire un mot sur la carte.

— « Honshu », je me demande ce que c'était.

A cet instant, Jancis revint, avec un panier de provisions, un pichet de klah et des gobelets.

— Vous devriez voir ce qu'ils ont fait pendant que nous faisions le ménage, dit-elle avec un grand sourire. Vous devriez aussi voir la foule qui attend de pouvoir jeter un coup d'œil sur Siav.

Lessa se leva d'un bond, mais Jancis lui fit signe de se rasseoir.

— F'lar, Sebell et Maître Robinton contrôlent la situation. Et nous, ça nous fera du bien de manger quelque chose. Tenez, Lessa, voilà des fruits frais et des friands tout chauds. Si tu veux bien servir le klah, Menolly, termina-t-elle en passant les provisions à la ronde.

— Vous êtes aussi efficace que votre grand-père, remarqua Lessa avec approbation en se rasseyant.

L'odeur des friands chauds lui rappela que le porridge avalé à la hâte le matin avant de quitter le Weyr de Benden était loin.

— Menolly, dès que vous aurez mangé, je veux qu'on vous ajoute à la liste de Siav.

Elle se tourna vers Jancis.

— Depuis quand Siav est-il de nouveau... disponible ?

Jancis sourit par-dessus le bord de son gobelet.

— Depuis assez longtemps pour approuver ou rejeter ce que grand-père a sorti des grottes pour son inspection. Maître Wansor et Terry essayent de suivre le diagramme pour assembler les... les composants, dit-elle, hésitant légèrement sur le mot inconnu. Ils ont envoyé chercher le Maître Verrier Norist, parce que deux écrans sont fêlés. Siav veut savoir si nous avons les capacités — seulement, il a dit « la technologie » — pour reproduire ce matériau. Il est très diplomate, mais il sait s'y prendre pour stimuler l'émulation de tous. Il...

Jancis secoua la tête puis en appela à Lessa.

— Comment faut-il appeler cette chose ? Siav dit qu'il est une machine, mais avec sa belle voix, il sonne très humain.

— Sa belle voix ? fit Menolly la bouche pleine.

— Oui, gloussa Lessa. Une belle voix. Presque aussi belle que celle de Maître Robinton.

— Vraiment ? dit Menolly, fronçant les sourcils à cette comparaison avec son Maître bien-aimé. Comme nos ancêtres étaient intelligents, ajouta-t-elle, déjouant le piège de Lessa.

Le sourire de Lessa s'élargit.

— Oui, il n'est que juste de vous prévenir. La machine est vraiment impressionnante.

— Je vous remercie, dit Menolly, lui rendant son sourire.

Je me demande s'il sait quelque chose des formes musicales utilisées par nos ancêtres ?

— Ah, je m'y attendais, dit Lessa en riant.

— Il a dit, déclara Jancis, impassible, qu'il avait dans ses mémoires toute l'Ingéniérie Planétaire et Coloniale, de même que les archives culturelles et historiques jugées utiles par les colons. Sans doute qu'ils considéraient la musique comme une nécessité culturelle ?

Lessa dissimula un sourire, amusée par la subtile taquinerie de Jancis.

— En tout cas, ce devrait l'être. Ce sera ma première question à ce Siav, répliqua Menolly d'un ton égal en mordant dans un friand.

— Siav est une machine très intelligente, mais il n'a qu'une voix, même si c'est une voix harmonieuse, reprit Lessa. Une seule voix pour chanter, même s'il possède de la musique ancienne dans ses formidables mémoires.

F'lar parut sur le seuil, l'air harassé.

— Te voilà, Lessa. Robinton vous demande, toi et Menolly, et il faut aussi discuter de la longueur de cette maudite liste. Absolument tout le monde a des questions qui exigent des réponses de Siav. Piemur y a droit, bien entendu. La plupart des gens ne croient même pas ce qu'on leur raconte.

Il s'assit sur un coin de table et rompit un friand.

— Ils ne le croiront sans doute même pas après avoir vu Siav.

— Comment le leur reprocher ? dit Lessa. Mais c'est perdre le temps précieux de Siav que de convaincre les sceptiques. Et le nôtre. Il faut en discuter.

Jancis se leva, pensant que sa présence était superflue.

— Non, mon enfant, restez. Cette conférence n'est pas imminente.

Lessa émit un petit grognement comique.

— Pas avec tout le monde qui court dans tous les sens ce matin, dit-elle. Mais allez chercher d'autres gobelets, du klah et des provisions. F'lar, mange quelque chose.

F'lar refusa de la main.

— Je n'ai pas le temps pour le moment. Il y a trop à faire, dit-il mordant à pleines dents dans son friand.

— Et quand as-tu l'intention de t'arrêter pour manger ?

demanda Lessa, irritée, le faisant lever de la table et le poussant sur la chaise la plus proche.

Elle posa devant lui le reste de son friand, et remplit de klah son gobelet.

— Tu n'as pas dormi de la nuit, et si tu ne manges pas, tu seras épuisé quand on aura le plus besoin de toi. Qu'est-ce qui te tracasse ? Avons-nous assez de Chefs de Weyrs, Seigneurs et Maîtres d'Ateliers pour constituer une majorité ?

— Tous les Seigneurs et tous les Maîtres qui n'ont pas pu entrer hier sont là, dit F'lar, levant les bras au ciel.

— Tu leur as sûrement expliqué...

— Nous avons tous expliqué, dit F'lar avec irritation. Je sais que nous avons des susceptibles parmi nos notables, mais on dirait que chacun se trouve personnellement insulté de n'avoir pas été mandé hier. Et ceux qui se plaignent le plus sont ceux qui se désintéressaient de ce que nous faisions ici, au Terminus. Mais ils ont changé de chanson maintenant, je t'assure.

Lessa le regarda, étonnée.

— Mais comment ont-ils appris la nouvelle ?

F'lar lança un regard ironique à Menolly.

— Devine !

— Encore ces maudits lézards de feu ! s'écria Lessa, fronçant les sourcils. Et je suppose qu'ils sont venus à dos de dragon ?

F'lar grimaça en repoussant une mèche folle.

— Je n'aurais jamais dû assigner aux Forts et aux Ateliers des dragons en résidence. Maintenant, ils se servent des dragons comme si c'étaient des animaux de bât.

— Oh, il faut accepter les inconvénients avec les avantages, et cette courtoisie a considérablement amélioré les rapports avec les Forts et les Ateliers. C'est simplement gênant en la circonstance. Il est pourtant essentiel que les Seigneurs et les Maîtres d'Ateliers connaissent Siav par eux-mêmes. Même ainsi, il y aura toujours des esprits étroits qui nieront l'évidence. Alors, puisqu'ils sont là, autant leur laisser voir Siav.

— Oh, pour être là, ils sont là, dit F'lar, attaquant son second friand. Sebell les laisse entrer par petits groupes, et interrompt la séance quand on a besoin de Siav pour le travail en cours. La plupart sortent en branlant du chef, s'efforçant de ne pas avoir l'air impressionné. Très peu comprennent la signification de Siav.

Il abattit son poing sur la table.

— Quand je pense à ce que nous avions autrefois, à ce que nous étions. A ce que nous pouvons redevenir avec l'aide de Siav !

Lessa sourit à cette ferveur.

— Selon Siav, même le Terminus n'a pas été construit en un jour, dit-elle, lui massant les muscles crispés du cou et des épaules. Mange, mon chéri. Ce n'est pas la première fois que nous avons à manipuler des sceptiques. Nous les manipulerons aussi à notre inimitable façon.

Elle se pencha et l'embrassa sur la joue.

F'lar lui sourit, ironique.

— Et toi, tu me manipules aussi comme à ton habitude, non ?

Lessa le regarda avec indignation en se rasseyant.

— Je te rassure, mon cœur.

Lessa entendit un grognement incrédule émanant de Mnementh.

Ne gâche pas mon effet, dit-elle au grand bronze.

Pas de danger, répliqua Mnementh d'un ton endormi. *Le soleil est vraiment agréable à ce Terminus.*

Ramoth acquiesça.

Sebell parut alors sur le seuil, saluant les Chefs du Weyr de la tête avant de faire signe à Menolly.

— Maître Robinton veut qu'on ajoute Menolly à la liste. N'ton représentera les Chefs du Weyr. Et Fandarel a intercepté Jancis qui allait à la cuisine. Il a besoin d'elle pour des dessins quelconques. Une autre apportera à boire et à manger.

Sebell prit le dernier friand.

— Cela fera une belle salle de conférence, dit-il.

Puis, prenant Menolly par les épaules, il sortit avec elle.

— Tu es déjà sur la liste ? demanda Menolly à Sebell en enfilant le couloir.

Il lui adressa un sourire malicieux en la serrant contre lui ; ils accordèrent facilement leurs pas. Comme cela lui arrivait souvent, Sebell s'étonna de sa bonne fortune qui lui avait donné Menolly pour compagne. Il n'était pas jaloux de la part d'affection qu'elle donnait à Maître Robinton. Lui aussi avait donné une partie de son cœur au Harpiste, avec sa fidélité et son respect indéfectibles ; mais Menolly était le bonheur de sa vie.

— Jusqu'à quand devrons-nous attendre ? demanda Oterel, Seigneur de Tillek, fronçant les sourcils sur les deux Harpistes quand ils le croisèrent dans le couloir.

— La salle est petite, Seigneur Oterel, et il y a beaucoup à faire aujourd'hui, répondit Sebell, conciliant.

— Petite ou pas, Fandarel et d'autres maîtres très mineurs y sont depuis des heures, et maintenant, il vient d'y faire entrer sa petite-fille, geignit Oterel.

— Si vous étiez capable de dessiner comme elle, Seigneur Oterel, vous y seriez aussi sans doute, dit Menolly.

Elle n'aimait pas l'irritable seigneur depuis qu'il s'était opposé à sa maîtrise.

Oterel la foudroya ; derrière lui, le Seigneur Toronas de Benden porta sa main à sa bouche pour dissimuler son sourire.

— Vous êtes impudente, jeune femme, très impudente ! Vous déshonorez votre Atelier !

Sebell le regarda de travers puis entraîna Menolly dans la petite salle. La chaleur y était étouffante et les sièges si rapprochés qu'elle se demanda comment Jancis, Piemur et Terry pouvaient dessiner. Fandarel les surveillait, tandis que N'ton était nonchalamment appuyé contre le mur. Puis elle vit l'écran et ses images d'objets inconnus.

— Quand les liaisons avec le F-322RH seront terminées...

Menolly resta bouche bée à l'audition de la voix grave et harmonieuse ; elle regarda autour d'elle pour déterminer d'où elle venait, et vit Sebell sourire de son étonnement.

— ... les circuits seront complets. Ajoutez cette plaquette à celles déjà installées et revenez me voir pour l'étape suivante.

Ils sortirent docilement en discutant à voix basse. Alors, N'ton s'avança et Fandarel s'éclaircit la gorge.

— Nous trois ici présents — Chef de Weyr N'ton, Maître d'Atelier Fandarel et Maître Harpiste Sebell — nous vous demandons d'ajouter à votre liste Maîtresse Menolly de l'Atelier des Harpistes.

— Maîtresse Menolly voudrait-elle dire quelque chose pour que je puisse enregistrer son phonogramme ?

— Mon phonogramme ? dit Menolly, stupéfaite.

— Oui. La voix humaine est un moyen d'identification plus sûr que l'apparence corporelle qui peut se modifier. Ton empreinte vocale ne le peut pas. C'est pourquoi il faut que tu parles afin qu'il puisse reconnaître ta voix pour sa liste.

Menolly, intimidée par cette curieuse requête et par la voix magnifique, regarda Sebell, qui l'encouragea d'un sourire.

— Je suis Menolly, autrefois membre du Fort Maritime, et je chante mieux que je ne parle, dit-elle, balbutiant légèrement dans sa confusion.

Maître Fandarel lui fit signe de continuer.

— J'ai le rang de Maître à l'Atelier des Harpistes. Je compose des ballades, musique et paroles. Maître Sebell ici présent est mon compagnon, et nous avons trois enfants. Est-ce suffisant ?

— C'est suffisant pour une voix ayant un timbre si caractéristique, dit Siav. Des copies de vos compositions sont-elles disponibles ? Pour mes mémoires ?

— Vous voulez ma musique ? s'exclama Menolly.

— La musique était très importante pour vos ancêtres.

— Vous possédez des exemplaires de leur musique ? dit-elle, incapable de dissimuler son excitation.

— Je possède un fichier musique très complet, qui couvre deux milliers d'années.

— Mais vous n'avez qu'une seule voix ?

— Il serait inconvenant d'en utiliser plus d'une dans la conversation. Mais ce système a la possibilité de reproduire la musique sous ses diverses formes instrumentales.

— Vraiment ? dit Menolly, tandis que Sebell et N'ton souriaient de sa confusion.

— Ton tour viendra, ma chérie, dit doucement Sebell. Je te le promets. Maître Robinton est aussi impatient que nous, mais il y a des choses plus urgentes pour le moment.

Menolly ravala sa déception.

— Maintenant, je vais vous laisser, dit Fandarel. Nous allons étudier la façon de reconstruire la centrale électrique, Siav et des chevaliers-dragons vont vous rapporter mes batteries au nickel-cadmium, comme vous dites.

— Maître Facenden comprend-il comment les connecter aux points que je lui ai montrés ? demanda Siav.

— Oui, j'ai vérifié qu'il avait compris. Il construira

aussi une cage autour pour empêcher les imprudents de toucher le fluide ou les Fils. N'ton, ayez la bonté de désigner des chevaliers-dragons pour nous emmener dans la montagne sur le site du barrage.

Fandarel tourna les talons et sortit, suivi de N'ton. Tous deux ignorèrent les questions de ceux qui attendaient dans le couloir. Sebell fit signe à Menolly de s'asseoir avant de faire entrer les Seigneurs Oterel, Sigomal, Toronas et Warbret. Oterel bouscula les autres pour passer le premier, avec un air triomphant qui disparut bientôt pour faire place à la confusion. Quand tous les quatre furent entrés, Sebell les présenta à Siav.

— C'est un plaisir de faire votre connaissance, Seigneurs, répondit courtoisement Siav.

Menolly remarqua que sa voix grave avait pris une nuance déférente.

— Cette salle sera bientôt agrandie pour recevoir une assistance plus nombreuse.

Sebell fit un clin d'œil à Menolly ; tous deux appréciaient le tact de Siav.

— Vous pouvez nous voir ? demanda Oterel, cherchant toujours du regard ce qu'il aurait pu reconnaître pour des yeux.

— Les senseurs visuels enregistrent vos présences individuelles. Vous serez reconnu chaque fois que vous reviendrez.

Menolly porta vivement sa main à sa bouche. Il n'aurait pas fallu qu'Oterel la voie sourire de sa confusion. Ce Siav était à moitié harpiste. Comment avait-il appris à manier ce vieux grincheux ? Sebell l'avait-il averti ?

— Vous n'avez pas d'yeux, dit Oterel d'un ton geignard.

— Les systèmes optiques constituent les yeux d'une machine, Seigneur Oterel.

— Il paraît que vous avez connu nos ancêtres, dit le Seigneur Sigomal tandis qu'Oterel essayait de comprendre pourquoi des yeux pouvaient être en quelque sorte inférieurs. Pouvez-vous me dire qui étaient les miens ?

— Seigneur Sigomal, répondit Siav d'un ton sincèrement désolé, aucune donnée n'a été entrée sur des détails aussi spécifiques. Une liste des colons partis pour le Fort de Fort est en préparation et sera à la disposition de tous ceux qui en demanderont un exemplaire. Les Archives de votre Fort ont sans doute la liste de ceux qui ont fondé Bitra. Toutefois, vous serez heureux d'apprendre que votre province a reçu le nom d'un pilote de navette, Avril Bitra.

Menolly s'étonna de son ton pincé. Siav avait une voix étonnamment souple, capable d'une gamme de nuances étonnante.

— Une liste d'ancêtres, c'est tout ce que vous proposez ? Ça ne nous servira pas à grand-chose ! s'exclama Oterel, fort contrarié.

— Dans votre cas, Seigneur Oterel, on peut raisonnablement supposer que Tillek a été fondé par le Capitaine James Tillek, commandant du *Bahrain*, navigateur et explorateur d'une perspicacité et d'un talent considérables.

Oterel s'enfla d'importance.

— Malheureusement, Seigneurs Toronas et Warbret, vos Forts ont été fondés bien longtemps après la fin des entrées. Serait-il possible d'enregistrer vos Archives pour cette période ? Cela approfondirait ma compréhension de la structure d'un Fort. Il faut rassembler tant d'informations avant de pouvoir apprécier pleinement ce que vous avez créé sur Pern !

Maître Wansor entra à cet instant, lisant une feuille à voix basse, et se cogna dans Warbret. Oterel, furieux, l'accusa aussitôt de malmener les Seigneurs.

— Je n'ai qu'une toute petite question, mais elle est extrêmement urgente, dit Wansor de sa voix douce et contrite, reprenant sa respiration pour la poser.

— Maître Wansor, vous n'avez qu'à placer votre feuille sur le panneau qui la lira et vous donnera la réponse, lui rappela courtoisement Siav.

Menolly haussa les sourcils. Peu de gens accordaient à Wansor la considération que méritaient ses grandes capacités.

— Ah oui, j'oublie tout le temps, dit Maître Wansor.

Avec force excuses, il louvoya entre les sièges jusqu'au panneau de contrôle. Petit homme rond et sans prétention, il dut se baisser pour voir où placer son papier. L'éclairage du panneau s'aviva.

— Ah, oui, c'est là !

— Seigneur Toronas, votre Fort a sans doute reçu son nom en l'honneur de l'Amiral Paul Benden, dit Siav, tandis que des flashs émanant du panneau firent comprendre à Menolly que Siav s'occupait en même temps de Wansor.

Puis, à la surprise de tous, l'écran montra l'image d'un bel homme au visage plein de caractère. Un homme qui inspirait confiance, décida Menolly. Puis elle s'émerveilla à l'idée que Siav avait connu cet homme mort depuis si longtemps.

— Un homme remarquable que l'Amiral Benden, poursuivit Siav. Il a maintenu l'union des colons, les encourageant toujours, et les protégeant malgré les obstacles considérables pour établir une colonie plus sûre sur le Continent Septentrional.

— Et je suis apparenté à l'Amiral ? demanda Toronas, plus humble qu'Oterel dans sa requête. Nos plus anciennes Archives sont impossibles à déchiffrer.

Pendant que les Seigneurs attendaient la réponse de Siav, Menolly remarqua que Wansor s'éclipsait discrètement.

— Il est tout à fait possible, et même probable, que vous soyez son descendant direct. Les archives mentionnent quatre enfants nés de son mariage avec Ju Adjar. Peut-être que si vous apportez vos Archives, nous pourrons les déchiffrer. Il existe un programme qui, utilisant une lumière spéciale, permet souvent de retrouver des mots ou des expressions perdus.

Captivée, Menolly écouta Siav s'occuper ensuite de Sigomal et Warbret, en ménageant leur amour-propre tout aussi astucieusement.

Puis Jancis, Piemur et Benelek parurent sur le seuil, chacun avec une liasse de feuilles à la main. Piemur agita la sienne pour attirer l'attention de Sebell ; le Maître Harpiste annonça respectueusement aux Seigneurs que Siav devait être consulté et, poliment, leur fit signe de sortir.

Oterel grommela, mais Sigomal se leva de bonne grâce prenant par le bras le vieux Seigneur de Tillek.

— On étouffe ici, Oterel. Je ne sais pas ce que vous allez faire, mais j'ai l'intention de rechercher mes vieilles Archives pour voir ce que ce Siav pourra m'en dire. Venez.

— Il les manipule comme des marionnettes, dit Menolly à Sebell quand il eut escorté les Seigneurs jusqu'à la sortie.

— Maître Robinton a prévenu que le tact et la flatterie

seraient peut-être nécessaires, répondit Siav. Surtout pour ceux qui ne peuvent pas bénéficier d'une longue interview.

— Vous m'avez entendue ? demanda Menolly, déconcertée que Siav ait perçu son murmure.

— Maîtresse Menolly, vous êtes assise près d'un récepteur. Les murmures sont clairement audibles.

Elle surprit le regard amusé de Sebell. Il aurait pu la prévenir.

— Ne va pas distraire Siav, Menolly, dit Piemur, étalant ses papiers sur le panneau.

— Maîtresse Menolly n'est pas une distraction, dit doucement Siav. Page suivante, Piemur.

— Pouvez-vous vraiment lire ces vieilles Archives moisies ? demanda Menolly.

— La tentative doit être faite. L'encre utilisée pour écrire, celle que vous avez eu la bonté de m'apporter hier soir est d'un type indélébile qui reparaîtra grâce à certaines techniques à la disposition de cette installation. Toutefois, une assistance manuelle extérieure sera nécessaire pour les préparer au balayage. C'est un projet qui devra attendre.

Puis elle entendit du bruit dans le couloir et vit une file de gens chargés de cartons se diriger vers elle, parmi lesquels elle reconnut F'lessan et F'nor.

— Il vaut mieux que je parte, dit-elle à regret.

— Ne t'éloigne pas, lui dit Sebell.

— On dirait que vous apportez ici toute la grotte. Ne vaudrait-il pas mieux déménager Siav ? demanda-t-elle.

— Négatif, dit Siav, plus sèchement qu'elle ne l'avait jamais entendu parler. Cette installation doit rester ici, sinon elle n'aura plus accès au *Yokohama*.

— Je plaisantais, Siav, dit Menolly d'un ton d'excuse, levant les yeux au ciel.

Menolly prit la place de N'ton contre le mur et regarda les chevaliers-dragons apporter carton après carton à Siav, qui, soit les refusait, soit les envoyait dans les pièces où les autres construisaient les appareils qui permettraient d'augmenter l'accès à la machine. Aucun des chevaliers-dragons n'eut l'air étonné de la voir, et le sourire de F'lessan ne perdit rien de son impudence en présence de Siav. Mais il faut dire que le fils de F'lar et Lessa ne prenait rien au sérieux, à part son dragon, Golanth. Mirrim suivait les pas de T'gellan ; tous deux du Weyr Oriental, ils n'étaient jamais loin l'un de l'autre depuis qu'ils étaient compagnons de Weyr.

— Je ne t'ai pas vue ici tout à l'heure, dit Mirrim à voix basse à Menolly pendant qu'elle attendait que Siav évalue le contenu de son carton.

— Je suis arrivée tard hier soir avec les Archives de ce Passage, répondit Menolly. Puis Lessa m'a réquisitionnée pour faire le ménage.

Elle montra ses mains ridées par l'eau.

— J'aime encore mieux faire partie de l'équipe de transport, dit Mirrim, levant les yeux au ciel. On reparlera plus tard, d'accord ? Il faut que je m'en aille, T'gellan me fait signe.

Elle souleva son carton vers l'écran.

Quand Siav eut rendu son verdict et que les chevaliers-dragons furent partis, Sebell fit signe aux Maîtres d'Atelier d'entrer et les présenta. Siav les salua chacun à son tour, brièvement mais courtoisement, et les pria de lui apporter leurs Archives. Après leur départ, Menolly s'approcha de Sebell.

— Comment Siav pourra-t-il jamais examiner toutes ces Archives ? lui murmura-t-elle à l'oreille.

— Il n'a pas besoin de sommeil, seulement de courant, répondit Sebell. Si nous pouvons remédier aux manques des panneaux solaires, il travaillera jour et nuit. Vous ne dormez jamais, n'est-ce pas, Siav ?

— Cette installation fonctionne aussi longtemps qu'elle a suffisamment de courant. Le sommeil est une nécessité humaine.

Sebell fit un clin d'œil à Menolly.

— Et vous n'en avez pas ? demanda-t-elle.

— Cette installation est programmée pour un usage optimum à la convenance des humains.

— J'ai l'impression de percevoir une nuance d'excuse dans votre ton, Siav ?

— Cette installation est programmée pour n'offenser personne.

Menolly ne put s'empêcher de glousser. Plus tard, elle réalisa que c'est à ce moment qu'elle avait commencé à considérer Siav comme une entité individuelle et non plus comme une impressionnante relique des ancêtres.

— Menolly ? cria le Maître Harpiste du couloir, pour

la première fois vide de visiteurs importuns. Sebell est avec vous ?

Sebell s'avança.

— Voulez-vous le remplacer ici, Menolly ? demanda Robinton. Nous sommes assez pour tenir une conférence.

— Tu as vu comment je fais ? dit Sebell. S'il en vient d'autres, fais-les entrer et présente-les, c'est tout.

— Ça n'a pas marché hier soir quand Piemur a essayé, dit Menolly.

— Maître Robinton et F'lar ont modifié le protocole.

— Encore un mot nouveau ?

— De Siav, pour convention ou courtoisie. Tu ne manqueras rien avec cette conférence, tu sais.

— Je sais, et je suis soulagée de ne pas assister à celle-là, lui cria-t-elle comme il rejoignait Maître Robinton.

Sebell savait comme elle détestait les cérémonies. Ou fallait-il dire « protocoles », maintenant ? Elle sourit à part elle, puis réalisa qu'elle était seule avec Siav.

— Siav, pourriez-vous me donner un exemple de musique ancestrale ?

— Vocale, instrumentale, orchestrale ?

— Vocale, répliqua Menolly sans hésitation, se promettant d'entendre les autres catégories quand elle en aurait l'occasion.

— Classique, ancienne, moderne, folklorique ou populaire ? Avec ou sans accompagnement ?

— N'importe quoi pendant que nous avons le temps.

— N'importe quoi est une catégorie trop vague. Spécifiez.

— Vocale, populaire, avec accompagnement.

— Ceci a été enregistré lors d'une cérémonie au Terminus.

Soudain, la salle s'emplit de musique. Menolly identifia immédiatement plusieurs instruments : une guitare, un violon, et quelque chose ressemblant à un pipeau ; puis les voix, sans technique, mais enthousiastes et musicales. La mélodie lui parut étrangement familière, mais les paroles, quoique clairement prononcées, incompréhensibles. Et la qualité du son était incroyable. Ces voix et ces instruments s'étaient tus depuis des siècles, et pourtant on les aurait dits présents dans la salle. Quand la chanson se termina, elle demeura muette d'émerveillement.

— Cela n'était pas satisfaisant, Maîtresse Menolly ?
Elle sortit de sa stupeur.

— Au contraire, immensément et incroyablement satisfaisant. Et je connais cette chanson. Quel est son titre ?

— « Home on the Range ». Elle est classée dans le folklore Western américain.

Elle en aurait demandé une autre, mais Piemur entra avec un bizarre engin d'où pendait d'un côté un mince ruban de fils colorés. Le devant ressemblait à une partie du panneau de travail de Siav, avec cinq rangées de petites dépressions sous une feuille noire qui ressemblait bien à du plastique.

— Voulez-vous tenir cela au-dessus du panneau de vision, Piemur. Au niveau de votre tête.

Il y eut une longue pause pendant l'inspection.

— Cela me semble correctement assemblé. L'installation et l'activation finale constitueront les dernières vérifications, mais cela devra attendre une source de courant et le rattachement à cette installation. Maître Terry avance-t-il dans le montage des circuits ?

— Je ne sais pas. Il est dans une autre pièce. Je vais aller voir. Tiens, Menolly, garde-moi ça. Je ne veux pas risquer de le faire tomber.

Avec un sourire encourageant, Piemur lui mit l'objet dans les mains et sortit en courant.

— Qu'est-ce que tu fais avec ça ? demanda Jancis, arrivant avec un objet semblable.

Menolly la renseigna et la regarda répéter la même cérémonie que Piemur. Derrière elle, entra Benelek, le fils le plus intelligent du Seigneur Groghe, qui était maintenant Compagnon Forgeron. Fandarel l'avait trouvé tellement innovatif que Menolly n'était pas surprise de le voir prendre part à ces activités.

Quand Siav eut approuvé leur travail, Benelek voulut savoir quand ils pourraient être connectés.

— Quand il y aura du courant disponible. C'est pourquoi, Compagnon Benelek, vous feriez aussi bien d'assembler un autre clavier en attendant, répondit Siav. Dix postes sont possibles avec les pièces détachées à notre disposition. Deux autres auront besoin d'écrans de remplacement, si le Maître Verrier peut les fournir.

— Je ne comprends vraiment pas comment vous pourrez parler à douze personnes à la fois, Siav, dit Menolly.

— Vous jouez plus d'un instrument, n'est-ce pas ? Enfin, si cette installation a compris correctement les habitudes de votre Atelier.

— Oui, mais pas tous en même temps.

— Cette installation comprend de nombreuses parties capables de fonctionner indépendamment et simultanément.

Menolly rumina ce concept, ne sachant comment répondre. Puis, juste comme son silence aurait pu commencer à paraître impoli, Maître Terry arriva, tout enguirlandé de fils divers.

CHAPITRE 3

À l'autre bout du couloir, dans la salle de conférences nettoyée le matin, sept Seigneurs, huit Maîtres d'Ateliers, huit chefs de Weyrs et quatre Dames du Weyr étaient réunis en assemblée extraordinaire. Le Compagnon Harpiste Tagetarl y assistait pour noter les débats.

F'lar se leva pour prendre la direction de la séance, mais tout le monde vit bien que Maître Robinton aurait été content d'officier à sa place. Beaucoup pensèrent que le Harpiste n'avait pas été aussi animé et vigoureux depuis bien des Révolutions et supposèrent que les rumeurs de son déclin avaient été très exagérées. On remarqua aussi que F'lar et Lessa avaient l'air moins défait, presque joyeux — et même optimiste.

— Je crois que vous avez tous été présentés à Siav, commença F'lar.

— Présentés à un mur parlant ? grogna le Seigneur Corman d'Igen.

— C'est beaucoup plus qu'un mur parlant, dit Robinton avec irritation, foudroyant Corman qui leva les yeux au ciel.

— Considérablement plus qu'un mur, dit F'lar. Siav est une entité intelligente, construite par nos ancêtres qui ont colonisé cette planète. Il contient toutes les informations dont ils avaient besoin. Connaissances précieuses qui peuvent nous enseigner à améliorer la vie des Weyrs, Forts et Ateliers. Et à détruire les Fils à jamais.

— Ça, je le croirai quand je le verrai, répliqua Corman, incrédule.

— Je vous l'ai promis au début du Passage, Seigneur Corman, et maintenant, je peux tenir ma promesse.

— Avec l'aide d'un mur ?

— Oui, avec l'aide de ce mur, répondit Robinton avec conviction.

— Vous ne seriez pas si sceptique si vous aviez entendu Siav hier ! dit Larad, se levant d'un bond, la voix tremblante de colère contenue.

Stupéfait, Corman eut un mouvement de recul.

— Sans vous offenser, F'lar, Robinton, Larad, dit Warbret d'un ton conciliant, on nous a fait venir ici si souvent pour voir des coques inutiles, des bâtiments vides, des grottes regorgeant de bric-à-brac que, personnellement, je ne voyais aucune urgence à me déplacer cette fois. Je trouve très bizarre, Chef du Weyr, votre enthousiasme pour un mur parlant qui radote des légendes archaïques.

— Crédule, hein ? tonitrua Robinton en se levant. Warbret, moi, Robinton du Fort de la Baie, je suis peut-être vieux, mais personne ne peut m'accuser d'être crédule...

— Ni moi, ajouta Fandarel dominant les Seigneurs stupéfaits de toute sa taille. Ce n'est pas un *mur*, Seigneur Corman. Cette machine, ce Siav, a été construite par nos ancêtres avec un tel art qu'elle a survécu aux siècles et fonctionne encore. Et c'est plus que n'en peut accomplir n'importe lequel de nos Ateliers actuels ! N'insultez plus notre intelligence et notre intégrité, Seigneur Corman. Vous pouvez choisir de ne pas croire en ce Siav, mais moi, j'y crois, termina Fandarel, se frappant la poitrine du pouce pour souligner sa conviction.

Ahuri, Corman n'insista pas.

— Alors, pourquoi avez-vous convoqué cette assemblée ? demanda Warbret, conciliant.

— Par courtoisie. Pour que vous preniez tous conscience de l'importance de cette découverte aussi tôt que possible, dit sèchement Lessa. Je ne veux pas qu'on accuse les Weyrs de duplicité ou de dissimulation d'artefacts précieux.

— Ma chère Dame du Weyr, commença Warbret.

— Peut-être pas vous, Warbret, intervint le Seigneur Groghe, mais je pourrais en citer certains... Vous n'étiez pas là, alors vous n'avez pas entendu comme moi, et je ne suis pas plus crédule que Robinton, F'lar ou Fandarel.

Mais si ce Siav peut vraiment nous débarrasser des Fils, alors je suis d'avis de l'aider de toutes nos forces.

— S'il peut faire ça, contesta Corman, alors, pourquoi ne l'a-t-il pas fait pour nos ancêtres ?

— Parce que deux éruptions volcaniques ont modifié leurs plans, répondit Fandarel d'un ton patient. Le Terminus — c'est ainsi que nos ancêtres nommaient ce plateau — dut être évacué. Et personne n'est revenu du Nord pour voir ce que Siav avait trouvé.

— Oh, fit Toronas, convaincu.

— Je ne voulais pas vous offenser, F'lar, dit Warbret, raisonnable. Je trouve seulement que vous sautez bien vite aux conclusions à partir de faibles indices que ce Siav peut faire la moitié de ce qu'il prétend.

— Siav m'a déjà prouvé, tonna Fandarel de sa voix caverneuse, qu'il peut restaurer les informations perdues par mon Atelier au cours du dernier millénaire, des informations qui amélioreront la vie non seulement de mon Atelier, mais de toute la planète. Vous savez parfaitement, Seigneur Warbret, que les déprédations du temps ont rendu bien des Archives illisibles. Et que bien des commodités transmises par nos Ancêtres se sont perdues. Siav m'a déjà donné des plans pour une centrale électrique très efficace. Tellement efficace, poursuivit-il, pointant l'index sur le Seigneur d'Igen, que le courant de votre rivière pourrait rafraîchir votre Fort en plein midi au milieu de l'été.

— Vraiment ? Je dois dire que je n'y verrai aucun inconvénient, avoua-t-il, sans perdre son scepticisme. Et supposant que ce Siav vous aide à anéantir les Fils, ajouta-t-il d'un ton cauteleux, coulant un regard en coin à F'lar, que feront les chevaliers-dragons ?

— Nous nous occuperons de ça quand nous aurons détruit les Fils.

— Ainsi, vous entretenez vous-même des doutes, Chef du Weyr, dit vivement Corman.

— J'ai dit *quand*, Seigneur Corman, dit F'lar avec irritation. Notre impatience à vous dispenser de la dîme vous déplairait-elle ? ajouta-t-il, sardonique.

— Non. Nous vous avons volontiers versé la dîme cet automne...

Corman hésita, puis leva les mains au ciel au souvenir

du temps où il n'avait pas volontiers soutenu le Weyr de Benden.

— Et comment votre mur parlant détruira-t-il les Fils, Chef du Weyr ? demanda le Maître Verrier Norist, les joues couperosées pas seulement par la chaleur de ses fours. En faisant exploser l'Etoile Rouge ?

Les yeux étrécis de colère, Larad se pencha par-dessus la table.

— Quelle importance, Maître Norist, pourvu qu'il n'y ait plus jamais un autre Passage ?

— Puissé-je vivre assez longtemps pour voir ce jour, dit Corman d'un ton facétieux.

— J'en ai bien l'intention, dit F'lar, l'air résolu. Maintenant que nous avons établi pourquoi les chevaliers-dragons, au moins, trouvent que Siav a une grande importance...

— Pas seulement les chevaliers-dragons, F'lar, dit Fandarel, abattant son poing sur la table qu'il fit trembler.

— Et pas seulement les Maîtres d'Ateliers, ajouta fermement le Seigneur Asgenar.

— Moi aussi, je suis d'accord, dit Groghe. Vous êtes parfois diablement difficile à convaincre, Corman. Vous changerez d'avis quand vous aurez _entendu_ Siav. Vous n'êtes pas si bête !

— Assez ! dit F'lar, reprenant la direction de la séance. Le but de cette réunion est de vous informer de la découverte de Siav et de sa valeur inestimable pour toute la planète. Ce que nous avons fait pour ceux qui se sont donné la peine de venir. De plus, j'espère que les autres Chefs de Weyrs se joindront à Benden pour utiliser pleinement Siav, temina-t-il en regardant les autres Chefs de Weyrs.

— Ecoutez-moi, F'lar. Vous ne pouvez pas décider arbitrairement de quelque chose qui affectera Weyrs, Forts et Ateliers avant que chacun ait eu l'occasion de voir Siav par lui-même. Je trouve que nous devrions en discuter à l'assemblée trimestrielle des Seigneurs — qui n'est plus très éloignée.

— Les Seigneurs peuvent décider pour ce qui les concerne, dit F'lar.

— Et les Maîtres d'Ateliers aussi, intervint Norist, l'air hostile.

— Il faut savoir qui peut utiliser Siav, et cette décision ne doit pas être différée, dit F'lar.

— Allons donc, F'lar, dit Groghe, vous n'avez rien différé, à déambuler dans les grottes en pleine nuit, à convoquer apprentis et compagnons de toutes les parties du continent pour ressusciter des trucs et des bidules bizarres. Non que, personnellement, je ne sois pas d'accord avec vous. Prendre une décision à une Assemblée Trimestrielle des Seigneurs est un processus de nature à mettre à l'épreuve la patience d'un dragon. De plus, j'ai vu et entendu Siav.

Il se tourna légèrement sur son siège pour faire face aux autres Seigneurs et ajouta :

— La machine est étonnante, et je suis convaincu de sa valeur !

— Il fut un temps, Corman, dit F'lar avec un petit sourire qui rappela aux Seigneurs une autre circonstance où le Chef du Weyr de Benden avait affronté et vaincu la désapprobation des Seigneurs, où vous et tous les autres Seigneurs me conjuriez de mettre fin aux Chutes. Vous n'allez pas me reprocher de vouloir mener cette tâche à bien aussi vite que possible ?

— Vous avez fait exactement ce que vous deviez, dit Groghe.

— C'est vrai, Chef du Weyr, acquiesça Toronas.

F'lar se dit que le nouveau Seigneur de Benden représentait une sérieuse amélioration sur son prédécesseur, le Seigneur Raid.

— Toutefois, poursuivit le Chef du Weyr, il est tristement évident que nous avons perdu bien des connaissances de nos ancêtres. Nous devons les réapprendre, sous la direction de Siav, pour pouvoir débarrasser à jamais cette planète de la menace des Fils.

Le regard de F'lar se posa sur Norist, puis Corman, puis Warbret, et enfin sur les Seigneurs qui n'avaient pas pris part à la discussion.

— N'est-il pas raisonnable de commencer dès que possible ? Pour retrouver ce que nous avons perdu ?

— Et vous pensez que nous prendrons tous nos ordres de ce Siav ? demanda Norist, sarcastique.

Il avait répondu avec beaucoup de réticence aux questions de Siav sur son Atelier.

— Maître Norist, commença Fandarel d'un ton lent et

résolu, s'il existe des possibilités d'améliorer les techniques de nos Ateliers, n'est-il pas de notre devoir de le faire ?

— Ce que ce Siav me propose de faire, dans un métier que je pratique avec efficacité depuis trente Révolutions, va à l'encontre de toutes les habitudes établies de mon Atelier ! rétorqua Norist.

— Y compris celles consignées dans vos Archives devenues illisibles ? demanda doucement Maître Robinton. Maître Fandarel impatient de réparer une ancienne centrale, est pourtant prêt à accepter de nouveaux principes de Siav.

— Nous savons tous que Maître Fandarel ne cesse d'expérimenter de nouveaux gadgets, dit Norist, avec un rictus dédaigneux.

— Des gadgets toujours efficaces, répondit Maître Fandarel, ignorant son dédain. Il est évident que tous les Ateliers peuvent bénéficier des connaissances de Siav. Ce matin, Siav a donné à Bendarek un précieux conseil pour améliorer son papier, ainsi qu'il l'appelle, et en accélérer la production. Conseil très simple, mais Bendarek en a immédiatement compris les possibilités, et il est retourné à Lemos pour mettre en pratique cette méthode plus efficace. C'est pourquoi il n'est pas là.

— Vous et Bendarek, dit Norist, faisant claquer ses doigts dédaigneusement, vous pouvez exercer vos prérogatives. Moi, je préfère me concentrer sur le maintien des hauts standards de mon Atelier, sans disperser mes efforts dans des occupations frivoles.

— Pourtant, vous profitez volontiers des occupations frivoles des autres Ateliers, dit le Seigneur Asgenar avec un sourire ironique. Comme les feuilles qu'on vous a livrées le mois dernier. Bendarek pense pouvoir augmenter sa production de papier, pour que personne ne soit obligé d'attendre ses approvisionnements.

— Le verre est du verre, et se fabrique avec du sable, de la potasse et du minium, déclara Norist, têtu. Il n'y a aucune amélioration à apporter à cela.

— Pourtant, Siav en a proposé, dit Maître Robinton de son ton le plus persuasif.

— J'ai perdu assez de temps comme ça.

Norist se leva et sortit dignement.

— Vieux fou, grommela Asgenar entre ses dents.

— Revenons aux affaires sérieuses, F'lar, dit Warbret. La possibilité d'éliminer les Fils. Comment ce Siav veut-il s'y prendre ? F'nor n'a pas très bien réussi quand il a essayé.

F'nor avait failli mourir dans sa tentative d'atteindre l'Etoile Rouge par l'*Interstice*, et F'lar pâlit à ce souvenir, puis il se ressaisit et poursuivit :

— Seigneur Warbret, tant que vous n'aurez pas entendu notre histoire racontée par Siav, vous n'aurez aucune idée de tout ce que nous aurons à apprendre avant même de comprendre ce que nous devons faire.

— Les images et les paroles de Siav réduisent à néant mes pauvres connaissances, dit Robinton, avec une humilité surprenante. Car il était là ! Il connaissait nos ancêtres. Il a été créé sur la planète d'origine des colons ! Il a vu et enregistré les événements qui sont devenus nos mythes et nos légendes.

Un silence respectueux suivit cette déclaration passionnée.

— Oui, vous et le seigneur Corman, vous devriez entendre Siav avant de refuser le cadeau qui nous est offert, dit Lessa avec autant de ferveur.

— Je ne suis absolument pas contre vos projets, dit Warbret, s'ils peuvent nous aider à éradiquer les Fils. Et si vous dites, Dame du Weyr, que nous devrions entendre ce Siav avant de prendre notre décision, quand cela sera-t-il possible ?

— Plus tard dans la journée, j'espère, dit F'lar.

— Les batteries doivent être en place maintenant, dit Fandarel. Il faut que je m'en aille. Siav aura besoin de beaucoup plus de courant, et je vais m'assurer qu'il l'aura.

Il se leva et considéra l'assistance quelques instants.

— Certains d'entre nous devront changer les habitudes de toute une vie, et ce ne sera pas facile, mais les bénéfices compenseront largement ces efforts. Nous avons supporté les Fils assez longtemps. Maintenant, nous avons une chance de les anéantir, et nous devons la saisir à deux mains et réussir ! Facenden, ajouta-t-il, se tournant vers son Compagnon, remplace-moi ici et viens me faire ton rapport plus tard.

Puis il sortit, ses pas lourds résonnant dans le couloir.

— Je crois que cette réunion a assez duré. Faites ce que

vous voulez, Chef du Weyr. D'ailleurs, c'est généralement ce que vous faites, dit Corman, sans rancœur cette fois. Je vous demanderai seulement d'envoyer un rapport complet sur ces activités à l'Assemblée Trimestrielle des Seigneurs.

Il se leva, faisant signe à Bargen de l'imiter. mais le Seigneur des Hautes Terres ne bougea pas.

— Ne restez-vous pas pour entendre notre histoire, Corman ? demanda Robinton.

— Dans cette petite salle étouffante ? demanda Corman avec indignation. Faites-la apprendre à mes harpistes, et je pourrai ainsi l'écouter confortablement dans mon Fort et à ma convenance.

Sur quoi, il sortit.

— Moi, je vais l'écouter, dit Bargen, puisque je suis là. Mais je ne suis pas certain qu'il soit bien sage d'encourager ce Siav.

— Au moins, vous acceptez de l'entendre, dit Robinton, approbateur. Sebell, combien de personnes peuvent-elles prendre place dans cette petite salle étouffante ? dit-il avec flegme, amenant un sourire sur les lèvres de plusieurs Chefs de Weyrs.

— Toutes celles qui le désirent, dit Sebell.

— Nous n'avons pas à demander la permission de cette créature ? demanda Bargen.

— Siav est des plus accommodants, dit Maître Robinton avec un grand sourire.

Ils enfilèrent donc le couloir, trois Seigneurs, les Chefs et Dames des Weyrs et les Maîtres d'Ateliers. Terry y était déjà, l'air très content de lui, mais écartant les gens des cordes qui s'enroulaient autour de Siav, couraient le long du mur de gauche, puis disparaissaient dans la pièce adjacente. On avait percé une fenêtre en haut du mur de droite, et de l'air frais circulait dans la salle. Il y eut assez de sièges pour tout le monde, y compris le Seigneur Groghe, qui avait décidé d'entendre Siav une deuxième fois. Menolly resta debout près de Sebell, et chercha sa main à tâtons quand la première vue de Pern, flottant dans le noir de l'espace, parut sur l'écran.

— C'est stupéfiant, s'écria Bargen.

Mais il fut le dernier à parler avant que Siav termine son récit par la vue finale d'un traîneau aérien disparaissant vers l'ouest dans un nuage de cendres. Puis, un peu étourdi, il grommela :

— Corman est un vieux fou. Et Norist aussi.

— Merci, Siav, dit Groghe du Fort de Fort en se levant. Bien sûr, j'avais déjà vu ça hier, mais ça valait la peine de le voir une deuxième fois. Et chaque fois que je pourrai.

Il hocha la tête à l'adresse de F'lar.

— Vous savez que je vous soutiendrai, chevaliers-dragons. Vous aussi, n'est-ce pas, Warbret et Bargen ?

— Je trouve que nous le devons, Warbret, dit Bargen, se levant et s'inclinant courtoisement devant F'lar puis Maître Robinton. Au revoir. Et bonne chance.

Les autres Seigneurs sortirent avec lui.

— Je ne voudrais pas doucher ce bel optimisme, dit G'dened du Weyr d'Ista, mais Siav n'a rien dit sur la façon dont nous pourrons éliminer les Fils.

— C'est vrai, dit R'mart, branlant du chef. Nos ancêtres avaient beaucoup d'appareils et de gadgets, sans compter ces traîneaux. S'ils n'ont pas pu se débarrasser des Fils, comment le pourrons-nous ?

— Il y aura le temps de tout accomplir, dit Siav. Comme mentionné hier soir, cette installation était arrivée à plusieurs conclusions. La plus importante pour vous, c'est que dans quatre ans, dix mois et vingt-sept jours, il sera possible d'imprimer à la planète excentrique une violente secousse qui lui fera quitter son orbite actuelle de façon permanente. Elle sera alors proche de votre cinquième planète, loin de Rukbat — mais, comme vous le savez maintenant, l'essaim des Fils la suit toujours dans le voisinage de Pern.

Frappés de stupeur par ces paroles, tous braquèrent les yeux sur l'écran où parut un modèle de leur système solaire, les cinq planètes tournant lentement autour de Rukbat, et l'excentrique traversant leurs orbites en biais.

F'lar eut un rire penaud.

— Les dragons de Pern sont forts et courageux, mais je ne crois pas qu'ils pourront déplacer l'Etoile Rouge.

— Ils ne la déplaceront pas, dit Siav, car une telle tentative mettrait leur vie et celle de leurs maîtres en danger. Mais les dragons pourront exécuter d'autres tâches essentielles qui permettront d'altérer définitivement la trajectoire de la planète.

69

Tout le monde garda le silence.

— Puissé-je vivre assez pour voir ce jour, dit G'dened avec ferveur.

— Si c'est faisable, demanda R'mart, pourquoi nos ancêtres ne l'ont-ils pas fait ?

— La disposition des planètes n'était pas favorable.

Siav fit une courte pause, puis reprit, d'un ton que Robinton trouva légèrement ironique.

— Et le temps que ces calculs aient été faits, tous étaient partis dans le nord, de sorte que cette installation ne put pas en informer ses opérateurs.

Nouvelle pause.

— Les dragons, que vous avez rendus si grands et si forts, seront essentiels au succès de cette entreprise. Si vous voulez bien la tenter.

— Si nous le voulons ! s'écrièrent en chœur T'gellan et T'bor.

Tous les chevaliers-dragons se levèrent d'un bond. Mirrim serra le bras de T'gellan, le visage empreint d'une détermination farouche.

— F'lar n'est pas le seul dont le plus grand désir soit l'extermination des Fils !

D'ram, le plus vieux des assistants, avait le visage inondé de larmes.

— Nous le voulons tous, Siav. Même moi qui suis vieux, et mon vieux dragon !

Dehors, tous les dragons claironnèrent en chœur leur accord.

— La tâche ne sera pas facile, dit Siav, et vous devrez étudier assidûment pour acquérir les bases qui permettront la réussite.

— Pourquoi cela doit-il arriver dans quatre ans, dix mois et vingt-sept jours ? demanda K'van, le plus jeune des Chefs de Weyrs.

— Parce que c'est le moment précis où une fenêtre s'ouvrira, dit Siav.

— Une fenêtre ? dit K'van, regardant celle qu'on venait de percer dans le mur.

— Quand vous voyagez par l'*Interstice*, vous emmenez toujours votre dragon dans un endroit précis, n'est-ce pas ?

Tous les chevaliers-dragons acquiescèrent de la tête.

70

— Il est encore plus important d'être précis quand on voyage dans l'espace, poursuivit Siav.

— Nous allons voyager dans l'espace ? demanda F'lar, montrant l'écran qui leur avait donné une idée de ce qu'était l'espace.

— En un sens, dit Siav. Vous arriverez à comprendre et à interpréter correctement les termes qui définissent les tâches qui vous attendent. Dans le vocabulaire du voyage spatial, une fenêtre est l'intervalle de temps qui délimite le moment à l'intérieur duquel on a la flexibilité d'accomplir son objectif. Si ce projet doit réussir...

— Si ? hurla R'mart. Mais vous avez dit que c'était possible !

— Le plan est viable et a toutes les chances de succès *si* les efforts nécessaires sont mis en œuvre, dit Siav avec fermeté. Mais la réussite dépendra de l'apprentissage de nouvelles techniques et disciplines. Il est évident que tous les chevaliers-dragons sont entièrement dévoués à leur tâche, mais ils ont très peu de loisirs. Ils seront essentiels mais devront être aidés par les Maîtres d'Ateliers et ceux des Seigneurs qui voudront bien prêter des hommes et des femmes pour la réalisation du plan. Le mieux serait que toute la population de la planète s'engage dans ce projet. Comme vos ancêtres.

— Je ne comprends toujours pas pourquoi nos ancêtres n'ont pas résolu le problème quand ils en ont eu l'occasion, dit R'mart.

— Vos ancêtres n'avaient pas des dragons de la taille et de l'intelligence des vôtres. L'espèce a évolué et a dépassé les spécifications génétiques originelles...

Des images de deux dragons parurent sur l'écran.

— Le bronze est Carenath, Sean O'Connell est son maître. L'autre est Faranth, avec Sorka Hanrahan.

Deux autres dragons apparurent, trois fois plus grands que les deux premiers.

— Et maintenant, voici Ramoth et Mnementh. L'échelle est exacte.

— Mais ce bronze n'est pas plus grand que Ruth, dit T'bor, avec un regard d'excuse aux Chefs du Weyr de Benden.

— Non, dit F'lar d'une voix égale. Vous nous avez

71

convaincus, Siav. Et maintenant, quand commençons-nous l'apprentissage dont vous parlez ?

— Certainement pas aujourd'hui, dit Siav. Premièrement, il faut une source de courant adéquate, ce dont Maître Fandarel a la bonté de s'occuper avec son efficacité habituelle.

Maître Robinton se retourna et fixa l'écran d'un air soupçonneux. Siav poursuivit :

— Deuxièmement, il faut installer des postes supplémentaires. Troisièmement, il faut une provision de papier suffisante pour imprimer les instructions et les explications. Quatrièmement...

— Assez, dit F'lar, levant les bras au ciel en souriant. Quand les artisans auront fait toutes vos volontés, nous serons prêts à suivre votre enseignement. Cela, je vous le promets.

— Parfait, dit Maître Terry en se levant. Vous partez maintenant ? demanda-t-il aimablement. Parce que j'ai encore des liaisons à établir pour Siav, et vous m'en empêchez.

— On doit avoir apporté à boire et à manger dans la salle de conférences, dit Lessa, encourageant tout le monde à sortir.

Maître Robinton attendit que les autres se fussent éloignés dans le couloir. Il jeta un coup d'œil sur Terry, affairé à installer ses câbles.

— Siav ? murmura le Maître Harpiste. Avez-vous le sens de l'humour ?

— Cette installation n'a rien à voir avec les sens, répondit Siav après un silence marqué. Elle est programmée pour interagir avec les humains.

— Ce n'est pas une réponse.

— C'est une explication.

Et Maître Robinton dut s'en contenter.

Les quatre dragons du Weyr Oriental descendirent lentement en spirale au-dessus du barrage. Jusque-là, tout l'intérêt s'était concentré sur le Terminus. Personne n'avait eu l'occasion de s'aventurer dans les montagnes voisines pour y chercher des traces de la présence des colons, c'est pourquoi la découverte d'un lac, manifestement artificiel — car Fandarel avait endigué plusieurs cours d'eau quand il était apprenti et compagnon et il reconnut la configuration — fut une nouvelle surprise.

Le lac s'étirait comme un long doigt entre deux hautes crêtes. Le barrage avait été construit dans le goulet de l'extrémité sud-est. Il était endommagé et deux cascades s'en échappaient des brèches pour tomber gracieusement dans le ravin, mais c'était quand même le plus grand que Fandarel eût vu de sa vie. Le plus extraordinaire, réalisa Maître Fandarel, ce n'était pas qu'il eût été construit, mais qu'il eût survécu presque intact à vingt-cinq siècles. Il tira D'clan par la manche et pointa l'index vers le sol, et l'instant suivant, Pranith resserra sa spirale et atterrit en vol plané.

Avec une grâce et une agilité que bien de ses cadets lui enviaient, Fandarel sauta légèrement à terre et il se mit immédiatement à quatre pattes, grattant de son couteau la boue solidifiée pour examiner le matériau de la digue. Il branla du chef.

— Siav a dit que c'est du plaston, grommela-t-il tandis que ses hommes le rejoignaient.

Evan, le compagnon qui faisait souvent passer ses idées du projet à la réalité, était un homme posé qui n'avait pas cillé en recevant ses instructions du « mur parlant ». Belterac, comme Fandarel, était blanchi sous le harnais ; sage et posé, il était régulier et persévérant dans le travail, ce qui compensait l'étourderie brouillonne de l'apprenti Fosdak qui, en revanche, était vigoureux comme une bête de trait. Le dernier s'appelait Silton, diligent jeune homme aussi persévérant que Maître Terry.

— Ils ont construit ça en plaston, poursuivit Fandarel. Un truc qui devait durer des millénaires. Et ça a duré. Oui, par la coquille du premier œuf, ça a duré !

Les trois dragons s'intéressaient autant que les humains à la digue, arpentant le barrage les ailes repliées, et soudain, V'line éclata de rire, annonçant que son bronze Clarinath voulait savoir s'ils auraient le temps de prendre un bain. L'eau paraissait si propre, si claire.

— Plus tard, dit Fandarel, continuant son inspection.

— Construction étonnante, marmonna Evan, allant examiner la surface du mur donnant sur le lac. Les différents niveaux sont visibles, Fandarel. Les eaux sont basses depuis des Révolutions, mais elles ont dû être plus hautes autrefois.

Puis il se dirigea du côté du ravin et montra quelque chose en bas, sur la gauche.

— Là, Maître, c'est là que les anciens avaient installé leur centrale.

La main en visière sur le front, Fandarel étrécit les yeux puis hocha la tête avec satisfaction en voyant les vestiges du bâtiment. Quelque chose de lourd l'avait fracassé en tombant dessus des hauteurs, sans doute la même chose qui avait endommagé le barrage, livrant place aux cascades.

— D'clan, auriez-vous la bonté de nous descendre là-bas avec Pranith, dit Fandarel. J'irai d'abord avec Evan m'assurer qu'il n'y a pas de danger.

D'clan et Pranith s'exécutèrent, et trouvèrent la place de se poser près des ruines. De la bâtisse il ne restait que la charpente et un mur intérieur, cimenté à la roche. Mais le revêtement de sol, bien que couvert d'une épaisse couche de terre, n'avait pas souffert du passage du temps.

— Nos vigoureux jeunes gens vont nous nettoyer ça, Evan, dit Fandarel. D'clan, pouvez-vous nous amener les autres ? Après, les dragons pourront aller se baigner.

— Ils passent plus de temps dans l'eau que dans les airs, remarqua D'clan. S'ils ne font pas attention, ils vont abîmer leur cuir. Et un dragon au cuir abîmé ne vaut rien dans l'*Interstice*, dit-il d'un ton plus affectueux que chagrin.

Pendant que les jeunes commençaient à enlever la terre à pleines pelletées, Fandarel et Evan mesurèrent soigneusement l'aire à enclore, puis déterminèrent où ils devraient installer la nouvelle roue à eau. A grands traits, Evan fit un croquis préliminaire de l'installation terminée. Fandarel, qui regardait par-dessus son épaule, hocha la tête, approbateur. Puis il inspecta le haut mur lisse du barrage et les montagnes environnantes.

— Maintenant, dit-il, satisfait de son analyse du site, retournons à Telgar assembler les composants. Ce sera une nouveauté de travailler à partir de plans bien établis, non ?

Evan haussa à peine un sourcil.

— Ça ne pourra être que plus efficace.

— Mon cher F'lar, dit Robinton, rassurant, au Chef du Weyr déçu de n'avoir pas le soutien de tous les Seigneurs,

Siav a impressionné Larad, Asgenar, Groghe, Toronas, Bargen et Warbret, sans compter Jaxom. Sept sur seize, ce n'est pas mal pour un début. Oterel est un vieux gâteux, et Corman a toujours besoin d'un certain temps pour assimiler les nouveautés. Si les divers projets pour lesquels vous aurez besoin de main-d'œuvre continuent à vider ses grottes de Laudey de leurs mendiants, il vous soutiendra.

Posant la main sur l'épaule de F'lar, Robinton le secoua légèrement.

— F'lar, vous désirez tellement éradiquer les Fils ! C'est votre responsabilité essentielle. Gouverner leurs Forts est la leur, et ça leur fait parfois perdre de vue des objectifs plus vastes. Oui, K'van ?

Le Harpiste avait remarqué que le jeune Chef du Weyr Méridional attendait à l'écart.

— Ai-je trop monopolisé F'lar, alors que vous avez besoin de lui parler ?

— Si je peux me permettre de vous interrompre... dit K'van.

— Mon verre est vide.

Avec un sourire canaille, Robinton s'approcha de la table chargée de boissons et de victuailles, à la recherche d'une outre.

— Le Seigneur Toric a-t-il été invité ? dit K'van, hésitant.

— Oui, K'van.

F'lar l'attira dans un coin de la pièce, où ils seraient moins dérangés par la discussion animée des autres Chefs de Weyrs.

— J'ai chargé Breide de le prévenir.

K'van eut un petit sourire — ils savaient tous deux que la principale fonction de Breide au Terminus était de rapporter à Toric tout ce qui pouvait avoir le moindre intérêt. Mais, dans son obséquiosité, Breide lui communiquait tant de vétilles qu'à l'évidence Toric ne prenait même pas la peine de lire ses rapports.

— Il essaye de débarquer suffisamment d'hommes dans l'île pour en chasser Denol et sa famille.

Tout le monde savait que Toric était furieux de la tentative d'une bande de rebelles de s'approprier l'île qu'il revendiquait pour son Fort.

— Je croyais que c'était déjà fait, dit F'lar, étonné. Toric est toujours si déterminé.

— Et il est également déterminé à avoir l'aide du Weyr, dit K'van, avec un sourire acide.

— C'est absolument hors de question, dit F'lar avec colère.

— C'est ce que je lui ai dit et répété. Le Weyr n'est pas là pour faire ses quatre volontés.

— Et ?

— Il n'accepte pas mon refus pour définitif, F'lar.

K'van haussa les épaules, l'air impuissant, et reprit :

— Je sais que je suis jeune pour être Chef de Weyr...

— Votre jeunesse n'a rien à voir, K'van. Vous êtes un bon Chef, et tous les vieux chevaliers de votre Weyr me l'ont confirmé !

K'van était encore assez jeune pour rougir de plaisir à ce compliment.

— Toric ne serait pas d'accord, dit-il.

F'lar ne pouvait nier que la silhouette mince et juvénile de K'van ne le désavantageât, face au grand et vigoureux Seigneur du Fort Méridional. Quand Heth, le dragon de K'van, s'était uni à la reine d'Adrea au cours du vol nuptial, Toric s'était enthousiasmé à l'idée d'avoir un Chef de Weyr entraîné à Benden. Mais à l'époque, il n'avait pas une rébellion dans son Fort.

— D'abord, reprit K'van, il voulait que le Weyr transporte ses soldats dans l'île. Quand j'ai refusé, il a dit qu'il considérerait que j'aurais fait mon devoir envers le Fort si je lui indiquais la position du camp des rebelles. Il voulait que nous survolions l'île au cours d'un Passage, et pensait que cette information l'aiderait à mater la rébellion. J'ai encore refusé, et il a commencé à harceler certains de mes chevaliers-bronze, insinuant que j'étais trop jeune pour connaître mes devoirs envers le Seigneur.

— Je suppose qu'il n'a pas eu satisfaction sur ce point, dit F'lar.

K'van secoua la tête.

— Non. Ils lui ont dit que ce n'était pas la responsabilité du Weyr. Puis...

Le jeune Chef de Weyr hésita.

— Puis ? insista F'lar, l'air sombre.

— Il a essayé de corrompre l'un de mes chevaliers-bleus en proposant de lui trouver un ami.

— En voilà assez ! dit F'lar, repoussant ses cheveux avec colère. Lessa !

F'lar lui exposa les problèmes de K'van, et elle s'en irrita tout autant.

— Depuis le temps, il devrait savoir que ça ne sert à rien d'essayer d'intimider les chevaliers-dragons, dit-elle, la voix crépitante de colère.

Devant l'air penaud de K'van, elle lui tapota la main, rassurante.

— Ce n'est pas votre faute. Toric est aussi cupide qu'un Bitran.

— Plutôt désespéré, dit K'van avec une ombre de sourire. Maître Idarolan m'a dit que Toric lui avait offert une petite fortune en gemmes et un bon mouillage s'il lui débarquait une force punitive dans l'île. Mais il n'a pas voulu. De plus, il a dit aux autres Maîtres Marins de ne pas aider Toric en cette affaire. Et ils ne l'aideront pas.

— Toric a des bateaux à lui, dit Lessa avec irritation.

— Mais aucun d'assez grand pour transporter suffisamment de troupes. Les soldats qu'il a débarqués sont tombés dans des embuscades, et ont été soit mis hors de combat, soit emprisonnés par les rebelles. Il faut le reconnaître, Denol est astucieux, dit-il avec un grand sourire. Mais je voulais vous prévenir avant que des rumeurs ou des mensonges ne vous parviennent, ou que d'autres Seigneurs ne se plaignent de notre attitude.

— Vous avez bien fait, K'van, dit F'lar.

— Il nous faudra trouver le temps d'aller voir le Seigneur Toric, dit Lessa, le regard dur. Le Seigneur Toric *a besoin* d'un rapport complet sur ce qui se passe ici, au Terminus. Je pense que nous irons l'informer nous-mêmes, F'lar.

— Je ne sais pas quand, soupira F'lar, mais nous trouverons le temps. K'van, continuez à garder votre Weyr à l'écart des manigances de Toric.

— C'est ce que je vais faire.

— Maintenant, enfoncez cette prise mâle dans la prise femelle, dit Siav à Piemur, projetant l'image appropriée sur son écran.

Piemur s'exécuta, et Siav poursuivit :

— Une lumière verte a dû s'allumer en bas du moniteur.

— Il n'y en a pas, gémit Piemur, s'efforçant de ne pas perdre patience.

— Alors, c'est qu'il y a une liaison défectueuse. Enlevez le capot, et vérifiez les microprocesseurs, les entrées-sorties et la mémoire, dit Siav.

Ce nouvel échec laissait Siav parfaitement imperturbable, et cela ne soulageait en rien l'irritation de Piemur. Ce n'était pas normal d'être si totalement indifférent !

— Les machines doivent être correctement assemblées avant de pouvoir fonctionner. C'est la première étape. Soyez patient. Il s'agit simplement de localiser la liaison défectueuse.

Piemur se surprit à essayer de tordre le tournevis qu'il tenait à la main. Il prit une profonde inspiration, et, sans regarder Benelek et Jancis qui se concentraient sur l'assemblage de leur propre machine, il ôta le capot de la sienne. Une fois de plus.

Ils se consacraient à cette tâche monotone et astreignante depuis que Terry avait fini d'installer les fils et les câbles connecteurs à la satisfaction de Siav. Benelek, qui avait toujours eu des dispositions pour la mécanique et était habile de ses mains, ne réussissait pas mieux, mais cela ne consolait pas Piemur. Jancis n'était pas plus heureuse, mais son ineptie actuelle le chagrinait pour elle. Piemur avait les épaules crispées, les doigts engourdis par les mouvements imperceptibles, et il commençait à prendre tout le projet en grippe. Cela semblait si simple au départ : trouver les cartons dans les grottes, sortir les appareils entreposés, les épousseter, les démarrer, et c'était tout. Mais ce n'était pas tout. D'abord, Siav leur avait fait apprendre le nom de chaque partie de la machine — clavier, écran à cristaux liquides, ordinateur — et les différents codes activant le terminal. Quand il s'était agi de souder les liaisons, Jancis et Benelek n'avaient eu aucune difficulté. Piemur s'était brûlé une ou deux fois, mais il s'y était mis assez vite. Ses doigts, déliés par la pratique des instruments, s'étaient facilement adaptés à leur nouvelle tâche. Mais l'enthousiasme initial s'était envolé. Seule l'idée que Benelek et Jancis ne réussissaient pas mieux lui donnait le courage de continuer.

— Recommençons à tout vérifier, reprit Siav avec un

calme imperturbable, pour être certain qu'il n'y a aucune rupture ou avarie dans les puces ou les circuits.

— Je l'ai déjà fait deux fois, dit Piemur, serrant les dents.

— Alors, faisons-le une troisième. Servez-vous de la loupe. C'est pour ça que les pièces de ces appareils sont visibles, pour qu'on puisse les réparer. Sur la Terre, ces vérifications visuelles n'étaient pas possibles. C'était fait automatiquement à l'usine. Ici, nous devons procéder avec patience.

Réprimant sa colère, Piemur vérifia tous les circuits, scruta tous les résistors et les capacitors. Les perles et les lignes argentées qui l'avaient autrefois fasciné lui faisaient maintenant horreur, avec leurs noms stupides qui ne signifiaient rien pour lui, sauf des problèmes. Il souhaita ardemment n'avoir jamais vu cette maudite machine. Une vérification attentive ne révéla aucune panne évidente. Alors, avec le plus grand soin, il remit chaque composant à sa place.

— Assurez-vous que chaque plaquette est bien enfoncée dans sa rainure, dit Siav, toujours aussi calme.

— C'est ce que j'ai fait, Siav !

Piemur savait qu'il parlait avec irritation, mais devant le flegme de Siav, il trouvait encore plus difficile de garder son calme. Puis il retrouva sa bonne humeur. Les machines, se rappela-t-il facétieusement, ne faisaient que ce que commandaient leurs programmes. Elles n'avaient pas d'émotions qui venaient interférer avec l'exécution parfaite de leurs fonctions.

— Avant de replacer le capot, Piemur, soufflez doucement sur l'unité pour être sûr que des poussières ne bloquent pas les circuits.

Maître Esselin avait commencé la reconstruction du bâtiment de Siav, mais ses travaux soulevaient des nuages de poussières, dont une partie s'introduisait dans la salle malgré toutes leurs précautions.

Piemur souffla doucement. Replaça le capot. Brancha la prise. Il lui fallut un moment pour réaliser qu'une lumière verte brillait au bas du moniteur, juste à l'endroit où elle devait être, et qu'une lettre était apparue sur l'écran. Il poussa un hourrah retentissant qui fit sursauter Jancis et Benelek.

— Ne fais pas ça, Piemur, dit le jeune compagnon en le regardant de travers. Tu as failli me faire rater ma soudure.

— Ça marche vraiment, Piemur ? demanda Jancis, pleine d'espoir.

— C'est vert et ça marche ! s'écria Piemur en se frottant les mains, ignorant les regards irrités de Benelek. Bon, Siav, qu'est-ce que je fais maintenant ?

— En vous servant des lettres de votre clavier, tapez « Instructions ».

Cherchant les lettres sur son clavier, Piemur les tapa une par une. Instantanément, son écran se couvrit de mots et de chiffres.

— Hé, regardez, vous deux ! Mon écran est plein de mots !

Benelek se contenta de lui lancer un regard furibond, mais Jancis vint se placer derrière lui pour admirer ses résultats, puis retourna s'asseoir après une petite tape encourageante sur l'épaule.

— Lisez attentivement et apprenez les instructions de l'écran, dit Siav, et vous saurez comment accéder aux programmes dont vous avez besoin pour obtenir les informations que vous désirez. Vous devez d'abord vous familiariser avec le vocabulaire. La connaissance de ces termes augmentera votre efficacité.

Piemur lut les instructions plusieurs fois, mais sans bien comprendre, car il lui semblait que les mots familiers ne signifiaient plus la même chose. Avec un soupir, il recommença sa lecture. Les mots, c'est le métier d'un Harpiste, et il apprendrait ces sens nouveaux même s'il devait y passer une Révolution entière !

— J'ai réussi, moi aussi ! s'écria Jancis, ravie. J'ai aussi une lumière verte !

— Comme ça, on est trois, dit Benelek avec satisfaction. Je tape aussi « Instructions », Siav ?

— La première leçon est la même pour tous, Benelek. Vous méritez tous des compliments ! D'autres étudiants se sont-ils enrôlés dans ce projet ? Il y a beaucoup à faire.

— Patience, Siav, dit Piemur, imitant le ton de la machine en souriant à Jancis. Ils viendront en foule quand le bruit se répandra.

— Et le maître du dragon blanc, le Seigneur Jaxom ? Viendra-t-il aussi ?

— Jaxom ? répéta Piemur, légèrement étonné. Je me demande où il est.

CHAPITRE 4

La plus grande partie de la journée, Jaxom avait été aussi contrarié dans ses projets que Piemur pouvait le souhaiter. Lui et Ruth avaient transporté cinq chargements de cartons des grottes au bâtiment de Siav, puis, à peine cette tâche terminée, Maître Fandarel les avait instamment priés de ramener Maître Bendarek à son Atelier de Lemos. Le menuisier était impatient de modifier ses machines à papier selon les plans de Siav et d'améliorer la qualité en incorporant des chiffons à la pâte de bois.

A leur retour au Terminus, Maître Terry leur avait demandé de l'aider à trouver des fils et des câbles, qui, après de longues recherches, furent localisés dans un coin des grottes qu'ils avaient négligé. Puis, naturellement, Jaxom et Ruth obligèrent Terry en les ramenant, lui et ses rouleaux, au bâtiment de Siav. Jaxom essaya de prendre son mal en patience, se rappelant qu'il participait à l'effort général, sauf qu'il avait prévu de passer sa journée autrement.

Le dragon blanc avait envie de prendre un bon bain de soleil. L'hiver avait été froid et humide dans le nord. Et Jaxom était impatient de travailler sur les appareils de Siav avec Jancis, Piemur et Benelek.

Mais Jaxom s'était fait une règle d'être toujours disponible, aimable et serviable. Les gens lui demandaient plus facilement un service qu'à tout autre chevalier ou dragon. Et comme Ruth ne protestait jamais, Jaxom se sentait obligé d'aider les autres chaque fois qu'il le pouvait. Sharra pensait qu'il voulait aussi se distinguer de Fax, son tyran de père. Elle trouvait pourtant que Jaxom poussait trop loin ce besoin de réparation, et elle ne manquait pas d'interférer quand elle s'apercevait qu'on abusait de sa bonne volonté. Mais elle était à Ruatha, et il se retrouvait dans une de ces situations où la gentillesse devient un handicap.

Pendant que Terry déchargeait ses rouleaux de câbles, Jaxom entendit son estomac grogner — pas étonnant car il n'avait rien bu ni mangé depuis le friand et le klah avalés avec Sebell Menolly au point du jour. Sharra lui rappelait toujours qu'il devait prendre le temps de manger, et il tâchait de ne pas l'oublier. Il regrettait que sa grossesse l'ait empêchée de l'accompagner, mais elle ne pouvait pas risquer un déplacement dans l'*Interstice* dans son état. Il se dirigea donc vers la cuisine, ignorant que F'lar présidait une assemblée extraordinaire, sinon il y serait allé pour le soutenir. Jaxom dut se servir lui-même parce que le cuisinier et ses aides s'occupaient d'un apprenti qui s'était grièvement brûlé — ce qui lui rappela qu'il avait promis à Maître Oldive de l'amener au Terminus. Quand cela serait fait, peut-être qu'il pourrait faire ce qu'il voulait.

Quand ils surgirent de l'*Interstice* au-dessus du Fort de Fort, avec les bâtiments des Ateliers des Harpistes et des Guérisseurs, Ruth se trouva entouré d'une foule de lézards de feu glapissant à qui mieux-mieux.

— Qu'est-ce qu'ils ont, Ruth ? demanda Jaxom.

Maître Oldive ne veut pas que vous atterrissiez dans la cour. Il dit que les Harpistes vous sauteront dessus et qu'il n'arrivera jamais au Terminus.

Ruth semblait perplexe mais Jaxom éclata de rire.

— J'aurais dû y penser. Alors, que propose Maître Oldive ?

Je ne sais pas. Ils sont partis lui dire que nous arrivons.

Ruth descendit de l'autre côté du complexe de l'Atelier des Harpistes d'où on les verrait moins du Fort et de l'Atelier.

Il arrive, dit Ruth, comme les lézards de feu revenaient, exécutant cette fois un joyeux ballet aérien au-dessus de leurs têtes. *On nous voit du Fort*, ajouta-t-il, comme une autre bande de lézards de feu fondaient sur eux en pépiant avec véhémence. *Non, nous avons mieux à faire que nous arrêter au Fort en ce moment*, dit Ruth, terminant par un grondement caverneux qui mit en fuite les nouveaux venus, stupéfaits de cette réprimande.

— Le Seigneur Groghe est au Terminus, dit Jaxom pour calmer ses remords. Il leur racontera tout à son retour.

Sa reine lézard de feu n'arrête pas de faire l'aller-retour avec des messages. Ils savent tout ce qu'il y a à savoir sur Siav, gronda Ruth, mécontent. *Voilà le Maître Guérisseur*, ajouta-t-il, virant si sec que Jaxom fut obligé de se retenir précipitamment à son harnais de vol.

— Tu aurais pu me prévenir, lui reprocha doucement Jaxom.

Ruth aimait tester les réflexes de son maître par des manœuvres inattendues. Grognant de satisfaction à la réussite de ce bon tour, Ruth replia les ailes et se posa à une longueur de Maître Oldive, qui courut vers eux à une rapidité surprenante pour un vieillard boiteux et bossu. Une grosse sacoche ballottait dans son dos, mais il les saluait de la main avec un grand sourire.

— Enfin ! J'avais peur que vous m'oubliiez dans tout ce remue-ménage.

Il s'appuya un instant contre Ruth pour reprendre haleine.

— Je ne suis pas autant en forme que je croyais.

Ils entendirent des cris et virent des gens en bleu harpiste sortir en courant de l'Atelier.

— Vite ! S'ils vous rattrapent, nous ne partirons jamais.

Ruth s'accroupit, tendant sa patte gauche en guise de marche-pied. Jaxom saisit Oldive par le bras et tira, et le Maître Guérisseur s'installa derrière lui.

Ruth décolla immédiatement, laissant derrière eux les cris déçus des Harpistes.

— Quand tu voudras, Ruth, dit Jaxom visualisant le bâtiment de Siav, en ayant bien soin de détailler toutes les modifications survenues dans les talus de déblais pour que Ruth n'atterrisse pas dans un autre temps.

Depuis les fouilles initiales, on avait dégagé devant une aire suffisante pour que plusieurs dragons puissent y atterrir.

Le froid de l'*Interstice* les glaça, puis ils surgirent dans le chaud soleil du sud, immédiatement entourés d'une bande de lézards de feu venus accueillir Ruth qu'ils adoraient. Comme toujours dans le sud, beaucoup de lézards de feu sauvages se mêlaient à ceux portant autour du cou les couleurs de leurs maîtres.

— Par le premier Œuf, je ne reconnais plus l'endroit ! dit Oldive, impressionné, tandis que Ruth s'apprêtait à atterrir.

— Je ne suis pas certain de le reconnaître moi-même, dit Jaxom, lui souriant par-dessus son épaule. Maître Esselin a déjà érigé une annexe.

Il montra une équipe travaillant furieusement à construire des murs à droite du bâtiment de Siav.

— Oh, vous construisez avec les matériaux des anciennes maisons ! s'écria Oldive.

— C'est une idée de F'lar ! C'est logique, au lieu d'aller en chercher ailleurs alors qu'il y a toutes ces bâtisses vides.

— C'est vrai, c'est vrai, dit Oldive, pas tout à fait convaincu.

— Et on ne les prélève que sur les plus petits bâtiments — les unités familiales, comme dit Siav. Il y en a plusieurs centaines, ajouta Jaxom, rassurant.

— Tous les Chefs de Weyrs sont là ? reprit Oldive, remarquant soudain la longue file de dragons se prélassant au soleil sur la crête dominant le site.

— Depuis que Siav a promis de les aider à anéantir les Fils, ils l'écoutent comme un oracle, dit Jaxom en riant.

— Comment ?

Le vieillard, qui démontait, faillit en tomber de surprise. Jaxom le rattrapa précipitamment.

— Je ne sais pas exactement.

Jaxom haussa les épaules, de nouveau contrarié d'être resté toute la journée à l'écart des événements.

— J'espérais l'apprendre ce matin, mais j'ai été occupé ailleurs.

— A transporter les curieux jusqu'à cette merveille ? dit Oldive, presque d'un air d'excuse.

— Oh, c'est avec plaisir, Oldive, dit Jaxom en souriant. Mais n'oubliez pas de questionner Siav sur les deux malades de Sharra.

— Ce sont les premiers sur ma liste, Jaxom. Sharra ! Quelle femme admirable, et aussi altruiste que vous !

Jaxom détourna les yeux, d'autant plus embarrassé de ce compliment qu'il aurait préféré passer la matinée à s'instruire avec Siav. Mais il était enfin de retour, et il lui tardait de voir comment Maître Oldive réagirait en face de Siav.

A l'intérieur, les hommes d'Esselin faisaient un tintamarre épouvantable, et la poussière volait partout. Jaxom s'étonna de tout ce qu'ils avaient accompli. Les murs étaient lavés, révélant des couleurs vives et gaies. Il se demanda comment ces couleurs avaient été incorporées aux matériaux, car ça ne ressemblait pas à de la peinture. Il entendit des conversations animées sur sa gauche, et reconnut les voix de F'lar, T'gellan et R'mart. Il pilota Maître Oldive sur la droite, et, devant la porte fermée de la salle de Siav, il revécut l'excitation de la veille au moment de la découverte.

Jaxom frappa poliment avant d'ouvrir, et se trouva devant une scène qui ne fit que raviver son sourd ressentiment. Assis devant une table faite d'une planche posée sur deux piles de cartons vides, Piemur, Jancis et Benelek étaient penchés sur les unités qu'il avait aidé à récupérer dans les Grottes de Catherine. Et, ajoutant l'affront à l'insulte, ces maudites machines fonctionnaient, et ses trois amis tapaient furieusement sur leurs claviers ! Il prit une profonde inspiration pour dissiper sa contrariété, réaction qu'il trouvait indigne de lui.

Piemur tourna la tête pour voir qui entrait.

— Bonjour, Maître Oldive. Bienvenue dans le sanctuaire sacré de Siav. Où étais-tu toute la journée, Jaxom ?

— Je vois que vous avez bien utilisé votre temps, vous, répliqua Jaxom, essayant de dominer sa contrariété sans y parvenir tout à fait. Mais me voilà, et vous pouvez m'apprendre ce que j'ai besoin de savoir.

— Pas question, rétorqua Piemur avec son impudence coutumière. Il faut que tu commences au commencement. Ordre de Siav.

— Je ne demande pas mieux, dit Jaxom, essayant de lire l'écran de Jancis, le plus proche de lui.

Elle avait interrompu son travail pour sourire à son vieil ami Oldive. Elle fit la grimace à Piemur.

— Il y a des moments où tu exagères. Les composants sont tous soigneusement alignés dans la pièce voisine, Jaxom. Je vais t'aider, moi.

Benelek ne leva pas les yeux.

— Il doit tâtonner tout seul, Jancis, sinon, il n'apprendra jamais.

Elle leva les yeux au ciel devant tant d'intransigeance.

— Oh ! il fera tout par lui-même, mais un petit coup de pouce ne lui fera pas de mal. De plus, nous ferions bien de déménager dans une autre pièce. Maître Oldive entre toujours dans des détails dégoûtants que je ne supporte pas. Et il ne va sans doute pas s'en priver avec Siav, dit-elle, avec un clin d'œil au guérisseur. Tous les métiers ont leurs inconvénients, je suppose.

— Oh oui, il a bien droit à un peu de tranquillité, acquiesça Piemur en se levant.

— Des interruptions, toujours des interruptions, grommela Benelek avec humeur, mais il se leva aussi et commença le transfert.

— Je crois que les Chefs du Weyr sont toujours là, dit Jaxom, pensant à la cérémonie de présentation à Siav. Je vais en chercher un ?

— Inutile, dit Piemur. Une dispense spéciale a déjà été enregistrée par Siav. Présente-lui Maître Oldive, c'est tout.

Jaxom s'exécuta, soulagé de pouvoir rejoindre ses amis sans autre délai.

— C'est un plaisir de faire la connaissance d'un homme si hautement apprécié de tous, dit Siav.

A cette voix vibrante et si humaine, Maître Oldive regarda autour de lui, désemparé.

— Siav se trouve, pour ainsi dire, tout autour de vous, dit Jaxom en le voyant si déconcerté. Il faut s'y habituer, c'est sûr. Il en a effrayé plus d'un.

Tout en démontant leur table de fortune, Piemur adressa un sourire indulgent à Maître Oldive.

— Quand vous connaîtrez sa sagesse, vous vous habituerez vite à sa voix désincarnée.

— Allez donc méditer ma sagesse ailleurs, jeune Piemur, dit Siav d'un ton enjoué qui étonna tout le monde.

— Oui, messire, oui, Maître Siav, rétorqua Piemur, s'inclinant avec humilité et sortant à reculons avec sa planche.

Oubliant de l'abaisser pour passer la porte, il faillit tomber.

Jancis suivit Piemur et Benelek et referma la porte.

— Mettez-vous à votre aise, Maître Oldive, dit Siav.

Auriez-vous par bonheur apporté les Archives récentes de votre Atelier ? Celles des Ateliers des Harpistes, des Forgerons et des Menuisiers sont déjà assimilées, mais, pour évaluer correctement les accomplissements de votre société, les Archives de chaque Weyr, Fort et Atelier sont acceptées avec reconnaissance.

Maître Oldive s'était assis distraitement, et sa sacoche, pleine de notes, commença à glisser de son épaule. Il rajusta la bride et, branlant du chef, se ressaisit.

— Le Seigneur Groghe dit que... (Maître Oldive hésita, cherchant le mot juste.) Il dit que vous savez tout.

— Les mémoires de cette installation contiennent les données les plus complètes disponibles à l'époque où les vaisseaux de la colonie partirent pour le système de Rukbat. Cela comprend aussi les informations médicales.

— Puis-je vous demander comment ces informations sont classées ?

— Anatomie générale, microanatomie, physiologie, endocrinologie, biochimie médicale, et bien d'autres catégories, telles que l'immunologie et la neuropathologie — qui, je crois, ne vous sont plus connues.

— C'est exact. Nous avons perdu tant de connaissances, tant de techniques, dit Oldive, plus conscient que jamais de son ignorance.

— Ne soyez pas si modeste, Maître Oldive, car tous ceux que j'ai rencontrés sont en excellente santé et d'une taille et d'un poids au-dessus de ce que les autorités médicales de vos ancêtres considéraient comme la normale. Les civilisations non industrialisées présentent beaucoup d'avantages.

— Industrialisé ? Ce terme ne m'est pas familier, et pourtant, j'en reconnais la racine.

— *Industrialiser*, commença Siav. Verbe transitif : organiser de grandes industries, comme dans « industrialiser une communauté » ; introduire un système économique basé sur l'industrialisation, comme dans « industrialiser un pays ». Une société industrialisée, par opposition à une société agraire comme la vôtre.

— Merci. Et pourquoi une société industrialisée produit-elle des individus en moins bonne santé ?

— A cause de la pollution de l'atmosphère et de l'environnement par les déchets industriels, les fumées nocives, les effluents chimiques, la contamination des produits alimentaires, entre autres.

Maître Oldive en resta sans voix.

— Les colons voulaient créer une société agraire. A cette fin, ils firent des emprunts à bien des cultures anti-industrielles, telles que celle des anciens gitans. Et votre société actuelle a réalisé leurs objectifs, dit Siav.

— Vraiment ? dit Maître Oldive, étonné que Pern ait réussi à autre chose qu'à survivre à neuf Passages de Chutes de Fils.

— Dans plus de domaines que vous n'imaginez, Maître Oldive, étant trop proche des faits pour les juger objectivement. A part les inconvénients causés par cet organisme que vous nommez Fils, vous avez accompli beaucoup de choses.

— Mais en vous parlant, Siav, je comprends que nous en avons aussi perdu beaucoup.

— Pas autant que vous croyez, Maître Guérisseur.

— Dans ma partie, je sais que nous avons perdu la capacité de soulager beaucoup de maux, de prévenir les pestes qui déciment parfois la population...

— Les forts ont survécu, et votre population s'en est trouvée renouvelée.

— Mais tant de connaissances ont été irrémédiablement perdues, surtout dans mon métier.

— Il est possible de porter remède à ces pertes.

Maître Oldive fut pris de court par ce qui lui parut bien un jeu de mots. Non, sûrement qu'une machine... Il s'éclaircit la gorge, mais ce fut Siav qui reprit :

— Cela vous consolerait-il d'apprendre que même les meilleurs praticiens parmi vos ancêtres se sentaient parfois impuissants devant des pestes ? Qu'ils recherchaient constamment de nouvelles méthodes pour soulager la douleur et guérir les maux ?

— Cela devrait me consoler, mais il n'en est rien. Mais, pouvons-nous passer aux choses sérieuses, Siav ?

— Bien sûr, Maître Oldive.

— J'ai trois malades qui souffrent de grandes douleurs que nous sommes incapables de soulager, et qui déclinent physiquement et moralement. Si je vous énonce leurs symptômes, cela vous suffira-t-il pour faire un diagnostic ?

— Enoncez les symptômes. S'ils peuvent se comparer

à des cas que j'ai en mémoire, un diagnostic est possible. Vu qu'il y a 3,2 milliards de cas répertoriés, il devrait être possible de trouver une similitude permettant d'indiquer le traitement approprié.

Les mains tremblantes d'espoir, Maître Oldive ouvrit son registre à la page du premier des deux patients de Sharra. Il devait bien cette courtoisie à Jaxom.

— Qu'est-ce que vous faites ? demanda Jaxom désorienté de les voir regarder leurs moniteurs avec une attention sans partage.

L'écran de Siav n'était pas du tout comme ceux de ces petites machines.

Benelek émit un grognement impatient et se pencha un peu plus sur son clavier, tapant de l'index d'une façon incompréhensible pour Jaxom.

— Nous nous familiarisons avec la configuration du clavier, dit Piemur, avec un sourire malicieux devant son ignorance. Nous apprenons à manier les commandes. Mais il ne faut pas qu'on t'empêche de monter ta machine. Tu as déjà une demi-journée de retard.

— Ça, c'est méchant, Piemur, dit Jancis.

Le prenant par la main, elle l'entraîna vers les cartons et les boîtes partiellement déballés.

— Prends un clavier, puis une de ces boîtes plus grosses. Pose-les sur la table, puis prends un écran à cristaux liquides.

— Un quoi ?

— Ça, dit-elle, tendant le doigt. Et fais attention. Siav dit qu'ils sont fragiles et en nombre limité. Enlève le plastique. Tu auras besoin de ton couteau. Ce truc est incroyablement solide. Puis, poursuivit-elle, lui tendant un minuscule tournevis et une loupe, dévisse la grosse boîte. Tu devras vérifier tous les circuits pour t'assurer qu'ils sont tous intacts. La loupe t'aidera à localiser rapidement les ruptures.

Soudain, Benelek lâcha un juron retentissant en abattant son poing sur la table.

— J'ai tout perdu. Tout !

Piemur leva les yeux, étonné de cette explosion inhabituelle.

— Eh bien, recommence.

— Mais tu ne comprends pas, dit Benelek, agitant frénétiquement les mains au-dessus de sa tête. J'ai perdu tout ce que j'avais tapé. Et j'avais presque fini !

— Tu n'avais pas sauvegardé ? dit Jancis avec sympathie.

— Si jusqu'aux derniers bits, dit Benelek, sentant sa frustration se dissiper.

Fasciné, Jaxom regarda le compagnon taper en divers endroits de son clavier, puis pousser un « aaah » de satisfaction devant le résultat.

— Ne traîne pas maintenant, Jaxom, dit Piemur avec un sourire malicieux. Tu dois rejoindre notre joyeuse bande, où un coup erroné sur une touche peut effacer toute une journée de dur travail.

— Siav a dit que nous aurions bien des techniques à apprendre, dit Jancis, raisonnable. Oh zut ! Je me suis trompée, moi aussi.

Elle scruta son écran vide, puis considéra son clavier en fronçant les sourcils.

— Alors, quelle touche ai-je enfoncée que je n'aurais pas dû ?

Tirant son couteau de sa ceinture, Jaxom se demanda pourquoi il avait envie de participer à des activités manifestement si frustrantes.

Le soudain crépuscule tropical les surprit. Piemur, contrarié de toute interruption, circula vivement dans la salle pour ouvrir les paniers de brandons, mais la lumière ne tombait pas sur les écrans selon un angle adéquat, alors, toujours jurant, il tourna un peu son siège. Benelek l'imita distraitement, sans cesser de taper. Jancis et Jaxom, correctement éclairés, continuèrent leur leçon.

— Qui est là ? dit Lessa, passant la tête par la porte. Ah, vous voilà tous. Jaxom, Maître Oldive vous demande. Et je crois qu'il est grand temps de vous arrêter. Vous avez l'air épuisé. Et les autres n'ont pas meilleure mine.

Benelek leva à peine les yeux.

— Ce n'est pas le moment d'arrêter, Dame du Weyr.

— Si, Benelek, répondit-elle d'un ton sans réplique.

— Mais, Dame du Weyr, il faut que j'assimile tous ces termes nouveaux et que je sois capable de...

— Siav ! dit Lessa, élevant la voix en se tournant vers la droite. Pouvez-vous éteindre ces machines ? Vos étudiants sont trop appliqués. Non que je ne les approuve — en théorie — mais ils ont tous besoin de repos.

— Je n'ai pas sauvé, hurla Benelek, considérant avec horreur son écran soudain noir.

— Votre travail a été sauvé, l'assura la voix de Siav. Vous avez travaillé sans discontinuer toute la journée, Compagnon Benelek. Toute machine a besoin de maintenance. Et le corps peut être considéré comme une machine organique qui a besoin de se restaurer fréquemment. Allez reprendre des forces et revenez demain, votre énergie et votre concentration renouvelées.

Pendant quelques secondes, on put penser que Benelek allait se rebeller, puis il soupira et se leva.

— Je vais manger et dormir, dit-il à Lessa avec un sourire penaud. Et je reviendrai demain matin. Mais il y a tellement de choses à apprendre, tellement plus que je n'imaginais.

— C'est vrai, dit Maître Oldive, émergeant de la salle de Siav, une grosse liasse de papiers dans une main et sa sacoche dans l'autre.

Il les regarda tous tour à tour, l'air émerveillé.

— Tellement plus que je n'avais jamais rêvé.

Puis, avec un sourire satisfait, il leva sa liasse et ajouta :

— Mais c'est un bon début. Un très bon début.

— Vous aurez besoin d'un bon klah avant de repartir avec Jaxom, Maître Oldive, dit Lessa.

Elle le prit par le bras, et fit signe à Jancis et Jaxom de le débarrasser. Il abandonna assez facilement sa sacoche, mais ne voulut pas lâcher ses feuilles.

— Laissez-moi au moins les arranger, Maître Oldive, dit Jancis. Je n'en changerai pas l'ordre.

— Ça n'aurait d'ailleurs aucune importance, dit Oldive. Elles sont numérotées et classées par catégories. J'ai appris tellement de choses, tellement de choses, murmura-t-il avec un sourire émerveillé tandis que Lessa l'entraînait dans le couloir.

Tous les autres suivirent.

Vous êtes là-dedans depuis six heures, Jaxom. Vous feriez bien de manger sinon Sharra va me gronder. Vous êtes très fatigué, dit Ruth.

— *Je sais, je sais.* Jaxom se demanda si du klah suffirait à le revigorer.

92

— Alors, c'est notre tour ? demanda Terry, débouchant dans le couloir avec plusieurs compagnons pleins d'ardeur.

Lessa acquiesça de la tête, et ils partirent vers la salle de Siav au petit trot.

Leur énergie écœura Jaxom. On n'avait pas le droit d'être si dynamique en fin de journée. Mais, remarquant leurs nœuds d'épaule, il réalisa qu'ils étaient de Tillek, si loin à l'ouest que c'était encore le matin chez eux. Il soupira.

Lessa installa Maître Oldive à table, et fit signe aux servantes d'apporter du klah, du rôti et des tubercules. Jamais un repas si simple n'avait paru si bon à Jaxom.

La nourriture redonna des couleurs à Maître Oldive. Benelek mangea avec une farouche concentration, les yeux dans le vague, hochant parfois la tête comme pour approuver ses ruminations. Jaxom décida qu'il n'avait pas assez d'énergie pour réfléchir. Il se remettrait à réfléchir le lendemain matin. Sharra comprendrait. Il espérait que Brand comprendrait aussi, car, une fois de plus, l'Intendant serait obligé de régler les affaires courantes au Fort de Ruatha. Brand ne s'en plaignait jamais. Ce ne serait peut-être pas le cas de Lytol, mais sans doute que Maître Robinton pourrait expliquer à son vieux tuteur l'importance que Siav présentait pour Jaxom.

— Il faut que j'envoie un message au jeune compagnon de Wansor, dit Oldive à Lessa, son long visage rayonnant d'enthousiasme. Il me faut un appareil semblable à celui trouvé au Weyr de Benden. Il grossira le sang et les tissus, et nous pourrons ainsi identifier les maladies et les infections.

Il reprit sa liasse et se mit à la feuilleter.

— Siav affirme que l'usage d'un microscope est essentiel pour améliorer le diagnostic médical et même le traitement. Et il m'a indiqué comment procéder à d'autres tests.

— Un miscroscope ? dit Lessa d'un ton indulgent.

Elle avait la plus haute opinion du Maître Guérisseur qui lui avait dernièrement envoyé une femme possédant un talent miraculeux pour réparer les ailes de dragons les plus endommagées par les Fils.

— C'est bien le mot, dit Oldive portant la main à son front. Siav m'a fourré tellement de choses dans la tête que je me demande si je me rappelle encore mon nom.

— C'est Oldive, dit Piemur, prenant l'air innocent.

Il leva les yeux au ciel devant le regard sévère de Lessa. Jancis le poussa du coude, et il reprit son sérieux d'assez bonne grâce.

Quand le repas fut terminé, Jaxom se déclara prêt à ramener Maître Oldive à l'Atelier des Harpistes.

— Oh, non, Jaxom. J'aimerais m'arrêter d'abord à Ruatha. J'ai du nouveau pour Sharra, dit-il avec un sourire radieux.

— Siav connaît un traitement ? demanda Jaxom.

— Un traitement ? Peut-être. En tout cas, plusieurs voies de recherche qui pourront amener un mieux.

Il soupira.

— Nous avons perdu tant de connaissances médicales au cours des siècles. Siav ne me l'a pas dit, bien sûr, mais j'ai bien vu qu'il était stupéfait par la disparition de la chirurgie. En revanche, il a beaucoup loué nos mesures préventives et nos techniques non chirurgicales. Ah... Je pourrais continuer pendant des heures. A qui dois-je demander une allocation de temps auprès de Siav ?

Lessa leva les yeux sur F'lar, debout sur le seuil, l'air épuisé. Il haussa les épaules.

— Je n'avais pas pensé à répartir le temps de Siav entre les usagers, dit-il.

— Dès que nous aurons installé les postes individuels, il y aura quatre liaisons de plus avec Siav, dit Piemur.

— L'Atelier des Guérisseurs doit avoir la priorité, dit Lessa.

— Ces postes doivent être des consoles d'enseignement, dit Benelek, fronçant les sourcils.

— Pour nous peut-être, dit Piemur. Mais si elles donnent accès à Siav, on peut aussi s'en servir pour autre chose. Du moins, c'est ainsi que je vois les choses.

— Tu es harpiste, pas compagnon mécanicien.

— Je suis Maîtresse Forgeronne, dit Jancis, irritée. Et permets-moi de te rappeler que Piemur a fait fonctionner sa machine avant nous.

— Assez ! dit Lessa, abattant sa main sur la table avec autorité. Nous sommes tous fatigués. Ramoth ! dit-elle en se levant brusquement.

La reine dorée claironna en réponse.

— Nous allons tous quitter ce bâtiment *immédiate-ment* ! dit-elle, regardant sévèrement Benelek et les autres. Nous compris.

Son regard se posa sur F'lar, qui leva les mains en un geste de reddition.

— Les deux bâtiments à la gauche de celui-ci ont été transformés en dortoirs. Allez-y !

Elle les congédia de la main et les foudroya jusqu'à ce qu'ils s'ébranlent vers la porte.

Sortant avec Jaxom, Maître Oldive gloussa doucement.

— Je ne crois pas que je dormirai beaucoup cette nuit, avec tout ce que j'ai à assimiler et revoir. Et ce que j'ai appris aujourd'hui, Jaxom, ce ne sont que les miettes du savoir de Siav. Il m'a donné des lumières sur plusieurs cas déconcertants. Il faut que Maître Ampris, notre herboriste, lui apporte notre pharmacopée.

Il eut un sourire las.

— Siav dit que nous avons très bien utilisé les plantes indigènes, et il en a reconnu beaucoup d'autres que nos ancêtres ont apportées de la Terre. La Terre !

Il leva les yeux sur le ciel constellé d'étoiles.

— Savons-nous où se trouve la Terre par rapport à Pern ?

— Je ne crois pas, dit Jaxom légèrement surpris. Je ne me rappelle pas que Siav l'ait dit. Peut-être qu'il ne le voulait pas. Nos ancêtres sont venus ici pour se soustraire à un conflit épouvantable, à une guerre d'une ampleur fantastique, livrée contre un fléau tellement plus destructeur que les Fils qu'ils voulaient oublier la Terre.

— Vraiment ? Peut-il exister quelque chose de plus destructeur que les Fils ? dit le guérisseur, à la fois étonné et atterré.

— Moi aussi, je trouve ça difficile à croire, dit Jaxom.

Quittant la crête où il avait pris le soleil toute la journée, Ruth vint se poser sur l'aire dégagée devant le bâtiment du Siav.

— Tu dois être complètement rôti, dit Jaxom.

Oui, c'était bon. Ramoth et Mnementh attendent que nous libérions cet endroit. Il y a pourtant assez de place, mais vous connaissez Ramoth. Elle aime me tarabuster.

Jaxom gloussa en se mettant en selle. De lui-même, le dragon blanc s'accroupit pour laisser monter Maître

Oldive. Jaxom lui tendit la main, ce qui lui fit prendre conscience de sa fatigue. Il gémit intérieurement. Il faudra pourtant repartir, pour ramener Oldive à son Atelier.

Sharra l'invitera pour la nuit. Il voudra discuter et elle ne le laissera pas s'en aller.

Prenant de la hauteur, Jaxom et Oldive purent juger de l'activité qui régnait maintenant au Terminus. Des chemins éclairés de paniers de brandons partaient dans toutes les directions, comme les rayons d'une roue ayant le bâtiment du Siav pour centre. Charpentiers et menuisiers travaillaient à la lumière des torches pour terminer l'annexe. Toutes les maisons adjacentes étaient éclairées, et une bonne odeur de rôti flottait dans l'air tiède. Plus loin, sur les collines, les grands yeux bleus à facettes des dragons scintillaient comme d'immenses gemmes sur le bleu plus sombre du ciel.

Eh bien, Ruth, rentrons à Ruatha, dit Jaxom visualisant la vaste cour précédant son Fort. Le froid de l'*Interstice* glaça leurs corps fatigués, puis ils émergèrent dans le jour gris et la froideur de l'hiver. Jaxom sentait Oldive grelotter derrière lui.

Sharra, un manteau de fourrure sur les épaules, courut à leur rencontre, aidant Oldive à démonter, rajustant la sacoche qui glissait de son épaule, souriant à Jaxom et donnant une tape affectueuse à Ruth. Elle ne dit rien, mais Jaxom connaissait assez sa femme pour savoir qu'elle bouillonnait de questions. Il la prit par les épaules et l'embrassa ; la douceur de sa peau et de son parfum le revigorèrent, et ils entrèrent dans la chaleur du Fort.

Je rentre immédiatement, ou je vais perdre tout le bénéfice de mon bain de soleil.

Sur quoi, Ruth rentra dans son seyr, installé dans les anciennes cuisines, où, Jaxom le savait, un bon feu attendrait dans la cheminée.

Sharra commanda à boire et à manger, puis fit passer les deux hommes dans un petit bureau où ils ne seraient pas dérangés par tous ceux qui auraient voulu savoir ce qui se passait au Terminus.

— Plus tard, plus tard, leur dit-elle fermement en refermant la porte.

Avant de rejoindre Jaxom et Sharra près du feu, Oldive posa sa sacoche sur le bureau de Jaxom où s'amoncelaient les messages et les rapports. On gratta à la porte, et l'Intendant en personne entra, un plateau dans les mains.

— Je vous remercie, Brand, dit Jaxom, mais Lessa nous a fait dîner avant de partir. Pourtant, du klah nous fera du bien. Avec une giclée de ce vin corsé que vous avez aussi apporté, à ce que je vois.

Il sourit à celui qui était son ami depuis l'enfance et qui était maintenant son assistant le plus précieux.

— Non, restez, Brand. Vous avez le droit de savoir ce qui m'éloigne de mes devoirs.

Brand eut un geste de protestation en aidant Sharra à servir le klah chaud corsé de vin fort. Jaxom en but une gorgée qui parut le revigorer. Maître Oldive, lui aussi, sembla revivre et se laissa tomber dans le fauteuil que Brand approcha du feu.

— Ma chère amie, votre patiente souffre de la vésicule biliaire, dit le vieux guérisseur à Sharra. Malheureusement, votre patient a une tumeur cancéreuse, comme nous le soupçonnions. Nous pourrons guérir la première, car je rapporte des médicaments pour dissoudre les calculs, mais pour l'autre, nous pourrons simplement l'aider à mourir sans souffrances.

Maître Oldive s'interrompit, les yeux brillants.

— Siav possède le fonds d'informations médicales le plus extraordinaire, qu'il est prêt à nous communiquer. Il peut même nous réapprendre la chirurgie, ce que j'ai toujours désiré.

— Cela serait merveilleux, mais pourrons-nous surmonter les préjugés de l'Atelier contre les mesures intrusives ? demanda Sharra.

— Maintenant que nous avons un mentor d'une probité indiscutable, je crois que nous pourrons surmonter ces préjugés quand nous aurons prouvé le bénéfice de ces techniques pour nos patients.

Il vida son gobelet et se leva.

— Quelques instants à votre infirmerie, ma chère Sharra, et nous aurons tous les médicaments qu'il vous faut pour cette vésicule. Quant à l'autre pauvre diable...

Oldive haussa les épaules, l'air profondément compatissant.

— Alors, venez, et vous pourrez me communiquer tous les détails médicaux qui ennuieraient beaucoup Jaxom et

Brand, dit Sharra, avec un tendre sourire à son compagnon.

— Tu ne m'ennuies *jamais*, Sharra, dit Jaxom, soulignant énergiquement le mot.

Le regard amoureux de Sharra le réchauffa plus que le klah.

— Vous avez l'air fatigué, Jaxom, dit Brand, quand la porte se fut refermée.

— Je le suis, Brand, et j'ai la migraine après tout ce que j'ai vu et entendu ces deux derniers jours. Mais je sens que c'est l'événement le plus important survenu sur Pern depuis... depuis que nos ancêtres ont atterri, termina-t-il en riant. Malheureusement, tout le monde ne sera pas de cet avis.

— Il y en a toujours qui résistent au changement, dit Brand, haussant les épaules avec résignation. Le Siav vous a-t-il dit exactement comment il propose d'éliminer les Fils ?

— Nous ne sommes que des nourrissons, Brand, et nous devrons travailler très dur et apprendre des tas de choses avant que Siav puisse nous donner plus de détails. Mais vous auriez dû voir Fandarel, poursuivit-il en riant. Et Benelek. Ils tournaient comme des toupies pour tout faire en même temps. Et quand j'ai eu fini mes divers transports, on m'a permis de monter l'un des gadgets de Siav. J'apprends à accéder à la connaissance. Demain, je pourrai peut-être lire une partie de la sagesse contenue dans Siav. Je vous le dis, Brand, les semaines qui viennent seront fascinantes.

— C'est une autre façon de me dire que vous ne serez pas souvent au Fort ? demanda Brand en souriant.

— A part les Chutes, il n'y a pas grand-chose à faire en ce moment, au milieu de l'hiver, non ? répliqua Jaxom, sur la défensive.

Brand éclata de rire, et, avec la familiarité que lui donnait leur longue amitié, lui posa la main sur l'épaule.

— En effet, mon ami. Mais je serai heureux d'apprendre si Siav connaît un moyen de chauffer les fortins glacés.

— Je le lui demanderai, promit Jaxom, se penchant pour se réchauffer les mains au feu.

CHAPITRE 5

Malgré ses supplications, F'lar ramena Maître Robinton au Fort de la Baie.

— Il vous faut du repos et de la tranquillité, Robinton, lui dit-il sévèrement. Et vous n'en trouverez pas au Terminus ce soir. Vous êtes épuisé.

— Mais quelle merveilleuse façon de s'épuiser, F'lar ! Et je suis sûr que vous comprenez ma répugnance à m'éloigner.

— Je la comprends, Robinton, dit F'lar, l'aidant à démonter. Mais je n'aurai jamais la paix avec Lessa si je vous laisse vous surmener.

— Mais cela me donne une vie nouvelle, F'lar. Un nouvel espoir que je n'imaginais même pas.

— Ni moi, dit F'lar avec ferveur. Et c'est pourquoi nous devons prendre d'autant mieux soin de vous — pour interpréter.

— Interpréter ? Il parle en termes clairs et simples.

— Pas ce que dit Siav, Robinton, mais la façon dont notre peuple considérera ce qu'il nous propose. Pour moi et tous les chevaliers-dragons, malgré les conséquences futures pour nous, je ne peux qu'accepter l'offre de Siav de nous débarrasser des Fils. Mais il y en a déjà qui ont peur ou qui se sentent menacés par ce que Siav peut nous dire ou nous donner.

— Oui, ces pensées me sont venues, dit Robinton, solennel. Mais je les ai écartées. Les avantages compenseront de loin les inconvénients.

— Dormez bien, Robinton. Demain, il y a une Chute

à Benden, mais je suis sûr que D'ram vous amènera volontiers au Terminus.

— Lui ! dit Robinton avec irritation. Il est pire qu'une nounou !

Il poursuivit, imitant comiquement la voix de D'ram :

— « Je ne ferais pas ça à votre place, Robinton ! Avez-vous assez mangé, Robinton ? Maintenant, vous devriez vous reposer au soleil. » Ah la la ! Il me met dans du coton !

— Pas demain. D'ram est aussi impatient que vous de retourner voir et entendre Siav, dit F'lar, juste avant que Mnementh ne décolle.

J'ai dit à Tiroth de vous emmener demain seulement si vous êtes bien reposé, dit le dragon. Zair, la queue enroulée autour du cou de Robinton, pépia son accord.

— Oh, toi ! s'écria Robinton, partagé entre l'irritation d'être sur-protégé, et la satisfaction que Mnementh lui ait parlé.

Il n'oublierait jamais ce qu'il devait aux dragons qui l'avaient maintenu en vie quand son cœur fatigué avait flanché au Weyr d'Ista, deux Révolutions plus tôt.

Quand il arriva au Fort, Robinton fut quand même forcé de s'avouer qu'il était fatigué. La courte marche jusqu'au perron de sa belle maison l'avait mis hors d'haleine. Il y avait de la lumière dans la grande salle ! D'ram, et sans doute Lytol, qui l'attendaient.

Zair pépia, confirmant ses suppositions. Eh bien, ils méritaient un bref rapport sur les activités du jour, et cela ne le fatiguerait pas. Mais comment être bref, avec tout ce qui s'était passé depuis son réveil ce matin ? Seulement ce matin ? Au point de vue des connaissances, c'était à des Révolutions.

Mais quand il entra dans la salle agréablement éclairée, D'ram, le vénérable Chef de Weyr maintenant à la retraite, et Lytol, ancien chevalier-dragon et tuteur de Jaxom, ne voulurent rien entendre et le poussèrent dans sa chambre avec ordre de dormir d'abord.

— Tout ce qui s'est passé après mon départ peut attendre à demain, dit D'ram.

— Buvez votre vin, ajouta Lytol, tendant au Harpiste son magnifique gobelet de verre bleu. Et, oui, j'y ai ajouté quelque chose pour vous faire dormir.

— Mais j'ai tellement de choses à vous raconter, objecta le Harpiste après sa première gorgée.

— Vous raconterez encore mieux après une bonne nuit de sommeil.

Mais quand Lytol voulut lui retirer ses bottes, le Harpiste le repoussa, indigné.

— Je ne suis pas fatigué à ce point-là, Lytol, dit-il avec dignité.

D'ram et Lytol sortirent en riant. Robinton but une deuxième gorgée de vin avant d'ôter ses bottes. Une troisième avant d'enlever sa tunique. Et une quatrième en débouclant sa ceinture.

— Ça suffit, dit-il, vidant sa coupe et s'allongeant.

Il eut tout juste la force de rabattre sur lui la légère couverture pour se protéger de la fraîcheur du matin et il sombra dans le sommeil, Zair niché près de lui sur l'oreiller.

Il se réveilla lentement le lendemain, et resta immobile, reprenant ses esprits. Il se souvenait de tous les événements de la veille avec une clarté étonnante. Près de lui, Zair pépia et frotta sa tête contre sa joue.

— Veux-tu prévenir qui de droit que je suis maintenant parfaitement reposé ? demanda-t-il à son lézard bronze.

Zair l'observa, tête penchée, roulant des yeux verts de contentement, puis pépia joyeusement.

— Tiroth et D'ram sont-ils prêts à m'emmener ?

Zair l'ignora et commença à nettoyer ses serres.

— Ça veut dire que je dois me baigner et manger d'abord, je suppose ?

Il se leva et s'aperçut alors qu'il avait dormi avec son pantalon — pour la deuxième nuit de suite. Il l'ôta, attrapa une grande serviette, et, ouvrant la porte donnant sur la large véranda abritant le Fort du soleil, il sortit. Il descendit le perron avec plus d'énergie qu'il ne l'avait monté la veille, partit au petit trot vers la plage, et, sans cesser de courir, se débarrassa de sa serviette et entra dans l'eau, sous les pépiements approbateurs de Zair. Robinton se mit à nager vigoureusement, entouré d'une bande de lézards sauvages qui s'étaient joints à Zair et qui plongeaient tout autour de lui.

Robinton laissa la houle le porter vers la plage. La mer était calme, et l'exercice l'avait tonifié. Il se sécha, puis, nouant sa serviette autour de sa taille, il se dirigea vers la maison où D'ram et Lytol l'attendaient sur la véranda.

— Alors, vous êtes réveillé ? cria D'ram. Il est temps ! Il est midi passé !

— Midi *passé* ? s'écria Robinton, atterré d'avoir perdu tant d'heures si précieuses.

Qui sait quelles révélations de Siav il avait manqué ce matin ?

— Vous auriez dû me réveiller ! dit-il sans chercher à dissimuler son irritation.

— Votre corps a plus de bon sens que vous, Robinton, dit Lytol, se levant du hamac suspendu au bout de la véranda. Vous vous êtes réveillé quand vous avez eu repris des forces. Servez-lui donc du klah, D'ram, pendant que je finis de préparer le déjeuner.

L'arôme du klah suffit à lui rappeler que la nourriture est aussi une nécessité. Il s'assit, et, attaquant le plantureux déjeuner servi par Lytol, il les mit au courant des dernières nouvelles.

— Et ainsi commence le miracle, dit-il, concluant son récit.

— Vous ne doutez absolument pas que ce Siav ne puisse réussir à anéantir les Fils ? dit Lytol, avec son scepticisme habituel.

— Par le premier Œuf, il est impossible de douter, Lytol. Les merveilles que nous avons vues, le fait même que nos ancêtres aient effectué ce vol incroyable à partir de la planète de nos origines, donnent de la crédibilité à sa promesse. Nous n'avons qu'à réapprendre les techniques perdues, et nous triompherons de cette menace ancestrale.

— Mais alors, pourquoi les anciens ne nous ont-ils pas débarrassés des Fils, avec leurs véhicules incroyables et leur pleine connaissance des technologies que nous avons perdues ? demanda Lytol.

— Vous n'êtes pas le premier à poser la question, Lytol. Mais Siav nous a expliqué que des éruptions volcaniques sont survenues à un moment crucial ; après quoi, les colons sont partis dans le nord établir une base sûre. C'est pourquoi leur projet d'anéantissement des Fils a été interrompu.

— Et pourquoi ne sont-ils pas revenus à la fin des Chutes ?

— Ça, Siav ne le sait pas.

Robinton fut obligé de reconnaître qu'il y avait des lacunes dans les informations de Siav.

— Mais... un instrument de musique, ou l'une des machines de Fandarel, ne peut faire que ce pour quoi on l'a construit. Par conséquent, une machine, même aussi sophistiquée que Siav, a pu faire uniquement ce que lui disaient ses programmes. Il est peu vraisemblable qu'il mente, quoique je le soupçonne de ne pas dire toute la vérité. Nous avons déjà assez de mal à comprendre tout ce qu'il nous a dit jusque-là.

Lytol émit un grognement dédaigneux.

— J'aimerais croire que nous pouvons anéantir les Fils ! ajouta Robinton.

— Qui ne le voudrait pas ? dit Lytol.

— Moi, je crois Siav, dit D'ram. Il parle avec tant d'autorité. Il a expliqué que le moment viendrait dans quatre ans — c'est-à-dire, quatre Révolutions — dix mois et vingt-sept jours. Vingt-six maintenant. Le facteur temps est essentiel pour réussir.

— Réussir quoi ? insista Lytol.

— C'est encore quelque chose que nous devons apprendre, dit Robinton. Sans vouloir insister lourdement sur ce point, Lytol, nous sommes beaucoup trop ignorants pour comprendre ses explications. Il a essayé — il était question de fenêtres et de décollage de Pern à un moment très précis pour intercepter l'Etoile Rouge, ou plutôt la planète qui nous paraît rouge pendant que son orbite traverse notre ciel. Il nous a montré le diagramme.

Remarquant qu'il parlait d'un ton défensif, il ajouta avec autorité :

— Si vous voulez lui demander des précisions, Lytol, rien ne vous en empêche.

— Beaucoup d'autres ont de bien meilleures raisons de consulter Siav, dit Lytol, sardonique.

— Mais il faut entendre le récit de notre histoire par Siav, Lytol, dit D'ram, se penchant par-dessus la table. Alors, vous comprendrez pourquoi nous croyons sans réserves à Siav et à sa promesse.

— Il vous a vraiment subjugués, hein ? dit Lytol, branlant du chef devant leur crédulité.

— Quand vous l'aurez entendu, vous croirez aussi, dit Robinton en se levant.

Il dut retenir sa serviette qui glissait, ce qui nuisit beaucoup à la dignité de sa déclaration.

— Je vais m'habiller pour retourner au Terminus. Pourrez-vous m'y emmener, D'ram ?

— Avec plaisir, puisque vous êtes reposé, dit D'ram, consultant Lytol du regard. Lytol, viendrez-vous aussi ?

— Pas aujourd'hui.

— Vous avez peur d'être convaincu en dépit de vos réserves ? demanda Robinton.

Lytol secoua lentement la tête.

— C'est peu probable. Mais allez-y, et gargarisez-vous à l'idée d'un ciel sans Fils.

— Le dernier des vrais sceptiques, grommela Robinton, troublé par l'incrédulité persistante de Lytol.

Lytol pensait-il que l'âge avait émoussé l'intelligence ou la discrimination de Robinton ? Ou bien, comme Corman, croyait-il le Harpiste assez crédule pour se laisser prendre à n'importe quelle histoire plausible ?

— Non, dit D'ram, quand il lui posa la question en s'approchant de Tiroth qui les attendait sur la plage. Il est trop pragmatique. Il m'a dit hier que nous étions beaucoup trop excités pour réfléchir posément aux répercussions que Siav peut avoir sur nos vies. En altérant la structure de base de notre société, ses valeurs et tout ce bla-bla, dit D'ram avec dédain. Il a vécu plusieurs bouleversements, et il n'est pas pressé d'en vivre un autre.

— Mais vous, si ?

D'ram sourit au Harpiste par-dessus son épaule en prenant place entre les crêtes de cou de Tiroth.

— Je suis un chevalier-dragon, Harpiste, et comme tel, voué à l'anéantissement des Fils. S'il y a ne serait-ce qu'une ombre d'espoir…

Il haussa les épaules et ajouta :

— Tiroth, emmène-nous au Terminus !

— Attention, D'ram, dit le Harpiste. Il y a eu beaucoup de changements depuis hier quand vous êtes parti à midi.

C'est ce que me dit Monarth. Le Harpiste savait que Tiroth parlait à D'ram, mais sa poitrine se gonfla de fierté à l'idée qu'il avait le privilège de les entendre. *J'ai modifié la scène d'après ses indications. Et elle a* vraiment *changé.*

104

Y avait-il une nuance de contrariété dans le ton de Tiroth ?

Tiroth plongea dans l'*Interstice* et resurgit au-dessus des collines à l'ouest du Terminus, planant paresseusement au-dessus des dragons qui prenaient le soleil sur le promontoire. Robinton regarda pour voir s'il en reconnaissait quelques-uns mais il se souvint qu'il y avait une Chute à Benden ce jour-là.

Puis le dragon vira sur sa droite et replia ses ailes pour atterrir, et c'est alors seulement que D'ram et Robinton se rendirent compte des changements survenus depuis la veille.

— Je n'avais pas idée que ça avait tellement changé ! dit D'ram en un souffle, se tournant vers le Harpiste, aussi étonné que lui.

Robinton dissimula sa surprise sous un sourire rassurant. A l'évidence, Lytol faisait partie de la minorité, à en juger sur les agrandissements destinés à faciliter l'accès à Siav. L'aile originelle avait triplé de volume, avec des auvents bizarres, un peu comme des jupes, sur trois côtés. En démontant, le Harpiste s'aperçut qu'ils abritaient les batteries de Fandarel — produisant suffisamment de courant, supposa-t-il, pour alimenter Siav jour et nuit en attendant que les nouvelles turbines à eau soient opérationnelles.

Dans la nouvelle cour, plusieurs groupes argumentaient avec véhémence. La plupart portaient des nœuds d'épaule de Maîtres ou de Compagnons, et les emblèmes de leurs tuniques apprirent à Robinton qu'ils venaient aussi de différents Forts.

— Qu'est-ce qui se passe ? demanda-t-il d'une voix forte.

Ils reconnurent immédiatement le nouvel arrivant, et l'entourèrent, chacun clabaudant pour attirer son attention.

— *Silence !* tonna-t-il d'une voix de stentor.

Derrière lui, les dragons bronze et dorés claironnèrent sur la colline, et le silence se fit aussitôt. Alors, il pointa le doigt sur un Maître Mineur portant l'emblème de Crom.

— Maître Esselin ne veut pas nous laisser entrer, dit l'homme d'un ton belliqueux.

— Et mon Seigneur veut absolument tout savoir sur

cette chose mystérieuse, dit un autre, portant les nœuds d'Intendant en chef de Boll.

— Decker aussi, dit un Intendant de Nabol, d'un ton encore plus chagrin. Nous exigeons de savoir la vérité sur ce Siav. Et je verrai cette merveille avant de retourner à Nabol.

— C'est une impolitesse inconcevable, dit Robinton, d'un ton apaisant. Car ceux d'entre nous qui ont eu la chance d'entendre Siav *savent* que c'est la première expérience à faire pour croire à ce qu'il peut faire pour nous tous, Forts, Ateliers et Weyrs. Moi-même, je viens juste d'obtenir l'autorisation de le revoir, ajouta-t-il, feignant d'être indigné de ce procédé.

Le fait qu'on ait refusé l'accès de Siav au très respecté Harpiste de Pern calma un peu les esprits.

— Vous devez pourtant réaliser que la salle où est installé Siav est assez petite, malgré les agrandissements en cours.

Il tendit le cou pour juger de leur importance.

— Hum, ils ont travaillé jour et nuit, à ce que je vois. Initiative des plus louables. Si vous voulez bien attendre ici, je vais voir ce qu'on peut faire au sujet de votre désir légitime de voir Siav.

— Je ne veux pas seulement le *voir*, geignit le mineur. Je veux aussi qu'il me dise comment retrouver le filon principal d'une mine très riche. Les anciens avaient localisé tous les minerais de Pern. Je veux qu'il me dise où il faut creuser, puisqu'il sait tout sur Pern.

— Pas tout, mon cher ami, dit Robinton, peu surpris que Siav soit déjà considéré comme omniscient.

Devait-il leur rappeler que Siav était seulement — seulement ? se dit-il, amusé — une machine, un appareil dont les anciens se servaient comme réceptacle d'informations ? Non. Malgré leur habileté d'artisans, leur compréhension de la mécanique était trop rudimentaire. Ils n'arriveraient jamais à saisir le principe d'une machine si complexe, et encore moins celui d'une intelligence *artificielle*. Le Maître Harpiste ne le comprenait pas trop bien lui-même. Il eut un soupir résigné.

— Et il sait très peu de choses sur la Pern actuelle, bien qu'il en sache beaucoup sur la Pern d'il y a deux mille cinq cents Révolutions. Je suppose que vous ne saviez pas qu'il

fallait apporter avec vous les Archives de vos Ateliers ?
Siav veut se mettre au courant de tout ce qui s'est passé
dans les Forts, Weyrs et Ateliers.

— Personne ne nous a parlé d'Archives, dit le mineur,
stupéfait. On nous avait dit qu'il savait tout.

— Siav sera le premier à vous dire que, tout en ayant
de très vastes connaissances sur tous les sujets, il n'est
pourtant pas, et heureusement, omniscient. C'est un... une
Archive parlante, et bien plus précis que les nôtres, rendues illisibles par les serpents de tunnels, le temps et autres
déboires.

— On nous avait dit qu'il savait tout ! insista le mineur,
têtu.

— Même moi, je ne sais pas tout, dit doucement Robinton. Et Siav n'a jamais prétendu tout savoir. Pourtant,
il en sait infiniment plus que nous. Et il pourra nous
apprendre beaucoup de choses. Maintenant, laissez-moi
intervenir auprès de Maître Esselin en votre faveur. Au
fait, vous êtes combien ?

Il les compta rapidement.

— Trente-quatre. Ça fait trop pour une seule séance.
D'ram, répartissez-les par groupes. Vous savez tous que
D'ram est un homme juste. Chacun aura son tour — bref,
peut-être, mais chacun verra Siav.

Maître Esselin fut ravi de voir le Harpiste, mais consterné
de sa proposition.

— Nous ne pouvons pas les renvoyer mécontents, Esselin. Ils ont autant de droits à voir Siav qu'un Seigneur.
Plus, même, car c'est eux qui exécuteront les plans de Siav
au cours des années qui viennent. Qui est avec lui en ce
moment ?

— Maître Terry, avec des Maîtres et des Compagnons
de toute la planète. Plus Maître Hamian du Weyr Méridional, et deux de ses apprentis, termina-t-il d'un ton
angoissé.

— Ah, Toric a finalement envoyé un émissaire ?

Robinton ne savait pas s'il devait se réjouir ou s'inquiéter. Il avait espéré ne pas avoir à affronter si vite la
cupidité de Toric.

— Je ne pense pas qu'il soit venu pour le compte du
Seigneur Toric, dit Esselin, branlant du chef. Il a dit à

107

Maître Terry que sa sœur, Dame Sharra de Ruatha, lui avait conseillé de venir immédiatement.

— Ah, alors c'est bien, c'est très bien.

Hamian serait une excellente recrue. C'était un innovateur astucieux qui avait déjà remis en service des appareils laissés par les anciens dans une mine méridionale.

— Je vais voir quand on pourra les interrompre brièvement sans trop les déranger. Croyez-moi, Esselin, c'est de bonne politique de leur donner l'occasion de voir Siav par eux-mêmes.

— Mais il n'y a que des Intendants et de petits mineurs...

— Ils sont plus nombreux que les Seigneurs, les Chefs de Weyrs et les Maîtres d'Ateliers, Esselin, et chacun d'eux a le droit d'approcher Siav.

— Ce n'est pas ce qu'on m'avait dit, répondit Esselin, se repliant comme d'habitude, sur l'obstruction.

— Je crois qu'on vous dira autre chose avant la fin de la journée, Esselin. Maintenant, si vous voulez bien m'excuser...

Sur ce, Robinton enfila le couloir menant à Siav.

En approchant, il entendit Siav parler du ton sonore qu'il adoptait en face d'un groupe important. Quand Robinton ouvrit doucement la porte, il s'étonna du nombre des assistants, et encore plus de la foule occupant les deux nouvelles ailes ménagées de chaque côté de Siav. On avait ouvert deux portes dans les vastes annexes situées de chaque côté. Les deux murs entourant Siav étaient restés intacts, naturellement, mais maintenant, il y avait place pour une assistance beaucoup plus nombreuse. Aujourd'hui, il n'y avait que des forgerons, généralement dotés de carrures imposantes. Maître Nicat, le Maître Mineur, était assis sur le premier banc, avec Terry et deux de ses meilleurs Maîtres, tous très affairés à copier le diagramme figurant sur l'écran de Siav. Jancis aussi était là, dans un coin, penchée sur sa planche à dessin. D'autres dessinaient de leur mieux, parfois en appuyant leur feuille sur le dos de leur voisin de devant. Robinton ne comprenait rien à ce dessin compliqué, mais à l'attention sans partage que lui portaient les Forgerons, on pouvait voir qu'il était pour eux d'une extrême importance. Siav expliquait, ajoutant au diagramme des spécifications chiffrées qui ne signifiaient rien non plus pour le Harpiste. De sa voix calme, Siav enjoignit à ses auditeurs de poser des questions sur tous les points restés obscurs.

— Vous avez tout si bien expliqué, dit Maître Nicat d'un air respectueux, que même l'apprenti le plus obtus a dû comprendre.

— Ah, si vous permettez, Siav, dit un Maître Mineur d'une des plus grandes fonderies de Telgar. Si les coulées imparfaites peuvent être sauvées, pouvons-nous reprendre celles que nous avons rejetées depuis longtemps ?

— Bien sûr. Ce processus s'applique aussi aux métaux de récupération. En fait, leur utilisation améliore souvent le produit final.

— Même les métaux faits par les anciens ? demanda Maître Hamian. Nous en avons trouvé dans ce qui était, je crois, la fonderie originelle de la Concession Andiyar à Dorado.

— Une fois dans le creuset, toutes les impuretés sont brûlées.

Puis, à la grande surprise de Robinton, Siav ajouta :

— Bonjour, Maître Robinton. En quoi puis-je vous être utile ?

— Je ne voulais pas interrompre...

— Vous n'interrompez rien, dit Terry en se levant. N'est-ce pas, Nicat ?

Les autres se mirent à parler à voix basse avec leurs voisins, et les plus proches de la porte commencèrent à sortir, en pliant soigneusement leurs dessins et leurs notes.

La salle une fois vide, il put apprécier pleinement les agrandissements effectués du jour au lendemain.

— Ça alors ! murmura-t-il, remarquant les fenêtres percées à chaque bout et par où entrait une brise rafraîchissante.

Jancis resta seule dans son coin, griffonnant furieusement.

— Nous avons bien avancé aujourd'hui, Maître Robinton, lui dit-elle en souriant.

— Et avez-vous dormi cette nuit, mon enfant ?

Ses joues se creusèrent de deux fossettes malicieuses.

— Oui, bien sûr.

Puis elle rougit.

— Je veux dire, on a dormi tous les deux. Enfin, Piemur a dormi le premier — oh, zut !

Robinton éclata de rire.

— Je n'ai pas l'esprit mal tourné, Jancis, et d'ailleurs, cela n'a aucune importance. Mais avec tout ce remue-ménage, vous n'allez pas retarder l'annonce de votre mariage, au moins ?

— Non, dit-elle. Je veux fixer une date. Ça facilitera beaucoup la vie. Les autres sont dans la salle des ordinateurs, si vous voulez vous faire la main.

— Moi ? dit le Harpiste, ébahi. C'est pour les jeunes esprits comme le vôtre et ceux de Piemur et Jaxom.

— Apprendre n'est pas réservé aux jeunes, Maître Robinton, dit Siav.

— Et bien, nous verrons, répliqua le Harpiste, pour gagner du temps.

Il savait pertinemment qu'il ne retenait plus les paroles et les musiques nouvelles, et il ne doutait pas qu'il n'en fût de même dans d'autres domaines. Il n'était pas vaniteux ni excessivement orgueilleux, mais il n'avait pas envie de se montrer à son désavantage.

— Nous verrons. En attendant, nous avons un problème mineur...

— Avec ce groupe qui attend devant la porte pour voir Siav ? dit Jancis.

— Oui. Problème mineur de mineurs !

Jancis gloussa à son jeu de mots, ce qui lui fit plaisir.

— C'est normal, dit-elle. Ils ont *besoin* de voir Siav pour pouvoir s'en prévaloir auprès de leurs Seigneurs et de leurs Maîtres ?

— C'est à peu près ça. Siav, si vous êtes d'accord, je vais les faire entrer et sortir par petits groupes, juste le temps de vous voir.

— Est-ce vraiment ce que vous désirez en la circonstance ?

— Je voudrais qu'autant d'hommes et de femmes que possible puissent avoir accès à vos connaissances. Mais même après ces agrandissements, ce n'est ni possible ni sage. Les esprits étroits tendront à réduire tous les problèmes à leur mesure. Les inquiets partiront du principe que seuls leurs problèmes sont importants, ou que vous êtes assez omniscient pour résoudre toutes les questions.

— Il en a toujours été ainsi, Maître Robinton, dit Siav. L'humanité a toujours eu foi dans les oracles.

110

— Les oracles ? répéta le Harpiste, étonné de ce mot nouveau.

— Une explication complète de ce phénomène exigerait que vous soyez disponible pendant quarante-quatre heures, car le fichier religion est long. Pour en revenir à notre problème, comment proposez-vous de donner satisfaction à ces gens qui attendent dehors ?

— En les faisant entrer par petits groupes pour vous voir et vous questionner, même très brièvement.

— Alors, faites-les entrer tous ensemble. Mes capteurs extérieurs m'indiquent qu'il y a juste assez de sièges pour tous.

Toute la troupe s'engouffra dans le couloir, sous l'œil désapprobateur de Maître Esselin.

— Bonsoir, messieurs, dit Siav, sa voix harmonieuse imposant un silence respectueux aux arrivants. A l'intérieur des murs que vous regardez se trouve un Système d'Intelligence Artificielle Activé par la Voix, ou Siav, qui enregistre les informations pour un usage ultérieur. Il y a parmi vous des mineurs, qui ont sans doute remarqué que des Maîtres Mineurs ont assisté à la précédente conférence. Vous auriez grand profit à les consulter pour apprendre les nouvelles méthodes de fonderie. J'espère que vous avez apporté avec vous les Archives de vos Forts, messieurs les Intendants de Crom et de Nabol. Elles seront vitales pour évaluer la productivité présente et future des domaines que vous gérez pour vos Seigneurs avec tant de compétence. Quant à vous, compagnons verriers d'Igen et d'Ista, vous avez, dans les sablières et les mines de plomb de vos Forts, les meilleurs silicates de la planète, ce qui explique que vous produisiez le verre le plus beau et le plus durable de Pern. Si cette installation peut rendre service à vos Ateliers, demandez à Maître Robinton de vous accorder le temps d'une discussion prolongée.

La plupart des assistants, bouche bée, se turent, essayant de localiser la source d'où venait la voix désincarnée. Le Maître Verrier d'Ista fit un pas hésitant, déglutit, et se lança.

— Maître Siav, Maître Oldive m'a demandé de lui fabriquer des lentilles de microscope, dit-il tout à trac.

— Oui. Un tel instrument est d'importance vitale pour l'Atelier des Guérisseurs.

— J'ai consulté nos Archives, Maître Siav, dit-il, sortant de sa tunique des feuilles moisies, tachées et pleines de trous. Mais, comme vous voyez...

Il les tendit vers l'écran.

— Placez-les sur le panneau éclairé, Maître Verrier.

Regardant autour de lui pour se rassurer, l'Istan hésita, et le Harpiste dut le pousser. Les autres le regardaient, muets d'amiration devant tant d'audace. Un morceau de la feuille se déchira quand il la posa sur le panneau. Son compagnon se précipita, et, d'un air héroïque, posa le coin manquant à sa place.

Instantanément, l'écran projeta une image du dessin très abîmé. Magiquement, des lignes apparurent pour relier les parties isolées, et, sous les yeux émerveillés des assistants, le diagramme fut reconstitué en son entier. Une feuille émergea de la fente de l'imprimante, que le compagnon ébahi prit à la suggestion de Siav.

— Regardez ! Regardez ! C'est mieux que ce qu'aurait fait le meilleur dessinateur, s'exclama-t-il, tout excité.

— Page suivante, je vous prie, dit Siav, et le verrier s'exécuta de son mieux.

Peu après, les mots et explications perdus avaient été reconstitués, et toute l'assistance avait pu voir les feuilles restaurées.

— Avez-vous des questions concernant le boîtier, la mise au point ou les lentilles ? demanda poliment Siav.

Le compagnon posa une ou deux questions, son maître étant trop ébahi pour être cohérent.

— S'il s'en posait certaines durant la manufacture... reprit Siav.

— Durant quoi ? dit le compagnon, stupéfait de ce mot nouveau.

— Pendant la fabrication, soit vous me faites transmettre la question par Maître Robinton, soit vous revenez pour des explications complémentaires et d'autres démonstrations.

Après quoi, Robinton n'eut aucun mal à leur faire évacuer la salle.

— Ça a pris dix minutes, dit Siav. C'est du temps bien employé.

— Vous a-t-on conseillé de me prendre pour assistant ? demanda Robinton, amusé.

— Votre impartialité est légendaire, Maître Robinton, et vous venez de démontrer une fois de plus votre sens de la justice. Maître Esselin a des préjugés en faveur du rang. Le besoin qu'avait le verrier de ces informations est une priorité qui aurait dû lui valoir une introduction immédiate ce matin. Or, Maître Esselin l'a ignoré.

— Vraiment ? dit Robinton, contrarié.

— Vous devriez veiller à ce qu'il n'excède pas les étroites limites de son autorité, pour éviter bien des ressentiments futurs.

— Je vais m'en occuper immédiatement.

— Si vous hésitez à occuper cette fonction, sans doute que D'ram pourrait vous en décharger. Lui aussi jouit de la plus haute estime auprès des Weyrs, Forts et Ateliers. Est-il vrai qu'il a fait un bond de quatre cents ans dans l'avenir pour combattre les Fils ? Et qu'il a déjà passé la plus grande partie de sa vie à cette tâche dangereuse ?

— C'est exact, Siav.

— Sa génération et la vôtre sont étonnantes, Maître Robinton, dit Siav, sa voix posée se teintant d'une nuance d'admiration incontestable.

— Nous sommes tous d'accord sur ce point, dit Robinton, redressant fièrement les épaules. Je vais dire ce que je pense à Maître Esselin sur sa façon d'assigner les priorités sans consultation. Et vous pouvez être sûr, Siav, qu'il vous obéira aussi promptement qu'à moi ou aux Chefs du Weyr.

Après avoir dit son fait à Maître Esselin, Robinton alla retrouver D'ram dans la salle où Piemur, Jancis, Jaxom et Benelek tapaient leurs leçons avec entrain. Chacun travaillait sur un projet différent ; il reconnut que Jancis reproduisait le diagramme que Siav avait montré aux mineurs.

— Venez donc, Maître Robinton, dit Piemur, détachant les yeux de son écran. Je vous ai installé un poste de travail.

— Non, non. J'ai promis à Siav d'être son assistant tout l'après-midi. Vous ne croiriez jamais à quel point Esselin est stupide !

— Ha ! Mais si, je le crois, dit Piemur avec force.

— Il est bouché à l'émeri, grommela Benelek. Et il n'aime pas nous voir aller et venir comme nous faisons.

— Moi, je n'ai pas de problème avec lui, dit Jancis,

l'œil malicieux. Je n'ai qu'à lui donner un gobelet de klah ou un bon morceau quand j'apporte à boire et à manger.

— Et c'est un autre compte que j'ai à régler avec ce gâteux de Maître Esselin, dit Piemur avec emportement. Tu *n'es pas* une fille de cuisine. Il n'a jamais vu l'insigne de Maître sur ton col ? Il ne sait pas que tu es la petite-fille de Fandarel et parmi les meilleurs de ton Atelier ?

— Oh, il finira par le savoir, remarqua Jaxom sans lever les yeux de son clavier. Je l'ai vu la traiter en gamine, ce matin, et je lui ai rappelé que son titre était « Maîtresse Forgeronne ». Je crois qu'il n'avait même pas remarqué les insignes de son col.

— Ce n'est pas une excuse, dit Piemur.

— Peut-être que Maître Esselin devrait retourner à ses Archives, dit D'ram. C'est sa fonction.

— Et il n'est bon à rien d'autre, grommela Piemur.

— Mais comme quelqu'un doit bien se charger de son rôle actuel, je crois que je vais me nommer à sa place.

— Excellente idée, D'ram, dit Robinton sous les acclamations des autres. En fait, Siav lui-même vous avait recommandé pour ce poste. Il a entendu dire que vous êtes un homme hautement respecté et d'une honnêteté scrupuleuse. Et pourtant, il ne vous connaît pas aussi bien que moi. Et je crois que nous devrions aussi enrôler Lytol. A moins que trois honnêtes hommes ne soient trop pour la fonction ?

— Il n'y aura jamais trop d'honnêtes gens ici. Et je crois que ça ferait du bien à Lytol, dit Jaxom, l'air profondément inquiet au sujet de son vieux tuteur. Vous deux, vous semblez déjà rajeunis d'avoir trouvé un emploi à votre longue expérience. Et quelqu'un ayant le bon sens de Lytol devrait trouver à s'occuper ici.

— Je suis tout à fait d'accord, dit le Maître Forgeron Hamian en entrant. J'ai été obligé de bousculer ce vieux fou pour rentrer. Je comprends ce que Sharra voulait dire en affirmant que vous étiez passionné par ces événements, Jaxom, ajouta-t-il, souriant au mari de sa sœur avant de saluer courtoisement les autres. Je n'ai pas voulu provoquer la consternation de mes pairs tout à l'heure, Maître Robinton, mais Maître Siav pourrait-il me dire comment nos ancêtres fabriquaient leur plastique inaltérable ?

Robinton regarda D'ram, l'air interrogateur.

— Ce sera le premier test de votre autorité, D'ram.

— Je dirai qu'Hamian est exactement le genre d'homme à tenter quelque chose d'aussi nouveau — enfin, nouveau pour nous au moins, dit D'ram, acquiesçant de la tête.

— La parole est maintenant à celui qui sait, dit Robinton, montrant de la tête la salle de Siav. Allons lui poser la question.

Tous, sauf Benelek, suivirent pour entendre ce que dirait Siav. Robinton fit signe à Hamian de se placer juste devant l'écran, puis il dut l'encourager d'une bourrade, le grand forgeron ayant soudain du mal à formuler sa demande.

— Euh... Maître Siav...

Il ne put continuer.

— Vous voudriez savoir comment l'on fabrique les plastiques à base de silicates que vos ancêtres utilisaient dans les matériaux de construction, Maître Hamian ?

Hamian acquiesça de la tête, haussa comiquement les sourcils dans sa surprise.

— Comment le sait-il ? demanda-t-il à voix basse au Harpiste.

— Il a de longues oreilles, répondit Robinton, amusé.

— Incorrect, Maître Robinton, dit Siav. Cette installation possède des capteurs bien plus sensibles que des oreilles, Maître Hamian, et comme la porte était ouverte, votre conversation était audible. Vous désirez donc apprendre comment on fabrique les plastiques.

— Oui, Maître Siav. Parmi mes pairs, il y en a bien assez qui veulent améliorer la qualité du fer, de l'acier et du cuivre. Mais moi, m'étant rendu compte de la longévité du plastique des anciens, j'aimerais me spécialiser dans leur étude. Je crois que ce matériau pourrait être aussi important pour nous que pour nos ancêtres.

— La fabrication des plastiques était une entreprise très sophistiquée chez vos ancêtres. Des polymères différents aboutissaient à des produits différents, certains pliables, semi-malléables ou rigides, selon la formule chimique. Et puisqu'on a découvert du pétrole en surface près du Lac de Drake, il devrait être possible de faire renaître leur fabrication. Toutefois, il vous faudra apprendre beaucoup plus de chimie que n'en comportaient vos études pour la Maîtrise. Joel Lilienkamp avait entreposé deux unités de fabrication dans les Grottes de Catherine.

— Lilienkamp ? s'écria Piemur, se tournant vers Jancis. Lilcamp ? Qui était Joel Lilienkamp ? demanda-t-il à Siav.

— C'était l'intendant de l'expédition, la personne qui a entreposé les artefacts dans les Grottes de Catherine.

— Jayge doit forcément être son descendant, dit Piemur.

Puis il se tut brusquement et s'excusa de son interruption.

— Les deux grandes unités de polymérisation n'ont pas bénéficié d'emballages protecteurs. Elles ne seront donc sans doute pas opérationnelles. Mais elles pourront servir de modèles. Vous apprendrez beaucoup en les reconstruisant, et vous aurez encore plus à apprendre pour les expériences de chimie et de physique que vous devrez faire.

— Avec plaisir, Maître Siav, avec plaisir, dit Hamian avec un sourire jusqu'aux oreilles. Quand est-ce que je commence ?

— D'abord, il faut trouver les prototypes dans les grottes.

Siav projeta sur son écran deux gros cubes pourvus de nombreux appendices.

— Voilà ce que vous devez trouver. Ils sont lourds et difficiles à déplacer.

— J'ai déplacé des objets plus lourds que ça, Maître Siav.

Une feuille illustrant les objets nécessaires sortit de l'imprimante, et Piemur la tendit au grand forgeron.

— Il vous faudra un vaste atelier pour les démonter, et savoir quels matériaux vous avez à votre disposition pour construire un nouveau modèle. Il serait judicieux que d'autres étudient cette science avec vous. La fabrication des polymères exigera une équipe nombreuse connaissant bien la chimie et la physique.

— A l'évidence, il sera nécessaire d'étudier beaucoup, ne serait-ce que pour comprendre les mots que vous employez, dit Hamian.

— Je ne risque guère de me tromper en vous annonçant que vous aurez plusieurs autres étudiants dans votre classe, Siav, dit Robinton, montrant Piemur et Jancis. Et je suis sûr, Hamian, que vous voudrez former aussi plusieurs membres de votre Atelier.

— J'en ai déjà un ou deux en tête, répondit Hamian. Merci beaucoup, Maître Siav.

— De rien, Maître Hamian.

— Comment feras-tu pour échapper à Toric ? lui demanda Piemur à voix basse.

— Il n'est pas question d'échapper, dit Hamian, avec une grimace comique. Je suis mon propre maître. J'ai organisé la production des mines méridionales sans l'appui de personne. Maintenant, je vais élargir mon horizon, comme Toric l'a fait. Merci, Maître Robinton, D'ram. Je sais où sont les grottes. Je vais commencer tout de suite.

Sur quoi, il sortit.

Juste après son départ, Maître Esselin parut, l'air chagrin.

— Maître Robinton, j'avais dit à ce forgeron qu'il ne devait pas...

Robinton, de son air le plus charmeur, lui entoura les épaules de son bras. D'ram se plaça de l'autre côté, et ils l'entraînèrent inexorablement vers le hall d'entrée.

— Maître Esselin, je crois qu'on vous a affreusement mal traité ces derniers temps, dit Robinton.

— Moi ? dit Esselin, surpris. Oui, quand des bravaches comme ce forgeron ne tiennent absolument pas compte de mes ordres...

— Vous avez raison, Maître Esselin. C'est honteux, et je trouve qu'on a vraiment abusé de votre amabilité en vous enlevant à vos Archives pour vous occuper de ce site. C'est pourquoi il a été décidé que le Chef de Weyr D'ram, le Seigneur Gardien Lytol et moi-même vous déchargerions de cette pénible tâche pour vous laisser retourner à votre travail.

— Oh, mais je ne voulais pas dire je refusais de...

Esselin aurait ralenti le pas si les deux autres l'avaient laissé faire.

— Vous avez été la bonne volonté personnifiée, dit D'ram.

— C'est tout à votre honneur, Maître Esselin, mais il ne faut pas abuser de votre gentillesse. Maintenant, nous allons prendre la relève.

Maître Esselin continua ses protestations jusqu'à la

porte et tout le long du sentier menant au bâtiment des Archives. Doucement mais fermement, D'ram et Robinton lui donnèrent une dernière poussée, souriant et ignorant totalement ses réticences.

— Et voilà, dit D'ram avec satisfaction une fois de retour dans le bâtiment de Siav. Je prends le premier quart, Robinton.

Il se tourna vers l'un des gardes. — C'est moi qui décide, maintenant. Votre nom ?

— Gayton, messire.

— Eh bien, Gayton, je verrais d'un très bon œil que vous alliez chercher à boire. Apportez-en assez pour tous. Et, non Robinton, il n'apportera pas de vin. Vous devrez avoir la tête froide pour prendre votre quart.

— Quel nigaud ! s'écria Robinton. Je garde toujours la tête froide quelles que soient les quantités de vin que j'absorbe. En voilà une idée !

— Laissez-moi, Robinton, dit D'ram, le poussant en souriant vers la porte. Allez faire vos bêtises ailleurs.

— Mes bêtises, grommela le Harpiste, feignant l'indignation.

Mais juste à cet instant, Piemur poussa un cri triomphal, et il se hâta d'aller voir ce qui se passait.

— J'ai réussi ! J'ai réussi ! criait encore Piemur à son entrée.

Jancis et Jaxom avaient l'air légèrement envieux ; Benelek avait adopté une attitude distante.

— Réussi quoi ?

— A faire un programme moi-même.

Le Harpiste lorgna les mots et lettres énigmatiques alignés sur l'écran, puis considéra le Compagnon.

— Ça... c'est un programme ?

— Et comment ! Et drôlement facile quand on a pris le coup !

L'ivresse de Piemur était contagieuse.

— Piemur, s'entendit dire le Harpiste, vous ne m'avez pas dit qu'un de ces engins était disponible ?

— Mais bien sûr, Maître.

Avec une satisfaction non dissimulée et sans la moindre trace de son impudence habituelle, Piemur se leva et alla chercher un moniteur sur une étagère.

— Je crois que je vais le regretter, remarqua Robinton à voix basse.

— J'espère bien que non, répondit Siav du même ton.

Zair mordilla l'oreille de Robinton qui se réveilla. Il s'était endormi sur son siège, la nuque sur l'appui-tête, les jambes allongées sur le bureau. Il avait le cou ankylosé et ses articulations craquèrent quand il reposa les pieds par terre. Il gémit, et Zair le mordilla de nouveau, ses yeux flamboyant d'un beau rouge-orangé.

Instantanément, le Maître Harpiste fut en alerte. Au fond du couloir, il entendit la voix de Siav donnant des explications, et la voix plus aiguë d'un étudiant posant une question. Il leva les yeux sur Zair, qui fixait la nuit. C'est alors qu'il entendit un léger craquement, puis un faible clapotis.

Il se leva, maudissant à part lui ses articulations récalcitrantes. Aussi furtivement que possible, il traversa le hall et sortit. L'aube approchait : les insectes s'étaient tus et les activités du jour n'avaient pas encore repris. Il s'avança silencieusement, entendit de nouveau le craquement. A sa gauche, où les séries de batteries de Fandarel avaient été installées contre le mur, il perçut deux ombres mouvantes. Deux hommes. Deux hommes affairés à briser les bacs de verre contenant le fluide des batteries.

— Qu'est-ce que vous faites ? ragea Robinton. Zair ! Attrapes-les ! *Piemur ! Jancis ! Quelqu'un !*

Il s'élança, bien résolu à prévenir d'autres dommages.

Plus tard, il se demanda ce qui l'avait poussé à s'attaquer à ces vandales, lui, Harpiste vieillissant et sans armes. Même quand ils s'étaient jetés sur lui, levant des bâtons ou des barres de fer, il n'avait pas eu peur ; il était fou furieux, c'est tout.

Heureusement, Zair avait des armes, ses vingt griffes acérées dont il laboura le visage du premier homme, puis le Farli de Piemur, le Trig de Jancis et une demi-douzaine d'autres lézards de feu se jetèrent dans la bataille. Robinton saisit un pan de tunique, mais l'homme se dégagea d'une secousse, accompagnée d'un hurlement car un lézard de feu lui déchirait la peau. Il s'enfuit, imité par son compagnon, et tous deux suivis par les lézards de feu qui, se séparant en deux groupes, prirent en chasse les fugitifs.

Le temps que des renforts humains arrivent, ils avaient disparu.

— Ne vous inquiétez pas, Robinton, dit Piemur. Des visages griffés, ça se remarque. Nous les trouverons ! Vous n'avez rien, Maître ?

— Non, ça va, ça va, dit-il, essayant d'échapper à leur sollicitude. Poursuivez-les !

Et il fut pris d'une quinte de toux causée par la frustration plus que par l'exercice.

Le temps qu'il les ait convaincus qu'il allait bien, les lézards revenaient, l'air très satisfait d'avoir chassé les intrus. Dégoûté de la fuite des vandales, Robinton saisit un panier de brandons et conduisit les autres sur le lieu de l'attaque.

— Cinq bacs fracassés, et si vous n'aviez pas entendu... commença Piemur.

— Je n'ai rien entendu. C'est Zair, dit Robinton, furieux de s'être endormi.

— C'est la même chose, répondit Piemur avec un sourire malicieux. Ils n'ont pas cassé assez de bacs pour arrêter la production de courant. Et il y en a d'autres au Magasin.

— C'est l'événement lui-même qui m'inquiète, dit Robinton.

— Nous trouverons les vandales, l'assura Piemur, ramenant le vieux Harpiste à son fauteuil et lui servant une coupe de vin.

— Il le faut, dit Robinton d'un ton farouche.

Il savait qu'il existait une hostilité croissante contre Siav, mais il n'avait jamais pensé un instant que quelqu'un irait jusqu'à attaquer les installations.

Mais qui ? Esselin ? Il doutait que ce vieux fou ait eu cette audace, même s'il était retourné d'avoir perdu sa sinécure. Alors, un des verriers de Norist venus l'après-midi au Terminus ?

Les vandales ne furent pas retrouvés le lendemain, malgré les recherches discrètes de Piemur. Il alla même jusqu'à réveiller Esselin avant l'heure, mais le visage rond du vieux Maître était indemne.

— Ils ont dû continuer à courir, dit-il au Harpiste qui supervisait le remplacement des bacs.

— Il faut construire une barrière de protection, dit

Robinton. Et les faire surveiller jour et nuit. On ne peut pas laisser Siav sans courant.

— D'après vous, qui serait le suspect le plus probable ? demanda Piemur.

— Le suspect ? Les choix ne manquent pas. Ce sont les preuves qui manquent.

— Alors, il faudra chercher encore. Mais comment se fait-il que Siav n'ai pas donné l'alarme ? D'habitude, il voit tout ce qui se passe, de jour ou de nuit.

Interrogé sur ce point, Siav répondit que les vandales se trouvaient sous les auvents, hors de portée de ses capteurs visuels, et que les bruits perçus correspondaient à ceux des activités nocturnes.

— Et à l'intérieur du bâtiment ? demanda Robinton.

— Cette installation est en sécurité. Ne craignez aucun vandalisme ici.

Robinton ne fut pas convaincu, mais il n'eut pas le temps de discuter car les premiers étudiants du jour arrivaient.

— Gardons cela pour nous pour le moment, Piemur, dit Robinton d'un ton sans réplique.

— Et si l'on envoyait un message à tous les Harpistes, leur demandant de nous signaler tout visage griffé ?

— Je doute qu'ils paraissent en public avant d'être guéris, mais envoyez le message quand même, dit Robinton, haussant les épaules.

CHAPITRE 6

Les semaines suivantes confirmèrent que confier la garde de Siav à Robinton, D'ram et Lytol avait été une idée de génie. Leur réputation d'impartialité et de probité évita tout conflit. Et leurs connaissances combinées furent pleinement utilisées dans la renaissance et l'administration du Terminus.

Certains visiteurs — les simples curieux — repartirent déçus, car Siav ignorait les questions idiotes ou égocentriques. Mais ceux qui voulaient apprendre et travailler dur restèrent et progressèrent.

Tant que dix postes secondaires ne furent pas installés, les trois gardiens organisèrent les rendez-vous avec Siav, intercalant habilement des consultations d'urgence sans offenser personne. Et, parce que Siav n'avait pas besoin de dormir, les enseignements intensifs, tels que ceux qu'il dispensait à Maître Oldive et aux autres guérisseurs, étaient programmés à l'aube.

Les Ateliers majeurs ne furent pas les seuls à envoyer leurs représentants ; les Seigneurs trouvèrent bientôt prestigieux d'envoyer leurs fils et leurs filles, et de petits vassaux prometteurs. Il y en eut tellement au début, dont certains manifestement peu faits pour manier des concepts radicalement nouveaux que, par charité, on leur fit passer à chacun un test de base, un test d'aptitude, comme disait Siav, qui permit d'écarter les paresseux et les ignorants.

Lessa et F'lar n'exploitèrent jamais toutes les possibilités d'une console, essentiellement parce qu'ils n'avaient pas le temps d'apprendre les bases, selon le Harpiste, mais ils apprirent les rudiments nécessaires pour accéder aux informations. F'nor n'essaya même pas, mais sa compagne, Brekke, se joignit au groupe du Maître Guérisseur, qui cherchait à retrouver les techniques médicales perdues. Mirrim, bien résolue à rester au niveau de T'gellan, s'obstina malgré des débuts catastrophiques et finit par réussir. K'van devint aussi habile que Jaxom et Piemur.

A la surprise et à la joie de ses amis, le taciturne Lytol devint l'un des utilisateurs les plus enthousiastes, consultant des fichiers sur un très grand nombre de sujets.

— Lytol a toujours été très profond, avec des réserves de forces inattendues — sinon il n'aurait pas survécu si longtemps, répondait Jaxom à ceux qui faisaient des remarques sur la nouvelle obsession de Lytol. Mais je ne comprends pas sa fascination pour tous ces vieux trucs historiques, alors qu'il y a tellement de connaissances qui peuvent servir aux *vivants*.

— Au contraire, Jaxom, répondit le Harpiste. Les investigations de Lytol sont peut-être les plus importantes de toutes.

— Même plus importantes que les nouvelles turbines à eau des centrales de Fandarel ?

Sa fonderie travaillant jour et nuit à la fabrication des pièces nécessaires à la machinerie, le Maître Forgeron avait fait une démonstration du fonctionnement du générateur proposé, avec une satisfaction évidente.

— C'est certainement très important pour le moment, répondit le Harpiste. Mais il y a le problème de l'acceptation générale.

On avait installé différentes salles d'études, chacune consacrée à une matière différente. Deux devinrent des laboratoires pour l'enseignement de ce que Siav appelait les sciences de base : chimie, physique et biologie. Une pièce fut réservée aux brèves consultations, et une autre à l'enseignement général ; une assez grande salle fut réservée aux guérisseurs, et ses murs couverts de dessins « du genre le plus macabre », selon Jancis. Siav demanda aussi qu'on réserve une salle spéciale pour les étudiants suivant un enseignement intensif en plusieurs matières : Jaxom, Piemur, Jancis, K'van, T'gellan, N'ton, Mirrim, Hamian, trois compagnons, un apprenti d'Hamian, et de nombreux chevaliers-dragons — quatre bronze, deux bruns, quatre bleus et trois verts. D'autres suivraient quand il y aurait de la place, car les Weyrs étaient les plus impatients à tirer profit de la science de Siav.

De temps en temps, Robinton venait écouter une leçon. Un jour qu'il jetait un coup d'œil dans la salle où travaillaient Jaxom, Piemur, Jancis et deux Compagnons Forgerons, il vit un spectacle étonnant.

Un anneau de métal terne flottait à deux pouces de la table. Quand ils tendirent la main pour le toucher, il glissa tout le long comme sur d'invisibles rouleaux. Siav continua ses explications :

— Les lignes de force magnétique de l'anneau sont induites de telle façon qu'elles s'opposent exactement aux électro-aimants qui génèrent le champ.

Robinton se fit tout petit, pour ne pas déranger les étudiants fascinés.

— C'est beaucoup plus spectaculaire à basses températures, car il n'y a plus de résistance électrique, les anneaux deviennent super-conducteurs, et le courant passe sans aucune déperdition. Il n'y a pas ici les installations nécessaires pour vous en faire la démonstration, mais vous serez prêts à aborder la super-conductivité dans trois ou quatre semaines. Jaxom sera prêt plus tôt ; Compagnon Manotti, vos gabarits de bobinage n'étaient pas au standard requis, mais vous avez une semaine pour faire des progrès.

Robinton s'en alla sur la pointe des pieds, mais il souriait. Un bon professeur doit dispenser judicieusement compliments, encouragements et critiques.

Il y avait des ateliers auxiliaires pour les forgerons, les verriers et les menuisiers dans les grandes bâtisses excavées du Terminus.

Un matin, une explosion fit sursauter Robinton et Lytol, et ils se ruèrent dans la direction du son, qui venait de la verrerie de Maître Morilton. Ils le trouvèrent en train d'aider Jancis à éponger le sang coulant d'une mosaïque de coupures sur le visage de Caselon, Apprenti Verrier. Il y avait des éclats de miroirs partout.

— Maintenant, vous comprenez pourquoi des lunettes protectrices sont si importantes, disait calmement Maître Morilton à ses verriers. Caselon aurait pu perdre la vue quand le thermos a explosé. Cela étant...

Morilton lança à Jancis un regard interrogateur.

— Cela étant, dit-elle avec un sourire ironique, Caselon

aura une mosaïque de cicatrices très intéressante. Oh, ne t'inquiète pas, dit-elle au garçon qui faisait la grimace, ça ne se verra presque pas. Ne grimace pas. Le sang va s'arrêter dès que je t'aurai mis du baume analgésique.

Pendant que Lytol contenait les curieux venus voir ce qui se passait, Robinton inspecta l'atelier. Maître Morilton n'avait pas chômé. Une pompe bourdonnait dans un coin. Un tube branché sur l'appareil se terminait par un collier de cuir, où l'on voyait les vestiges d'un goulot en miroir. Le reste de la bouteille jonchait le sol sous forme d'éclats.

— Zut, grommela Caselon, c'était mon vingtième !

Robinton vit alors dix-neuf autres thermos alignés sur l'établi du côté de Caselon ; douze autres reposaient de l'autre côté, où travaillait un autre Apprenti, Vandentine.

— Nous ne faisons pas la course, Caselon, dit Maître Morilton, brandissant l'index devant le garçon. Qu'est-ce qui s'est passé exactement ? Moi, je m'occupais du travail de Bengel.

— Je sais pas, dit Caselon, haussant les épaules.

— Siav ? demanda Maître Morilton, car l'atelier avait une liaison directe avec Siav.

— Quand il a moulé le verre, il ne l'a pas testé aux ultrasons, et ne l'a même pas tapoté, comme vous le lui avez appris, pour expulser les bulles d'air de la pâte. Il était trop occupé à aller plus vite que son camarade. Et quand on a fait le vide, les bulles ont fait exploser le verre. Mais vous pouvez maintenant utiliser deux de ces récipients pour démontrer les propriétés de l'air liquide.

Le baume avait arrêté le sang de Caselon, alors Maître Morilton lui fit signe de le suivre, avec Vandentine, dans une pièce contiguë. Robinton leur emboîta le pas. Dans cette pièce, il y avait une pompe différente ; toutes les secondes, un bec couvert de givre lâchait une goutte d'un liquide bleu pâle dans un thermos.

— Le liquide bleu est de l'air, l'air de cette pièce, reprit Siav, que nous compressons puis décompressons rapidement, répétant l'opération jusqu'à ce qu'une petite partie s'en liquéfie. Ne touchez pas l'ailette du refroidisseur — le froid vous brûlerait les doigts. Ceci, Maître Robinton, ajouta-t-il à l'intention de son visiteur, est un réfrigérateur multi-étapes, tout à fait différent de celui que vous avez au Fort de la Baie pour rafraîchir les jus de fruits et les aliments.

Robinton hocha la tête, pensif.

— La dernière étape est la plus difficile, dit Siav, tandis que Maître Morilton faisait signe à Caselon de remplir ses thermos.

La pièce s'emplit de brume, l'air liquide s'évaporant jusqu'à ce qu'il ait refroidi la bouteille de Caselon.

— Maintenant, Caselon, dit Siav, retournez à votre établi et observez les fantaisies de l'air liquide.

Caselon commençait déjà en quittant la pièce.

— S'amuser avec de l'air ? dit Robinton, perplexe.

— Cet air liquide, reprit Siav, peut couler dans deux directions opposées en même temps ; il peut ramper jusqu'en haut d'un haut récipient, n'en laissant pas une goutte au fond ; et il passe plus vite, beaucoup plus vite, par de petits trous que par des grands. Vous pouvez remplir un flacon pour vous, Maître Robinton, et faire vos propres expériences. Celle-ci fait partie des plus dangereuses, et par conséquent, des plus éducatives. Jancis, il y a des bouteilles pour vous aussi ; cette expérience est importante. Et quand vous serez tous familiarisés avec l'air liquide, nous pourrons aborder les propriétés de l'hydrogène liquide, et surtout, de l'hélium liquide.

— Si cette expérience est dangereuse, est-il sage de la faire ? demanda Robinton.

— Le danger est parfois très éducatif, répliqua Siav. Par exemple, il est peu probable que Caselon oublie de taper sa pâte à l'avenir, quel que soit son désir de productivité.

C'est seulement une heure plus tard que Robinton et Lytol, très intéressés par les expériences sur l'air liquide, retournèrent à leurs tâches habituelles.

On occupa peu à peu la plupart des bâtiments déterrés du Terminus. La plupart des artefacts si longtemps entreposés dans les Grottes de Catherine avaient été utilisés, en en réservant toutefois un exemplaire de chacun pour constituer un musée au Bâtiment des Archives de Maître Esselin. De nouveau, le Terminus bourdonna d'activité. Et des herbes folles recommençaient à pousser sur les chemins et dans les petits jardins déblayés.

— N'est-ce pas de la folie de nous établir ici ? demanda Lessa un soir après le dîner pris au bâtiment de Siav en compagnie de F'lar, Robinton, D'ram, Lytol, Piemur et Jancis. Ces volcans pourraient de nouveau entrer en éruption.

— J'en ai parlé à Siav, dit Lytol, et il a répondu qu'il monitorait l'activité sismique. Certains instruments installés par les volcanologues fonctionnent encore. Selon lui, il y a peu d'activité dans la chaîne actuellement.

— C'est certain ? demanda Lessa, sceptique.

— C'est ce qu'il m'a assuré, répondit Lytol.

— Ce serait dommage de perdre tout ce que nous avons reconstruit ici, dit F'lar.

— Malheureusement, remarqua Lytol avec un petit sourire ironique, on ne peut pas déplacer Siav.

— Alors, inutile de discuter d'un problème qui ne se posera peut-être pas, dit Robinton avec autorité. Nous en avons suffisamment d'intérêt immédiat. Comment manœuvrer Maître Norist, par exemple. Comme vous le savez, il a menacé de désavouer la maîtrise de Maître Morilton de même que tous les Compagnons et Apprentis qui ont produit du verre selon les nouvelles techniques de Siav.

— Il a baptisé Siav l'« Abomination », gloussa Piemur. Et Siav a dit...

— Tu ne l'as pas dit à Siav, au moins ? dit Jancis, atterrée.

— Il ne s'en est pas ému. J'ai même l'impression que ça l'a amusé.

— Est-ce que vous — vous tous — avez parfois l'impression que nous amusons Siav ? demanda Robinton.

— Et comment ! dit Piemur. C'est peut-être une machine et tout ça, mais une Maîtresse machine qui interagit avec les humains ; il doit donc posséder des critères lui permettant de reconnaître l'humour. Il ne s'esclaffe pas comme certains d'entre vous à mes plaisanteries, mais je suis certain qu'il les apprécie.

— Humm, grogna le Harpiste pour tout commentaire. Pour revenir à Norist... En sa qualité de Maître d'Atelier de Pern régulièrement élu, il ne peut être remplacé que par une assemblée de tous les Maîtres. Malheureusement, les Maîtres Verriers ne sont pas très nombreux, et presque tous aussi conservateurs que Norist. Mais d'autre part, je ne veux pas que Maître Morilton soit harcelé, humilié et dégradé parce qu'il a appris des techniques que Norist ne lui a pas enseignées.

— Norist exerce aussi de fortes pressions sur le pauvre Wansor, dit Lytol. Heureusement, Wansor semble indifférent à ses critiques et au fait qu'il puisse subir la même dégradation que Norist. Morilton est parvenu à enrôler pas mal de Compagnons et d'Apprentis qui se sentaient trop gênés par la stricte adhésion de Norist aux techniques des Archives.

— Si Norist exerce des pressions sur Wansor, pourquoi n'en exerçons-nous pas sur lui ? demanda Jaxom.

— C'est ce que je vais faire, dit Lytol. Et avec plaisir. Un homme qui ne voit pas plus loin que le bout de son nez n'a pas le droit d'être Maître d'Atelier ! dit-il, le visage sévère.

— Très bien ! Très bien ! approuva le Harpiste.

— Il paraît aussi que Norist interdit à Morilton l'utilisation des meilleures sablières, poursuivit Lytol, fronçant les sourcils.

— Ça, ce n'est pas un problème, dit Piemur. Ce n'est pas le sable qui manque sur nos côtes.

— Idiot. Ce n'est pas du sable de plage qu'on utilise pour le verre, dit Jaxom. C'est celui des sablières d'Ista et d'Igen, qui est le meilleur.

— Et c'est celui que Norist refuse à Morilton, dit Lytol.

— Il ne l'a pas refusé au Seigneur Jaxom du Fort de Ruatha !

— Ni à D'ram, dit le vieux Chef de Weyr.

Même Lytol ne put s'empêcher de sourire à cette façon expéditive de contrer l'intransigeance de Norist.

— Les microscopes exigent du verre de grande qualité, vous comprenez, expliqua-t-il.

— En tout cas, ce n'est pas une difficulté majeure. Ruth et Tiroth ne se plaindront pas d'une petite excursion, dit D'ram, consultant du regard Jaxom, qui acquiesça de la tête. Vous irez à Ista, et moi, à Igen.

— Les cartes des colons n'indiquent pas des sites plus proches, pour réduire le temps de transport ? demanda F'lar.

— Je vais demander, dit Robinton, tapant prestement sa requête sur le clavier de la pièce.

Immédiatement, l'imprimante lui sortit une liste indiquant le type de sable disponible en chaque lieu. Ceux pouvant servir à la fabrication du verre optique étaient marqués d'une étoile, mais Siav recommandait surtout les sables de la Rivière Paradis et d'une sablière proche de l'ancien Cardiff.

D'ram proposa de se rendre à Cardiff, sachant que cela ferait plaisir à Jaxom d'aller à la Rivière Paradis où il pourrait rendre visite à Jayge et Aramina.

— Humm, dit le Harpiste, considérant son écran. Siav me rappelle qu'il désire former d'autres chevaliers-bronze et verts.

— Accepterait-il un ou deux grands bruns ? demanda F'lar. J'en ai plusieurs qui se sont proposés. On dirait que Siav a des préjugés contre les tailles intermédiaires.

— Je lui ai posé la question, dit D'ram, car je trouve curieux qu'il ne veuille que les plus grands et les plus petits. Il dit que l'opération les exige, mais il n'explique pas pourquoi, et se contente d'affirmer qu'il lui faut suffisamment de candidats pour sélectionner les meilleurs et avoir suffisamment de personnel de remplacement bien entraîné.

— Je regrette souvent qu'il ne soit pas plus précis, dit Lessa. Ainsi, nous pourrions donner des explications à ceux que nous sommes forcés de décevoir. Pourtant, je dois reconnaître qu'en général, le moral s'est amélioré dans tous les Weyrs. Et tous veulent participer.

— Siav a remarqué qu'il était plus facile d'instruire les jeunes chevaliers-dragons, dit D'ram, car leurs habitudes mentales sont moins cristallisées. Bien sûr, il y a des exceptions, ajouta-t-il, fier d'en faire partie.

— C'est tout pour le moment ? demanda Jaxom. Dans ce cas, je vais rentrer à Ruatha. J'apporterai demain du sable de la Rivière Paradis, mais il faut que je rentre un peu chez moi.

— En danger d'être désavoué aussi ? demanda Piemur avec un sourire impudent.

Jaxom ne daigna pas répondre, tandis que Jancis poussait du coude le Compagnon Harpiste.

— Mais avant, je vais demander à Siav de nous imprimer une carte des sablières, dit D'ram, se levant pour accompagner le jeune Seigneur.

Lytol fronça les sourcils en les regardant sortir.

— Ne vous inquiétez pas, Lytol, dit Lessa, rassurante. Il

est bien normal que Sharra soit contrariée des longues absences de Jaxom.

— Et d'autant plus qu'elle meurt d'envie elle-même de suivre les leçons des guérisseurs, dit Jancis. Mais, l'as-tu remarqué aussi, Piemur ? Chaque fois que Jaxom s'absente un jour, Siav demande pourquoi.

— Oui, en effet, répondit Piemur, pensif. Et Siav cravache Jaxom plus dur que personne, à part Mirrim et S'len.

— S'len ? dit F'lar. N'est-ce pas le jeune chevalier-vert de Fort ?

— C'est lui. Et Siav fait bachoter Mirrim pour l'amener au même niveau que nous, dit Piemur.

— Pourquoi les dragons verts ont-ils tant d'importance pour Siav ? demanda Lessa.

— Ils sont petits, voilà pourquoi, dit Piemur.

— Petits ?

— Enfin, c'est une supposition, et Ruth est le plus petit de tous, poursuivit Piemur. Je suis sûr que ces deux-là joueront un rôle spécial dans le Grand Dessein de Siav.

Lessa et Lytol eurent l'air inquiet.

— Oh, ne vous en faites pas pour Jaxom, dit Piemur, désinvolte. C'est le meilleur d'entre nous. Il a le chic pour comprendre toutes ces mathématiques spatiales que Siav nous fait ingurgiter.

— A-t-il déjà proposé un projet d'action ? demanda Lessa à Robinton et Lytol qui firent non de la tête.

Puis Robinton sourit jusqu'aux oreilles.

— Tout ce que j'obtiens, ce sont des citations littéraires telles que : « Il y a un temps pour certaines choses et un temps pour toutes choses, un temps pour les petites choses et un temps pour les grandes choses. » J'en conclus que nous sommes dans le temps des petites choses, consistant à assimiler les connaissances de base ; tandis que le temps des grandes choses surviendra dans quatre Révolutions, sept mois et je ne sais plus combien de jours.

— Des citations littéraires ? dit F'lar, surpris.

Ses leçons avec Siav se limitaient plutôt aux choses pratiques : la tactique, les prévisions mathématiques des Chutes, et la médecine des dragons.

— Mais oui. Et bien que Siav avoue choisir ce qu'il pense me plaire, nos ancêtres avaient des littératures fascinantes et complexes dans toutes les cultures. D'après lui, certaines de nos sagas épiques sont des paraphrases d'originaux terriens. Fascinant.

— Et mes études sont aussi passionnantes, dit Lytol avec enthousiasme. Saviez-vous que notre structure politique actuelle vient de la Charte que nos ancêtres avaient apportée avec eux ? Historiquement, c'est très inhabituel, m'a dit Siav.

— Pourquoi ? demanda F'lar, surpris. Cela permet à chaque Weyr, Fort et Atelier de fonctionner sans interférences des autres.

— Justement. Les interférences jouaient un grand rôle dans la politique terrienne, répliqua Lytol. Provoquées par des impératifs territoriaux, et, trop souvent, par la cupidité.

Interrompant adroitement un nouveau laïus historique de Lytol, Lessa se leva, faisant signe à Robinton et aux autres de l'imiter.

— Nous devons rentrer au Weyr maintenant. Siav m'a donné un médicament à essayer sur l'aile de Lisath, qui ne cicatrise pas comme elle devrait.

J'ai prévenu Aramina de notre arrivée, dit Ruth. *Elle aime bien savoir à l'avance,* ajouta-t-il d'un ton confidentiel.

Jaxom regretta que Ruth l'ait engagé à cette visite. Il aurait préféré rentrer directement à Ruatha et aller à la Rivière Paradis le lendemain matin, comme prévu.

— Enfin, nous ne resterons pas longtemps, dit-il, avec une tape indulgente à Ruth.

Le dragon blanc aimait beaucoup la jeune femme qui, dans son enfance, entendait les dragons si facilement — et si incessamment — qu'elle avait convaincu Jayge des Nomades Lilcamp, de l'emmener aussi loin que possible des dragons pour sauver sa raison. Ils avaient fait naufrage pendant leur traversée vers le Continent Méridional, et été sauvés par des dauphins qui les avaient déposés sur le rivage, où ils avaient découvert et restauré d'anciens bâtiments, sans réaliser leur importance. Retrouvés par Piemur pendant son exploration des côtes ''s avaient été officiellement nommés Seigneurs de l'endroit, qui s'était peu à peu peuplé et comprenait même maintenant un

Atelier des Pêcheurs. Piemur et Jancis lui avaient dit qu'un de ses ancêtres paternels avait joué un rôle capital dans la conservation de tant de matériaux utiles entreposés dans les Grottes de Catherine, ce qui l'avait énormément surpris.

Suivant les directives de Siav, Jaxom et Ruth émergèrent au-dessus d'une banale prairie. C'est seulement après avoir survolé le site plusieurs fois que Jaxom repéra des taches blanches dans la végétation. Ils atterrirent, et, quand Ruth eut enlevé la couverture végétale à grands coups de griffes, Jaxom prit dans sa main une poignée de sable fin comme de la poudre, dont il remplit les grands sacs qu'il avait apportés. Puis, fatigué et couvert de sueur, il remonta sur son dragon.

Il était reposé et rafraîchi quand Ruth se posa impeccablement devant l'antique résidence constituant le Fort de la Rivière Paradis.

— Bonjour, Seigneur Jaxom et Ruth, dit Aramina, venant à leur rencontre. Ara a commencé à préparer du jus de fruits à l'instant où Ruth nous a prévenus de votre arrivée. Et je suis bien contente de vous voir, car il y du nouveau.

Je vais me baigner. Les lézards de feu promettent de me frictionner le dos, dit Ruth, les yeux verts de satisfaction.

— Il va se baigner ? dit Jayge, qui arrivait.

De taille moyenne, il était torse nu, avec un hâle d'un beau brun, et ses yeux verts ressortaient dans un visage bronzé à la fois plein de calme et de caractère.

— Je suis content de vous voir, Jaxom. Mais comment avez-vous fait pour vous mettre en sueur dans l'*Interstice* ?

— C'est en volant du sable.

— Tiens ? Et à quoi pourrait bien vous servir du sable de la Rivière Paradis ? Mais je suis sûr que vous allez me le dire.

Il fit signe à Jaxom de s'allonger dans le hamac et il resta debout, bras croisés contre la balustrade de la véranda.

— Les colons avaient une sablière dans vos landes. Ils appréciaient beaucoup le sable de la Rivière Paradis — pour la fabrication du verre.

— Ce n'est pas ce qui manque. Piemur et Jancis ont-ils trouvé ces machins...

— Puces ? suggéra Jaxom en souriant.

— Puces, si vous voulez. Les ont-ils trouvées utiles, finalement ?

— Eh bien, nous sommes parvenus à sauver certains transistors et capacitors, mais nous ne les avons pas encore montés.

— Comme vous dites ! dit Jayge avec un sourire perplexe.

A cet instant, le jeune Readis, vêtu d'un simple pagne, arriva en se frottant les yeux.

— Ruth ? dit-il, regardant Jaxom sans ciller.

Jaxom lui montra le dragon blanc qui batifolait dans l'eau entouré de lézards de feu.

— Il suffira pour me garder ? dit Readis, regardant son père en penchant la tête, d'un air qui rappela son père à Jaxom.

— Ruth prend son bain, et en plus, j'aimerais que tu racontes à Jaxom ce qui vous est arrivé l'autre jour, à toi et à Alemi, dit Jayge.

— Tu es venu juste pour ça ? demanda le jeune Readis avec une certaine vanité.

Soudain, Jaxom s'aperçut que son fils Jarrol, joli bambin de deux Révolutions, lui manquait beaucoup.

— Eh bien, c'est une des raisons que j'avais de venir, mentit Jaxom. Alors, qu'est-ce qui vous est arrivé l'autre jour ?

Aramira sortit, sa fille gigotante sous un bras et un plateau dans sa main libre. Jayge se précipita pour lui prendre le plateau, mais elle lui donna à la place la petite Aranya, âgée de deux Révolutions, et servit à Jaxom un grand verre de jus de fruits bien frais et des biscuits tout chauds sortis du four. Il fallut encore quelques minutes pour installer Readis dans sa chaise, son petit verre et deux biscuits devant lui. Aramira s'assit aussi, puis Readis regarda son père pour voir s'il pouvait commencer.

— Oncle Alemi m'a emmené pêcher avec lui dans sa barque il y a trois jours. Il y avait un grand banc de saumons, dit Readis, montrant vaguement le nord. On devait déjeuner sur la plage parce que c'était la fête de Swacky, et il nous fallait des gros à griller. Il n'y avait que des petits calmars au bord du banc. Tout d'un coup, un gros a mordu à l'hameçon d'Oncle Alemi, et il nous a traînés, bateau et tout, en plein dans le courant, poursuivit-il, les yeux brillants d'excitation à ce souvenir. Mais Oncle Alemi est arrivé à le tirer à bord, et il était gros comme ça, dit-il, écartant ses petits bras à l'horizontale. C'est vrai ! s'écria-t-il, foudroyant son père qui riait sous cape. Et alors, ma ligne s'est mise à se dérouler, et Oncle Alemi a été forcé de m'aider à remonter mon poisson. Et c'est pour ça qu'on n'a pas vu le grain qui arrivait.

Jaxom regarda Jayge et Aramina, l'air anxieux. Alemi connaissait son métier et ne prenait jamais de risques.

— C'était une drôle de tempête, je t'assure. On a été ballottés dans tous les sens parce que la voile n'aurait pas tenu avec ce vent. Ensuite, une grosse vague nous a retournés, et je suis remonté à la surface en toussant, avec Oncle Alemi qui me tenait par le bras comme s'il allait me le casser. Je n'ai pas peur de dire que j'ai eu la frousse. Mais je suis bon nageur, et je comprends maintenant pourquoi Oncle Alemi veut toujours que je porte mon gilet de sauvetage, même s'il me tient chaud et me fait mal.

Il leva le bras pour montrer la peau écorchée de son aisselle.

— Et c'est là que c'est arrivé.

— Qu'est-ce qui est arrivé ? demanda Jaxom, comme pour lui donner la réplique.

— J'avais sorti les bras pour tenir ma tête hors de l'eau, et tout d'un coup, quelque chose est venu se fourrer dans ma main droite. Et a commencé à me tirer. Oncle Alemi m'a crié que tout allait bien, de tenir bon, qu'on était sauvés.

— Des dauphins ? demanda Jaxom avec un regard incrédule aux parents.

Il savait que Jayde et Aramina devaient la vie aux dauphins, et Maître Idarolan jurait que ces grosses créatures sauvaient parfois des humains dans les tempêtes.

— Il y en avait toute une bande, dit fièrement Readis. Et chaque fois que ma main glissait, il y en avait un autre pour me rattraper. Oncle Alemi dit qu'ils devaient être vingt ou trente. Ils nous ont tirés jusqu'à ce qu'on soit en vue de la plage, et capables de rentrer tout seuls. *Et*, ajouta-t-il, faisant une pause pour préparer son effet, le lendemain matin, on a trouvé la barque devant l'Atelier des Pêcheurs, comme s'ils savaient où il fallait la mettre.

— Quelle histoire, jeune Readis. Tu es un harpiste né. C'est vraiment étonnant, dit Jaxom avec sincérité. On n'a pas ramené les saumons avec la barque, par hasard ?

— Non, dit Readis avec un geste dédaigneux. Ils ont coulé. Alors, on a dû manger du wherry dur comme du bois à la place d'un bon strak de saumon bien juteux. Et tu sais quoi ?

— Non. Quoi ? demanda poliment Jaxom.

— Les dauphins n'ont pas arrêté de nous parler pendant qu'ils nous sauvaient. Oncle Alemi les a entendus aussi.

— Qu'est-ce qu'ils disaient ?

Readis se concentra, fronçant les sourcils.

— Je ne me rappelle pas bien les mots. Le vent hurlait. Mais je sais qu'ils nous parlaient. Comme pour nous encourager.

Pensant que c'était une fioriture inventée pour embellir un sauvetage héroïque, Jaxom regarda Jayge, qui confirma de la tête.

— Readis, pourquoi ne vas-tu pas voir si les lézards de feu frictionnent Ruth comme il faut ? dit Jayge.

Le vigoureux petit garçon se leva d'un bond.

— Vrai ? je peux ? dit-il, avec un sourire radieux à Jaxom.

— Vrai, tu peux, l'assura Jaxom, se demandant si Jarrol serait aussi adorable quand il aurait cinq Révolutions.

— Youpi ! s'écria Readis, détalant à toutes jambes.

— C'est bien ce qui leur est arrivé, à lui et Alemi ? demanda Jaxom.

— Exactement, sans embellissements, dit Aramina, fière de son fils. Alemi m'a dit que Readis n'a pas paniqué et qu'il lui a obéi instantanément. Sinon...

Elle se tut, pâlissant sous son hâle.

— Pourrais-tu demander à votre Siav ce qu'il sait sur les dauphins, dit Jayge, se penchant vers Jaxom. Alemi aussi jure qu'il les a entendus parler, mais avec le vent, il n'a pas bien saisi les mots. Il croit qu'ils leur donnaient des directives ou des encouragements. Piemur a parlé en passant de ces gros poissons dont Siav dit qu'ils ont été amenés de la Terre. Je lui ai demandé de se renseigner à leur sujet, mais il a dû oublier.

Depuis quelque temps, Jaxom emportait toujours un carnet et un crayon dans son aumônière. Il prit note.

— Je n'oublierai pas, dit-il, remettant carnet et crayon à leur place.

Dès que Ruth se fut séché au soleil, Jaxom le rappela. Readis criait de joie, car Ruth lui avait permis de monter sur son dos pour le court trajet de la plage à la maison. Aramina donna à Jaxom un sac de fruits pour Sharra et Jarrol, et Jaxom la remercia cordialement.

Dès que Ruth eut pris de la hauteur, Jaxom prit une décision inspirée par le remords qu'il ressentait à être si souvent loin de chez lui.

Ruth, rentrons trois heures plus tôt. Il n'y a pas de danger, et nous arriverons juste quand tout le monde se lèvera.

Vous savez que Lessa n'aime pas que nous remontions le temps.

Nous ne l'avons pas fait depuis des Révolutions, Ruth.

Sharra s'en apercevra.

J'espère qu'elle sera si contente de me voir qu'elle ne m'en voudra pas — pour cette fois. Laisse-moi m'occuper de ma femme, dit Jaxom, caressant le cou de Ruth.

Ruth n'aimait pas tromper Sharra ou Lessa.

Ce n'est pas les tromper. C'est simplement rentrer de bonne heure pour changer. Ce n'est pas grand-chose.

Oh, je suppose que ça n'a pas d'importance, pour une fois. Je sais toujours quand nous sommes.

Pourtant, dès qu'ils surgirent de l'*Interstice* au-dessus de Ruatha, Jaxom eut cause de regretter d'être rentré. Un violent blizzard soufflant des montagnes cachait presque entièrement le Fort.

C'est heureux que je sache toujours où *je suis aussi,* remarqua Ruth, tendant le cou et clignant des paupières pour mieux voir.

Vois-tu assez pour atterrir, Ruth ? Je n'ai pas pensé à me renseigner sur le temps.

Jaxom se protégea les joues de ses mains gantées, transi jusqu'aux os malgré son épaisse tunique de vol. Quant à ses jambes, simplement revêtues d'un léger pantalon fait pour le climat du sud, elles lui faisaient l'impression de deux bâtons de glace.

Moi non plus, répliqua Ruth, magnanime. *Encore un instant, et je serai juste au-dessus de la cour.*

Il replia les ailes, et se posa avec une secousse qui ébranla son cavalier.

Désolé. Des congères.

Jaxom ne perdit pas de temps à démonter, mais il eut du mal à atteindre le weyr de Ruth à cause de la neige. Il dut dégager à la main le bas d'un battant, pour que les griffes de Ruth y trouvent une prise ; enfin, la force du dragon permit de tirer la porte malgré la neige accumulée devant.

Entrez, entrez, ordonna Ruth à son maître, et Jaxom ne se fit pas prier.

Une fois à l'intérieur du weyr, où il faisait plus chaud uniquement parce qu'ils étaient à l'abri de la neige et du vent, le dragon et son maître durent s'arc-bouter pour refermer la porte. Tapant furieusement des pieds pour rétablir la circulation, Jaxom courut à la cheminée où un feu était préparé. Les mains tremblantes, il battit le briquet et parvint à allumer un feu où il se réchauffa.

— En général, le froid ne me dérange pas, dit Jaxom, ôtant sa tunique et secouant la neige. Mais en sortant du doux climat du sud...

Meer dit que Jarrol a un mauvais rhume, et que Sharra est fatiguée d'être restée debout toute la nuit, dit Ruth, les yeux jaunes d'inquiétude.

— Les jeunes enfants ont souvent des rhumes en cette saison, dit Jaxom, tout en sachant que Jarrol avait été bien trop souvent enrhumé cet hiver.

Et la pauvre Sharra était épuisée, car elle ne laissait personne soigner leur premier-né.

— Il y a des moments où je suis vraiment idiot, s'exclama soudain Jaxom. Il n'y a aucune raison pour que Sharra ne vienne pas dans le sud jouir de la chaleur et profiter des leçons de Siav.

*Comment ? Elle ne peut pas venir dans l'*Interstice *en portant un enfant.*

— Elle peut venir par bateau. Nous demanderons à Maître Idarolan s'il pourra la prendre à son prochain voyage dans le sud. Il le fait assez souvent. En cette saison, Brand peut se débrouiller sans moi.

Soudain, Jaxom se sentit beaucoup mieux. Et peu après, quand il rejoignit Sharra qui berçait leur fils malade, elle s'enthousiasma autant que lui pour ce projet. On ne parla

pas de son arrivée inopinée. Dès que Jarrol se fut ren-
dormi, Sharra prouva à Jaxom comme elle était heureuse
de le retrouver dans son lit.

Le visage tout plissé d'angoisse, le Compagnon Harpiste
Tagetarl sortit de la salle de Siav et s'approcha du bureau
de Robinton dans le hall.

— Siav aimerait vous parler, à vous et à Sebell, quand
vous aurez le temps, déclara-t-il.

— Oh ? Qu'est-ce qu'il mijote, encore ? demanda le
Harpiste, étonné de l'agitation inhabituelle de son Compagnon.

— Il veut que l'Atelier des Harpistes construise une
presse à imprimer, dit Tagetarl, lissant ses cheveux en
arrière d'un air exaspéré.

— Une presse à imprimer ! dit Robinton avec un profond soupir. Enfin ! Zair, trouve-moi Sebell et dis-lui de
nous rejoindre.

Zair pépia d'un ton endormi, mais déroula docilement
sa queue enroulée autour du cou de Robinton, et s'envola.

— Sebell ne peut pas être loin si Zair ne plonge même
pas dans l'*Interstice*, remarqua Robinton. Prenons un
gobelet de klah en attendant. On dirait que vous en avez
besoin. Et pourquoi Siav a-t-il soudain décidé que l'Atelier des Harpistes avait besoin d'une presse à imprimer ?

Tagetarl se remplit un gobelet avec reconnaissance, et
s'assit.

— Je lui ai demandé si je pouvais avoir des copies des
quatuors à cordes qu'il a joués l'autre soir. Domick surtout en voulait une. Il a dit qu'il était fatigué de nous
entendre délirer au sujet de la musique des ancêtres. Et
en plus, Domick trouve qu'avec tous les maîtres et compagnons qui étudient ici, l'audition n'est pas bonne.

Robinton sourit, se doutant que Tagetarl adoucissait
sans doute les propos de l'acerbe Maître de Composition.

— Siav a dit qu'il devait économiser le papier qui lui
reste, et qu'il devait considérer la musique comme non
essentielle comparée aux autres besoins. Il ne lui reste plus
que deux rouleaux. Il trouve que nous devrions avoir nos
propres machines de reproduction.

Tagetarl sourit, en attente.

— Humm. C'est certainement raisonnable, dit Robinton,

tâchant de prendre un ton enthousiaste, car, à l'évidence, l'idée plaisait beaucoup à Tagetarl.

Mais il se demandait avec inquiétude combien d'autres « machines essentielles » pourraient être fabriquées. Il y avait déjà tant de gens de tant d'Ateliers occupés jour et nuit à la réalisation d'une demi-douzaine de projets capitaux !

— Il faudrait faire circuler beaucoup d'informations, c'est indéniable. Surtout vers les Ateliers et les Forts très éloignés qui ne peuvent pas envoyer de représentants ici.

Zair revint, pépiant du ton annonçant la réussite de sa mission. Il s'était à peine posé sur l'épaule de Robinton que Sebell arriva en courant, les cheveux encore mouillés.

— Du calme, Sebell, il n'y a pas urgence, dit Robinton. J'espère que Zair vous a correctement informé.

Reprenant son souffle, Sebell salua son mentor en souriant.

— J'ai trop l'habitude de vous obéir, Maître, pour changer maintenant.

— Même alors que vous êtes Maître Harpiste de Pern ? dit Robinton avec un sourire madré. Vous devriez au moins avoir le temps de finir vos ablutions matinales.

— Du klah ? proposa Tagetarl en remplissant un gobelet.

— Je venais de prendre ma douche, dit Sebell, acceptant le klah. Alors, que puis-je faire pour votre service ?

Robinton montra Tagetarl.

— En fait, c'est Siav qui veut vous parler, à vous et à Maître Robinton, dit le Compagnon. Il a besoin d'une presse à imprimer, et il dit que d'après sa connaissance de nos structures actuelles, ce doit être la responsabilité de l'Atelier des Harpistes.

Sebell hocha la tête. Robinton reconnut une de ses habitudes que Sebell avait adoptée quand il écoutait des requêtes inattendues.

— Toutes les formes de communication sont en effet du domaine des Harpistes. Qu'est-ce que c'est exactement qu'une presse à imprimer ? demanda Sebell après avoir bu quelques gorgées de klah.

— Un progrès sérieux sur les griffonnages de Maître Arnor, j'espère, remarqua Robinton, pince sans rire.

Les deux autres harpistes levèrent les yeux au ciel.

— Quelque chose approchant des feuilles que produit Siav nous aiderait beaucoup.

— Apparemment, Siav est le seul au monde à lire facilement l'écriture d'Arnor. Quel est le problème ? demanda Sebell à Tagetarl.

— Domick me harcèle pour obtenir des copies de la splendide musique que Siav nous a jouée.

— C'était inévitable, dit Sebell, approuvant de la tête. Et sa demande est raisonnable, étant donné qu'il a accepté de gérer l'Atelier pour que nous puissions rester ici.

— Ne laissez pas Domick vous imposer ses exigences, dit Robinton. Même s'il trouve la musique pour cordes fascinante.

— Comme nous tous, dit Sebell en se levant. Bon, allons voir à quoi nous engagera ce projet de presse à imprimer.

Et les trois harpistes partirent consulter Siav.

— Les Harpistes ne sont peut-être pas doués pour la mécanique, dit Siav quand Sebell lui eut fait part de ses inquiétudes, mais ils ne sont pas dénués d'intelligence et d'habileté, Maître Sebell. La reproduction de l'écriture peut se faire par diverses méthodes, dont l'actuelle copie manuelle est la plus sujette à erreurs. Avec des vestiges de machines et de pièces détachées encore disponibles dans les Grottes de Catherine, il sera possible d'assembler une presse qui produira de multiples copies des informations essentielles et des partitions musicales.

Des feuilles sortirent de l'imprimante et tombèrent dans les mains de Tagetarl.

— Ces dessins vous montrent les pièces que vous trouverez dans les Grottes, et celles que Maître Fandarel devra vous fabriquer. Ce sera aussi dans son intérêt de coopérer.

Suivit une de ces pauses dont Robinton se plaisait à penser qu'elles exprimaient l'humeur de Siav. Celle-ci, il en était sûr, faisait allusion à tout le bénéfice que le Maître Forgeron avait déjà tiré de l'aide de Siav.

— Avec l'intelligence qui semble caractériser les Harpistes jusqu'au moindre Apprenti, vous devriez avoir assemblé cette machine d'ici que Maître Fandarel ait terminé l'installation de ses centrales électriques. Et il y aura alors suffisamment de courant aussi pour la presse à imprimer. Maître Bendarek a admirablement réussi la production de papier en continu, qui sera indispensable.

« La fabrication des lettres, des chiffres et des signes musicaux et scientifiques devrait être relativement facile pour quelqu'un d'habile de ses mains. »

Une nouvelle feuille sortit, illustrant un type de caractère très lisible.

— Le Compagnon Tagetarl sculpte bien le bois.

Cette remarque stupéfia Tagetarl qui ne comprenait pas comment Siav pouvait être au courant de ce violon d'Ingres.

— Il n'y a pas une presse à imprimer dans les Grottes de Catherine ? demanda Sebell, plein d'espoir.

— Malheureusement non. La reproduction et la conservation des données avaient dépassé ce stade rudimentaire. Mais cette méthode suffira à vos besoins pendant quelque temps.

— Ce sera agréable de ne pas avoir besoin d'une loupe pour lire, dit Sebell. Mais ça ne plaira pas à Maître Arnor.

— Le moment est sans doute bien choisi, dit Robinton. Il est presque aveugle. Et ses gredins d'apprentis en profitent. Un jeune impertinent lui a présenté une chanson gaillarde à la place de la ballade d'enseignement qu'il devait écrire, et Maître Arnor a approuvé.

— Ce n'est pas la première fois qu'on joue ce tour à Maître Arnor, dit Tagetarl, dissimulant un sourire.

— Cette presse vous aidera-t-elle à économiser votre papier, Siav ?

— Oui, mais ce n'est pas la principale raison qui me la fait proposer. Vous finirez par vous apercevoir qu'il vous en faudra plus d'une, c'est pourquoi il serait prudent d'en apprendre le principe et de l'améliorer peu à peu.

— Je pense...

Robinton s'interrompit et regarda Sebell, conscient que sa suggestion empiétait sur les prérogatives du nouveau Maître Harpiste.

— Je crois que la première presse à imprimer devrait être construite ici, au Terminus.

Sebell acquiesça de la tête, devinant la raison de cette proposition.

— L'affront serait moindre pour Maître Arnor. Dulkan y réside, et il a déjà travaillé les métaux pour nos instruments. Et il y a aussi quatre apprentis qui attendent l'heure d'assister au Cours de Science Elémentaire. Ils pourraient nous aider jusque-là.

Robinton sourit aux deux hommes, ravi de leur empressement pour ce nouveau projet.

— Terry est en ce moment dans les Grottes de Catherine. Si nous nous dépêchons, il pourra nous donner des conseils, dit Tagetarl.

Après un adieu des plus brefs mais néanmoins courtois à Robinton, les deux jeunes hommes sortirent en échangeant des idées sur la façon de procéder.

Parfois, pensa Robinton, s'asseyant sur le siège le plus proche, tant d'énergie l'épuisait au lieu de le revigorer. Pourtant, cette presse à imprimer l'enchantait. Pouvoir reproduire autant d'exemplaires d'un texte qu'il serait nécessaire ? Quel concept !

Il s'étonnait du nombre d'appareils en fonction dont ils ignoraient jusqu'à la possibilité quelques semaines plus tôt. Leur influence, qui commençait seulement à filtrer jusqu'aux Weyrs, Forts et Ateliers, serait profonde. Lytol, qui avait étudié l'histoire et la politique de leurs ancêtres, s'inquiétait déjà de ce qu'il appelait l'érosion des valeurs et la subversion de la tradition par de nouvelles exigences. La promesse de l'éradication des Fils — la possibilité, rectifia-t-il sévèrement — motivait tout le monde, à part quelques rares contestataires. Même les plus conservateurs parmi les survivants des Anciens en étaient venus à soutenir les Chefs du Weyr de Benden.

Et comment les dragons et leurs maîtres justifieraient-ils leur existence, une fois les Fils anéantis ? Robinton savait, quoiqu'on en parlât peu, que F'lar et Lessa voulaient revendiquer pour les Weyrs une grande partie du Continent Méridional. Mais comment les Seigneurs prendraient-ils ces revendications, eux qui convoitaient les vastes terres libres du Sud ? L'ambitieux Toric était toujours ulcéré d'avoir accepté une si petite partie de cet immense continent. Pour Robinton, les Weyrs méritaient tout ce qu'ils pourraient demander, après des siècles de service, mais les Seigneurs et les Ateliers seraient-ils d'accord ? C'est ce qui l'inquiétait le plus. Pourtant cela paraissait le moindre des soucis des Chefs du Weyr. Et si, après les quatre Révolutions, dix mois et trois jours spécifiés par Siav la tentative échouait ? Alors ?

Peut-être — et il s'éclaira à cette pensée — toute cette nouvelle technologie absorberait-elle les Forts et les Ateliers, à l'exclusion des Weyrs. Forts et Ateliers s'étaient toujours arrangés pour ignorer les Weyrs entre les Passages. Peut-être que des choses comme les centrales électriques et les presses à imprimer étaient précieuses, pour des raisons évidentes, mais aussi pour des raisons plus abstruses.

— Siav, dit Robinton en entrant, refermant soigneusement la porte derrière lui, un mot, s'il vous plaît. A propos de cette presse à imprimer...

— Vous n'êtes pas d'accord sur sa nécessité ?

— Si, au contraire.

— Alors, qu'est-ce qui vous trouble ? Car votre voix trahit une certaine hésitation.

— Siav, au début, quand nous avons réalisé ce que vous représentiez en termes de connaissance, nous n'avions pas idée de l'étendue des pertes survenues au cours des siècles. Et maintenant, il se passe rarement un jour sans qu'une nouvelle machine soit inscrite sur la liste prioritaire. Nos artisans ont assez de travail pour les occuper jusqu'à la fin du Passage. Dites-moi sincèrement, toutes ces machines sont-elles vraiment nécessaires ?

— Pas pour le genre de vie que vous meniez, Maître Robinton. Mais pour réaliser ce qui semble être le désir de la majorité de Pern, la destruction des Fils, ces progrès sont indispensables. Vos ancêtres ne se servaient pas de la technologie la plus avancée à leur disposition. Ils préféraient utiliser une technologie plus rudimentaire. Et c'est ce niveau que nous sommes en train de retrouver. Comme vous l'avez demandé vous-même dans notre première entrevue.

— Du courant engendré par le mouvement de l'eau... commença-t-il.

— Dont vous disposiez déjà.

— Presses à imprimer ?

— Vos Archives étaient imprimées, mais avec une technique lente et laborieuse, qui permettait et perpétuait les erreurs.

— Les consoles d'enseignement ?

— Vous avez des harpistes qui instruisent à partir de leçons codifiées. Vous étiez même parvenus à redécouvrir la fabrication du papier avant d'avoir accès à cette installation. La plupart des techniques pour la fabrication du papier ne sont que des perfectionnements de celles que vous employez déjà, rendues plus maniables par l'usage de machines, et d'un niveau qui ne dépasse pas celles que vos ancêtres avaient apportées avec eux. C'est à peine plus que la correction des erreurs et des idées fausses qui se perpétuent depuis si longtemps. L'esprit des premiers colons est toujours intact. Même la technologie que nous devons utiliser pour empêcher le retour de la planète errante sera du même niveau que celle de vos ancêtres. Il existe sans doute des méthodes scientifiques plus avancées sur Terre aujourd'hui, qui pourraient être employées s'il existait encore des communications entre cette planète et la Terre. On annonçait de grands progrès en cosmologie à l'époque où les vaisseaux de la colonie ont quitté la Terre. Mais ils n'ont pas été incorporés dans les mémoires de cette installation. Une fois que vous aurez retrouvé ce niveau de base, vous pourrez, au choix, continuer ou non à progresser.

Robinton se frictionna pensivement le menton. Il ne pouvait pas reprocher à Siav de faire ce qu'on lui avait spécifiquement demandé, à savoir, ramener Pern à son niveau technologique originel. Et, à l'évidence, Siav respectait aussi leur requête initiale de ne faire revivre que les techniques réellement nécessaires.

— Ce monde a survécu, Maître Robinton, avec plus de dignité et d'honneur que vous ne le réalisez — ainsi que le Seigneur Lytol est en train de le découvrir dans ses explorations historiques.

— J'aurais peut-être dû accorder plus d'attention à ses études.

— C'est au Seigneur Lytol à arriver à ses propres conclusions.

— Je me demande si elles concorderont avec vos conclusions impartiales.

— Il vous faut étudier l'histoire, Maître Robinton, et vous faire une opinion par vous-même. Et des livres imprimés vous faciliteront beaucoup la tâche.

Robinton considérait la lumière verte au bas de l'écran

de Siav, se demandant une fois de plus ce qui constituait une « intelligence artificielle ». Chaque fois qu'il avait posé la question, il n'avait obtenu pour réponse que la traduction de l'acronyme. Robinton comprenait maintenant que Siav ne pouvait pas donner certaines explications, ou qu'il n'était pas programmé pour le faire.

— Oui, des livres imprimés faciliteraient beaucoup la tâche, acquiesça-t-il enfin. Mais, d'après ce que vous nous avez montré, les colons avaient d'autres appareils, beaucoup plus compacts.

— Cette technologie est trop avancée pour être utilisée actuellement, et fait appel à des processus qui, pour le moment, dépassent vos capacités et vos besoins.

— Eh bien, je me contenterai de livres.

— Ce serait la prudence même.

— Et resterez-vous prudent dans ce que vous nous demanderez de re-créer ?

— C'est un corollaire au but premier de cette installation.

Cette réponse satisfit Robinton. Mais, comme il avait déjà la main sur la poignée de la porte, il se retourna.

— Cette presse à imprimer pourra-t-elle imprimer aussi les partitions musicales ?

— Oui.

— Cela serait beaucoup plus facile pour tout l'Atelier, dit-il.

Il en était si revigoré en enfilant le couloir qu'il se mit à siffler.

CHAPITRE 7

Passage actuel, vingt et unième révolution

Lessa se réveilla brusquement. Il faisait nuit noire ; l'aube était encore loin. F'lar dormait encore à côté d'elle, la tête contre son épaule, un bras jeté autour de sa taille. Elle avait dû se programmer intérieurement pour se réveiller à une heure aussi barbare — elle avait toujours eu ce don. Mais pourquoi ? Son esprit, encore trop embrumé de sommeil, ne lui fournit aucune réponse.

Ramoth, elle aussi, dormait profondément. Et Mnementh ! Tout le Weyr de Benden dormait, y compris, découvrit-elle avec irritation, le dragon et son Maître qui montaient censément la garde sur les Crêtes de feu. Il entendrait parler d'elle dès qu'elle se serait rappelé la raison de ce réveil à une heure aussi indue.

Puis elle vit la pendule à cadran lumineux près de son lit. Trois heures ! Le progrès était une épée à deux tranchants. Car cet appareil qui mesurait le temps avec exactitude faisait aussi paraître l'obscurité plus profonde. Mais cela lui rappela pourquoi elle devait se lever si tôt. Elle poussa F'lar, jamais facile à réveiller à moins que Mnementh ne l'appelle.

— F'lar ! Debout !

Ramoth, ma chérie, réveille-toi ! Il faut aller au Terminus. Siav a absolument besoin de nous voir.

Elle secoua F'lar puis quitta son lit à regret.

— Il faut être au Terminus à l'aube. *Leur* aube.

Il y avait des moments, et celui-ci en était un, où l'enthousiasme de Lessa pour le Projet défaillait. Toutefois, si c'était le jour où Siav attaquait la dernière partie de leur plan, après deux ans d'études assidues et de dur travail, ce lever matinal n'était qu'un sacrifice mineur.

Dans le weyr de la reine, elle entendait Ramoth remuer en grognant, faisant la sourde oreille, comme F'lar.

— Eh bien, si je me lève, tu vas te lever aussi, dit-elle, lui arrachant sa couverture de fourrure.

— Qu'est-ce que... commença F'lar, essayant de retenir la couverture sans y parvenir.

— Debout !

— Mais sapristi, on est au milieu de la nuit, Lessa. Et la prochaine Chute n'est que dans deux jours.

— Siav nous attend à cinq heures, heure du Terminus.

— Ma chemise ! s'écria-t-il, frissonnant. Cœur de pierre !

Elle lui jeta sa chemise et son pantalon, puis ouvrit un panier de brandons pour se choisir des vêtements propres. F'lar fit une brève escale à la salle de bains pendant qu'elle lui servait le klah. Puis, son gobelet à la main, elle alla aussi faire un brin de toilette et refaire ses nattes.

— Le chevalier de garde s'est endormi, lui dit-elle en revenant dans le weyr, où il enfilait ses bottes et sa tunique de vol.

— Je sais. J'ai envoyé Mnementh leur faire peur. Ça leur apprendra, dit-il, entendant un rugissement terrible suivi d'un cri plaintif.

— Un de ces jours, Mnementh va leur faire tellement peur qu'ils tomberont des Crêtes ! dit-elle.

— Ça n'est encore jamais arrivé ! Tiens !

Il lui tendit sa tunique et son casque de vol, et, tandis qu'elle avait les bras immobilisés dans les manches, il l'embrassa sur la nuque. F'lar était souvent amoureux au réveil.

— Tu me donnes le frisson ! dit-elle, sans s'écarter.

Alors, il lui redonna un baiser en la serrant tendrement dans ses bras. Puis, la tenant par la taille, il la guida jusqu'au weyr de Ramoth.

La queue de la reine dorée était encore dans le weyr, mais tout le reste de son corps était déjà sur la corniche d'envol. F'lar et Lessa l'y rejoignirent, et Mnementh, de la corniche supérieure, abaissa vers eux la tête, ses yeux brillant bleu-vert dans l'obscurité.

— Avons-nous le temps de déjeuner ? demanda F'lar.

Etant donné que le travail au Terminus se déroulait souvent sans aucune interruption, Lessa pensa qu'un copieux déjeuner s'imposait, même s'ils étaient déjà en retard.

— Nous remonterons le temps, dit-elle avec malice.

— Allons, allons, Lessa, dit-il, feignant la désapprobation, si nous l'interdisons à tous...

— Le rang a quelques privilèges, et j'aurai l'esprit plus dispos avec l'estomac plein. Nous remonterons un peu le temps, puisque tu es si dur à réveiller, dit-elle, riant de ses protestations. S'il te plaît, Ramoth !

La reine s'accroupit pour la laisser monter.

— Tu veux bien te charger aussi de F'lar, ma chérie. Je ne veux pas qu'il tombe de la corniche supérieure en essayant de monter Mnementh dans le noir !

Ramoth tourna la tête vers F'lar avec un clin d'œil. *Bien sûr*.

Mnementh attendit qu'ils soient tous les deux installés sur le cou de la reine, puis il plana à leur côté pour se poser dans le Bassin. Ils virent alors les lumières des Cavernes Inférieures, et le rougeoiement des braises dans la cheminée où cuisait une grosse marmite de porridge. L'énorme bassine de klah était un peu à l'écart, pour que le breuvage ne devienne pas fort au point d'être imbuvable.

Lessa remplit deux bols, contente d'avoir la salle pour eux seuls. Les boulangers venaient sans doute de partir — la grande table près du foyer principal était pleine de panières couvertes de torchons. F'lar vint s'asseoir avec deux gobelets de klah, mettant dans le sien une quantité de sucre presque extravagante, et autant dans le bol de porridge que Lessa posa devant lui.

— C'est un miracle que tu ne grossisses pas avec tout ce sucre, commença-t-elle.

— Et que je ne perde pas mes dents, dit-il, terminant à sa place la phrase familière. Mais je ne grossis pas et je ne perds pas mes dents, dit-il, attaquant son déjeuner.

— Tu crois que Siav va commencer le Projet ce matin ? dit-elle, buvant son klah à petite gorgées pour se réveiller.

— Sinon, je ne vois pas pourquoi il nous aurait convoqués si tôt, dit F'lar, haussant les épaules. D'après l'emploi du temps original qu'il nous a donné, nous devrions être prêts à commencer. Et malgré ce qu'en disent certains critiques malveillants, Siav tient ses promesses.

— Jusqu'à présent, dit Lessa, d'un ton acidulé.

— Mais il les tient ! Tu ne crois pas vraiment qu'il pourra tenir sa promesse concernant les Fils, hein ?

— Tout simplement, je n'arrive pas à comprendre comment il pourra réussir là où les colons ont échoué !

F'lar posa la main sur la sienne.

— Il a toujours tenu ses promesses. Et je le crois, pas seulement parce que j'en ai envie, en ma qualité de chevalier-dragon, mais parce qu'il a l'air sûr de lui.

— Mais, F'lar, chaque fois que nous lui avons posé la question, il n'a jamais *promis* que nous serions capables de détruire les Fils. Il a dit que c'était *possible*. Ce n'est pas la même chose.

— Attendons la fin de la journée, ma chérie.

F'lar lui jeta ce regard entendu qui lui donnait souvent envie de lui arracher les yeux. Elle prit une profonde inspiration et réprima une réplique acerbe. Ce jour serait décisif, et malgré son désir que F'lar ait raison, elle devait le préparer à une déception possible.

— Mais si les événements d'aujourd'hui sont catastrophiques, cela affaiblira considérablement notre position la semaine prochaine à la Conférence des Seigneurs qui doit choisir un successeur à Oterel.

— J'ai conscience du danger, dit F'lar, fronçant les sourcils. Et Siav aussi, j'en suis presque sûr. A mon avis, c'est la raison pour laquelle il a convoqué la réunion d'aujourd'hui. Jusqu'à présent, il a tout synchronisé de façon phénoménale.

— Lui et Lytol s'intéressent vraiment beaucoup aux aspects politiques du Projet. Je regrette presque que Lytol ne soit plus Seigneur Régent de Ruatha. Il pourrait apporter à Groghe le soutien dont il a besoin. Même moi, j'ai entendu des murmures contre le jeune Seigneur de Ruatha qui passe trop de temps au Terminus au lieu de gouverner son Fort.

— Au moins, on ne peut pas dire que Ranrel est trop jeune pour être Seigneur en titre, lui rappela F'lar. Il a trente-cinq Révolutions et cinq enfants. Et c'est le seul fils d'Oterel qui ait jamais fait preuve d'initiative. Sa rénovation du port était géniale. Même si, ajoutant l'affront à l'insulte, il s'est servi des matériaux d'Hamian pour de nouveaux entrepôts et le renforcement des quais, terminat-il en riant.

Lessa ne put s'empêcher de sourire au souvenir du scandale qu'avaient causé ces innovations parmi ceux qui ridiculisaient ou même refusaient carrément les produits de l'« Abomination ».

— Et quand ses frères voulurent décrier le projet de Ranrel, voilà Maître Idarolan qui arrive, en extase devant les nouvelles installations, dit-elle.

— Ce sera un bon point pour lui à l'assemblée des Seigneurs. Et sa compagne est Maîtresse Tisserande et voudrait bien un métier électrique. Je ne sais pas où elle a découvert que c'était possible.

— De nos jours, *tout le monde* a la folie de l'électricité.

— Ça réduit le travail physique, c'est certain.

— Hum. Oui. Bon, mange. Nous sommes en retard.

F'lar sourit en retournant son gobelet vide.

— Nous sommes déjà en retard, tu sais. Heureusement que tu nous permets de remonter le temps, remarqua-t-il, riant de son air courroucé.

Après avoir mis leurs couverts à tremper dans l'évier, ils remirent leur tunique et leur casque et sortirent.

— Nous aurions dû arriver là-bas il y a une demi-heure, Ramoth, dit Lessa à sa reine en montant. Il faut nous y amener à l'heure.

Si vous insistez, répondit Ramoth à contrecœur.

A l'arrivée des Chefs du Weyr de Benden, les autres étaient déjà réunis dans la grande salle. Robinton avait l'air endormi, mais Jaxom, Mirrim, Piemur et les trois chevaliers verts semblaient bien réveillés.

Jaxom se redressa et tira sur sa tunique que la sueur collait à sa peau. Incorrigible, Piemur sourit de cette preuve de la nervosité de son ami. Mirrim était tout aussi nerveuse. Les trois autres chevaliers verts, L'zal, G'rannat et S'len, dansaient d'un pied sur l'autre.

— Puisque tout le monde est là, allons voir ce que Siav veut faire d'une équipe aussi disparate, dit F'lar.

Deux jours plus tôt, quand Siav avait convoqué cette réunion matinale, ses étudiants privilégiés avaient été tout excités en apprenant qu'il s'apprêtait à lancer *le* plan. Mais ils avaient soigneusement dissimulé leur excitation pour ne pas provoquer de rumeurs. Même Piemur n'avait pas eu l'audace de demander confirmation à Siav.

Il est certain que ces jeunes gens avaient étudié assidûment depuis deux Révolutions, même si leurs leçons et leurs exercices leur paraissaient sans rapport avec leur but, et répétitifs au point qu'ils pouvaient les exécuter en dormant, comme Jaxom l'avait dit à Piemur.

— C'est peut-être ce que veut Siav, avait dit Piemur. Ces exercices sont aussi insensés que ceux qu'il me fait faire à Farli.

Quand ils entrèrent dans la salle de Siav, les lumières s'avivèrent. Les « ampoules » de Maître Morilton éclairaient aussi bien que celles des ancêtres. Nouveau petit triomphe pour le Maître Verrier travaillant à partir des plans de l'« Abomination ». Ce terme faisait toujours ciller Jaxom — Maître Norist n'était pas le seul à l'employer. Bien sûr, si l'assaut contre les Fils commençaient vraiment aujourd'hui, ils changeraient de chanson avant que le nombre des contestataires ne soit devenu trop important.

— Bonjour, dit poliment Siav. Si vous voulez bien prendre place, je vais vous expliquer le projet du jour.

Il attendit que tous fussent assis et que les murmures excités eussent fait place à un silence respectueux.

Puis l'écran projeta une image qui leur était devenue familière, la passerelle de commandement du *Yokohama*. Sauf que cette fois, il y avait un détail nouveau : une silhouette prostrée sur un tableau de bord. Tous s'arrêtèrent de respirer en réalisant qu'il s'agissait de Sallah Telgar, morte si vaillamment pour sauver la colonie. C'était donc la véritable passerelle de commandement du *Yokohama*, et non plus l'image que Siav leur projetait pendant l'entraînement. Puis, l'objectif se déplaça, et se fixa sur un panneau marqué OXYGÈNE.

Piemur leva le bras pour caresser Farli, couchée sur son épaule, et qui fixait l'écran. Elle pépia, car elle aussi reconnut le panneau. Elle travaillait depuis un mois sur une reproduction, apprenant à pousser deux boutons et abaisser trois manettes dans un certain ordre. Maintenant, elle pouvait exécuter ces mouvements en moins de trente secondes.

Au cours des deux Révolutions passées, Siav avait rassemblé beaucoup d'informations sur les lézards de feu et les dragons. Le fait le plus important, c'est qu'ils pouvaient rester sans respirer pendant dix minutes sans trop d'inconfort et sans dommage. Ce délai pouvait être porté à quinze minutes, après quoi les lézards de feu et les dragons mettraient plusieurs heures à se remettre du manque d'oxygène.

Siav avait essayé de faire transporter un objet d'un endroit à un autre par des lézards de feu et des dragons, mais ils avaient échoué. Siav appelait ça la télékinésie, mais le concept — pourtant clairement expliqué — restait étranger aux lézards de feu aussi bien qu'aux dragons. Ils allaient dans l'*Interstice* chercher l'objet requis, mais ne parvenaient pas à le rapporter sans le transporter physiquement. Siav avait expliqué que si les lézards de feu et les dragons se déplaçaient eux-même par télékinésie, il s'ensuivait logiquement qu'ils auraient dû être capables de déplacer des objets à distance.

— Aujourd'hui, Piemur, vous allez demander à Farli d'aller sur le *Yokohama* pour manipuler les manettes comme elle a appris à le faire. Actuellement, il n'y a pas d'oxygène dans la passerelle de commandement ; il faut remettre le système en service avant de passer à l'étape suivante. L'activation d'un bouton permettra le transfert d'un rapport sur les conditions générales du *Yokohama*.

— Oh, murmura Piemur.

Il soupira et caressa Farli, qui pépia de nouveau, sans quitter l'écran des yeux.

— Je pensais bien que vous alliez dire ça.

— Elle a été très bonne élève, Piemur. et comme elle a l'habitude de vous obéir, ça ne devrait pas poser de problème.

— D'accord, Farli, dit Piemur, tendant le bras dans la position indiquant à Farli qu'elle devait prendre un message.

Farli descendit lentement le long de son bras, puis se retourna face à lui, les yeux vigilants.

— Maintenant, dit Piemur, levant la main droite, ce sera un peu différent des autres fois, Farli. Tu vas monter dans le ciel jusqu'à l'endroit que tu vois dans mon esprit.

Il ferma les yeux et concentra ses pensées sur la passerelle et le tableau de bord qu'elle devait activer.

Farli émit un pépiement interrogateur, regarda l'image de l'écran, et replia les ailes.

— Non, Farli, pas *dans* l'écran. Va à l'endroit que tu vois dans ma tête.

De nouveau, Piemur ferma les yeux et visualisa l'endroit et le tableau de bord proche de la silhouette prostrée. Elle pépia de nouveau, cette fois d'un ton impatienté, et il se tourna vers les autres en soupirant.

— Elle ne comprend pas, dit-il, essayant de dissimuler sa déception.

Il ne la blâmait pas. Elle connaissait par avance la plupart des endroits où il l'avait envoyée jusque-là. Comment pouvait-il lui faire saisir la différence entre se déplacer à la surface de la planète, et s'élever dans l'espace ? Et d'autant moins qu'il avait lui-même du mal à comprendre ce concept.

Farli confirma en s'envolant de son bras pour la pièce voisine, puis revenant quelques instants plus tard et essayant d'entrer dans l'image de l'écran.

La déception de tous était presque palpable.

— Alors ? dit F'lar. Que faisons-nous maintenant, Siav ?

Il y eut un long silence, puis Siav répondit :

— L'esprit du lézard de feu ne fonctionne pas selon les modes enregistrés du monde animal.

— Ce n'est pas étonnant. Vos enregistrements ne couvrent que des types terrestres, dit Piemur, essayant de ne pas trop s'attrister de l'échec de sa petite reine.

C'était la meilleure de la bande, meilleure même que la Beauté de Menolly, qui était sans conteste très bien entraînée. Mais il avait espéré qu'elle serait capable de comprendre cette étrange variante de vol.

— Et le trajet est long pour lui demander de le faire alors que personne n'est jamais allé là-bas.

Nouveau silence.

— En fait, il n'y a qu'un seul dragon qui ait jamais quitté la planète, dit lentement F'lar, rompant enfin le silence.

— Canth ! s'écria Lessa.

— Le brun Canth de F'nor est trop grand, dit Siav.

— Ce n'est pas à sa taille que je pensais, répliqua Lessa.

C'est à son expérience du vol hors planète. Il pourra peut-être expliquer à Farli ce qu'elle doit faire.

Son regard se fit vague tandis qu'elle cherchait à contacter Canth.

Oui, nous pouvons venir immédiatement, répondit Canth.

Mouvement d'anticipation parmi les assistants. Piemur continuait à caresser Farli, qui était revenue sur son bras, lui murmurant qu'elle était merveilleuse, qu'elle était la meilleure, mais que les manettes qu'elle devait tirer et les boutons qu'elle devait pousser n'étaient pas ceux de la pièce voisine, mais ceux du *Yokohama,* qui tournait très loin au-dessus de leurs têtes dans le ciel noir. Farli penchait la tête de droite et de gauche, essayant de comprendre ce qu'on voulait d'elle.

— Ah, les voilà, dit Lessa.

F'nor entra en courant.

— Canth a dit que c'était important, dit-il, parcourant l'assemblée du regard, l'air perplexe.

— Siav veut envoyer Farli dans la passerelle de commandement du *Yokohama*, expliqua Lessa, mais elle ne comprend pas ses instructions. Vous et Canth êtes les seuls à avoir jamais quitté la planète. Nous avons pensé que Canth pourrait peut-être clarifier les instructions pour Farli.

— C'est problématique, Lessa, dit-il, l'air plus perplexe que jamais. Je n'ai jamais su exactement comment nous avions fait.

— Te rappelles-tu ce que tu pensais ? demanda F'lar.

— Je pensais que je devais faire quelque chose pour t'empêcher d'aller sur l'Etoile Rouge, gloussa F'nor.

Puis il fronça les sourcils.

— A la réflexion, je me rappelle que Meron était là, et il a essayé d'y faire aller son lézard de feu. Il a disparu comme l'éclair, et je ne sais pas s'il est jamais revenu à son maître.

— Farli n'a pas peur, dit Piemur avec force. Elle ne comprend pas où elle doit exécuter ce qu'on lui a appris, c'est tout.

F'nor ouvrit les mains en un geste d'impuissance.

— Si Farli ne comprend pas, je ne vois pas qui comprendra.

— Mais Canth ne peut-il pas lui expliquer comment il a quitté la planète ? demanda Lessa.

Le peux-tu, Canth ? demanda F'nor à son brun.

Canth était en train de s'installer sur la crête dominant le Terminus, pour prendre le soleil dès son lever.

Vous m'avez montré où vous vouliez aller. J'y suis allé.

F'nor répéta la réponse de Canth.

— Une planète est une cible plus grande qu'un vaisseau spatial que nous ne voyons pas.

— *Farli ne comprend pas,* ajouta Canth. *Elle a fait les choses qu'on lui demandait à l'endroit où elle les a toujours faites.*

Canth, demanda Lessa directement, *comprends-tu ce que nous demandons à Farli ?*

Oui, vous lui demandez d'aller faire sur le vaisseau ce qu'elle a appris à faire ici ! Elle ne comprend pas où elle doit aller. Elle n'y a jamais été.

Jaxom remua sur son siège. Etant donné le travail que Piemur avait fourni pour entraîner Farli, c'était vraiment dommage que la petite créature ne comprît pas le point essentiel.

Ruth, tu comprends, toi ? demanda-t-il au dragon blanc.

Parfois, les lézards de feu écoutaient Ruth alors qu'ils ignoraient tous les autres.

Oui, mais c'est un long trajet pour un lézard de feu qui ne l'a jamais fait. Elle fait tout ce qu'elle peut pour comprendre.

A ce moment, des tas de pensées se bousculaient dans l'esprit de Jaxom, la principale étant que Ruth *n'était pas* trop grand pour tenir dans la passerelle de commandement — s'il repliait les ailes et atterrissait juste devant la porte de l'ascenseur. Il lui faudrait aussi rester immobile, car Siav avait dit qu'il n'y avait pas de gravité sur le vaisseau. Ruth serait en apesanteur. Siav ne considérait pas cela comme un problème pour un lézard de feu ou un dragon, habitués qu'ils étaient à voler. Jaxom savait que c'était une des raisons pour lesquelles il avait dû apprendre si parfaitement la disposition de la passerelle, et écouter tant de leçons sur les conditions en apesanteur. Mais tant que Farli n'aurait pas réactivé le système de production d'oxygène, Ruth et Jaxom ne pourraient pas y aller.

Siav avait fait fouiller de fond en comble les Grottes de Catherine, à la recherche de « combinaisons spatiales ». On en avait trouvé deux — ou plutôt des vestiges. On avait fabriqué des bouteilles à oxygène, assez semblables aux réservoirs d'agenothree. HNO3, rectifia Jaxom, maintenant qu'il connaissait la composition chimique de la mixture engendrant les flammes. Mais il n'y avait aucune protection pour un frêle corps humain dans le vide et le froid absolu de la passerelle du *Yokohama*.

Fabriquer un équipement adéquat serait l'alternative de Siav, se dit Jaxom. Il en avait déjà longuement discuté avec le Maître Tisserand Zurg. Mais cette alternative prendrait du temps, sans parler des expériences indispensables auxquelles devraient se livrer les équipes très innovatrices de Zurg et d'Hamian, trop de temps, pendant lequel les Seigneurs déçus seraient de plus en plus nombreux à retirer leur soutien au Terminus.

Si seulement Farli comprenait, se dit Jaxom se torturant l'esprit pour trouver le moyen de lui expliquer. Ruth avait saisi la différence avec un vol normal, mais il était beaucoup plus intelligent que Farli. Il comprenait tellement de choses — autant que moi, pensa Jaxom avec fierté.

Comme vous comprenez, je comprends, dit Ruth, d'un ton presque accusateur. *Le trajet dans l'*Interstice *n'est pas vraiment long, mais il faut monter très haut.*

Jaxom se leva d'un bond en hurlant :

— Non, Ruth ! Non !

Mais il était trop tard, car Ruth avait déjà plongé dans l'*Interstice.*

Dehors, Ramoth et Mnementh claironnèrent des avertissements.

Non, Ramoth, Mnementh ! leur cria Lessa. *Vous allez réveiller tout le Terminus, et l'on saura qu'il y a un problème.*

Puis elle se tourna vers F'lar, se raccrochant à lui dans la peur qu'elle ressentait pour Ruth — et Jaxom.

— Jaxom ! hurla F'lar pour le tirer de sa stupeur.

Mirrim, livide sous son hâle, avait bondi au côté de Jaxom, avec les autres chevaliers verts. Robinton et F'nor furent pétrifiés par le choc, et il ne resta que Jancis pour surveiller l'écran et compter les respirations.

— Tout va bien, murmura Jaxom, la bouche sèche. Je suis toujours en contact.

— C'est vous qui lui avez dit d'y aller ? demanda F'lar, l'air si courroucé que même Lessa eut un mouvement de recul.

— Mais non, il a décidé tout seul, dit Jaxom, l'air impénétrable. Il a sa tête à lui.

A cet instant, Jancis se mit à gesticuler en montrant l'écran.

— Là ! Là ! Il est arrivé ! A dix !

Tous virent Ruth dans la passerelle de commandement, les ailes plaquées au corps, se faisant le plus petit possible. Sous leurs yeux, il se mit à flotter, à monter, regardant autour de lui avec étonnement, jusqu'au moment où sa tête toucha le plafond.

— Très bien, Ruth ! Jaxom ! rugit Siav, triomphal, dominant la tumulte de la salle. Jaxom, dites à Ruth de ne pas s'étonner de flotter. Il est en apesanteur. Dites-lui de ne pas faire de mouvements brusques. Est-ce qu'il comprend, Jaxom ?

— C'est dit. Et il comprend, dit Jaxom, fasciné par l'écran.

— Tu vois, Farli ! dit Piemur, lui montrant Ruth. Il t'a montré le chemin.

Mais Farli était si désorientée par les cris de joie et de triomphe que Piemur dut lui tourner la tête vers l'écran et Ruth.

— Rejoins Ruth !

La petite reine pépia, et, décollant d'un coup d'aile de l'épaule de Piemur, disparut.

— Jaxom, dites à Ruth de revenir immédiatement ! cria Lessa, se remettant du choc. Sa tête à lui, mais oui ! Tu vas voir quand tu vas rentrer !

— Calmez-vous et observez, tonitrua la voix de Siav pour dominer le tumulte. Ruth est indemne. Et... Farli l'a rejoint.

Piemur émit un petit cri de surprise, clairement audible dans la salle soudain silencieuse. Car Farli avait trouvé le chemin du *Yokohama*, et, fermement arrimée d'une serre au tableau de bord, s'activait à pousser les boutons et tirer les manettes. Des voyants s'allumèrent.

— Mission accomplie, dit Siav. Ils peuvent rentrer.

Farli est arrivée et a fait son travail, dit Ruth, ne réalisant pas que Jaxom le voyait. *Rentrons, Farli. Ce n'est pas du tout la même chose que l'*Interstice. *C'est une sensation très bizarre. Très différente de la nage, aussi.*

Et c'était aussi très bizarre pour les assistants de voir Ruth flotter à quelques pouces des consoles, baissant la tête pour ne pas racler le plafond.

Farli lâcha le tableau de bord, et elle aussi se mit à flotter. Stupéfaite, elle déploya ses ailes et commença à tourner lentement sur elle-même, rebondissant contre Ruth. Il tendit la patte pour la stabiliser, et se virent tous deux propulsés vers la grande baie en plasverre au bout de la passerelle. Soudain, Jancis se mit à pouffer, ce qui détendit l'atmosphère.

Assez de galipettes, Ruth, dit Jaxom, s'efforçant de prendre un ton sévère. Mais il ne put s'empêcher de sourire avec les autres devant les cabrioles des deux créatures. *J'ai failli mourir de peur ! Reviens maintenant.*

Je savais exactement où aller. J'ai montré le chemin à Farli. Je n'ai pas eu de problème, et je me suis bien amusé.

Ruth exécuta un tour complet sur lui-même et se mit à flotter vers l'ascenseur.

Est-ce que nous reviendrons ?

Seulement si vous rentrez immédiatement, toi et Farli ! Oh, d'accord. S'il le faut.

A la fois amusé, soulagé et furieux, Jaxom se rua dans le couloir et sortit, les autres sur les talons qui riaient de soulagement et poussaient des cris de triomphe. Lessa, toutefois, enrageait du risque qu'avait pris Ruth, et, à voir son visage de pierre, elle savait que F'lar ressentait la même chose.

Au milieu du couloir, F'lar lui saisit le bras.

— Tu es furieuse, Lessa, mais nous ne pouvons pas intervenir. J'ai sûrement eu aussi peur que toi pour Ruth.

— Mais on ne peut pas permettre à Ruth d'être aussi irresponsable, fulmina-t-elle. Jaxom n'est pas comme ça. Je ne comprends pas que Ruth désobéisse ainsi. Ramoth ne ferait jamais ça.

— Ruth et Jaxom n'ont pas été élevés au Weyr. Mais ne va pas croire qu'il s'en tirera comme ça. A voir la tête que faisait Jaxom, il a eu une peur qu'il n'est pas près d'oublier. Et cela restreindra Ruth plus sûrement que tout ce que nous pourrions dire, toi et moi. Plus important encore, moins nous ferons d'histoires, moins la rumeur se répandra.

Lessa poussa un profond soupir.

— Oui, il ne faut pas que cela s'ébruite — au moins, pas pour le moment. Mais je te dis, et je dirai à Jaxom, que je ne veux jamais revivre des secondes pareilles. Je ne pensais qu'à ce que nous allions dire à Lytol.

F'lar eut un sourire ironique.

— Mais comme tout finit bien, Lytol pourra enregistrer cet exploit comme un événement charnière dans l'histoire moderne de Pern.

— J'espère bien !

Par discrétion, les congratulations aux deux vaillants aventuriers furent modérées, mais chacun gratta l'orbite de Ruth, à lui en faire rouler les yeux de contentement. Et quand Farli revint enfin se poser sur l'épaule de Piemur, elle aussi fut l'objet de caresses extravagantes. L'aube pointait tout juste à l'horizon, et peu de gens étaient levés pour s'étonner de ces démonstrations.

— Je crois, dit Robinton quand l'exaltation fut un peu calmée, que nous devrions retourner voir Siav. Pour ma part, j'aimerais bien savoir ce qui va suivre.

— Eh bien, ça dépenda de ce que Siav apprendra des instruments que Farli vient de remettre en marche. Si la passerelle est intacte, se réchauffe, et s'il reste assez d'oxygène dans les réservoirs qui l'alimentent, Lytol et moi y retournerons — ensemble, dit Jaxom avec un grand sourire. Et nous aborderons les observations au télescope, pour confirmer la position des planètes du système, et surtout celle de notre vieille ennemie, l'Etoile Rouge.

Toutefois, ce n'est pas tout à fait ce que Siav avait en tête quand, le lendemain, il constata que les conditions atmosphériques dans la passerelle étaient satisfaisantes.

— Piemur, j'aimerais que vous accompagniez Jaxom, dit Siav au groupe réuni.

— Je n'étais pas censé faire partie de ce voyage, s'exclama Piemur.

— A l'origine, non. Mais il faudra deux hommes pour ramener les restes de Sallah Telgar afin de l'enterrer avec tous les honneurs qui lui sont dus. Et le Seigneur Larad voudra, sans doute, assister aux cérémonies actuellement pratiquées, quelles qu'elles soient.

Un profond silence tomba sur la salle, que Robinton rompit en s'éclaircissant la voix.

— Oui, dit Robinton, elle l'a bien mérité par sa vaillance. Je vais immédiatement prévenir le Seigneur Larad.

— Sa combinaison spatiale sera-t-elle encore utilisable au bout de tant de siècles ? demanda Piemur, curieux.

Devant l'air choqué de Jancis, il réalisa l'indécence de sa question et baissa la tête. Farli enroula sa queue autour de son cou pour le consoler.

— Avec quelques petites réparations, j'espère que la combinaison spatiale sera utilisable, répliqua Siav, avec un tel calme que Robinton comprit que la récupération du corps et de la combinaison était prévue depuis le début.

— Il faudra vous habiller très chaudement, car la température régnant actuellement dans la passerelle est de moins 25.

Habitué au froid de l'*Interstice*, Jaxom resta impassible, mais Piemur arrondit les épaules et feignit de grelotter.

— Farli peut venir aussi ? demanda-t-il.

— Ce serait judicieux, dit Siav. Et si le Trig de Jancis peut l'accompagner, nous aurions alors deux lézards de feu qui comprendraient comment s'effectue le transfert.

Malgré sa répugnance évidente, Jancis ordonna à son jeune bronze de s'installer sur l'épaule de Piemur. Jaxom et Piemur sortirent seuls, pour que personne, en dehors de leur petit groupe, ne se doute que quelque chose d'inhabituel se passait. Les grosses bouteilles d'oxygène, que, sur l'insistance de Siav, ils emportaient en cas d'urgence, étaient déjà attachées sur le dos de Ruth.

— Prêt, Piemur ? lui demanda Jaxom par-dessus son épaule.

— Aussi prêt que je le serai jamais, répondit le harpiste, resserrant sa main sur la ceinture de Jaxom. Mais je suis sacrément content que Ruth y soit déjà allé.

Dites à Piemur de ne pas s'inquiéter. C'est amusant de flotter, remarqua Ruth en décollant.

Jaxom lui transmit le message, et aux tiraillements spasmodiques exercés sur sa ceinture, il comprit que le harpiste, lui aussi, était nerveux. Non parce qu'il n'avait pas confiance en Ruth. Mais c'était si loin !

L'*Interstice* ne lui parut jamais si froid, ni le trajet si long, et pourtant Jaxom, qui comptait mentalement, arriva à dix à l'instant même où ils émergèrent sur la passerelle du *Yokohama.*

— Nous y sommes ? demanda Piemur.

Jaxom se retourna pour le rassurer, et réalisa que Piemur avait fait le trajet les yeux fermés.

Sans rire de son ami, il toussota et détourna la tête — et sentit qu'il glissait sur le cou de Ruth.

— Zut ! Qu'est-ce qui se passe ? s'exclama Piemur en ouvrant les yeux, tandis que lui et Jaxom continuaient à glisser jusqu'à la paroi glacée.

Ne faites pas de mouvements brusques, les avertit Ruth.

— Je t'ai entendu. Je t'ai entendu, répondit Piemur.

Le froid de la paroi le brûla à travers sa tunique de vol.

— Ce qu'il fait froid ici !

— Je vais remonter sur Ruth, dit Jaxom.

Saisissant une crête de cou, il se hissa doucement, sous les pépiements encourageants de Farli.

— On aura tout vu, dit Piemur avec ironie. Ma reine qui m'apprend à me comporter en apesanteur !

Farli lui lâcha l'épaule et flotta vers le haut. Trig couina, mais suivit son exemple, et ils se rejoignirent au plafond, pépiant avec animation.

— Ça suffit, vous deux, dit Piemur, écœuré.

— Ils ne font pas de mal, dit Jaxom. Et Ruth me dit que si nous bougeons doucement, tout ira bien. Nous avons du travail. Piemur, je vais démonter — lentement — et après, tu pourras détacher les bouteilles d'oxygène. Elles sont volumineuses, et Ruth dit qu'il ne pourra pas bouger tant qu'il n'en sera pas débarrassé. Il voudrait aller regarder par la fenêtre.

— Lui ? dit Piemur d'un ton surpris.

— Il a déjà de l'expérience, n'oublie pas, sourit Jaxom. Hummm ! L'air a une drôle d'odeur.

— Ça ira mieux avec les bouteilles, dit joyeusement Piemur.

Avec mille précautions, Jaxom démonta à la droite du dragon. Coincé entre la paroi et Ruth, peut-être qu'il ne flotterait pas.

Tu es parfaitement positionné, Ruth, dit-il, se retenant à une crête de cou pour descendre.

C'est le seul endroit où je tienne, remarqua Ruth, tournant la tête pour surveiller l'opération. *Je vais accrocher ma queue à quelque chose pour ne pas flotter quand vous me déchargerez.*

Maintenant, je sais pourquoi les dragons ont des queues, répliqua Jaxom, gloussant nerveusement.

— Ne ris pas, l'avertit Piemur.

Il était en train de démonter et dut se raccrocher à Ruth pour ne pas partir à la dérive.

— Je ne riais pas de toi, Piemur. Ruth vient de trouver le moyen de s'arrimer. Regarde sa queue. Démonte à droite, pas à gauche. Et ne serre pas si fort son articulation. Les ailes sont fragiles.

— Excuse-moi, Ruth, dit Piemur desserrant sa prise avec effort. J'ai fait des choses dingues dans ma vie, voler des œufs de lézards de feu, me cacher dans des sacs, explorer les côtes — mais celle-ci est la plus dingue de toutes, grommela Piemur, démontant lentement à l'exemple de Jaxom.

Enfin, ses pieds touchèrent le sol.

— Ça y est ! s'écria-t-il.

Coincé entre le mur et son dragon, Jaxom se mit à détacher les bouteilles d'oxygène.

— Oh ! s'exclama-t-il, stupéfait, voyant la première dériver loin de lui après une imperceptible poussée. Plus facile à décharger qu'à charger, comme disait Siav. Ça ne pèse plus rien !

D'un doigt, il poussa la seconde vers la première.

— Je m'habituerais facilement à un endroit où le travail est un jeu, dit Piemur en souriant, car il commençait à se détendre.

— Là ! On va les empiler le long du mur. Par le Premier Œuf ! s'écria Jaxom.

Par inadvertance, il avait poussé trop fort et la bouteille faillit passer par-dessus Ruth.

— Ouah ! fit Piemur, levant la main pour rattraper la bouteille et manquant décoller.

Mais il se raccrocha vivement à l'aile de Ruth et rectifia son mouvement.

— Ça a des avantages, cette apesanteur ! Attends, je vais m'occuper des autres.

Sous le regard étonné de Jaxom, Piemur saisit ferme-

162

ment une crête de cou de Ruth et sauta sans effort par-dessus le dragon.

— Hourrah, s'exclama-t-il quand cette manœuvre inorthodoxe l'amena entre le mur et le dragon. C'est super !

— Attention, Piemur. Il ne faut pas faire exploser ces bouteilles.

— Je vais les attacher.

— Par sécurité, il faut attacher tous les objets à bord d'un vaisseau spatial, acquiesça Siav, aussi calme que jamais. Tout va très bien. La température continue à monter, et les alarmes de proximité sont au repos.

— Les alarmes de proximité ? fit Piemur, étonné.

— Cette installation reçoit maintenant des rapports de fonctionnement et des analyses des dommages, reprit Siav. Malgré les siècles passés dans l'espace, il n'y a pas de brèche importante dans la coque. Les boucliers solaires n'ont pas subi de dommages opérationnels. Comme vos études vous l'ont appris, ces panneaux fournissent le courant aux petits moteurs qui maintiennent le vaisseau en orbite géostationnaire. Il y a eu quelques petites pénétrations dans la partie la plus extérieure de la sphère principale, mais elles ont été automatiquement colmatées. Et nous n'avons pas besoin de ces sections. Les portes de la soute sont toujours ouvertes et un voyant d'avarie est allumé. Toutefois, vos tâches prévues ont la priorité. Commencez s'il vous plaît. Le taux d'oxygène demeure normal, mais vous sentirez bientôt les effets du froid, qui gênera votre dextérité manuelle. Les exhibitions de gymnastique devraient être écourtées.

Jaxom réprima un éclat de rire, espérant qu'il était le seul à avoir entendu Piemur grommeler « toujours du travail, jamais de plaisir ».

A mouvements précautionneux, Jaxom passa sous le cou de Ruth et saisit fermement une rampe courant autour de la passerelle. A sa grande surprise, il vit Piemur immobile sur les larges marches montant vers les consoles de pilotage. Levant la tête, Jaxom tomba en extase devant la vue qui avait pétrifié le harpiste. Au-dessous d'eux, à bâbord, scintillaient les mers bleues de Pern, et à tribord, s'étendaient les côtes, les verts, les bruns et les beiges du Continent Méridional.

— Par le Premier Œuf, c'est exactement la vue que Siav

nous avait montrée, murmura Piemur avec révérence. Magnifique !

Des larmes inattendues lui piquèrent les yeux, et Jaxom déglutit avec effort devant ce panorama que leurs ancêtres avaient vu à la fin de leur voyage. Quel moment triomphal cela avait dû être.

— C'est grand, dit Piemur, impressionné.

— C'est un monde, répondit doucement Jaxom, essayant de s'habituer à cette immensité.

Avec majesté, la scène se modifiait imperceptiblement avec la rotation de la planète.

— Jaxom ? Piemur ? dit Siav, les rappelant à leurs devoirs.

— Nous admirions la vue, dit Piemur. Incroyable !

Les yeux toujours fixés sur la fenêtre, il se laissa flotter jusqu'en haut des marches, puis, s'accrochant à toutes les prises, il gagna la console qu'il devait programmer. Détachant enfin les yeux de la vue spectaculaire, il se mit au travail.

— J'ai plus de lumières rouges que je n'en voudrais, dit-il à Siav en se bouclant dans son siège.

— J'en ai aussi, dit Jaxom. Mais pas sur la console du télescope.

— Jaxom, Piemur, débranchez les commandes automatiques et mettez sur manuel.

La moitié des voyants rouges de Jaxom s'éteignirent. Trois restèrent allumés, et deux orange. Mais ceux-là n'interféreraient pas avec le programme qu'il devait entrer. Un bref coup d'œil à Piemur lui apprit que son ami tapait déjà sur son clavier.

Jaxom se mit au travail, s'arrêtant de temps en temps pour se dégourdir les doigts et jeter un coup d'œil sur la vue fantastique. Rien ne pouvait l'en détacher, pas même les acrobaties comiques des deux lézards de feu en apesanteur. Curieusement, leurs couinements excités et leurs cabrioles l'aidèrent à dissiper l'impression d'irréalité produite par cet environnement bizarre.

Dès que Jaxom se fut concentré sur sa tâche, Ruth détacha sa queue de la rampe et se laissa flotter vers la grande baie où il put s'abandonner à sa fascination pour Pern et le ciel constellé d'étoiles.

Je ne sais pas ce que c'est non plus, dit Ruth. *Mais c'est joli.*

Qu'est-ce qui est joli ? demanda Jaxom, levant les yeux. *Tu vois les deux autres vaisseaux ?*

Non. C'est des choses qui flottent près de nous.

Des choses ?

Jaxom tendit le cou pour voir ce que voyait Ruth, mais la vue était bloquée par les corps du dragon et des deux lézards de feu, pressés contre la vitre.

Soudain, les trois créatures se rejetèrent en arrière, et se mirent à flotter vers Jaxom et Piemur.

— Attention ! s'écria Jaxom tandis que Ruth passait au-dessus de sa tête. Au même instant, ils entendirent un bruit métallique.

— Quelque chose nous a frappés ! s'écria Piemur.

Débouclant sa ceinture, il se rapprocha de la baie.

— Qu'est-ce qui vous a frappés ? demanda Siav.

Piemur se cogna contre la vitre, regardant de droite et de gauche.

— Jaxom, demande à Ruth ce qu'il a vu. Je ne vois rien.

Des choses — comme des œufs de lézards de feu — qui nous venaient droit dessus.

— Eh bien, il n'y a plus rien dehors, dit Piemur, regagnant son poste, et se raccrochant à son dossier à l'instant même où il allait passer par-dessus.

— Siav ? dit Jaxom.

— Le bruit crépitant indique que les boucliers détournaient une petite averse d'objets, répondit Siav avec calme. Aucune avarie n'est signalée. Comme vos études vous l'ont appris, l'espace n'est pas un néant vide. C'est sans doute une de ces averses que Ruth et les lézards de feu ont vue. Il serait sage de vous remettre à votre travail avant d'être handicapés par le froid.

Jaxom remarqua que cette explication ne rassurait pas complètement Piemur, lui non plus. Mais il était vrai que le froid glacial commençait à transpercer leurs multiples couches de vêtements, et ils reportèrent leur attention sur leurs consoles.

Jaxom travaillait aussi vite qu'il pouvait, mais le froid pénétrait de plus en plus les gants qui l'avaient toujours protégé pendant des heures de Chutes. Peut-être que l'espace était vraiment plus froid que l'*Interstice*, se dit-il, en fléchissant les doigts.

— Siav, vous n'aviez pas dit qu'il y avait du chauffage dans la passerelle ? geignit Piemur. J'ai les mains gourdes de froid.

— Les instruments indiquent que le chauffage de la passerelle ne fonctionne pas à son niveau optimal. Les céramiques ont dû cristalliser. Cela pourra se réparer plus tard.

— Bonne nouvelle, dit Jaxom, vérifiant une dernière fois ses entrées avant de se redresser. J'ai fini.

— Activez, ordonna Siav.

Le cœur battant, Jaxom appuya sur un bouton — et pourtant, l'Œuf savait qu'il n'avait pas pu se tromper après les incessantes répétitions imposées par Siav. Et c'est avec une grande satisfaction qu'il regarda le programme se dérouler en accéléré sur l'écran.

— L'affichage est beaucoup plus rapide que sur celui que nous utilisons, remarqua-t-il.

— L'équipement du *Yokohama* était à la pointe du progrès à l'époque du départ des colons, dit Siav. L'affichage en temps réel était indispensable pour l'astronavigation.

— Je t'avais bien dit que nous avions des appareils pour bébés, murmura Piemur.

— Avant de savoir marcher, un bébé doit apprendre à ramper, dit Siav.

— Est-ce que tout le monde entend ça ? demanda Piemur, indigné.

— Non.

— Je vous remercie. Et, à propos, mon programme est opérationnel aussi.

— C'est parfait. Vous pouvez aborder maintenant la deuxième phase, vous trouverez les réservoirs auxiliaires d'oxygène derrière les bastingages B-8802 A, B, et C, précisa Siav.

Piemur secouait ses mains gantées.

— Je n'ai jamais eu si froid aux mains ! Je te parie plus qu'un Bitran qu'il fait plus froid ici que dans l'*Interstice*.

— En fait, remarqua Siav, il fait plus froid dans l'*Interstice*, mais vous n'y êtes jamais restés si longtemps qu'ici.

— Ça se défend, dit Jaxom, tandis qu'ils avançaient en se tenant à la rampe. Quelle sensation extraordinaire, cette apesanteur !

Piemur approuva d'une grimace. A cet instant, Farli et Trig passèrent au-dessus d'eux en cabriolant, et ils baissèrent précipitamment la tête — ce qui faillit les faire tomber.

— Attention ! cria Jaxom, tendant la main vers la rampe aussi doucement qu'il put.

Piemur, quant à lui, s'envola vers le plafond.

Le temps que Jaxom se raccroche à la rampe et rattrape Piemur par la cheville, ils ne savaient plus s'ils devaient rire ou pleurer de leur maladresse. Mais cette petite mésaventure les rendit encore plus circonspects dans leurs déplacements. Ils localisèrent, ouvrirent et examinèrent les réservoirs auxiliaires d'oxygène, puis enlevèrent celui qui était vide, mirent à sa place leurs quatre bouteilles, et les branchèrent sur le système.

— La phase trois peut maintenant commencer, leur dit Siav après avoir vérifié les branchements.

Ils se regardèrent, puis se tournèrent vers la silhouette en combinaison spatiale qu'ils avaient évitée jusque-là.

Ruth, nous avons besoin de toi à la passerelle, dit Jaxom comme ils marchaient solennellement vers le corps de Sallah.

Quand ils la soulevèrent, la rigide combinaison spatiale conserva la position dans laquelle elle s'était abattue sur la console 2500 Révolutions plus tôt. Jaxom s'efforça de ressentir respect et déférence pour la coque glacée qu'ils maniaient. Sallah Telgar avait donné sa vie pour empêcher Avril Bitra de vider les réservoirs du *Yokohama* dans sa tentative d'évasion du système de Rukbat. Sallah était même parvenue à réparer la console qu'Avril avait démolie dans sa fureur. Bizarre qu'un Fort eût reçu le nom d'une telle femme, mais il fallait dire que les Bitrans avaient toujours été bizarres. Jaxom se reprocha ces pensées. Il y avait des Bitans honnêtes — enfin, quelques-uns — qui ne s'adonnaient pas aux jeux et paris de toutes sortes. Le Seigneur Sigomal vivait assez retiré, mais c'était bien préférable à la vie dissolue du Seigneur Sifer.

Avec les cordes des bouteilles, ils attachèrent le cadavre entre les ailes de Ruth. Sentant leur changement d'humeur, Farli et Trig avaient cessé leurs cabrioles et, quand Piemur fut installé sur le dragon blanc, ils se posèrent doucement sur ses épaules.

Au moment de l'envol, Jaxom claquait des dents. Sallah avait-elle ressenti ce froid insidieux en mourant ? Est-ce cela qui l'avait tuée, abandonnée au-dessus de la planète ? Ses doigts gourds sentaient à peine la crête de cou de Ruth.

Retournons au Terminus avant de mourir de froid, Ruth.

— Peut-on rentrer avant d'être morts de froid ? demanda Piemur, sans savoir qu'il faisait écho à la pensée de Jaxom.

Décolle ! dit Jaxom, projetant à son dragon l'image du Terminus baignée du soleil.

Entrant dans les ténèbres glacées de l'*Interstice*, il ne savait toujours pas lequel était le plus froid.

Bien plus tard, le soir de ce jour mémorable, quand elle eut le temps de s'asseoir pour réfléchir, Lessa se demanda comment Siav — sans doute avec l'aide de Lytol — avait pu concevoir un événement aussi extraordinaire que le retour du corps de Sallah. Cela aurait un impact considérable sur tout la population des deux Continents, croyants et sceptiques confondus. L'héroïsme et le sacrifice de Sallah Telgar avait, depuis deux Révolutions, inspiré une ballade très populaire, que les Harpistes chantaient à toutes les fêtes et à toutes les cérémonies de quelque importance. Ramener ses restes sur la planète serait considéré comme la justification de tous les efforts du Terminus.

Le Seigneur Larad de Telgar resta sans voix quand Robinton, escorté jusqu'à Telgar par Mnementh et F'lar, lui apprit qu'on avait ramené les restes de son ancêtre.

— Oui, oui, il faut honorer sa dépouille. Par une cérémonie digne d'elle, dit Larad, regardant Robinton, l'air impuissant.

Généralement, les obsèques étaient brèves, même pour les chefs les plus honorés. Les exploits des individus hors du commun étaient immortalisés dans les ballades et les contes des Harpistes, considérés comme les suprêmes hommages.

— La Ballade de Sallah Telgar me semble s'imposer, dit Robinton. Avec solos, accompagnés de chœur et d'orchestre. J'en parlerai à Sebell.

— Je n'aurais jamais pensé avoir un jour la chance

d'honorer notre vaillante ancêtre, dit Larad, qui se tut de nouveau, ne sachant quoi dire.

Heureusement, sa femme, Dame Jissamy, vint à son secours.

— Il y a une petite grotte, juste au nord de la grande cour, celle qu'a révélée un éboulement récent. Elle sera juste assez grande...

Elle se troubla, puis se ressaisit.

— Et de plus, très accessible et facile à sceller.

Larad lui tapota la main avec gratitude.

— Oui, bonne idée. Ah... quand ? ajouta-t-il, hésitant.

— Après-demain ? proposa Robinton, réprimant un sourire de triomphe.

Le surlendemain serait la veille de l'Assemblée des Seigneurs qui devait désigner un successeur à feu Oterel.

Larad lui lança un regard incisif.

— Vous n'auriez pas prévu cela par hasard, Maître Harpiste ?

— Moi ?

Des années de pratique permettaient à Robinton de prendre l'air sincèrement surpris quand besoin était. Il fit non de la main.

F'lar confirma d'un grognement.

— Impossible, Larad. Nous savions qu'elle était là. Vous aussi. Siav nous l'avait dit dans son résumé historique. Et c'est seulement aujourd'hui que nous avons pu parvenir jusqu'à elle. Et il nous a paru indécent de... enfin, de laisser sa dépouille dans le vaisseau.

— Elle a bien mérité de reposer en paix après avoir passé si longtemps dans le froid de l'espace, dit Dame Jissamy, en frissonnant. Il n'était que temps. La cérémonie devra-t-elle être publique ?

— Je pense que cela s'impose. Telgar, naturellement, aura les honneurs, mais beaucoup voudront venir lui payer leurs respects, dit Robinton, l'air grave, espérant que l'événement éveillerait beaucoup d'intérêt dans les Forts et Ateliers. Même ceux qui étaient indifférents à Sallah viendraient sans doute, ne serait-ce que pour savoir qui d'autre était venu.

A leur retour, Jaxom, Piemur et Ruth avaient, avec soulagement, remis leur fardeau à Maître Oldive et ses Maîtres. Maintenant, la dépouille mortelle de Sallah Telgar reposait dans un cercueil des plus beaux bois de Maître Bendarek.

Une fois la combinaison spatiale nettoyée, elle fut présentée à Siav, qui affirma que le talon et autres petites déchirures étaient réparables. Siav dit à Lytol que, puisque quelqu'un porterait cette combinaison, il était heureux que la superstition ne fît pas partie de la culture de Pern. Lytol ne fut pas d'accord. Lui et Siav se lancèrent immédiatement dans une discussion des religions primitives et des croyances surnaturelles, de sorte que Robinton se félicita d'être obligé de se rendre à Telgar avec F'lar. Le Harpiste se demanda brièvement s'il n'aurait pas mieux fait de rester pour assister à ce qui serait certainement un débat fascinant, mais il était trop content d'être le porteur d'une nouvelle si importante.

Le fils aîné de Telgar apporta un plateau et une carafe, dont Robinton jugea qu'ils devaient faire partie des nouvelles créations de Maître Morilton. Une autre fils apporta un plateau de petites pâtisseries chaudes et de bon fromage de Telgar. Un verre de vin de Benden à la main, Robinton se félicita une fois de plus d'être venu.

— Vous avez dit, n'est-ce pas, que quelqu'un s'était rendu sur l'antique vaisseau ? dit Larad. Etait-ce bien judicieux ?

— Certainement, dit F'lar. Il n'y avait aucun danger. La petite reine de Piemur a fait exactement ce que Siav lui avait appris. Il y a donc de l'air dans la passerelle de commandement, et la température monte. Demain, Ruth y ramènera Jaxom pour déterminer pourquoi les portes de la soute restent ouvertes. Sans doute une panne sans importance, selon Siav. L'un dans l'autre, c'est un début de bon augure, dit F'lar, sirotant son vin. De très bon augure.

— Je suis bien content de l'apprendre, F'lar, dit Larad, hochant solennellement la tête. Vraiment très content.

— Pas autant que moi de pouvoir vous l'annoncer, répondit le Chef du Weyr.

CHAPITRE 8

Tiens-moi, veux-tu, Ruth ? dit Jaxom, passant lentement la jambe par-dessus le cou de son dragon. Bouger en apesanteur lui avait paru plus facile la veille, quand lui et Piemur pouvaient se raccrocher l'un à l'autre. Il avait pris le chic pour contrôler ses mouvements, mais aujourd'hui, la volumineuse combinaison spatiale le gênait, surtout les lourdes bottes à semelles magnétiques. Il resserra brusquement la main sur le cou de Ruth, se sentant partir dans une autre direction que *le bas*. Ruth le rattrapa par la cheville, et soudain, il se retrouva debout, fermement ancré au sol par ses bottes.

Sachant que ses compagnons d'étude le regardait, il espérait ne pas avoir l'air aussi ridicule qu'il en avait l'impression. Sharra lui avait pourtant dit et répété qu'il n'avait pas du tout l'air ridicule, la veille en apesanteur, et qu'ils devaient se féliciter, Piemur et lui, de s'être si bien comportés. Elle regrettait seulement de n'avoir pas pu admirer le panorama qui les avait transportés.

— Je n'ai jamais vu cette expression sur le visage de Piemur. (Jancis était impressionnée.)

— Et moi, quelle tête je faisais ?

— Tu avais l'air abasourdi, comme Piemur, répondit-elle avec un sourire malicieux. A peu près comme la première fois que tu as vu Jarrol.

Aujourd'hui, Jaxom avait un certain contrôle sur ses mouvements — dans la mesure où il laissait les pieds par terre. Il fit un premier pas en avant, arrachant sa semelle du sol et la posant lourdement devant lui. Ruth avait atterri au même endroit que la veille, près de la porte de l'ascenseur. Jaxom n'eut qu'à passer sous le cou de son dragon pour atteindre le panneau de contrôle, qui, selon Siav, fonctionnait.

Je vais vous débarrasser le plancher, dit Ruth avec obligeance, faisant un saut périlleux en arrière et flottant vers la fenêtre. *C'est plus beau que la vue qu'on a des Pierres de l'Etoile de Benden ou des crêtes de feu de Ruatha.* Le temps que Jaxom appuie d'un index ganté sur un bouton, Ruth, le nez déjà collé au plasverre de la baie, contemplait l'espace.

Jaxom n'arrivait pas à se débarrasser de l'impression déjà ressentie la veille d'être un intrus, à marcher ainsi où ses ancêtres avaient marché avant lui, à manipuler boutons, interrupteurs et manettes comme ils l'avaient fait autrefois. Il s'était dit que cela venait de la nature macabre de leur mission, et il avait espéré que cette impression se dissiperait lors de la mission suivante, mais il n'en était rien.

Bien que Piemur et Jaxom aient pu, miraculeusement, accomplir leur programmation, Siav n'avait pas pu découvrir pourquoi les portes de la soute restaient ouvertes. Aujourd'hui, après un cours accéléré avec Siav, Jaxom devait descendre dans la soute et tenter de fermer les portes à l'aide des commandes automatiques ou manuelles.

— Il faut espérer que l'un de ces deux systèmes est toujours opérationnel, avait dit Siav.

— Pourquoi ?

— Dans le cas contraire, vous serez obligé de faire une sortie dans l'espace pour voir ce qui empêche leur fermeture.

— Oh ! avait fait Jaxom, qui avait vu suffisamment de bandes vidéo pour se demander s'il aurait le courage de faire une sortie spatiale.

La cabine de l'ascenseur s'ouvrit, et Jaxom entra. La porte se referma. Une fois de plus, consultant le diagramme qu'il avait à la main — et qu'il savait par cœur — il pressa le bouton « S », pour soute, avant de remarquer le grand nombre de niveaux desservis. Siav l'avait assuré que les panneaux solaires du *Yokohama* produisaient assez de courant pour le fonctionnement de l'ascenseur, mais il eut un moment de frayeur en attendant que les rouages si longtemps au repos se remettent à fonctionner.

— L'ascenseur est opérationnel, dit-il à Siav, d'un ton qu'il espérait détaché. Je descends.

Il avait reçu l'ordre de détailler tous ses mouvements. Par nature, Jaxom n'était pas bavard ; il lui semblait stupide de raconter toutes ses actions, même celles qui se déroulaient normalement. Mais Siav avait simplement répété que c'était la procédure normale lorsqu'un opérateur isolé évoluait dans ce qui pouvait être considéré comme un environnement hostile.

— Continuez, dit Siav.

La descente lui parut à la fois longue et rapide. Une cloche sonna et un panneau rouge — DANGER : VIDE — s'alluma sur la porte de l'ascenseur.

— Qu'est-ce que je fais maintenant, Siav ?

— Appuyez sur le bouton : POMPE, à la droite du panneau danger, et attendez qu'il s'éteigne.

Jaxom s'exécuta. Quelques instants plus tard, il entendit un « ding » mélodieux, la porte glissa en silence — et il se retrouva devant de vastes ténèbres, encadrées d'une aire de ténèbres encore plus noires et piquées d'étoiles. Pas de vue rassurante d'une Pern baignée de soleil. Il ne bougea pas un muscle.

Ne soyez pas nerveux. Je viendrai vous chercher si vous tombez, dit Ruth.

— J'ai atteint la soute, dit enfin Jaxom. Il n'y a pas assez de lumière.

Ce qui, se dit-il, est sans doute le plus bel euphémisme que j'aie dit de ma vie.

— Tâtez à la gauche de la porte. Il y a un panneau, dit la voix rassurante de Siav dans son oreille.

Il expira, et réalisa seulement qu'il retenait son souffle depuis un moment.

— Agitez la main devant le panneau, et des voyants d'urgence vont s'allumer.

Espérons, se dit Jaxom. A mouvements précautionneux, il obéit, et fut immensément soulagé de voir une rangée de lumières s'allumer tout autour de l'immense soute. Les ténèbres parurent encore plus sombres, mais ces faibles lumières le rassurèrent.

— Oui, maintenant, j'ai de la lumière.

C'est encore plus grand que l'Aire d'Eclosion de Fort, dit-il à Ruth, regardant autour de lui, impressionné.

— Une rampe court tout autour de la soute, continua Siav avec calme. A votre gauche, vous verrez un groupe de lumières, et une console devrait être visible en dessous.

— En effet.

— Il vaut mieux la rejoindre en vous tenant à la rampe, Jaxom, poursuivit Siav. Ce sera plus sûr et moins fatigant.

Jaxom se demanda si Siav savait à quel point il avait peur. Mais c'était impossible. Et donc, il prit une profonde inspiration, leva le pied gauche, tendit le bras et saisit la rampe, ronde et lisse, qui lui parut étonnamment rassurante pour un simple morceau de métal.

— J'ai saisi la rampe. Je procède selon les instructions.

Il avança le pied droit, équilibrant sa réaction en se tenant fermement à la rampe, et continua, déplaçant une main après l'autre.

— Comment mes ancêtres parvenaient-ils à charger des vaisseaux en apesanteur ? demanda-t-il, ne trouvant rien d'autre à dire.

— Vos ancêtres travaillaient en demi-apesanteur pendant le chargement, mais le reste du temps, la gravité était normale dans le vaisseau.

— Ils arrivaient à faire ça ? Etonnant, répliqua Jaxom, sceptique.

Il était à mi-chemin de la console. Maintenant, la courbure de la paroi lui cachait la vie inquiétante de l'espace constellé d'étoiles. Il aurait voulu aller plus vite, mais s'en tint à une sage lenteur pour prévenir les réactions inattendues. Il avait le front couvert de sueur, et soudain, le petit ventilateur à succion de son casque se mit à fonctionner, et l'humidité fut évacuée. Ce phénomène lui occupa l'esprit jusqu'à son arrivée devant la console.

Il l'activa, et une rangée de voyants rouges et orange s'alluma. Jaxom ressentit un choc, puis commença à lire les cadrans. Il était normal que certains fussent allumés, car ils indiquaient, comme ils le devaient, que les portes extérieures de la cale étaient ouvertes. Il soupira de soulagement, et fit appel à ses leçons pour déchiffrer les autres. Quand il fut certain de la séquence à utiliser, il entra le code approprié. Le voyant orange se mit à clignoter. Au-dessus, il lut : CAT. Il en informa Siav.

— Cela explique pourquoi les portes de la soute sont restées ouvertes. Elles étaient commandées par un Contrôle à Retardement qui n'a pas dû fonctionner. Le plus simple maintenant, c'est d'utiliser la commande manuelle, Jaxom. Elle se trouve sous le terminal. Ouvrez le couvercle en verre et tirez.

Saisissant la poignée de la commande manuelle, Jaxom lui imprima une secousse. rien ne se passant, il tira plus fort. Heureusement, il tenait toujours la rampe, car la force de son mouvement le propulsa à la verticale, uniquement retenu par la main. Un étrange gargouillement résonna à ses oreilles.

— Que se passe-t-il, Jaxom ? demanda Siav, toujours calme.

La panique de Jaxom se calma. Il expliqua la situation.

— Tirez sur votre bras pour vous faire redescendre, et, très lentement, ramenez les pieds en avant, conseilla Siav.

Jaxom s'exécuta et sentit avec soulagement ses semelles reprendre contact avec le sol. Absorbé par cette manœuvre, il ne remarqua pas tout de suite que la lumière s'était légèrement modifiée. Il saisit du coin de l'œil un mouvement sur sa droite, tourna la tête avec toute la lenteur voulue, et vit les grandes portes extérieures se refermer lentement, l'isolant de l'espace dans une sécurité complète.

Sur la console, les voyants passèrent du rouge au vert, et l'irritant clignotant orange s'éteignit.

— Mission accomplie, dit Jaxom, qui aurait voulu crier de soulagement.

— Cela suffira pour aujourd'hui. Revenez à la passerelle et rentrez à la base.

Plus tard le même jour, quand Robinton, Lytol et D'ram arrivèrent pour une réunion restreinte, Siav avait d'autres révélations intéressantes à leur faire.

— Votre planète errante est follement erratique, leur dit-il. Cette installation a eu le temps d'étudier les Archives que vous lui avez présentées, après restauration par les techniques appropriées. L'Etoile Rouge, ainsi qu'on l'appelle improprement, a une course aberrante et *ne traverse pas* l'orbite de Pern tous les deux cent cinquante ans. L'orbite varie de près de dix ans en quatre Passages — il y eut trois Intervalles de deux cent cinquante-huit ans, et un de deux cent quarante. La durée des Passages varie de quarante-six ans pour le Deuxième, à cinquante-deux pour le Cinquième, et quarante-huit pour le Septième. Les deux Intervalles de quatre cents ans chacun suggèrent que la planète n'est pas allée jusqu'au Nuage d'Oort, ou que, d'une façon inexplicable, elle a été déviée de son orbite habituelle. Autre possibilité, poursuivit-il, d'un ton qui en faisait une éventualité peu probable, elle a pu passer par une section vide de ce réservoir cométaire. Plus important, et conclusion basée sur les calculs de la passerelle du *Yokohama*, ce Passage sera plus court de trois ans.

— Alors, *ça* c'est une bonne nouvelle, dit D'ram. Mais je ne comprends pas comment de telles imprécisions ont pu s'introduire dans les Archives.

— Ce n'est pas là la question, répliqua Siav. Quoique votre méthode de datation favorise l'erreur.

— Cela explique l'existence des Rocs de l'Œil, n'est-ce pas ? demanda Lytol. Parce que, quelles que fussent les erreurs de datation, les Weyrs pouvaient toujours savoir quand un Passage était imminent.

— Méthode ingénieuse de déterminer la position exacte d'une planète, quoique pas originale, répondit Siav.

— Oui, oui, dit vivement Lytol. Vous m'avez parlé de Stonehenge et du Triangle d'Eridani. Les imprécisions ont-elles une importance dans d'autres domaines ?

— Ces informations sont toujours en cours d'étude, et augurent bien du succès du Plan.

— Pouvons-nous donc rassurer les Forts et les Ateliers sur ce point ? demanda Robinton, la voix vibrante d'espoir.

— Vous le pouvez en effet.

— Cette réunion a donc pour but de décider quelles informations peuvent être rendues publiques.

— Oui.

— Qu'est-ce que nous pouvons leur dire d'autre ?

— Tout ce que vous savez.

— Ce qui n'est pas grand-chose, gloussa Robinton.

— Mais significatif, répondit Siav. Les deux expéditions jusqu'au *Yokohama* ont parfaitement réussi. Vous pouvez aussi annoncer que le prochain exercice s'étendra aux quatre chevaliers verts. Il est capital qu'ils effectuent des transferts et continuent les recherches commencées par Piemur et Jaxom. Chacun aura un objectif séparé pendant le temps qu'il passera à bord.

— Pourquoi Jaxom a-t-il dû fermer les portes de la soute aujourd'hui. Car vous avez bien dit que cette section ne sera pas utilisée d'ici un certain temps ? dit D'ram, curieux.

— Il est indispensable que quelqu'un s'habitue à travailler en apesanteur et revêtu d'une combinaison spatiale. Jaxom est le meilleur informaticien et Ruth le plus courageux des dragons.

Robinton remarqua que Lytol se rengorgeait à ces compliments sur son pupille.

— Le fait qu'il est également un Seigneur et peut aussi faire son rapport à l'Assemblée est-il aussi entré en considération ? demanda Robinton, amusé.

— Cela a compté aussi, mais pas autant que sa compétence et sa qualité de chevalier-dragon.

— Alors, qui sera le suivant ? gloussa Robinton.

— Maintenant que Ruth a ouvert la voie, les dragons verts se sentiront obligés de suivre l'exemple du plus petit d'entre eux. Ils iront par paires : Mirrim et Path, G'rannat et Sulath. Ils ont des tempéraments et des compétences complémentaires.

Robinton gloussa.

— Vous être très habile à manipuler les gens.

— Il n'est pas question de manipulations, Maître Robinton. Il s'agit simplement de comprendre la personnalité de ceux qui suivent l'entraînement.

— La soute est assez grande pour que les dragons bronze puissent s'y transférer, remarqua D'ram.

— Pas avant qu'il y ait assez d'air à respirer. Ils joueront un rôle majeur dans les étapes ultérieures, D'ram, dit Siav. Mais la suivante consistera à rétablir la production d'algues génératrices d'oxygène dans l'aire hydroponique, pour purifier l'air des quelques sections utilisables du *Yokohama*. Le télescope devra être rajusté périodiquement. Il reste une sonde qui est ou n'est pas opérationnelle. Elle pourrait être utile. Sinon il serait peut-être bon qu'un dragon bronze et son maître aillent chercher quelques échantillons de Fils dans les débris d'Oort.

— *Quoi ?* s'exclamèrent-ils en chœur, stupéfaits.

— Les colons, malgré plusieurs tentatives, n'ont jamais obtenu un Fil avant-Chute. On pourrait faire une analyse, dit Siav, élevant la voix pour couvrir les protestations des

177

trois hommes, dans le laboratoire du *Yokohama* qui reste opérationnel. Les avantages d'une analyse scientifique des Fils dépassent de loin les risques. D'après ce que j'ai vu de l'intelligence et des capacités des dragons bronze et de leurs maîtres, le risque serait minime — une fois, bien entendu, qu'ils auraient des instructions exactes pour un tel vol, et une tenue protectrice pour le maître.

Tous trois considéraient l'écran, abasourdis à des degrés divers.

— Les Fils sous leur forme nodulaire ne sont pas dangereux, poursuivit Siav, apparemment inconscient de l'effet de cette déclaration sur ses auditeurs. C'est seulement quand ils trouvent un environnement favorable qu'ils se modifient. Aux fins d'analyse, on pourrait en conserver des échantillons dans des caissons d'animation suspendue. Sept des étudiants en biologie les plus prometteurs sont déjà suffisamment avancés pour aborder cette étude, Dame Sharra étant la meilleure. La plupart des appareils pour l'étude des tissus humains et animaux congelés sont toujours là. Il y a même un microscope électronique au laboratoire de cryogénie — ce qui en fait le lieu idéal pour notre propos.

Siav semblait parfaitement raisonnable, ses suggestions aussi logiques que jamais, mais Robinton se cabrait instinctivement à l'idée d'une telle entreprise. Il n'osait pas regarder D'ram et Lytol.

— Pour détruire une menace, il faut la percevoir à la fois dans son entier et dans ses manifestations séparées, continua Siav.

— Comment est-il possible de détruire les Fils si ce que vous nous avez dit de ce Nuage d'Oort qui entoure notre système est vrai ? demanda le Harpiste.

— Ce que je vous ai dit est un fait.

— Les faits ne sont pas toujours la seule vérité, leur rappela Lytol.

— Ne nous éloignons pas du sujet, dit Robinton, regardant sévèrement Lytol.

Siav et l'ancien chevalier-dragon pourraient se gargariser de sémantique et de philosophie quand ils seraient seuls.

— Il faut modifier les faits, poursuivit Siav, comme si Lytol n'avait rien dit. C'est le plan.

— Je voudrais que vous nous en disiez plus sur votre plan, dit Robinton.

— Maître Robinton, pour utiliser une analogie, vous ne demanderiez pas à un nouvel élève de déchiffrer parfaitement une partition à son premier essai, n'est-ce pas ?

Robinton en tomba d'accord, et Siav reprit :

— Et vous ne demanderiez pas non plus à ce même étudiant, quel que soit son talent, d'interpréter un morceau très difficile sur un instrument inconnu ?

— Je comprends l'analogie, dit Robinton, levant les mains en signe de reddition.

— Alors, rassurez-vous en considérant les progrès accomplis, les leçons apprises et comprises. Vous faites de grands progrès vers le haut niveau de compétence exigé, mais il serait préjudiciable d'en demander trop à nos vaillants candidats avant qu'ils soient correctement préparés par l'éducation et l'expérience.

— Vous avez absolument raison, Siav, acquiesça Robinton, branlant du chef à la folie de sa question.

— Quelle est l'importance de cette Assemblée des Seigneurs pour Pern et le projet, Maître Robinton ?

Robinton eut un sourire ironique.

— C'est un point discutable. Mais chaque fois que tous les Seigneurs se réunissent, les moindres contrariétés s'enveniment jusqu'à devenir des discussions furieuses. Nous — c'est-à-dire Sebell, Lytol, D'ram et moi — nous avons de bonnes raisons de penser que le Terminus et ce projet seront mis en question par certains éléments conservateurs et mécontents. Nous pourrons mieux juger des réactions demain, après l'enterrement de Sallah Telgar.

— L'assistance sera-t-elle nombreuse ?

Le sourire de Robinton s'élargit et se fit malicieux.

— Tout ce qui est quelqu'un sur Pern sera là ! Maître Shonagar a fait répéter ses apprentis et ses compagnons sans relâche ; Domick se tue à composer une musique digne de l'occasion, y compris une magnifique fanfare pour les trompettes. Les dragons rempliront le ciel en son honneur.

Sa gorge se serra inopinément à l'énoncé des hommages prévus pour cette ancêtre légendaire.

— Perschar, parmi d'autres, sera là pour illustrer l'événement.

— De telles scènes constitueront une addition intéressante aux Archives de la Pern d'aujourd'hui.

— Nous vous les communiquerons, naturellement, promit gravement Robinton.

— De même que vos récits des cérémonies.

— Le récit de chacun ? demanda D'ram, surpris.

— Des points de vue différents permettent souvent de percevoir toute la portée d'un événement.

Le lendemain soir, Robinton n'était pas certain que toute la portée de l'enterrement de Sallah Telgar fût jamais perçue. Quelle journée ! Et pour une fois, il reconnaissait qu'il était très, très fatigué.

Larad et sa Dame avaient organisé de magnifiques cérémonies, avec les meilleurs musiciens sous la direction de Domick en personne, et des chanteurs venus de tout le continent pour chanter la Ballade de Sallah Telgar. Les grandes fosses à rôtir utilisées lors des Fêtes avaient permis de nourrir ceux qui avaient commencé à arriver la veille. La plupart avaient eu l'idée d'apporter leurs provisions, mais Telgar n'était pas chiche, et toutes les personnes de quelque importance étaient logées dans les parties du grand Fort inutilisées depuis la dernière peste. Robinton se dit que tous les vassaux de Telgar devaient avoir été réquisitionnés pour le ménage ; Dame Jissamy ne négligeait pas ses devoirs, et inspectait une fois par Révolution les coins les plus reculés de son domaine, mais aujourd'hui, l'endroit brillait plus que jamais.

L'enterrement avait été fixé à l'après-midi. Tous les dragons étaient arrivés, chargés d'autant de passagers qu'ils pouvaient en transporter sans risque. Toric lui-même vint avec K'van et Heth, accompagné de sa femme Ramala qu'on voyait rarement. Il se mit immédiatement à solliciter l'aide des autres Seigneurs contre ses rebelles. A son expression, Robinton supposa qu'il rencontrait peu de sympathie. Quand le Harpiste compara ses impressions à celles de Sebell, ils conclurent que tous les Seigneurs, sans exception, avaient trouvé le moment mal choisi pour une telle requête — ce qui signifiait que le problème serait soulevé à l'Assemblée. Débat qui promettait d'être mouvementé. Robinton ne savait pas s'il assisterait aux séances ;

il n'y était plus obligé, mais, malgré sa confiance en Sebell, il préférait se faire une opinion par lui-même.

Pourtant, petites contrariétés et grandes controverses furent oubliées quand commencèrent les cérémonies. La Ballade fut magnifiquement interprétée. Puis, au signal de Ruth et Jaxom, tous les Weyrs assemblés parurent dans le ciel. Robinton sentit les larmes lui monter aux yeux, larmes causées non seulement par l'émotion de cet hommage rendu à Sallah Telgar, mais aussi par le souvenir de la précédente occasion, survenue vingt Révolutions plus tôt, où les cinq Weyrs Perdus de Pern étaient apparus dans le ciel de Benden pour combattre les Fils aux côtés des vaillantes escadrilles de Benden. Aujourd'hui, Ramoth, et Solth, la doyenne des reines de Telgar, transportaient entre elles dans un hamac le cercueil de Sallah. Le soleil scintillait sur la plaque, les garnitures et les poignées dorées, donnant l'impression que Rukbat lui-même rendait hommage à l'héroïne et suscitant des murmures d'admiration dans la foule. Au-dessus des deux reines, les Weyrs étaient rangés en sept sections en formations serrées, aile contre aile, ce qui était en soi un exploit aérien.

Ils descendirent tous avec les deux reines, planant au-dessus d'elles pendant qu'elles déposaient doucement le cercueil sur son socle, le hamac tombant gracieusement tout autour. Une escorte d'honneur composée de Seigneurs s'avança pour porter le cercueil jusqu'à sa dernière demeure.

Restant en formation, les Weyrs pivotèrent et vinrent se poser soit sur les crêtes de feu, soit à la lisière de l'assemblée. Puis Larad s'avança, suivi de tous ses fils, car Siav avait confirmé qu'ils étaient les descendants directs de Sallah Telgar et Tarvi Andiyar.

— Que ce jour soit un jour de réjouissances en l'honneur de l'héroïne qui a donné sa vie pour protéger ce monde. Qu'elle repose en paix auprès d'autres de sa Lignée dans le Fort qui porte son nom et qui l'honore plus que tous ses autres ancêtres.

Sur ces simples paroles, Larad s'effaça et les Seigneurs de l'escorte hissèrent le cercueil sur leurs épaules et le transportèrent jusqu'à la petite grotte. Quand on le plaça à l'intérieur, tous les dragons relevèrent la tête pour lancer leur lamentation funèbre. Son déchirant, mais pour Robinton, le visage inondé de larmes, ses notes avaient des accents triomphants. Comme en réponse, on entendit un immense battement d'ailes, et tous les lézards de feu, du Nord et du Sud, les domestiques et les sauvages, surgirent pour former comme un dais au-dessus de l'escorte, en face de la tombe encore ouverte, joignant leur lamentation aiguë aux voix plus graves des dragons. Puis ils reprirent de l'altitude, et, en haut de la plus haute falaise de Telgar, disparurent brusquement.

Robinton s'était demandé où était passé Zair, et c'est seulement alors qu'il réalisa que tous ceux dont l'épaule s'ornait généralement d'un lézard de feu en étaient dépourvu depuis l'instant où tous les dragons de Pern étaient apparus dans le ciel.

Les Seigneurs de l'escorte, quelque peu décontenancés par cette conclusion désordonnée d'une cérémonie solennelle, reculèrent, et les maçons de Telgar, un tablier neuf sur leurs beaux habits de Fête, s'avancèrent pour sceller la grotte.

Dans un silence respectueux — car même les plus jeunes avaient été impressionnés par les clameurs funèbres des dragons et des lézards de feu — l'assistance attendit que la tombe fût complètement fermée et que les maçons s'écartent. Larad et Jissamy s'avancèrent ensemble vers la tombe et s'inclinèrent profondément, comme tous les Seigneurs de l'escorte, imités par tous les assistants.

Puis Larad, sa Dame et les Seigneurs revinrent vers la grande cour du Fort de Telgar. Les musiciens de Domick attaquèrent un morceau majestueux et solennel pour signaler la fin de la cérémonie, et ils suivirent la foule qui se dispersait pour jouir des festivités.

Robinton attendait avec impatience le moment de goûter les viandes succulentes qui rôtissaient dans les fosses, sans parler des grands crus de Benden que Larad ne manquerait pas de lui offrir, quand quelqu'un lui toucha le coude.

— Robinton ! dit Jaxom à voix basse, les yeux flamboyants de fureur. Ils ont essayé d'attaquer Siav. Venez !

— Attaqué Siav ? répéta Robinton, choqué.

— Attaqué ! répéta Jaxom d'un air sombre, guidant Robinton à l'écart de la foule. Farli vient de m'apporter

182

un message, alors je n'en sais pas plus, mais je ne peux plus rester *ici* !

— Moi non plus !

Le cœur de Robinton battait à grands coups, et rien ne pourrait le calmer tant qu'il n'aurait pas vu de ses propres yeux que Siav était indemne. La seule pensée d'être privé des connaissances que l'installation leur prodiguait tous les jours aurait suffi à lui donner une attaque. Il décida aussi de ne pas répandre la nouvelle avant d'être rassuré lui-même. Sapristi, il se faisait vieux. Pourquoi n'avait-il pas réalisé que ce serait le jour rêvé pour une attaque directe, le Terminus étant pratiquement déserté, car tous ceux qui l'avaient pu étaient venus à Telgar.

— Un peu plus loin, Maître Robinton. Nous sommes tout près de Ruth maintenant. Nous allons faire un saut jusqu'au Terminus pour juger par nous-mêmes. Je crois qu'il ne faut pas gâcher la fête.

— Bien dit, Seigneur.

Robinton accéléra le pas vers l'endroit d'où Ruth s'approchait discrètement. Personne ne trouverait bizarre que le dragon blanc épargne à Robinton la marche jusqu'à la cour du Fort. Ils montèrent donc, et Ruth, décollant d'un coup d'aile, disparut brusquement dans l'*Interstice*.

Il resurgit juste au-dessus de la clairière précédant le bâtiment de Siav. Le groupe assemblé devant la porte s'écarta pour laisser passer Jaxom et Robinton qui arrivaient en courant. Leur expression plongea le Harpiste dans la perplexité. La colère, il aurait compris ; pas l'amusement.

Lytol était de garde ce jour-là — il fallait bien quelqu'un pour s'assurer que les étudiants assistaient à leurs cours — afin de permettre à D'ram et Robinton d'assister aux cérémonies de Telgar. Il siégeait dans son fauteuil habituel, mais il avait la tête bandée et les vêtements déchirés. Jancis et la guérisseuse du Terminus étaient près de lui, mais elle adressa un sourire rassurant aux arrivants.

— Ne vous en faites pas ! Ils ne lui ont pas cassé le crâne, il est trop dur.

Elle ajouta, montrant le couloir en direction de Siav :

— Et lui, il a quelques tours dans son sac qu'il nous avait toujours cachés.

— Allez donc voir, dit Lytol, avec un sourire malicieux pas du tout dans ses habitudes.

Robinton passa le premier, et s'arrêta sur le seuil, si brusquement que Jaxom le percuta. Piemur et six vigoureux étudiants montaient la garde, de gros bâtons à la main. Deux avaient la tête bandée. Par terre, les corps sans connaissance des attaquants. On avait rangé dans un coin les barres de fer et les haches avec lesquelles ils comptaient bien démolir Siav.

— Siav se protège tout seul, dit Piemur avec un grand sourire, faisant un moulinet de son bâton.

— Qu'est-ce qui s'est passé ? demanda Robinton.

— On était en train de déjeuner, dit Piemur, que Jancis rejoignit à cet instant, quand on a entendu un bruit terrible. On est revenus en courant. Lytol, Ker et Miskin étaient sans connaissance, et ceux-là gesticulaient comme s'ils avaient la tête en feu. Ce qui, à en juger sur le son résiduel que nous avons entendu, devait être le cas.

— Mais qu'est-ce qui...

— Cette installation possède des défenses intégrées qui la rendent inviolable, dit Siav, d'un ton où Robinton détecta quelque satisfaction, certes bien compréhensible étant donné les circonstances. Il existe des sons qui, émis à plein volume, rendent les humains inconscients. Quand ces intrus ont attaqué Lytol, Ker et Miskin, il a paru judicieux d'activer les mesures défensives. Malheureusement, il peut en résulter des dommages auditifs permanents, mais ils devraient revenir à eux dans quelques heures.

— Je... nous n'avions pas idée que vous possédiez des défenses, dit Robinton, partagé entre le soulagement et la surprise.

— C'est une fonction intégrée à chaque Siav, Maître Robinton, quoique rarement utilisée. Ces installations renferment des informations politiques et industrielles inappréciables, très tentantes pour des dissidents. Par conséquent, l'accès non autorisé et/ou les mesures destructrices sont fortement découragés, et cela a toujours fait partie des fonctions d'un Siav.

— J'avoue que je suis soulagé de l'apprendre. Mais pourquoi ne nous l'aviez-vous pas dit ?

— L'occasion ne s'est pas présentée.

— Mais vous saviez qu'on avait déjà tenté de détruire vos batteries, dit Jaxom.

— Ce grossier vandalisme n'était pas un danger pour cette installation. Et vous avez tout de suite pris des mesures efficaces pour prévenir la répétition d'un tel sabotage.

— Mais pourquoi n'avez-vous pas fait alors ce que vous avez fait aujourd'hui ? demanda Jaxom.

— Ces mesures sont plus efficaces lors d'une attaque directe.

— Qu'est-ce que vous avez fait, exactement ? demanda Jaxom.

— Barrage sonique, dit Piemur avec un grand sourire. Le son à l'état pur. Ça a dû faire mal, dit-il, montrant le visage torturé d'un des assaillants. Je ne sais pas où Norist les a trouvés.

— Norist ? s'écria Robinton.

Piemur haussa les épaules.

— Ce ne peut être que lui. C'est lui qui vocifère le plus contre l'« Abomination ». Et, regardez...

Il se pencha et souleva la main molle d'un attaquant.

— On dirait bien des cals de verrier ; de plus ses bras portent des cicatrices de brûlures. C'est le seul dans ce cas. Mais quand ils seront réveillés, nous leur poserons quelques questions. Et exigerons des réponses, termina-t-il d'une voix dure.

— Qui est au courant ? demanda le Maître Harpiste.

— Toutes les personnes présentes au Terminus. Ce qui ne fait pas beaucoup, vu que tous ceux qui ont trouvé une place sur un dragon sont allés à Telgar. Au fait, comment c'était ?

— Impressionnant, dit distraitement Robinton. Les dragon *et* les lézards de feu lui ont aussi rendu hommage.

— Ruth ne m'avait même pas prévenu, ajouta Jaxom.

C'était normal ! Les dragons étaient d'accord. Les lézards de feu les ont imités, mais c'était normal aussi, dit Ruth à Jaxom qui transmit aux autres.

Robinton ne connaissait aucun des assaillants. Il se demanda sombrement si c'était bien Norist qui avait imaginé et organisé l'assaut.

— C'est vrai que Lytol n'a rien ? demanda-t-il à voix basse.

— Il a une énorme bosse, dit Jancis, et la guérisseuse

dit qu'il s'est cassé une côte en tombant sur le bord du bureau, mais c'est surtout son orgueil qui est blessé. Vous auriez dû l'entendre invectiver Ker et Miskin, trop lents à réagir selon lui.

— Contre huit hommes armés de haches et de barres de fer ? dit Robinton, atterré du danger qu'avait couru son ami. Il chancela.

Immédiatement, Piemur lui saisit le bras, criant à Jaxom de le soutenir de l'autre côté, et ordonnant à Jancis d'aller chercher la guérisseuse et du vin, puis ils le conduisirent dans une pièce voisine et le firent asseoir. Robinton tenta de se dégager, mais sa voix, qui même à ses oreilles résonna faible et tremblante, le consterna.

— Il est temps de prévenir F'lar et Lessa, dit Jaxom. Et je me moque de l'excuse qu'ils trouveront pour Larad. Ruth !

Robinton leva la main pour l'arrêter, mais l'expression de Jaxom lui apprit que le message était déjà transmis. Jancis arriva avec un énorme gobelet de vin que Robinton accepta avec plaisir tandis que la guérisseuse s'affairait autour de lui.

— Le Maître Harpiste n'est pas atteint. Ses organes vitaux fonctionnent de façon satisfaisante, dit Siav. Ne vous désolez pas, Maître Robinton, car aucun dommage permanent n'a été infligé aux humains, et aucun à cette installation.

— Ce n'est pas la question, Siav, dit Jaxom. Aucun dommage n'aurait dû être envisagé, et encore moins tenté.

— Les vents du changement suscitent toujours la résistance. C'était à prévoir.

— Par vous ? demanda Jaxom, irrité du flegme de Siav.

Et eux, pourquoi n'avaient-ils pas réalisé que c'était le jour idéal pour des gens comme Norist, sachant que Robinton et D'ram assisteraient aux obsèques, et qu'il n'y aurait presque personne au Terminus ?

— Et par moi. Calmez-vous, mon garçon, dit Lytol qui entrait à cet instant. J'ai bien pensé à une attaque. C'est pourquoi j'avais demandé à Ker et Miskin de rester avec moi. Mais je ne pensais pas qu'ils seraient si nombreux. Nous avons été submergés par le nombre. Nous n'avions pas une chance.

Il s'assit avec lassitude près de Robinton.

— Maître Esselin était avec moi, mais il s'est évanoui à leur entrée. Je n'avais pas pensé à armer les étudiants. Ils étaient à côté, et à quinze, ils auraient dû être suffisamment dissuasifs.

A cet instant, deux apprentis archivistes d'Esselin arrivèrent en courant, appelant Piemur à grands cris.

— Pas si fort ! tonitrua Piemur.

— Harpiste, on a trouvé leurs coureurs, attachés dans un bosquet près de l'ancienne route de la côte, dit le plus âgé. Silfar et moi, on en a ramené deux après les avoir tous déplacés au cas où certains vandales s'échapperaient. Trestan et Rona sont restés là-bas, parce que Rona a un lézard de feu.

Les yeux dilatés dans son jeune visage couvert de sueur, il haletait d'excitation et de fatigue. Le lézard bronze accroché à son épaule roulait des yeux rouges de fureur.

— Très bien, Deegan, dit Piemur. Tu as crevé ton coureur en venant ?

— Non, sir Harpiste, dit Deegan, indigné à l'idée d'infliger un tel traitement à une bête de prix. Mais ils courent vite. Ça coûte gros, des bêtes comme ça.

— Envoie ton bronze rassurer Rona, et reviens avec les autres. Nous trouverons peut-être quelque chose d'intéressant dans leurs affaires.

— Ils n'avaient que des provisions dans leurs fontes, messire, dit Deegan. J'ai regardé, parce que je me suis dit qu'on trouverait peut-être des indices.

Piemur approuva de la tête.

— Alors, file.

Il se tourna vers les autres et reprit :

— Il n'y a pas que Norist et ses dingues dans l'affaire. Comment ces coureurs de prix sont-ils arrivés dans le sud ? Qui a donné les marks pour en payer huit et les faire passer ici ?

— Ce qui signifie qu'un Maître Pêcheur dissident est également impliqué ? demanda Jaxom.

— C'est le métier qui a le moins bénéficié des connaissances de Siav, dit Piemur, fronçant les sourcils.

Robinton branla du chef, mais ce fut Lytol qui parla.

— Pas du tout, Piemur. Maître Idarolan est extrêmement reconnaissant à Siav de lui avoir fourni les cartes détaillées des fonds et des courants établies par le Capitaine Tillek. Les photos prises de l'espace sont absolument stupéfiantes. Naturellement, le tracé des côtes a changé depuis, mais la précision des anciennes cartes facilite leur mise à jour. Chaque maître en a reçu des copies, et les cartes d'une région spécifique sont remises à chaque pêcheur. Ce qu'approuve Maître Idarolan est accepté par tous ses maîtres.

— Sans doute, répliqua Piemur, légèrement sardonique, mais je connais personnellement un ou deux Maîtres Pêcheurs très conservateurs, dont je tairai le nom, qui pourraient sympathiser avec le mécontentement de Norist. Voyez le nombre de gens venus sur le Continent Méridional et qui ne devraient pas y être.

— Une bourse pleine peut fermer bien des bouches, dit Lytol, cynique.

— Pas de suppositions hâtives, dit Robinton.

— Lessa dit que F'lar et elle ne pourront pas venir, les informa soudain Jaxom. Mais F'nor peut se libérer. Les Chefs du Weyr voudraient savoir comment une telle attaque a pu être possible.

L'un des assaillants remua en gémissant.

— Nous allons bientôt le découvrir ! s'écrièrent en chœur Jaxom et Piemur, échangeant un regard résolu.

— Puis-je suggérer d'attacher ces gaillards avant qu'ils se réveillent ? proposa Robinton, lorgnant la masse imposante des assaillants, et les comparant aux étudiants plus frêles.

— Oui, et nous avons juste ce qu'il nous faut, dit Piemur, prenant un rouleau de corde. Venez, mes enfants, ajouta-t-il, se tournant vers les étudiants, on va trousser ces coquins comme des volailles.

Quand ils furent tous ligotés, on fouilla leurs vêtements, mais sans résultat. D'anciennes cicatrices, des oreilles bourgeonnantes et des nez cassés suggéraient que cinq sur les huit s'étaient souvent battus. Un seul portait des cicatrices de brûlures, mais les deux restants semblaient aussi avoir mené des vies tumultueuses.

— Swacky en connaîtra peut-être certains, proposa Piemur. Au cours des Révolutions, il a été sergent dans bien des Forts et il connaît beaucoup de soldats.

— Ils ont dû éviter de choisir des hommes que nous pourrions reconnaître, non ? dit Robinton. Mais si Swacky

188

pouvait en identifier un, cela nous indiquerait dans quelle direction chercher. Siav, jusqu'à quand resteront-ils sans connaissance ?

Siav déclara que c'était variable.

— Plus le sujet est obtus, plus intense doit être le barrage sonique. Dans leur cas, il a fallu aller jusqu'au seuil de résistance.

Robinton frissonna en vidant son gobelet.

— Ne les laissons pas dans le couloir. On doit bien avoir un bâtiment sûr où les enfermer.

— Des renforts arrivent, annonça Jaxom.

Ils entendirent claironner de nombreux dragons — ceux de F'nor, T'gellan, Mirrim, et de presque toute une escadrille du Weyr Oriental.

— A partir de maintenant, Siav sera protégé par une garde de dragons, dit F'nor, après avoir écouté le récit de Lytol.

— Le Weyr Oriental sollicite cet honneur, dit T'gellan.

— Je regrette qu'on doive en arriver là, dit Robinton, secouant la tête avec lassitude.

— Mon cher ami, dit Lytol, posant une main consolatrice sur l'épaule du Harpiste, cela devait arriver. Vous auriez dû prendre le temps d'étudier l'histoire comme moi. Vous auriez été mieux préparé aux bouleversements culturels survenant dans tous les Weyrs, Forts et Ateliers.

— J'espérais que Siav serait la promesse d'un avenir meilleur pour tous.

— C'est parce que vous êtes un éternel optimiste, dit Lytol avec un sourire triste.

— Ce n'est pas un défaut, dit Piemur, avec un regard de reproche à Lytol, peiné de voir son maître si déprimé et abattu.

T'gellan envoya un chevalier-dragon chercher Swacky au Fort de la Rivière Paradis, dans l'espoir qu'il reconnaîtrait l'un des intrus. Jayge, pensant que lui aussi pourrait en connaître certains, ayant voyagé à travers tous les forts de l'est à l'époque où il était marchand nomade, arriva avec lui.

— Oui, je reconnais ces deux-là, dit Swacky, retournant une main molle. Ce sont des Bitrans, si j'ai bonne mémoire. Ils font n'importe quoi si on y met le prix.

— Vous savez leur nom, Swacky ? demanda F'nor, fronçant les sourcils.

Swacky haussa les épaules.

— Les Bitrans ne sont pas aimables, et je ne crois pas que vous en tirerez grand-chose. Ils sont trop têtus pour se rendre, et trop stupides pour renoncer. Ils demeurent fidèles à leurs clients, ajouta-t-il, avec un certain respect.

Jayge, à genoux près d'un autre, branla du chef.

— Je le connais. Je ne sais pas d'où, mais je peux vous dire une chose — il a travaillé avec des filets de pêche. Vous voyez ces trois écorchures en triangle sur ses mains ? Ce sont des marques de filet.

Robinton poussa un profond soupir, et Lytol s'assombrit un peu plus.

Quand le premier revint à lui, tard dans la soirée, il regarda autour de lui, paniqué ; ils s'aperçurent bientôt qu'il était devenu sourd. Aux questions écrites qu'on lui présenta, il se contenta de secouer la tête. La guérisseuse consulta Siav au sujet d'une guérison possible, mais la réponse fut négative.

— Etant donné le volume du barrage sonique indispensable pour prévenir leur entrée, des dommages auditifs permanents ont malheureusement pu être infligés, dit Siav.

Quand les coureurs des vandales arrivèrent au Terminus, ils ne fournirent aucun indice. Les selles étaient neuves, sans marques d'atelier ; les coureurs n'étaient pas marqués au fer rouge et trahissaient la nervosité d'animaux à peine dressés.

— Sans doute volés dans les troupeaux de Keroon ou Telgar, déclara le Maître Eleveur Briaret, qui arriva le lendemain pour participer à l'enquête. Ils ont été choisis par un connaisseur, qui a sélectionné des bêtes ne présentant aucune ressemblance particulière avec ses parents. Ils sont à peine dressés, poursuivit-il, montrant des marques de morsures dans la bouche de l'un d'eux. Ils n'ont jamais été ferrés et sont arrivés par bateau.

Il montra, sur les hanches, la croupe et les épaules, les marques laissées sur leur robe par le frottement contre les box très étroits des navires.

— Je ne crois pas que nous découvrirons jamais où ils ont été volés, mais je vais quand même prévenir tous mes ateliers.

Les brides sortaient de la main d'apprentis, dit-il, montrant les défauts qui les auraient rendues invendables dans n'importe quelle sellerie de bonne réputation.

— Elles ont pu être achetées dans différents Ateliers au cours de plusieurs Révolutions, à des apprentis ayant besoin de quelques marks au moment de la Fête. Et tout cas, l'affaire a été bien organisée, et de longue date, conclut-il.

Les vêtements, solides mais élimés, étaient d'une coupe et d'un tissu répandus partout sur le continent, et le matériel de camping, usagé.

— Peut-être qu'ils s'étaient embusqués depuis longtemps, guettant le moment propice, supposa Briaret. Comme les cérémonies de Telgar.

Dans une fonte, ils trouvèrent un petit télescope pliable, du genre utilisé par les pêcheurs, mais sans autre marque que celle des Forgerons de Telgar sur la monture.

Maître Idarolan, questionné à ce sujet, fut indigné que quiconque de son Atelier ait pu participer à cette affaire. Il promit de faire son enquête, avouant que, malheureusement, certains pêcheurs ne faisaient pas honneur à leur métier et, après une mauvaise saison, ne refusaient pas de faire une ou deux traversées clandestines contre une bourse rebondie. Il ne voulait pas citer de nom, mais il savait qui surveiller, les assura-t-il.

Swacky proposa de rester au Terminus pour garder les assaillants, dans l'espoir que l'un d'eux finirait par lui faire des confidences.

Jayge s'attarda aussi, et finit par avouer à Piemur et Jancis qu'il voudrait bien avoir une entrevue avec Siav, si c'était possible.

— Pas de problème, l'assura Piemur. Tu commences à penser que cette nouvelle technologie pourrait t'être utile ?

— Je voudrais surtout savoir si Readis et Alemi sont en train de devenir fous, gloussa-t-il. Ils jurent qu'ils ont eu d'autres conversations avec les dauphins, qui prétendent avoir été amenés sur la planète par les colons.

— Mais c'est vrai, Jayge, le rassura Piemur. Nous nous sommes tellement passionnés pour l'espace que nous avons négligé tout le reste. Viens. Tout le monde s'occupe des assaillants, alors, Siav est libre.

— Les dauphins sont en effet capables de communiquer avec les humains, dit Siav quand Jayge lui eut posé la question. Les améliorations de la mentasynth sont génétiquement transmissibles, de sorte que ce don a dû survivre aux générations. Les dauphins constituaient l'expérience de mentasynth la plus réussie, et cela fait plaisir de savoir que l'espèce a survécu. Sont-ils nombreux ? D'après vos questions, Seigneur Jayge, il semblerait que le contact ait été perdu.

— Oui, en effet, reconnut Jayge, penaud. Pourtant, ma femme et moi, nous leur devons la vie, de même que mon fils et le Maître Pêcheur Alemi.

— L'espèce a toujours été amicale envers les humains.

— Et ils parlent un langage que les humains peuvent apprendre ?

— Oui, puisque ce sont les humains qui le leur ont appris. Mais il s'agit du langage de vos ancêtres, qui n'est plus utilisé. Cette installation a pu procéder aux ajustements linguistiques, ce qui n'a pas été possible pour les dauphins, malgré leur grande intelligence.

— Les dauphins ont une grande intelligence ? demanda Piemur, étonné.

— Egale sinon supérieure à celle de la plupart des humains.

— C'est difficile à croire, grommela Piemur.

— C'est pourtant vrai, répondit Siav. Seigneur Jayge, si vous vous intéressez à rétablir la communication avec les dauphins, cette installation sera heureuse de vous aider.

— Pas moi, Siav. C'est mon fils Readis et notre Maître Pêcheur Alemi qui affirmaient avoir entendu parler les dauphins.

— Le rétablissement de la communication avec les dauphins serait très précieux pour les pêcheurs et tous les utilisateurs des voies maritimes. Du temps peut être alloué à cette étude.

— Je vais le dire à Alemi. Il sera enchanté.

— C'est votre fils ?

— Non. Readis n'est encore qu'un enfant.

— Un enfant a moins d'inhibitions dans l'apprentissage des langues, Seigneur Jayge.

— Mais il n'a que cinq ans, dit Jayge, les yeux dilatés d'étonnement.

— C'est un âge très réceptif. Cette installation se fera un plaisir d'instruire le jeune Readis.

— Je croyais vraiment que vous exagériez les prouesses de votre Siav, dit Jayge au couple souriant qui le raccompagnait. Mais pour une fois, les harpistes n'ont pas ajouté de fioritures.

— Siav n'a pas besoin de fioritures, l'assura Piemur avec fierté.

— Tu vas nous envoyer Readis, n'est-ce pas ? dit Jancis. Dis à Ara que je m'occuperai de lui.

Elle pouffa.

— Ça, c'est la meilleure ! Les dauphins plus intelligents que nous !

— Je crois qu'il vaut mieux n'en parler à personne, dit gravement Piemur. Nous avons déjà assez de problèmes comme ça. Ça risquerait de déclencher une chasse aux sorcières. Même chez les gens de bon sens.

— Moi, je trouve ça merveilleux, répéta Jancis, avec un sourire malicieux. Alemi va être sur un nuage.

— Pas seulement lui, dit Jayge. Ara jure que les dauphins lui ont parlé au moment de notre sauvetage.

— Alors, qu'Ara vienne aussi, suggéra Piemur. Il faut que plus de deux personnes apprennent la langue des dauphins. Et ce serait peut-être une bonne idée de l'enseigner à d'autres enfants que Readis. Parce que si le bruit se répand que Siav fait un cours pour les enfants, aucun adulte n'aura de soupçons. Car cette histoire d'intelligence des dauphins ne doit pas se répandre.

— Je suis d'accord, dit Jancis.

— Si vous voulez, dit Jayge haussant les épaules. Alors j'amènerai Readis, Alemi, et tous ceux qui voudront les accompagner. Parler aux dauphins ! Elle est bonne, celle-là !

Branlant du chef, il revint lentement, en compagnie de Piemur et Jancis, vers l'endroit où V'line et le bronze Clarinath l'attendaient pour le ramener au Fort de la Rivière Paradis.

La veille de l'Assemblée des Seigneurs, les Chefs du Weyr de Benden tinrent conseil au Fort de la Baie pour décider s'il fallait parler de la tentative de destruction de Siav.

Les huit assaillants étaient sortis de leur coma sonique. Deux ne pourraient plus jamais servir personne ; aucun n'avait recouvré l'ouïe. Trois avaient demandé par écrit qu'on les soulage de maux de tête insupportables, qui se calmèrent finalement grâce à de fortes doses de jus de fellis. Puisque aucun d'eux ne voulait fournir d'informations sur ceux qui les avaient engagés, ils furent tous transportés dans les mines de Crom pour travailler sous la terre avec les irrécupérables.

— Pourquoi soulever la question ? Laissons la rumeur travailler pour nous, suggéra Maître Robinton avec un sourire madré. Attendons qu'ils demandent des explications. S'ils en demandent.

— Vous êtes de mon avis, pour une fois ? demanda Lytol, sardonique.

— Les rumeurs se multiplient et témoignent d'une imagination débridée, dit Jaxom, souriant à Piemur.

— Je ne suis pas sûre que ce soit la solution la plus sage, dit Lessa, fronçant les sourcils.

— Qui a jamais pu contrôler la rumeur ? demanda Robinton.

— Vous, rétorqua vivement Lessa, avec un grand sourire à celui qui avait si souvent propagé intentionnellement des rumeurs.

— Pas vraiment, répondit Robinton, faussement modeste. Pas après la version originelle.

— Eh bien, que dit donc la rumeur en ce moment ? demanda F'lar.

— Que Siav perçoit l'humeur de toute personne qui l'approche et écarte les indésirables, dit Piemur, comptant sur ses doigts. Qu'il a horriblement estropié quelques pauvres diables qui avaient eu l'audace de l'approcher parce qu'ils l'avaient entendu comploter avec le Seigneur Jaxom. Que nous avons installé une troupe de gardes pour le défendre, et qu'ils battent tous ceux dont la tête ne leur plaît pas. Qu'une escadrille complète de dragons monte constamment la garde, et qu'elle est sous le contrôle absolu de Siav. Que les lézards de feu ne viennent plus au Terminus parce qu'ils craignent pour leur vie. Que Siav possède des armes mortelles pouvant paralyser quiconque n'est pas totalement acquis à ses projets pour l'avenir de Pern. Que Siav contrôle tous les Chefs de Weyrs et les Seigneurs, qu'il va s'emparer du gouvernement de la planète, et que bientôt, les Sœurs de l'Aube vont s'écraser sur Pern, causant des dommages irréparables à tous les Forts et Ateliers qui ne le soutiennent pas inconditionnellement. Et que si les Sœurs de l'Aube perdent leur position dans le ciel, toutes les autres étoiles seront déplacées, et que c'est ainsi que Siav anéantira les Fils, parce que Pern sera complètement détruite et que même les Fils la trouveront inhospitalière.

Piemur reprit son souffle, les yeux brillants d'amusement.

— Ça vous suffit ?

— Amplement, dit Lessa, acide. Quelles sottises !

— Certaines de ces sottises expliquent le malaise de la délégation de Nerat, dit Lytol. Ce groupe qui a demandé conseil sur la façon de guérir la nielle des céréales. Le Maître Fermier Losacot a dû les pousser pour qu'ils entrent. J'ai mentionné le fait dans mon rapport du jour.

— Siav a-t-il remarqué leur réticence ? demanda Lessa.

— Je ne poserai jamais une telle question à Siav, dit Lytol avec indignation. L'important, c'est qu'ils aient obtenu une réponse positive, car ils discutaient de la façon d'appliquer ses conseils en sortant. Maître Losacot m'a remercié de les avoir introduits si rapidement. Et en effet, j'ai trouvé l'affaire urgente.

— Je maintiens que plus nombreux ils seront à connaître Siav, mieux ce sera pour nos plans, dit Robinton.

— Alors, quelle attitude devons-nous adopter demain à l'Assemblée ? demanda Lessa. En supposant, bien sûr, que les Chefs de Weyrs soient invités.

— Oh, vous le serez, l'assura Jaxom. Larad, Groghe, Asgenar, Toronas et Decker ne permettront jamais que soient exclus les Chefs des Weyrs de Benden et des Hautes Terres ! Mais nous devrions attendre qu'ils soulèvent eux-mêmes la question, termina-t-il avec un grand sourire.

— Demain sera un jour solennel, Jaxom, dit Lytol à son pupille, l'air sévère.

— Pas tout le temps, et je sais me tenir quand il le faut, mon vieil ami.

Jaxom sourit à Lytol et ignora le grognement sceptique de Piemur.

— Puisque nous serons si nombreux là-bas, T'gellan et K'van ont doublé la garde des dragons.

— D'ram s'occupera de tout, ajouta Robinton. Il a insisté, puisque Lytol et moi devons assister à l'Assemblée.

— Comme si vous alliez manquer ça, répliqua Lessa, haussant les sourcils.

— Celle-ci, moins que toute autre, remarqua Robinton, affable.

CHAPITRE 9

Au printemps, le Fort de Tillek était plus beau qu'en toute autre saison, avec ses hautes falaises de granit scintillant comme de l'argent au soleil. Par temps clair, comme aujourd'hui, on voyait jusqu'à la côte méridionale. Des bannières flottaient à toutes les fenêtres, égayant la pierre grise de toutes leurs couleurs chatoyantes.

Au-dessous du Fort, le port naturel et les petits fortins construits en terrasses étaient, eux aussi, décoré d'oriflammes, de banderoles et même de guirlandes de fleurs multicolores. Ranrel avait apporté beaucoup d'améliorations aux installations portuaires, utilisées pour la première fois en cette occasion. Beaucoup étaient venus à la voile assister à l'Assemblée et aux festivités suivant la confirmation d'un nouveau Seigneur, mais les nouveaux mouillages permirent d'accueillir sans difficultés la multitude de bateaux, grands et petits.

A la surprise de Jaxom, Ruth surgit de l'*Interstice* au-dessus du port, leur donnant, à lui et à Sharra, une excellente vue sur le panorama. Il semblait que tout esquif possédant rames ou pagaies ait été réquisitionné pour débarquer les passagers, en navettes incessantes entre les grands bateaux et la nouvelle jetée.

Puis, Jaxom comprit pourquoi Ruth avait choisi d'arriver au-dessus des eaux, car les dragons planaient si nombreux au-dessus du Fort proprement dit que même Ruth aurait eu du mal à éviter une collision.

— Nous aurions dû amener Jarrol et Shawan, Jax, lui hurla Sharra à l'oreille. Ils auraient adoré toutes ces couleurs et cette animation.

197

— Il y aura d'autres investitures, ma chérie, et ils apprécieront mieux quand ils seront plus grands, cria-t-il en réponse par-dessus son épaule.

Ruth descendit, plus lentement que d'habitude, pour ne pas faire trop ballonner la robe de cérémonie de Sharra.

— Périls inattendus des voyages à dos de dragon, grommela Sharra resserrant ses jupes le plus possible tandis que Ruth tournait lentement en rond, cherchant un atterrissage dans l'avant-cour encombrée. Puis, reprenant la conversation interrompue par l'entrée dans l'*Interstice*, elle ajouta :

— C'est bien vrai que je vais aller à bord du *Yokohama* avec toi après-demain ?

— Mais oui, dit Jaxom. Siav dit qu'il faut réactiver les installations de recyclage de l'oxygène pour pouvoir travailler efficacement, même dans les rares endroits que nous utilisons. Il faudra beaucoup d'oxygène pour que l'atmosphère redevienne respirable dans la cale et dans la salle des machines, et nous ne pouvons pas continuer à aller et venir avec des bouteilles. Toi et Mirrim, vous vous en occuperez. Tu connais par cœur les programmes et les instructions pour la production d'algues. Tu les répètes même en dormant.

Il lui sourit, ravi de pouvoir partager avec elle l'expérience extraordinaire qu'était le spectacle de Pern vue de l'espace, et heureux qu'elle participe au projet qui l'absorbait tout entier.

— De plus, Siav dit que le programme ne peut pas faire d'erreurs, mais que nous avons besoin de la technologie par diffusion CO_2/O_2 dirigée par ordinateur pour obtenir une production suffisante d'oxygène. Il suffit de démarrer le système puis de le vérifier de temps en temps. Et quand vous l'aurez bien compris, toi et Mirrim, vous pourrez instruire d'autres chevaliers verts. Jusque-là, les verts continueront à transporter des bouteilles d'oxygène pour faire la soudure.

— Ruth accepterait d'emmener n'importe qui pourvu que tu le lui demandes, lui rappela-t-elle.

Elle désirait plus que tout rejoindre son mari sur le *Yokohama*, mais elle n'ignorait pas que la mission pouvait être dangereuse, et maintenant, elle avait deux enfants à élever.

Mais je préfère vous emmener vous, Sharra, lui rappela Ruth. *Maynooth dit que c'est mon tour d'atterrir, mais qu'il faudra démonter aussi vite que vous pourrez. Le Maître de Maynooth est terrifié à l'idée d'une collision survenant pendant qu'il est de service,* ajouta-t-il avec un grognement dédaigneux à cette idée.

Jaxom aida Sharra à déboucler son harnais de vol et à démonter, prenant grand soin de ne pas trop froisser sa belle robe, d'un bleu-vert étonnant, et d'une coupe que le Maître Tisserand Zurg avait trouvée dans les fichiers de Siav. Jaxom, une fois de plus émerveillé de sa beauté subtile, fut partagé entre la fierté et la crainte que d'autres ne la mopolisent pendant le bal. En souriant, il l'aida à ôter sa pelisse de vol, au cuir un peu plus sombre que sa robe, et doublée d'une fourrure trop chaude pour le soleil de Tillek. Puis il lui offrit son bras, et le jeune couple élancé s'avança dans la foule encombrant la cour du Fort, saluant amis et connaissances au passage.

Sharra gloussa doucement.

— Je vois que quiconque en avait les moyens a rempli les coffres de l'Atelier des Tisserands.

— J'ai l'impression que Maître Zurg était extrêmement content de lui quand nous l'avons croisé.

— Je le comprends. Tout le monde, y compris ce dandy de Blesserel, porte de nouveaux habits, sortis de chez lui. Sauf toi, remarqua-t-elle avec reproche. Pourtant, ça ne t'aurait pas pris beaucoup de temps de te faire faire un nouveau costume pour aujourd'hui.

— Pourquoi ? Je ne suis pas exactement en haillons, répondit Jaxom.

Il aimait sa tenue marron et rouille, qui, trouvait-il, s'accordait très bien au bleu de Sharra.

— Et ces vêtements ne sont pas si vieux. Je les ai étrennés à la dernière Fête.

— Il y a une demi-Révolution de ça, dit-elle, dédaigneuse. Tu te moques de ce que tu portes pourvu que ce soit confortable. Regarde donc autour de toi la variété des couleurs et des styles.

Jaxom posa sa main sur celle de Sharra et répliqua :

— Tu es assez belle pour nous deux.

— Si tu avais pris le temps de te faire faire le costume que j'avais choisi, tu éclipserais tout le monde, mon chéri, dit-elle avec un soupir résigné. Cela étant, c'est bien dommage que les Maîtres d'Ateliers ne puissent pas voter pour la succession.

— Ce serait normal en effet, dit Jaxom. Ils sont aussi indispensables au bon gouvernement de Pern que n'importe quel Seigneur.

— Chut, dit Sharra, les yeux brillants de malice à cette hérésie. Tu déranges suffisamment de Seigneurs sans proposer cette innovation-là.

— Ça viendra ! Ça viendra ! dit Jaxom. Une fois que les Seigneurs les plus conservateurs seront remplacés.

— Et si Ranrel n'est pas élu ? Brand dit que certains protesteront de l'usage qu'il fait des matériaux de l'« Abomination ».

Jaxom eut un grognement dédaigneux.

— Avec pratiquement tout le monde vêtu de ses nouveaux tissus ? De plus, Ranrel est le seul fils d'Oterel qui ait jamais travaillé. Et il a amélioré les installations du Fort. Cela devrait beaucoup compter en sa faveur.

— Oui, mais il est aussi Compagnon, chose que des hommes comme Nessel et Corman interprètent comme un aveu d'impuissance à être Seigneur.

— Blesserel et Terentel, avec leurs mains douces et leurs grosses dettes seraient donc plus compétents ? Un nœud de Compagnon de l'Atelier des Pêcheurs prouve au moins qu'il a des capacités, de la force et de l'endurance. Et il a plus l'expérience du commandement des hommes que ces deux bons à rien, dit Jaxom.

— Brand dit que Blesserel a activement courtisé Corman de Keroon, Sangel et Begamon pour obtenir leur soutien — et qu'il est même allé voir Toric.

— Eh bien, s'il a promis à Toric son aide contre les rebelles de Denol, il va contre ses intérêts, dit Jaxom avec mépris.

— Ça, je ne sais pas, Jax, dit Sharra, fronçant les sourcils. Mon frère est tortueux, mais parfois contrariant également.

Puis elle sourit, voyant Toronas et sa femme venir dans leur direction.

— Quatre voix ne suffiraient pas, de toute façon, murmura Jaxom, avec une assurance qu'il ne ressentait pas, avant d'être rejoint par les jeunes Seigneurs de Benden.

200

Robinton aurait voulu arriver de bonne heure à Tillek, pour faire un tour et sentir un peu l'atmosphère. Mais, d'une façon ou d'une autre, Lytol s'était arrangé pour retarder leur départ de sorte que T'gellan les déposa juste avant le début de l'Assemblée. Lytol lui procura un immense gobelet de vin blanc de Benden et insista pour qu'il s'asseye sur l'un des rares bancs de l'avant-cour d'où « il aurait une bonne vue ». Mais Robinton aurait préféré se mêler aux assistants et prendre la température de la foule.

— Vous me maternez, Lytol ! dit Robinton avec irritation.

— Vous aurez assez d'amusements plus tard.

— Mais il y a des gens à qui je dois parler !

— On ne change pas le résultat d'une Assemblée une demi-heure avant qu'elle ne commence, répliqua Lytol.

— Mais si, on peut !

— Je ferai ce que dicte le bon sens, Harpiste, et au moment le plus propice.

Lytol aperçut Blesserel, le premier-né d'Oterel, vêtu, contre son habitude, d'un costume sombre de coupe classique.

— Comme si cette tenue allait démentir des années de débauche ! grommela Lytol avec mépris.

— Je ne vois pas Ranrel, remarqua Robinton.

— A votre droite, en conversation avec Sigomal, dit Lytol.

— Parfait. Au moins, il n'a pas honte de son métier, remarqua Robinton.

Le plus jeune des fils d'Oterel éligibles à sa succession était vêtu aux couleurs des Pêcheurs, et portait son nœud de Compagnon attaché au cordon indiquant son rang à Tillek.

— Ista et les Hautes Terres apprécieront le compliment. Et Maître Idarolan aussi.

— Mais ça ne lui servira à rien.

— Ah, si les Maîtres d'Ateliers pouvaient voter... dit Robinton, en partie pour taquiner Lytol, en partie parce que c'était son souhait.

Lytol se contenta de grogner, réaction surprenante car, jusque-là, il avait toujours été violemment opposé à une telle innovation.

Jaxom commençait-il à avoir de l'influence sur son ancien tuteur ? se demanda Robinton.

— Idarolan est très compétent, et parvient à discipliner une corporation turbulente — la plupart du temps, dit Lytol. Mais ce ne sont pas ses opinions qui feraient changer d'avis les gens de l'intérieur.

— On ne peut pas dire que Sangel de Boll soit vraiment de l'intérieur, dit Robinton.

— Il n'en a pas plus de bon sens pour ça, répliqua Lytol. Et ce sont les Seigneurs encore indécis qu'il faut gagner. Sigomal, Nessel et Deckter.

— Deckter appréciera les améliorations portuaires de Ranrel. Il a l'esprit d'un commerçant en ces matières. Blesserel et Terentel n'ont rien fait pour améliorer Tillek.

— Sigomal soutiendra Blesserel, ne serait-ce que pour lui faire rembourser ses dettes de jeu. Vous savez ce qui compte pour les Bitrans : les marks.

Le Héraut du Fort apparut à la porte et sonna le début de l'Assemblée. Le brouhaha de la foule se calma brièvement, et reprit quand les quinze Seigneurs commencèrent à monter le perron. Lytol attendit que Jaxom, Sharra à son bras, émerge de la foule, et lui fit discrètement signe de le rejoindre. Jaxom s'éclaira en voyant le Harpiste au côté de son ancien tuteur.

— Chère Dame Sharra, votre beauté fait pâlir le jour, dit Robinton, se levant pour lui prendre la main. Tout le monde s'est-il donc mis en tête d'enrichir Zurg aujourd'hui ?

Sharra éclata de rire à l'outrance du compliment. Elle était grande, mais dut se lever sur la pointe des pieds pour lui planter un baiser sur la joue.

— Même Maître Norist, lui murmura-t-elle à l'oreille, lui montrant de la tête le Maître Verrier éblouissant en rouge et en jaune.

— Quelqu'un a-t-il eu le cran de lui dire à quel point les données de l'« Abomination » ont été utiles à Zurg ?

Robinton hurla de rire, et oublia sa chamaillerie avec Lytol.

Sharra, palpant en connaisseuse sa manche ballon d'un bleu profond, ajouta :

— Je vois que vous aussi avez enduré les séances d'essayage.

— Pas du tout, répliqua Robinton avec majesté. Maître Zurg a mes mesures depuis des années, et m'a offert ces nippes en témoignage de reconnaissance de son Atelier pour le temps passé avec Siav.

Sharra feignit la réprobation.

— Et moi qui pensais que vous étiez l'homme le plus honnête de Pern !

— Même Lytol ne peut pas se vanter de l'être, dit Robinton, montrant l'ancien Régent de Ruatha qui entrait dans le Grand Hall de Tillek en même temps que Jaxom. Mais Lytol, en sa qualité d'ancien tisserand, a toujours apporté beaucoup de soin à sa tenue.

— Je regrette qu'il n'ait pas inculqué cette qualité à Jaxom, dit Sharra.

A ce moment, l'Intendant de Tillek referma les portes du Grand Hall avec un claquement définitif qu'on entendit dans toute la cour. Le Harpiste et Sharra étaient assez près pour entendre la clé tourner dans la serrure. La conversation s'arrêta un instant, puis des cohortes de servantes sortirent avec des plateaux de klah, de jus de fruits et de hors d'œuvre pour les faire patienter en attendant la décision.

Au son du gong, les Seigneurs prirent place autour de la table ronde, chargée de verres précieux, de pichets de klah, de carafes de vin et de coupes de fruits succulents.

La veille, Jaxom avait assisté à une réunion spéciale — dont il était le sujet — comprenant les Chefs du Weyr, Lytol, Maître Robinton, D'ram et Sebell. Il était le plus jeune des Seigneurs, et, bien qu'aussi compétent, sinon plus, que ses aînés, beaucoup ne lui avaient pas encore pardonné son âge.

— Et d'autant moins que vous travaillez beaucoup avec Siav, dit Sebell.

— C'est normal, dit Jaxom, méprisant. Et combien d'entre eux disent l'« Abomination » en parlant de Siav ?

— Ceux que vous imaginez : Corman, Sangel, Nessel, Sigomal et Begamon, dit Sebell avec un clin d'œil.

— Donc, cinq ? remarqua Jaxom. Ça signifie que le choix de Ranrel n'est pas acquis et que je vais être coincé toute la journée au Conseil.

— Sans dire grand-chose, ajouta sombrement Lytol.

Jaxom leva les bras au ciel, et, se levant d'un bond, se mit à arpenter la pièce.

— Et jusqu'à quand devrai-je jouer les idiots avant que mes opinions aient du poids ? demanda-t-il.

— En l'occurrence, c'est ce que vous ne direz pas qui aura du poids.

— Lytol ! dit Robinton, haussant les sourcils à l'adresse du vieux Régent. Ses actions parlent plus haut que ses paroles.

— Même si elles me causent des problèmes avec tous ces esprits étroits, dit Jaxom, amer. D'accord, d'accord, poursuivit-il, levant les mains pour arrêter les autres avant qu'ils ne se remettent à lui faire la leçon. Je comprends la situation. Je me contenterai de voter comme je jugerai bon. Je serai poli quand ils diront des horreurs sur Siav et ce que nous faisons, mais, par le premier Œuf, j'en sais plus sur les précédents et les procédures des Forts qu'ils n'en ont oublié.

Bien qu'il n'ait pas parlé de cette réunion à Sharra, il l'avait toujours sur le cœur — et d'autant plus que les réactions à Siav et à lui-même étaient si changeantes.

Avec une réserve pleine de dignité, Jaxom s'assit entre le Seigneur Groghe de Fort et Asgenar de Lemos. N'étant pas rancunier, il constata avec amusement que le groupe pro-Ranrel s'était assis dans le même quart de la table. Comme c'était prévisible, les partisans de Blesserel et de Terrentel s'étaient regroupés aussi, mais il ne savait pas exactement combien soutenaient l'aîné.

Il salua poliment de la tête ses vis-à-vis — Sangel de Boll, Nessel de Crom, Laudey d'Igen, Sigomal de Bitra et Warbret d'Ista, les partisans de Blesserel, fils aîné d'Oterel. On disait que Begamon de Nerat, Corman de Keroon, et, chose surprenante, Toric du Fort Méridional, préféraient Terentel. Toric agissait sans doute par pure perversité, car il ne connaissait aucun des fils d'Oterel assez bien pour avoir fait un choix raisonné. Il lui suffisait que le mari de sa sœur, avec Benden, Nerat, Telgar et Lemos, fût pour Ranrel.

Jaxom prit une profonde inspiration, bien résolu à se taire stoïquement, même s'il était fort tenté d'« expliquer » l'enjeu à certains de ces vieux imbéciles. Il prit le pichet de klah, et en proposa au Seigneur Groghe qui refusa de la tête. Le corpulent Seigneur, avec une moue dubitative, parcourait l'Assemblée du regard, mais ses yeux revenaient toujours à Toric.

Visage hâlé et cheveux blonds décolorés par le soleil du sud, Toric contrastait violemment avec les deux seigneurs assis à sa droite et à sa gauche. Par comparaison, Sangel semblait plus ridé que jamais, et Nessel totalement desséché. De l'autre côté de Nessel, Laudey d'Igen, aussi hâlé que Toric, avait l'air le plus en forme du groupe des aînés.

— Croyez-vous que Toric soutiendra Ranrel ? demanda discrètement Groghe à Jaxom.

Jaxom fit « non » de la tête, et répondit tout aussi discrètement :

— Toric s'ingénie à être contrariant depuis que Denol s'est installé sur la Grande Ile, voilà deux Révolutions. De plus, Ranrel se sert des matériaux d'Hamian ce qui ne lui plaît pas, et il est furieux contre les chevaliers-dragons qui ne l'aident pas à expulser Denol. Alors, comme je ne me cache pas de préférer Ranrel, *et* que je suis chevalier-dragon, Toric ne votera pas comme moi.

— Il donne trop d'importance à cette histoire de Denol, dit Groghe avec dédain.

— Alors, dites-le-lui, Seigneur Groghe. D'autant plus que, d'après la tradition, il ne perdra pas l'île quel que soit celui qui la mette en valeur — elle fera toujours partie, incontestablement, des terres allouées à son Fort. Personne ne peut usurper ses droits. Et surtout pas quelqu'un comme Denol.

Groghe se tourna vers lui et le considéra, étonné.

— En êtes-vous certain ? Je veux dire, au sujet des concessions ? Que personne ne peut le supplanter ?

— Naturellement que j'en suis sûr, dit Jaxom avec un sourire madré. La Charte des colons mentionne ces concessions irrévocables. Et, chose assez remarquable, Pern conserve, et applique, encore les règles et les restrictions de cette Charte, même si la moitié de la planète ne le sait pas. Ainsi, une fois donnée, une concession ne peut pas être reprise. Elle ne peut même pas être cédée en dehors de la Lignée du bénéficiaire originel. Quand meurt le dernier de la Lignée, un combat singulier doit décider du nouveau Seigneur.

Groghe sourit d'un air sombre au souvenir du duel de F'lar et Fax pour que Jaxom hérite du Fort de Ruatha.

— Toric a reçu ces terres dans le Sud, en guise de compensation, parce qu'il avait accepté de les mettre en valeur pendant que les Anciens occupaient encore le Weyr Méridional, poursuivit Jaxom. Et vous vous souvenez sans doute que la Grande Ile est dans les frontières de cette concession. Aucun acte de Denol ne peut modifier les droits de Toric sur l'île.

— Même si Toric n'y a pas installé ses propres colons ?

— Quand Denol est arrivé dans le sud, il a accepté de travailler pour Toric. Il ne peut pas le nier. Parce que d'autres ont reçu le droit de gouverner en leur propre nom, il a dû penser qu'il lui suffisait de traverser un bras de mer pour revendiquer la Grande Ile. Mais ce n'est pas le cas.

Jaxom lut du respect dans les yeux de Groghe, et il en ressentit une grande satisfaction. Il avait toujours eu la chance de posséder l'estime du Seigneur de Fort, mais il eut l'impression de l'avoir encore renforcée. Il estimait énormément le jugement de Groghe, et cette conversation fit beaucoup pour lui rendre son assurance.

— Dans l'intervalle, Denol a beaucoup construit et planté. En fait, dit Jaxom, avec un sourire ironique, si Toric autorisait Maître Idarolan à transporter et vendre les produits de Denol dans le nord, le bénéfice en reviendrait à Toric.

— Cela résoudrait le problème, sans aucun doute.

— Oui, mais Toric n'écoute rien, et ne lit certainement pas les messages du Terminus, dit Jaxom avec tristesse.

— Eh bien, moi, il m'écoutera, par le Premier Œuf ! dit Groghe. L'un des avantages de l'âge, c'est qu'on acquiert assez d'autorité pour se faire écouter.

Jaxom ne sourit pas, et n'ajouta pas que l'âge ne garantissait pas qu'on eût quelque chose de valable à faire écouter. Mais Groghe avait l'esprit plus ouvert que la plupart de ses contemporains, ce dont Jaxom lui savait gré.

— Il paraît que vous êtes remonté là-haut hier, remarqua Groghe, changeant de conversation. Qu'est-ce que vous avez fait cette fois ?

— J'ai fermé des portes, dit Jaxom, haussant les épaules.

Il avait aussi passé beaucoup de temps, à côté de Ruth, à regarder la splendeur de Pern, vue de l'espace. Même

Piemur, tout harpiste qu'il était, avait été incapable de décrire valablement la scène, ou de communiquer l'émotion profonde qu'il avait ressentie. Jaxom non plus, quoiqu'il eût essayé de partager son émotion avec Sharra. Si seulement les Seigneurs pouvaient voir cette vue, pensa-t-il, ils cesseraient leurs querelles mesquines.

— Fermé des portes ? C'est tout ? demanda Groghe, étonné.

— Il y a beaucoup à faire pour remettre le *Yokohama* en état. C'est dangereux, là-haut.

C'était un peu exagéré, mais Siav répétait sans cesse que l'espace était un environnement hostile et que les humains devaient apprendre les précautions nécessaires pour éviter les accidents.

— Quand toutes les mesures de sécurité seront prises, Ruth et moi nous nous ferons un plaisir de vous y emmener.

Groghe, stupéfait, toussota nerveusement.

— Nous verrons, mon ami, nous verrons, dit-il enfin.

Jaxom se contenta de hocher la tête et demanda aimablement :

— Croyez-vous que cela prendra toute la matinée ?

— C'est probable. Sigomal a besoin que Blesserel soit confirmé s'il veut revoir son argent. Ce jeune homme a joué gros jeu, tablant sur la succession de son père qui aurait mis les coffres du Fort à sa disposition.

— Jaxom se doutait déjà que le fils aîné d'Oterel avait de grosses dettes envers le Seigneur de Bitra.

— Terentel a-t-il des partisans ?

Jaxom ne voyait pas qui pouvait soutenir le deuxième fils d'Oterel. Certains semblent des perdants nés. Terentel en faisait partie.

— Begamon, je crois. Corman aussi, mais sans doute seulement parce qu'il n'aime pas Blesserel et qu'il est irrité de l'intérêt qu'éveillent les projets du Terminus.

— Personne n'y participe du Fort de Keroon proprement dit. Mais il y a suffisamment de petits vassaux au Terminus pour que son opposition ne nous inquiète pas, répondit Jaxom. D'ailleurs Keroon s'intéresse principalement à l'agriculture.

— Et Corman est un vieux fou entêté, ajouta Groghe.

Jaxom répondit d'un sourire, puis Asgenar lui toucha le bras, et il se tourna vers sa droite.

— Larad dit que nous aurons la voix de Deckter de Nabol qui, de nous tous, apprécie le plus les installations portuaires de Rangel, dit le Seigneur de Lemos. Comment votera Lytol ?

— Selon sa conscience, dit Jaxom, haussant les épaules.

— Alors, il sera pour Ranrel, dit Asgenar. Nous pensons aussi que Bargen des Hautes Terres est de notre côté.

— Vraiment ? J'aurais cru qu'il voterait avec les Seigneurs... euh... aînés.

— N'oubliez pas que Siav l'a impressionné. La prodigalité de Blesserel et l'apathie de Terentel ne sont pas de son goût.

— Ce qui donne à Ranrel huit voix au premier tour. Pas mal. Peut-être que ça ne prendra pas trop longtemps, après tout.

— Votre mission d'hier s'est bien passée ?

— C'était facile, répondit Jaxom, modeste. Je n'avais qu'à fermer les portes de la cale.

— Fermer des portes ?

Puis Asgenar se pencha vers Jaxom et lui dit à l'oreille :

— Qu'avez-vous éprouvé quand vous avez ramené Sallah Telgar ?

Jaxom se raidit de surprise. Il n'aurait jamais cru qu'Asgenar avait des penchants macabres.

— J'ai parfois été chargé de missions curieuses, Seigneur Asgenar, mais celle-là fut la plus curieuse de toutes.

— Siav dit qu'elle a gelé en mourant. Avez-vous vu son visage ? A quoi ressemblait-elle ?

— Nous n'avons rien vu, mentit Jaxom.

Même de la part de Larad, descendant direct de Sallah, cette curiosité morbide lui aurait parue inacceptable.

— La visière du casque était embuée.

Asgenar sembla déçu.

— Je me demandais si elle nous ressemblait.

— Bien sûr que si. Tous les colons étaient des humains, comme nous. A quoi vous attendiez-vous donc ?

— Je ne sais pas... mais je...

Sa voix mourut.

Jaxom fut très content que Lytol choisisse ce moment pour ouvrir la séance. En sa qualité d'ancien Seigneur-

Régent de Ruatha, on l'avait choisi pour présider la réunion. Et, par respect pour l'intégrité et la probité qu'il avait montrées en élevant l'héritier de Ruatha jusqu'à sa majorité, il conservait le droit de voter.

— Nous savons pourquoi nous sommes ici, et que les trois fils légitimes d'Oterel sont candidats à sa succession. Se proposent, comme c'est leur droit, Blesserel, l'aîné, Terentel, et Ranrel.

— Passons, Lytol, dit Groghe avec irritation. Passons au vote et nous verrons où nous en sommes.

Lytol considéra Groghe un moment, puis répondit :

— C'est la procédure normale et nous nous y tiendrons.

— Bien que vous ayez plongé tête la première dans toutes les innovations, dit Sangel, sarcastique.

Lytol, yeux étrécis, considéra le Seigneur de Boll, impassible, jusqu'au moment où Sangel se mit à remuer sur son siège avec embarras, cherchant du regard le soutien de Nessel. Avec un petit sourire, Nessel se tourna vers son voisin de droite, Laudey, et lui murmura quelque chose.

Imperturbable, Lytol reprit :

— Il vous intéressera peut-être de savoir que la façon dont ce Conseil tient ses réunions n'a pas changé depuis qu'il a été institué voilà deux mille cinq cents Révolutions. La Charte avait été soigneusement rédigée et tous les cas possibles envisagés. Nous procéderons comme d'habitude.

Warbret d'Ista parut étonné et se pencha vers Laudey pour faire un commentaire. Laudey conserva son air désapprobateur.

— S'il n'y a pas d'autre intervention, dit Lytol, parcourant l'assemblée du regard, votons pour le premier tour. Je n'ai pas besoin de vous rappeler qu'une majorité de douze est requise pour confirmer un candidat. Indiquez votre choix par un nombre : un pour Blesserel, deux pour Terentel, trois pour Ranrel.

Il se rassit, pris un crayon à encre et abrita de sa main le petit bloc où il traça une brève inscription. Puis il arracha la feuille collée au bloc, et la plia.

Jaxom remarqua que tout le monde faisait de même, et se demanda s'ils réalisaient qu'ils utilisaient de nouveaux produits pour exercer leur droit traditionnel.

Les bulletins furent passés à Lytol, qui les mélangea pour que l'ordre dans lequel il les ouvrirait ne révèle pas leur origine. Puis il les ouvrit, les lut, et en fit trois petits tas, dont l'un beaucoup plus épais que les autres. Enfin, il les compta méticuleusement avant d'annoncer les résultats.

— Pour Blesserel, cinq voix ; Pour Terentel, trois voix ; pour Ranrel, sept voix. La majorité requise n'est pas atteinte.

Jaxom prit un profonde inspiration. C'étaient les résultats attendus, mais les sept voix de Ranrel constituaient un petit triomphe. Lytol froissa les bulletins, les jeta dans le feu et attendit qu'ils soient consumés avant de se lever.

— Qui parlera en faveur de Blesserel, l'aîné ? demanda-t-il selon l'usage.

Jaxom se renversa dans son fauteuil, se félicitant d'être confortablement assis. Il détestait cette partie de la procédure. Les vieux seigneurs étaient capables de se lancer dans des discours interminables. Puis il se rappela sa mission secrète.

S'il te plaît, Ruth, communique les résultats du premier tour à Maître Robinton : sept pour Ranrel, cinq pour Blesserel, trois pour Terentel. Je suis à peu près sûr que Toric a voté pour Terentel. Ce n'est pas sérieux, mais il adore semer la zizanie.

J'ai prévenu le Harpiste. Il s'attendait à ce résultat.

Moi aussi, mais ce sera long. Tu es bien, au soleil ?

Très bien ! C'est une belle journée.

Pour toi !

Vous aurez le temps de banqueter et danser plus tard. Pour le moment, vous devez jouer votre rôle de Seigneur.

Jaxom dissimula son sourire sous un toussotement qui lui attira des regards courroucés. Il s'excusa de la tête envers Sangel qui tentait de soutenir la candidature de Blesserel. Puis Begamon se leva, et, par une série de remarques décousues, s'efforça de gagner des voix à Terentel. A part lui, Jaxom se dit que n'importe qui aurait mieux parlé pour Terentel que le Seigneur de Nerat.

Au deuxième tour, Terentel perdit deux voix en faveur de Blesserel. L'aîné eut donc sept voix, contre huit à Ranrel. De nouveau, Lytol brûla les bulletins. Résultats trop serrés, et Jaxom s'efforça de dominer le tremblement nerveux de sa jambe.

Groghe demanda la parole, et Lytol la lui donna.

— Je ne suis pas le plus vieux de l'Assemblée, mais je gouverne depuis plus longtemps qu'aucun d'entre vous, à part Sangel, dit Groghe, s'inclinant en direction du Seigneur de Boll. Tillek est le troisième Fort par ordre d'ancienneté...

— Selon l'« Abomination » ? demanda Sangel, sarcastique.

— A l'heure actuelle, Siav a lu et restauré les Archives de chaque Fort, ce qu'on peut difficilement qualifier d'abominable — ennuyeux, tout au plus, si vos ancêtres ont noté autant de banalités que les miens...

— Où voulez-vous en venir, Groghe ? demanda Laudey avec irritation.

— Je veux en venir à James Tillek, fondateur de ce Fort, qui savait prévoir à long terme, qui fit des relevés des côtes et qui fonda également le premier Atelier des Pêcheurs. Tillek a toujours été le port le plus sûr de l'ouest, avec la flotte la plus importante et le plus grand nombre de Maîtres ; ses Seigneurs ont toujours encouragé et aidé les Pêcheurs. Ranrel a estimé suffisamment cet héritage pour acquérir le nœud de Maître Pêcheur...

— Parce qu'Oterel l'avait disqualifié pour le gouvernement, lança Sangel.

— Silence ! tonitrua Lytol, et Sangel se tut.

— Quoi qu'il en soit, reprit le Seigneur Groghe, c'est le seul des fils d'Oterel à avoir jamais travaillé. Je pense qu'il mérite maintenant de gouverner. Fort le soutiendra de tous ses moyens !

« Bien dit », murmurèrent certains, et Groghe en rougit de plaisir en se rasseyant.

Puis Larad demanda la parole, ajoutant qu'Oterel était trop malade aux derniers mois de sa vie pour s'occuper du gouvernement, et que Ranrel était le seul de ses fils à avoir manifesté de l'intérêt pour les affaires du Fort. Toutefois, si Blesserel ou Terentel avaient fait quelque chose pour le Fort, il ne demandait qu'à l'entendre.

— Bon argument, murmura Jaxom à Asgenar.

Sigomal demanda la parole.

— Blesserel eut la triste tâche de soigner son père malade, dit-il, et il fit tout son possible pour décharger Oterel de ses devoirs. C'est un homme intègre...

— Il payait ses dettes de jeu quand il pouvait soutirer l'argent à Oterel, murmura Asgenar à Jaxom.

— ... qui a quatre fils vigoureux et une épouse qui sera une excellente Dame du Fort...

— L'épouse de Ranrel est non seulement Maîtresse Tisserande, mais de caractère beaucoup plus facile que Dame Esrella, remarqua doucement Asgenar.

— Jouez vos marks sur elle, Asgenar, dit Jaxom.

— Pourquoi ne parlez-vous pas ?

— Pour ruiner les chances de Ranrel ?

Asgenar hocha la tête, acceptant le sous-entendu de Jaxom, à savoir qu'en sa qualité de Seigneur le plus jeune son opinion n'était pas très recherchée.

Cependant, Sigomal termina sa péroraison et se rassit, foudroyant du regard Jaxom, lequel se tourna vers Asgenar, qui s'apprêtait à parler pour Ranrel.

— Quand un homme n'attend pas les honneurs, mais travaille de ses mains et devient Maître dans un Atelier, il a acquis bien des compétences nécessaires au gouvernement d'un Fort. Nous ne pouvons pas trouver un homme plus qualifié que Ranrel, dans tous les domaines.

— Il paraît, commença Toric, se levant sans demander l'autorisation de Lytol, que Ranrel s'était querellé avec son père qui l'avait chassé de Tillek à jamais. Ce Conseil peut-il faire totalement abstraction de la volonté d'un père ?

Bargen se leva d'un bond, ne consultant Lytol du regard qu'après coup.

— En ma présence, Oterel a rétracté cette déclaration deux septaines avant de mourir, annonça-t-il quand Lytol lui eut donné la parole d'un signe de tête. Ranrel est le seul héritier légitime à avoir réussi par son propre mérite. A la fin, Oterel était fier de lui, raison pour laquelle je lui accorde mon soutien total.

— Mais il ne l'a pas nommé son successeur ? insista Toric, avec un sourire énigmatique.

— Doutez-vous de ma parole ? demanda Bargen, fronçant les sourcils.

— Il n'est pas question de doute, Bargen. L'incident est un fait avéré.

— Et c'est pourquoi il a posé sa candidature au gouvernement, dit Lytol. C'est le droit de tout descendant, quelles qu'aient été les relations entre père et fils, et cela s'est produit en bien des occasions.

Groghe se pencha vers Toric à travers la table et dit, du ton le plus neutre possible :

— Le Seigneur Toric sait, j'en suis sûr, que pères et fils peuvent s'accorder pour s'opposer.

Toric le fixa durement. Groghe haussa les épaules. Comment Groghe avait-il appris que Toric avait quitté en claquant la porte, son père, pêcheur à Ista ? Le fait était peu connu, et Sharra, loyale envers son frère, ne l'avait jamais ébruité.

— Cela ne change rien à ce qu'a dit le Seigneur Toric, dit Sigomal, se frottant nerveusement les mains. Oterel a désavoué Ranrel, et cela doit être pris en compte. Sa candidature pourrait être nulle.

— Blesserel doit avoir de grosses dettes envers Sigomal, murmura Asgenar, le visage neutre.

— Quelqu'un soutient-il la candidature de Terentel ? demanda Lytol dans le silence qui suivit.

Begamon ne disant rien, il reprit :

— Alors, votons pour choisir l'un des deux candidats restants.

Cette fois, Ranrel obtint dix voix, mais Blesserel en ayant obtenu cinq, la majorité requise n'était pas encore atteinte.

— Seigneurs, j'ajourne momentanément la séance, pour permettre les consultations privées, dit Lytol en se levant.

Les autres suivirent son exemple.

— Il nous faut deux voix de plus, murmura Groghe à Jaxom, Asgenar et Larad en se dirigeant vers le buffet.

— Toric doit être le troisième qui a voté pour Terentel. Je sais que Corman et Begamon le soutiennent, dit Larad. Toric espère-t-il que Terentel lui fournira des soldats pour cet assaut dont il rêve contre la Grande Ile ?

— Sans doute, mais je vais lui dire deux mots en privé, dit Groghe, avec un clin d'œil complice à Jaxom.

— Venez aussi, Asgenar, dit Larad, entraînant le Seigneur de Lemos. Nous vous faisons confiance, Groghe.

Jaxom remplit une assiette de gâteaux aux épices qu'il servit à son vieux tuteur, tout en surveillant subrepticement les trois Seigneurs en conversation avec Toric. Il détourna vivement les yeux quand Toric regarda soudain dans sa direction, le visage indéchiffrable. Jaxom se demanda si Groghe lui avait révélé la source de ses informations. Puis Toric posa une question à Larad, à laquelle Groghe répondit, tandis qu'Asgenar hochait la tête.

— Je crois que nous venons d'obtenir une voix de plus pour Ranrel, murmura Jaxom à Lytol.

Larad et Asgenar continuèrent à bavarder avec Toric, tandis que Groghe revenait vers les Ruathiens.

— C'est passé sans problème, Jaxom. Très astucieux de votre part. Mais je ne crois pas que Denol devrait demander audience à Toric quand il s'apercevra qu'il ne peut faire aucun bénéfice personnel. Qui d'autre pouvons-nous approcher ?

— Je n'approche personne, n'oubliez pas ! Je suis trop étroitement associé à l'« Abomination », dit Jaxom, avec un grognement dédaigneux. Je ne veux pas gâcher les chances de Ranrel en intervenant.

Groghe s'éloigna, et Jaxom en profita pour informer Ruth des événements, lui demandant aussi de prévenir Sharra.

Maître Robinton pensait que cela se passerait comme ça. Il demande si vous l'avez dit à Toric. Il n'a pas dit quoi.

Groghe l'a dit, avec l'appui de Larad et Asgenar. Et cela donne à réfléchir à Toric. Plus qu'aucune intervention de ma part. Pour le moment, nous faisons une pause. Le contingent de la côte ouest a besoin de klah pour se réveiller. Je continuerai à vous informer.

Peu après, Lytol rouvrit la séance, et demanda si quelqu'un désirait ajouter quelque chose ou fournir de nouvelles informations au Conseil.

— Passons au vote, Lytol, dit Deckter. Il y a d'autres questions à l'ordre du jour.

Jaxom avait remarqué que Deckter était en grande conversation avec Warbret et espérait un succès de ce côté. Il ne leur manquait que deux voix — à moins que Toric n'ait décidé de se faire prier plus que de coutume.

Cette fois, tout le monde compta en même temps que Lytol, de sorte que tous surent que Ranrel avait gagné avant la proclamation officielle. Sigomal semblait prêt à exploser, foudroyant Toric et Warbret qui avaient abandonné sa cause.

214

— Ranrel a obtenu la majorité requise de douze voix, et est régulièrement élu successeur de son père au gouvernement du Fort de Tillek.

Lytol lança un regard significatif à Jaxom, que le jeune Ruathien n'eu aucun mal à comprendre ; il ne devait pas annoncer prématurément la nouvelle par l'intermédiaire de Ruth.

— Ce Conseil a encore deux problèmes importants à traiter. Je donne maintenant la parole au Seigneur Jaxom de Ruatha qui vous informera des progrès faits en vue de l'annihilation des Fils, dit Lytol inclinant courtoisement la tête vers son ancien pupille avant de se rasseoir.

Jaxom se leva brusquement, attirant l'attention de toute la table. Les phrases qu'il avait si souvent répétées sortirent toutes seules de sa bouche, et il continua, même après avoir entendu des imprécations contre les « corruptions de l'Abomination ».

— Après un entraînement intensif sous la direction de Siav, la Compagnon Harpiste Piemur et moi-même, montés sur Ruth, sommes allés sur le *Yokohama*. Nous avons complété la programmation du télescope dont se servira Siav depuis le Terminus et commencé à évaluer les dommages subis par le vaisseau spatial. Nous avons ramené sur la planète les restes de Sallah Telgar, depuis enterrés avec les honneurs qui lui étaient dus au Fort de Telgar, dit-il, s'inclinant profondément devant Larad. Le lendemain, Ruth m'a ramené dans la passerelle de mandement. Je suis alors descendu dans la cale, dont j'ai fermé les portes extérieures, restées ouvertes à cause d'un mauvais fonctionnement dans le système de fermeture à distance. Puis je suis rentré au Terminus. D'autres voyages seront nécessaires pour améliorer le système de production d'oxygène, à savoir l'ensemencement des réservoirs d'algues. Du personnel devra être habitué au travail en apesanteur, et plusieurs missions composées d'équipes différentes y retourneront, transportées par les dragons verts, pour modifier la visée du télescope afin de maximaliser son usage.

— Et qu'est-ce que ça veut dire, traduit en langage normal ? demanda Corman.

— Que le *Yokohama* sera la base à partir de laquelle nous lancerons notre attaque contre les Fils, Seigneur Corman.

— Alors, tous les dragons vont aller sur le vaisseau spatial et attaquer les Fils dans l'espace ?

Cette remarque sarcastique dut lui paraître idiote à peine prononcée, car il rougit et détourna les yeux.

— Non, ce n'est pas le plan, Seigneur Corman. Le plan prévoit de détourner les Fils pour qu'ils ne tombent plus jamais sur Pern.

— Et êtes-vous encore loin de ce but souhaitable ? demanda Laudey, moins méprisant que Corman.

— Il reste encore deux Révolutions, cinq mois et sept jours avant que ce but soit atteint, Seigneur Laudey.

— Et je suppose que vous êtes là pour nous demander l'autorisation de réquisitionner de nouveaux compagnons de nos ateliers, de nouvelles servantes de nos Forts ?

— Pas du tout. Nous ne « réquisitionnons » personne, répliqua Jaxom.

Il ne put s'empêcher de sourire — le problème, c'était plutôt de refuser du monde sans offenser personne.

— Je suppose que vous regrettez que vos Cavernes inférieures soient maintenant vides de mendiants et de voyous ? demanda Groghe.

— Et continueront-ils à être employés utilement après ces deux Révolutions, cinq mois et je ne sais combien de jours ? demanda Laudey.

— Voulez-vous, oui ou non, être débarrassé des Fils, Seigneur Laudey ? Seigneur Corman ? demanda Jaxom. Il est vrai que dans deux cent cinquante Révolutions, vous n'aurez plus à vous soucier si nous avons réussi ou non. Mais vos descendants, si !

— Parlez-vous en qualité de chevalier-dragon ou de Seigneur, Jaxom ? demanda Nessel, sournois.

— En qualité des deux, Seigneur Nessel !

— Mais alors, nous n'aurons plus besoin de chevaliers-dragons ! rugit Sigomal. Qu'est-ce que vous ferez donc ?

— Vous finirez par découvrir que vous aurez toujours besoin de chevaliers-dragons sur Pern, Seigneur Sigomal, dit Jaxom avec un grand sourire.

— Comment ça ?

— Ils ne se contentent pas de combattre les Fils pour vous et tous les Seigneurs présents. Ils font beaucoup plus. Pensez-y, Seigneur Sigomal.

Jaxom eut un sourire énigmatique ; qu'il rumine la question.

— Le Seigneur Toric sait ce que je veux dire, j'en suis sûr.

Stupéfait, Toric fixa le mari de sa sœur d'un regard perçant et fronça les sourcils.

— Je ne comprends pas ce que vous voulez dire, jeune homme, dit Sangel avec agitation.

— Seigneur Sangel, je pensais que c'était trop évident pour exiger des explications. Puis-je continuer, Seigneur Lytol ?

Quand Lytol l'eut approuvé de la tête, il reprit :

— Le Harpiste Piemur et moi-même avons vu notre monde tourner dans l'espace, passant du jour à la nuit. C'est le spectacle le plus incroyable qu'on puisse voir ! Quand le chauffage et la production d'oxygène seront rétablis, je propose, avec Ruth, d'emmener là-haut tout Seigneur qui désirera se convaincre par lui-même que nous habitons un monde merveilleux et qu'il est essentiel de nous débarrasser des Fils à jamais.

Jaxom les regarda tour à tour, les invitant à accepter son offre. Il n'eut d'abord d'autre réponse que des toussotements nerveux et des raclements de pieds.

— J'aimerais y aller, dit enfin Larad.

Puis Asgenar leva aussi la main.

— Moi aussi, ajouta Lytol.

— On ne voit pas grand-chose du Continent Septentrional à partir du *Yokohama*, précisa Jaxom, mais Siav espère réparer les hublots endommagés de bâbord, ce qui permettrait de voir une partie de la côte est.

Il regarda Toronas avec insistance, qui finit par lever la main.

— Est-ce que tout le Continent Méridional est visible ? demanda Toric d'une voix rauque.

— Non, mais nous en verrons plus quand nous aurons réparé les hublots de tribord, répondit Jaxom, ravi que Toric ait réagi.

— Je ne vois pas ce qui sortira de bon de tout cela, commença Begamon d'un ton querelleur. Risquer des vies pour réaliser un rêve insensé de destruction des Fils. Ils sont avec nous depuis des centaines de Révolutions. Et, je vous le demande une fois de plus, si les ancêtres en savaient tant, pourquoi ne les ont-ils pas détruits à leur époque ? Hein ? Pourquoi ?

— Siav a répondu à cette question à ma complète satisfaction, dit fermement Lytol. Et n'oubliez pas que toutes les tâches que nous avons entreprises depuis sa découverte ont bénéficié à tout le monde.

— Comment ? Dites-moi comment ? demanda Begamon.

Lytol leva son bloc-notes, son crayon à encre, et l'un des bulletins météorologiques que Siav produisait depuis deux Révolutions, au ravissement de tous, nobles et roturiers. Puis il montra le pendule murale, égrenant les minutes de la réunion, et les vêtements neufs de Begamon, taillés dans l'un des plus beaux tissus de Maître Zurg.

— Il paraît aussi que vous avez une nouvelle centrale pour irriguer vos champs, et des radiateurs portatifs pour chauffer vos vergers pendant les gelées, répondit Lytol. Sans parler de votre petite-fille sauvée par les nouvelles techniques chirurgicales de Maître Oldive.

— Tout cela, ce sont des choses que nous pouvons utiliser, voir et toucher, Lytol. Pas quelque chose au-delà de notre atteinte et de nos compétences, dit Begamon, montrant le ciel.

— Alors, que ces choses que vous pouvez utiliser, voir et toucher vous convainquent qu'il y a encore beaucoup à apprendre, à explorer et à comprendre pour améliorer nos vies, dit Jaxom, avec tant de gravité que même les Seigneurs les plus conservateurs écoutèrent avec quelque chose qui ressemblait à du respect.

— Merci de votre rapport, dit Lytol. Passons maintenant à...

Il leva la main pour calmer les murmures.

— Vous aurez tout le temps de parler au Seigneur Jaxom après le Conseil. La dernière question concerne une notification émanant des Maîtres d'Ateliers de Pern.

— Pas de *tous* les Maîtres d'Ateliers, intervint Corman, avançant un menton agressif.

Lytol ne fit rien, ne dit rien, mais rien qu'à son air, Corman se tut, honteux de l'avoir interrompu si grossièrement.

— Les Maîtres d'Ateliers de Pern, à l'exception de Maître Norist, de l'Atelier des Verriers, notifient à ce

Conseil leur intention de fonder deux nouveaux Ateliers :
l'Atelier des Imprimeurs, rattaché de façon très souple à
l'Atelier des Harpistes, mais indépendant et autonome,
avec trois ateliers principaux, le plus important au Terminus, et deux annexes, l'une à Ruatha qui n'abrite actuellement aucun Atelier, et l'autre à Lemos, en complément
de l'industrie du papier du Maître Menuisier Bendarek.
Le deuxième sera l'Atelier des Techniciens, lui aussi rattaché de façon très souple à l'Atelier des Forgerons, et qui
s'occupera des problèmes posés par les nouveaux équipements...

— Je dis non immédiatement, dit Sigomal, se levant
d'un bond. Ce serait reconnaître officiellement l'Abomination et...

— Aucun mot injurieux ne sera toléré à cette table, Seigneur Sigomal, dit Lytol, de son ton le plus sévère. Et je
ne devrais pas avoir à vous rappeler que les Maîtres d'Ateliers n'ont nul besoin de votre permission. Il suffit de vous
abstenir d'acheter tout produit issu d'un Atelier que vous
réprouvez. Et comme je n'ignore pas que certaines de vos
entreprises ont bénéficié de nouveaux appareils dont seul
Siav peut être la source, vous seriez sage de vous abstenir
de proférer de telles hypocrisies à ce Conseil.

Bouche bée, Sigomal se rassit.

Jaxom parvint à ne pas sourire de la déconfiture du
Bitran. L'un des assaillants de Siav était Bitran, mais cela
ne prouvait pas que Sigomal avait trempé dans le complot.
Les Bitrans se vendaient facilement à quiconque y mettait
le prix. Quand même, c'était la première fois que Sigomal avait publiquement qualifié Siav d'abomination.

— Nous serons dûment informés du choix des nouveaux
Maîtres d'Ateliers. Je rappelle une fois de plus que la création de nouveaux Ateliers ne requiert pas la ratification
de ce Conseil, vu qu'ils ont toujours été autonomes. C'est
une information de courtoisie.

— Cela figure-t-il aussi dans la Charte originelle ?
demanda sournoisement Sangel.

— Non, répliqua Lytol, imperturbable. Les Ateliers ont
été fondés peu avant la fin du premier Passage par les Forts
de Fort, Ruatha et Benden, pour conserver les techniques
et enseigner aux jeunes, hommes et femmes, les métiers
utiles à la société. A l'origine, le Fort de Ruatha abritait

les Ateliers des Eleveurs et des Fermiers, jusqu'au jour où l'on explora les plaines de Keroon, plus favorables à l'élevage.

— Notons également que le Maître Forgeron Fandarel et le Maître Harpiste Sebell ont parfaitement le droit de proposer la création de nouveaux Ateliers sans consulter les autres Maîtres, dit Larad. Mais ils les ont consultés et ont obtenu leur soutien total...

— Non pas total, puisque l'un d'eux s'est abstenu, dit Nessel d'une voix geignarde.

— Maître Norist n'a pas assisté à la réunion, quoiqu'il en ait été averti, dit Larad. Les Ateliers des Imprimeurs et des Techniciens dispenseront un enseignement indispensable et impossible à trouver ailleurs. Nous avons tous bénéficié des nouvelles technologies, et surtout des manuels d'instructions imprimés. Pour que tous puissent en profiter, il faut former de nouveaux artisans à ces techniques.

— Pourquoi les imprimeurs ne peuvent-ils pas travailler sous l'autorité de Maître Sebell, et les techniciens sous celle de Maître Fandarel ? demanda Corman. Pourquoi faire tant d'histoire avec ces créations ?

— Maître Fandarel travaille déjà jour et nuit pour honorer ses commandes de nouveaux équipements, dit Larad. Il n'a pas le temps ni le personnel pour superviser un nouveau métier.

— Eh bien, l'imprimerie pourrait être dirigée par notre Maître Menuisier, répondit Corman. Il n'est pas surmené.

— Mais si, et moi aussi, dit Larad en riant. Et nous n'arrivons pas à satisfaire à la demande de papier des différents Forts et Ateliers. Maître Bendarek a quantité d'apprentis, seulement deux compagnons, et pas un seul maître. Il a besoin de tous les bras qu'il peut trouver, et il ne peut pas superviser l'imprimerie en même temps. La fabrication du papier prend tout son temps et toute son énergie.

— Maître Fandarel m'a demandé d'expliquer que des techniciens spécialistes seront indispensables pour que toutes les nouvelles machines continuent à fonctionner à leur niveau optimal, poursuivit Larad. Actuellement, nous avons des machines que seules quelques personnes peuvent comprendre et réparer, tandis que d'autres savent s'en servir mais ne savent pas les réparer. A la longue, nous en aurons qui sauront faire les deux mais pas pour le moment.

— Alors, pourquoi ne voulez-vous pas marcher avant de courir ? demanda Corman avec dédain. On ne fait pas courir ou pouliner un yearling.

Jaxom fit mine de se lever, mais Groghe le retint de la main. Jaxom eut beaucoup de mal à se soumettre à cet ordre tacite. Il désirait ardemment prendre la parole, mais comprit que ses aînés ne l'accepteraient pas comme leur pair. Quand il aurait participé à l'annihilation des Fils, le considéreraient-ils comme leur égal ? Ou serait-il toujours Seigneur par défaut ?

— Les machines sont un peu différentes, Corman, répliqua Groghe avec un sourire condescendant au Seigneur de Keroon. Une fois qu'une machine est construite, elle fait ce à quoi elle est destinée. Quand elle tombe en panne, on remplace la pièce usée. Ce qu'on ne peut pas faire avec le bétail.

— Non, mais les bêtes estropiées peuvent être abattues et mangées. Qu'est-ce qu'on fait avec la machinerie hors d'usage ? En moins de rien, vous aurez des montagnes de ferraille rouillée dans tous les Forts et Ateliers. Et sans doute aussi dans tous les Weyrs, puisque tout est de leur faute.

— Seigneur Corman !

Tremblant d'indignation, Jaxom se dégagea de l'emprise de Groghe et se leva d'un bond, serrant les poings.

— Je vous interdis de dénigrer les Weyrs en ma présence !

Il remarqua à peine que Groghe s'était levé aussi et lui tenait le bras gauche à deux mains, tandis que Larad le retenait de l'autre côté. Larad protestait bruyamment, de même que Toronas, Deckter, Warbret, Bargen et, à l'immense surprise de Jaxom, Toric.

— Seigneur Corman, vous allez vous excuser immédiatement de cette remarque ! rugit Lytol.

Avec dix Seigneurs debout pour protester, Corman n'eut d'autre choix que de s'exécuter, ce qu'il fit en marmonnant, et Lytol, glacial, lui demanda de répéter assez haut pour que tout le monde l'entende. Puis les Seigneurs se rassirent.

— Si nous voulons éliminer les Fils, il nous faudra du matériel — matériel que nous sommes capables de fabriquer, de manœuvrer et d'entretenir — avec lequel accomplir cette élimination. Cela a toujours été l'ambition de tous les Weyrs depuis la fondation de Fort. C'est le but qu'ont toujours recherché tous les Forts et Ateliers. Si la destruction définitive des Fils exige quelques réévaluations de nos coutumes, des modifications de traditions archaïques, ce prix n'est pas excessif pour être débarrassés des Fils.

Lytol s'interrompit, surpris de sa propre véhémence, puis reprit :

— Il ne sera pas fait mention de cet incident à l'extérieur. Maintenant, faisons preuve d'unanimité pour encourager les deux nouveaux Ateliers, poursuivit-il. Ecrivez « oui » ou « non »

Corman, l'air furieux, ne bougea pas, et l'unique bulletin blanc qui parvint à Lytol était sans doute le sien. Il y eut deux « non », mais seuls les « oui » seraient transmis aux Maîtres d'Ateliers concernés.

— Qui décidera de ceux qui deviendront Maîtres d'Ateliers, et de ceux qui paieront pour la construction ? demanda Nessel.

— Les Maîtres n'ont pas encore été choisis, mais il y a suffisamment de candidats compétents. On a déjà modifié à leur intention des bâtiments vides du Terminus et d'autres seront construits par ceux voulant y faire leur apprentissage. Quiconque désirera son transfert dans l'un des deux nouveaux Ateliers devra en obtenir l'autorisation de son Maître d'Atelier actuel.

— Et ceux qui travaillent sans la permission de leur Maître d'Atelier ? demanda Sangel.

Tout le monde comprit qu'il pensait à Morilton.

— C'est un problème interne de l'Atelier, dit Lytol, à résoudre par les parties concernées, et qui n'est pas du ressort de ce Conseil.

— Mais si nous ne pouvons pas obtenir du verre...

— Ce n'est pas le verre qui manque, dit sèchement Groghe. Nous achetons ce que nous voulons à qui nous voulons. Pas plus difficile que ça ! Nous l'avons toujours fait et nous le ferons toujours.

Maître Robinton voudrait savoir ce qui retarde la pro-
clamation officielle.

Les bavardages. Le choix est fait, mais Lytol m'écor-
chera vif si j'usurpe ses prérogatives.

Rien que la voix de Ruth suffit à calmer Jaxom, que
ces intrigues mesquines exaspéraient. Au moins, il savait
maintenant quels Seigneurs surveiller : Corman, Nessel,
Sangel et Begamon. Corman avait eu le courage de ses opinions, mais les autres dissimulaient leurs ressentiments et
leurs griefs, et c'était malsain. Leur intransigeance venait-
elle de la peur de Siav ou d'une résistance têtue au
changement ?

— Y a-t-il d'autres questions à l'ordre du jour ?
demanda Lytol, comme l'exigeait la coutume.

— J'ai une question, dit Toric en se levant.

— Parlez.

— Qui sera Seigneur du Terminus ?

Pour une fois, même Lytol parut décontenancé.

Toric eut un petit sourire satisfait.

— Un lieu aussi important que le Terminus ne peut pas
rester sans gouvernement.

Sa remarque paraissait éminemment raisonnable, mais
Jaxom faillit s'esclaffer à l'air choqué des autres Seigneurs,
dont l'expression trahissait l'importance qu'ils accordaient
ou non au Terminus.

— Vous ne vous êtes pas tenu au courant de ce qui se
passe à l'est de chez vous, dit Jaxom d'un ton amusé. Le
Seigneur Régent Lytol, le Maître Harpiste Robinton, et
D'ram, maître de Tiroth, administrent conjointement le
Terminus et représentent à égalité les Weyrs, Forts et Ateliers. Ce triumvirat fonctionne bien. Vous avez toujours
été le bienvenu au Terminus, Seigneur Toric.

— Dès la découverte de Siav, dit Lytol, reprenant le
commandement du débat, une assemblée a été réunie sur
le site. Huit Seigneurs, huit Maîtres d'Ateliers et sept Chefs
de Weyrs ont unanimement décidé qu'étant donné son
importance historique et son statut éducatif actuel, le Terminus devait demeurer terrain neurtre.

— Quelle étendue de terrain ? demanda Toric.

— L'étendue que couvrait le Termínus sur les cartes des
colons, naturellement, dit Lytol.

Toric se rassit avec une grimace, observant d'un regard

énigmatique l'expression des autres Seigneurs. Jaxom, malgré ses efforts, ne parvint pas à deviner ce qui se passait dans l'esprit cupide de Toric. Il devait savoir que de nouvelles acquisitions territoriales susciteraient l'opposition des Weyrs, Forts et Ateliers. Jaxom regretta d'avoir fourni à son beau-frère la solution au problème de la Grande Ile, qui l'avait empêché de regarder vers l'est pendant plus de deux Révolutions. Jaxom soupira. Parfois, la solution d'un problème en fait naître une demi-douzaine d'autres.

Il fut soulagé quand, sans plus de cérémonies, Lytol leva la séance. Il y eut quelques reproches et protestations, mais Lytol choisit de les ignorer, comme c'était son droit. Jaxom aurait voulu se ruer dehors, mais il dut se soumettre à une dernière cérémonie.

La séance est levée, dit-il à Ruth.

Lytol prit la tête de la procession, Jaxom s'intercalant prestement entre Larad et Asgenar, et avant Groghe, envers qui il s'excusa d'un sourire. Lytol donna les trois coups de poing traditionnels dans la porte, immédiatement ouverte par l'Intendant de Tillek. Sur un signe de tête de Lytol, les serviteurs postés de chaque côté tirèrent les lourds battants. Le soleil entra à flots, aussi éblouissant que les atours de la foule attendant sur les marches. Venaient d'abord les trois candidats : Blesserel au centre, l'air beaucoup trop suffisant, Terentel à sa gauche, l'air presque idiot, et Ranrel modestement à l'écart sur sa droite. Derrière eux se tenaient Maître Robinton, Sharra, Sebell, Menolly et les Chefs du Weyr de Benden.

Jaxom leur adressa une ombre de sourire, et vit leur air soulagé avant même que Lytol ne prononce la proclamation officielle.

— Au troisième tour, la majorité de douze a été atteinte, dit-il, quand le brouhaha de la foule se fut suffisamment calmé pour qu'on l'entende. Le Conseil a élu un nouveau Seigneur. Seigneur Ranrel, puis-je être le premier à vous congratuler de cet honneur ?

Des acclamations se répercutèrent en écho sur les falaises de Tillek, tandis que Ranrel avait l'air sincèrement stupéfait, et presque incrédule. Blesserel avait l'air meurtrier, et Terentel se contenta de hausser les épaules, et, tournant les talons, s'approcha du tonneau le plus proche. Les dragons claironnèrent leurs congratulations des Crêtes de Feu, accompagnés par les joyeux pépiements des lézards de feu évoluant en un ballet aérien déchaîné.

Le Seigneur Ranrel fut immédiatement entouré de partisans qui voulaient lui serrer la main et le congratuler. Blesserel aussi fut aussitôt entouré, par Sigomal, Sangel, Nessel et Begamon. Jaxom ne se donna pas la peine de vérifier les réactions de Blesserel. Le visage de Sigomal était pétrifié de contrariété, et il ne ferait pas bon lui chercher noise ce jour-là.

— C'était très pénible ? demanda Sharra en embrassant Jaxom. Ruth dit que tu étais furieux et bouleversé, mais il ne savait pas pourquoi.

— Je l'étais et je le suis encore. Donne-moi ta coupe, dit-il, la vidant d'un trait pour se détendre. Rejoignons Sebell et Maître Robinton. Il y a des choses qu'ils doivent savoir. Ton frère a demandé qui serait Seigneur du Terminus.

Sharra leva les yeux au ciel.

— Il sera bien toujours le même ! Qu'est-ce qu'on lui a dit ?

— La vérité. Tu te rappelles que nous avions demandé à Breide de l'avertir que Siav était une découverte importante.

Sharra fronça le nez, habitude que Jaxom continuait à trouver charmante.

— Il était tellement obsédé par Denol occupant la Grande Ile qu'il n'était pas capable de penser à autre chose.

— Tu lui as parlé de l'irrévocabilité des concessions ? demanda Sharra, avec un regard incisif.

— Pas moi, Groghe. Nous avions besoin de sa voix pour Ranrel.

— Il ne votait pas pour Blesserel, au moins ? dit Sharra, atterrée.

— Ce qui se dit au Conseil ne doit pas devenir connaissance publique, dit-il avec un sourire malicieux.

— Et depuis quand ta femme est-elle publique ?

Ils se frayèrent un chemin dans la foule pour rejoindre Robinton et les autres qui les attendaient à l'écart.

— Mes Harpistes m'ont aussi signalé le mécontentement de ces Seigneurs, dit Sebell quand Jaxom lui eut résumé les débats. J'avais prévenu Maître Robinton et Lytol ce matin. Et tous mes apprentis ont ordre d'ouvrir l'œil et l'oreille aujourd'hui.

— C'est presque un soulagement d'avoir identifié les contestataires, dit Maître Robinton.

— Vraiment ? fit Jaxom, sceptique.

Le récit qu'il avait fait de la séance l'avait déprimé. L'avenir recelait tant de promesses — si seulement ils arrivaient à éviter les obstacles et les mesquines intrigues du présent.

Sentant son humeur, Sharra se serra contre lui, ce qui le réconforta. Après tout, ils avaient élu Ranrel, malgré l'opposition. Les dissidents étaient peu nombreux, et tous vieux.

CHAPITRE 10

Maître Idarolan fêta si bien la confirmation du Seigneur Ranrel qu'il ne tenait plus debout bien avant tout le monde. Il buvait rarement, mais comme c'était lui qui avait le plus à perdre en cas d'échec de Ranrel, il était très nerveux ; il avait commencé à boire dès le petit déjeuner, et avait continué tout le long de cette interminable matinée, jusqu'à l'annonce du résultat. Comme le Maître Pêcheur était aussi très populaire, tout le monde ignora charitablement cette ébriété inhabituelle. Il traversa la cour d'une démarche cahotante pour rejoindre Jaxom, Sharra, Robinton, Sebell, Menolly et Tagetarl, et sa joie communicative les divertit agréablement de leur conversation morose.

— On n'aurait jamais pu laisser notre Atelier ici si Blesserel avait été élu, déclara-t-il avec la jovialité de l'ivresse. Il aurait tout mis en gage, mâts, esparts, coque et ancre dès qu'on aurait eu le dos tourné !

Son exubérance fit sourire tout le monde.

— J'aurais tout déménagé, Atelier, Maîtres, Compagnons et Apprentis dans ce beau port que les vieilles cartes appellent Monaco. Oui, c'est ce que j'aurais fait si Ranrel n'avait pas été élu.

— Mais Ranrel est Seigneur de Tillek, et vous n'avez plus à vous inquiéter, l'assura Robinton.

Le Harpiste fit signe à Sebell et Jaxom de lui trouver un siège avant que ses jambes ne se dérobent sous lui. Menolly et Sharra lui offrirent des bons morceaux dans l'espoir de contrer les effets du vin.

— Je ne vais pas perdre mon temps à manger ce que je vais restituer bientôt, déclara Idarolan, repoussant l'assiette.

Puis il rota et s'excusa.

— Ne faites pas attention, gentes Dames. Vous voyez un homme soulagé, et d'ailleurs, je ferais bien d'aller me soulager, si vous me pardonnez l'expression. Seigneur Jaxom...

Il pencha dangereusement vers le jeune Seigneur, le regard vitreux.

— Avant que je continue à boire, auriez-vous la bonté de m'indiquer la bonne direction ?

Jaxom fit signe à Sebell de l'aider, et, le soutenant chacun d'un côté, ils pilotèrent Idarolan vers les toilettes les plus proches, juste à côté des cuisines.

— J'avais une peur bleue, mes vieux amis, que ce Blesserel soit élu. On aurait été finis, nous, honnêtes pêcheurs, continua Idarolan. Je ne pouvais pas rester sobre en attendant, hein ? Alors j'ai pris un petit remontant, ou trois ou quatre. Mais vous me connaissez, mes enfants. Je ne bois jamais à bord. Jamais. Ni aucun de mes Maîtres — enfin, ceux qui sont inscrits sur les rôles de l'Atelier.

Jaxom le fit entrer dans un box et Sebell ajusta son pantalon. Puis tous deux détournèrent discrètement les yeux. Idarolan se mit à brailler une chanson de marin d'une voix avinée. Il mit si longtemps à se soulager que malgré eux, les deux amis se regardèrent, étonnés de la capacité de sa vessie. Puis le sourire de Jaxom se transforma en gloussement, et Sebell éclata de rire. Sans faire attention à eux, Idarolan continua à brailler.

Puis, brusquement, le Maître Pêcheur termina son affaire et s'affaissa entre eux.

— Aïe ! Tiens-le, dit Jaxom, parvenant tout juste à passer le bras d'Idarolan sur son épaule avant qu'il ne s'effondre.

— Il est ivre mort, Jaxom, dit Sebell avec un grand sourire. Il serait plus charitable de le laisser dormir.

— Maître Robinton ne nous pardonnerait jamais. Va chercher un pot de klah à la cuisine, ça le dessaoulera. Pourquoi devrait-il manquer la moitié de la fête ? Le meilleur est encore à venir.

Rabattant le couvercle, il fit asseoir Idarolan, le soutenant d'une main pour l'empêcher de tomber.

— Je reviens tout de suite, dit Sebell, sortant du box en refermant soigneusement la porte derrière lui.

Jaxom entendit ses bottes crisser sur les dalles, et la porte extérieure s'ouvrir et se refermer.

Puis Jaxom installa Idarolan dans une position plus confortable, ou du moins plus facile à conserver.

A cet instant, la porte extérieure s'ouvrit, et des bruits de pas raclant les dalles indiquèrent l'entrée de plusieurs hommes ; bruits de souliers, et non de brodequins de travail, nota Jaxom, content de son sens de l'observation. Pour épargner tout embarras à Maître Idarolan, il poussa vivement le verrou.

— C'est qu'il n'est pas le seul héritier. Il n'est même pas héritier direct, disait l'un des arrivants.

— On le sait, dit un autre d'une voix graveleuse. Sa mère n'était qu'une cousine au troisième degré. Mais la cousine au deuxième degré vit toujours, elle est de la Lignée, et c'est son fils que nous soutenons à sa place. Ce garçon sera facile comme bonjour à manipuler. Il se croit descendant direct.

— Ce qui est vrai, dit une voix plus légère.

— N'oublie pas que son fils a des fils qui sont en ligne directe, même si sa mère l'a disqualifié pour la succession, dit la voix graveleuse.

Jaxom ne comprenait pas de qui ils parlaient, car le lignage de Ranrel n'avait jamais été en cause. Il avait les yeux clairs de son père et les traits rudes de son grand-père maternel. Mais cette conversation était vraiment inquiétante.

— Cela ne le disqualifie pas, dit le premier d'un ton dégoûté.

— Il a été élevé au weyr, non au fort, et il est chevalier-dragon, donc il ne peut pas être Seigneur.

— Ses fils sont trop jeunes pour entrer en ligne de compte, même avec un tuteur. Non, ce garçon local convient à nos projets. Il n'a besoin que d'être un peu encouragé.

— Il suffit donc d'arranger un accident propice pour que la succession du Fort soit mise aux voix ?

— C'est ça, dit la voix graveleuse.

— Oui, mais comment ? dit la voix légère.

— Il combat les Fils, non ? Et il monte sur les Sœurs de l'Aube, non ? Tout ça, c'est dangereux. Attendons le bon moment, et...

Il ne termina pas, sa pensée étant assez évidente.

Incrédule, Jaxom secoua la tête. Glacé, il réalisa que ces hommes ne pouvaient parler que de lui, Lessa, et F'lessan. Le « garçon local » ne pouvait être que Pell, car sa mère, Barla, était descendante directe de la Lignée de Ruatha.

— Moi, je ne quitte pas le plancher des vaches, pas question, s'écria le second.

Ils s'éloignaient, leur affaire terminée.

— Ce ne sera pas nécessaire, dit le premier. Nous n'aurons qu'à...

La porte claqua derrière eux, coupant le reste de la phrase.

Jaxom réalisa qu'il retenait son souffle, et expira longuement. Il tremblait. Manque d'oxygène, se dit-il, respirant à pleins poumons. Idarolan grogna et commença à échapper à sa prise qu'il avait malencontreusement relâchée.

— Allons, Sebell, dépêche-toi !

Si seulement Sebell arrivait, il verrait qui venait de sortir.

Je vais prévenir son lézard de feu, dit soudain Ruth, d'un ton anxieux. *Vous êtes inquiet. Je le sens. Le pêcheur est malade ?*

Non, Ruth, il est seulement ivre mort. Demande à Kimi de dire à Sebell de se dépêcher. Mais je crois qu'il est trop tard maintenant.

Il n'avait reconnu aucune des voix, et aucune n'avait un accent permettant de repérer le Fort ou l'Atelier d'origine.

Il entendit la porte s'ouvrir brusquement.

— Jaxom ? Qu'est-ce qu'il y a ?

— Tu n'as pas vu trois hommes sortir d'ici, non ?

— Qu'est-ce qu'il y a ? Kimi dit que c'était urgent. Quels trois hommes ? Tout le monde et son père est rassemblé dans la cour.

Sebell tripota la porte jusqu'à ce que Jaxom tire le verrou. Un pichet de klah à la main et un gobelet sous le bras, Sebell considéra le pêcheur comateux, puis, stupéfait, Jaxom.

— Ça ne fait rien, c'est trop tard, dit Jaxom, abattu.

Il décida de ne pas inquiéter Sebell en lui rapportant une conversation qui n'était peut-être que paroles en l'air. C'est bien innocent de bavarder, se dit-il, quoique la conversation qu'il avait surprise ne fût rien moins qu'innocente. Il soupira, résigné.

— Qu'est-ce qui s'est passé ? répéta Sebell.

Ses instincts de harpiste étaient très aiguisés, pensa sombrement Jaxom. Mais il était entraîné à observer, à entendre le non-dit.

— Tout le monde n'est pas content de l'élection de Ranrel. Je suppose qu'il fallait s'y attendre, parvint à dire Jaxom d'un ton détaché.

Sebell lui lança un regard incisif.

— Non, mais en voilà un qui l'est, content. Relève-lui la tête. Peut-être que l'odeur du klah va le ranimer. Et il y a des renforts qui arrivent.

Avec un grand sourire, Sebell passa un gobelet de klah sous le nez d'Idarolan qui remua faiblement.

— Ses hommes s'inquiètent, alors, nous allons leur passer le flambeau.

La porte se rouvrit et plusieurs hommes entrèrent en hâte.

— Maître Sebell ?

— Ici ! dit Sebell en ouvrant la porte du box.

Ils leur confièrent le Maître Pêcheur et sortirent.

Sur le seuil, Jaxom hésita, comprenant pourquoi Sebell n'avait pas vu trois hommes émerger des toilettes. Pendant les quelques minutes où il était resté avec Idarolan, la cour s'était remplie d'une foule joyeuse qui faisait honneur aux plateaux de nourriture et de boissons que des servantes faisaient circuler.

— Quand allez-vous chanter, toi et Menolly ?

— Quand le bon Seigneur Ranrel nous en priera, dit Sebell avec un clin d'œil.

— Une nouvelle ballade ?

— Quoi d'autre pour un nouveau Seigneur ?

La gaieté de Sebell réconforta Jaxom. Inutile de s'inquiéter. Ce n'était sans doute que des paroles en l'air. Mais il ouvrirait l'œil.

Jaxom se sentait vraiment mieux quand lui et Sharra quittèrent à regret la piste de danse. Mais le devoir les appelait. La prochaine Chute commencerait au-dessus des eaux, mais se déplacerait lentement jusqu'à la frontière sud du Fort de Ruatha. Jaxom ne manquait jamais une Chute, quelles que fussent ses activités avec Siav, et se joignait toujours aux escadrilles de T'gellan. Ce n'était pas seulement un point d'honneur ; lui et Ruth se sentaient stimulés par le danger implicite des Chutes et se plaisaient à faire partie d'un Weyr de combat.

— Regarde, Jaxom ! dit Sharra tandis qu'ils se préparaient à quitter le Fort.

Elle lui montra le ciel, les ventres des dragons à peine visibles à la lueur des myriades de lumières qui s'étaient allumées sur tous les murs, fortins et bateaux.

— Je parie que c'est tout le Weyr de Fort qui rentre à la maison !

Jaxom essayait d'ajuster son harnais de vol de façon à ne pas endommager la belle robe de Sharra, et il ne leur lança qu'un regard distrait.

— Ne t'inquiète pas pour mes jupes, Jax, pas après toute la poussière qu'elles ont ramassée sur la piste de danse.

Jaxom toussota, et sentit Sharra lui ébouriffer les cheveux. Alors, il sourit. Il craignait qu'elle ne se fût trop fatiguée à danser, mais si elle était d'humeur si enjouée, c'est qu'elle n'était pas épuisée. Ils allaient rentrer de bonne heure.

Ruth ?

Je veux bien remonter le temps pour une bonne raison, mais cela n'en est pas une.

Oh, vraiment ?

Jaxom monta avec un grand sourire. Sharra lui sourit aussi, nouant ses deux bras autour de sa taille et passant les mains sous sa tunique de vol.

Vous avez tout le temps devant vous, dit Ruth, décollant légèrement.

— Comme c'est beau ! cria Sharra à l'oreille de Jaxom. Demande à Ruth de planer un peu. Je ne reverrai jamais Tillek si magnifique.

Ruth, toujours obligeant, décrivit lentement un large cercle, baissant la tête pour admirer la vue, lui aussi. Le dragon roulait des yeux bleus d'admiration, chacune de leurs facettes reflétant une lumière du port. Le Fort, les fortins et tous les bateaux au mouillage étaient illuminés. Il ne devait pas rester un seul panier de brandons à l'intérieur.

Ruth poussa un soupir de contentement que Jaxom sentit dans les muscles de ses cuisses, puis il remplaça ce spectacle féerique par la vision des falaises austères de Ruatha, disant à Ruth de les y ramener.

Il ne lui fut pas facile de se lever le lendemain, bien que Sharra eût déjà quitté son lit pour consoler le jeune Shawan qui s'était réveillé à l'aube en pleurant. La Chute étant prévue pour l'après-midi, Jaxom s'attarda encore quelques instants pour savourer au lit son premier gobelet de klah. Sharra entra avec Shawan qui avait retrouvé sa gaieté. Jarrol apparut à l'instant même où il entendit la voix de son père, et se jeta sur le lit, les joues encore roses de sommeil et les cheveux en bataille. Ces ébats terminés, Jarrol suivit son père, le regarda faire sa toilette et s'habiller. Après quoi, ils gagnèrent la grande salle de leur appartement où le petit déjeuner les attendait.

Jaxom envoya Jarrol chercher Brand. C'était le moment de régler toute question urgente ayant pu se poser pendant sa dernière septaine d'absence. Et, comme Sharra et Jarrol devaient revenir avec lui au Terminus le lendemain, il y avait aussi d'autres mesures à prendre.

Quand Sharra sortit avec les enfants, Jaxom se rappela l'étrange conversation surprise dans les toilettes de Tillek.

— Dites-moi, Brand, que devient Pell, le fils de Barla et Dowell ?

— Il apprend le métier de son père, mais il aimerait mieux être au Terminus.

— Comme la plupart des jeunes du Nord, répondit Jaxom, se renversant dans le beau fauteuil que Dowell lui avait sculpté.

— Est-il doué pour la menuiserie ?

— Il est assez capable quand il veut, dit Brand, haussant les épaules. Pourquoi cette question ?

— Dans les toilettes à Tillek, j'ai surpris une conversation bizarre. Sans doute des partisans de Blesserel déçus par la décision. Pell aurait des droits légitimes sur Ruatha, je suppose ?

Brand se redressa, l'air consterné.

— Qu'allez-vous chercher là, Jaxom ? Vous n'avez absolument rien à vous reprocher, et vous avez deux beaux fils et sans doute d'autres à venir.

Il fronça les sourcils.

— Qu'avez-vous entendu exactement ? En avez-vous parlé à Lytol ?

— Non, et vous ne lui en parlerez pas non plus. Cela doit rester entre nous ; je vous dis cela de Seigneur à Intendant, d'homme à homme. Je veux que cela soit bien compris.

— Oui, bien sûr, l'assura vivement Brand. Mais seulement si vous me dites tout, ajouta-t-il, le menaçant plaisamment de l'index.

Jaxom fut soulagé de pouvoir se confier, car il avait en Brand une confiance totale. Il espérait que la répétition de cette conversation calmerait son anxiété, mais Brand prit la menace très au sérieux.

— Quelqu'un pourrait-il provoquer un accident là-haut ? demanda Brand.

— Je vous assure que, dorénavant, je choisirai mes compagnons avec soin. Mais je crois qu'un accident serait difficile à organiser.

— Vos deux premiers voyages n'étaient pas sans dangers.

Jaxom secoua vigoureusement la tête.

— Pas avec Ruth près de moi. Pas avec Siav en communication constante avec moi. Pas avec Piemur, Farli et Trig qui m'accompagnaient la première fois. Sharra viendra demain — le saviez-vous ? Parfait. Mirrim et S'len sont prévus pour le lendemain. Aucun d'eux ne conspirerait contre moi. De plus, Ruth ne permettrait jamais qu'il m'arrive malheur.

Vous pouvez en être sûr !

Jaxom sourit, et Brand, reconnaissant les signes d'un échange Ruth-Jaxom, commença à se détendre et se permit même un sourire.

— A l'évidence, ils vous sous-estiment tous les deux, et maintenant que vous êtes prévenu...

Brand fronça les sourcils et étrécit les yeux.

— Je dirai quand même deux mots à Pell. Il est jeune, fier de son lignage, mais pas insensé au point de vouloir devenir Seigneur de Ruatha en vous supprimant. En plus de vous et vos deux fils, F'lessan et ses trois garçons viennent avant lui en ligne de succession. Ils descendent directement de la Lignée par Lessa, même si elle a renoncé à ses droits en votre faveur à votre naissance. Je ne vois pas les vieux Seigneurs les leur contester parce que F'lessan est chevalier-dragon. C'est la Lignée qui compterait dans ce cas, et je crois que Pell n'aurait pas une chance. Du moins, pas avec la composition actuelle du Conseil. Mais puisse le problème ne jamais se poser !

La conviction de Brand fit beaucoup pour calmer l'angoisse qui rongeait Jaxom.

Puis Brand redressa les épaules, comme il le faisait toujours avant de changer de conversation.

— Quelle belle investiture ! dit-il.

En temps qu'Intendant en Chef de Ruatha, il avait, lui aussi, assisté aux festivités de Tillek.

— Je n'avais jamais vu le Fort de Tillek si beau. Nous assisterons à de grands changements sous le gouvernement de Ranrel. Et c'est très bien pour vous d'avoir un autre Seigneur à peu près de votre âge.

— Oui, grimaça Jaxom, je pourrai peut-être parler de temps en temps à ces Conseils.

— Il paraît que Toric a finalement écouté votre message, dit Brand avec un grand sourire.

— Oui, même si c'est Groghe qui le lui a transmis. Bon, qu'est-ce que vous avez à régler avec moi ? J'ai une Chute juste après le déjeuner.

— Rien que des petits détails, Seigneur Jaxom, dit Brand, prenant la première feuille sur sa pile.

Tandis que Ruth tournait lentement au-dessus du Weyr de Fort, Jaxom se demanda une fois de plus comment procédaient les premiers chevaliers-dragons qui avaient occupé le vieux cratère ? Se rangeaient-ils comme aujourd'hui le long de la couronne des Pierres de l'Etoile au-dessus du Bassin créé par un glissement de terrain ? Quand les chevaliers-dragons, devenus trop nombreux, avaient-ils dû créer le Weyr de Benden ? Impossible de le savoir — le cœur de Jaxom se serra à l'idée de l'histoire qu'ils ignoreraient toujours — regret avivé par tous les faits historiques qu'ils avaient appris de Siav. Mais, quelle qu'ait été la gloire du passé, la vue du Weyr était toujours aussi stupéfiante, avec toutes ses escadrilles au complet, renforcées par les jeunes de cette Révolution. Verts, bleus et bruns étaient rangés derrière les bronzes des Seconds d'Escadrille, luisants de santé dans le soleil de l'après-midi.

Le bronze Lioth, portant N'ton, majestueux devant les

Pierres de l'Etoile, salua Ruth d'un claironnement de bienvenue, et le dragon blanc alla prendre sa place habituelle à la droite du Chef du Weyr. N'ton salua Jaxom, et lui montra le Bassin, où les quatre Dames au Dragon endossaient leurs lance-flammes.

Le chevalier-bleu, revenant d'une reconnaissance, émergea brusquement, levant les deux bras en le signal ancestral annonçant l'imminence d'une Chute. N'ton lui répondit de même, tandis que les dragons, presque ensemble, tournaient la tête pour recevoir la pierre de feu de leur maître. Les reines décollèrent du Bassin et vinrent prendre position à la gauche de N'ton et Lioth. Le grand bronze mastiquait soigneusement le premier des nombreux blocs de pierre de feu qu'il broierait avant la fin de la Chute. Jaxom en offrit aussi à Ruth, et écouta, toujours aussi émerveillé, le bruit des dents écrasant la roche phosphorée. Connaître comme il le connaissait maintenant le processus chimique par lequel les dragons digéraient la roche dans leur deuxième panse puis recrachaient en flammes le gaz phosphoré n'avait en rien diminué son respect pour les dragons.

Lioth ayant fini de mâcher son premier bloc, il rugit, et N'ton leva le bras en le signal ancestral du départ. Lioth décolla d'un bond puissant, immédiatement suivi de Ruth. Les reines s'envolèrent avec grâce l'instant suivant. Prenant de la hauteur, Lioth vira vers le sud-est, et, une par une, les escadrilles s'élancèrent, manœuvrant pour prendre leur position de combat : trois au niveau supérieur, trois juste derrière N'ton et Jaxom, et la dernière plus bas, avec l'escadrille des reines juste en dessous.

Tous les yeux étaient braqués sur N'ton ; tous les dragons prêtaient l'oreille à Lioth. Pour autant que Jaxom eût vu des escadrilles entières plonger dans l'*Interstice*, pour autant qu'il eût participé à ce transfert, il l'impressionnait et l'exaltait toujours.

L'*Interstice est plus froid que l'espace*, dit-il à Ruth. Une respiration plus tard, ils émergèrent au-dessus de la frontière méridionale de Ruatha, le ruban argenté de la Rivière serpentant loin au-dessous d'eux. Et à l'est, ils virent la pluie argentée qu'ils venaient détruire.

Les escadrilles effectuèrent leur jonction avec les Fils, crachant le feu sur les épais filaments qui se recroquevillaient, et, réduits en cendres, tombaient sur le sol, inoffensifs. Les escadrilles supérieures balayaient le ciel, et, au niveau inférieur, les Dames au Dragon projetaient des gouttes de feu liquide sur les rares Fils qui leur avaient échappé.

Une fois de plus, Jaxom et Ruth participaient à l'antique défense de Pern, adoptant son rythme, évitant ses dangers, entrant et sortant de l'*Interstice*, esquivant les Fils, et crachant les flammes sur la pluie mortelle, agissant non pas consciemment, mais par réflexes nés d'une longue pratique.

Ils avaient effectué au moins huit traversées de la Chute quand un dragon bleu hurla juste devant eux et plongea dans l'*Interstice*. Jaxom se raidit et attendit, le cœur battant, le retour du bleu, qui reparut à des centaines de longueurs au-dessous de son point de sortie, l'aile gauche parsemée de brûlures de Fils.

Il est grièvement blessé, dit Ruth à Jaxom, comme le bleu disparaissait de nouveau, sans doute pour rejoindre le Weyr et les soigneurs qui enduiraient son aile de baume calmant. *Encore un jeune. Il y en a toujours un qui n'ouvre pas l'œil.*

Jaxom ne savait pas si Ruth parlait du dragon ou de son maître. Soudain, Ruth vira sec pour éviter un amas de Fils, et une courroie coupa la cuisse gauche de Jaxom. Puis il vira dans l'autre sens, presque sur place et se jeta sur l'amas qui s'éloignait, crachant puissamment les flammes. Se redressant, il tourna la tête vers son maître d'un mouvement péremptoire, et Jaxom lui tendit docilement un bloc de pierre de feu. Tout en mastiquant, il prit de l'altitude pour voir où ses flammes seraient le plus utiles. Puis Ruth vira sur sa droite, projetant une fois de plus tout le poids de Jaxom contre son harnais de vol. Tout à coup, Jaxom sentit la courroie antérieure se détendre, ne le fixant plus assez fermement sur sa selle. Il saisit vivement une crête de cou, resserra ses genoux sur les flancs de Ruth, et se cramponna de la main droite à la courroie de gauche.

Ruth réagit instantanément, s'arrêtant en plein vol pour permettre à Jaxom de retrouver son équilibre.

La courroie s'est cassée ? demanda Ruth d'un ton étonné.

Jaxom passa un doigt ganté sur toute sa longueur, et

localisa facilement l'endroit, juste en dessous de la boucle de ceinture, où le cuir était distendu, mais pas rompu. Il s'en était fallu de peu. Une pression un peu plus forte, et la courroie aurait cédé, projetant le chevalier hors de sa selle.

Jaxom repensa alors à l'inquiétante conversation surprise la veille. Avaient-ils pu réaliser leur plan si vite ? « Un accident », avaient-ils dit. Qu'est-ce qui pouvait moins éveiller les soupçons qu'un harnais de vol défectueux ?

Un chevalier-dragon entretenait toujours son harnais lui-même, renouvelant souvent les courroies, en vérifiant l'usure avant chaque Chute. Jaxom se maudit. Il n'avait pas vérifié son harnais le matin, l'avait pris simplement à son clou dans le weyr de Ruth, où n'importe qui entrait comme il voulait.

Il y avait une chose plus froide que l'*Interstice* et l'espace. La peur !

La courroie n'est pas cassée, Ruth. Mais le cuir est très distendu. Retournons à Fort, j'en demanderai une autre au Maître des Aspirants. Dis à Lioth que nous partons. Ce ne sera pas long.

Jaxom se fit vertement tancer par H'nalt, le Maître des Aspirants, car, lorsqu'ils examinèrent la courroie, ils constatèrent que son cuir, durci par le froid, détendu et cassant, était prêt à se rompre. En revanche, les boucles et les anneaux étaient bien astiqués et passèrent facilement l'inspection de H'nalt. Soulagé que l'incident ne fût pas d'origine criminelle, Jaxom rejoignit le Weyr et combattit jusqu'à la fin de la Chute.

La première chose qu'il fit en rentrant, ce fut de tailler de nouvelles courroies dans le beau cuir bien tanné de son Fort. Le soir, assisté de Jarrol, il se mit en devoir de les graisser et de les coudre aux boucles et aux anneaux. Il ne parla pas de l'incident à Sharra, heureusement habituée à le voir passer la soirée à entretenir son harnais. Plus tard, quand Ruth fut endormi dans son weyr, Jaxom raccrocha le vieux harnais à son clou habituel, et il cacha le neuf, de même que le double harnais qu'il partageait avec Sharra. Un homme averti en vaut deux.

Levé des heures avant l'aube de Ruatha pour partir au Terminus, Jaxom aida Sharra à revêtir Jarrol de ses chauds vêtements de vol. Shawan était beaucoup trop jeune pour supporter le froid de l'*Interstice* et était confié aux soins de sa nourrice pendant l'absence de sa mère. Ce voyage comportait assez d'attraits pour arracher Sharra à ses devoirs maternels : elle verrait par elle-même pourquoi Jaxom se passionnait tant pour ces activités ; elle aurait l'occasion de pratiquer sa profession ; et elle verrait ses meilleurs amis. Jancis avait proposé de s'occuper de Jarrol avec son petit Pierjan pendant que Sharra serait sur le *Yokohama*. Ses deux lézards de feu, le bronze Meer et le brun Talla, étaient beaucoup plus excités qu'elle, et se firent gronder par Ruth quand il décolla.

Il faisait frais au Terminus, car c'était l'hiver austral, mais le pays n'était jamais aussi sombre et nu que Ruatha en hiver. Sharra aimait Ruatha — c'était le Fort de Jaxom et l'endroit où ses enfants étaient nés — mais c'était dans le sud qu'elle avait passé sa jeunesse.

Dès qu'ils entrèrent dans le bâtiment de Siav, Mirrim courut à leur rencontre.

— Je suis prête, annonça-t-elle.

— Pas si vite ! dit Jaxom en riant.

Partager la vie de T'gellan l'avait un peu calmée, mais elle avait encore tendance à faire un peu trop de zèle dans son enthousiasme. Ce n'était pas nécessairement négatif, se dit Jaxom, mais ce pouvait être fatigant pour ses compagnons

— Enfin, je suis prête, moi. Il reste à charger sur mon vert Path deux tonneaux et les bouteilles. Et si nous ne savons pas encore ce que nous devons faire, nous ne le saurons jamais. Rien de plus simple : ouvrir les paquets, ajouter de l'eau, et remuer.

— Pas seulement, sourit Sharra. C'est la disposition des miroirs qui prendra du temps, leur inclinaison était cruciale pour la croissance des algues.

— Je sais, je sais, dit Mirrim, avec un geste impatienté.

— S'len est prêt, lui aussi ? demanda Jaxom.

— Lui ! dit Mirrim, levant les yeux au ciel. Il étudie les photos de la passerelle bien que nous devions recevoir nos instructions de Ruth !

— Qui transportera les tonneaux d'eau ? demanda Sharra.

Prenant Mirrim par la main, elle l'entraîna pour vérifier ce détail.

— Il paraît que vous avez appris à Toric ce qu'il devait faire, dit D'ram, les yeux brillants de malice.

— Non. C'est le seigneur Groghe qui le lui a dit. Il y a du nouveau au Terminus ?

— Siav vous dira ce que vous avez besoin de savoir, dit D'ram, le précédant dans le couloir. Il vous attend.

Exactement comme si Jaxom ne s'était pas absenté plusieurs jours, Siav se mit à lui détailler l'ordre du jour sans préambule.

— Il y a maintenant assez d'oxygène dans la Section Environnement, mais vous devrez néanmoins accomplir vos missions aussi vite que possible. Les lézards de feu accompagneront Dame Sharra et la Chevalière-Verte Mirrim, car ils sont sensibles à toute baisse soudaine de la pression ou du taux d'oxygène. Il fait également partie intégrante de cet exercice d'habituer autant de lézards de feu que possible au transfert de la planète sur le *Yokohama*.

— Quand nous expliquerez-vous ce détail particulier de votre plan ? demanda Jaxom.

Articulant sans parler, il fit lui-même la réponse attendue.

— En temps opportun. Si vous saviez la réponse, pourquoi avez-vous posé la question, Jaxom ?

— Pour savoir, répondit-il en souriant. Au cas où le temps opportun serait survenu pendant mon absence.

— Il y a beaucoup de choses à réaliser avant ce moment. Vous le comprenez sans doute mieux que personne, vous qui avez été sur le *Yokohama*.

— Encore deux Révolutions ?

— Cinq mois et douze jours, étant donné la position de la planète excentrique. En attendant, les lézards de feu peuvent devenir des messagers, et transporter sur le *Yokohama* certains articles proportionnés à leurs forces.

Jaxom garda sa déception pour lui. Ils n'avaient d'autre choix que de suivre le rythme imposé par Siav. Mais qu'est-ce que Siav pourrait bien faire transporter aux lézards de feu ? Il n'en avait aucune idée.

Sachant inutile de questionner Siav davantage, il rejoignit les autres pour préparer le départ. Les volontaires ne manquaient pas pour aider à charger Ruth, Path et le

Bigath de S'len, mais Mirrim s'inquiétait exagérément de la position de bouteilles sur son cher Path.

— Tu perds ton temps, Mirrim, lui dit finalement Jaxom comme elle voulait mettre des coussinets sous les nœuds pour ne pas blesser le dos de son dragon. La charge est bien équilibrée, et nous ne nous déplaçons pas en vol normal, tu sais.

Il se demanda si c'était sa façon de dissimuler sa nervosité. Sharra était calme, de même que S'len, pourtant rouge d'excitation.

— Je ne veux pas qu'elles se déplacent, ces bouteilles, répondit Mirrim avec raideur.

— Elles se déplaceront de toute façon. Jusqu'au *Yokohama*, remarqua S'len avec un grand sourire.

— Assez ! Partons ! Allez, Ruth ! dit Jaxom, qui sentit Sharra resserrer ses mains sur sa ceinture.

Il transmit mentalement l'image de la passerelle à Ruth, qui passa les instructions à Path et Bigath.

S'il y avait bien des choses que Jaxom ne comprenait pas chez Siav, l'intelligence artificielle avait de son côté quelque problème pour comprendre les capacités des dragons. Par exemple, quel poids un dragon pouvait-il transporter ? Réponse : le poids que le dragon *pensait* pouvoir transporter. Réponse que Siav trouvait spécieuse — et certainement sans aucun intérêt, alors qu'il lui fallait des nombres précis.

Autre question : comment les dragons savent-ils où aller ? Leurs maîtres le leur disent. Réponse insuffisante pour expliquer le processus à Siav. Alors que Siav acceptait la téléportation, il ne comprenait pas pourquoi la télékinésie était un concept impossible à faire comprendre aux dragons et aux lézards de feu.

En préparant ce vol, Jaxom avait demandé à Ruth s'il pourrait transporter deux personnes, plus deux tonneaux, l'un d'eau pure et l'autre d'eau carbonatée. Ruth avait répondu oui, mais Siav, voyant la charge, avait exprimé des doutes.

— Si Ruth pense qu'il peut, il peut, avait répondu Jaxom. Ce n'est pas très loin.

*Ce serait peut-être plus facile en plongeant dans l'*Interstice *du sol au lieu de décoller,* avait remarqué Ruth.

Alors, la charge est trop lourde pour toi ? demanda Jaxom, taquin.

Bien sûr que non. Mais encombrante. Tout le monde est prêt ? On y va !

Les cinq lézards de feu escorteurs émirent un « couic », et l'instant suivant, les bouteilles cognaient contre les parois de la passerelle. Les trois nouveaux poussèrent des cris d'étonnement. Se retournant en souriant, Jaxom vit Sharra, les yeux dilatés d'émerveillement devant la vue incroyable de Pern déployée sous eux. Les cinq lézards de feu pépiaient et cabriolaient, ravis de l'apesanteur.

— Oh, dit-elle, les yeux brillants d'excitation. Maintenant je comprends pourquoi tu aimes tant venir. Cette vue est si belle, si sereine ! Si seulement nos vieillards grincheux pouvaient voir notre monde d'ici... N'est-ce pas incroyable, Mirrim ?

Jaxom se retourna vers Mirrim, qui contemplait la vue, les yeux exorbités.

— C'est Pern ? demanda-t-elle d'une voix étranglée.

— Mais oui. Magnifique, n'est-ce pas ? S'len ? Vous êtes là ? Ça va ?

— Je... je crois, dit le chevalier-vert avec hésitation.

Jaxom sourit de nouveau à Sharra.

— C'est très impressionnant, dit-il du ton blasé de l'habitué. Mais au travail. Rappelez-vous que Siav nous répète sans cesse de ne pas gaspiller l'oxygène.

— Pourquoi ? demanda Mirrim, toujours contestataire. Il n'y a qu'à apporter ici davantage de bouteilles.

D'un geste vif, elle se mit à déboucler son harnais.

— Doucement, Mirrim. Vous êtes en ap... oh... attention.

Oubliant qu'elle devait se mouvoir posément en apesanteur, Mirrim dérivait maintenant vers le plafond.

— Tends-moi une main, et de l'autre, pousse légèrement sur le plafond. Là, comme ça.

Mirrim avait été trop surprise pour crier ; et elle ne voulait pas non plus se montrer à son désavantage. Elle fit ce que disait Jaxom, et parvint même à sourire en se raccrochant au museau que Path lui tendait obligeamment. Heureusement, le vert était coincé entre le garde-corps et la paroi, et ne pouvait pas se livrer aux fantaisies de l'apesanteur.

— Pas de mouvements brusques en démontant, S'len. Retenez-vous à une crête de cou ou autre chose, lui conseilla Jaxom, débouclant son harnais et engageant Sharra à faire de même.

Sans cesser de leur prodiguer encouragements et conseils, il surveilla le déchargement. S'len réalisa avec ravissement qu'il suffisait d'une légère poussée d'un seul doigt pour déplacer les lourdes bouteilles.

— Elles sont quand même encombrantes, dit Mirrim, en en poussant une vers la réserve. T'gellan devrait me voir, ajouta-t-elle en souriant. Mais je comprends maintenant pourquoi Siav a choisi les dragons verts.

— Pour une fois, les verts sont chargés des missions les plus importantes, dit fièrement S'len.

— Les verts ont des capacités plus variées qu'on ne le réalise, ajouta Mirrim avec force. Je n'en dirais pas autant des lézards verts, remarqua-t-elle, acide, observant les bouffonneries de Reppa et Lola, qui cabriolaient au-dessus de leurs têtes avec des pépiements extatiques. Meer, Talla, et son brun Tolly, dédaignant de telles extravagances, étaient collés à la fenêtre, fascinés par la vue.

Dès que les dragons furent déchargés, Lytol encouragea Path et Bigath à venir le rejoindre à la fenêtre. Tandis que le dragon blanc flottait sereinement, les deux verts eurent quelques problèmes que les humains trouvèrent hilarants.

— Oh, ils s'y mettent vite, remarqua Jaxom. Après tout, ils ont l'habitude du vol.

Une fois les bouteilles d'oxygène attachées dans leur placard, les humains prirent le temps d'admirer la planète.

— Est-ce que la vue ne change jamais ? demanda Mirrim. Je ne vois pas Benden.

— Ni Ruatha, ajouta Sharra.

— Je distingue à peine le Weyr Oriental, intervint S'len, et pourtant, je le croyais très étendu.

— C'est ce qu'on appelle une orbite géosynchrone, mes amis ; le vaisseau reste dans la même position par rapport à la planète, dit Jaxom. Pourtant si vous vous déplacez vers la première console, vous verrez la côte de Nerat et une partie de Benden sur l'écran arrière. Mais, ajouta-t-il à l'adresse de Sharra, le Fort Méridional est toujours sous l'horizon.

— Alors, n'amène par Toric ici, car la seule chose qui l'intéresse, c'est de voir toutes ses terres déployées sous lui, répondit-elle, ironique.

Ils se déplacèrent tous jusqu'à la console de navigation, d'où Jaxom activa l'écran arrière.

— Ce n'est rien, dit Mirrim, dédaigneuse. Trop petit.

— Une minute, dit Jaxom, levant la main en se répétant mentalement la séquence modifiant la vue sur l'écran principal.

Il tapa sur le clavier, et la vue changea.

— Par l'Œuf, c'est incroyable, soupira S'len, arrondissant les yeux d'étonnement. Comment avez-vous fait, Jaxom ?

Jaxom lui récita la séquence, que S'len répéta en hochant la tête.

— Maintenant, je vais aider les femmes à transporter les tonneaux dans la Section Environnement. Si vous voulez que je vous accompagne avec Ruth sur le *Bahrain*...

— Non, non, c'est inutile, dit S'len, offensé, en montant Bigath.

Ruth, surveille leur direction, veux-tu.

Bigath sait parfaitement où il va. Pas d'affolement, répliqua Ruth, sans se détourner de la fenêtre.

Quand S'len et Bigath eurent disparu, Jaxom se frotta vivement les mains.

— Très bien, descendons ces tonneaux à l'Environnement, dit-il. Ce n'est qu'un étage plus bas et ça fournira de l'oxygène à la passerelle en cas d'urgence.

Ils mirent les tonneaux dans l'ascenseur et descendirent au niveau inférieur.

— Tu n'avais pas dit que Siav nous avait réchauffé l'endroit ? dit Sharra, se frictionnant vigoureusement les bras.

— Il fait beaucoup plus chaud que la première fois, répondit Jaxom en souriant.

Mirrim leva les yeux au ciel en claquant des dents, puis poussa les portes se trouvant juste devant l'ascenseur.

— Ouah ! C'est bien plus grand que je ne pensais, dit-elle, entrant dans la salle blanche aux parois recouvertes de placards, avec, en son milieu, d'immenses spirales de plateaux qui tourneraient sur leurs axes pour que chacun reçoive la quantité de lumière réfléchie nécessaire à la croissance des algues.

— Reste avec nous, Mirrim, dit Jaxom, poussant doucement du pied un tonneau hors de l'ascenseur.

Il ne leur fallut pas longtemps pour installer le tout. Jaxom offrit de les aider à préparer les plateaux où elles devaient semer les spores sur des coussinets humides, mais elles refusèrent. Elles sortirent leur matériel, les paquets d'algues et les engrais qu'elles devaient ajouter à l'eau.

— Où est la conso... commença Sharra.

Puis elle vit la console, méticuleusement couverte par celui qui s'en était servi la dernière fois.

— Très bien, chéri, dit-elle d'un air distrait à Jaxom en lui faisant signe de sortir. Nous avons tout ce qu'il nous faut. Occupe-toi de ton travail.

De retour sur le pont, il retrouva Ruth et les cinq lézards de feu, toujours collés à la fenêtre. Jaxom activa la communication entre les deux vaisseaux et vit S'len qui humidifiait consciencieusement les coussinets des plateaux, s'efforçant de ne pas renverser d'eau.

Constatant que tout allait bien, Jaxom s'assit enfin devant la console de navigation et activa le télescope pour exécuter sa propre mission. Il ouvrit le canal de Siav et en reçut la nouvelle séquence pour le télescope, qu'il programmait pour observer les étoiles visibles au-dessus de Pern. Le temps qu'il ait vérifié deux fois avec Siav, Sharra et Mirrim étaient de retour, évoluant déjà avec plus d'aisance en apesanteur.

— S'len est déjà au travail ? demanda Mirrim. Alors, il est temps que nous allions sur le *Buenos Aires*, dit-elle, fermant sa jaquette et faisant signe à Sharra de l'imiter. Jaxom, Farli a ouvert le système de diffusion d'oxygène là-bas ?

— Oui, l'air est maintenant respirable dans les parties du *Buenos Aires* que nous devrons utiliser.

Ruth, commença Jaxom, car, tout en faisant confiance à Mirrim et Path, c'était quand même Sharra qu'ils allaient transporter sur le *Buenos-Aires*.

Si Path me surprenait à le surveiller, Mirrim ne vous le pardonnerait jamais, répliqua le dragon blanc, avec un regard douloureux à son maître.

*D'accord, d'accord. J'ai confiance ou pas. Or, j'ai
confiance en elle. Je vais me contrôler.*

Moi aussi !

Quand les deux jeunes femmes furent montées sur Path,
Mirrim le salua en disant :

— Ne nous attends pas. Nous rentrerons directement
au Terminus.

Avant qu'il ait eu le temps de protester, Path disparut
avec les lézards de feu. Ses doigts volant sur le clavier,
Jaxom activa la communication avec le *Buenos-Aires* juste
comme Path y arrivait.

Ruth émit un grognement dédaigneux si vigoureux que
son souffle l'écarta de la fenêtre.

— D'accord, d'accord, dit Jaxom, éteignant sa console.
Puisque j'ai fini, retournons au Terminus.

En rentrant au Terminus, Sharra et Mirrim trouvèrent
Brekke et Maître Oldive qui les attendaient. Brekke,
l'épouse introvertie de F'nor, avait accepté de se perfectionner dans le traitement des blessures, car elle aidait souvent les guérisseurs du Weyr de Benden.

— Maître Morilton nous a livré les boîtes de Petri
aujourd'hui, leur dit-elle. Siav dit que si vous n'êtes pas
trop fatiguées, il peut continuer sa dernière leçon sur les
bactéries et la façon de les vaincre avec ce qu'il appelle
des an-ti-bo-oh-tics.

Sharra et Mirrim se consultèrent du regard, mais elles
étaient plus exaltées que fatiguées par leur travail du matin.
Sharra était fascinée par la possibilité d'isoler certaines
bactéries et de trouver des moyens de combattre les infections en développant des bactériophages spécifiques. Elles
entrèrent donc au laboratoire — et poussèrent des cris de
joie en constatant qu'il y avait un microscope pour chacun.

— Nous n'aurons plus à travailler à tour de rôle ! dit
Mirrim. C'est seulement pour mon œil !

S'installant sur un haut tabouret, elle appliqua son œil
à l'oculaire.

— Hum, si on ne regarde rien, on ne voit rien.

— Prenez place à vos microscopes, s'il vous plaît,
commença Siav d'un ton indiquant qu'ils devaient écouter
avec attention. Non seulement Maître Morilton a pu nous
livrer les boîtes de Petri dans lesquelles vous cultiverez les

bactéries de votre choix, et les microscopes qui vous permettront de progresser chacun à votre rythme, mais Maître Fandarel a imaginé un appareil à ultra-sons avec lequel nous pourrons casser les bactéries, afin d'en examiner la structure chimique. Maître Fandarel a fait bon usage de ses études d'électromagnétisme. Ceci n'en est qu'une application parmi beaucoup d'autres — mais très importante pour vous.

« Les bactéries qui font l'objet de la leçon d'aujourd'hui proviennent de blessures, poursuivit Siav, ignorant la grimace de Mirrim. Des blessures que vous avez tous eu l'occasion de voir, et qui se sont infectées. En séparant les bactéries, il est possible de découvrir les parasites — symbiotiques pour la plupart — qui existent dans les bactéries. En altérant ces petits parasites symbiotiques en formes pathogènes, nous en faisons des prédateurs — vous vous rappelez comment on détermine qui est un prédateur et qui est un parasite ?

— Oui, Siav, dit Mirrim avec un grand sourire. Qu'on les admire ou qu'ils vous dégoûtent.

— On peut toujours compter sur vous pour vous rappelez ces distinctions, Mirrim. Espérons que cette capacité se retrouvera dans vos études.

Mirrim fronça le nez avec impudence, mais Siav poursuivit :

— Ainsi, on peut transformer un parasite symbiotique en prédateur, et obtenir un organisme utile pour détruire cette bactérie particulière. C'est souvent plus utile que les antibiotiques, comme vous le verrez...

— Combien existe-t-il de bactéries ? demanda Brekke.

— Plus qu'il n'y a de grains de sable sur toutes vos plages.

— Et il va falloir les trouver toutes, une par une ?

Mirrim n'était pas la seule atterrée à cette perspective.

— Vous aurez tout loisir d'en étudier tant et plus si vous le désirez. Mais nous faisons aujourd'hui une premier pas sur la longue route menant au contrôle des infections bactériennes. Nous allons commencer par cultiver les effluents d'une blessure, puis en isoler une variété de bactérie.

CHAPITRE 11

Passage actuel, vingtième révolution

« Nous devrions être contents, je suppose, que tant de jeunes aspirent encore à devenir chevaliers-dragons malgré les attraits du Terminus, remarqua Lessa, observant les soixante-deux candidats debout sur l'Aire d'Eclosion.

F'lar regarda sa minuscule compagne en souriant.

— Tout le monde est disponible pour les pontes de Ramtoh. Groghe a failli danser de joie quand sa cadette a été sélectionnée pendant la Quête.

— Il deviendra insupportable si sa fille confère l'Empreinte à une reine, gloussa Lessa. Elle est ravissante. Je me demande de qui elle tient.

— Lessa ! dit F'lar, feignant l'indignation. Mais Groghe ne devrait pas recueillir tous les honneurs. Après tout, Benelek a été élu premier Maître de l'Atelier des Techniciens, et il a encore un fils et une fille qui réussissent très bien dans les groupes d'études de Siav.

— Au moins, il garde les pieds sur terre. Ah, le voilà.

Elle montra le Seigneur Groghe, qui entrait sur l'Aire d'Eclosion, à la tête de la délégation de Fort. Sa tenue était presque sévère, comparée aux vêtements voyants des autres. Lessa hocha la tête avec approbation.

— Et il a eu la bonne idée de mettre des bottes, continua-t-elle, regardant le corpulent Seigneur avancer avec assurance sur les sables brûlants, tandis que ses compagnons dansotaient pour ne pas se brûler les pieds.

— La Danse des Sables de l'Aire d'Eclosion, ajouta-t-elle, réprimant un éclat de rire.

— Viens, allons prendre nos places, dit F'lar, la prenant par le bras. Et voyons si les semelles intérieures dont Maître Ligand est si fier isolent aussi bien de la chaleur que du froid de l'*Interstice*.

Lessa lança un coup d'œil admiratif à ses nouvelles bottes rouges avant de lui prendre le bras.

— C'est la fibre végétale dont il se servait pour le feutre qui isole des températures extrêmes.

Elle s'était fait faire une nouvelle tenue bordeaux pour cette Eclosion — la trente-cinquième de Ramoth — car il y avait un œuf de reine, le premier depuis douze Révolutions. La grande reine pondait rarement moins de vingt œufs, mais cette couvée en comptait trente-cinq.

Les huit Chefs de Weyrs s'étaient déjà mis d'accord sur la fondation d'un neuvième, car les leurs étaient pleins, et il y avait des dragons de deux ans vivant encore dans la Caverne des Aspirants par manque de place. Les Chefs de Weyrs étaient fiers d'avoir leurs escadrilles au complet, mais la dignité des dragons exigeait qu'ils aient chacun leur Weyr individuel. Il n'y avait plus de site adéquat dans le nord, et, comme de plus en plus de gens s'installaient dans le sud, il avait été convenu que le nouveau Weyr s'installerait sur le Continent Méridional, entre le Weyr Méridional de K'van et le Weyr Oriental de T'gellan. Les larves protégeaient peut-être la terre et la végétation, mais les dragons étaient nécessaires pour écarter les Fils des habitations, étables et écuries. Quelques remaniements de personnel dans les Weyrs, et on trouverait facilement assez de vieux chevaliers-dragons contents de vivre dans le sud où le climat était plus clément pour les vieux os et les rhumatismes.

Lessa rougit de plaisir au souvenir de tout ce qui avait été accompli par une ex-servante de Ruatha et le chevalier-bronze que personne ne croyait à l'époque. Elle leva les yeux sur son compagnon, remarquant de nouveaux fils blancs dans sa chevelure de jais. Ses pattes d'oie s'étaient accusées, autre signe de vieillissement, mais il semblait n'avoir rien perdu de sa vitalité. Peut-être devraient-ils démissionner et laisser le gouvernement de Benden à des chevaliers plus jeunes, se dit-elle. Ayant moins de responsabilités, ils pourraient consacrer plus de temps aux fascinants projets du Terminus. Non qu'elle pensât avoir la moindre chance d'en convaincre F'lar tant qu'il n'aurait pas éradiqué les Fils à jamais.

F'lessan lui avait longuement expliqué qu'une fois que l'atmosphère de la cale du *Yokohama* serait respirable, même un dragon aussi grand que Ramoth pourrait y aller pour contempler Pern de l'espace. Lessa ne savait pas trop si elle désirait s'y rendre, tout en se félicitant de voir son étourdi de fils devenir membre responsable et enthousiaste d'une équipe de Siav. Elle aimait tendrement le seul enfant qu'elle avait pu donner à F'lar, mais elle ne se faisait pas d'illusions sur lui.

— Tu es partie dans l'*Interstice*, ma chérie ? murmura F'lar, se penchant vers elle, l'air amusé. Groghe nous fait bonjour.

Elle arbora son sourire le plus aimable, repéra le Seigneur de Fort et lui rendit son salut. Les gradins étaient couverts de gens venus voir un fils, une fille conférer l'Empreinte à un dragon, ou simplement assister à un événement invariablement magnifique.

— Ces semelles intérieures sont efficaces, dit F'lar, l'aidant à monter.

— N'est-ce pas ?

Puis ils avisèrent Larad, Asgenar, leurs épouses et leurs aînés sur le deuxième gradin, et ils leur firent joyeusement bonjour. Maître Bendarek était sur le même gradin, en grande conversation avec le nouveau Maître Imprimeur Tagetarl, et il ne la vit pas.

Elle inspecta les rangs derrière elle, cherchant Maître Robinton et D'ram, qui manquaient rarement une Eclosion. Elle les repéra facilement, resplendissants dans leurs atours de Fête. Leur participation au grand projet de Siav les avait rajeunis, eux et Lytol. Pourquoi ces hommes vieillissants s'épanouissaient-ils dans la nouveauté et le changement, tandis que d'autres, comme Sangel, Norist, Corman, Nessel et Begamon refusaient toutes les améliorations que les nouvelles connaissances procuraient à Pern ? Non, ce n'étaient pas des connaissances nouvelles, mais des connaissances retrouvées. Et juste à un moment du Passage où tout le monde avait besoin d'un nouvel espoir.

Elle répondit distraitement à plusieurs autres saluts avant de prendre place sur le premier gradin.

C'est presque l'heure, dit Ramoth à sa maîtresse, balançant possessivement la tête au-dessus de l'œuf de reine.

Ne fais pas peur aux candidates, ma chérie.

Ramoth regarda sa maîtresse, les yeux brillant de toutes les couleurs de l'arc-en-ciel.

Si elles ont peur, elles ne sont pas dignes de ma fille.

Pourtant, elles te plaisaient bien, hier.

Aujourd'hui, c'est différent.

Lessa acquiesça aimablement, connaissant les humeurs de son dragon. *Aujourd'hui, ta fille recevra l'Empreinte.*

Tous les dragons assemblés de Benden avaient déjà commencé leur bourdonnement de bienvenue, dont les vibrations la pénétraient tout entière. Elle se tourna et sourit à F'lar, qui sourit en retour en lui prenant la main. Ces émouvants préliminaires étaient devenus pour eux comme l'affirmation de leur amour et de leur attachement à leurs dragons.

Un brusque silence tomba sur les gradins quand l'assistance perçut des sons bien connus. Des lézards de feu entrèrent et allèrent se percher tout en haut de la caverne. Ramoth les suivit des yeux, mais elle ne rugissait plus quand ils entraient dans l'Aire d'Eclosion. Siav avait raconté à Lessa la réception que les lézards de feu avaient réservée à leurs immenses cousins lors de la première Eclosion, elle l'avait à son tour racontée à Ramoth, et depuis, elles étaient toutes deux plus charitables envers les lézards de feu.

Certains œufs commençaient à se balancer légèrement, et les cinquante-sept jeunes garçons s'approchèrent, rayonnants d'espoir. Les cinq filles s'avancèrent lentement, mais résolument, vers l'œuf de reine moucheté.

Recule, ma chérie, dit doucement Lessa.

Sans tout à fait gronder, Ramoth fit un pas en arrière, dardant un coup de langue sur son œuf.

Ramoth !

— Toujours ses fantaisies habituelles ? demanda F'lar.

— Hum. *Encore deux pas en arrière, ma chérie, et garde ta langue dans ta bouche. Un peu de dignité, voyons !*

Lessa avait parlé avec autorité, et tout en balançant la tête en une dernière affectation de résistance, elle recula

— de cinq pas, à dessein trois de plus qu'on ne lui demandait — puis s'assit, roulant des yeux rouge-orange de contrariété.

Alors, Lessa évalua du regard les cinq candidates à l'œuf de reine. La fille de Groghe, à peine quinze Révolutions, était la plus jeune et la plus délicate. Elle avait déjà conféré l'Empreinte à deux lézards bronze, et Lessa espérait qu'ils se tiendraient bien jusqu'à la fin de l'Empreinte. Ramoth tolérait les petites créatures dans l'Aire d'Eclosion, mais n'aimait pas qu'elles volent au-dessus de sa tête. Mais Nataly avait reçu une bonne éducation, et ses deux lézards de feu s'étaient admirablement bien tenus depuis leur arrivée à Benden.

Breda, la blonde éthérée, venait de Crom. Bizarre que Nessel n'ait fait aucune objection à la Quête alors qu'il s'opposait au soutien énergique que les Weyrs accordaient à Siav. C'était une compagnonne tisserande très effacée, et, à vingt-deux ans, la plus âgée des candidates.

Cona venait de Nerat, et, depuis la septaine qu'elle était au Weyr, rapportait Manora, elle avait déjà visité le Weyr de trois chevaliers-bronze. Ce n'était pas mauvais chez la maîtresse d'une reine, et certainement préférable au manque de sensualité.

Pourquoi les dragons avaient choisi Silga restait un mystère, car son premier vol dans l'*Interstice* l'avait terrifiée, et ce n'était pas un bon présage.

Tumara, la dernière, était cousine de Sharra, et tellement ravie de quitter son île de pêcheurs au large d'Ista qu'elle se tuait au travail pour être utile.

Cette bonne volonté était louable, mais ne devait pas verser dans la soumission, qui n'était pas la qualité la plus désirable. Une Dame du Weyr devait être ferme, juste et en union totale avec sa reine. Mais il n'était pas certain que ce couple accède jamais à la direction d'un Weyr.

Il y avait beaucoup à faire, outre trouver un site convenable pour le nouveau Weyr. Puis, la première jeune reine — de n'importe quel Weyr — qui décollerait pour son vol nuptial serait courtisée par tous les bronzes encore sans attache. Leurs maîtres deviendraient temporairement Chefs du Weyr, jusqu'à ce qu'ils aient prouvé leurs capacités. Et comme les trois quarts des jeunes reines de Pern seraient en chaleur au cours des quelques mois à venir, cette façon de choisir les dirigeants du Weyr serait aussi juste qu'une autre.

Le bourdonnement des dragons s'accéléra et monta dans l'aigu. Le premier œuf — Lessa fut soulagée de voir émerger une tête et des ailes bronze — s'était proprement fendu en deux, et le dragonnet en sortait déjà. Un beau bronze vigoureux, encore chancelant, bien sûr, mais déjà capable de déployer ses ailes et de tourner la tête de droite et de gauche, essayant d'accommoder sa vision encore incertaine sur les silhouettes debout devant lui.

Avec un cri triomphal, il fit un saut prodigieux et atterrit devant un solide garçon — de l'Atelier des Forgerons d'Igen, si elle avait bonne mémoire. Parfois, les jeunes visages anxieux se mêlaient dans son souvenir avec ceux de tous les candidats vus au cours de toutes les Eclosions auxquelles elle avait assisté ici depuis vingt-trois ans qu'elle était Dame du Weyr. Retenant son souffle, elle revécut ce moment magique où le jeune garçon réalise qu'il a été choisi ; l'air extasié, il s'agenouilla pour caresser l'impérieuse créature, le visage inondé de larmes de joie, puis il lui jeta ses bras autour du cou.

— Oh, Braneth, tu es le plus beau bronze du monde !

L'auditoire acclama et les dragons interrompirent leur bourdonnement pour claironner leur bienvenue.

Après la première Empreinte, d'autres œufs se cassèrent ou se fendirent, propulsant leurs occupants sur le sable chaud, et les dragonnets bruns, bleus et verts se choisirent des maîtres aux personnalités compatibles.

— Douze bronzes, c'est parfait, dit F'lar, qui surveillait la formation des couples. Quelques bruns de plus n'auraient pas fait de mal — il n'y en a que quatre — mais la distribution des bleus et des verts est parfaite.

Lessa n'avait pas fait très attention aux trois dernières éclosions, car l'œuf de reine commençait à se balancer. Doucement d'abord, puis avec une énergie considérable. Pourtant, l'œuf ne portait encore aucune fêlure, chose qui commençait à inquiéter Lessa. Généralement, les reines étaient impétueuses à leur naissance. Puis le bout du nez émergea, les deux griffes d'ailes et — comme si la petite reine avait violemment secoué les épaules — la coquille se fendit verticalement en eux, et elle se dressa, immobile, encadrée par les deux hémisphères blancs, regardant autour d'elle avec une grande dignité.

— Oh, quel amour, murmura F'lar à Lessa. Regarde-la, c'est elle la reine de la place !

Avec une souplesse inattendue pour une nouveau-née, la petite reine renversa la tête en arrière, regarda longuement Ramoth, puis ramena la tête en avant pour considérer les cinq jeunes filles debout devant elle. Délicatement, elle s'éloigna de sa coquille, et, avec une tranquille arrogance, promena son regard sur celles qui attendaient sa décision.

— Je te parie un mark sur Cona, dit F'lar.

— Tu perdras. Ce sera Nataly. Elles sont parfaitement accordées.

Mais la petite reine avait sa tête. Elle alla à un bout du demi-cercle formé par les jeunes filles, puis les passa attentivment en revue une par une. Elle dédaigna Cona et Nataly — et s'arrêta devant Breda, tendant le cou et poussant doucement de la tête le corps de la jeune fille.

— Et voilà pour nos intuitions, dit F'lar, faisant claquer ses doigts.

Lessa gloussa.

— Un dragon ne se trompe jamais.

Puis elle resta bouche bée. Breda s'était agenouillée pour serrer la tête de la petite reine contre son cœur, et son visage, plutôt banal, avait pris une beauté radieuse.

Levant sur Lessa des yeux lumineux, elle dit :

— Elle dit qu'elle s'appelle Amaranth !

— Très bien, Breda. Félicitations ! lui hurla Lessa par-dessus les applaudissements déchaînés saluant toujours l'Empreinte d'une reine. *Tu es satisfaite ?* demanda-t-elle à Ramoth qui observait, l'air renfrogné.

La Quête n'aurait pas sélectionné la fille si elle ne convenait pas. Nous verrons ce qu'elle donnera avec Amaranth. Celle-ci, c'est ma vraie fille.

Du haut du dernier gradin, Mnementh émit un claironnement triomphal.

— Eh bien, il faut maintenant attaquer les autres activités de la journée, ma chérie, dit F'lar, la prenant par la taille et l'aidant à descendre sur les sables chauds.

En une rare manifestation d'approbation maternelle,

Ramoth suivit F'lar et Lessa qui aidaient Breda à guider Amaranth hors de l'Aire d'Eclosion.

— Je n'avais jamais pensé un instant que je serais choisie, Dame du Weyr, dit Breda. Je n'ai jamais quitté Crom, même pas pour une Fête.

— Votre famille est venue ?

— Non, Dame du Weyr, mes parents sont morts. C'est l'Atelier qui m'a élevée.

Avec une familiarité inattendue, Lessa posa la main sur le bras de Breda.

— Il faut m'appeler Lessa, mon enfant. Nous sommes toutes les deux maîtresses d'une reine.

Les yeux de Breda se dilatèrent.

— Et qui sait ? dit F'lar, ne plaisantant qu'à moitié. Vous serez peut-être bientôt Dame du Weyr, vous aussi.

Stupéfaite, la jeune fille s'immobilisa, mais Amaranth la poussa avec impatience, couinant de faim.

Lessa resserra sa main sur le bras de Breda, et la conduisit vivement vers les grands plats de viande crue destinés aux dragonnets.

— C'est une possibilité, c'est vrai. Mais d'abord, je vais vous montrer comment nourrir Amaranth. Ne vous laissez pas impressionner par ses gémissements. Ils croient toujours mourir de faim après l'Eclosion.

Breda n'avait guère besoin d'instructions pour nourrir Amaranth, car elle se mit à la tâche avec une aisance qui fit penser à Lessa qu'elle avait sans doute souvent nourri des enfants dans l'Atelier qui l'avait élevée. La vie au Weyr serait très différente : Breda venait d'acquérir une immense famille.

Puis Lessa se tourna vers une tâche beaucoup moins agréable un jour d'Eclosion : celle de consoler les candidates malheureuses. F'lar avait déjà commencé auprès des garçons. Lessa trouva Nataly et le Seigneur Groghe assis en famille à une table. Debout devant eux, Manora servait du vin, du klah et des jus de fruits. Nataly s'efforçait de cacher sa déception, et y parvenait assez bien, décida Lessa. Beaucoup mieux que Silga et Tumara, qui étaient en larmes, avec leurs familles qui ne savaient pas quoi dire pour les consoler. Cona avait disparu. Lessa se demanda quel chevalier l'avait enlevée, mais se dit que cette consolation serait sans doute la plus efficace.

Elle s'arrêta pour bavarder avec le Seigneur Groghe et Nataly, puis alla réconforter Silga et Tumara.

Les Harpistes avaient commencé à jouer, et, bien qu'il y eût encore des visages tristes dans l'assemblée, la musique aurait tôt fait de les égayer. Les serviteurs du Weyr s'affairaient déjà à servir le vin et apportaient d'immenses plats de wherry rôti. La nourriture est souvent un remède souverain, se dit Lessa.

Enfin, quand les dragonnets furent endormis sur leurs paillasses, le Maître des Aspirants permit aux nouveaux chevaliers-dragons de rejoindre leurs familles, et les festivités battirent alors leur plein.

— Voilà une étonnante jeune reine, n'est-ce pas ? dit Robinton, se glissant à une place vide à côté de Lessa.

Il leva son verre à l'adresse de F'lar, assis devant elle.

— Elle a réussi son entrée, non ?

Lessa sourit et, prenant l'outre de vin de Benden suspendue à sa chaise, remplit le gobelet de Robinton.

— Amaranth est-elle la raison pour laquelle F'lessan s'intéresse tant aux concessions vacantes du Sud ? dit Robinton, du ton innocent qui apprit à F'lar et Lessa qu'il avait deviné la nécessité d'un nouveau Weyr.

F'lar émit un grognement entendu.

— Il l'a proposé.

— Il est plus souvent au Terminus qu'ici, ajouta Lessa avec ironie.

Avec trois fils issus de trois jeunes filles différentes, il préférait se soustraire à leurs poursuites. Il s'était bien occupé de ses enfants, mais il n'était pas plus prêt à se lier à une seule femme que n'importe quel autre chevalier-bronze jeune, beau et séduisant. Manora avait même déclaré que l'absence temporaire de ce jeune charmeur pousserait peut-être l'une d'elles à former avec un chevalier plus âgé une relation plus stable.

Robinton haussa un sourcil, suggérant à Lessa qu'il était au courant de la situation de F'lessan.

— C'est un excellent choix pour une exploration. Son enquête doit-elle porter uniquement sur la situation d'un nouveau Weyr ?

— Pourquoi ? Toric recommence à s'agiter ? demanda F'lar.

Robinton but posément une gorgée de vin.

— Pas vraiment. Maintenant que la situation est réglée avec Denol, Toric rattrape le temps perdu avec Siav.

— Et ? dit F'lar.

— Il a assez bien dissimulé sa contrariété en découvrant... hum... l'étendue du Continent Méridional. Heureusement, il a décidé que son Fort devait abriter des annexes des deux nouveaux Ateliers. Je crois aussi que lui et Hamian ont eu une explication orageuse au sujet de la plante fibreuse dont Hamian se sert comme matériau isolant.

— La plante fibreuse dont parle tant Bendarek ? demanda Lessa. Vous savez qu'il s'inquiète vraiment de la quantité d'arbres nécessaires à la fabrication du papier.

— Il a raison, dit Robinton, hochant la tête avec conviction. Et raison également de penser qu'il vaudrait mieux utiliser cette plante rampante commune sur tout le Continent Méridional que d'abattre nos arbres magnifiques.

— Je croyais que c'était Sharra qui l'avait découverte et reconnu ses propriétés, ajouta Lessa.

— C'est ce que dit Toric, répliqua Robinton, les yeux brillants de malice. Il prétend qu'elle l'a trouvée sur les terres de son Fort en faisant une reconnaissance pour lui.

— Ne sera-t-il donc jamais satisfait ? demanda Lessa avec emportement.

— J'en doute, répondit Robinton, philosophe.

— Faudra-t-il en venir à le combattre pour créer des Forts dans le Sud ? poursuivit Lessa, irritée de son calme.

— Ma chère Lessa, personne, absolument personne ne défiera jamais un homme ou une femme monté sur un dragon ! Et espérons que nous n'en arriverons jamais là !

— Et le Weyr Méridional ? lui rappela F'lar sévèrement.

— Oui, je sais, mais ce n'était pas une agression — c'était un enlèvement.

Robinton avait une bonne raison de se rappeler l'époque où l'œuf de Ramoth avait disparu de l'Aire d'Eclosion, et où les dragons de Benden avaient failli combattre les dragons des Anciens. Ne désirant pas rappeler aux Chefs du Weyr qu'ils l'avaient ostracisé à l'époque, Robinton leva son gobelet, regardant plaintivement l'outre suspendue au dossier de Lessa. Elle le lui remplit.

— Je trouve très avisé d'envoyer F'lessan explorer le

Continent Méridional et en évaluer le potentiel sans doute surprenant. Quand part-il ?

Lessa sourit, haussant les sourcils.

— Je crois qu'il y est déjà.

Portés par les courants ascendants, Golanth volait sud-sud-ouest, au-dessus des grandes plaines se déroulant à l'infini. Un petit pincement de remords gâchait la joyeuse contemplation de F'lessan. Il aurait dû finir de résoudre ses équations pour Siav, qui croyait sa présence requise à l'Eclosion de Benden. Mais comme F'lessan n'avait nulle envie d'expliquer à Nera, Faselly et Brinna pourquoi il ne pouvait pas choisir parmi elles, il était assez content de passer cette journée de liberté à obéir aux ordres de F'lar et de Lessa.

Golanth était si heureux que F'lessan trouva inutile de se ronger de remords futiles. De façon inattendue, il s'était beaucoup appliqué à l'étude — et même, ça lui plaisait. En vérité, s'il repensait aux deux Révolutions passées, il réalisait qu'il avait passé plus de temps avec Siav qu'au Weyr — à part au moment des Chutes. Il volait souvent en qualité de second d'escadrille avec T'gellan du Weyr Oriental, et K'van du Weyr Méridional. Il aimait combattre les Fils, et lui et Golanth étaient extrêmement habiles à les esquiver.

Il y avait une question qu'il n'avait pas osé poser à F'lar et Lessa : s'il trouvait un site convenable pour le nouveau Weyr, serait-il en lice pour devenir son Chef ? Il écarta cette idée presque instantanément. F'lessan se faisait peu d'illusions sur ses capacités. Il était bon chef d'escadrille, il comprenait les aptitudes des dragons, il savait quels étaient les meilleurs chevaliers de tous les Weyrs et qui étaient les aspirants les plus capables à Benden, mais il ne croyait pas que personne pensât à lui pour la direction d'un Weyr. Et il savait que la question serait décidée par un vol nuptial auquel participeraient tous les bronzes sans attaches.

Je suis grand et fort, l'informa Golanth, légèrement matador. *J'aurais rattrapé Lamanth l'autre fois, si Lioth n'avait pas fait cette manœuvre plongeante. Il s'était exercé avec les verts !* ajouta-t-il avec irritation.

F'lessan calma son dragon de la voix et de la main. Il

avait été un peu contrarié lui-même. Bien sûr, Celina avait presque l'âge de Lessa, mais cela devenait une question d'honneur pour Golanth de couvrir une reine, et Celina était facile à vivre. Tout le monde s'entendait bien avec elle.

Un nuage de poussière attira l'attention de F'lessan, et il dit à Golanth de virer vers lui.

Je n'ai pas faim pour le moment, remarqua Golanth quand ils furent assez près pour distinguer des croupes d'animaux en fuite.

Descends un peu plus près, veux-tu, Golanth ? Je n'ai jamais vu des animaux comme ceux-là. Brun et blanc, et noir et blanc.

Et ce sont de grosses bêtes, grasses et juteuses, ajouta-t-il, tentateur.

Si elles sont grasses maintenant, elles le seront encore plus quand je serai prêt à manger.

F'lessan gloussa. Golanth avait ses côtés têtus. Il jeta un coup d'œil sur le cadran attaché à son poignet, comparant l'heure qu'il indiquait à celle du soleil. Assez précis. Siav appelait ça une montre — et la première fois qu'il l'avait portée, F'lessan avait regardé, fasciné, l'aiguille des secondes trotter tout autour du cadran. Jancis la lui avait donnée pour son anniversaire. Elle l'avait conçue et exécutée spécialement pour lui. F'lessan avait été flatté, et ravi d'être l'heureux propriétaire d'une des rares montres de Pern. Jancis n'en avait fait que six. Piemur, naturellement, en portait une ; de même que le Seigneur Larad et Dame Jissamy ; Maître Robinton et Maître Fandarel étaient les deux autres heureux élus.

Lui et Golanth volaient depuis cinq heures. S'ils n'apercevaient pas bientôt leur objectif, il allait demander à Golanth d'atterrir pour déjeuner et se dégourdir les jambes. Un vol de six heures lors d'une Chute, c'était une chose — il était activement impliqué et trop occupé pour ressentir un inconfort quelconque. Mais c'était autre chose d'aller quelque part en vol normal — et toujours ennuyeux. C'était pourtant nécessaire quand la destination n'était pas familière, ou qu'on n'avait pas pu recevoir une image du site d'un autre dragon ou chevalier, ce qui était le cas aujourd'hui. Golanth volait pourtant vite, tirant le meilleur parti des courants ascendants pour accroître sa vitesse, mais c'était quand même bien monotone.

Malgré tout, F'lessan était content d'être le premier quelque part pour une fois. Il n'était pas envieux de nature, mais il trouvait que Piemur et Jaxom avaient eu plus que leur lot de découvertes. Il était très fier de la confiance que F'lar et Lessa lui avaient témoignée en l'occurrence. Ils auraient pu envoyer un autre chevalier-bronze, ou F'nor. Mais c'étaient F'lessan et Golanth qui survolaient les grandes plaines, en direction de l'immense mer intérieure que les colons avaient baptisée Caspienne, et vers un Fort baptisé Xanadu.

Soudain, sur sa droite, le soleil éblouit reflété par une étendue d'eau ?

Sur la droite, Golly, dit F'lessan, très excité.

Grande étendue d'eau, ajouta Golanth.

Comme il l'avait souvent fait, F'lessan se demanda s'il verrait mieux avec des yeux à facettes comme les dragons.

Je vois pour vous tout ce que vous désirez, remarqua Golanth.

F'lessan le flatta affectueusement. *Je le sais, mon grand, et je suis toujours reconnaissant de ton aide. Je me demandais juste l'effet que ça faisait, c'est tout.*

Golanth reprit de l'altitude. *Courant ascendant,* dit-il, laconique, et F'lessan se coucha sur son cou pour ne pas gêner la montée. Il sentit une altération dans l'air, et poussa un hurlement de triomphe quand Golanth se mit à planer dans l'air chaud.

Autre chose que tu peux faire et moi pas — détecter la présence des courants ascendants. Comment fais-tu ?

Mes yeux voient les variations de l'air. Je flaire la différence, et ma peau sent les modifications de la pression.

Vraiment ? dit F'lessan, impressionné par cette explication. *Tu as écouté mes leçons d'aérodynamique avec Siav ?*

Golanth réfléchit un moment, puis répondit.

Oui. Vous l'écoutez, alors je me suis dit que je pouvais l'écouter aussi. Ruth l'écoute, et Path aussi. Ramoth et Mnementh n'écoutent pas. Ils préfèrent dormir au soleil. Bigath écoute toujours, et Sulath et Beerth aussi. Clarinath, de temps en temps, mais Pranith, toujours, et Lioth chaque fois que son maître est là. Parfois, c'est très intéressant, et parfois ennuyeux.

Non seulement c'était un discours d'une longueur inhabituelle pour Golanth, mais il donna tant à penser à F'lessan que cela l'occupa jusqu'à ce qu'ils arrivent en vue de la mer intérieure.

Comment sont les courants, Golanth ? Faut-il la traverser ou la contourner ?

La traverser.

Il faut mettre le cap au nord-ouest, Golanth, pour arriver à la concession des ancêtres. Mais je ne crois pas que nous y trouverons grand-chose.

Survolant l'immense étendue d'eau, ils remarquèrent les petites îles et les pics trouant la surface comme des doigts. Sur certains, des arbres rabougris avaient trouvé assez de terre dans les crevasses pour prendre racine.

La côte ouest leur apparut enfin, avec ses hautes falaises. Cette mer intérieure avait dû se former dans un affaissement de terrain, se dit F'lessan, reconnaissant la formation géologique d'après les leçons de Siav. Cela expliquait aussi les pics et les îles, sommets de montagnes englouties. Si ces falaises distantes étaient trouées de grottes, elles constitueraient un site de Weyr idéal. Et avec toute cette eau, il n'y aurait jamais un dragon sec !

Aussi fut-il très déçu quand, s'étant approché, il n'aperçut aucune ouverture dans la paroi lisse de la falaise.

Les dragons des Weyrs Oriental et Méridional n'habitent pas dans des falaises, et ils ne se plaignent pas, lui dit Golanth pour le consoler.

Je sais, mais on m'a demandé de repérer un ou deux vieux cratères habitables.

Le soleil me trouvera aussi bien dans une clairière, et il y a des arbres très odorants dans cette région.

F'lessan caressa Golanth, souriant de ses efforts pour atténuer sa déception. *Ce n'est pas ma seule mission. Dans les contreforts de ces montagnes, il y avait une concession nommée Honshu. Mais puisque nous sommes là, nous pouvons tout de suite localiser Xanadu.*

Les yeux perçants de Golanth repérèrent des contours bizarres sur une éminence, proche d'une large rivière ayant creusé une gorge profonde reliant l'océan à la mer intérieure. Golanth atterrit près de ces ruines supposées. Regardant autour de lui, F'lessan pensa d'abord que son dragon s'était trompé car il ne distinguait rien sous l'épaisse végétation.

Ce ne sont pas des formes naturelles, s'entêta Golanth, accrochant une griffe d'aile à une branche et tirant. Des myriades d'insectes s'échappèrent du couvert végétal, et F'lessan se retrouva devant une haute cheminée de pierre et des vestiges de murs.

F'lessan branla du chef en pensant à ces fous qui avaient construit en plein milieu de la végétation, se rendant deux fois plus vulnérables aux Fils. Sortant un friand de ses fontes, il mangea tout en inspectant les ruines, grattant parfois les pierres de son couteau. C'était une grande demeure. Golanth, qui s'était frayé un chemin dans la végétation luxuriante, appela son maître pour inspecter d'autres ruines.

— C'était une concession importante, pas de doute, dit F'lessan.

Revenant au bâtiment principal, il réfléchit à la situation des anciens habitants, si proches de la mer. Extraordinaire. S'il n'y avait pas eu les Fils, cela aurait constitué un site parfait pour un Weyr.

— Nous avons un autre site à visiter, Golanth, dit-il brusquement, secouant la mélancolie que lui inspirait le souvenir de ces ancêtres morts depuis si longtemps.

Il demanda à Golanth de planer au-dessus de l'endroit afin d'en imprimer les détails dans son esprit en vue de futures visites. Si non, rectifia F'lessan, *quand* Pern serait débarrassée des Fils, cela ferait un admirable Weyr à ciel ouvert.

Golanth monta sur un courant ascendant, puis mit le cap à l'ouest. Ils avaient encore une longue route à faire. La main en visière sur les yeux, F'lessan considéra le soleil déclinant, puis, se reprochant son étourderie, consulta sa montre. Encore quatre heures avant le crépuscule. Le vol nocturne ne dérangeait pas Golanth, et ce n'aurait pas été la première fois que F'lessan aurait dormi blotti entre les pattes de son dragon, mais s'ils volaient de nuit, il ne verrait pas le paysage, but de ce long vol.

Ils continuèrent à voler, Golanth battant des ailes sans faiblir, jusqu'au moment où la grande barrière montagneuse du sud, de pâle tache mauve se transforma en un vaste massif pourpre barrant l'horizon.

Elles sont hautes, ces montagnes ! Plus hautes qu'aucune de celles du Nord avant les Déserts Glacés.

L'air doit être raréfié, là-haut, remarqua Golanth. *Il faut les traverser ?*

Je ne crois pas.

F'lessan tira de sa poche la carte que Siav avait imprimée pour lui, et elle claqua tellement au vent qu'il eut du mal à lire. *Non, cette concession de Honshu est dans les contreforts précédant la chaîne proprement dite, mais nous sommes encore trop loin pour la voir.*

Les derniers rayons du soleil, illuminant le site de leur destination, les éblouissaient. Mais Golanth avait les yeux perçants et repéra une longue file d'animaux entrant dans la falaise par une large ouverture.

Tu es sûr que tu as bien vu ? Ils auront sûrement dû emmener leurs bêtes en partant.

Ce sont peut-être des bêtes sauvages qui ont trouvé là un refuge, suggéra Golanth. Accélérant ses battements d'ailes, il atterrit au pied de la falaise juste comme s'éteignaient les derniers rayons du soleil.

Impossible de se méprendre sur le vaste chemin aplani par l'usage menant à l'ouverture dans la falaise. F'lessan jeta un coup d'œil à l'intérieur, la puanteur le prit à la gorge, et il toussa. Des fentes percées haut dans les murs ne lui donnaient pas assez de lumière, et l'odeur décourageait les investigations. Les bêtes mugirent de surprise à sa vue, et se mirent à tourner avec agitation dans ce qu'il devina être une immense caverne. La forte odeur d'ammoniaque l'étouffait à moitié et lui faisait pleurer les yeux, alors il ressortit. Adossé à la falaise, il respira à pleins poumons l'air frais du soir.

— On dirait bien que tu m'as trouvé Honshu, Golanth, dit F'lessan, passant la main sur le bord de l'ouverture. La pierre est coupée aussi nettement que du fromage par un couteau. Comme au Fort et au Weyr de Fort — quand les anciens avaient encore des scies électriques. C'est forcément Honshu.

En tâtonnant, il repéra une porte, insérée en retrait dans la paroi.

— Et ils ont laissé la porte grande ouverte. Bon, Golanth, cherchons un campement pour la nuit. Un bon feu mettra un peu de gaieté dans cette nuit noire. Je ne sais pas si ces grands félins dont parlent Sharra et Piemur rôdent si loin au sud, mais...

Aucun félin n'oserait s'en prendre à moi !

— Aucun désirant voir le lendemain, dit F'lessan en riant, scrutant les ténèbres.

Suivez-moi, dit Golanth, partant sur la gauche.

— Tu vaux mieux qu'une torche.

F'lessan le suivit, prenant garde à ne pas lui marcher sur la queue.

Le bois mort était abondant, de même que les pierres pour construire le foyer, et F'lessan fut bientôt confortablement assis, adossé à l'épaule de Golanth, grignotant ses rations de voyage et sirotant le vin de Benden dont il avait persuadé Manora de remplir sa gourde. Puis, parce qu'il n'y avait rien d'autre à faire, il déroula la fourrure capitonnant la crête de cou de Golanth, se blottit entre les pattes antérieures de son dragon et s'endormit.

Il s'éveilla à l'aube. Il ranima les braises de son feu pour faire son klah matinal et réchauffer un friand. Golanth se dirigea vers la rivière et but à longs traits.

Bon endroit pour nager — quand le soleil sera levé, dit-il en connaisseur. *Et la falaise sera très bien pour la sieste. Le soleil donnera sur la pierre qui rayonnera sa chaleur.*

F'lessan sourit en buvant son klah. *Tu en as appris, des choses, en écoutant Siav.*

Seulement celles qui ont un sens pour moi.

Puis F'lessan entendit les bêtes mugir et bêler dans la caverne.

Reste ici, Golanth, sinon les animaux ne sortiront pas et je veux explorer l'endroit.

Je veux bien. Elles n'ont rien à craindre de moi, je n'ai pas encore faim.

Je doute que ça les rassurerait, mon ami.

F'lessan but un deuxième gobelet de klah, puis couvrit son feu de terre et de graviers, pour que l'odeur de bois brûlé n'alarme pas les bêtes.

Il n'attendit pas longtemps. Dès que les rayons du soleil frappèrent l'entrée, les animaux — qui représentaient plusieurs variétés de bétail — commencèrent à sortir pour aller paître ou brouter. La plupart avaient des petits. F'lessan observa l'exode sans bouger un muscle. Et quand ils eurent tous disparu sur le chemin, le chevalier-bronze se dirigea vers l'ouverture.

— Pouah !

La puanteur était toujours aussi décourageante — le fumier s'était accumulé jusqu'à hauteur de cuisse, par endroits. Retenant son souffle, il passa la tête à l'intérieur. La caverne était immense, pour autant qu'il en pouvait juger à la lumière des flaques de soleil entrant par les hautes fenêtres. C'est alors qu'il remarqua un escalier sur sa droite.

Golanth, je vais entrer. Il y a un escalier.

Rabattant son col sur sa bouche et son nez, il s'élança vers l'escalier et monta en courant jusqu'au premier palier, où il s'arrêta. A sa droite, s'ouvrait une large porte, autrefois fermée par une serrure, maintenant rouillée, qui tomba en poussière sous sa main. Il poussa le battant, et se trouva sur un autre palier d'où descendaient de larges marches dans une grande pièce, très haute de plafond. Des fentes percées dans les murs laissaient à peine entrer assez de lumière pour lui permettre de distinguer un objet volumineux, grand comme la moitié d'un dragon, soigneusement recouvert.

J'ai trouvé un artefact antique ! dit-il à Golanth tout en descendant quatre à quatre.

La housse était de fabrication ancienne, lisse au toucher et d'un vert éclatant une fois balayée la couche de poussière grise qui la recouvrait. Soulevant un coin de la bâche, F'lessan découvrit ce qui était incontestablement la proue d'un véhicule. Découvrant un peu plus l'incroyable objet, F'lessan le reconnut d'après les images projetées par Siav : c'était un traîneau aérien.

Attends que Benelek et Maître Fandarel voient ça, Golanth ! Ils vont être comme fous ! s'écria F'lessan, ravi du bruit qu'allait faire sa découverte. Il roula la bâche un peu plus, remarquant avec quel soin son propriétaire avait emballé le véhicule et se demandant pourquoi il l'avait laissé derrière lui.

Plus de carburant, sans doute.

Ça a l'air bien incommode, cet engin, remarqua Golanth.

Ne t'inquiète pas, mon cœur. Je ne t'échangerai jamais contre un de ces traîneaux aériens. Ils ont tout le temps besoin de réparations. On n'a pas ce souci avec un dragon.

F'lessan rit de bon cœur à l'idée de tous les Forgerons se pressant avec excitation autour de cette relique — même si elle ne leur servait à rien. Quand même, c'était une précieuse trouvaille, car ils avaient découvert très peu d'objets utilisés par les colons. Puis il remarqua des râteliers à outils contre un mur, une pile de sacs en plastique vides comme ceux qu'utilisaient les colons pour emballer toutes sortes d'objets, et, sous une épaisse couche de poussière, des conteneurs en plastique de couleurs vives.

Ce n'est pas ça qui impressionnera Siav quand je l'en informerai. Je ferai donc bien d'explorer l'endroit à fond pour lui faire un rapport complet. Siav respecte les rapports complets.

Puis il regagna le palier et continua à monter. Il remarqua, dans le fumier couvrant les marches, des marques de sabots qui s'arrêtaient devant une nouvelle porte.

Celle-ci coulissa à l'intérieur du mur — non sans efforts de la part de F'lessan. Quand l'ouverture fut assez grande pour s'y glisser, il franchit la porte et se retrouva sur un autre palier, avec un escalier descendant dans une immense caverne — un atelier, à en juger sur le nombre et la variété des tables et des placards. Légèrement étonné, il reconnut une forge, un four à céramique et plusieurs établis. C'est aussi là qu'il vit pour la première fois les signes d'un départ précipité, car certains tiroirs étaient encore à demi ouverts, et, sur trois tables, des boîtes en cartons n'avaient jamais retrouvé leurs couvercles. Il n'enquêta pas davantage, car une autre volée de marches montait à un étage supérieur.

Je ne cesse de m'élever dans le monde, Golanth, avec de nouvelles merveilles à annoncer à Siav. Ooooh, mais c'est une vraie caverne aux trésors. Les habitants de ce Fort sont partis, mais pour une fois, ils n'ont pas emporté grand-chose avec eux. Robinton et Lytol seront fascinés !

Golanth répondit d'un grognement, et F'lessan rit de ce manque d'enthousiasme en montant l'escalier quatre à quatre.

Et il ne fut pas déçu. A ce niveau, la porte s'ouvrit sur ce qui avait dû être la salle principale du Fort. Une arche gracieuse donnait accès à ce qui était sans doute la salle commune. Pour la première fois, il eut le sentiment d'être un intrus, et il s'arrêta sur le seuil. Il ne distingua que des formes vagues dans la pénombre, mais le soleil délimitait le contour des fenêtres.

Revenant sur ses pas, il ouvrit tout grands les battants

de la grande porte, clignant les yeux dans le soleil matinal. Le Fort était orienté au nord-est, comme le devait tout fort du sud, et une jolie brise souleva la poussière accumulée sur le sol. Cette lumière lui permit de repérer les fenêtres, percées très haut au-dessus de sa tête, et la perche permettant de les ouvrir. Il en ouvrit cinq sur dix avant de remarquer ce qu'il y avait au-dessus d'elles.

Golanth ! Il faut que tu voies ça ! C'est stupéfiant !

Que je voie quoi ? Où êtes-vous ? Il y a assez de place pour moi ?

Je... je crois.

F'lessan entendit son bredouillement répercuté par le haut plafond voûté, couvert de fresques dont les couleurs vives n'avaient rien perdu de leur éclat. Et il reconnut ce qu'elles racontaient.

— Ça devrait clouer le bec aux sceptiques — c'est une vérification indépendante de ce que nous a dit Siav ! murmura-t-il, parcourant les murs du regard avant de les étudier avec attention.

Il s'absorba tellement dans sa contemplation qu'il lui fallut un moment pour réaliser que ce raclement qu'il entendait, c'était le frottement des griffes de Golanth sur les pierres.

Cette porte n'est pas assez large pour moi, dit Golanth, d'un ton très contrarié. F'lessan se retourna et réprima un éclat de rire. Golanth avait passé la tête et le cou dans l'ouverture, mais ses épaules massives ne passaient pas.

— Tu n'es pas coincé, au moins ? demanda-t-il avec sollicitude.

Puisque cette porte est déjà si grande, ils auraient pu la faire un peu plus haute et plus large pendant qu'ils y étaient.

— A l'époque, ils n'ont pas dû penser à des dragons de ta taille, Golanth. Mais peux-tu voir les fresques ? Il y a même une scène avec des dragons — juste au-dessus de ma tête. C'est étonnant. Chaque événement majeur fait l'objet d'un panneau : l'atterrissage, dit-il, montrant les fresques à mesure, les navettes de la Prairie du Vaisseau ; et, oui, des traîneaux aériens comme celui d'en bas ; la construction des forts, la culture des terres, et puis, les Fils. Ce panneau est trop réaliste. Ça me fait mal au cœur rien que de le regarder. Ils avaient beaucoup de traîneaux, des appareils volants plus petits, des lance-flammes et... ah... au plafond, il y a même Rukbat avec toutes ses planètes. Si seulement on avait découvert cet endroit bien plus tôt...

F'lessan admira les fresques en silence un long moment.

— Ils voudront tous venir ici, dit-il enfin avec une immense satisfaction. On a bien travaillé, Golanth. Et cette fois, nous étions les premiers !

Il regarda autour de lui une dernière fois, décidant de ne pas pousser plus loin ses investigations pour que les autres aient le plaisir de découvrir l'endroit dans l'état où les colons l'avaient laissé. Puis il referma soigneusement les fenêtres.

Golanth avait tenté de voir ce qu'il pouvait de la porte. Quand F'lessan revint vers lui, il recula prudemment sur le large palier, et F'lessan referma les larges battants, s'émerveillant de la technique qui permettait aux gonds de tourner encore après tant de siècles d'immobilité. Levant les yeux, il vit trois autres étages de fenêtres.

— Ce n'est ni un Weyr, ni un Fort, mais ça pourrait servir, dit F'lessan, se rappelant l'objet de sa mission. Enfin, quand les Maîtres d'Ateliers seront venus admirer tout leur saoul.

Les dragons trouveraient cet endroit très commode, F'lessan. Il y a la rivière, profonde, claire et de goût agréable. Et il y a de nombreuses corniches face au soleil toute la journée. Cela ferait un très bon Weyr, je vous assure, dit Golanth.

— C'est donc ce que nous déclarerons au retour.

CHAPITRE 12

La découverte de Honshu fut partiellement éclipsée par les dix-huit combinaisons spatiales que S'len trouva dans un vestiaire du *Yokohama*. Selon Maître Robinton, Siav accueillit la nouvelle avec beaucoup plus d'intérêt qu'il n'en avait manifesté pour le bon état de conservation de Honshu. Siav déclara que ces combinaisons donnaient à ses horaires beaucoup plus de flexibilité, et le dispensaient d'envisager plusieurs alternatives incommodes et peut-être dangereuses. Toutefois, certains forgerons et beaucoup de harpistes trouvèrent Honshu plus important et incontestablement plus utile dans l'immédiat.

Tandis que Siav révisait ses plans, Maître Fandarel délégua Jancis et Hamian à Honshu, pour faire l'inventaire des outils, et, si leur usage n'était pas immédiatement apparent, déterminer à quoi ils avaient pu servir. Siav prit le temps d'imprimer le manuel d'instructions du traîneau, par considération pour l'intérêt qu'ils lui portaient, ajoutant toutefois que ça ne servirait pas à grand-chose car il ne pouvait pas les aider à le faire voler. Cela suscita quelque ressentiment parmi ceux qui pensaient que les transports aériens n'auraient pas dû se limiter aux chevaliers-dragons et à « quelques rares élus ».

Pour réfuter cette accusation, Siav leur énuméra toutes les innovations technologiques — auxquelles la plupart des plaignants s'opposaient — indispensables pour produire un véhicule aérien, sans parler du développement d'une source d'énergie fiable de remplacement.

— Les colons avaient des batteries rechargeables, mais aucun appareil de recharge n'a subsisté, leur rappela Siav.

— Mais vous ne pouvez pas nous enseigner à les fabriquer ?

— Il existe deux genres de science, commença Siav répondant indirectement comme à son habitude en pareil cas. La science appliquée et la science fondamentale. Dans la science appliquée, les ingénieurs se servent de ce qui est connu — et qui fonctionne dans la vie quotidienne — pour arriver à certains résultats prévus et prévisibles. La science fondamentale, en revanche, repousse les limites et les lois connues — et parfois les dépasse. Pour les projets sur lesquels vous avez travaillé, vous aviez des bases suffisantes vous permettant d'apprendre ce qui était indispensable pour suivre mes instructions. Mais pour d'autres projets — tels que ces batteries très sophistiquées — Pern n'a tout simplement pas la technologie ou les connaissances nécessaires pour comprendre suffisamment la théorie afin de l'appliquer pratiquement.

— En d'autres termes, il faut nous contenter de ce monde et de ce qu'il contient ? demanda Jaxom.

— Exactement. Et c'est à vous d'en sortir par vous-mêmes ou avec l'aide de Lytol, et non de cette installation.

Et Siav refusa de perdre plus de temps avec Honshu. Grâce aux combinaisons spatiales, il lança de nouveaux projets, plus importants pour leur but avoué, à savoir la destruction des Fils.

Maintenant que les systèmes de diffusion d'oxygène du *Bahrain* et du *Buenos Aires* étaient pleinement opérationnels, Mirrim et S'len s'y rendirent avec leurs dragons verts pour établir les communications nécessaires entre les deux petits vaisseaux et la liaison du *Yokohama* avec Siav. Ils avaient subi des dommages plus importants que le *Yokohama*, mais qui, selon Siav, n'empêcheraient pas la réalisation du Plan.

Terry, Wansor, trois compagnons verriers des plus brillants et Perschar l'artiste, transportés par des dragons verts, passèrent de longues heures au télescope du *Yokohama*, dressant des cartes détaillées de l'Etoile Rouge. La liaison vidéo avec Siav était imparfaite, et Siav n'avait pas pu localiser le problème, de sorte qu'il devait s'en remettre aux observations humaines. Perschar devait exécuter des reproductions agrandies de tout détail géographique repéré à la surface de la planète excentrique. Il fallut arracher

Wansor à la console, si épuisé par ses longues heures d'observation qu'il s'endormit dans l'*Interstice*.

Des équipes composées de chevaliers verts et bruns — tous transportés par les dragons verts plus petits — explorèrent les niveaux désertés du *Yokohama* au cas où les colons auraient laissé quelque chose derrière eux. Mais les ancêtres avaient emporté pratiquement tout ce qui pouvait servir. Seules les combinaisons spatiales — et les caissons d'animation suspendue — avaient été jugés inutiles.

Puis une équipe de quatre Maîtres Forgerons se rendit sur les trois vaisseaux, en commençant par le *Yokohama* pour se familiariser avec les soutes et les salles des machines. Les quatre Maîtres — Fandarel, Jancis, Belterac et Evan — furent faxcinés par la construction du vaisseau, s'arrêtant pour examiner comment étaient soudées les entretoises, comment parois, sols et plafonds avaient été fixés à la charpente. Il leur fut difficile de comprendre que le vaisseau avait été assemblé dans l'espace dans l'un des gigantesques satellites-chantiers navals de la Terre, et que les parties les plus lourdes avaient été mises en place par un seul technicien assisté de machines contrôlées par ordinateur.

Maître Fandarel transforma le *Yokohama* en salle d'études, faisant expliquer à Siav les raisons et l'utilité de la compartementalisation. L'analyse raisonnée de la forme bizarre du vaisseau le stupéfia, et il posa de nombreuses questions à Siav sur ce qui lui paraissait des anomalies.

La partie principale du *Yokohama* était une énorme sphère à multiples niveaux, dont chacun pouvait être fermé, de même que chaque compartiment d'un même niveau, pour préserver la vie au cas où la coque extérieure subirait des dommages. Ainsi la chaleur et l'oxygène pouvaient être conservés seulement là où ils étaient nécessaires, comme ils le faisaient maintenant, pour ne pas épuiser les réserves. La passerelle de commandement, la section Environnement et l'ascenseur permettant d'y accéder, une petite infirmerie et le Sas A étaient protégés par les boucliers les plus puissants. Selon Siav, des rampes d'évacuation avaient à l'origine été attachées au Sas A, mais retirées quand le *Yokohama* s'était vu affecté à la colonisation.

Les énormes moteurs matière-antimatière étaient logés dans une longue galerie, rattachée à la sphère principale, dont les isolaient pourtant les plus puissants boucliers du vaisseau. Deux grandes roues à chaque bout de la galerie des machines avaient contenu le combustible. Vides à l'arrivée, naturellement, elles avaient été larguées au large de la Baie de Monaco, repêchées, fondues, et leur métal réutilisé. Les réservoirs en céramique avaient été diversement employés. Il restait très peu de chose des superstructures du *Yokohama* et des deux autres vaisseaux. La roue arrière, plus petite, au bout de la galerie des machines, conservait sa série de moteurs de manœuvre qui, conjointement avec ceux entourant la sphère principale, maintenaient le *Yokohama* sur orbite stable. L'une des premières missions que leur avait confiées Siav avait été de vérifier la quantité de carburant restant dans le réservoir principal du *Yokohama*.

Fandarel, pensant à ce carburant, demanda pourquoi les colons avaient osé laisser les vaisseaux sur une orbite qui devait ultérieurement dégénérer. Siav répliqua sèchement que la question n'était pas d'intérêt immédiat. Jusque-là, les orbites n'avaient pas dégénéré, et Pern n'était pas en danger — du moins, pas du fait de débris de vaisseaux.

C'est pendant que Jancis et les autres examinaient les gros moteurs qu'un des chevaliers-verts activa l'alerte rouge de la passerelle. Trig, le lézard bronze de Jancis, en fut si agité qu'elle eut du mal à le calmer suffisamment pour comprendre sa réaction. Elle n'arriva pas à contacter S'len ou L'zan à l'interphone, et le voyant rouge continua à clignoter.

— Les Fils attaquent le *Yokohama* ? crut démêler Jancis dans les pensées cahotiques de Trig. Impossible, Trig, impossible ! Nous sommes en sûreté ici ! Et ne crache surtout pas le feu ici !

Puis Jancis tonitrua au micro des instructions pour la passerelle, jusqu'à ce que S'len eut tapé la séquence permettant d'établir le contact vocal.

— Ce sont des Fils, Jancis, j'en suis sûr, dit S'len. Pas des débris spatiaux. C'est comme un flot d'œufs de tailles variées qui se dirige vers nous. Ça ressemble à ce que Siav nous a décrit dans une de ses leçons. Des débris spatiaux n'arriveraient pas en flot continu, non ? Et cela va aussi loin que porte la vue. Sauf qu'ils ne heurtent pas la fenêtre. Et le tableau de bord clignote de tous les côtés.

Puis il reprit, très agité :

— Bigath et Beerth veulent aller *dehors*. Ils disent que ce sont des Fils !

Puis, explosant :

— Non, Bigath, nous *ne pouvons pas* combattre ce genre de Chute. Ce ne sont pas encore des Fils. Nous n'avons pas de pierre de feu. Et il n'y a pas d'air, dehors — tu ne volerais pas, tu flotterais, comme ici. Zut, Jancis, je n'arrive pas à me faire comprendre !

S'len ne paniquait pas facilement, et Bigath n'était pas aussi erratique que certains verts. En bruit de fond, Jancis entendait Siav prononcer des paroles rassurantes. Mais si Bigath n'écoutait pas son maître, ce n'était pas Siav qui allait la faire obéir. Elle émit un claironnement frénétique.

— Dis-leur que Ruth leur interdit de sortir ! Elles lui obéissent ! dit Jancis, faisant appel à une autorité que reconnaissaient les verts.

Elle ne connaissait pas un dragon vert qui ne respectât pas le dragon blanc.

— Bigath veut savoir quand Ruth va arriver ? dit S'len, passant de la consternation au désespoir.

Jancis griffonnait un billet demandant à Jaxom de venir immédiatement quand S'len poussa un cri de soulagement.

— Ruth est ici et tout est rentré dans l'ordre.

Jancis regarda son billet, son lézard de feu, qui la regarda en penchant la tête. Elle réfléchit un instant, puis prit sa décision. Il était absolument impossible que Jaxom et Ruth aient su qu'ils devaient venir sur le *Yokohama*. Il était à Ruatha aujourd'hui, et Siav n'avait aucun moyen de l'y contacter. Elle consulta sa montre, ajouta l'heure au bas de son billet, et, en capitales, REMONTE LE TEMPS ! Puis elle envoya Trig vers Ruatha et Jaxom.

— Mais si Ruth et Jaxom sont déjà là, pourquoi leur envoyer ton billet ? demanda Fandarel.

— Trig a besoin d'entraînement, grand-père, répondit-elle en souriant.

Trig revint presque immédiatement, l'air très fier de lui.

— Il n'a pas besoin que d'entraînement, grommela Fandarel, consterné par son apparente désobéissance.

— Je ne sais pas ce que tu en penses, dit-elle pour faire

diversion en se dirigeant vers l'ascenseur, mais je veux voir cette « attaque ». On ne m'a jamais permis de sortir d'un Fort ou d'un Atelier pendant une Chute, et ce sera peut-être la seule occasion que j'aurai jamais. Il y a des amateurs ?

La réaction fut immédiate, et quand elle se trouva écrasée dans la cabine entre trois immenses forgerons, elle regretta sa proposition.

Puis les portes s'ouvrirent sur une scène de folie : deux dragons verts, collés à la fenêtre, bloquaient presque complètement la vue, sifflant et crachant férocement, tandis que Ruth, les ailes déployées sur eux, les contenait et émettait une sorte de roucoulement calmant à peine audible par-dessus leurs grognements furieux.

Jancis parvint à rattraper Trig avant qu'il ne rejoigne les dragons en fureur. Elle le coinça fermement sous son bras, et s'accrocha au garde-corps pour qu'en se débattant, il ne l'envoie pas dériver en apesanteur. Ruth tourna vers eux des yeux rouges, gronda péremptoirement, et le lézard de feu se calma immédiatement.

La vue — ou ce qui n'en était pas caché par les corps des dragons verts et blancs — était impressionnante : les objets ovoïdes emplissaient tout le champ visuel. Jancis dut réprimer un mouvement de recul en les voyant filer droit sur le vaisseau, déviés au dernier moment par les boucliers du *Yokohama*. Mais peu à peu, elle et les forgerons s'habituèrent au spectacle et l'apprécièrent avec détachement. Non qu'aucun d'eux le trouvât aussi amusant que Jaxom. Accroché d'une main au fauteuil du pilote pour ne pas dériver, il était plié en deux de rire. S'len et L'zan, se tenant prudemment à distance des furieux·battements de queues des dragons, regardaient avec consternation.

Comme il était le plus grand, Fandarel voyait assez bien.

— C'est un spectacle étonnant. Siav, s'agit-il d'une de ces pluies de météores dont vous nous avez parlé ?

— Ce que vous voyez n'est pas une pluie de météores, répondit Siav. En comparant l'événement actuel aux rapports faits par le Pilote Kenjo Fusaiyuki pendant ses vols de reconnaissance, et sous réserve de l'examen d'un échantillon, il est raisonnable de penser que des Fils, sous leur forme extra-atmosphérique, croisent le *Yokohama* en route pour votre planète.

— Mais où tomberont-ils ? demanda Jaxom, incapable de se rappeler où était prévue la prochaine Chute.

— Sur Nerat, dans précisément quarante-six heures, répondit Siav.

Jaxom siffla entre ses dents.

— Cet essaim a un long chemin à faire avant d'atteindre l'atmosphère de la planète, poursuivit Siav.

— Hum, dit Fandarel, se rapprochant de la fenêtre. Fascinant ! Se trouver au milieu des Fils et rester indemne ! Véritablement stupéfiant. Quel dommage que nous ne puissions pas les arrêter ici, avant qu'ils n'atteignent la planète.

— Ne parlez pas comme ça, grogna S'len, montrant les dragons que Ruth avait du mal à contenir.

— Les Fils n'ont pas l'air dangereux pour le moment, dit pensivement Jancis en regardant les ovoïdes.

— Lorsqu'ils sont gelés, ils ne présentent sans doute aucun danger pour la vie, dit Siav.

— Mais vous n'en êtes pas sûr ?

— Nahbi Nabol et Bart Lemos firent plusieurs tentatives pour recueillir des échantillons, mais leur véhicule se désintégra avant qu'ils aient pu rentrer.

— Nous pourrions en prendre quelques-uns, dit Jaxom. Il y en a tant qu'on veut, là dehors.

Il y eut un silence significatif, et Jaxom adressa un clin d'œil à Jancis. Ce n'était pas souvent que Siav restait sans voix.

— Vous n'évaluez pas bien les dangers d'une telle tentative, dit enfin Siav.

— Pourquoi ? Nous pourrions conserver un Fil dans le Sas A, par exemple, et il resterait gelé. Vous nous répétez tout le temps que c'est le frottement avec l'atmosphère qui métamorphose les Fils en un organisme dangereux.

Jancis secoua violemment la tête à l'adresse de Jaxom, articulant quelque chose sans parler. Sous son bras, Trig se débattait avec une vigueur renouvelée.

— Le *Yokohama* se déplace approximativement à 38,765 miles nautiques à l'heure, ou environ vingt mille miles à l'heure par rapport aux Fils ovoïdes. En capturer un constituerait une manœuvre impossible, même pour une personne entraînée aux activités extravéhiculaires. Il serait également indispensable d'avoir des pincettes qui ne conduisent pas la chaleur.

Trig couina.

Je pourrais vous capturer un œuf de Fil, dit Ruth.

Alarmé, Jaxom regretta amèrement sa suggestion.

— Oh non, tu n'iras pas.

Devant l'air déçu de Ruth, il ajouta :

— Personne d'autre n'arrive à contrôler ces verts.

— Est-ce que Ruth vient de proposer d'aller chercher un Fil ? demanda Jancis, resserrant sa prise sur Trig qui se contorsionnait de plus belle. Envoyons Trig.

— Tu as entendu ce que Siav a dit sur les vitesses et les pincettes non conductrices.

— Nous n'avons pas l'air de nous déplacer à cette vitesse. Même si je sais que c'est vrai, soupira-t-elle. Et les serres des lézards de feu ne sont pas exactement conductrices, non ? Trig a l'air de penser qu'il peut réussir.

— *Quoi !* s'exclama Belterac, les yeux hors de la tête. Rapporter ici un… une horreur pareille !

— Pas ici, dit Jancis, dans le sas. Sous sa forme gelée, il ne pose aucun danger.

— Tu crois vraiment que Trig pourrait réussir ? demanda Fandarel, son insatiable curiosité prenant le dessus sur son horreur invétérée des Fils.

— Il pense qu'il peut, dit Jancis. Et ça le calmerait peut-être de le laisser faire.

— Il est avéré que les lézards de feu sont particulièrement courageux en présence des Fils, dit Siav. On sait aussi que chez les lézards de feu et les dragons, la pensée devient acte, par un processus qui échappe à l'analyse. Si Trig *pense* qu'il peut recueillir un spécimen, malgré les difficultés évidentes, cela faciliterait grandement notre étude de cet organisme. En le conservant dans le Sas A, il resterait gelé, et par suite, inoffensif. Il pourrait ensuite être examiné à loisir, chose que vos ancêtres avaient prévue mais non réalisée. Cela compléterait leurs recherches biologiques sur cet organisme.

Jaxom regarda Jancis avec inquiétude. Il n'était pas sûr qu'ils devaient demander cela à Trig. Ne savaient-ils pas tout ce qu'ils avaient besoin de savoir sur les Fils ? Et pourtant, tenir à sa merci un Fil impuissant sous sa forme primale serait sûrement gratifiant.

Ce n'est pas tellement difficile, dit Ruth.

— Ruth ! s'écria Jaxom, avec une claque vigoureuse. Ne te mêle pas de cette mission des lézards de feu. M'as-tu-vu !

A sa surprise, Jancis éclata de rire.

— Ruth pense-t-il qu'il tiendrait dans le Sas A ? demanda-t-elle, souriant devant l'air réprobateur de Ruth. Voyons d'abord si Trig peut réussir. Maintenant, mon chéri…

Elle éleva Trig à la hauteur de ses yeux et tourna sa tête triangulaire vers la fenêtre.

— Nous voulons que tu ailles chercher un de ces gros œufs et que tu le rapportes dans le Sas A. Tu te rappelles où c'est ? Ce sera un peu comme d'attraper un wherry en plein vol.

Je lui explique aussi, au cas où il ne comprendrait pas, dit Ruth, regardant son maître avec reproche. *Pour moi, il n'y aurait aucun danger. Je suis bien plus grand que les œufs de Fils. Je ne serais pas déséquilibré comme pourra l'être un petit lézard de feu. Ce n'est qu'un petit saut dans l'Interstice.*

Trig pépia, tourna la tête vers Ruth, l'air impatient et résolu.

Il comprend. Il dit qu'il peut faire ça facilement.

— Ruth lui a tout bien expliqué, dit Jaxom à Jancis.

— Tu es sûr que tu peux réussir, Trig ? Tu n'es pas obligé, tu sais, dit-elle.

Mais Trig roulait des yeux orange-rouge d'agressivité et d'assurance.

Avec un soupir, elle le lança en l'air et il disparut. Un instant plus tard, tous le virent par la fenêtre, attrapant un ovoïde presque aussi gros que lui. Un instant déséquilibré par le choc de la capture, il partit en tourbillonnant vers la fenêtre, mais avant de la heurter, il s'évanouit à leur vue. Trois battements de cœur plus tard, il reparut dans la passerelle, pépiant de satisfaction.

— Ce que sa robe est froide ! s'écria Jancis en le caressant. Et il a quelque chose dans les serres… c'est glacial ! Brrrr !

Malgré tout, elle ne le chassa pas de son épaule.

Tout le monde le félicita avec effusion, y compris Ruth,

à l'exception notable des deux verts, mécontents qu'on les garde à l'intérieur.

— L'activité extravéhiculaire a apparemment réussi ? dit Siav.

Jaxom activa l'optique du Sas A et vit l'ovoïde flotter doucement au-dessus du sol, se rapprocher de la paroi, et revenir approximativment à la même place, au centre du sas.

— Excellente démonstration de la lévitation magnétique, remarqua Siav. Et congratulations de D'ram et Maître Robinton. Le Seigneur Lytol est déjà en train de constituer une équipe pour étudier le spécimen.

— Vraiment ? dit Jaxom, se demandant qui Lytol allait charger de cette tâche peu enviable.

— L'étendue et la densité de ce flux seraient des données très utiles, continua Siav. Jancis, elles vous seront données par la console de navigation, en activant l'optique extérieure, par le code EXAM.EXT.

— J'ai l'impression, commença Jaxom avec un clin d'œil à Jancis, que cette activité n'était pas sur votre agenda d'aujourd'hui.

L'air étonné de Fandarel à cette question impudente l'amusa.

Un long silence suivit, pendant lequel ils échangèrent tous des regards amusés. Ils avaient confondu Siav deux fois dans la même journée ?

— Malheureusement, cette installation n'a pas considéré cette possibilité, dit enfin Siav, quoique les calculs indiquent maintenant que le *Yokohama* s'est trouvé sur la trajectoire des Fils toutes les quatre Chutes.

— Voyez-moi ça ! remarqua Jaxom, les yeux brillants de malice.

Il n'aurait jamais pensé pouvoir prendre Siav en défaut.

Avec un aplomb que Jaxom trouva considérable, Siav demanda :

— Le bouclier détruit-il les ovoïdes, ou les dévie-t-il simplement ?

— Il les dévie, répondit Jaxom.

Puis il comprit les implications de cette remarque.

— Le bouclier a une fonction destructrice ? Nous pourrions détruire cette pluie d'ovoïdes ? Quel concept ingénieux ! Ce serait toujours ça de moins qui tomberait sur

Nerat. Et cela persuaderait peut-être le vieux Begamon que tout ça n'est pas inutile, termina-t-il, embrassant la salle d'un grand geste.

— Jaxom, la fonction destructrice peut être activée soit du fauteuil du capitaine, soit de la console du pilote. Appelez le programme des fonctions du bouclier, et modifiez DEV en DEST.

— J'entends et j'obéis, dit Jaxom, s'asseyant vivement à la place du pilote et activant la console.

L'instant suivant, les Fils filant vers eux éclatèrent en flocons de fumée et disparurent, créant un vide dans leur flux.

— Si vous activez l'écran arrière, Jaxom, reprit Siav, vous constaterez l'efficacité de la fonction destructrice.

Dans le flot des Fils, le bouclier avait taillé une large voie absolument vide d'ovoïdes.

— Magnifique ! Absolument magnifique ! C'est une chose de calciner les Fils en plein ciel, mais ceci est beaucoup mieux, murmura Jaxom.

Il réactiva l'écran avant et continua à regarder la destruction des Fils avec une intense satisfaction. Les dragons verts avaient cessé de cracher et grondaient avec approbation.

— Y a-t-il un moyen d'étendre cette destruction au-delà du *Yokohama* ? demanda Fandarel.

— Non, répondit Siav. La fonction du bouclier est de dévier les débris spatiaux ordinaires. Considérant la largeur, la hauteur et la profondeur de ce flux, cela équivaudrait à vouloir arrêter une tempête de neige avec une chandelle.

—Alors, comment vous proposez-vous d'anéantir ce fléau — ainsi que vous nous l'avez promis ? demanda Jaxom.

— En écartant le vecteur qui amène les Fils sur Pern. Cela devrait vous être évident à ce stade, le réprimanda Siav. La trajectoire de la planète excentrique doit être altérée de telle sorte qu'elle ne passe plus assez près de l'orbite de Pern pour y propulser les ovoïdes.

— Et comment y arriverons-nous ? demanda Maître Fandarel.

— Cela vous apparaîtra avec la continuation du Plan. Tout ce que vous avez appris, tous les exercices apparemment simples que vous avez faits au sol ou dans l'espace vous préparent à cette fin.

Rien ne put en tirer davantage de Siav.

— Vous ne pouvez pas courir avant de savoir marcher, répétait-il à chaque question de Fandarel, Jaxom, Jancis et Belterac.

Finalement, Jaxom renonça et revint à la situation présente.

— Le *Buenos Aires* et le *Bahrain* ont-ils des boucliers similaires ?

— Oui, répondit Siav.

— Parfait, dit Jaxom en se frottant les mains.

— Pas si vite, Seigneur Jaxom, dit Jancis. Tu n'es pas tout seul. Moi aussi, je veux éprouver le plaisir de détruire les Fils.

— Et moi aussi, dit Fandarel avec un grand sourire.

— Ce serait une tâche dangereuse pour une jeune mère, dit Belterac, cherchant du regard le soutien de Fandarel.

— Je ne laisserai pas usurper mon tour pour cette raison spécieuse, dit Jancis, l'air si belliqueux que Belterac eut un mouvement de recul. De plus, j'entre facilement dans une combinaison spatiale. Toi, tu es bien trop grand, Belterac.

— Pas moi, dit Evan, prenant la parole pour la première fois.

— Je croyais que la diffusion d'oxygène avait été réactivée sur ces deux vaisseaux, dit Fandarel. Est-ce correct, Siav ?

— C'est correct.

— Alors, les combinaisons sont inutiles.

— Mais pas la connaissance des codes, grand-père, et tu laisses toujours la console aux autres.

Fandarel se redressa de toute sa taille, bombant son torse de taureau.

— Ça n'a pas l'air très difficile. Quelques petits coups sur des boutons, puis taper « entrée ».

Il lança un regard interrogateur à Jaxom.

— Assez ! s'écria Jaxom, levant les mains et manquant partir à la dérive. En ma qualité de Seigneur, je suis du rang le plus élevé et je prendrai la décision. Maître Fandarel a bien gagné cette prérogative, de même que Jancis. Toutefois, Bigath et Beerth vous ont tous amenés ici et peuvent aussi bien vous transporter dans les autres vais-seaux. Vous, dit-il à Belterac, vous ferez passer l'écran de « dévier » à « détruire ». Et vous, poursuivit-il, montrant Fandarel, vous pourrez alors valider. Jancis, tu reprogrammeras l'écran, et Evan tapera la touche « entrée ». Ainsi, vous aurez tous participé à l'opération.

— Il faut souligner, dit Siav, que, même en utilisant la fonction destructrice des boucliers des trois vaisseaux, la quantité de Fils détruits ne sera que de zéro virgule zéro neuf pour cent d'une Chute moyenne. Ce voyage est-il bien nécessaire ?

— Ce sera toujours zéro virgule zéro neuf pour cent dont les chevaliers-dragons n'auront pas à se soucier, dit Jaxom avec jubilation.

— Laissez-nous utiliser efficacement la technologie disponible, ajouta Fandarel.

— Il semble que cette participation engendrera une intense satisfaction psychologique, compensant largement le risque ou le taux effectif de destruction, dit Siav.

— Une immense satisfaction, oui, acquiesça Jaxom.

— Et remontera notre moral à de nouvelles hauteurs, intervint Jancis. Et penser que je vais y participer !

— Enfin, si vous êtes d'accord, vous et vos dragons, dit Jaxom, se tournant vers les chevaliers-verts.

S'len et L'zan étaient plus que d'accord. Jaxom fit répéter à chacun ce qu'il avait à faire. Siav insista pour qu'ils emportent des bouteilles d'oxygène. Il était encore rare dans la passerelle des deux autres vaisseaux, et il ne fallait pas risquer d'accidents respiratoires.

Quand les verts, chargés d'hommes et de matériel, eurent disparu, Jaxom apprécia le silence soudain de la passerelle.

— Jaxom, dit Siav, quel poids les dragons verts peuvent-ils porter ? Aujourd'hui, ils transportaient davantage que leur propre poids.

— Un dragon est capable de porter ce qu'il pense pouvoir porter, répondit Jaxom en haussant les épaules.

— Ainsi, si un dragon pense pouvoir porter un certain objet, indépendamment de son poids, il le pourra ?

— Je ne crois pas que personne ait jamais essayé de surcharger un dragon. Ne m'avez-vous pas dit vous-même que nos ancêtres s'étaient servis des premiers dragons pour transporter leur matériel après l'éruption ?

— C'est vrai. Mais on ne leur a jamais fait porter de gros poids. En fait, Sean O'Connell, le chef des premiers chevaliers-dragons, était mécontent qu'on les utilise pour les transports.

— Pourquoi ?

— Cela n'a jamais été expliqué.

— Les dragons peuvent faire des tas de choses inexplicables, dit Jaxom avec fierté.

— Par exemple, arriver très à propos quand besoin est, dit Siav.

— C'en est une, gloussa Jaxom.

— Comment avez-vous fait pour arriver avant qu'on vous appelle ?

— Jancis a eu l'intelligence de noter l'heure sur son billet. Quand j'ai visualisé la passerelle pour Ruth, j'ai aussi visualisé la pendule, une minute avant l'heure donnée par Jancis. Alors, naturellement, je suis arrivé... à temps.

Dites à Siav que je sais toujours quand je suis, dit Ruth à Jaxom qui transmit fidèlement le message.

— C'est une capacité des plus intéressantes.

— Attention, Siav, cela était uniquement réservé à vos oreilles.

— Cette installation n'a pas d'oreilles, Jaxom.

La discussion fut interrompue par le retour des chevaliers-verts et des forgerons jubilants, les dragons semblant aussi satisfaits que leurs passagers.

— Quand les Fils seront passés, dit Siav, quelqu'un devra retourner sur les autres vaisseaux pour remettre les boucliers sur « dévier ». Les panneaux solaires ne produisent qu'une énergie limitée et auront besoin d'être rechargés.

Tous approuvèrent la proposition. Le temps que Siav ait obtenu toutes les données qu'il demandait, le flux des Fils s'était réduit à quelques ovoïdes isolés, et les dragons verts repartirent avec leurs passagers remettre les boucliers sur « dévier ».

— Siav, commença Fandarel quand ils furent de nouveau rassemblés dans la passerelle du *Yokohama*, nos incursions dans les autres vaisseaux sont-elles connues au sol ?

— Maître Robinton était de garde et les a dûment approuvées, répondit Siav.

— Aucun étudiant n'était présent ? poursuivit Fandarel.

— Maître Robinton était seul. Pourquoi ?

— Parfait, nous pouvons compter sur sa discrétion. Il faudra discuter de cette intéressante possibilité du *Yokohama* avant de la rendre publique, dit Fandarel. J'ai trouvé exaltant de participer à ces destructions.

— Est-ce que ça ne pourrait pas servir à convaincre les sceptiques de l'utilité de ces projets ? demanda Jancis.

— C'est précisément la question à discuter, lui dit Fandarel.

Jaxom et Ruth prirent congé de tous et disparurent. Retournant avec les autres forgerons à la salle des machines et à leur tâche interrompue, Jancis se demanda s'ils étaient rentrés à Ruatha en remontant le temps.

Mais Jaxom ne rentra pas tout de suite à Ruatha. Il se sentait obligé d'informer les Chefs du Weyr de Benden des activités de la journée. Ruth ne fit aucune objection, car il aimait retourner en visite dans son Weyr natal.

Ramoth et Mnementh sont contents de me voir, dit-il, se préparant à atterrir dans le Weyr de la reine. *Lessa et F'lar sont là.* Puis il leva la tête vers Mnementh, et les deux dragons se frottèrent le nez. *Mnementh dit que F'lar sera très content de ce que nous avons fait sur le* Yokohama. *Lui et Ramoth en sont très satisfaits.*

Quand Jaxom entra dans le Weyr de la reine, Ramoth guettait son arrivée et le salua d'un grondement.

Elle vous salue en tant que porteur de bonnes nouvelles, lui dit Ruth.

— Et pourquoi ne pas me laisser leur faire la surprise ? demanda Jaxom, feignant l'irritation.

— De quelle surprise s'agit-il ? demanda Lessa, levant les yeux du harnais qu'elle rapetassait.

De son côté, F'lar graissait le sien.

Cela rappela à Jaxom la chaude alerte récente. Jusqu'à présent, rien n'indiquait que les conspirateurs de Tillek mettraient leur menace à exécution. Mais il avait veillé à ne pas leur fournir d'occasions.

— Oh, dit-il avec désinvolture, simplement que la Chute sur Nerat ne sera pas aussi fournie que d'habitude, après-demain.

— Comment cela ?

F'lar pivota vers lui, oubliant son travail, et l'air impatient de Lessa lui suggéra qu'il serait bien inspiré de ne pas lui faire attendre ses explications.

Avec un grand sourire, parce que ce n'était pas souvent qu'il arrivait à étonner ce couple, il raconta les incidents de la journée. Quand il eut fini et que les Chefs du Weyr l'eurent questionné sur de nombreux détails, Lessa eut l'air rien moins que contente.

— Je dirai que nous avons bien de la chance de n'avoir pas perdu deux dragons verts. Et ne venez pas me dire que vous n'avez pas remonté le temps, Jaxom.

— Alors, je ne vous le dirai pas, répliqua Jaxom. C'est sacrément heureux que Ruth soit si habile à cet exercice.

Lessa ouvrit la bouche pour le réprimander, mais F'lar l'arrêta de la main.

— Et la fonction destructrice des boucliers peut permettre de réduire l'intensité des Chutes ? demanda le Chef du Weyr.

— C'est bien ce qu'il nous a semblé…

Jaxom s'interrompit, consterné.

— Si j'avais eu ne serait-ce que le bon sens d'un lézard de feu, reprit-il, j'aurais reprogrammé le télescope pour mieux voir.

— Ça prend du temps de s'habituer à utiliser toutes ces nouvelles technologies. Nous aurons confirmation à Nerat, dit F'lar en souriant. C'est une nouvelle réconfortante. Actuellement, les Chutes atteignent leur densité maximale, et à moins que les Fils ne puissent se re-former pendant la descente — ce dont je doute — les escadrilles pourront souffler un peu. Et cela limitera le nombre des blessés.

— Cela les augmentera peut-être, dit Lessa, fronçant les sourcils. Si nous décidons d'utiliser cette possibilité, les chevaliers-dragons pourraient devenir négligents, inattentifs…

— Allons, ma chérie, dit F'lar, tirant affectueusement sur sa longue natte. Ne sois donc pas si ingrate.

Elle se tut, réfléchit, puis sourit à regret.

— Désolée. J'ai tendance au pessimisme juste avant une Chute.

— Dans ce cas, Lessa, vous devriez venir sur le *Yokohama* la prochaine fois que cela se produira. J'ai trouvé extrêmement gratifiant de pouvoir détruire tant de Fils sans aucun danger pour Ruth et pour moi ! dit Jaxom, qui ajouta après un bref silence : Et nous avons aussi un spécimen de Fil dans le Sas A.

— *Quoi ?*

Jaxom ne put s'empêcher de sourire devant son air horrifié.

— Oh, il n'y a aucun danger. Il n'y a pas d'oxygène dans le sas, et il y fait aussi froid qu'à l'extérieur. Siav nous a assuré que les Fils sont inoffensifs sous cette forme, qu'ils ne peuvent pas se transformer. En cela, nous avons réussi là où les colons avaient échoué — nous avons capturé un Fil à l'état dormant.

Lessa frissonna.

— Jetez-le, dit-elle, avec un geste théâtral. Jetez-le !

— Lytol est déjà en train de constituer une équipe pour le disséquer.

— Pourquoi ? demanda Lessa.

— Par curiosité, je suppose. Quoique Siav pourrait bien obéir à l'un de ces anciens ordres qu'il est si résolu à exécuter.

F'lar jeta un long regard incisif à Jaxom, puis leva le pichet de klah, lui faisant signe de le rejoindre à la table. Jaxom accepta avec plaisir et s'assit tandis que F'lar servait le klah bien chaud.

— Je me moque des ordres que Siav exécute, dit Lessa. Je n'aime pas cette idée de destruction des Fils sur le *Yokohama*. Supposez...

— Siav ne nous exposerait jamais à un danger, dit F'lar, avec un sourire apaisant. Je trouve le jugement de Jaxom sur Siav extrêmement perspicace. Jaxom, vous êtes plus souvent que moi en sa compagnie ; cette histoire de dissection me pousse à me demander si les impératifs de base de Siav ne sont pas en conflit avec les nôtres.

— Pas en ce qui concerne l'annihilation des Fils. Pourtant, je ne comprends pas toujours pourquoi il nous fait si souvent répéter les mêmes exercices. Surtout maintenant qu'il s'est révélé faillible.

— Siav a-t-il jamais prétendu qu'il ne l'était pas ? demanda F'lar d'un ton acide.

— Cela convient à un professeur, dit Jaxom en souriant.

Et c'est indispensable pour enfoncer toutes ces idées révolutionnaires dans nos têtes conservatrices.

— Sa faillibilité est-elle pour nous un danger ? demanda F'lar.

— Pas vraiment. J'en parle uniquement parce que nous sommes entre nous, poursuivit Jaxom, et parce que j'ai été très étonné que Siav ne sache pas que les Fils passaient si près du *Yokohama* dans leur descente.

F'lar battit des paupières, et Lessa s'assombrit davantage.

— Etonné ? Ou inquiet ? demanda-t-elle.

— Enfin, ce n'est pas sa faute. Les colons ne le savaient pas non plus, dit Jaxom avec quelque satisfaction.

— Je vois ce que vous voulez dire, Jaxom. Ça les rend plus humains.

— Et Siav d'une perfection moins inhumaine.

— Mais moi, ça ne me plaît pas, dit sèchement Lessa. Nous avons cru tout ce que Siav nous a dit !

— Du calme, ma chérie. Jusque-là, Siav ne nous a jamais menti, dit F'lar.

— Mais s'il ne sait pas tout, comment être certains qu'il nous guide dans la bonne direction avec son fameux plan d'annihilation des Fils ? demanda-t-elle.

— Je commence à deviner ce qu'il sera, ce plan, dit Jaxom avec assurance.

— Et nous ferez-vous part de vos conclusions ? demanda Lessa, caustique.

— Cela a un rapport avec la présence d'un Fil dans le sas et la capacité de l'analyser objectivement, comme Sharra, Oldive et les autres identifient les bactéries et inventent des moyens de combattre les infections. Cela a un rapport avec l'habitude de se mouvoir en apesanteur, en utilisant un équipement sophistiqué comme si c'était un troisième bras ou un cerveau supplémentaire. Car Siav n'est rien de plus qu'un cerveau supplémentaire, avec une mémoire phénoménale et infaillible. Et possédant la connaissance de la technologie avancée qui nous manquait, de sorte que nous ne pouvions faire mieux que de tenir les Fils en respect. Mais c'est des dragons et de leurs maîtres que Siav a surtout besoin pour détruire les Fils.

— C'est évident, d'après les questions que Siav ne cesse

de nous poser, dit Lessa. Je serais plus tranquille si je savais ce qu'il va exiger de nos dragons.

Ramoth signifia son accord d'un grognement.

— J'aimerais aussi savoir quand il laissera les grands dragons monter sur le *Yokohama*.

Ramoth et Mnementh claironnèrent.

— Ne soyez pas mesquine, Lessa, dit Jaxom en souriant. Ce n'est pas souvent que les verts ont l'avantage sur leurs grands frères. Ne leur marchandez pas leur moment de gloire. D'ailleurs, votre tour viendra bientôt. Sharra et Mirrim monitorent les taux d'oxygène dans la soute et dès que l'atmosphère sera respirable, vous pourrez vous y rendre. Naturellement, vous pourriez demander à un vert de vous y transporter avant.

Avec un grondement coléreux, Ramoth tourna sur Jaxom des yeux rouges de contrariété.

— La ! Vous savez maintenant ce que Ramoth pense de cette idée, répondit Lessa, amusée. Mais non, jamais il ne me viendrait à l'idée de me faire transporter par un vert, ajouta-t-elle pour calmer sa reine.

— Par un blanc ? proposa habilement Jaxom.

Je transporterais Lessa avec beaucoup de prudence, Ramoth. Je tiens dans la passerelle, où il fait beaucoup plus chaud que dans la soute et Lessa y verrait beaucoup mieux que dans cette sombre caverne.

— J'ai entendu, dit Lessa, comme Jaxom ouvrait la bouche pour transmettre le message de Ruth.

— Siav veut que tous les bronzes et les bruns s'habituent à l'apesanteur, et la soute est le seul endroit assez grand pour eux. Les algues poussent merveilleusement bien, alors, l'expérience ne devrait plus tarder.

Lessa regarda pensivement Jaxom, penchant la tête.

— Siav veut-il faire déplacer les vaisseaux par les dragons ?

— Déplacer les vaisseaux ? dit Jaxom, surpris.

— Pourquoi ? Comment ? demanda F'lar.

— Rappelle-toi, F'lar. Siav voulait à toute force que les dragons soient capables de déplacer les objets par télékinésie.

— Les dragons ne peuvent déplacer qu'eux-mêmes, leurs passagers et ce qu'ils transportent, dit F'lar, catégorique. Ils ne peuvent pas déplacer des choses qu'ils ne tiennent pas. Et à quoi bon déplacer ces vaisseaux ? S'il a l'intention de les utiliser pour faire exploser l'Etoile Rouge, je ne vois pas à quoi ça servirait. Pas si j'ai bien compris ses leçons de mécanique spatiale.

— Je suis du même avis, dit Jaxom, terminant son klah et se levant. Et bien, je vous ai fait mon rapport et vous connaissez maintenant la surprise du jour.

— Nous vous en remercions, dit F'lar.

— Si ce genre de pré-destruction se révèle bénéfique, nous pourrons instituer des horaires réguliers pour activer les boucliers, dit Jaxom. Vous pourrez même les programmer vous-mêmes.

— Je suis sûr que c'est possible. Tout ce qui détruit les Fils est utile, dit F'lar, se levant pour raccompagner Jaxom.

— Vous n'allez pas vous inquiéter de la faillibilité de Siav au moins, F'lar ? demanda Jaxom, baissant la voix quand ils furent dans le court corridor précédant le Weyr.

— Moi ? Certainement pas, l'assura le Chef du Weyr. Nous avons déjà tant appris de Siav que même si son fameux Plan échoue, nous trouverons sûrement le moyen de débarrasser Pern des Fils d'ici le prochain Passage. Mais je sens que nous y parviendrons avant la fin du Passage actuel. Avant ma mort ! termina-t-il, serrant le bras de Jaxom avec force.

Quand les Forgerons rentrèrent au Terminus, transportés par leur expérience à bord du *Yokohama*, il y eut quelques chamailleries pour savoir qui devait à l'avenir activer la fonction destructrice, et qui ferait la dissection du spécimen de Fil.

— Il faudra choisir avec soin, dit Lytol, car beaucoup pensent que la seule vue d'un Fil est suivie d'une mort terrible. J'ai lancé quelques messages pour trouver des personnes qualifiées, mais jusqu'à présent, je n'ai pas reçu de réponse.

— Vous n'en recevrez peut-être pas, dit Piemur. Pourtant je suppose que cette dissection serait utile, même si les résultats deviennent académiques d'ici la fin du Passage.

— J'irai, si personne d'autre ne se propose, dit Maître Robinton.

Tout le monde se récria tellement qu'il poursuivit avec un grand sourire :

— Ce que je veux, c'est visiter le *Yokohama* dans un avenir rapproché. Et ne venez pas me dire que ma santé ne me le permet pas. Dans les fichiers médicaux de Siav, j'ai appris qu'on envoyait autrefois les cardiaques vivre en apesanteur sur des satellites pendant leur convalescence. Par conséquent, une visite au *Yokohama* serait *bénéfique* pour ma santé, et si je pouvais en plus programmer la destruction des Fils, mon cœur ne s'en trouverait que mieux. L'un de vos messages était-il destiné à Oldive ou Sharra, Lytol ? Parce que si l'un d'eux venait avec moi, j'aurais mon guérisseur sous la main !

L'annonce de la capture d'un ovoïde de Fil provoqua une consternation considérable. Siav projeta des images de l'œuf flottant dans le sas, inchangé pendant plusieurs jours, prouvant qu'il ne posait aucun danger dans cet état.

Plus important encore, F'lar et Lessa annoncèrent que la Chute sur Nerat avait été beaucoup moins dense, avec trois larges colonnes complètement libres de Fils. Ils vinrent donc au Terminus discuter de la possibilité d'ajouter aux autres tâches la programmation des boucliers. Siav leur fit passer la vidéo de l'incident, qu'ils regardèrent plusieurs fois.

— Incroyable ! Penser que les Fils peuvent être détruits sans l'aide des dragons, murmura Lessa.

— Dommage qu'il n'y ait pas une douzaine de vaisseaux de plus, là-haut, dit Piemur.

— Alors, on n'aurait pas eu besoin des dragons, et *cela* est impensable, répondit sèchement Lessa.

— Je parlais en harpiste, Dame Lessa, dit courtoisement Piemur. Car, personnellement, je suis très content que les dragons existent.

— Nous devrions aller sur le *Yokohama*, F'lar, dit Lessa. Maintenant, il y a assez d'oxygène dans la soute pour Ramoth et Mnementh, n'est-ce pas, Siav ?

— C'est exact. Et il est capital que les grands dragons s'habituent à l'apesanteur, répondit Siav.

F'lar et Lessa échangèrent un regard entendu.

— Le prochain flux d'ovoïdes traversera l'orbite du *Yokohama* dans trois jours, à exactement 1522 heures, heure du vaisseau.

— C'est en fin de matinée, n'est-ce pas, heure de Benden ? demanda F'lar, se tournant vers Lessa. Alors, nous irons directement de Benden.

— Et qui m'emmènera ? demanda Robinton, se redressant, l'air offusqué.

— Moi, dit D'ram. Il y a sûrement assez d'air pour trois grands dragons, n'est-ce pas, Siav ?

— Certainement, l'assura vivement Siav.

— Alors, dit Robinton, se frottant les mains avec satisfaction, c'est une question réglée.

CHAPITRE 13

Le matin de sa première visite au *Yokohama*, Lessa fut un peu déconcertée de voir Ruth, portant Jaxom, Sharra et Oldive se joindre aux trois grands dragons.

— Sharra et Oldive se sont portés volontaires pour disséquer l'œuf de Fil, dit Jaxom sans plus d'excuse, et moi, je dois programmer le télescope et donner à Siav une vue avant et arrière du flux des Fils.

Ce qu'il ne dit pas, c'est que Ruth pourrait donner aux grands dragons quelques conseils judicieux sur la façon de se comporter en apesanteur. Jusque-là, aucun dragon vert n'avait eu la moindre difficulté à s'adapter à cette sensation inusitée. Les lézards de feu n'éprouvaient pas la moindre peur et venaient presque par routine, voir ce que faisaient les dragons, et surtout Ruth. Mirrim devait ce jour-là s'occuper des algues sur les deux autres vaisseaux, ce qui leur donnerait deux dragons pour aller et venir de l'un à l'autre.

Le Passage par l'*Interstice*, du beau jour ensoleillé du Terminus à l'obscurité froide de l'immense soute du *Yokohama*, provoqua des cris de surprise de la part de tous les non-initiés.

— Jaxom, je croyais que vous aviez dit qu'il y avait de la lumière, dit Lessa.

— Il y en a, répondit-il, démontant en expert et se propulsant doucement vers le tableau de bord près de l'ascenseur.

Devant cette assistance, il fut assez satisfait d'y arriver sans problème. Sachant que les panneaux solaires seraient mis à rude épreuve ce jour-là, il n'alluma que les lampes du pourtour, et non les grands globes du milieu, trop gourmands en énergie.

— Stupéfiant ! s'exclama Maître Robinton, embrassant du regard l'immense salle vide.

Ramoth inspecta son environnement avec un bizarre petit cri étranglé, tandis que Mnementh reniflait le sol, l'air impassible. Tiroth s'étira le cou jusqu'à ce que sa tête touche le plafond. A ce stade, ses pattes quittèrent le sol, arrachant au grand bronze un grondement de protestation.

Tu es en apesanteur, Tiroth, dit Ruth d'un ton détaché. *Toute action provoque une réaction. Pousse doucement vers le bas avec ton museau. Tu vois ? C'est facile.*

A cet instant, Ramoth bougea la tête trop brusquement pour voir ce qui arrivait à Tiroth, et elle se mit à dériver.

Ne t'oppose pas au mouvement, Ramoth, dit Ruth. *Détends-toi et laisse-toi aller sans résistance. Maintenant, recule la tête très doucement. Tu vois, ce n'est pas difficile. Regarde-moi.*

— Ruth ! le tança Jaxom. Ne fais pas de l'épate !

Je ne fais pas de l'épate, je fais une démonstration !

Ruth exécuta une lente cabriole en arrière, les ailes bien collées au corps pour ne pas gêner sa rotation. *Ici, nous ne pesons pas plus qu'un lézard de feu !* ajouta-t-il, pivotant sur sa queue.

— Ruth ! tonitrua Jaxom d'une voix de stentor.

— Je crois que tout le monde a compris, Seigneur Jaxom, dit F'lar, réprimant un éclat de rire. Le secret, c'est une sage lenteur, non ?

Passant de la théorie à la pratique, F'lar démonta avec précaution, et se retrouva quand même en train de dériver.

— Quelle sensation incroyable ! Essaye, Lessa ! Je sais que tu ne pèses guère, mais tu seras surprise ! Et vous n'éprouverez aucune fatigue, Robinton.

Les passagers firent leurs premières expériences en apesanteur, avec quelques mésaventures provoquées par de faux mouvements. Sharra aida discrètement Maître Oldive à démonter et le pilota vers l'ascenseur pour attaquer leur mission du jour : un examen approfondi de l'œuf de Fil dans le sas. Siav leur avait conseillé de le transférer dans le dispensaire du pont d'animation suspendue. Le laboratoire était encore opérationnel, avec un microscope plus puissant que ceux qu'ils étaient parvenus à fabriquer. Il y avait assez d'air, mais il n'y faisait pas encore très chaud, leur avait dit Siav. Pour une machine dépourvue d'émotion, Siav manifestait une curieuse insistance pour l'accomplissement de ce qui, selon Sharra, n'était qu'un élément sans importance du Plan.

Quand les autres furent un peu habitués aux fantaisies de l'apesanteur, Jaxom les conduisit à la passerelle. Il était aussi impatient de montrer à Lessa, F'lar, Robinton et D'ram sa connaissance de la passerelle que Ruth était satisfait de superviser discrètement les grands dragons. Debout devant la porte ouverte de l'ascenseur, ses novices ne le déçurent pas : ils restèrent pétrifiés d'admiration devant la vue de Pern. Il leur donna le temps de se ressaisir, puis les poussa doucement dans la pièce pour que la porte puisse se refermer.

Se propulsant expertement vers le fauteuil du capitaine, Jaxom entra le programme du télescope, et vérifia ce qui se passait au dispensaire, où Sharra aidait Oldive à enfiler une combinaison spatiale et branchait l'écran du plafond.

F'lar s'arracha à la contemplation de la planète pour regarder le spécimen de Fil.

— Ce n'est pas aussi gros que j'aurais cru, dit-il.

— Non, en effet. C'est pourquoi il serait intéressant de savoir comment un Fil si gros et si long peut tenir dans une si petite enveloppe, répondit Jaxom.

Lessa y jeta un coup d'œil avant d'en revenir au panorama fascinant.

— Nous pouvons nous approcher de la fenêtre ? demanda-t-elle.

— Donnez une faible poussée — n'ayez pas peur, ajouta-t-il quand, se mettant à dériver, elle tenta de se retenir. Laissez-vous flotter. Ne résistez pas.

Elle passa près de lui en tournoyant ; il tendit le bras pour arrêter la rotation, puis, très doucement, la poussa vers la fenêtre.

Robinton, ayant observé les erreurs de Lessa, ne les répéta pas et la rejoignit bientôt à la fenêtre, flottant à une main au-dessus du sol. D'ram préféra se tenir au garde-corps, et avancer en déplaçant une main après l'autre, jusqu'à la console la plus proche, où il s'installa dans le fauteuil et boucla la ceinture de sécurité.

— Dans combien de temps les Fils vont-ils couper l'orbite du *Yokohama* ? demanda-t-il.

Jaxom régla l'écran de D'ram sur le plus fort grossissement et appela le secteur approprié. Quand l'image s'éclaircit, le vieux chevalier-bronze recula dans son fauteuil, livide, à la vue du flot d'ovoïdes arrivant droit sur lui.

— Ils ne sont pas encore si près, D'ram. C'est une vue rapprochée. Là, je vais vous donner la perspective exacte.

Jaxom modifia la magnitude et il n'y eut plus sur l'écran qu'une tache floue éclairée par le soleil.

— C'est à quelle distance ? demanda D'ram, d'une voix étranglée.

— Le moniteur de proximité annonce environ dix minutes avant le contact, dit Jaxom.

F'lar rejoignit D'ram avec précautions et s'accrocha à son dossier, les jambes presque à l'horizontale. Puis il s'assit dans l'autre fauteuil et boucla sa ceinture.

Tout va bien, en bas ? demanda Jaxom à Ruth, aussi discrètement qu'il put pour que Ramoth ne l'entende pas.

Elle est très occupée à jouir de l'apesanteur, répondit Ruth, amusé. *Elle se débrouille mieux que Mnementh et Tiroth, et pourtant, elle est plus grande. Elle ne donne pas autant de poussée. Ils font tous beaucoup mieux qu'en présence de leurs maîtres. Attention à tes ailes, Ramoth ! Il n'y a pas beaucoup de place, ici !*

Jaxom sourit, puis se pétrifia en voyant Sharra et Oldive entrer dans le laboratoire, Sharra se déplaçant avec autant de grâce que le lui permettaient ses bottes magnétiques, guidant d'une main gantée la marche plus cahotique d'Oldive. Fasciné, Jaxom les regarda tenter de pénétrer la dure enveloppe de l'ovoïde. Puis Mirrim, sur Path, arriva dans la passerelle.

— Qui est-ce que j'emmène sur le *Bahrain* ? demanda-t-elle, souriant à la vue de Lessa et Robinton collés à la fenêtre.

— Tous ceux qui voudront t'accompagner, dit Jaxom. Lessa ? F'lar ?

Lessa eut un mouvement brusque, et s'écrasa contre la vitre.

— Je viens avec vous, Mirrim. *Non, Ramoth, tout ira bien. Je t'assure que tu ne tiendrais pas ici dans la passerelle, et encore moins sur le* Bahrain. *Apprends à te mouvoir en apesanteur dans la soute où tu as la place de bouger.*

Jaxom demanda à Ruth de transporter F'lar, et le dragon blanc sauta dans la passerelle par l'intermédiaire de l'*Interstice*.

— Vous savez ce qu'il y a à faire ? demanda Jaxom aux Chefs du Weyr.

Lessa le regarda de travers, mais F'lar gloussa et répondit docilement :

— Je vous assure que nous avons répété consciencieusement, Jaxom. Merci, Ruth, ajouta-t-il, montant sur le dragon blanc.

— Bonne destruction ! dit Jaxom. Vous avez trois minutes avant le contact.

— Où est-ce que je m'assieds, Jaxom ? demanda Robinton, s'écartant de la fenêtre.

— A la place que F'lar vient de libérer.

Les doigts démangeaient Jaxom d'activer les commandes, mais il trouva tout aussi gratifiant de regarder Robinton le faire à sa place. Comme les forgerons avant eux, Robinton et D'ram eurent un mouvement de recul devant les ovoïdes qui arrivaient sur la fenêtre. D'ram grogna devant les premiers flocons signalant les destructions, puis regarda, yeux étrécis, bras croisés, l'air béat.

— Il faudrait amener Lytol ici un jour, D'ram, dit Robinton. Cela lui ferait plaisir de détruire des Fils. Il n'en a pas eu le temps quand il était chevalier-dragon.

— Et cela lui ferait sans doute du bien, en plus, ajouta D'ram, pensif.

— Siav ? dit Jaxom ouvrant la communication avec le Terminus. Les images que vous recevez sont assez nettes ?

— Oui, Jaxom, et la densité est de sept pour cent supérieure à la dernière fois.

— Alors, cette pré-destruction sera bien utile.

Jaxom ramena son attention sur le laboratoire cryogénique, où les deux guérisseurs avaient des problèmes pour pénétrer la coquille du Fil avec les instruments qu'ils avaient apportés.

— Nous avons tapé, buriné, gratté — et nous n'avons même pas éraflé la surface, dit Sharra, dégoûtée, agitant son ciseau.

— Et voilà pour ceux qui craignaient que le Fil

s'échappe et nous dévore, dit Oldive, d'un ton plus amusé que frustré. Etonnante, cette enveloppe ! Impénétrable aux outils les plus durs !

— Et des diamants ? suggéra Jaxom.

— Ce serait peut-être la solution, dit Oldive. En tout cas, je reviendrai avec plaisir. Je ne me suis jamais senti si mobile.

Bien que n'accordant généralement aucune attention à ses handicaps physiques, son dos bossu et son bassin écrasé lui avaient raccourci une jambe et le faisaient boîter, et ces problèmes n'existaient plus en apesanteur.

— Voici une circonstance, dit Siav, où les capacités de téléportation des lézards de feu seraient très utiles.

— Meer et Tall ne reconnaîtraient pas un diamant d'une marmite, soupira Sharra. Et je me demande si même cela suffira à entamer cette coquille. Elle paraît inattaquable.

— Pas à la chaleur, lui rappela Jaxom.

— C'est hors de question, Seigneur Jaxom de Ruatha, dit Sharra, les mains sur les hanches pour souligner son désaccord. Nous ne chaufferons pas cet œuf pour simuler la friction avec l'atmosphère ! Et d'ailleurs, impossible de se servir d'un lance-flammes dans un espace aussi restreint.

— Vous n'avez pas la technologie pour produire un mince pinceau de lumière laser qui serait efficace sur une telle enveloppe, dit Siav. Nouveau domaine où vous devrez faire de grands progrès pendant la prochaine Révolution.

— Ah ? Pourquoi ? demanda Jaxom, remarquant le vif intérêt de D'ram et Robinton.

— A ce stade, il est inutile de discuter d'appareils ou de besoins, répliqua Siav. La question est entre les mains du Maître Forgeron, mais n'a pas priorité sur d'autres projets plus essentiels.

— N'avez-vous pas une suggestion à nous faire, Siav ? demanda Sharra.

— Le diamant sera efficace.

— Alors, pourquoi ne nous avez-vous pas dit d'en emporter un ?

— La question n'a pas été posée à cette installation.

— Le problème avec vous, Siav, poursuivit Sharra, acide, c'est que vous nous dites ce que vous pensez que nous devons savoir, pas nécessairement ce que nous avons *besoin* de savoir ou ce que nous *désirons* savoir.

Un long silence suivit, pendant lequel Sharra et Oldive quittèrent le laboratoire, scellant la porte derrière eux.

— Sharra a raison, vous savez, remarqua enfin D'ram.

— Effectivement, dit Robinton.

— Mais comment pouvions-nous penser qu'un diamant serait nécessaire, avec tous les autres outils que Sharra et Oldive ont emportés ? demanda Jaxom.

Robinton haussa les épaules, mais D'ram eut une moue pensive.

— On se sert de diamants pour tailler les gemmes et le verre. Pourquoi aurions-nous pensé qu'il en faudrait un pour ouvrir une capsule de Fil ? demanda le vieux Chef de Weyr, levant les mains en un geste d'impuissance.

— Maître Fandarel y aurait pensé, remarqua Robinton.

Puis il soupira.

— Nous avons encore tellement de choses à comprendre, à apprendre, à apprécier. Y aura-t-il jamais une fin, Siav ?

— Une fin à quoi ?

Maître Robinton adressa un sourire ironique à Jaxom.

— La question était académique, Siav.

Siav ne répondit que par le silence.

Plus tard, quand ils furent revenus au Fort de la Baie, tout le monde convint que ce séjour sur le *Yokohama* était un succès. Les dragons s'étaient habitués à l'apesanteur ; les humains avaient eu l'expérience gratifiante de tailler des tunnels dans le flot des Fils, sans aucun danger pour eux ni leurs dragons. Une fois leurs maîtres démontés, les dragons s'étaient dirigés vers le lagon, et les humains, de leur côté, n'étaient pas opposés à un bon bain. Heureusement, Lytol avait prévu la chose et ordonné de retarder le dîner jusqu'à ce qu'ils aient fini.

Maintenant, Ramoth s'était si bien habituée aux lézards de feu qu'elle ne protesta pas quand certains lézards sauvages vinrent aider les humains à frictionner leurs dragons. En fait, elle prétendit même qu'il lui en fallait davantage pour aider Lessa, car elle était la plus grande de tous, et Lessa plus petite que les autres chevaliers. *Et Ruth a Jaxom et Sharra pour le laver,* ajouta-t-elle d'un ton impérieux.

Quand Lessa répéta sa remarque en riant, Robinton déclara qu'il était plus que d'accord pour frictionner une reine. D'ram remarqua alors qu'il y avait bien trop de lézards de feu pour aider Lessa, tandis que Tiroth avait transporté Robinton sur le *Yokohama*, et que le harpiste devait, par courtoisie, laver le bronze. A la fin, tous les apprentis et compagnons travaillant au Fort de la Baie se retrouvèrent en train de barboter dans l'eau pour laver les cinq dragons.

Après un dîner des plus agréables en joyeuse compagnie, Jaxom, Sharra et Oldive repartirent à regret pour Ruatha. Jaxom s'habituait à ces longues journées avec Sharra, et qui lui permettaient de trouver les quelques heures nécessaires à expédier les affaires du Fort, tout en continuant à suivre les projets de Siav. Pendant que Sharra et Oldive allaient soigner les malades à l'infirmerie du Fort, il discuta avec Brand de l'agrandissement d'étables et d'améliorations à apporter à deux petites propriétés.

Ayant travaillé vingt-quatre heures sans interruption, il fut donc assez mécontent d'être réveillé en pleine nuit par un message urgent de F'lessan, transmis par Ruth.

Golanth dit que le toit de Honshu s'est effondré, et que quelque chose de très curieux et peut-être très important a été découvert dans une pièce secrète. Golanth a informé Lessa, F'lar, K'van et T'gellan. Des messages ont aussi été envoyés à Maîtres Robinton et Fandarel, à relayer à Siav, dit Ruth, répétant fidèlement ce qu'on lui avait dit.

Jaxom resta un long moment immobile, tout en réfléchissant intensément à cette information. Il regrettait son repos bien mérité et avait envie de se rendormir.

Golanth ne nous dérange jamais sans nécessité, ajouta Ruth, d'un ton presque contrit.

Je sais ! répondit Jaxom avec lassitude. *Comment réagit Siav à ce message ?*

Si vous n'êtes pas en présence de Siav, je n'entends pas ce qu'il dit.

Ruth garda le silence pendant que Jaxom balançait entre rester au lit près de sa femme endormie, et se rendre à cette pressante convocation.

Tiroth emmène les trois du Fort de la Baie, reprit Ruth. *Il dit que, d'après Lytol, ce pourrait être très important. Siav insiste pour qu'on enquête sur ces sacs aussi vite que possible. Ramoth et Mnementh viendront. Tous ceux qui ont été prévenus viendront.*

Étouffant un grognement, Jaxom se leva, prenant bien soin de ne pas réveiller Sharra. Elle avait autant besoin de repos que lui. Peut-être que cette réunion serait courte et qu'il serait rentré avant son réveil. Elle devait retourner sur le *Yokohama* avec Oldive et un diamant. Il espérait ne pas les décevoir parce qu'on l'avait appelé ailleurs.

Il mit des vêtements légers sous ses chauds habits de vol en prévision du climat plus chaud de Honshu. Il se félicita d'avoir pensé à ce détail. Mais il ne pensa pas à vérifier, comme il le faisait souvent, le harnais de vol qu'il laissait au clou dans le Weyr de Ruth. Prenant son harnais caché, il en équipa Ruth avec la dextérité née d'une longue pratique, ouvrit les portes, suivit Ruth dans la cour et monta. Le dragon de guet, le gueyt de garde et certains lézards du Fort observèrent leur départ en silence, leurs yeux brillant comme des gemmes bleues et vertes dans la nuit.

Quelle heure est-il à Honshu ? demanda Ruth en décollant.

— C'est l'aube, sans doute, répondit Jaxom avec irritation, visualisant la façade du Fort que F'lessan lui avait si bien décrite.

Jaxom frissonna dans l'*Interstice*, malgré sa tunique de vol doublée de fourrure. Deux respirations plus tard, ils planaient au-dessus d'une mer de brume dans l'aube qui pointait. Autour d'eux, d'autres dragons s'étaient posés sur des pics trouant le brouillard. Ruth atterrit près d'eux et les salua de la tête.

— Et où est Honshu ? demanda Jaxom.

Ramoth dit que c'est sur notre droite, caché par la brume de la rivière. Je savais où j'allais, mais ce n'est pas encore visible. La journée commence bien, non, ajouta Ruth inopinément, tournant la tête vers le soleil levant.

Jaxom acquiesça à regret en contemplant la vue. Sur sa gauche, les deux lunes flottaient dans un ciel bleu sans nuage et la nuit reculait vers l'ouest — où il aurait dû être encore dans son lit. Il réprima l'envie de poser la tête sur le cou de Ruth et de se rendormir jusqu'à ce que la brume se lève. Mais plus il regardait cette vue magnifique — il ne savait pas que Ruth pouvait être lyrique — plus il avait de mal à en détacher les yeux.

Golanth s'excuse, dit Ruth à Jaxom. *La brume s'est élevée de la rivière juste au point du jour. Il dit que le soleil la dissipera vite. Il dit qu'il va se placer à côté de l'endroit où le toit s'est effondré.*

Ruth tourna la tête dans la direction voulue, et Jaxom repéra la silhouette de Golanth qui sortait du brouillard et se posait sur une surface encore invisible.

Golanth dit qu'il y a du klah chaud et du porridge et qu'une surprise nous attend. Il dit que la vallée est très giboyeuse — quand on la voit.

L'humour de Ruth toucha Jaxom et il gloussa, oubliant son irritation comme le soleil dardait ses premiers rayons sur la mer de brume. Puis une jolie brise se leva, balayant le brouillard, et révélant la face de la falaise et Golanth perché sur les hauteurs.

Golanth dit d'atterrir au niveau supérieur près de la porte principale. Il devrait y avoir assez de place pour tous. Sinon, le reste du toit pourrait s'effondrer, et en bas, l'étable n'est pas encore complètement nettoyée. F'lessan ne veut pas qu'on entre par là.

Les dragons décollèrent presque tous ensemble. F'lessan et tous ceux qui l'aidaient à remettre le Fort en état les attendaient devant les grandes portes et acclamèrent leur arrivée.

— Merci d'être venus si vite, dit F'lessan avec un grand sourire. Je crois que vous ne serez pas déçus. Désolé de t'avoir tiré du lit à pareille heure, Jaxom, mais j'ai pensé que tu n'aimerais pas manquer ça.

Le jeune chevalier-bronze lui entoura familièrement les épaules de son bras, l'air si anxieux, contrairement à son caractère, que Jaxom se sentit obligé de rassurer son vieil ami.

— C'est gentil d'avoir pensé au déjeuner, F'lessan, dit Lessa en franchissant le seuil, mais j'aime mieux voir ta découverte d'abord.

F'lessan montra des sacs en plastique sur la longue table de la grande salle.

— Tu peux visiter aussi la chambre secrète, si tu n'as pas peur de monter un long escalier en spirale.

Tout le monde, sauf Jaxom, s'approcha de la table. Jaxom resta à l'entrée, contemplant les fresques étonnantes, aux couleurs aussi vives qu'à leur création. Il se rappela vaguement avoir entendu Robinton et Lytol parler des peintures murales de Honshu, mais il ne s'attendait pas à cette magnificence.

— C'est spectaculaire, hein ? dit F'lessan, se retournant vers lui. L'endroit n'est pas tout à fait assez grand pour un Weyr, mais Golanth dit qu'il y a beaucoup de crêtes pour prendre le soleil. Et beaucoup de gibier.

— Le Weyr Méridional était moins grand que ça à l'origine, lui rappela Jaxom.

— C'est vrai. Mais cet endroit est conçu comme un fort. Et je ne veux pas qu'aucun Seigneur ne s'y installe, dit F'lessan avec une ferveur inattendue. Dans un Weyr, on peut aller et venir librement. Viens, je vais te montrer les trucs que j'ai trouvés. Et maintenant que tu es enfin là, je vais te faire tout visiter. C'est remarquablement bien conservé et plein d'outils et d'appareils fascinants. Tous les forgerons en radotent d'excitation.

— J'ai vu l'inventaire complet qu'a fait Jancis, dit Jaxom.

La trouvaille de F'lessan était des plus curieuses : du liquide contenu dans des sacs en plastique, soigneusement fermés par des bagues rigides portant une étiquette avec des signes que Robinton et Lytol n'avaient vus nulle part dans les fichiers de Siav.

— J'en ai ouvert un, dit F'lessan, montrant un sac ouvert et soigneusement calé. J'ai d'abord cru que c'était de l'eau. Mais non. Ce liquide a un curieux brillant, et de l'eau se serait évaporée, depuis le temps. Ça a une drôle d'odeur. Je n'ai pas essayé de goûter.

Lytol et Fandarel faillirent se cogner la tête en se penchant en même temps sur le liquide. Fandarel y trempa un doigt, le sentit, fit la grimace.

— Ce n'est pas buvable, c'est sûr.

— Il faut apporter ce sac à Siav, dit Lytol. C'est tout ce qu'il y a ?

— Non, répondit F'lessan. En plus de ces six-là, il y en a trente-quatre autres. Ils ne contiennent pas tous la même quantité de ce liquide. Et il y a quelques sacs vides, donc il semble y avoir eu des fuites. Ou peut-être que les serpents de tunnel les ont grignotés. Ils mangent n'importe quoi.

— Tu as bien parlé d'un escalier ? dit Lessa.

— Enfin, si on veut. Les marches n'étaient pas complètement taillées. Vers le haut, ce sont de simples creux. Nous n'avions pas exploré ce niveau — avant que le sol ne s'effondre sous le poids de Benmeth.

— Tu n'as pas dit si elle s'était blessée, dit Lessa d'un ton accusateur.

F'lessan, rarement impressionné par l'irritation de sa mère, eut un grand sourire.

— Elle s'est écorché la patte postérieure gauche, mais J'lono l'a tartinée de baume. Elle est en bas, dans l'atelier.

— Montre-moi cet escalier, F'lessan, dit F'lar qui se dirigea vers l'endroit indiqué, suivi de près par Fandarel, Lytol, K'van et T'gellan.

— Oh non, vous ne montez pas, dit Lessa, saisissant Robinton par le bras. L'apesanteur, c'est très bien, mais pas les escaliers. Et tel que je vous connais, vous n'avez pas encore mangé.

Reculant devant la longue montée, Jaxom joignit ses remontrances à celles de Lessa, et F'lessan l'assura qu'il insulterait les cuisinières s'il n'allait pas faire honneur à leur déjeuner.

— C'est du carburant, dit Siav, d'un ton que Robinton aurait juré jubilant. Du carburant !

— Oui, mais est-il encore bon après tant de siècles ? demanda Fandarel.

Jaxom eut la vision des trois navettes décollant de la Prairie du Vaisseau, puis l'écarta de son esprit, car c'était impossible. Ces vaisseaux ne revoleraient jamais. Pern n'avait pas la technologie nécessaire pour les réparer.

— Le carburant ne se détériore pas avec l'âge. Puisque vous l'avez découvert à Honshu, la concession de Kenjo Fusaiyuki, il est logique de supposer qu'il s'agit d'une partie du carburant qu'il avait détourné pour son usage personnel. Mention en est faite dans les archives du Capitaine Keroon. On avait cherché sa cache à Honshu, sans jamais la trouver.

— Mais le traîneau aérien est si bien conservé, ne pourrions-nous pas... commença Fandarel, très excité.

— Les traîneaux utilisaient des batteries, pas du carburant. Les quarante sacs récupérés seront bien employés, dit Siav.

— Où ? Pourquoi ? Dans quoi ? demanda Jaxom. Vous

302

nous avez dit que le *Yokohama* a des moteurs matière /antimatière.

— Seulement pour le voyage interstellaire, expliqua Siav. Ce carburant servait pour la propulsion interne.

— Et les navettes ? demanda Piemur, rouge d'anticipation.

— Même si vous possédiez une technologie plus avancée, elles sont irréparables, dit Siav. Cette trouvaille inattendue sera bien employée quand les alternatives auront été passées en revue.

Jaxom et Piemur se regardèrent, l'air dégoûté.

— Je vais essayer de deviner, Siav, dit Jaxom. Nous pourrions mettre tout ce carburant dans les réservoirs du *Yokohama*, ou le répartir entre les trois vaisseaux. Il y en aurait assez pour nous donner une demi-gravité et un peu de manœuvrabilité... enfin, si nous voulions aller quelque part dans ces vaisseaux... termina-t-il sur un ton interrogateur.

— Il n'y a pas assez de carburant pour atteindre le Nuage d'Oort, dit Siav. Ou pour suivre le flot des ovoïdes et réduire la densité des Chutes grâce aux boucliers.

Essayant de dissimuler sa frustration, Jaxom se força à sourire à Piemur en disant :

— Eh bien, il a pensé à quelque chose qui m'échappe.

— Qui sommes-nous pour rivaliser avec Siav ? dit plaisamment Piemur, mais Jaxom vit de la colère dans ses yeux.

— Mais, Siav, puisque nous avons cet échantillon, dit Fandarel d'un ton pressant, ne pouvez-vous pas analyser sa composition pour que nous puissions la reproduire ? Nous pourrions sûrement en fabriquer assez pour aller jusqu'au Nuage d'Oort.

— Pour quelle raison ?

— Eh bien, pour l'annihiler ! Détruire les Fils qui s'y forment !

Suivit un de ces curieux silences de Siav, puis brusquement, le système de Rukbat parut sur l'écran, le soleil écrasant de sa taille ses minuscules satellites. Soudain, l'image changea, le soleil maintenant réduit à un point lumineux, les planètes ayant disparu à la nouvelle échelle. Puis la nébulosité tournoyante du Nuage d'Oort traversa l'écran, cachant tout, même le lointain Rukbat. Comme dans tant de démonstrations précédentes, une ligne rouge traça l'orbite de l'Etoile Rouge, traversant le Nuage d'Oort et revenant dans le système traverser l'orbite de Pern.

— Siav s'y entend pour nous remettre à notre place, murmura Piemur.

— Oh, soupira Fandarel. C'est vraiment difficile d'apprécier la taille gigantesque de ce Nuage, et l'insignifiance de notre petit monde.

— Alors, qu'est-ce qu'on va détruire, pour être débarrassés des Fils ? demanda F'lar.

— Le meilleur moyen, c'est de modifier l'orbite de la planète excentrique qui apporte les Fils dans le système de Pern.

— Et quand nous direz-vous comment procéder ?

— Les recherches et la technologie requises seront bientôt terminées et disponibles.

— Alors, la découverte de ce carburant ne change rien ? dit F'lessan, déçu.

— Elle change quelque chose dans un autre domaine, F'lessan. Il est toujours bon d'avoir des alternatives. Vous avez bien travaillé.

De la part de Siav, c'était un compliment considérable.

— Ne vous laissez pas aller au découragement.

— Alors, qu'est-ce que je dois faire de tous ces sacs de carburant ? demanda F'lessan, abattu.

— Ils doivent être transférés au Terminus et entreposés dans un endroit sûr.

— Je ne devrais pas les transvaser dans autre chose ? Ces sacs sont vieux.

— Ils ont duré 2528 ans, ils dureront bien un an de plus.

Un tableau apparut sur l'écran.

— Voilà les horaires des bronzes et des bruns pour aller dans les soutes des trois vaisseaux. Les derniers relevés indiquent des taux d'oxygène suffisants pour permettre aux dragons et à leurs maîtres de s'habituer à l'apesanteur.

— Pourquoi ? demanda F'lar.

— Il est capital pour la réussite du Plan que tous les dragons de Pern sachent se comporter en apesanteur.

Le tableau fut communiqué aux Chefs des huit Weyrs, et tous les chevaliers jubilèrent — à part quelques vieux dragons qui avaient même du mal à chasser. Les Aspirants étaient extatiques, et les Maîtres des Aspirants eurent bien du mal à maintenir la discipline.

Chaque groupe partit accompagné de quelqu'un habitué à l'apesanteur ; même Piemur, Jancis et Sharra furent enrôlés comme moniteurs. Ils étaient souvent suivis de bandes entières de lézards de feu, et malgré quelques plaintes, Siav approuva leur intérêt. Un nouvel enthousiasme se répandit dans tous les Weyrs, dominant l'apathie du mi-Passage.

Trois jours plus tard, quelqu'un mit le feu parmi les sacs de carburant, mais les lézards de feu donnèrent l'alarme et il n'y eut pas de dommages. En apprenant cette tentative d'attentat, Siav resta impassible, et informa D'ram et Lytol, très agités, que le carburant était ininflammable. Leur soulagement fut palpable, mais Fandarel désira savoir immédiatement comment ce liquide pouvait avoir l'effet désiré. Siav répondit par un cours sur les complexités de sept moteurs de jet différents, du simple moteur à réaction qu'ils connaissaient déjà et que même Maître Fandarel ne comprenait pas très bien, jusqu'à des engins très compliqués à plusieurs étages.

Le même soir, Maître Morilton leur dépêcha son lézard de feu avec un message urgent et horrifié annonçant que quelqu'un avait détruit les lentilles destinées aux microscopes et aux télescopes, anéantissant ainsi des mois de travail acharné. Plus tard le même jour, Maître Fandarel constata que les montures métalliques destinées aux microscopes avaient été jetées dans le feu de sa forge, où elles avaient perdu leur trempe.

Heureusement que le programme d'orientation des dragons se déroulait bien, sinon leur moral aurait été profondément affecté. Puis Oldive et Sharra parvinrent à pénétrer la coquille de l'œuf de Fil avec un diamant noir.

— Je ne suis pas plus avancée, dit Sharra à Jaxom en rentrant le soir. C'est un organisme complexe, et il nous faudra du temps pour l'analyser. Nous devons procéder lentement. C'est sans doute pour ça que Siav nous a enseigné à cultiver les bactéries. C'est un bon entraînement pour cette recherche.

— A quoi ça ressemble — à l'intérieur, je veux dire ?

— C'est un fouillis étonnant, dit-elle, perplexe. L'ovoïde est recouvert de nombreuses couches de glace sale, avec des tas de graviers, de grains et... de débris. C'est jaune, blanchâtre, noir, gris... Le jaune est-il de l'hélium ? Tu as assisté aux cours sur la liquéfaction des gaz ? Non, c'était Piemur et Jancis.

« Bref, il y a comme des anneaux qui font des tours et des tours et qu'on peut séparer des autres matériaux. Il y a des tubes, et des choses comme des bulles. Siav dit que c'est une forme de vie très désorganisée. »

Jaxom rit d'étonnement.

— En tout cas, elle nous désorganise !

— Idiot ! Il n'emploie pas le mot dans ce sens. Mais nous n'avons pas pu faire grand-chose aujourd'hui parce que nous n'avions pas d'outils supportant la température de trois degrés K. Le froid a rendu cassants ceux qu'on avait apportés et ils se sont désintégrés.

— Du métal ? Qui est devenu cassant ?

— Y compris l'acier. Siav dit qu'il nous faut des outils en verre spécial.

— Du verre, tiens !

Jaxom pensa à tout le temps que Siav avait consacré à Maître Morilton et sourit.

— C'était donc pour ça. Mais comment Siav pouvait-il savoir que nous capturerions un Fil alors qu'il ne savait même pas que c'était possible ?

— Je ne suis pas sûre de te suivre, Jaxom.

— Je ne suis pas sûr de me comprendre moi-même, ma chérie. Je me demande qui a le plus de surprises ? Siav ou nous ?

Le lendemain matin, Sharra demanda à Jaxom si ça ne le dérangeait pas de laisser Ruth l'amener chez Maître Oldive, pour choisir leurs assistants de recherches. Ruth était toujours content d'obliger Sharra, et Jaxom pourrait rester à Ruatha pour présider avec Brand une assemblée disciplinaire retardée depuis longtemps.

Il prenait place dans le Grand Hall quand il aperçut Sharra sur le dos de Ruth, et il se leva d'un bond.

Le harnais, Ruth ! Quel harnais Sharra a-t-elle pris ?

Au même instant, Ruth répondit : *elle est sauve*, et ses deux lézards de feu poussèrent de tels cris que Lamoth, le vieux bronze de garde sur les crêtes de Ruatha, claironna un avertissement. Paralysé par le choc, Jaxom regarda Ruth redescendre lentement, Sharra cramponnée à son cou, Meer et Talla accrochant solidement leurs serres aux épaules de sa tunique de vol. La principale courroie du harnais pendait entre les pattes de Ruth.

Tremblant de peur à l'idée de ce qui aurait pu arriver, Jaxom oublia toute dignité et sortit en courant du Grand Hall. Son désir de ne pas inquiéter Sharra avait failli lui coûter la vie. Ruth se posa doucement devant lui, et, les mains encore tremblantes, il aida Sharra à démonter et la serra très fort dans ses bras.

J'aurais dû lui demander quel harnais elle avait pris, dit Ruth avec remords, la robe grise d'angoisse. *J'aurais pu lui dire où vous cachez celui dont vous vous servez maintenant.*

— Ce n'est pas ta faute, Ruth. Ça va, Sharra ? Tu ne t'es pas blessée ? Quand je t'ai vue accrochée à...

Il ne put terminer et enfouit son visage dans son cou, constatant qu'elle tremblait autant que lui.

Sharra ne demandait qu'à se laisser réconforter, mais au bout de quelques instants, elle s'aperçut qu'on les regardait, et, avec un rire embarrassé, se dégagea. Il relâcha son étreinte, mais ne la lâcha pas. Si elle avait été moins bonne cavalière... si Ruth n'avait pas été si intelligent...

— Je croyais que tu avais raccommodé ce harnais, dit-elle, le regardant anxieusement dans les yeux.

— Mais c'est vrai !

Il ne pouvait pas lui dire la vérité, pas devant autant de témoins, et, malgré leur profonde union, elle ne se rendit pas compte qu'il n'était pas tout à fait sincère.

— Il faut que je reparte, Jaxom, dit-elle, partagée entre le devoir et la peur. Ruth s'offenserait-il si je voyageais avec G'lanar sur Lamoth ?

— Tu veux remonter ? dit Jaxom, à la fois surpris et fier du courage de sa femme.

— C'est ce qu'il y a de mieux à faire pour surmonter le choc. Je sais que ce n'est pas ta faute, ajouta-t-elle, caressant le museau de Ruth. Détends-toi, je t'en supplie. Ce gris ne te va pas bien du tout !

J'ai senti la courroie céder quand j'ai bondi au décollage. J'aurais dû lui demander quel harnais elle avait pris. J'aurais dû, dit Ruth à Jaxom.

— Tout va bien maintenant. Tu as sauvé Sharra, répéta Jaxom, qui n'avait jamais tant aimé son dragon qu'en cet instant. Mais elle doit aller à l'Atelier des Guérisseurs. Avec G'lanar sur Lamoth.

Ruth considéra son maître, l'orange de la panique commençant à s'estomper dans ses yeux. *Il est bien pour un Ancien,* concéda-t-il à regret. *Je regrette que Dunluth et S'gar ne soient pas rentrés.*

— Mais tu sais que ces deux-là ne peuvent plus combattre les Fils. G'lanar décline, et Lamoth ne peut plus mâcher sa nourriture, et encore moins la pierre de feu.

Puis Jaxom ne pensa plus à la remarque de Ruth, et demanda courtoisement au vieux chevalier d'accompagner Sharra à l'Atelier des Guérisseurs. Il détacha le harnais coupé et le roula pour l'examiner plus tard à loisir.

Il les regarda disparaître dans l'*Interstice,* suivis de Meer et Talla. Puis il retourna dans le Grand Hall, où Brand et les sous-intendants firent signe aux assistants de prendre place.

— Vous ne lui aviez rien dit ? murmura Brand à l'oreille de Jaxom en s'asseyant.

— Je vais tout lui dire maintenant. L'alerte était trop chaude.

Remettant de l'ordre dans les papiers qu'il avait dispersés dans sa panique, Jaxom s'aperçut que ses mains tremblaient encore.

— En effet. Est-ce que... cet attentat évident à votre vie a un rapport avec les récents incidents ?

— Je voudrais bien le savoir.

— Vous parlerez à Benden maintenant ? dit Brand, l'air sévère et implacable.

— Oui, acquiesça Jaxom avec un sourire penaud. Parce que sinon, je sais que vous le ferez à ma place.

— Je vois que nous nous comprenons.

Puis, à voix haute, Brand poursuivit :

— La première affaire concerne une accusation de gaspillage des provisions du Fort...

Le soir, Jaxom raconta à Sharra l'incident de Tillek et les enquêtes entreprises par Brand — et qui n'avaient pour le moment produit aucun résultat, car Pell se déclarait content de travailler dans le métier de son père. Personne n'était venu lui parler de son Sang Ruathien, les assurat-il. Et il n'était qu'un cousin au second degré.

Quand Sharra lui eut dit ce qu'elle pensait de son désir

de lui « épargner » des inquiétudes, ils passèrent en revue le registre des visiteurs du Fort, et ne découvrirent aucun personnage louche.

Le lendemain, ils étaient attendus au Terminus pour une discussion sur le vandalisme.

— Si tu ne révèles pas cet incident, Jaxom, moi, je dirai tout moi-même, dit Sharra avec véhémence.

— Mais notre histoire concerne la succession du Fort, Sharra, objecta-t-il. Le vandalisme et les destructions, ce sont des questions toutes différentes.

— Qu'en sais-tu ? demanda-t-elle, serrant les poings et le regardant, l'air furieux. Et d'autant plus que tu es le chef de tous les plans de Siav.

— Moi ? le chef ? dit Jaxom, sincèrement stupéfait.

— Mais oui, même si tu ne le réalises pas. Tu peux me croire. Et toute la planète le sait aussi.

— Mais je... je...

— Oh, ne fais pas l'innocent, Jax. C'est un de tes traits les plus sympathiques, que cette modestie qui t'empêche d'irriter tout le monde en te gonflant de ton importance.

— Qui se gonfle d'importance ? dit-il, passant tous ses amis en revue dans sa tête.

— Personne, mais toi, tu en aurais le droit.

Elle vint s'asseoir sur ses genoux et lui passa un bras autour du cou.

— C'est pourquoi tu serais une cible parfaite pour les dissidents. Tu ne peux pas ignorer que le mécontentement augmente au sujet des plans à long terme de Siav.

Jaxom soupira, car c'était une de ces contrariétés qu'il essayait de minimiser.

— Je n'en suis que trop conscient. En fait, c'est presque un soulagement qu'ils agissent maintenant à visage découvert.

Sharra se raidit dans ses bras.

— Tu les connais ?

Il secoua la tête.

— Sebell sait lesquels ont des chances d'être impliqués, mais aucun de ses harpistes n'a pu fournir de preuves. Et il est difficile d'accuser un Seigneur sans preuves solides.

Elle en tomba d'accord et posa la tête sur l'épaule de Jaxom.

— Tu es prudent, n'est-ce pas ? demanda-t-elle d'un ton anxieux.

— Plus que toi, répondit-il en la serrant dans ses bras. Combien de fois ne t'ai-je pas dit de vérifier ton harnais avant de t'en servir ?

Il répondit à son indignation par un grand sourire.

Le lendemain, quand l'assemblée se réunit au Terminus, Siav fit évacuer le bâtiment à toute personne non directement concernée.

— Bien que ces incidents soient, à l'évidence, dirigés contre les nouvelles technologies, dit Siav, aucun, jusqu'à présent, ne met notre plan principal en danger.

— Pas encore, dit sombrement Robinton.

— Je ne suis pas d'accord, dit Sharra, regardant Jaxom avec insistance.

Comme il hésitait, elle ajouta :

— Quelqu'un cherche à assassiner Jaxom.

Quand le tumulte se fut un peu calmé, Jaxom fit un récit complet des incidents survenus.

— C'est inquiétant, dit Siav, élevant la voix pour dominer les questions fusant de toutes parts. Le dragon blanc ne suffit-il pas à vous protéger contre ces tentatives ? Ne peut-il pas les prévenir ?

— N'en faisons pas tant d'histoires, dit Jaxom, contrarié de tout ce bruit, tout en désirant écarter toute menace ultérieure contre Sharra. A l'instant même où la courroie a cédé, Ruth s'en est rendu compte, et il a sauvé la vie à Sharra. Je laisse ce harnais à la vue de tous, et je cache celui dont je me sers, mais...

— Il ne voulait pas m'inquiéter, dit Sharra, acide. Brand essaye de découvrir qui a pu entailler le cuir. Cela a été fait très habilement par quelqu'un sachant exactement où portent les efforts sur les courroies.

— Un chevalier-dragon ? glapit Lessa avec horreur, et dehors, la moitié des dragons claironnèrent, alarmés.

— Il n'y a pas un chevalier-dragon de Pern qui mettrait Jaxom ou Ruth en danger ! reprit-elle, foudroyant le jeune Seigneur comme s'il était en faute.

Il la foudroya en retour.

— Et aucun chevalier-dragon qui pourrait agir ainsi sans que son dragon le sache, dit F'lar avec force.

— Il n'y aurait rien à gagner... à supprimer Jaxom, reprit Lessa.

— Serait-il possible que ce soit pour protester contre ma dissection du Fil ? demanda Sharra.

Jaxom secoua violemment la tête.

— Non. Comment pouvait-on savoir que tu partirais seule avec Ruth pour l'Atelier des Guérisseurs ?

— Puisque c'est généralement Jaxom qui vole sur Ruth, dit la voix calme de Siav, il est logique de supposer que c'était lui la cible. Aucune autre tentative contre sa vie ne doit être tolérée.

— Meer et Talla ont leurs ordres, dit Sharra d'un ton résolu.

— Et Ruth ? demanda Lessa.

Elle fut réduite au silence par un chœur de dragons claironnant d'un ton belliqueux.

— Et, on dirait, tous les autres dragons de Pern !

Puis elle se pencha vers Sharra et posa la main sur son bras.

— Nous sommes avertis du danger, maintenant. Mais nous aurions dû en être avertis beaucoup plus tôt, jeune homme ! ajouta-t-elle, regardant sévèrement Jaxom.

— Je n'étais pas en danger, protesta Jaxom. J'ai été très prudent.

— Vous seriez bien avisé d'accroître votre vigilance, Jaxom. Il faut aussi prendre promptement des mesures de sécurité pour prévenir tout vandalisme ultérieur dans les Ateliers chargés de travaux spécialisés, dit Siav avec sévérité. Les destructions récentes retarderont la fabrication d'appareils utiles, mais les vandales n'avaient heureusement pas conscience de l'importance d'autres projets essentiels : les casques spatiaux, les bouteilles à oxygène, les combinaisons spatiales supplémentaires — essentiels pour la réussite de notre entreprise.

— Tous ces travaux sont répartis entre différents Ateliers situés en différentes régions, dit Fandarel, l'air soulagé.

Puis il branla du chef, l'air douloureux.

— J'ai du mal à croire qu'un membre de mon Atelier pourrait détruire de gaieté de cœur le travail de ses collègues.

— Votre société est confiante, dit Siav, et il est toujours triste de voir sa confiance trahie.

— En effet, acquiesça Fandarel avec tristesse.

Puis il se redressa.

— Nous serons très vigilants. F'lar, y aurait-il des chevaliers-dragons disponibles pour monter la garde ?

— Des guets de garde seraient plus efficaces, dit Lytol, prenant la parole pour la première fois.

Il était devenu livide sous son hâle en apprenant le péril couru par Jaxom.

— Ils seraient très efficaces, et je trouve que les Weyrs sont actuellement surchargés et qu'on ne peut pas leur en demander davantage.

— Des guets de garde, *et* des lézards de feu, dit Fandarel. Beaucoup de Maîtres concernés en possèdent, et une fois qu'ils seront prévenus, ils seront vigilants.

— Mon frère Toric a obtenu de bons résultats avec des bébés félins, intervint Sharra. Bien sûr, il faut les mettre en cage pendant le jour, car ce sont des bêtes féroces.

— Recrutez tous les gardiens qui seront nécessaires, mais ne permettez pas que des fabrications essentielles soient perturbées, ordonna Siav. Demain, les dragons désignés pour s'entraîner sur le *Yokohama* transporteront les sacs de carburant. Maître Fandarel, vous veillerez à ce qu'ils soient vidés dans le réservoir principal. Cela éliminera un problème de sécurité.

— Pourrions-nous entreposer les matériels vulnérables à bord du *Yokohama* ? demanda F'lar.

— Malheureusement, c'est impossible, pour diverses raisons. Toutefois, dès que certains articles seront terminés, on pourra les mettre à l'abri sur le *Yokohama*.

— Est-il certain qu'ils y seront en sécurité ? demanda Lytol.

Ignorant les regards furieux, consternés, incrédules ou anxieux des autres, Lytol attendit la réponse de Siav.

— Cette installation peut monitorer le *Yokohama* plus efficacement que vous ne pouvez monitorer vos Weyrs, Forts et Ateliers, répondit Siav.

— Et le gardien se garde lui-même ! ajouta Lytol à voix basse.

— C.Q.F.D., dit Siav.

— Cécuefedé ? répéta Piemur.

— Ce qu'il fallait démontrer.

CHAPITRE 14

Le lendemain, dans la passerelle du *Yokohama*, Jaxom et Piemur se penchèrent sur leurs consoles.

— Je sais que nous avons vidé ces sacs dans le réservoir, dit Piemur d'un ton chagrin, mais ça ne se voit pas à la jauge.

— Le réservoir est grand, dit Jaxom, tapotant le cadran. Une goutte d'eau dans la mer.

— Tout ce travail pour rien, ajouta Piemur, dégoûté.

Ils avaient été obligés d'enfiler des combinaisons spatiales, parce que le tuyau de remplissage se trouvait dans une section sans atmosphère. Le Harpiste n'aimait pas se sentir engoncé, et n'appréciait pas l'odeur de l'air en bouteille. Malgré l'apesanteur, les sacs s'étaient révélés difficiles à manœuvrer : ils n'avaient pu en emporter que deux à la fois de la soute où les dragons les avaient transportés, jusqu'au niveau des machines. Et ils avaient été encore plus difficiles à vider, selon les instructions de Siav sur la procédure à suivre pour manier des liquides en apesanteur.

— Pas pour rien, répondit Siav. Le carburant est maintenant à l'abri de tout attentat.

— Alors, il était dangereux ? demanda Piemur.

— Le carburant n'était pas inflammable, mais il aurait pu avoir des effets toxiques s'il s'était répandu. Et un sol imprégné de carburant devient stérile. Il est sage d'éviter les problèmes inutiles.

Jaxom fit jouer les muscles de ses épaules pour les détendre. Parfois, le travail en apesanteur était plus pénible que la même tâche exécutée sur Pern.

— Nous avons déjà assez de problèmes comme ça, dit Piemur.

Puis, se tournant vers Jaxom, il proposa :

— Tu veux du klah ?

Il leva sa bouteille, une des nouvelles inventions d'Hamian : c'était un grand flacon en verre épais, isolé par les fibres de la plante dont se servait Bandarek pour la fabrication du papier, le tout protégé par une enveloppe du nouveau plastique dur d'Hamian. La bouteille conservait les liquides, froids ou chauds, à la même température, bien que certains ne comprissent pas comment elle connaissait la différence.

— Un friand ?

Jaxom sourit en buvant à la bouteille, prenant soin qu'aucune goutte ne s'échappe.

— Comment se fait-il que tu possèdes toujours les derniers gadgets ?

Piemur leva les yeux au ciel.

— Siav appelle ça un thermos, et, traditionnellement, les harpistes essayent les objets nouveaux ! De plus, je suis résident du Terminus où Hamian a sa manufacture, tandis que tu n'es qu'un visiteur occasionnel qui rate tout ce qui est amusant.

Jaxom refusa de mordre à l'hameçon.

— Merci pour le friand, Piemur. J'avais grand-faim.

Ils avaient ôté leurs casques et leurs gants, et s'assirent dans les fauteuils devant les consoles. Sa faim un peu assouvie, Piemur montra de la main Ruth, Farli et Meer collés à la fenêtre.

— Voient-ils quelque chose que nous ne voyons pas ? demanda-t-il.

— J'ai posé la question à Ruth, dit Jaxom. Il dit qu'il aime regarder Pern, si belle au-dessous de lui. Avec les nuages et les variations de la lumière, ce n'est jamais la même vue.

— Pendant que vous mangez, dit Siav, je vais profiter de l'occasion pour vous expliquer une nouvelle étape très importante du processus d'entraînement.

— C'est pour ça que nous avons hérité de la corvée de sacs ? demanda Piemur avec un clin d'œil à Jaxom.

— Vous êtes toujours aussi perspicaces, Piemur. Ici, nous avons un canal protégé.

— Nous sommes tout oreilles, dit Piemur. Enfin, figurativement parlant.

— Parfait. Il est essentiel d'apprendre combien de temps les dragons peuvent passer dans l'espace sans être protégés par les combinaisons que vous portez actuellement.

— Je croyais que vous le saviez, Siav, dit Jaxom. Ruth et Farli n'ont pas été incommodés par le temps qu'ils ont passé dans la passerelle. Ils n'ont pas semblé remarquer le froid, et n'ont certainement pas souffert du manque d'oxygène.

— Ils sont restés dans la passerelle exactement trois minutes et demie. Or, il est indispensable qu'ils fonctionnent normalement pendant un minimum de douze minutes. Quinze minutes constitueraient la limite supérieure.

— Pour faire quoi ? demanda Jaxom, se penchant, les coudes sur les genoux.

— Pour les habituer à être dans l'espace...

— Après les avoir habitués à l'apesanteur ? demanda Jaxom.

— Exactement.

— Alors, nous commençons à savoir marcher ? demanda Piemur.

— Si l'on veut. Vos dragons font preuve d'une adaptabilité digne d'éloges. Il n'y a pas eu de réactions défavorables à l'apesanteur.

— Pourquoi y en aurait-il eu ? demanda Jaxom. C'est comparable au vol plané et au vol dans l'*Interstice*, qui ne leur posent pas de problème. Ainsi, ils vont maintenant devenir extravéhiculaires ?

— Est-ce qu'ils ne risquent pas de flotter hors de portée ? demanda Piemur, lançant un regard anxieux à Jaxom. Je veux dire, comme les Fils ?

— A moins d'un mouvement brusque, ils resteront stationnaires, dit Siav. Et sortant du *Yokohama*, ils iront à la même vitesse que le vaisseau, et non à une vitesse différente comme les ovoïdes de Fils. Toutefois, pour prévenir toute panique...

— Les dragons ne paniquent pas, dit Jaxom, catégorique, avant que Piemur ait pu dire la même chose.

— Mais leurs maîtres pourraient paniquer, répliqua Siav.

— J'en doute, dit Jaxom.

— Peut-être les chevaliers-dragons constituent-ils une race à part, Seigneur Jaxom, dit Siav, de son ton le plus cérémonieux, mais les archives de nombreuses générations indiquent que certains humains, malgré leur entraînement, peuvent être pris d'agoraphobie. C'est pourquoi, afin de prévenir la panique, le dragon devrait s'attacher au *Yokohama*.

— Par des câbles ? Nous pouvons apporter des cordes, ou de ce solide filin que tréfile Fandarel, suggéra Piemur.

— Ce ne sera pas nécessaire, car nous avons déjà ce qu'il nous faut.

— Quoi ? demanda Jaxom, regrettant d'avoir retardé, par leur bavardage, l'énoncé de détails qu'ils attendaient depuis des Révolutions.

L'écran devant eux s'alluma, montrant un dessin du *Yokohama* de profil. Puis, en plan rapproché, ils virent la longue galerie des machines, et le grillage de poutrelles entrecroisées qui autrefois maintenaient en place les réservoirs auxiliaires de carburant.

— Les dragons pourront se retenir aux poutrelles ! s'écria Jaxom. Cela leur donnera une excellente prise. Et, à moins que j'aie mal lu les dimensions, ces rails sont aussi longs que la Couronne d'un Weyr. Imagine, Piemur, tous les Weyrs de Pern alignés sur ces solives ! Quel spectacle !

— Le seul ennui, dit Piemur, pratique, c'est qu'il n'y a pas assez de combinaisons spatiales pour tous les chevaliers-dragons.

— Il y en aura suffisamment le moment venu, les informa Siav avec calme. Mais tous les dragons de Pern ne seront pas nécessaires. Puisque vous avez encore votre combinaison, Seigneur Jaxom, et que vous vous êtes restauré, vous pourriez peut-être tenter une activité extra-véhiculaire avec Ruth aujourd'hui ?

Les yeux de Piemur se dilatèrent de stupéfaction.

— Par le premier Œuf, ce n'est pas des humains qu'il faut te méfier, Jaxom. C'est Siav qui cherche à te tuer !

— Sottise ! répliqua Jaxom avec véhémence, bien qu'il ait senti son estomac se nouer et son cœur s'accélérer à l'idée d'une AEV. Ruth ?

Je pourrai bien mieux voir que de la fenêtre, répondit le dragon blanc.

Avec un rire un peu tremblotant, Jaxom retransmit à Piemur la réponse de Ruth.

Le harpiste soupira, l'air incrédule.

— Je ne sais pas lequel de vous deux est le plus fou. Vous êtes capables de tenter n'importe quoi, vous deux. Et dire que c'est moi qui passe pour téméraire ! ajouta-t-il d'un ton acide.

— Mais tu n'es pas chevalier-dragon, dit doucement Jaxom.

— Alors, c'est le dragon qui fait l'homme ? répliqua Piemur.

Jaxom sourit, avec un regard affectueux à Ruth, qui regardait les deux humains.

— Avec un dragon pour te guider et te garder, tu as tendance à te sentir en sécurité.

— Dans la mesure où ton harnais tient le coup, rétorqua vivement Piemur.

Puis il branla du chef.

— A la réflexion, avec Siav comme mentor, tu n'as pas à te soucier de ce que pourraient te faire de simples mortels.

— Le Seigneur Jaxom ne court aucun danger, Harpiste Piemur, dit Siav, très cérémonieux.

— C'est vous qui le dites ! Alors, tu vas le faire ? poursuivit-il, regardant Jaxom d'un air farouche. Sans demander d'autorisation à personne ?

Jaxom le foudroya en retour, sentant monter la colère.

— Je n'ai pas besoin d'autorisation, Piemur. Voilà longtemps que je prends mes décisions tout seul. Cette fois, j'agirai sans aucune interférence de quiconque. Ni de toi, ni de F'lar, ni de Lessa ou de Robinton.

— De Sharra ? dit Piemur, le regardant dans les yeux.

*Ça n'a pas l'air difficile ce que Siav nous demande. Ce n'est pas plus dangereux que d'aller dans l'*Interstice, *où il n'y a rien pour se tenir. Mes serres sont puissantes. Ma prise nous assurera solidement tous les deux*, dit Ruth.

— Ruth ne voit pas de problème. S'il en voyait, je l'écouterais, dit Jaxom, très conscient que Sharra partagerait sans aucun doute les réserves de Piemur. Je ne sais pas pourquoi l'idée d'une AEV te bouleverse comme ça. Je croyais que tu voudrais être le premier.

Piemur parvint à faire un petit sourire.

— Un, je n'ai pas de dragon pour me rassurer. Deux, je déteste être engoncé dans ce truc, dit-il, montrant la combinaison. Et trois, il est vraisemblable que je fais partie des humains qui paniqueraient avec les pieds à un million de longueurs de dragon du sol, poursuivit-il, retrouvant son sourire ironique. Alors, conclut-il en se levant et en prenant le casque de Jaxom, puisque je n'arrive pas à te dissuader, vas-y ! Maintenant ! Avant que je sois mort de peur !

Jaxom lui saisit l'épaule.

— N'oublie pas que Siav ne peut pas mettre un humain en danger. Et nous avons vu des bandes vidéo d'astronautes s'entraînant aux AEV.

Allons-y. Ruth exerça une poussée contre la fenêtre, juste assez forte pour l'amener près de Jaxom, et baissa les yeux sur le visage inquiet de Piemur. *Dites à Piemur que je ne permettrai pas qu'il vous arrive malheur.*

— Ruth dit qu'il ne permettra pas qu'il m'arrive malheur, dit Jaxom.

Avec une rudesse engendrée par l'angoisse, Piemur coiffa Jaxom de son casque, vérifia l'oxytank, et lui fit signe de brancher son micro.

— Jaxom, parle sans arrêt, s'il te plaît, dit Piemur.

— Hoche la tête si tu m'entends bien, dit Jaxom.

Piemur hocha la tête.

— Siav, dites-nous où aller pour que Piemur puisse nous voir.

Avec une dernière bourrade à son ami, Jaxom décolla du sol un pied, puis l'autre, et se laissa flotter à hauteur de Ruth. Il se hissa en selle, attacha son harnais aux barrettes prévues pour les accessoires nécessaires pendant les AEV.

— Tu as le bon harnais ? demanda Piemur, acide.

— Ça fait deux fois que tu me le demandes aujourd'hui.

— Deux précautions valent mieux qu'une, répondit Piemur, encore plus caustique.

Jaxom aurait voulu qu'il ne s'inquiète pas tant ; mais seul un autre chevalier-dragon pouvait comprendre la suprême confiance qu'il avait en Ruth.

Tu sais où on va, Ruth ?

Bien sûr. On y va ?

Jaxom avait l'habitude de la brièveté des passages dans

l'*Interstice*, mais celui-ci fut le plus bref de tous. Un instant, il était dans la passerelle, le suivant ils se retrouvèrent entourés de ténèbres différentes. Le temps d'un battement de cœur, Jaxom connut la plus grande peur de sa vie, mais la tête de Ruth, pivotant de droite et de gauche, suffit à le rassurer. Puis — contrastant avec l'absence totale de sensations dans l'*Interstice* — il prit conscience de ses jambes serrées sur le cou de Ruth, et même de la pression du harnais sur sa taille.

Je ne te lâcherai pas, dit Ruth, aussi calme que jamais. *Je me retiens aux rails ; le métal est si froid qu'il en paraît brûlant.*

Jaxom baissa les yeux et vit que Ruth avait refermé ses serres sur les rails — deux rails différents —, confortablement allongé entre deux niveaux consécutifs.

Je retiens mon souffle, mais je ne suis pas oppressé, reprit Ruth roulant des yeux bleus d'intérêt. Au-dessus de lui, Jaxom voyait d'autres rails formant une grille encerclant les moteurs matière/anti-matière pour la propulsion interstellaire.

— Ça va, Jaxom ? demanda Siav.

— Très bien, dit Jaxom, mais en fait, il se détendit à peine.

— Ruth n'est pas oppressé ?

— Il dit que non. Il retient son souffle.

Je vais monter plus haut. Ici, il n'y a rien à voir, à part les moteurs. Ils ne sont pas intéressants.

Avant que Jaxom ait eu le temps de réagir, Ruth tendit la patte vers le rail supérieur.

Quoi qu'il arrive, Ruth, ne te lâche pas entièrement.

Je ne ferais que flotter.

Jaxom s'émerveilla de la désinvolture de son dragon dans cet environnement nouveau et dangereux. Mais les dragons n'affrontaient-ils pas le danger en face à chaque Chute ?

Vous voyez ? Et Ruth se mit à flotter, plutôt qu'à grimper vers le haut. Stupéfait de l'initiative de son dragon, Jaxom en resta sans voix. *Et ça n'a pas d'importance si je me lâche parce que je n'ai qu'à plonger dans l'*Interstice *pour aller où je veux. Alors, la vue n'est-elle pas magnifique d'ici ?*

Jaxom dut en convenir. Ruth s'était perché sur le rail

le plus haut, et devant eux le globe de Pern rayonnait de tous ses verts et ses bleus. Il crut reconnaître l'estuaire de la Rivière Paradis, et, juste à l'horizon, les collines pourpres de Rubixon et de Xanadu. Au-dessus scintillait Rukbat, et loin, plus loin, à une distance inimaginable étaient l'Etoile Rouge et le Nuage d'Oort où la planète erratique entrerait dans une centaine de Révolutions.

Brusquement, Meer et Farli apparurent près d'eux.

Nous n'allons pas nous attarder davantage. Vous feriez bien de rentrer ; vous ne pouvez pas retenir votre souffle aussi longtemps que moi, leur dit Ruth, qui ajouta : *Ils trouvent que l'espace est trop vaste. Et aussi plus froid que l'*Interstice. *Nous allons rentrer. Je ressens le besoin de respirer.*

De nouveau, Ruth passa à l'action avant que Jaxom ait eu le temps d'intervenir. Presque sans aucune sensation de transfert, ils se retrouvèrent dans la passerelle du *Yokohama.*

C'était splendide ! s'exclama Ruth avec satisfaction.

Piemur était livide sous son hâle, avec l'air étonnamment sombre pour un homme ayant exploré le Continent Méridional pendant des mois sans perdre son sens de l'humour, avec, pour toute compagnie, un lézard de feu et une haridelle.

— Etait-il indispensable d'appeler Meer et Farli ?

— Ils sont venus d'eux-mêmes. Ruth dit qu'ils trouvent l'espace trop vaste, dit Jaxom, riant de cet euphémisme. Ruth est enchanté, et moi aussi. En fait, il n'y a pas grande différence avec l'*Interstice*, et ce n'est pas si dangereux. Comme l'a remarqué Ruth, il n'avait qu'à plonger dans l'*Interstice* pour aller où il voulait, de sorte que nous n'avons jamais été vraiment en danger.

— On dirait que tu cherches à t'en convaincre, dit Piemur.

— Il faut s'habituer, dit Jaxom, passant la main dans ses cheveux collés par la sueur et essayant de sourire de façon plus convaincante.

— Je me demande, dit Piemur, ce que diront Sharra, Lytol, Lessa, F'lar et Robinton en apprenant ta dernière escapade.

— Quand ils auront essayé, ils se rendront compte que

ce n'est pas vraiment dangereux. C'est simplement… un aspect différent du voyage à dos de dragon !

Piemur poussa un soupir ostentatoire.

— Et comme vous avez réussi, toi et Ruth, tous les chevaliers-dragons de Pern se sentiront obligés de suivre ton exemple. Est-ce là ce que vous désiriez, Siav ?

— Ce résultat est inévitable, étant donné l'amicale émulation qui règne entre les chevaliers-dragons.

Piemur leva les mains, résigné.

— Comme je l'ai déjà dit, avec un ami comme Siav, on n'a pas besoin d'ennemis.

Une fois revenu au Terminus, Jaxom n'échappa pas aux sermons.

— C'est bien d'un Harpiste, remarqua-t-il à l'adresse de Piemur quand il tonitrua la nouvelle à Lytol sans préambule.

Lytol devint livide, et Jaxom eut la satisfaction de voir pâlir Piemur.

— Pas d'exagérations, d'accord ? dit-il s'avançant à grands pas vers Lytol. Je n'ai rien. Ruth ne m'aurait jamais mis en danger, et Siav non plus. Holà, quelqu'un ! cria-t-il. J'ai besoin d'aide !

Jancis arriva en courant, embrassa la scène d'un coup d'œil, ressortit et revint bientôt avec un thermos. Elle servit à Lytol un gobelet de klah chaud.

— Ne reste pas planté comme ça, Piemur. Va chercher du vin. Et vous, poursuivit-elle, s'adressant à Jaxom, qu'est-ce que vous avez encore inventé ?

— Rien d'aussi dangereux que d'annoncer une nouvelle à… (Il se reprit avant de prononcer « un vieillard », et continua :) à quelqu'un sans avertissement ni préparation. Je suppose que Siav n'avait prévenu personne de ce qu'il voulait de nous aujourd'hui ?

— Quel danger y aurait-il à vider des sacs de carburant ? dit Jancis, ses grands yeux dilatés d'étonnement.

— Je vais parfaitement bien, affirma Lytol avec force.

Le klah lui avait rendu ses couleurs.

Piemur revint en courant, une outre dans une main et des verres dans l'autre.

— J'ai autant besoin d'un verre que tout le monde, dit-il en les posant avec force.

Il remplit le premier en répandant du vin tout autour, et Jancis lui prit l'outre des mains.

— Merci ! Ça fait du bien, dit-il, vidant son verre et le lui tendant pour qu'elle le remplisse.

— Tu attendras ton tour, dit-elle sévèrement.

Jaxom lui fit signe de remplir le gobelet de Lytol.

— Alors, qu'est-ce qui vous a poussé à tenter une manœuvre aussi dangereuse ? demanda Lytol.

— Ce n'était pas dangereux, soupira Jaxom. Siav nous a demandé de faire une AEV, et nous l'avons faite. Nous n'étions pas en péril. Ruth avait accroché ses serres aux rails entourant les moteurs et moi... j'étais accroché à Ruth.

— Ah, les chevaliers-dragons ! dit Jancis, réprobatrice.

— Ne pensez-vous pas, Lytol, qu'un dragon ne mettrait jamais son maître en danger ? Qu'un dragon peut se mettre à l'abri dans l'*Interstice* si besoin est ?

Jaxom réalisa soudain que c'était la première fois depuis bien des Révolutions qu'il demandait à Lytol son avis sur les capacités des dragons. Il vit son tuteur serrer les dents, et se demanda s'il n'avait pas manqué de tact.

— Parfois, j'ai pensé que Ruth était trop impulsif. Mais vous, Jaxom, vous avez toujours été prudent, et l'un compensait l'autre. Il n'aurait pas plus risqué votre vie que vous ne mettriez la sienne en danger. Mais cette activité extra-véhiculaire aurait dû être discutée au préalable.

Piemur lança à Jaxom un regard entendu, et Jaxom haussa les épaules.

— Nous avons fait cette AEV, et prouvé que c'était possible.

Je vais dormir au soleil, lui dit Ruth. *Vous allez parler pendant des heures. Je suis content qu'on n'ait pas discuté avant. Il aurait fallu des jours avant d'obtenir l'autorisation. Et on ne l'aurait peut-être jamais eue.*

Jaxom ne répéta pas les remarques rien moins que diplomatiques de Ruth, ni son jugement sur les discussions à venir — discussions qui commencèrent par de sévères critiques lorsque Lessa, F'lar, Robinton et D'ram furent informés de l'AEV.

— Un exemple de plus de l'obsession de Siav, dit Lessa, mécontente d'être convoquée à cette réunion fortuite.

— Il vaudrait mieux vous concentrer sur le sens profond

de cet incident, dit Jaxom, avec plus d'irritation qu'il ne s'en était jamais permis en présence des Chefs du Weyr de Benden. L'important, c'est que ça peut se faire, a été fait, et que Siav dit que les AEV par les dragons et leurs maîtres sont essentielles à son plan.

Ils n'étaient pas dans la salle de Siav, mais dans la salle de conférences.

— Et pourquoi faudrait-il que les dragons s'accrochent à ces satanés rails à des milliers de miles au-dessus de Pern ? demanda F'lar.

— Pour habituer les dragons à être dans l'espace, répliqua Jaxom.

— Ce n'est pas tout, dit Robinton d'un ton pensif.

— Non, dit D'ram en se redressant. Les dragons doivent déplacer le *Yokohama*.

— Pourquoi ? demanda Lessa. Ça servirait à quoi ?

— A le précipiter sur l'Etoile Rouge, dit D'ram.

Jaxom, Piemur et F'lar secouèrent la tête.

— Pourquoi pas ? demanda Lessa. Ce doit être pour ça qu'il voulait qu'on verse le carburant dans les réservoirs.

Jaxom sourit à son ignorance.

— Cette goutte de carburant n'exploserait pas sous l'impact, et le choc, malgré la masse du vaisseau, n'altérerait pas d'un cheveu l'orbite de l'Etoile Rouge. Mais je suis d'accord avec vous : il a besoin des dragons pour déplacer quelque chose.

— Allons lui demander quoi, suggéra Robinton en se levant. (Comme les autres ne bougeaient pas, il ajouta :) Vous n'avez pas envie de savoir ?

— Je n'en suis pas sûre, murmura Lessa.

Mais elle se leva et suivit les autres jusqu'à la salle de Siav.

Jaxom, Jancis et Piemur fermèrent les portes des différentes pièces occupées par les étudiants, puis celle de la salle de Siav à laquelle Piemur s'adossa.

— Qu'est-ce que les dragons devront déplacer et où ? demanda F'lar sans préambule.

— Ainsi, vous avez percé une partie du plan, Chef du Weyr ?

— Vous allez précipiter le *Yokohama* contre la planète ? demanda Lessa, encore sûre que c'était la solution.

— Ce serait totalement inefficace, et nous avons besoin du *Yokohama* comme point de départ.

— Pour quoi faire ? insista F'lar.

Parut sur l'écran une image de l'Etoile Rouge, enrichie de tous les détails glanés par Wansor au cours de ses patientes observations. Une profonde faille traversait tout un hémisphère — caractéristique inhabituelle causée, avait dit Siav, par un tremblement de terre d'une force incroyable.

— Vous voyez tous cette faille. Il est très possible qu'elle s'enfonce profondément dans le sol. Et il est probable qu'une explosion de puissance suffisante en ce point ait l'effet désiré d'altérer l'orbite de l'Etoile Rouge. Surtout au moment où la planète est déjà perturbée par sa proximité du cinquième satellite de ce système.

L'image se modifia pour présenter le schéma du système de Rukbat.

— Normalement, une explosion de cette puissance serait impossible à obtenir. Non seulement à cause de la difficulté d'amasser les éléments requis pour une telle explosion, mais aussi parce qu'il est presque impossible de prévenir des éléments chaotiques d'entrer dans les équations de mouvement de l'Etoile Rouge et même des autres planètes.

« Il ressort des observations de Maître Wansor, que la cinquième planète est dépourvue d'atmosphère et de vie. Elle est aussi à son point le plus éloigné de Pern. Quelques perturbations affecteront le système, mais les calculs montrent qu'elles seront négligeables au regard des effets désirés, à savoir la cessation des incursions des Fils sur cette planète. »

Pendant un très long moment, tous gardèrent le silence.

— Nous n'avons pas la capacité de produire une telle explosion, dit Jaxom.

— Vous, non. Mais le *Yokohama*, le *Bahrain* et le *Buenos Aires*, si.

— Quoi ? demanda F'lar avec colère.

— Les moteurs, dit Jaxom. Les satanés moteurs. Oh, comme vous êtes tortueux, Siav !

« Mais les moteurs sont morts », « Il n'y a pas assez de carburant », « Comment les apporter si loin ? » s'écrièrent-ils tous en même temps.

— Les moteurs sont en sommeil, dit Siav, dominant le tumulte. Mais c'est le matériau qu'ils renferment qui fournira la puissance explosive. Si l'antimatière entre en contact avec la matière sans contrôle, le résultat sera conforme à vos besoins.

— Pas si vite... (Jaxom demanda le silence et poursuivit :) Vous avez spécifiquement déclaré dans vos cours d'ingéniérie à Fandarel que des métaux les plus denses empêchent le contact de l'antimatière avec la matière. Nous n'avons pas l'équipement nécessaire pour pénétrer ces coquilles. Ou Fandarel travaillerait-il sur un projet que nous ignorons ?

Il y eut une courte pause, et Jaxom convint à part lui que, comme le pensait Robinton, Siav semblait parfois rire sous cape.

— Il est vrai que les facteurs de sécurité inclus dans les grands moteurs interstellaires étaient très sophistiqués, dit enfin Siav, et que leurs spécifications ne figurent pas dans les données d'ingéniérie. Mais les problèmes les plus complexes peuvent souvent être résolus par les méthodes les plus simples. Cette installation doit également se conformer aux stipulations selon lesquelles vous ne devez pas être instruits dans un niveau de technologie supérieur à celui de vos ancêtres. Heureusement, vous disposez déjà d'un agent de pénétration. Vous vous en servez à chaque Chute depuis des siècles.

— HNO^3 ! dit Piemur en un souffle.

— Exact. L'enveloppe métallique des moteurs matière/anti-matière n'est pas inattaquable à ses effets corrosifs.

« Cela prendra du temps, et c'est pourquoi un délai de deux semaines est prévu pour cette partie du plan, mais l'acide rongera les enveloppes. Et quand matière et antimatière entreront en contact, elles se détruiront mutuellement, provoquant l'explosion cataclysmique nécessaire pour modifier l'orbite de l'Etoile Rouge. D'autres questions ? »

Cette fois, ce fut Jaxom qui rompit le silence.

— Ainsi, tous les Weyrs de Pern seront nécessaires pour transporter les moteurs, non les vaisseaux, jusqu'à l'Etoile Rouge en passant par l'*Interstice*. Et pour les lâchers dans la faille ?

— Les lâchers déplaceraient les bouteilles d'HNO^3.

— Quel est le poids de ces moteurs ? demanda F'lar.

— Leur masse est le point faible du plan. Toutefois, vous m'avez constamment répété que les dragons peuvent transporter ce qu'ils pensent pouvoir porter.

— C'est exact, mais on ne leur a jamais demandé de porter des moteurs, répliqua F'lar accablé par l'ampleur de la tâche.

Jaxom se mit à glousser, suscitant des regards réprobateurs.

— C'est pour ça que les bronzes ont dû s'exercer en apesanteur — pour s'habituer à la légèreté des objets dans l'espace. Exact, Siav ?

— C'est exact.

— Alors, si nous ne leur disons pas combien pèsent ces moteurs... C'est valable du point de vue psychologique, et je crois que ça marchera. Surtout si *nous* pensons que ça marchera. Exact ?

— Le raisonnement de Jaxom se défend, dit Lytol. Avec de nombreux dragons, travaillant tous ensemble... ce devrait être possible. Chaque dragon ne portant que sa juste part du fardeau, chacun persuadé qu'il peut réussir. Et ces rails sont commodes ; chaque dragon aura une bonne prise sur la charge.

— Avec de petits coussins pour protéger leurs pattes de la froideur du métal dans l'espace.

— Et leur faire emporter un si grand poids dans l'*Interstice* ? dit Lessa, toujours sceptique.

— Tu sais, dit F'lar en se frictionnant pensivement le menton, je crois qu'ils peuvent réussir — si nous pensons qu'ils le peuvent. Jaxom, comment Ruth a-t-il réagi ?

— Pas si vite, dit Lessa, l'interrompant de la main, le front plissé de concentration. Combien de temps prendrait cette manœuvre ? Nous pouvons faire passer les moteurs dans l'*Interstice*, mais les transporter si loin...

— Vous et votre reine Ramoth, vous avez remonté le temps...

— Et elles ont failli en mourir, dit F'lar.

— Les chevaliers-dragons auront des bouteilles d'oxygène — et c'est sans doute ce qui vous a manqué, Dame du Weyr — et des combinaisons spatiales.

— Il n'y en a pas assez ! protesta D'ram.

— Pas encore, dit Piemur, les yeux brillants. Mais

Hamian fabrique le tissu plastifié plus vite que Maître Nicat ne peut en coller les pièces.

— D'après tous les chevaliers-dragons que j'ai interrogés, un maximum de huit secondes suffit pour atteindre n'importe quel point de Pern, reprit Siav. Sur ces huit secondes, les dragons en utilisent cinq pour assimiler les coordonnées, et le reste pour le transfert proprement dit. Partant de ces données et les appliquant à un calcul logarithmique, si nous supposons qu'il faut une seconde pour parcourir 1.600 kilomètres, il faudra 2 secondes pour 10.000 kilomètres, 3,6 pour 100.000, 4,8 pour un million, et de 7 à 10 pour dix millions. Bien que cette méthode de transfert reste toujours incompréhensible à cette installation, elle semble marcher dans la pratique. Par conséquent, connaissant la distance approximative de Pern à l'Etoile Rouge il est facile de calculer la durée de ce saut interplanétaire. Il a également été établi que les dragons peuvent rester quinze minutes sans respirer avant de souffrir du manque d'oxygène — c'est plus qu'il n'en faut pour faire le voyage, positionner les moteurs dans la faille, et revenir. Les dragons ont un vol très précis.

— J'aimerais tenter ce voyage avant, dit F'lar.

Lessa pâlit, mais il poursuivit sans lui laisser le temps de protester :

— Ma chérie, si nous croyons en les capacités de nos dragons, nous pouvons aussi croire en les nôtres. Avant de demander aux Weyrs de se lancer dans cette aventure, je dois m'assurer que c'est faisable et que personne ne risquera sa vie. Pas cette fois !

Tous savaient qu'il faisait allusion à la tentative presque fatale de F'nor pour atteindre l'Etoile Rouge, bien des Révolutions plus tôt.

— Y a-t-il de l'air sur l'Etoile Rouge ?

— Non, répondit Siav. Pas d'atmosphère respirable. Il n'y a pas d'eau non plus, car elle s'est évaporée, avec tous les corps volatiles, lors de ses passages répétés au voisinage de Rukbat. La gravité à la surface ne dépasse pas le dixième de celle de Pern, car l'atmosphère est beaucoup moins dense que celle dont vous avez l'habitude.

— Vous n'entreprendrez pas seul une expédition aussi périlleuse, dit D'ram en se levant, l'air résolu.

— D'ram... dit Robinton lui saisissant le bras, sous le regard à la fois approbateur et compatissant de Lytol.

— D'ram, c'est une mission pour un homme jeune, dit l'ex-Régent, branlant tristement du chef. Vous avez bien fait votre part.

— F'lar ? dit Lessa, partagée entre la conviction qu'elle ne pouvait pas le retenir et le désir de le faire.

— J'irai quoi qu'il arrive, répéta le Chef du Weyr.

— Pas seul, dit Jaxom. Je vous accompagnerai.

Il leva les mains pour demander le silence, mais sans grand résultat. Il éleva la voix pour dominer le tumulte.

— Ruth sait toujours où il est et quand il est. Aucun autre dragon ne possède cette faculté, et vous le savez tous. Et j'irai sans votre permission si vous ne me la donnez pas ! dit-il, foudroyant Lytol, Robinton et D'ram.

Lessa le regarda avec colère, mais elle ne se joignit pas aux protestations.

— Jaxom, vous ne pouvez pas m'accompagner, déclara F'lar. Vous avez des responsabilités...

— Je viens, un point c'est tout. J'ai confiance en Ruth comme vous avez confiance en Mnementh. Et nous devons être aussi peu que possible à participer à cette expédition. Exact ?

— Mais que se passera-t-il, dit Robinton, si le seul Chef de Weyr capable de maintenir l'union de la planète, et le jeune Seigneur qui s'est acquis le respect des Weyrs, Forts et Ateliers, devaient être perdus pour Pern à ce stade critique ?

F'lar éclata de rire.

— Je n'ai pas l'intention de me perdre, et si j'ai peur d'aller là où je demanderai aux Weyrs de me suivre, comment l'exiger d'eux ? Je dois le faire, Lessa, dit-il en lui prenant la main. Tu comprends cela, n'est-ce pas ?

— Oui, dit-elle sèchement, mais je ne suis pas obligée de l'aimer. Et d'ailleurs, je vous accompagnerai tous les deux !

Elle rit devant leurs réactions stupéfaites.

— Pourquoi pas ? Il y a maintenant de nombreuses reines pour perpétuer la race des dragons. Ramoth est toujours la plus grande et la plus brave de la planète, se risquant là où aucun autre dragon n'ose aller. Nous avons bien mérité cette mission, tous les trois, termina-t-elle, levant fièrement le menton, indifférente aux protestations. Quand partons-nous ?

Piemur aboya un éclat de rire.

— Tout de suite, comme ça ?

— Pourquoi pas ? La prochaine Chute n'est que dans deux jours. Jaxom ?

Trois dragons claironnèrent sur les crêtes. Lessa, F'lar et Jaxom sourirent.

— Je ne le dirai pas à Sharra.

Il se tut, tandis que Jancis grommelait furieusement que Sharra ne le laisserait pas partir.

— Je n'en suis pas si sûr, Jancis, dit-il avec un regard conciliant. Mais j'ai certaines choses à mettre en ordre. Et, pour être honnête, j'ai besoin d'une bonne nuit de sommeil. La journée a été longue.

— Demain, alors ? dit Lessa, d'un ton farouche.

— C'est d'accord. J'enverrai Meer à Ruatha pour prévenir que je passerai la nuit au Fort de la Baie.

— Bonne idée, dit F'lar. Mnementh est très excité...

— Ramoth aussi, dit Lessa, fronçant les sourcils. Nous ne pouvons pas risquer que d'autres dragons aient vent de l'affaire. Heureusement, ils sont les seuls au Terminus en ce moment.

Tous ensemble, ils discutèrent avec Siav de tous les détails de ce saut sans précédent dans l'*Interstice*. A mesure que les chevaliers-dragons avaient de plus en plus confiance en la réussite, les autres cessèrent leurs objections et s'enfermèrent dans un silence morose.

— Si nous ne sortons pas bientôt, dit Robinton tandis que les trois chevaliers-dragons étudiaient une carte de la faille au plus fort grossissement que pût produire Siav, les étudiants les plus perspicaces vont commencer à poser des questions sur la longueur de cette réunion.

— C'est vrai, dit joyeusement F'lar. Siav, pouvez-vous nous imprimer trois exemplaires de ce que projette actuellement votre écran ? Nous pourrons continuer à l'étudier au Fort de la Baie.

— J'aurais cru que depuis le temps, c'était gravé au fer rouge dans votre cerveau, remarqua Lytol, caustique.

— Presque, répliqua gaiement Jaxom.

Il se sentait transporté par l'assurance que rayonnaient F'lar et Lessa, sans réaliser qu'ils s'influençaient les uns les autres. Les regards de reproche de Lytol ne lui avaient pas échappé, mais, après ses premières protestations véhémentes, son vieux tuteur s'était contenté d'une réprobation muette.

Siav imprima trois exemplaires de la carte.

— Cette installation ne recommanderait pas cette exploration si elle comportait un danger prévisible, dit Siav pour rassurer les sceptiques.

— Prévisible, c'est bien là le hic, dit Lytol en sortant.

CHAPITRE 15

— Je n'ai jamais vu autant de lézards de feu ! s'exclama Jancis tout en aidant Jaxom et Piemur à laver Ruth dans le lagon du Fort de la Baie.

Lessa, F'lar et D'ram lavaient aussi leurs dragons, aidés par l'équipe de recherche du Fort. Robinton et Lytol surveillaient les préparatifs du dîner. L'atmosphère vibrait d'anticipation, et Jaxom espérait que cette tension n'allait pas se communiquer aux autres occupants du Fort ; heureusement, les Chefs du Weyr de Benden et le Seigneur de Ruatha séjournaient souvent au Fort de la Baie.

Ruth, les lézards de feu ont-ils compris le but du voyage de demain ?

Jaxom se refusa à employer le mot « tentative », qui aurait impliqué la possibilité d'un échec.

Ils sont excités parce que je le suis. Ramoth et Mnementh aussi. Regardez leurs yeux ! Mais ils ne savent pas la cause de leur excitation.

Jaxom redoubla d'efforts pour frictionner l'aile gauche de Ruth. Des centaines de questions s'agitaient dans sa tête, mais c'était au-dessus de ses forces de se concentrer sur aucune pour la résoudre. Cela ressemblait un peu au jour où il était parti avec Ruth à la recherche de l'œuf de Ramoth. Il n'était alors qu'un adolescent, s'efforçant de devenir un homme, d'être à la fois Seigneur et chevalier-dragon, et d'éviter une dangereuse confrontation entre les Anciens du Weyr Méridional et le Weyr de Benden. Cette entreprise ne représentait pas non plus une acceptation aussi spontanée d'un défi que l'AEV du matin. Il s'agissait d'une expédition planifiée, accomplie en compagnie des deux personnages les plus importants de Pern.

Et des trois meilleurs dragons, ajouta Ruth.

Réalisant que les lézards de feu pouvaient percevoir ses pensées tumultueuses, il s'obligea à se concentrer sur des images inoffensives. A cet instant, un lézard de feu surgit de l'*Interstice* avec le petit « pop » caractéristique de la rentrée. C'était Meer — dans son excitation, Jaxom n'avait pas remarqué sa disparition.

Il ne fut donc pas trop surpris en voyant Sharra entrer dans la salle où ils terminaient leur dîner. Il n'avait pas idée de ce que Meer lui avait raconté, et il décida de jouer l'innocence.

— Ma chérie, quelle bonne surprise, dit-il, se levant pour l'embrasser. Rien de grave à Ruatha, j'espère ? ajouta-t-il, feignant assez bien l'inquiétude, et ignorant Piemur qui levait les yeux au ciel.

— Non, tout va bien à Ruatha, répondit Sharra, du ton qui inquiétait toujours Jaxom. Simplement, l'équipe de biologie commence la dissection demain. Mirrim m'a promis de me transporter. G'lanar a carrément refusé. J'espère que je n'interromps pas...

On la détrompa promptement en lui offrant du klah, du vin et des brioches, tandis que Piemur approchait vivement un siège.

— G'lanar vous a amenée ? demanda D'ram.

Elle hocha la tête. Jaxom laissa Piemur installer sa femme et sortit sur la véranda pour inviter l'Ancien à s'asseoir avec eux. Mais Lamoth et son maître avaient déjà décollé et disparaissaient dans le ciel nocturne.

— Il est déjà parti, dit Jaxom. Il aurait pu rester pour prendre un verre avec nous.

— G'lanar a toujours été taciturne, dit D'ram. Comment se fait-il qu'il soit à Ruatha ces temps-ci ?

— L'aspirant que nous avions en poste a été jugé assez âgé pour combattre, dit Jaxom en souriant, et a rejoint l'escadrille de K'van. On nous a demandé de prendre G'lanar et Lamoth à sa place. Le vieux bronze dort presque autant que G'lanar.

— Cela leur fait du bien de se sentir utiles, dit Sharra en regardant Jaxom, les yeux étincelants, bien que parlant d'un ton courtois.

Jaxom se demanda ce que Meer avait bien pu lui dire pour qu'elle vienne le rejoindre. Il avait envoyé un message des plus innocents ; par l'Œuf, rien n'était plus courant que de passer la nuit au Fort de la Baie. Mais il était bien content de la voir.

Et cela ressemblait bien à Sharra de ne lui faire aucune remarque en public. Il commença à se demander comment lui cacher la vérité quand ils seraient seuls. Pendant la soirée, personne ne fit allusion à leur plan — parce que les jeunes hommes et femmes des Archives étaient là, mais surtout à cause de la présence de Sharra.

— Menolly a composé une nouvelle ballade, dit Robinton, faisant signe à Piemur de lui apporter sa guitare et de prendre la sienne.

Il déroula la partition, et en passa un exemplaire à Jancis qui la posa sur le lutrin de Piemur.

— La musique est curieuse pour notre Maîtresse Harpiste. Elle dit que les paroles sont de la jeune Harpiste Elimona, continua-t-il, grattant une corde pour accorder son instrument.

Piemur accorda le sien et se mit à lire la partition, mimant les accords sans les jouer.

— Mais la mélodie est très prenante, et les paroles bien faites pour redonner du courage à ce stade du Passage.

Il fit un signe à Piemur, et ils commencèrent. Ayant chanté et joué ensemble si souvent, ils semblaient avoir répété le nouveau chant une centaine de fois.

> En bleu harpiste, un cœur vaillant
> Puise musique en son feu intérieur
> Et même trahi, il n'a jamais peur
> Mais dans le danger, il va de l'avant,

A l'audition des paroles, Jaxom réprima un mouvement de surprise, et n'osa pas regarder F'lar et Lessa.

> Monde, haine, rage et douleur,
> Sont le domaine infini du trouvère
> Son devoir doit accomplir le chanteur
> Sans souci de récompenses ou affaires.

> Dans mon Atelier de Harpistes,
> Qui sert la musique est bien accueilli

> Mais comme il est misérable et triste
> Celui qui garde ses chants pour lui seul.

Ici, Jaxom se demanda quel message énigmatique Menolly et Elimona voulaient transmettre, et à qui. La strophe suivante se rapportait encore plus étroitement au problème de ceux qui considéraient Siav comme une « Abomination ».

> A l'abri dans ta somnolence
> Te cacheras-tu derrière les lois
> Quand le danger réveillera ton monde
> Et que la mort le pays guettera ?

> Un grand châtiment attendrait
> Le harpiste trahissant ses amis ;
> De même, défends, mieux que tu ne fais
> Tout ce qu'as gagné, et qui fait ta vie.

> Car si tu meurs dans ton sommeil
> Dans ton confort mesquin et égoïste
> Tu t'en iras abandonné et seul
> Point n'entendra chants et tambours harpistes.

Jaxom, qui surveillait le visage de Robinton, se demanda si les paroles avaient pu être suggérées par lui ou Sebell, qui proposaient souvent des thèmes à leurs harpistes. Mais de son côté, Menolly avait le don de sentir l'humeur du moment, et il s'agissait sans doute d'une simple coïncidence. Les deux Harpistes jouèrent un passage de transition, puis leurs voix légères et presque provocantes jusque-là, se firent plus graves pour la dernière strophe.

> Debout, courage — va de l'avant !
> Fais ton devoir, chante la vérité.
> Et quand tu mourras, tu t'envoleras
> Vers des Ateliers de gloire et de beauté.

Le dernier accord mourut dans un silence respectueux, puis l'assistance éclata en applaudissements. Robinton et Piemur déclarèrent modestement qu'avec une telle musique, n'importe quel harpiste ferait des merveilles.

— Encore une ? dit Piemur, attaquant des arpèges compliqués.

L'heure suivante passa joyeusement, et Jaxom se détendit un peu, jouant avec les doigts de Sharra et essayant d'ignorer sa froideur. Talla s'était blotti sur l'épaule de sa maîtresse, mais il ne vit pas Meer.

Ruth, est-ce que Meer a trahi nos projets ? demanda-t-il à un moment où Sharra chantait la mélodie d'une de ses ballades préférées.

Il s'est couché sur la plage et fait semblant de dormir. Qu'est-ce qu'il aurait pu lui dire de sensé ?

Sharra est très perspicace. Elle a pu deviner.

Elle sait que vous êtes toujours en sécurité avec moi.

Oui, mais elle ne veut pas que je risque ma vie... plus que je ne le fais déjà.

Elle ne vous empêchera pas de partir, ajouta Ruth, encourageant, d'un ton pourtant légèrement dubitatif.

Lessa mit enfin un terme aux réjouissances, en murmurant qu'elle ne s'était jamais habituée aux journées doubles. Robinton joua les hôtes parfaits, s'assurant, avec l'aide de Jancis, que tous ses invités étaient confortablement installés. Il agissait avec tant de calme et de naturel que, lorsque Sharra et Jaxom furent seuls dans leur chambre, elle fronça les sourcils, perplexe.

— Pourquoi Meer était-il si agité, Jaxom ?

— Agité ? Il ne s'est pourtant pas passé grand-chose aujourd'hui.

Il ôta sa chemise, ce qui assourdit sa voix et dissimula son visage, lui évitant de se trahir. Sharra déchiffrait très bien ses expressions, chose qui généralement facilitait leurs rapports, mais cette fois, il ne voulait pas risquer de la bouleverser inutilement. Il avait noté ses dernières volontés à l'intention de Sharra et de Brand, et les avait confiées à Piemur — non qu'il pensât que celui-ci aurait à les remettre à leurs destinataires, mais il fallait bien prévoir le pire.

— Quelqu'un à Ruatha possède-t-il une verte ou une dorée en chaleur ? demanda-t-il, d'un ton aussi détaché que possible.

Il la vit réfléchir à cette possibilité.

— Je ne crois pas, dit-elle enfin. Vous allez tous sur le *Yokohama* demain ?

— Oui, dit Jaxom avec un grand sourire qu'il transforma en bâillement en lui faisant signe de se mettre au lit la première.

Quand elle fut couchée, il s'allongea près d'elle, lui entoura les épaules de son bras de sorte que la tête de Sharra reposait sur sa poitrine comme si souvent — sauf que cette fois, il le fit à dessein, pour qu'elle ne voie pas son visage.

— Quel est le programme ? demanda-t-elle.

— Toujours la même chose. S'habituer à l'apesanteur.

— Pourquoi ?

— Siav nous l'a enfin expliqué aujourd'hui, dit Jaxom, choisissant soigneusement ses mots. Il semble que tous les Weyrs seront mis à contribution pour transporter les moteurs des vaisseaux jusqu'à la grande faille de l'Etoile Rouge.

— *Quoi ?*

— Tu m'as bien entendu, reprit-il, souriant de sa stupéfaction. Nous lui avons dit que les dragons pouvaient porter ce qu'ils *pensent* pouvoir porter, et il nous prend au mot.

— Mais... mais... pourquoi ?

— On fera sauter ces moteurs, et la force de l'explosion modifiera l'orbite de l'Etoile Rouge.

— Oh la la !

Jaxom sourit. Il ne fallait pas moins qu'une nouvelle aussi fantastique pour réduire sa bien-aimée au silence. Il l'attira à lui pour déposer un baiser sur son front, simplement pour la rassurer, mais sentant la douceur de ses lèvres sous les siennes et l'odeur épicée de son parfum, le désir monta en lui. Elle réagit d'abord distraitement, tout occupée à ruminer la nouvelle, mais il n'eut aucun mal à accaparer toute son attention.

Plus tard, il fut réveillé par le grattement d'une serre de lézard de feu contre sa joue. Son odorat lui apprit que c'était Meer — et un Meer perplexe et inquiet.

Jaxom ! dit Ruth, son ton anxieux renforçant l'avertissement de Meer. *Il y a quelqu'un dans le couloir près de votre porte. Meer perçoit un danger. J'arrive !*

Pour l'amour de l'œuf qui t'a donné naissance, fais-le tenir tranquille. Et sois aussi silencieux que possible, dit-il à Ruth.

Vous savez bien comme je suis silencieux ! dit Ruth d'un ton peiné.

Je veux celui-là vivant et identifiable !

Tout doucement, pour ne pas déranger Sharra ni alerter l'intrus, il sortit de son lit et alla prendre son couteau pendu à sa ceinture. Dans le noir, Meer roulait des yeux rouge-orange de plus en plus vite, mais le petit bronze ne bougea pas.

Une altération de l'obscurité de la pièce apprit à Jaxom que la porte s'était ouverte sans bruit. Il resta accroupi, les muscles détendus mais prêts à passer à l'action.

Puis une ombre levant un couteau dans sa main, s'avança sans bruit vers le lit — et s'immobilisa. Réalisant que l'homme n'avait pas vu que Sharra était dans le lit, Jaxom s'élança et ceintura la silhouette.

— Oh non, pas de ça, murmura-t-il d'une voix étouffée pour ne pas réveiller Sharra.

Pourtant, c'était inévitable.

Tandis que Jaxom s'efforçait de le maîtriser, Meer se jeta sur l'homme pour lui égratigner le visage, claironnant sans égard pour les dormeurs. Dehors, Ruth rugit, et la moitié des lézard de feu du Fort tentèrent d'entrer par la fenêtre ouverte.

L'homme se débattait furieusement, mais Jaxom avait trop pratiqué la lutte pour lâcher prise. Pourtant, il ne put éviter la lame qui entailla légèrement son épaule nue. Jurant, Jaxom saisit le poignet de son assaillant et, le tordant comme F'lessan le lui avait appris, lui cassa l'articulation. L'intrus s'effondra avec un cri de douleur à l'instant même où F'lar, Piemur, Lytol et D'ram faisaient irruption dans la chambre. Derrière eux, quelqu'un portait un panier de brandons dont la lumière tomba sur le visage du blessé.

— G'lanar ! s'exclama Jaxom, reculant sous le choc.

Le vieux chevalier-bronze le regarda avec hargne, écartant de la main les lézards de feu qui continuaient à se jeter sur lui, toutes griffes dehors.

— G'lanar ?

D'ram le prit par le bras et, avec l'aide de F'lar, le releva.

Jaxom dit à Ruth de rappeler les lézards de feu, et, dans une cacophonie de cris menaçants, ils repartirent par la fenêtre.

Sharra regardait de son lit comme Jancis et Lessa arrivaient, chacune avec un panier de brandons.

— Qu'aviez-vous en tête, G'lanar ? demanda F'lar d'un ton implacable.

— C'est de sa faute... s'écria G'lanar, crachant dans sa fureur.

— De ma faute ? dit Jaxom.

— Vous ! Maintenant, je sais que c'était vous ! C'était vous — et ce nabot blanc qui aurait dû mourir au moment de l'Eclosion !

Dehors, Ruth lança un rugissement indigné, puis passa la tête par la fenêtre.

— Sans vous, nous aurions eu une reine fertile ! Nous aurions eu une chance !

Jaxom branla du chef, essayant de comprendre l'accusation. Très peu de gens savaient que lui et Ruth avaient recouvré l'œuf de reine volé au Weyr de Benden. Comment G'lanar l'avait-il appris ?

— Ainsi, c'est vous qui avez coupé mon harnais de vol ? demanda Jaxom.

— Oui, oui, c'est moi, et j'aurais fini par vous avoir. J'aurais continué jusqu'à ce que je réussisse. Et je n'aurais pas pleuré si votre femme était morte l'autre jour. Ça l'aurait empêchée d'en produire d'autres comme vous et ce nabot !

— Vous, un chevalier-dragon, vous avez voulu provoquer la mort d'un autre ?

G'lanar flancha sous l'horreur et le mépris de D'ram, mais se ressaisit vite.

— Oui, oui, oui ! hurla-t-il, furieux et frustré. Oui ! A homme dénaturé, dragon dénaturé ! Abomination aussi vile que Siav que vous adorez tous !

— En voilà assez, dit F'lar.

— C'est vrai ! Assez !

Avant que Jaxom ou F'lar aient pu le retenir, G'lanar s'était plongé sa dague dans le cœur.

Tout le monde se pétrifia d'horreur.

— Oh non ! dit Jaxom, s'agenouillant près de lui et lui prenant le pouls à la carotide.

Le maître mort, le dragon allait se suicider. Le cœur serré, il attendit la lamentation funèbre que redoutaient tous les chevaliers-dragons.

Ruth s'était écarté de la fenêtre, et Jaxom le vit se dresser sur ses pattes postérieures, écartant les ailes pour conserver son équilibre. Il émit un son étrangement étranglé, auxquels d'autres répondirent dans la nuit. Puis Ramoth et Mnementh atterrirent devant la chambre.

Lamoth meurt dans la honte, dit Ruth, reposant ses pattes antérieures et repliant ses ailes, tête baissée.

C'était mal de voler l'œuf de Ramoth. Nous avons bien fait de le reprendre. Je ne suis ni abominable ni dénaturé. Et vous êtes un homme tout à fait naturel, Jaxom. Comment Siav peut-il avoir tort alors qu'il fait tant de choses pour nous aider ?

Lessa, les yeux pleins de larmes, aida Jaxom à se relever, et Sharra, s'enveloppant dans un drap, le serra dans ses bras, voilant sa nudité d'un pan de toile.

— Je ne comprends pas, dit D'ram, passant une main tremblante dans ses cheveux gris. Comment a-t-il pu dénaturer ainsi la vérité ? Comment a-t-il pu rechercher la mort d'un autre chevalier-dragon ?

— Il y a des moments, dit Lessa d'une voix brisée, où je me demande si j'ai bien fait d'amener les cinq Weyrs dans l'avenir.

— Non, Lessa, dit D'ram, vous avez fait ce qui était nécessaire. Et Jaxom aussi, bien que je n'aie jamais réalisé que c'était lui qui avait sauvé la situation.

— Comment ne nous sommes-nous pas rendu compte que G'lanar ressentait tant de haine ? demanda F'lar.

— Je vais faire une enquête approfondie, dit Lessa d'un ton résolu. J'aurais cru que tous les Weyrs étaient unis dans ce projet ! Même les Anciens ! Ils ont combattu les Fils pendant deux Passages successifs !

D'ram branlait du chef, se frictionnant le visage.

— Tous les Anciens à qui j'ai parlé — et il n'en reste plus beaucoup — et tous les jeunes chevaliers sont d'accord avec Benden. Tout le monde voit l'aide et l'enseignement que Siav nous apporte, et la promesse qui sera l'accomplissement de l'objectif de tous les Weyrs depuis l'Eclosion du premier Œuf. Ce projet nous a rendu l'espoir à ce stade critique du Passage.

— Ramoth a déjà commencé a consulter les autres reines, dit Lessa d'une voix tendue. Au matin, nous saurons s'il y a d'autres chevaliers aliénés dans les Weyrs.

— Je vais m'occuper de lui, dit F'lar, faisant signe à Jaxom et Piemur de l'aider à transporter le corps de G'lanar.

— Non, c'est à moi de le faire, dit D'ram, impassible mais le visage inondé de larmes, et jetant le corps sur ses épaules. C'était un bon chevalier avant de venir dans le Sud avec Mardra et T'ron.

Les autres s'effacèrent pour le laisser passer avec son triste fardeau. Sharra tendit à Jaxom sa longue chemise de vol et enfila une tunique.

— Un gobelet de vin chaud s'impose, dit-elle en sortant avec Jancis pour aller à la cuisine.

Sharra a versé un somnifère dans mon vin, pensa Jaxom en se réveillant, la matinée bien avancée. Elle dormait toujours, et il supposa qu'elle s'était administré le même remède. Une chance pour lui, car il n'avait pas l'intention de remettre le plan du jour à plus tard. Il se leva doucement, attrapa ses vêtements et alla s'habiller aux toilettes. Dans la salle commune, il trouva Lessa, un gobelet de klah à la main, et F'lar mangeant son porridge, le visage fermé. Sans un mot, la Dame du Weyr se leva et lui servit du klah et du porridge.

— Tout le monde dort encore ?

Lessa secoua la tête.

— Piemur et Jancis sont partis au Terminus avec D'ram et Lytol. Robinton n'est pas encore réveillé. Ramoth dit qu'il n'y a pas d'autres traîtres parmi nous. Elle dit que la reine du Weyr Méridional est inexpérimentée et qu'Adrea est trop jeune pour comprendre les griefs de G'lanar. Toutefois, il semble que le vieux G'lanar soit devenu très irritable et solitaire après Tillek. Quand S'rond a dû rejoindre une escadrille de combat au Weyr Méridional, il a supplié pour prendre sa place à Ruatha. Cela aurait dû éveiller mes soupçons !

— Pourquoi ? demanda F'lar. Tout le monde désire être posté à Ruatha. Non, les Anciens qui avaient choisi d'aller dans le Sud avec Mardra et T'ron étaient déjà hostiles aux objectifs de Benden, ne serait-ce que parce qu'ils venaient de nous. G'lanar devait être mûr pour toute action en accord avec ses griefs. Et nous savons déjà que beaucoup considèrent Siav comme une Abomination.

— Il y en aura peut-être encore davantage ce soir, murmura Lessa.

F'lar lâcha sa cuillère.

— Personne ne saura ce que nous ferons aujourd'hui...

Elle secoua la tête, surprise de cette remarque.

— Je ne pensais pas à cela. Je pensais à la mort de G'lanar. Les Weyrs savent pourquoi le vieillard est mort, mais ils ne savent pas exactement pourquoi. Nous pouvons au moins garder le secret sur sa tentative d'assassinat.

L'air anxieux, F'lar regarda Jaxom, qui haussa les épaules. Il ne tenait certes pas à ce que la chose s'ébruite.

— D'ram va répandre le bruit que G'lanar a eu un accès de folie.

— Pauvre explication. Les dragons sauront...

— Ramoth dit que non. Lamoth s'était endormi dans la clairière, totalement inconscient des projets de G'lanar. Bien sûr, quand G'lanar est mort, il s'est suicidé dans l'*Interstice*. Pour plus de sûreté, D'ram a l'intention de s'entretenir avec chacun des Anciens survivants. Tiroth n'est peut-être pas une reine, mais aucun dragon ne pourra dissimuler devant ce bronze.

— *Comment* G'lanar a-t-il appris que c'était moi et Ruth qui avions recouvré l'œuf de Ramoth ?

— Avez-vous souvent remonté le temps dernièrement ? demanda Lessa sans ambages.

— Pas souvent, dit Jaxom, haussant les épaules.

— Je ne cesse de vous répéter que c'est dangereux, dit Lessa. Et c'était encore plus dangereux pour vous. Lamoth a dû s'en apercevoir et prévenir G'lanar. Or, G'lanar était peut-être égaré mais pas stupide. Je sais que tous les Anciens du Weyr Méridional ont réfléchi à qui avait bien pu venir récupérer cet œuf. Malgré toutes nos précautions, ils connaissent tous les capacités de Ruth et ont pu le soupçonner.

— G'lanar est le seul chevalier-bronze qui restait de ce groupe, dit Jaxom, après une rapide revue mentale.

— Nous avons mieux à faire aujourd'hui que ruminer cet incident, dit F'lar, se levant pour aller mettre son bol et son gobelet dans l'évier. Enfin, si vous êtes toujours partant, Jaxom.

— Moi ? Je vous attendais. Allons-y.

— Nous partirons d'ici ou du *Yokohama* ? demanda Lessa.

— Du *Yokohama*, dit Jaxom. Nous n'avons pas de combinaisons spatiales ici.

— Vous êtes sûr qu'il y en aura une qui m'ira ? demanda Lessa.

— Il y en a deux petites, dit Jaxom en souriant. L'une devrait vous aller, même s'il faut la resserrer un peu.

Quant il sortit sur la véranda, Meer lui adressa un pépiement.

— Lessa, pour préserver mon image aux yeux de ma femme, voulez-vous demander à Ramoth d'empêcher Meer de me suivre aujourd'hui ? Qu'elle lui dise que je suis en sûreté avec vous deux.

— Vous en êtes sûr ? sourit Lessa en haussant un sourcil.

Il fallut resserrer la plus petite combinaison aux poignets, aux chevilles et à la taille, ce qui amusa beaucoup F'lar et Jaxom, mais pas du tout Lessa. Ils prévinrent Siav quand ils furent prêts. Il leur montra leur objectif, l'immense faille de l'Etoile Rouge, sur l'écran de la soute.

— Quand F'nor a volé vers l'Etoile Rouge, il a dit qu'il y avait des nuages...

— Il y en avait sans doute, répondit Siav. En évoluant si près de Rukbat, la surface de la planète doit se réchauffer, assez pour faire fondre la roche et pour transformer en vapeur la glace qui enrobe les ovoïdes des Fils. On peut supposer que la planète elle-même est couverte de débris provenant du Nuage d'Oort. Des nuages de vapeur ou de poussière sont tout à fait possibles. C'est sans doute ce que F'nor a vu, et non la surface proprement dite. Ses souvenirs, même après les graves blessures qu'il a subies avec Canth, confirment cette supposition. A ce point de son orbite, la surface s'est refroidie, ce phénomène a disparu et vous voyez une planète stérile, dont la surface recommence lentement à geler.

— Eh bien, allons-y !

F'lar se mit en selle et ajusta son harnais de vol.

Malgré l'apesanteur, Lessa évoluait plus maladroitement.

— Comment peut-on faire quoi que ce soit harnaché ainsi ? grommela-t-elle, parvenant enfin à se mettre en selle.

Elle eut du mal à attacher son harnais aux boucles perdues dans les plis de sa taille.

— Je ne vois pas ce que je fais troussée comme un wherry pour la broche, et avec ce casque qui gêne ma vue...

— Dirigez-vous cette expédition ? demanda Jaxom, regardant F'lar.

Quelque chose comme un grognement lui parvint par l'interphone de son casque et il gloussa.

— Nos dragons savent-ils où nous allons ? demanda Lessa.

Elle leva le bras au-dessus de sa tête, regardant d'abord F'lar, puis Jaxom ; tous trois se concentraient sur l'image de l'immense faille.

— Très bien ! Alors, partons ! dit-elle en abaissant son bras.

Jaxom se mit à compter dès que Ruth disparut dans l'*Interstice*. Il se força à respirer, exercices qu'il suspendait souvent pendant les transferts. Il ne pensa pas aux ténèbres ni au froid effrayant, il ne pensa qu'à leur destination...

Je sais où nous allons, le rassurait patiemment Ruth.

...Et au temps qu'ils mettaient. Jaxom avait compté vingt-sept lentes secondes qui lui paraissaient une éternité. Il se demanda si Lessa avait compté quand elle avait remonté le temps à quatre cents Révolutions dans le passé...

Puis les trois dragons émergèrent simultanément au-dessus de la faille, Ruth déployant inutilement ses ailes dans l'atmosphère ténue et la faible gravité.

— Siav ? cria Jaxom, réalisant immédiatement qu'ils étaient beaucoup trop loin pour établir le contact.

— Zut ! Jaxom, nous pouvons agir sans qu'il nous supervise constamment ! rugit F'lar. Il y a des moments où je trouve que nous sommes devenus trop dépendants de Siav. Ralentissez votre descente, Jaxom ! Nous voulons atterrir au bord de la faille, pas au fond !

Juste après Ruth, la faille s'élargissait en un immense cratère, encore plus vaste que le Lac de Glace. Jaxom frissonna, avec l'étrange impression de s'être toujours attendu à voir ce cratère, quoiqu'il ne figurât pas sur les images de Siav. Pour centrer son attention vagabonde, il se concentra sur la couronne du cratère juste au-dessous de lui, et Ruth atterrit docilement, ailes totalement déployées. Mnementh et Ramoth, cou étiré et yeux roulant de toutes les couleurs de l'arc-en-ciel pour exprimer la consternation, se posèrent gracieusement près de lui.

— Vite, notez ces rocs, dit F'lar, montrant les énormes plaques rocheuses entourant l'ouverture comme d'énormes dents pointées vers le ciel.

— Ce cratère est un bon point de repère, remarqua Jaxom.

L'endroit m'est étrangement familier, dit Ruth, allant jeter un coup d'œil par-dessus le rebord.

Attention ! l'avertit Jaxom comme les pattes de Ruth s'enfonçaient dans une masse d'objets ovales.

— Regardez ! F'lar ! Des ovoïdes de Fils !

F'lar regarda par-dessus l'épaule de Mnementh tandis que le grand bronze baissait la tête pour examiner la surface sous ses pattes, sans paraître particulièrement inquiet.

— Cet endroit ne me plaît pas, remarqua Lessa.

Ramoth semblait partager son aversion, déplaçant les pattes avec répugnance comme si elle marchait dans une boue putride.

— Et vous aussi, faites attention au rebord, Jaxom, ajouta F'lar.

Ramoth regardait droit devant elle, s'efforçant de voir de l'autre côté de la gorge. Jaxom ne voyait pas très loin dans la faible lumière rougeâtre. Non qu'il y eût grand-chose à voir. La surface de l'Etoile Rouge était criblée de trous, fissures et fractures partant de l'immense faille et s'étendant sur toute la surface de la roche nue. La faille noire s'étirait à perte de vue à droite et à gauche. Jaxom regarda derrière lui. Il y avait des élévations déchiquetées, allant de la petite terrasse à l'immense plaque rocheuse, aussi vaste que le Bassin de Benden. Paysage d'une stérilité consternante. Jaxom aurait presque plaint la planète délabrée.

C'est large jusqu'à l'autre côté, non ? dit Ruth.

Tu vois jusqu'à l'autre bord ? demanda Jaxom, clignant les yeux dans la pénombre.

Il n'y a pas grand-chose à voir ; c'est la même chose qu'ici.

— Vous voyez ces corniches à différents niveaux ? dit F'lar, plongeant son regard dans la faille. On pourrait y disposer les moteurs.

— Sont-elles assez stables pour soutenir un si grand poids ? demanda Lessa.

F'lar haussa les épaules.

— Pourquoi pas ? Tu ne sens pas comme nous sommes légers ici ? Les moteurs pèseront moins, eux aussi. Et regarde la taille de ces plaques ! Gigantesques !

— On dirait des dents. On dirait qu'une force fantastique a ouvert la planète comme un fruit mûr, dit Lessa, impressionnée.

Ruth, peux-tu descendre jusqu'à cette première corniche ? Doucement. Nous voulons savoir si cette protubérance est stable.

— Attention ! Jaxom, s'écria F'lar, levant la main comme pour annuler l'expérience.

Mais Ruth avait toute la place voulue pour déployer ses ailes, et descendit lentement en vol plané dans l'atmosphère ténue jusqu'à la première corniche. Il délogea un petit roc, qui tomba dans l'abîme. Jaxom prêta l'oreille un long moment.

Est-ce que tu laisses tout ton poids peser sur ce rebord, Ruth ? demanda Jaxom.

Jaxom entendit Ruth grogner, fléchissant les genoux et pesant sur ses pattes.

Je n'y arrive pas. Je ne pèse pas grand-chose ici.

C'est vrai.

— Nous aurions dû apporter de la lumière, dit Jaxom aux autres, examinant la corniche. Mais elle a l'air assez longue pour accueillir le moteur du *Yokohama*. Vous voulez que j'aille voir avec Ruth jusqu'où nous pouvons descendre avant que la faille se referme ?

— Diable, non ! s'écria F'lar. Ce que vous faites est déjà assez dangereux.

— Combien de temps a passé depuis notre départ ? demanda Lessa. Les dragons ne disposent que d'une quantité d'air limitée.

— Nous sommes là depuis sept minutes, dit Jaxom après avoir consulté le chronomètre intégré à sa combinaison.

En sa qualité de chef de l'expédition, il portait une des combinaisons spatiales originelles, et non l'une de celles qu'Hamian avait si ingénieusement confectionnées.

— Sortez de là, Jaxom, dit F'lar. Si les bords de ce cañon se refermaient...

Jaxom, qui y avait pensé, ne demanda pas mieux. Battant des ailes beaucoup plus vite que sur Pern, Ruth sortit du sombre abîme devant les deux autres dragons.

— Cela constitue donc un site possible, dit F'lar. Je vais monter, et vous allez descendre. Lessa, va examiner l'autre bord. Combien nous reste-t-il, Jaxom ?

— Cinq minutes ! Pas plus !

Jaxom trouva angoissant de survoler l'abîme, sachant qu'il s'étendait sans doute jusqu'au cœur de la planète. Il cherchait du regard des protubérances qu'il pourrait utiliser comme points de repère, mais les flancs du gouffre restèrent lisses pendant quatre minutes de vol. Puis, à une longueur de dragon sous le rebord, il vit une nouvelle corniche de roc moucheté. Il demanda à Ruth de la graver dans son esprit.

Ramoth dit que nous devons revenir. Ils ont trouvé un troisième endroit, dit Ruth.

Mission accomplie. Rejoignons-les et rentrons.

Ramoth dit de rentrer d'où nous sommes.

Tu vas bien ? Vont-ils bien ?

Je vais bien. Ils vont tous bien. Mais ce sera bon de regagner le Yokohama *et de respirer.*

Alors, rentrons.

Et Jaxom pensa avec nostalgie à la soute du *Yokohama*.

Une fraction de seconde après le retour de Jaxom et Ruth, les deux grands dragons de Benden apparurent. Même dans la pénombre de la soute, Jaxom se rendit compte que leurs robes étaient grisâtres. Il regarda Ruth avec appréhension, mais il était aussi blanc que jamais. Puis il vit que leur voyage avait duré 12 minutes 30 secondes et 20 centièmes.

Tu vas bien ? demanda-t-il, se penchant sur le cou de Ruth qui, la gueule grande ouverte, respirait à pleins poumons.

— Jaxom ? Lessa ? F'lar ? résonna la voix de Siav dans leurs casques.

— Nous sommes là, répondit Jaxom. Tout va bien. Nous avons trouvé trois emplacements pour les moteurs. A l'intérieur de la faille. De larges corniches. Parfaites.

Il consulta son chronomètre.

— Douze minutes, Siav. Douze. C'est un endroit étrange, ajouta-t-il, se remémorant ce monde sans vie et ce terrain tourmenté, avec le long cañon béant comme une blessure qui aurait tué la planète. Ce monde avait-il jamais eu des habitants ?

J'ai soif et j'ai besoin d'un bain, dit Ruth, d'un ton si plaintif que Jaxom éclata de rire. *Ramoth et Mnementh pensent comme moi.*

— Il vaut mieux d'abord reprendre ton souffle, Ramoth, ma chérie, dit Lessa, débouclant son harnais. Il n'y aurait pas du klah ici, Jaxom ? demanda-t-elle, d'un ton presque aussi plaintif que Ruth. J'ai soif, et j'ai l'impression d'avoir quitté Pern depuis un siècle.

— Ici, nous n'avons que de l'eau. Mais nous ne sommes pas très loin d'un bon klah chaud, répondit-il.

Il en aurait bien vidé un ou deux pichets lui-même. Il était glacé jusqu'à la moelle.

Mais l'outre d'eau était vide, et Jaxom jura entre ses dents. Il aurait de ses nouvelles, l'imbécile qui n'avait pas eu l'attention de remplir l'outre du vaisseau.

Lessa était furieuse, elle ausi, mais ils ne s'en débarrassèrent que plus vite de leurs combinaisons spatiales qu'ils remirent soigneusement sur leurs cintres. Dans l'intervalle, les dragons avaient repris leur souffle et ne désiraient rien qu'une bonne eau à boire et un bon bain.

— C'est bizarre, dit Lessa en remontant sur Ramoth. Ce voyage était très lointain, mais il n'a pas pris aussi longtemps que je m'y attendais. Je me demande...

— Nous avons beaucoup de questions à nous poser, Lessa, dit F'lar. Mais je veux d'abord noter autant de détails que possible de cette expédition avant qu'ils ne s'effacent de mon esprit.

— Mes impressions de cet endroit désolé ne s'effaceront jamais, répliqua Lessa avec force. J'aurais presque pu plaindre cette planète.

— Cette planète était morte bien longtemps avant que Pern ne soit habitable, dit Siav.

— Ça ne change pas mes sentiments, répliqua Lessa.

Meer les attendait au Fort de la Baie, et réserva à Jaxom et Ruth de telles remontrances, assorties de plongeons agités et de pépiements véhéments, que Lessa et F'lar se tordaient de rire.

Ruth rassura calmement le petit bronze, et, marchant

dignement vers la plage, l'invita au bain des dragons. *Vous ne venez pas ?* ajouta-t-il plaintivement, voyant Jaxom se diriger vers le Fort.

Je ne peux pas, mon ami. Il faut que je note les détails de l'expédition tant qu'ils sont frais dans mon esprit ! Mais je te rejoindrai bientôt, lui cria Jaxom, remontant sur la plage au petit trot avec Lessa et F'lar.

Des bandes de lézards de feu surgirent dans l'air, plongeant vers les dragons.

— *Non que vous ayez besoin de nous !* ajouta-t-il.

La grande salle de séjour du Fort était vide, et Robinton et Sharra ne répondirent pas à ses appels.

— Je me demande où est Sharra, dit Jaxom, se rappelant qu'il l'avait laissée endormie en partant. Elle devait être inquiète. Ou furieuse ! Et avec juste raison.

Lessa lui sourit, comprenant son inquiétude.

— Vous étiez avec nous.

— Ce ne sera pas une excuse, dit-il, se demandant comment il allait apaiser Sharra.

Puis il se ressaisit et s'attela à des tâches plus immédiates.

Pendant que les Chefs du Weyr de Benden rassemblaient du matériel de dessin, Jaxom trouva un pichet de jus de fruit bien frais qu'ils vidèrent en dessinant ce qu'ils avaient vu. Comparant leurs images, ils virent qu'elles concordaient à peu de choses près.

— Voilà une bonne chose de faite, dit Lessa, avec un soupir de soulagement.

— Vous savez, dit Jaxom en souriant, j'ai du mal à croire que nous sommes vraiment allés là-bas.

— Je ne sais pas à quoi je m'attendais — surtout après la tentative de F'nor — mais je trouve incroyable qu'une planète aussi morte nous ait menacés si longtemps.

— C'est pourtant un fait ! dit Lessa, posant ses deux mains sur la table et se levant. Rangez ces dessins en lieu sûr jusqu'à ce que vous les apportiez à Siav, ajouta-t-elle en les tendant à Jaxom. Moi, je vais nager !

Bien qu'ayant autant envie de se baigner que les autres, Jaxom alla d'abord dans la chambre qu'il partageait avec Sharra, espérant qu'elle lui avait laissé un message. Il n'en trouva pas, et il se sentit plus abattu que jamais. Il se déshabilla, se félicitant de toujours avoir des vêtements de rechange au Fort de la Baie, et descendit vers le lagon.

Meer et Talla se séparèrent des lézards de feu en train de frictionner Ruth, et vinrent tourner au-dessus de sa tête, pépiant joyeusement. Pas tout à fait rassuré par cette réaction, il rejoignit Ruth.

Sharra est là-haut. Elle n'a pas laissé Meer et Talla l'accompagner. Ils l'auraient gênée, lui dit Ruth.

Jaxom se frappa le front, consterné : elle le lui avait dit, et il l'avait oublié, tant il était absorbé dans ses propres activités. Il rit, confus de son indignité. A certains moments, il *savait* qu'il ne méritait pas une femme telle que Sharra, et il en vivait un. Comme il était vaniteux ! Elle lui manquait. Même s'il ne pouvait pas lui parler de ce merveilleux voyage, elle lui manquait.

Je suis là, dit Ruth avec reproche.

Oui, tu es là, mon plus cher ami, comme toujours !

Et Jaxom s'enfonça dans l'eau tiède pour aider les lézards de feu à frictionner vigoureusement son fidèle compagnon.

CHAPITRE 16

Arrivant pour emmener Sharra, Mirrim l'avait trouvée encore endormie.

— Sharra ? C'est aujourd'hui que nous commençons la dissection, tu te rappelles ? dit-elle en la réveillant.

Sharra se leva, les yeux lourds de sommeil.

— Tu es courant pour G'lanar et Lamoth ?

Mirrim fronça le nez.

— Je plains le dragon. Je ne savais pas qu'on pouvait mourir de honte. Bon, habille-toi. Je vais te chercher du klah.

Sharra s'habilla rapidement, espérant que Mirrim n'était pas seule à réagir ainsi.

— Et tu ferais bien de manger quelque chose, dit Mirrim, revenant avec du klah. Et je propose aussi d'emporter des provisions. J'ai pensé mourir de faim pendant la dernière session que Siav nous a imposée. Il est peut-être très sophistiqué, mais mon estomac ne l'est pas. Il est resté primitif et veut être rempli à intervalles réguliers.

Sharra sourit. C'était tout Mirrim, cette façon de bavarder sans discontinuer pour dissimuler son trouble. Sharra la laissa parler. Puis, revigorée par le klah, elle l'aida à préparer une collation.

— Pas de friands ! dit Mirrim, avec un frisson théâtral. Ils me donnent la nausée. Dieu merci, Maître Robinton aime la bonne viande et le bon pain et les crudités.

Ils remplirent de fruits un sac isotherme dont le matériau était un sous-produit des recherches d'Hamian pour retrouver le tissu des combinaisons spatiales, et remplirent plusieurs thermos de boissons fraîches.

— Parfait. Alors, partons.

— Brekke ne vient pas ? demanda Sharra.

— Non. F'nor a quelque chose à faire à bord du *Yokohama* aujourd'hui. Sans doute la même chose que Jaxom et T'gellan, mais je n'ai pas le droit de demander quoi.

— C'est dangereux ?

Sharra parlait d'un ton détaché, mais elle connaissait assez bien Jaxom pour savoir qu'il lui avait caché quelque chose, la veille — quelque chose qui avait tellement effrayé Meer que le petit bronze était arrivé à Ruatha tout agité.

— J'en doute ! Les chevaliers prennent grand soin de leurs dragons, et réciproquement. A ta place, je ne m'inquiéterais pas des activités d'aujourd'hui, Sharra.

Davantage réconfortée par l'assurance de Mirrim que par ses paroles, Sharra la suivit jusqu'à l'endroit où Path les attendait, et elles partirent.

Quand elles arrivèrent sur le *Yokohama*, Mirrim laissa Path regarder par la fenêtre de la passerelle, occupation dont il ne se lassait pas. Puis, emportant leurs provisions, elles se rendirent au premier niveau des caissons d'animation suspendue où, avec une équipe instruite par Maître Oldive, elles allaient tenter de percer le mystère des Fils. Projet qui allait leur prendre bien plus longtemps qu'elles ne le prévoyaient, et, au cours des semaines suivantes, elles se demanderaient bien des fois pourquoi elles avaient entrepris ces recherches.

Chaque fois qu'elle trouvait un dragon de bonne volonté, Sharra rentrait à Ruatha pour passer quelques heures avec ses fils qui lui manquaient terriblement — quand elle avait le temps de s'apercevoir que quelque chose lui manquait. Elle se félicitait que Jaxom, très absorbé par ses propres activités, ne semblât pas remarquer ses préoccupations. Parfois, après avoir travaillé de longues heures, toute l'équipe de dissection dormait à bord du *Yokohama*. Mirrim, naturellement, devait combattre pendant les Chutes, mais tous les autres avaient été relevés de leurs autres devoirs pour cette recherche capitale.

D'autres fois, exécutant des tâches répétitives et ennuyeuses, ils grommelaient contre cette obsession de Siav, qui voulait à toute force connaître la biologie des Fils, et d'autant plus qu'une fois modifiée l'orbite de

351

l'Etoile Rouge, les Fils seraient relégués au rang de mythe, d'épouvantail pour faire peur aux enfants pas sages. Mais Siav insistait sur l'importance de cette recherche, sur la nécessité de *comprendre* l'organisme. Et tous, y compris Oldive, étaient si habitués à obéir aux directives de Siav qu'ils s'exécutaient.

Caselon, qui arborait maintenant ses nœuds de compagnon en plus d'un réseau unique de fines cicatrices blanches sur son visage bronzé, remarqua un jour comme c'était ironique qu'ils dorment dans ces mêmes caissons d'animation suspendue qui avaient amené leurs ancêtres sur Pern.

Habilement guidés par Siav, ils eurent suffisamment de réussites pour conserver leur intérêt et leur enthousiasme, et ignorer l'inconfort. Comme Siav le leur rappelait souvent, les techniques apprises en disséquant cet organisme très complexe qui menaçait leur monde depuis des siècles pourraient s'appliquer à d'autres organismes. Ainsi, cette discipline était-elle une fin en soi.

Siav insista pour qu'ils amènent un ovoïde à la température « normale » dans un sas éloigné des sections utilisées du vaisseau. Et sans friction pour détruire sa dure enveloppe, l'ovoïde resta inerte.

— La friction est donc essentielle pour libérer l'organisme, remarqua Siav.

— Alors, ne le libérons pas, suggéra drôlement Caselon.

— Heureusement qu'il est inoffensif, dit Maître Oldive.

— A notre merci, renchérit Sharra en souriant.

— L'observation sera poursuivie, dit Siav.

— Faites-nous savoir s'il change, dit Sharra.

Avec Caselon, Sharra, Mirrim et Oldive, Brekke s'était portée volontaire et avait amené Tumara, la candidate malheureuse à l'œuf de reine, parce qu'elle semblait s'accommoder mieux que d'autres des tâches monotones. Deux autres guérisseurs, Sefal et Durak, et un compagnon forgeron, Manotti, complétaient leur équipe. Ils auraient pu être deux fois plus nombreux, mais ils avaient tous été instruits par Siav et travaillèrent bientôt efficacement et en bonne intelligence.

Au début, ils n'avaient que le strict nécessaire pour accomplir leur tâche. Le laboratoire comportait deux compartiments. Au-dessus des plans de travail, des disques dispensaient une lumière variable qui avait fasciné Sefal au début. Plus important pour leur propos, le microscope binoculaire qu'ils durent tous apprendre à utiliser. Pour les entraîner, Siav demanda à Sharra de s'arracher un cheveu et de lui faire des nœuds sous l'oculaire — tâche plus compliquée qu'il ne semblait, ainsi qu'ils l'apprirent tous à leurs dépens.

Sur un côté du microscope se trouvait un petit tiroir encastré pourvu d'un couvercle à glissière, contenant des instruments en verre bizarrement tronqués. Ils devraient apprendre à les reproduire, leur dit Siav, pour accomplir la dissection envisagée.

Ils dénichèrent deux autres tables de travail et des tabourets et les apportèrent dans le laboratoire, bien que cela réduisît beaucoup l'espace libre.

Tandis que Sharra faisait des nœuds à son cheveu sous le microscope, Siav fit démonter par Sefal et Manotti l'un des deux réfrigérateurs, afin de se procurer les pièces nécessaires pour que le troisième produise un froid de −150°, température nécessaire pour pouvoir travailler sur le Fil. Ils seraient peut-être obligés de réduire la température à celle du Nuage d'Oort d'où il venait, à savoir −270° centigrades ou 3°K, mais pour le moment, ils pouvaient se contenter de maintenir le Fil à la température de l'orbite de Pern.

— Je ne comprends pas ce que je fais, protesta Manotti en cannibalisant le réfrigérateur sacrifié.

— Aucune importance, le rassura Siav. Contentez-vous de suivre les instructions, car nous n'avons pas le temps de nous étendre sur l'ingéniérie de la réfrigération ou de la cryogénie. Faites ce qu'on vous dit.

— D'accord, d'accord, dit Manotti, grimaçant en ôtant avec soin un rouleau de tubes du dos du premier réfrigérateur. Maintenant, qu'est-ce que je fais ?

Siav expliqua. Quand le transfert fut accompli et que la machine se mit à ronronner, Manotti poussa un cri de triomphe. Puis ils modifièrent trois caissons d'animation suspendue afin d'avoir d'autres compartiments à 3°K pour entreposer leurs spécimens. Car l'ovoïde original apporté par Farli ne leur suffisait plus. Les ovoïdes, apprirent-ils bientôt, se présentaient sous différentes tailles, conditions, et, étonnamment, différentes températures.

— On aurait cru qu'un seul suffirait, grommela Mirrim à Sharra.

— Les humains ne sont pas non plus des copies conformes, répondit Siav. (Bien que Mirrim n'ait pas parlé pour lui, elle leva les yeux au ciel.) A l'évidence les Fils présenteront aussi des anomalies — déviations ordinaires et, sans doute, mutations. Ils sont une forme de vie tout comme les humains, et, si près de Rukbat, vivent dans un environnement très stressant.

— Voilà qui nous remet joliment à notre place, dit Oldive avec un grand sourire.

Les jours suivants, chacun dut apprendre à se servir du microscope binoculaire. Après avoir fait des nœuds dans leurs cheveux, ils durent sculpter des fleurs dans des échardes de bois, puis faire des corolles en papier d'un millimètre de diamètre. Sharra se révéla la plus habile, suivie de près par Brekke et Mirrim.

Caselon et Manotti, aidés de Sefal et Durack, assemblèrent une microforge avec une flamme de deux millimètres de long, dans laquelle ils chauffèrent le verre spécial fabriqué par Maître Morilton sur les spécifications de Siav, et contenant un tel taux de plomb que Morilton, généralement docile, avait protesté. Siav lui avait dit alors qu'avec ce verre, il pourrait faire des couteaux assez tranchants pour couper du pain, et, ne fût-ce que par curiosité, Morilton s'était prêté à l'expérience.

Avec mille précautions, Caselon étira une tige de verre dans la flamme minuscule, puis, ayant obtenu un tube très fin, le descendit à 3°K, température à laquelle le produit fini serait utilisé. Le premier se brisa, et instinctivement, Caselon recula, malgré son masque et ses vêtements protecteurs. Il regarda autour de lui, penaud.

— Bonne habitude à acquérir, Caselon, remarqua Siav, approbateur. Recommencez.

Au quatrième échec Caselon était dégoûté.

— Le verre n'est peut-être pas assez homogène, Caselon. Maître Morilton vous a fourni différents mélanges. Prenez celui au plus fort taux de plomb. Les instruments doivent être flexibles, et se courber légèrement sans se casser, dit Siav, avec tant de confiance en la réussite que Caselon reprit courage.

Le cinquième aussi se courba légèrement dans le froid extrême, mais ne se fêla pas, ne se brisa pas.

— Maintenant, à l'aide de ce même mélange, faites d'autres tiges que vous façonnerez ensuite en bouchons, pointes et lames. Chacun fera ses propres instruments, sous la direction de Caselon. Pour poursuivre la dissection des Fils, il vous faudra des outils ordinaires, scies, ciseaux, maillets, scalpels, mais en miniature. Vous les affûterez avec une meule de carborundum.

Tout le monde admira beaucoup l'assortiment de Caselon, mais Mirrim les trouva épais et inélégants. En conséquence, elle fit les siens plus longs, et découvrit que leur flexibilité se révélait incommode à l'usage.

— Il y a toujours tellement de choses à faire avant de se mettre au travail sérieux, se plaignit-elle. Nous avons perdu des semaines avec ces outils !

— Et vous en passerez d'autres pour les procédures suivantes, Mirrim, dit Siav, réprouvant son impatience. Vous avez travaillé avec diligence et accompli des exploits dont vous n'auriez pas été capable il y a seulement deux Révolutions. Ne désespérez pas. Nous allons bientôt aborder la phase intéressante.

— C'est-à-dire ? demanda carrément Mirrim.

— La dissection d'un Fil.

— Mais ne l'avons-nous pas déjà faite ? dit Sharra, montrant le caisson contenant les Fils sectionnés.

— Vous avez coupé les ovoïdes, mais vous n'en avez pas examiné l'intérieur aussi minutieusement que vous le ferez bientôt. Maintenant, voyons si les gants de la chambre de confinement fonctionnent encore.

Caselon était fasciné par cet article, qui leur permettrait de travailler à la très basse température où l'on maintenait les Fils sans pénétrer dans la pièce. Il se porta volontaire pour les essayer, mais Siav choisit Sharra, qui avait davantage travaillé au microscope. L'appareil fut mis sous tension, on disposa les outils de verre à l'intérieur de la salle réfrigérée et on pointa le microscope.

Résolument, Sharra passa ses mains dans les gants et frissonna.

— Comme c'est froid ! dit-elle, essayant de bouger les doigts. Vous aviez dit que ces gants suivraient tous mes mouvements !

— Les cadrans indiquent que le mécanisme reçoit du courant, dit Caselon. Laisse-moi essayer.

Sharra retira ses mains, mais Caselon n'obtint pas un meilleur résultat.

— Alors, Siav, qu'est-ce qu'on fait maintenant ? dit-elle.

Il y eut une de ces pauses, brèves et sensibles, dont ils avaient l'habitude chaque fois que Siav se livrait à une recherche.

— Le mécanisme n'a pas été utilisé depuis deux mille cinq cents ans. Il n'est pas déraisonnable de supposer qu'un peu de maintenance s'impose. La lubrification des articulations à l'aide d'un fluide au silicone devrait rétablir la mobilité.

— Un fluide au silicone ? fit Caselon.

Manotti leva la main.

— Je sais ce qu'il veut dire. Siav, y a-t-il un compagnon ou un maître forgeron disponible ?

— Je peux envoyer Trolly en chercher, proposa Mirrim.

— Il y en a pour la journée, dit Manotti, sardonique.

— Alors, je redescends, dit Mirrim. J'ai envie d'un bon bain, d'un bon repas et d'un bon moment avec mon compagnon.

— S'il n'y a rien à faire tant que ce fluide au silicone n'est pas prêt, je vais prendre ma journée aussi, dit Sharra, qui n'avait pas passé une heure avec ses fils et Jaxom depuis une éternité.

— Moi, je reste, sourit Caselon, pour fabriquer d'autres outils. Si je descends, quelqu'un me trouvera sûrement une corvée à faire.

Siav leur donna son accord de bonne grâce, mais assigna immédiatement de nouvelles tâches à ceux qui restaient.

Jaxom était aussi accaparé par ses activités que Sharra par les siennes, mais, ces derniers temps, il parvenait à passer plus de temps qu'elle à Ruatha avec leurs deux fils. Quand elle était là, il écoutait les récits qu'elle lui faisait de son travail — échecs et réussites — et l'encourageait.

— Siav sait ce qu'il fait, même s'il ne consacre pas beaucoup de temps aux explications, lui dit-il plus d'une fois. Il a déjà tant fait pour nous que nous devons suivre aveuglément ses instructions.

A la vive contrariété de F'lar et Lessa, Siav avait insisté pour que Jaxom et Ruth participent à toutes les étapes de l'entraînement des dragons et de leurs maîtres aux activités extra-véhiculaires. Selon Siav, ils dirigeraient également toutes incursions futures à la surface de l'Etoile Rouge.

— Ruth est le plus jeune des dragons, dit Siav, de son ton le plus diplomatique, et il n'a pas souffert les fatigues et le stress des Chutes...

— Je combats à chaque Chute avec le Weyr de Fort, protesta Jaxom, autant pour apaiser Lessa que pour rappeler qu'il ne manquait pas à ses obligations primordiales.

— Je ne voulais pas vous offenser, dit Siav avec déférence. Mais cela étant, il n'est pas recommandé d'entreprendre un si long voyage sans bonne raison.

— Ce n'est certes pas une promenade de santé, dit Lessa.

— Je propose encore un voyage d'exploration, dit F'lar, avec un observateur pour consigner de façon permanente tous les détails de l'abîme. Tous les chevaliers et les dragons qui y transporteront les moteurs doivent avoir en tête une image exacte de l'endroit où ils vont.

— Mise à part cette nécessité, poursuivit Siav, cette entreprise doit être archivée. On ne trouve rien qui puisse lui être comparé dans les annales d'aucun autre monde.

— Non qu'aucun autre monde ne s'intéresse à nos exploits, dit Robinton d'un ton comique.

— L'humanité a besoin de héros, répliqua Siav, et ce projet est de proportions héroïques.

— Ce que nous devons faire n'a rien d'héroïque, dit F'lar, avec un geste de dénégation. Nous avons simplement à mettre trois moteurs en place. Mais les chefs de chaque groupe doivent savoir où. J'en commanderai un...

— Jaxom en dirigera un autre, dit vivement Siav.

— D'accord, concéda F'lar.

— Et je prendrai la tête du troisième, dit Lessa.

— Tu as déjà pris assez de risques avec Ramoth, objecta F'lar.

Le visage de Lessa se durcit.

— Si tu y vas, j'irai. Ramoth n'est plus la seule reine de Pern aujourd'hui.

Soudain, la résistance de F'lar s'évapora, ce qui surprit Jaxom, mais pas Ruth.

Pourquoi ? demanda-t-il en privé à son dragon.

Lessa ne risquerait pas Ramoth en attente d'une ponte, non ?

Jaxom se couvrit précipitamment la bouche de la main et transforma son éclat de rire en quinte de toux. Pas étonnant que F'lar n'ait pas insisté — et Mnementh allait collaborer au complot en couvrant Ramoth. F'lar avait appris la subtilité pour manœuvrer sa compagne !

— Je trouve que F'nor devrait participer à cette dernière expédition préparatoire, dit Jaxom.

— J'allais le proposer, dit F'lar avec un grand sourire.

— Ce n'est que juste, dit Robinton, hochant pensivement la tête. Et Canth n'aura aucune objection à transporter Perschar, qui possède le meilleur œil de Pern pour les détails. D'ram doit également être autorisé à vous accompagner. Et Tiroth pourra facilement me transporter, termina-t-il, défiant les protestations.

— On ne peut pas risquer votre vie, dit Lessa, mordant à l'hameçon.

— Il n'y aura aucun risque, n'est-ce pas, Siav ? dit Robinton, en appelant sans vergogne à la seule autorité que respectait Lessa.

— Le Harpiste ne serait pas en danger.

— Tiroth est trop vieux ! déclara Lessa, foudroyant Robinton.

— Tiroth est plus vigoureux que la plupart des bêtes de son âge, dit Siav. Et la perspicacité de D'ram et de Maître Robinton pourrait se révéler appréciable.

Malgré l'irritation évidente de Lessa, la question fut bientôt réglée. On ferait une dernière expédition préparatoire à la surface de l'Etoile Rouge. Le groupe serait composé de D'ram, F'nor, N'ton et Jaxom, avec Maître Robinton, Fandarel, Perschar et Sebell qui viendraient en observateurs. Leur discrétion était proverbiale, et il n'y aurait aucun risque que des bavardages inconsidérés ne suscitent plus de malentendus et de rumeurs qu'il n'en courait déjà.

Le Seigneur Larad de Telgar et le Seigneur Asgenar de Lemos demandèrent au Maître Harpiste Sebell de les rencontrer au Fort de Telgar à sa convenance.

Appréciant leur ton courtois, Sebell leur dépêcha immédiatement un message par son lézard de feu, Kimi, disant qu'il viendrait les voir à Telgar une heure après le dîner.

— Qu'est-ce qui les tracasse, à ton avis ? demanda Menolly quand il la mit au courant.

— Les rumeurs abondent depuis peu, ma chérie, soupira Sebell.

Menolly, jusque-là penchée sur le lutrin où elle composait généralement sa musique, se redressa et considéra son mari avec un sourire malicieux.

— Tu penses à celles concernant Sharra et Jaxom, G'lanar et Lamoth, le dernier mauvais coup de l'Abomination ou la raison pour laquelle les bronzes ont l'air si contents d'eux ces temps-ci ?

— J'aimerais mieux ne pas avoir tant de choix, dit-il en l'embrassant. Je n'ai pas eu vent d'incidents de vandalisme à Telgar ou Lemos, alors, ce doit être autre chose.

— Ceux qui approuvent Siav le font sans réserves, tandis que ceux qui sont craintifs, appréhensifs ou franchement sceptiques essayent de détruire ce qu'ils n'ont pas l'intelligence de comprendre.

— C'est notre rôle de faire en sorte qu'ils comprennent, dit Sebell, gentiment réprobateur.

— Mais certains *ne veulent pas* comprendre, répliqua-t-elle, s'étirant pour détendre les muscles de son dos. Je les connais bien. Oh, comme je les connais ! Il faudrait pouvoir les laisser de côté avec leurs petits esprits étroits, mais malheureusement, ils entravent notre marche en avant.

— Nous altérons le cours de leur vie. Cela effraye certains. Il en a toujours été ainsi dans le passé et il en sera toujours ainsi dans l'avenir. Lytol m'a communiqué des extraits fascinants des données historiques de Siav. Extraordinaire. Les gens ne changent pas, ma chérie. Ils réagissent d'abord, réfléchissent ensuite, et regrettent le reste du temps.

Il se pencha pour l'embrasser.

— J'ai encore le temps de raconter une histoire à Robse et Olos avant de partir.

Menolly lui jeta les bras autour du cou et l'embrassa tendrement en disant :

— Comme tu es bon et affectueux !

Il s'arrêta sur le seuil pour la regarder avec amour, mais

elle était déjà penchée sur son lutrin. Il sourit. Elle l'aimait, mais il aurait toujours deux rivaux — la musique et le Maître. Heureusement, il avait les mêmes amours. Sur cette pensée, il enfila le couloir pour aller chanter des ballades à ses fils, et admirer sa fille, Lemsia, encore trop jeune pour apprécier la musique.

Laradian, le fils aîné de Larad, attendait Sebell dans la cour illuminée quand l'obligeant dragon du Fort de Fort déposa Sebell à Telgar.

— Mon père et le Seigneur Asgenar vous attendent dans le petit bureau, Maître Harpiste, dit Laradian, très cérémonieux, puis, se détendant un peu, il adressa un grand sourire à Sebell.

Un bon feu brûlait dans la cheminée de l'agréable petite pièce aux murs décorés de tapisseries et de portraits — sans doute de la main de Perschar — des enfants du seigneur actuel. Quelques antiques fauteuils en peau de wherry et le grand bureau et la table où les seigneurs de Telgar faisaient leurs comptes depuis des siècles, complétaient l'ameublement de la pièce. Sebell remarqua immédiatement une acquisition récente, une très bonne copie, à échelle très réduite, des fresques de Honshu.

— Oui, dit Larad, suivant son regard. Ma fille Bonna faisait partie de l'équipe de Perschar et m'a rapporté ça.

— Vous pouvez venir voir les originaux quand vous voudrez, dit Sebell, incluant Asgenar dans l'invitation.

— Quoi ? fit Larad, feignant l'horreur. Pour que la rumeur raconte que je guigne l'endroit pour l'un de mes fils ?

Il indiqua un fauteuil à Sebell et leva une bouteille dans sa main.

— C'est du Benden.

Son sourire faisait allusion à la préférence des harpistes pour ce vin, mais sa référence aux rumeurs apprit à Sebell qu'il était sincèrement inquiet.

— Je maintiens la plupart des traditions de Maître Robinton, dit Sebell, acceptant un grand gobelet.

Il goûta le vin en connaisseur, puis, se tournant vers les deux seigneurs :

— Alors ? Encore des rumeurs ?

— Je voudrais que ce ne soit qu'une rumeur, Sebell, dit

Larad, prenant un petit rouleau glissé sous sa manchette et le tendant au harpiste. Ceci est beaucoup plus grave qu'une rumeur et exige votre attention urgente. Je connais l'expéditeur, et l'on peut se fier à sa parole.

Un simple coup d'œil sur le message, et Sebell se leva d'un bond, bouillant de colère et proférant une bordée de jurons.

— « J'ai de bonnes raisons de croire qu'on tentera d'enlever Maître Robinton pour forcer ceux du Terminus à détruire ce qu'ils appellent l'Abomination », lut Sebell, indigné. Risquer la vie du Maître Harpiste ! S'en servir comme otage pour la destruction de Siav !

Puis la fureur fit place à la panique.

— Qui est ce Brestolli qui signe ce message ?

— Un commerçant nomade. Nous le connaissons tous les deux. Il n'est pas homme à transmettre des fausses nouvelles. En fait, le message a été apporté par son lézard de feu à son employeur, le Négociant Nurevin, qui est ici actuellement. Nurevin m'a immédiatement communiqué le message, laissant sa caravane à un jour de marche. Il dit que Brestolli est resté à Bitra avec une jambe et plusieurs côtes cassées à la suite d'un accident de voiture.

— Nurevin est à côté, je vais le chercher, dit Asgenar, sortant de la pièce.

— Nurevin a pensé que vous accorderiez plus d'attention à ce message s'il vous était présenté par nous, dit Larad.

— Il n'avait besoin de personne pour le cautionner à mes yeux, dit Sebell, relisant le message. Ces paroles sonnent vrai. D'ailleurs, aucun agissement de Bitra ne peut plus me surprendre.

— Alors, vous savez également que vos harpistes ont été mis en quarantaine au Fort de Bitra sous prétexte de maladie contagieuse ?

— C'est l'euphémisme des Bitrans pour « répandre la vérité » ? demanda Sebell. Nous n'avons reçu aucune nouvelle de Bitra par les canaux habituels, dernièrement. J'aurais dû y poster un harpiste possédant un lézard de feu.

— Notre Maître Calewis peut organiser une expédition de secours, si vous voulez, proposa Larad.

— Si cela peut se faire sans mettre Brestolli en danger, répliqua Sebell.

Larad haussa un sourcil avec un sourire madré.

— Vous connaissez les capacités de Calewis...

— En effet, dit Sebell, souriant en retour.

— Alors, vous pouvez être sûr qu'il agira adroitement.

Nurevin entra à cet instant, précédant Asgenar.

— Je n'ai pas eu l'occasion de vous voir dernièrement, Négociant Nurevin, dit Sebell en lui tendant la main, mais vous pouvez être certain que l'Atelier des Harpistes vous est plus que reconnaissant de ce message.

— Brestolli n'est pas homme à inventer des histoires, Maître Harpiste, dit Nurevin avec force.

C'était un homme de taille moyenne, basané, aux longs cheveux gris soigneusement nattés. Ses vêtements étaient d'excellente qualité, mais fatigués par les voyages.

— Alors, j'ai compris qu'il fallait communiquer la nouvelle à qui de droit. Ça ne m'amusait pas de le laisser seul à Bitra, blessé comme il était. Le guérisseur de Bitra a dit qu'il était intransportable, alors j'ai grassement payé l'aubergiste pour qu'il s'occupe de lui. Brestolli ouvre toujours l'œil et l'oreille, même si on pourrait croire qu'il n'entend rien parce qu'il parle tout le temps. Mais s'il dit avoir entendu ce qu'il y a dans ce message, il l'a entendu, c'est certain. Ne vous y trompez pas. Je ne voudrais pas qu'on nous reproche de ne pas vous avoir prévenus quand on savait que certains voulaient nuire au bon Maître Harpiste. Ça, non !

Larad lui offrit un gobelet de vin de Benden, que Nurevin apprécia en connaisseur.

— Vous m'honorez, Seigneur Larad.

— Telgar est votre débiteur, Négociant Nurevin.

— Pas seulement Telgar, Négociant Nurevin, ajouta solennellement Sebell, levant son verre en son honneur.

Sebell appela Kimi, qui batifolait dehors avec les lézards de feu de Telgar. Sans un mot, Larad lui donna de quoi écrire et un étui à message.

— J'envoie cela à Lytol qui prendra les mesures appropriées, dit Sebell après avoir rapidement griffonné quelques lignes.

Kimi tendit la patte pour qu'il y fixe la capsule, sachant exactement ce qu'on attendait d'elle.

— Kimi, apporte cela à Lytol au Fort de la Baie. Là où vit notre Maître. Là où vit Zair. D'accord ?

Kimi avait écouté avec attention, penchant la tête de droite et de gauche, roulant les yeux de plus en plus vite. Puis elle pépia et disparut.

— Un homme averti en vaut deux, Négociant Nurevin. Le lézard de feu de Brestolli l'a-t-il rejoint ?

— Oui. Ce n'est qu'un bleu, mais il est bien dressé. Je peux lui envoyer ma petite reine si vous désirez plus amples informations. Je garde le contact avec Brestolli pour être sûr qu'il est bien soigné. Les Bitrans ont plus besoin de moi que je n'ai besoin d'eux, ajouta-t-il avec un clin d'œil, car ce ne sont pas des clients commodes. Je suis le seul négociant à les ravitailler en ces temps difficiles. C'est un atout pour moi.

Il fit une pause, l'air sombre.

— Le Seigneur Larad vous a mis au courant pour vos harpistes ? (Comme Sebell faisait « oui » de la tête, il ajouta :) C'est intentionnel, ou que je sois brûlé par les Fils à la prochaine Chute !

— Quand un harpiste est réduit au silence, chacun doit mieux prêter l'oreille, dit Sebell.

Nurevin hocha solennellement la tête.

— Un autre bruit circulait pendant mon séjour à Bitra... Il hésita.

— Allez-y, mon ami, l'encouragea Larad. Tout arrive aux oreilles des harpistes, tôt ou tard. Et si c'est de la même importance que le message de Brestolli, il vaudrait mieux que Maître Sebell soit informé immédiatement.

— Enfin, ce n'est qu'une rumeur. On dit que le Seigneur Jaxom et son dragon blanc ont tué G'lanar et Lamoth, délibérément.

— Sapristi, comment peut-on répandre de telles insanités ? dit Sebell, furieux. Maître Robinton assistait à la scène, et m'a dit que Jaxom était la victime, non l'assaillant ; et Lamoth est mort de honte que son maître ait pu s'en prendre à la vie d'un autre chevalier-dragon. Autre chose ?

— Oui, et c'est encore plus stupide, reprit Nurevin, à la fois encouragé et rassuré par son auditoire. On dit que les chevaliers-dragons vont prendre les trois vaisseaux de la colonie et disparaître, ne nous laissant que les lance-flammes pour combattre les Fils.

— Connaissez-vous celle qui prétend que les dragons

emporteront les antiques navettes jusqu'à l'Etoile Rouge et les précipiteront dessus pour la détruire ?

Nurevin secoua la tête, et Sebell poursuivit avec sérieux :

— Selon une autre, Siav a donné au Maître Guérisseur une médecine qui paralysera les gens, de sorte qu'on pourra leur prélever des organes pour les implanter à d'autres qui en manquent.

— J'ai entendu celle-là à Bitra, dit Nurevin avec un grognement dédaigneux. Je ne l'ai pas crue, et je ne la crois toujours pas. Ce Siav est effrayant, mais, dans tout ce qu'il a fait, je ne connais rien qui n'ait pas été à notre bénéfice. La meilleure graisse d'essieu que j'aie jamais eue, c'est Siav qui l'a donnée à l'Atelier des Forgerons. Et ce nouveau métal pour les goupilles, qui ne plie ni ne casse quand les roues sont stressées !

Kimi revint pépiant joyeusement après le succès de sa mission et frottant sa tête dorée contre la joue de Sebell avant de lui tendre sa patte. Sebell lut le message.

— Malgré l'heure tardive ici, on me prie de me rendre au Fort de la Baie. Si vous voulez bien m'excuser...

Les deux Seigneurs le raccompagnèrent.

— On se demande parfois pourquoi certains sont si tortueux, Asgenar, dit Larad comme ils regagnaient le bureau.

— Cela doit avoir quelque chose à faire avec la résistance au bien qu'on leur veut.

— Pas s'ils risquent la vie de Maître Robinton, dit Larad, encore horrifié de cette possibilité. Il n'a jamais fait de mal à personne. Toute la population, jusqu'aux petits enfants, se lèverait comme un seul homme pour protester contre une telle infamie.

— Ce qui, malheureusement, fait de lui l'otage le plus précieux, dit Asgenar avec un soupir de regret.

Quand Sebel arriva au Fort de la Baie, c'était déjà le matin sur le Continent Méridional. Lui et le dragon brun qui le transportait furent accueillis par des essaims de lézards de feu pépiants, aussi denses dans le ciel que les Fils lors d'une Chute. Tiroth, montant la garde sur la pelouse précédant la maison, roula sur eux des yeux orange tant que le brun Folath ne se fut pas identifié. Sebell fut réconforté de voir tant de gardiens déjà à leurs postes.

Non que les ravisseurs présumés aient eu la moindre chance d'atteindre déjà le Fort de la Baie, étant donné la longueur du voyage depuis Bitra, ou seulement le port le plus proche.

Tous les paniers de brandons de la grande salle étaient grands ouverts, éclairant Robinton, D'ram, Lytol et T'gellan, assis autour de la grande table ronde. Une outre vide indiquait que les discussions allaient bon train.

— Ah ! Sebell, s'écria Robinton, levant les bras en signe de bienvenue, si joyeux que Sebell se demanda s'il n'éprouvait pas une joie perverse à ce nouveau danger. Vous avez de nouveaux détails sur ces grossières manigances ?

Sebell secoua la tête, souriant de cette réception, mais remarquant que les autres n'avaient pas la même exubérance.

— Vous savez tout, mais Nurevin reste en contact avec Brestolli, par lézard de feu, au cas où il apprendrait du nouveau.

— J'ai envoyé Zair porter un message à Maître Idarolan, dit Robinton, dans l'espoir qu'il intercepte les conspirateurs.

— Nous avons été victimes d'assez de destructions et de vandalisme, dit sobrement Lytol. Cette fois, il faut arrêter les coupables et découvrir leurs complices. Car quiconque peut seulement penser à nuire à Maître Robinton, cet homme à qui tout Pern doit tant...

— Allons, allons, Lytol, dit Robinton, lui entourant les épaules d'un bras apaisant, assez. Vous m'embarrassez. Et ce projet ne fait que prouver la stupidité de nos détracteurs. Comme s'ils avaient la moindre chance de tromper la vigilance de mes fidèles amis, dit-il, montrant les vols de lézards de feu devant la fenêtre.

— Je sais qu'ils ne peuvent pas vous atteindre, Robinton, dit Lytol, tapant des poings sur la table, mais qu'ils puissent seulement y penser...

— Je devrais peut-être me laisser capturer, dit Robinton avec un sourire malicieux. Me laisser incarcérer, puis laisser les escadrilles vengeresses fondre sur ces misérables et les emporter jusqu'aux plus profondes mines de Larad, condamnés à consacrer à un travail utile leurs énergies dévoyées.

— Vous devriez prendre cette menace au sérieux, mon ami, dit Lytol, l'air dégoûté.

— Mais c'est ce que je fais. Il m'attriste profondément que moi, ou quiconque, puisse être victime d'un tel forfait. Mais, ajouta-t-il, levant l'index, ce plan témoigne de plus d'ingéniosité que brûler du carburant ou saboter Siav. Nous devrions lui demander conseil.

— Si ce n'était pour Siav... commença Lytol avec emportement.

Puis il s'interrompit, réalisant ce qu'il avait dit. T'gellan et Sebell essayèrent de dissimuler leur hilarité. Lytol se leva brusquement et sortit.

— Il a bien le droit d'être bouleversé, dit D'ram. C'est terrible de penser qu'il y a des gens pour s'opposer à tout le bien que Siav nous a fait, et feraient n'importe quoi pour le détruire et détruire ceux d'entre nous qui ont l'intelligence d'apprécier son potentiel.

— Ecoutez, je ne vois aucune chance que quiconque puisse approcher Maître Robinton, dit T'gellan. Leur plan est bâclé. Ils ne doivent rien savoir du Fort de la Baie, ni de la foule de gens qui y circulent du matin au soir... et même à l'aube, termina-t-il, avec un sourire ironique à Sebell.

— Avez-vous oublié le raid sur le Terminus ? demanda Sebell. Avec chevaux, matériel, mercenaires expérimentés ? Si Siav n'avait pas eu ses propres défenses, ils auraient pu réussir. Il faut rester très vigilants.

— Bien dit, Sebell, s'écria D'ram. Toutefois, la suggestion de Robinton ne manque pas d'intérêt. Si nous voulons découvrir qui suscite ces tentatives, il serait sage de ne pas modifier notre routine quotidienne, ni d'établir des mesures de sécurité apparentes.

— C'est vrai.

— Tout en veillant à ce que Robinton ne soit jamais seul.

— Comme si ça m'arrivait jamais, dit Robinton, feignant le martyre.

— Je m'excuse par avance de cette suggestion, dit Sebell, mais si G'lanar était aliéné...

— Ramoth elle-même a parlé aux dragons des Anciens survivants, dit T'gellan, les seuls qui pourraient être assez contestataires pour causer des problèmes. Mais tous étaient atterrés de l'action de G'lanar, et aucun ne peut dissimuler devant Ramoth !

Sebell parut immensément soulagé.

— Alors, nous pouvons écarter cette possibilité.

— Ça ne me rassure pas vraiment, dit D'ram d'un ton lugubre. Nous n'avons pas affaire à des imbéciles.

— Non, nous avons affaire à des hommes qui ont peur, et ils n'en sont que plus dangereux.

Le fluide au silicone injecté dans les articulations des gants rétablit la mobilité, sauf dans le troisième doigt de la main gauche, ce qui ne posa pas de grands problèmes.

— Qu'auriez-vous fait si le fluide au silicone n'avait pas marché ? demanda Manotti.

— Il existe toujours une alternative, quoiqu'elle puisse être moins efficace et productive, répliqua Siav. Maintenant, Sharra, ayez la bonté de placer une section de Fil dans la chambre de confinement, et, à l'aide d'une lame, coupez le spécimen de biais pour en mettre à nu toutes les couches. Alors, que voyez-vous ?

— Des anneaux, des ressorts, et des formes que vous appelez des tores, dit Sharra. Une bouillie bizarre, un liquide jaune, d'étranges pâtes ayant de bizarres nuances de jaune, gris et blanc, et d'autres substances qui semblent changer de couleur.

Tumara eut un haut le cœur et se détourna.

— Vous devez réaliser, commença Siav d'un ton sévère, que l'appareil le plus important de ce laboratoire est votre cerveau. Comme vous avez fabriqué des micro-outils pour cette dissection, vous devez transformer votre cerveau en instrument adapté à cette tâche. Le plus important, c'est l'interaction de votre cerveau avec ces choses que vous voyez pour la première fois. Même votre réaction, Tumara, a un certain intérêt. Maintenant, oubliez-la et observez. Que voyez-vous d'autre, Sharra ?

Elle tapa sa micro-lame sur un anneau.

— On dirait du métal.

— Alors, extrayez-le, de même que tous les autres semblables, et envoyez le tout à Maître Fandarel pour analyse. Quoi d'autre ?

— Il y a des tas de particules logées dans les parties pâteuses, et... et c'est creux au centre. Ce jaune pourrait-il être de l'hélium liquide ? Ça ressemble à ce que vous nous avez montré lors des expériences sur les gaz liquides, et ça bout dès que c'est exposé à l'atmosphère de − 150°. Nous n'avons pas encore essayé à 3°K.

— Il n'y a aucune raison que ce ne soit pas de l'hélium. L'hélium est liquide à la température où séjournent les Fils. Isolez un échantillon et une identification sera faite.

— Le tout ressemble aux micrographes que vous nous avez montrés, Siav, dit Mirrim.

— Vous avez raison, Mirrim. Mais d'ici, il s'agit de la chose véritable, non d'une diapo. Continuez, Sharra.

— Comment ?

— Disséquez un autre anneau. Coupez-le de façon à fendre plus de la moitié du tore. Cela en montrera davantage sur sa composition.

— C'est bizarre, dit Brekke. Comparez cet anneau avec cet autre. Le premier a des tas de choses comme des ressorts à peu près en couches, tandis que dans l'autre, tout est mélangé. Oh zut !

Sharra avait piqué un anneau, et soudain, il avait sauté et était allé se coller à la paroi de la cellule.

— Cela pourrait être leur méthode de reproduction, dit Siav. Ou ce pourrait être un parasite s'échappant de l'organisme mourant. Mais c'est très intéressant. Essayez un autre anneau pour voir si la réaction sera la même.

Sharra piqua avec plus d'hésitation, mais il y eut quand même un autre saut.

— Maintenant, appliquez votre lame aux ressorts du premier tore, lui dit Siav. Rien ne se passe. A présent, vous avez vu deux facettes totalement différentes de cet organisme. Vous étudiez une créature totalement nouvelle, et il nous faut apprendre ce qu'elle renferme.

— Pourquoi ? demanda Mirrim.

— Parce que vous devez savoir comment on peut détruire cet organisme, pour qu'il ne puisse pas se reproduire, ni se multiplier nulle part dans votre système solaire.

— S'il ne tombe plus sur Pern, ça suffit, non ? dit Brekke.

— Pour vous, peut-être. Mais le plus intelligent serait de le détruire à la source.

Caselon se ressaisit le premier.

— Mais si l'Etoile Rouge est déplacée...

368

— Cela ne détruit pas les Fils. Cela éloigne simplement le vecteur. Votre tâche consiste à découvrir comment vous pouvez détruire l'organisme même !

— N'est-ce pas un peu trop ambitieux pour nous ? demanda Sharra.

— Les moyens sont disponibles. Même au cours de la brève séance d'aujourd'hui, vous avez découvert beaucoup de choses. Chaque jour, vous en découvrirez d'autres. Il est possible que certaines de ces parties soient des parasites, des entités plus petites conçues sur le même plan. Des parasites ou des descendants. Ou des prédateurs.

— Comme les arapèdes sur les serpents de tunnels ? demanda Oldive. Qui se collent aux serpents, mangent leurs muscles et ne les quittent que rassasiés ?

— Bon exemple. S'agissait-il de prédateurs ou de parasites ?

— Je crois que nous n'avons jamais tranché, remarqua Oldive. D'après votre définition, un parasite ne cause pas de dommages permanents à son hôte et est souvent incapable de survivre sans lui ; tandis qu'un prédateur tue généralement sa victime, puis l'abandonne. Comme l'arapède du serpent abandonne son hôte/victime encore vivant et capable de guérir, c'est davantage un parasite, et pas tout à fait un prédateur.

— Ce qu'il faut trouver, ce sont des parasites qu'on puisse transformer en prédateurs, qui tueraient leur hôte à coup sûr — exactement comme vous avez isolé des bactéries que vous avez transformées en bactériophages pour réduire les infections. Sharra, avez-vous d'autres éléments à soumettre à des tests ?

— J'ai des tas de petits bouts, de ressorts, d'anneaux, de boules et de tubes, si c'est ce que vous voulez dire.

— Parfait. Placez-les dans les boîtes de Petri, et nous pourrons continuer les recherches. Vous allez les examiner sous haute pression, avec un gaz inerte — du xénon, que nous avons dans ce cylindre — pour savoir si c'est bien de l'hélium que contiennent ces tubes. Car maintenant que vous avez ouvert ces vaisseaux tubulaires, vous perdez rapidement tout votre hélium, si c'en est.

Quand F'lar et Lessa apprirent le nouveau danger menaçant Maître Robinton, ils furent d'avis de l'envoyer dans le *Yokohama*, à Honshu, ou de lui faire réintégrer l'Atelier des Harpistes.

— Je ne suis pas un enfant, dit-il, exaspéré de ces précautions. Je suis un adulte et j'ai toujours regardé le danger en face. Ne me déniez pas ce droit. De plus, si ces conspirateurs apprennent que leur victime est maintenant hors de leur portée, ils pourraient manigancer un autre plan que nous n'apprendrions pas à temps pour le contrer. Non, je resterai ici, avec la moitié des lézards de feu de Pern pour m'escorter et tous les gardiens discrets que vous voudrez nommer. Mais fuir comme un lâche, jamais !

S'il remarqua ses gardiens au cours des semaines qui suivirent, il ne le montra pas. Maître Idarolan, aussi courroucé que personne, envoya des messages à tous les maîtres de ports, discuta longuement avec ses plus fidèles capitaines, et expédia son navire-courrier le plus rapide à la Baie de Monaco. Menolly envoya Rocky, Diver et Minic pour aider le Zair de Robinton. Swacky et deux autres solides mercenaires prirent leurs quartiers au Fort de la Baie. Maître Robinton continua à remplir ses devoirs au Terminus et à bord du *Yokohama*, feignant d'être fasciné par les recherches de l'équipe de biologie.

Comment Siav apprit-il le danger qui menaçait le Harpiste ? Personne ne le sut ou ne l'avoua jamais, mais il donna à Fandarel les plans d'un petit appareil que Maître Robinton devait porter nuit et jour.

— Un localisateur, dit Siav. Avec ça, vous pourrez retrouver sa piste n'importe où sur la planète et jusqu'aux trois vaisseaux.

Cela soulagea ses amis plus qu'ils ne voulurent l'admettre. Avec Siav pour protecteur, Maître Robinton était en sécurité.

CHAPITRE 17

A la fin de l'été, toujours pas trace de ravisseurs présumés. Nurevin alla chercher Brestolli à son auberge, qui confirma avec véhémence ce qu'il avait entendu. Une visite des Chefs du Weyr de Benden au Seigneur Sigomal obtint la relaxe des harpistes « contagieux », et Maître Sebell dit au Seigneur de Bitra que, malheureusement, il ne disposait d'aucun remplaçant pour un Fort de cette importance. Plusieurs autres Ateliers rappelèrent leurs maîtres, ne laissant à Bitra que des apprentis et compagnons d'origine locale.

Des rappels semblables eurent lieu à Nerat, mais pas à Keroon, car, malgré ses protestations de plus en plus bruyantes contre tous les progrès émanant de l'« Abomination », le Seigneur Corman n'empêchait pas ses ateliers de travailler à leur guise ni de remplir leurs devoirs traditionnels envers son Fort. Et il donna à entendre qu'il se distanciait désormais de Sigomal et Begamon.

Toutes les Dames de Weyr exigèrent la plus grande vigilance de leur reine, et tous les Harpistes prêtèrent l'oreille aux moindres rumeurs d'activités clandestines. Les Ateliers majeurs doublèrent discrètement les mesures de sécurité. Et les chevaliers-dragons continuèrent à s'entraîner à l'extérieur du *Yokohama*, du *Bahrain* et du *Buenos Aires*. Hamian et ses équipes travaillaient nuit et jour pour fournir des combinaisons spatiales aux chevaliers et une sorte de gant pour protéger les pattes des dragons du froid brûlant du métal dans l'espace. Oldive, Sharra, Mirrim, Brekke et les autres travaillaient sous la direction de Siav à analyser et décrire le curieux organisme appelé Fil — ou plutôt, qui *devenait* un Fil en plongeant vers sa perte dans les cieux de Pern.

Sharra essaya d'expliquer à Jaxom la tâche que Siav leur avait assignée, autant pour renseigner son compagnon que pour éclaircir les choses dans sa tête.

— Nous avons eu un moment merveilleux le jour où Mirrim a découvert les perles sous le microscope. Siav était très excité, lui aussi, car il est certain que ces perles renferment le code génétique des Fils.

Elle sourit au souvenir de ce moment de triomphe.

— Le microscope était réglé sur le plus fort grossissement, et nous avons tous vu ces perles minuscules enfilées sur ces longs fils. Pas les ressorts, mais les fils, qui sont enroulés très serré dans un volume pas plus grand que le bout de mon doigt. Siav dit que ces perles se servent du matériau des ovoïdes pour se reproduire. Ce qu'il veut maintenant, c'est qu'on découvre des bactériophages pour infecter les perles puis qu'on sélectionne celui qui se reproduira rapidement avant d'avoir épuisé le matériau des ovoïdes. C'est semblable à ce que nous avons fait quand nous avons isolé des bactéries dans les blessures, puis modifié leurs bactériophages symbiotiques pour qu'ils tuent leur hôte. Nos ancêtres faisaient des merveilles pour guérir. J'espère que nous pourrons faire aussi bien. Parce que les recherches actuelles pourraient guérir notre planète.

— Alors, pourquoi nos ancêtres ne l'ont-ils pas fait ? demanda Jaxom. Pourquoi nous ont-ils laissé ce travail ?

Sharra eut un sourire de fierté.

— Parce que nous avons des dragons pour remplacer les navettes sans carburant, des lézards de feu pour chiper des ovoïdes dans l'espace, et Siav pour nous guider. Même si nous ne comprenons pas toujours ce que nous faisons et pourquoi.

— Tu as dit que c'était pour modifier les symbiotes des Fils. Mais pourquoi cela est nécessaire après ce que les dragons vont faire, c'est ce que je ne comprends pas.

— Siav hait les Fils autant qu'une machine est capable de haïr, dit Sharra. Il hait ce qu'ils ont fait à ses capitaines et à l'Amiral Benden. Il hait ce qu'ils nous ont fait. Il veut être sûr qu'ils ne nous menaceront plus jamais. Il veut les tuer dans le Nuage d'Oort. Il a baptisé son projet « Overkill ».

— Il est plus vindicatif que F'lar, dit Jaxom, stupéfait.

— Je ne suis pas sûre que nous pouvons réussir, soupira Sharra. Tout est si compliqué. Et notre compréhension est si limitée. Siav est peut-être une machine, mais c'est moi qui ai l'impression d'en être une à faire tout ça sans savoir pourquoi.

Trois jours plus tard, elle avait retrouvé le moral, car Siav avait découvert le vecteur approprié.

— Il dit qu'on a trouvé des formes de vie similaires en micro-gravité dans les ceintures d'astéroïdes, dit-elle à Jaxom. Les Fils ressemblent à un organisme qu'on trouve dans l'écologie du couple Pluton/Charon du système solaire de la Terre.

Perplexe, elle fronça les sourcils.

— Enfin, c'est ce qu'il dit. Et il appelle les ressorts des « zibidis ». Et c'est de ces « zibidis » que nous allons nous servir pour faire sauter notre parasite modifié, comme un virus, d'un ovoïde à l'autre… quand le parasite modifié ne sera plus un symbiote mais un destructeur ! Mais il faudra encore le cultiver !

Jaxom parvint à afficher un sourire suffisamment admiratif devant ces résultats.

— Qui sommes-nous pour contester un ordre de Siav ? Et après ?

— Eh bien, il fait rechercher par les lézards de feu des ressorts dans les flots d'ovoïdes. Parfois, ils sont incrustés à leur surface. Nous avons dû mettre neuf cellules réfrigérées en service pour les conserver et les infecter avec les marqueurs zibidis.

— Zibidis, les puces des Fils ! plaisanta Jaxom.

— En effet ce sont des parasites, et je voudrais qu'on puisse les modifier rapidement !

Elle avait découvert avec horreur des puces de chien sur son fils Jarrol.

— Ce sera mon projet prioritaire dès que nous aurons réalisé le plan de Siav !

— Si on y parvient jamais ! dit Jaxom.

Siav avait tant de projets en cours, à divers degrés d'avancement, qu'il se demandait parfois si tout serait terminé à temps pour le jour « J » qui approchait rapidement.

— Est-ce que tu auras le temps de m'amener sur le *Yokohama* demain avant d'aller combattre les Fils ? demanda Sharra.

— Je croyais que tu resterais ici quelques jours, grogna Jaxom.

— J'ai tout organisé pour la Fête avec Brand et ses aides, et tout est prêt pour nos invités. Mais nous en sommes à un stade critique des recherches, Jaxom... dit-elle, le suppliant du regard.

— Tu seras épuisée. Tu n'apprécieras pas la Fête... s'entendit-il dire.

Puis il l'attira dans ses bras, savourant la sensation de son corps contre le sien, l'odeur épicée de ses cheveux. Les Fêtes étaient toujours pour eux des moments privilégiés.

— S'il te plaît, Jaxom ?

— Simple mouvement d'humeur, ma chérie. Je n'aurai jamais le cœur de t'empêcher de faire ce qui te plaît.

— Quand tout ça sera terminé, ce sera merveilleux de redevenir nous-mêmes, non ? Tu sais, j'ai très envie d'une fille.

Souhait qu'il s'efforça de réaliser sur-le-champ.

La Chute fut sans histoire, bien que n'étant pas de celles où les boucliers des vaisseaux avaient taillé de longs couloirs vides de Fils. Puis Hamian fit savoir qu'il avait confectionné un nouveau gant que Ruth devrait tester en AEV. Ruth s'exécuta, déclara le gant efficace et confortable, et Jaxom transmit ce jugement à Hamian par l'intermédiaire de Siav. Pour une fois, Jaxom et Ruth étaient seuls dans la passerelle. Ruth, comme d'habitude, admirait la vue par la fenêtre.

— Siav, pourquoi êtes-vous si obsédé par ce projet zibidis ? demanda Jaxom. Sharra dit que vous l'avez baptisé Overkill. Pourquoi ne suffit-il pas de modifier l'orbite de l'Etoile Rouge ?

— Vous êtes seul ? demanda Siav.

C'était une question insolite, car généralement, Siav détectait toutes les présences.

— Oui, je suis seul. Vous allez me dire toute la vérité ? plaisanta Jaxom.

— Le moment en vaut un autre, répondit Siav, à la stupéfaction du jeune Seigneur.

— Ça n'augure rien de bon.

— Au contraire. Il faut que vous sachiez ce qu'on attend de vous depuis que cette installation a pris conscience des capacités inusitées de Ruth.

— Le fait qu'il sait toujours où et quand il est ? demanda Jaxom.

— Exactement. Une explication s'impose.

— Comme toujours avec vous !

— La désinvolture sert souvent à dissimuler l'appréhension. Mais ici, la franchise s'impose. Trois moteurs doivent exploser pour modifier l'orbite de l'Etoile Rouge qui est dangereuse pour Pern. Deux de ces explosions ont déjà eu lieu.

— *Quoi ?* s'écria Jaxom, se redressant et fixant son écran.

— Comme vous le savez, les Archives de tous les Weyrs, Forts et Ateliers ont été présentées à cette installation et analysées. Deux petites entrées signalent une anomalie.

« D'après la position de l'Etoile Rouge au moment du débarquement de vos ancêtres, cette planète ne décrit pas l'orbite qu'elle devrait décrire actuellement. Des calculs répétés furent faits au cours du premier Passage par les capitaines Keroon et Tillek. Elle est peut-être excentrique, mais sa position présente diffère de celle qu'elle devrait avoir selon une extrapolation de ces calculs originels. Son orbite actuelle a subi un déplacement de neuf virgule trois degrés par rapport à son orbite originelle, et ne correspond pas à sa position extrapolée. Par conséquent, quelque chose a déjà altéré sa trajectoire. Ce raisonnement trouve sa justification dans deux références mineures découvertes dans les Archives d'Ista et de Keroon concernant les Quatrième et Huitième Passages, dont chacun a précédé un Long Intervalle. Durant chacun de ces Passages, de brillants éclairs ont été observés sur l'Etoile Rouge quand elle se trouvait à son apogée par rapport à Pern. Assez brillants pour être mentionnés.

Stupéfait, Jaxom battit des paupières, comme si cela devait l'aider à assimiler les paroles de Siav.

— Les deux cratères ?

— Votre perspicacité est grande.

— Ma peur également, Siav !

— Chez l'homme, la peur est preuve de sagesse : elle aiguise son instinct de conservation.

— Mais ce que j'ai ressenti en voyant le premier cratère, ce n'était pas de la peur. J'avais... comme l'impression d'être déjà venu en ce lieu ! J'ai écarté cette idée, la trouvant ridicule. Et pourtant, Siav, vous voulez me faire croire que j'y suis déjà allé !

— Vous n'êtes pas le premier à être déconcerté par le paradoxe temporel. Votre pressentiment de connaître ce cratère n'est pas fréquent, mais on trouve des incidents similaires dans les annales des phénomènes psychiques.

— Vraiment ? Pourtant, je ne suis pas sûr d'apprécier la situation dans laquelle vous m'avez mis — enfin, si je vous comprends correctement.

— Comment comprenez-vous ce qui vient d'être dit ?

— Que, d'une façon ou d'une autre, Ruth et moi, avec suffisamment de chevaliers-dragons pour accomplir cette tâche, nous avons remonté le temps avec un moteur que nous avons déposé dans cette Faille ? Où il a explosé pour former le cratère que j'ai trouvé lors de mon voyage initial sur l'Etoile Rouge, quelque mille huit cents Révolutions plus tard ?

— Vous l'avez fait deux fois. La deuxième se place il y a cinq cents Révolutions. C'est la seule explication possible. De plus, vous *savez* que vous l'avez fait.

— Je n'ai pas envie de la faire, protesta Jaxom, pensant à l'incroyable remontée temporelle à accomplir. Et si un accident survenait ?

— Conformément au paradoxe temporel, si un accident était survenu, vous ne seriez pas là, et trente ou quarante dragons manqueraient à cette époque.

— Non, c'est faux, dit Jaxom, s'efforçant de comprendre. Nous ne serions pas encore partis. Donc, nous serions encore là. Nous ne serons pas là si nous échouons après avoir tenté. Non, non !

— Vous êtes allé sur l'Etoile Rouge. Vous avez réussi, et chacune de ces explosions a provoqué un Long Intervalle — inexplicable autrement — préparant la planète à la dislocation orbitale finale.

— Pas si vite, dit Jaxom, brandissant l'index avec irritation. Les chevaliers-dragons n'accepteront jamais. La remontée temporelle a toujours été extrêmement dangereuse. Vous savez que Lessa a failli mourir en remontant à quatre cents Révolutions dans le passé. Et vous voulez nous envoyer à mille huit cents Révolutions en arrière ?

— Vous aurez des bouteilles d'oxygène, et vous ne souffrirez donc pas d'asphyxie comme elle...

Jaxom continuait à secouer la tête.

— Vous ne pouvez pas demander ça aux bronzes, même s'ils en sont capables. Je ne crois pas que F'lar se livre au voyage temporel. En fait, la seule que je connaisse à l'avoir fait avec certitude, c'est Lessa.

— Et votre Ruth. De plus, vous avez toujours été fier de la capacité de votre dragon à savoir où et quand il est...

— Oui, mais...

— Si Ruth sait où et quand il va — et des points de repères spécifiques sont disponibles — il peut fournir les coordonnées visuelles nécessaires.

— Mais je sais que les autres chevaliers-dragons n'accepteront pas...

— Ils ne le sauront pas !

Jaxom en resta sans voix.

— Comment, demanda-t-il enfin d'un ton patient et suave, pourront-ils *ne pas* savoir ?

— Parce que vous ne leur direz rien. Comme vous êtes déjà allé plusieurs fois sur l'Etoile Rouge et que le passage dans l'*Interstice* ne sera pas beaucoup plus long que ce qu'ils attendent, ils ne sauront pas qu'ils ont été transportés à mille huit cents Révolutions dans le passé en même temps que sur l'Etoile Rouge.

Jaxom rumina ces paroles, puis, prenant une profonde inspiration, il réalisa que, assommé par le choc, il avait cessé de respirer quelques instants.

Je crois que nous pouvons le faire, remarqua Ruth, avec plus de confiance que Jaxom n'en ressentait.

Jaxom se tourna vers son ami.

— Tu penses peut-être que c'est possible, mais moi, je veux en être absolument sûr. Maintenant, Siav, reprenons tout au début... Les autres chevaliers-dragons ne connaîtront pas l'époque de notre destination. Mais nous serons trois équipes, une pour chaque moteur...

— Hamian n'aura pas assez de combinaisons spatiales pour les trois cents chevaliers nécessaires au transport simultané des trois moteurs. Vous dirigerez deux des trois groupes. F'lar, comme prévu, commandera le troisième, le seul à déposer son moteur dans l'époque actuelle. Comme vous le savez, poursuivit Siav, coupant court aux protestations de Jaxom, les sites choisis ne sont pas en vue les uns des autres. F'lar pensera que vous êtes à un bout de la faille, N'ton à l'autre, et il ne saura pas ce que vous faites.

— Mais c'est impossible, Siav. Je ne peux pas être en deux endroits à la fois. Ni me livrer deux fois de suite à cette remontée temporelle. Ruth n'aura pas de bouteilles d'oxygène.

— Vous n'avez pas compris les implications du nombre insuffisant de combinaisons spatiales. Votre équipe devra ôter ses combinaisons et les passer aux membres de la seconde équipe. Cela devrait donner à Ruth le temps de recouvrer son énergie. Naturellement, vous devrez veiller à ce qu'il mange bien avant et après.

Je pourrais faire ça comme dit Siav, dit aimablement Ruth.

— Je n'ai pas encore accepté ! dit Jaxom, abattant ses deux poings sur la console avec tant de force qu'il se fit mal aux mains.

— Vous avez déjà agi, ou il n'y aurait pas deux cratères dans la Faille, et les Archives ne feraient pas état de brillants éclairs. Vous êtes le seul qui pourrait et voudrait le faire, et qui l'a déjà fait. Réfléchissez bien à cette proposition, et vous verrez que ce projet ne dépasse pas vos capacités ni celles de Ruth, mais qu'il est faisable. Et essentiel ! Trois explosions à notre époque n'auront pas l'effet désiré sur la trajectoire future de l'Etoile Rouge.

Jaxom poussa un profond soupir, comme s'il ressentait déjà le besoin de respirer pour un saut de mille huit cents Révolutions dans le passé. Son esprit refusait toujours d'examiner logiquement l'affaire.

— Puisque nous en sommes aux confidences, dites-moi pourquoi vous avez impliqué Sharra dans ce projet ? Surtout si vous savez que j'ai déjà réussi avant même que j'aie commencé.

— Vous réussissez, et il existe un moyen facile de le prouver, dit Siav, d'un ton presque suave.

— Non, expliquez-moi d'abord cette histoire de zibidis.

— L'extrapolation d'un examen approfondi des Fils permet de conclure que la vie existe dans le Nuage d'Oort, non pas telle que vous la connaissez, pas même sous la forme où elle nous est apportée par l'Etoile Rouge, mais sous de nombreuses formes particulières formant une écologie complète. Certaines de ces formes sont sans doute intelligentes, à en juger sur la complexité de leur système nerveux ; mais quand elles arrivent sur cette planète, elles ont perdu la plus grande partie de leur hélium liquide et ne sont plus que de « grossières mécaniques ». Ce sont ces formes de vie dégénérées qui arrivent à la surface de Pern ; elles ne vivent pas assez longtemps pour s'y reproduire, bien sûr, ni sur l'Etoile Rouge. Seules ces « grossières mécaniques » peuvent se reproduire sans hélium dans l'orbite de Pern. Mais si nous pouvions les contaminer, les infecter à l'aide de notre parasite modifié, ils pourraient le transporter avec eux pour détruire toutes les formes de vie similaires dans le Nuage d'Oort même, y compris, sans doute, les formes intelligentes. Alors, quoi qu'il arrive, Pern serait libérée de cette menace. C'est pourquoi il y a eu ces Longs Intervalles. Les zibidis modifiés que vous sèmerez — que vous avez semé depuis longtemps — à la surface de l'Etoile Rouge, deux fois dans le passé, et une fois dans l'avenir, infecteront le Nuage d'Oort quand l'Etoile Rouge le rencontrera, deux fois au cours de chacune de ses révolutions.

— Alors, je vais être aussi un porteur de maladie ? dit Jaxom, partagé entre l'indignation et la fureur devant l'audace de ce plan.

— Vous ensemencerez trois fois l'Etoile Rouge. C'est pourquoi il est si important de cultiver les zibidis modifiés. Il s'agit d'une triple tentative dans deux domaines différents.

— Mais si je dois faire sauter la planète hors de son orbite...

— La perturbation sera légère, et vous sèmerez les zibidis à distance suffisante de la Faille pour qu'ils survivent. Il y a de nombreux ovoïdes hôtes sur l'Etoile Rouge et dans l'espace.

— Maintenant, dites-moi comment vous pouvez me prouver que cet incroyable plan réussira — a réussi ?

— C'est très simple. Accédez au fichier qui vous donnera un graphique de l'orbite actuelle de l'Étoile Rouge.

Jaxom s'exécuta.

— Gardez cela sur le moniteur, dit Siav.

Jaxom pressa la touche adéquate.

— Maintenant, vous allez monter Ruth et aller à cinquante ans — Révolutions — dans l'avenir — en vous servant de la pendule comme référence.

— Personne ne va dans l'avenir ; c'est ce qu'il y a de plus dangereux.

— Seulement si des altérations du milieu se sont produites, répliqua Siav. Il n'y aura aucun changement dans la passerelle du *Yokohama*. Aujourd'hui, vous irez dans l'avenir, vous appellerez l'orbite sur l'écran et vous en tirerez un exemplaire imprimé. Puis, avec cette feuille, vous reviendrez et comparerez les deux graphiques. Les portes sont fermées à clé. Il est peu probable que quiconque vienne ici pendant votre absence.

Tout son bon sens protestait contre cette proposition. Et pourtant... ce serait un exploit que lui seul pouvait accomplir. Car il avait Ruth.

— Tu as entendu ce que dit Siav, Ruth ?

Oui. Étant donné ses assurances, et le fait qu'il ne risquerait jamais votre vie, Jaxom...

— Oh, toi ! fit Jaxom, dégoûté.

J'aimerais voir à quoi ressemble Pern dans l'avenir. J'aimerais savoir si l'avenir sera heureux.

Moi aussi, pensa Jaxom.

Puis, avant de trouver trop d'arguments contre ce projet téméraire et fou, il fit signe à Ruth de flotter vers lui.

— Naturellement, dit Siav, laissez dans la passerelle assez d'oxygène pour les cinquante prochaines années.

Jaxom eut un sourire lugubre.

— Je ne vais pas prendre de risque, Siav. Je vais enfiler ma combinaison spatiale.

Une fois prêt, il lut la date qu'affichait la pendule digitale et ajouta cinquante ans à la date : 2577. Cette image fermement gravée dans son esprit, il donna à Ruth l'ordre du transfert dans cette époque.

Je sais quand je vais, dit joyeusement Ruth, disparaissant dans l'*Interstice*.

Jaxom se mit à compter ses respirations, satisfait de

constater qu'elles étaient lentes et régulières. A la quinzième ils se retrouvèrent dans la passerelle — qui, apparemment, n'avait pas changé.

La vue est toujours la même, dit Ruth, désolé.

— En effet, dit Jaxom, surpris de retrouver le diagramme sur l'écran.

Mais la pendule digitale enregistrait cinquante Révolutions de plus que la dernière fois qu'il l'avait consultée. Il déboucla son harnais et se laissa flotter vers l'écran.

— Je suppose que j'ai laissé ça en prévision de ma venue, se dit-il. Il y a de l'air là-haut, Ruth ?

Oui, mais pas très pur.

Jaxom ôta ses gants et les posa sur la console. Il n'enleva pas sa combinaison, car il n'avait pas l'intention de s'attarder. Il tapa le code approprié et vit le curseur tracer une seconde orbite, déviant de la première de plusieurs degrés, et coupant l'orbite de la cinquième planète avant d'y pénétrer en spirale ! D'une main tremblante, il actionna l'imprimante et une feuille émergea — subtilement différente du papier dont il avait maintenant l'habitude. Beaucoup plus blanc, plus doux ! Bendarek avait vraiment amélioré la qualité de ses produits pendant ces cinquante Révolutions ! Puis il compara le diagramme à celui qu'il y avait sur l'écran.

— Hourra ! Siav, l'orbite de l'Etoile Rouge s'est déplacée ! Siav ?

L'estomac noué, couvert de sueurs froides, il répéta :

— Siav ?

Comment voulez-vous qu'il vous entende à cinquante Révolutions dans l'avenir, Jaxom ? dit Ruth d'un ton amusé.

— C'est vrai... je suppose. Sauf qu'il savait quand nous allions .. dit Jaxom, toujours inquiet du silence de Siav. Je suppose que je suis devenu trop dépendant de lui. Mais il avait raison. Alors, nous voilà avec sa nouvelle folie sur les bras, Ruth !

Je ne trouve pas que ce soit une folie de faire en sorte que nous ne voyions plus jamais les Fils.

— Nous ne sommes pas encore sortis de ce Passage, même si c'est peut-être le dernier, dit Jaxom, quittant la console et s'accrochant au cou de Ruth pour se remettre en selle. La passerelle n'a pas changé... mais elle est étrangement silencieuse et désaffectée !

Je croyais que la vue aurait changé, dit Ruth, déçu.

Jaxom visualisa la pensule à la date de son présent, ajouta trente secondes pour prévenir un chevauchement, et Ruth disparut dans l'*Interstice.* Exactement quinze respirations plus tard, il se retrouva devant la pendule, qui avait avancé de trente secondes. Mais il se sentait très fatigué, et la robe de Ruth avait pris une teinte grisâtre.

— Alors ? fit Siav.

— J'avais dû laisser le graphique, parce qu'il était encore là à mon arrivée. Zut ! dit-il, considérant ses mains. J'ai laissé mes gants là-bas.

— *Alors.* Vous avez laissé vos gants *alors.*

Siav aussi pouvait jouer à ce jeu. Jaxom sourit.

— J'attendrai, et j'irai les récupérer... plus tard. Voilà ce qui est arrivé dans l'avenir. La variation est-elle suffisante pour vous, seigneur et maître ?

Il posa le graphique de cinquante Révolutions dans l'avenir devant le capteur, pour que Siav puisse voir et comparer.

— Oui, dit Siav, imperturbable, ce sera suffisant. Les explosions ont exactement réalisé les dislocations nécessaires. Jaxom, vos organes vitaux affichent des signes d'épuisement. Il faut manger des hydrates de carbone.

— Ruth est grisâtre, lui aussi. Il a plus besoin de manger que moi.

Vous auriez dû me prévenir que nous ferions cela aujourd'hui. Nous avons combattu avant, et je n'ai rien mangé depuis les wherries de la semaine dernière.

— Dès que tu seras reposé, mon cher cœur, tu pourras manger autant de wherries que tu voudras.

Alors, partons tout de suite. Je meurs de faim.

— Jaxom ? dit Siav tandis que le chevalier blanc ôtait sa combinaison. Passerez-vous à réalisation ?

— De votre plan insensé ? Je le dois, on dirait, puisque je l'ai déjà réalisé, non ?

Une joyeuse animation régnait au Fort de Ruatha, avec ses bannières multicolores claquant au vent automnal, et les foules venues de tous les coins du pays pour remplir l'immense terrain de campement près du champ de courses.

Après avoir été confirmé Seigneur de Ruatha, l'un des premiers actes de Jaxom avait été de relever l'élevage des coureurs. Les animaux qu'il avait produits depuis avaient de temps en temps gagné des courses importantes à d'autres Fêtes, et il espérait qu'aujourd'hui, courant chez eux, ils se comporteraient encore mieux.

Quittant le *Yokohama*, lui et Ruth s'étaient immédiatement transférés dans une prairie de montagne où le dragon blanc avait dévoré trois wherries et deux biches. Puis il était rentré en vol plané, émettant de temps en temps un rot repu, pour que Jaxom puisse trouver des nourritures plus consistantes que la poignée de baies cueillies pendant le repas de son dragon. Jaxom l'avait accompagné à son weyr, avait donné ordre au premier intendant rencontré de ne le réveiller sous aucun prétexte, pas même en cas de Chute inattendue, puis, après avoir pris à la cuisine du pain et du fromage qu'il avait consommé en marchant, il s'était mis au lit et endormi immédiatement.

Sharra avait dû le rejoindre pendant son sommeil car, lorsqu'il s'éveilla au point du jour, il la trouva nichée contre lui. Les joyeuses salutations des arrivants avaient dû le réveiller. Son odorat l'informa que les wherries tournaient déjà sur les broches, et son estomac l'informa qu'il fallait le remplir. Il devait avoir dormi un jour entier.

— Mmmm, Jax ? murmura Sharra d'une voix endormie.

— Oui, ma chérie, qui d'autre ? dit-il, se penchant pour l'embrasser. Tu m'as laissé dormir ?

— Hummm. Ruth a dit que tu étais très fatigué. Meer n'a voulu laisser entrer personne à part moi.

Jaxom s'assit, passant la main dans ses cheveux en bataille, au moment où Meer entrait, suivie de Talla, tous deux pépiant d'un ton interrogateur.

— Oui, on se lève, on se lève, les assura Jaxom.

Les deux lézards de feu disparurent, et ils entendirent bientôt un timide grattement à la porte.

— Entrez !

Il sentit l'odeur du klah dès l'entrée d'une servante, en pimpants habits de Fête, un plateau bien garni dans les mains.

Il but un gobelet de klah, cajola Sharra pour qu'elle partage son déjeuner, puis, suffisamment revigoré, il prit un bain et revêtit ses atours de Fête.

— Qu'est-ce que vous avez fait toi et Ruth, qui vous a tellement épuisés ? demanda Sharra tandis qu'il fermait sa nouvelle tenue de Fête, une robe splendide dans les tons d'or et de rouille qui lui allaient si bien.

— Eh bien, il y a eu la Chute, puis nous avons dû tester les nouveaux gants d'Hamian et... je suppose qu'il y a aussi la fatigue accumulée, termina-t-il avec un geste évasif. Et toi, tu es bien reposée ? demanda-t-il avec sollicitude, l'embrassant sur la nuque avant d'attacher le collier de topaze qu'il lui avait offert pour sa fête.

— J'ai fait les honneurs du Fort à nos invités du Fort de la Baie, au Seigneur Groghe et à ceux du Fort de Fort et ils m'ont dit d'aller me coucher de bonne heure et qu'ils feraient comme chez eux. Maître Robinton avait presque terminé sa première outre de Benden...

De bruyantes acclamations venant de la route les attirèrent à la fenêtre, et ils virent une grande troupe de cavaliers, portant les bannières de Tillek.

— Viens, il faut accueillir Ranrel, dit Sharra, le prenant par la main. Et il est grand temps que le Seigneur de Ruatha se montre un peu à ses Intendants et à ses serviteurs.

La Fête avait attiré des foules venues de tous les Weyrs, Forts et Ateliers. C'était un de ces rares jours où aucune Chute n'était attendue nulle part, et ce serait l'une des dernières Fêtes du Continent Septentrional avant que l'hiver ne rende les routes impraticables. Jaxom et Sharra, accompagnés de Jarrol et Shawan, défilèrent devant toutes les échoppes. Il régnait une animation exubérante et contagieuse. Les Harpistes se promenaient dans la foule, chantant et s'accompagnant à la guitare, des troupes d'enfants turbulents jouaient à leurs jeux préférés, des adultes formaient des groupes ou s'asseyaient aux tables entourant l'immense piste de danse où brasseurs et vignerons faisaient de bonnes affaires.

Au Fort, Jaxom et Sharra présidèrent un déjeuner donné en l'honneur des Seigneurs, Chefs de Weyr et Maîtres d'Ateliers présents. Robinton, Menolly et Sebell interprétèrent les dernières ballades, accompagnés par un orchestre que dirigea Maître Domick. Jaxom apprécia le repas long et détendu, tout en notant que les Seigneurs Sigomal, Begamon et Corman brillaient par leur absence — ce qui lui rappela la menace d'enlèvement.

Les courses se passèrent très bien, un sprinter ruathien gagnant la première, et d'autres terminant placés dans chacune des huit suivantes. Parmi les bêtes proposées à la vente, Jaxom et Sharra choisirent un petit coureur bien dressé pour faire faire ses premières armes à Jarrol, car ils n'avaient rien convenant à un débutant dans leurs écuries. Puis, après avoir commandé la selle et le harnachement à l'Atelier des Tanneurs, ils circulèrent parmi leurs invités, s'arrêtant pour bavarder avec tous les petits vassaux.

Vers le milieu de l'après-midi, le jeune Pell vint présenter sa promise à son seigneur et à sa dame, et Sharra accueillit chaleureusement la jolie brune, fille d'un vassal de Tillek. Rien dans ses manières ne pouvait faire supposer qu'il n'était pas content de son avenir de menuisier, surtout après que sa fiancée eut montré à Sharra et Jaxom le ravissant coffret qu'il avait confectionné pour elle.

Ruth, sa robe d'un blanc éclatant après un bon sommeil réparateur, avait émergé vers le milieu de la matinée, et prenait le soleil avec les autres dragons sur les crêtes de feu. Des centaines de bandes de lézards de feu voletaient au-dessus du Fort en pépiant joyeusement.

Sommeil réparateur, ou excitation de la journée, ou les deux, Jaxom se trouva en pleine forme. Il dansa plusieurs fois avec Sharra, et la prêta ensuite à N'ton puis à F'lar, tandis qu'il invitait Lessa. Pendant une pause, il s'assit à la table des Harpistes, avec Robinton, D'ram et Lytol et s'assura que le Maître Harpiste avait du vin à volonté. Une jeune et brune servante que Jaxom ne reconnut pas, servait exclusivement le Harpiste, lui apportant constamment à manger et réservant même quelques friandises à Zair.

Pas étonnant par conséquent que Robinton ressentît le besoin d'un petit somme, mais, occupé à faire danser les Dames des Forts, Jaxom remarqua seulement distraitement que Robinton était seul à sa table, la tête sur son bras, Zair endormi à côté de lui.

Ce fut Piemur qui découvrit que ce n'était pas Robinton, mais un homme habillé exactement comme lui — un mort. Et ce fut Piemur qui réalisa que Zair respirait à peine. Piemur eut la présence d'esprit de ne pas donner l'alarme, mais envoya Farli chercher Jaxom et Sharra, puis D'ram, Lytol et les Chefs du Weyr de Benden.

— Cet homme est mort depuis longtemps, dit Sharra, frissonnant en tâtant sa joue glacée.

— Robinton est malade ? murmura Lessa arrivant avec F'lar. Mais ce n'est pas Robinton !

Le soulagement fit immédiatement place à la fureur.

— Ainsi, ils l'ont quand même enlevé ! En plein milieu d'une Fête !

Lessa, Jaxom, F'lar et D'ram alertèrent leurs dragons.

— Ne donnez aucun signe de panique, dit Lytol comme ils se posaient silencieusement dans les ombres au-delà de la piste de danse. Décidons d'abord quoi faire, et qui cherchera où. Il y a assez de dragons pour couvrir toutes les possibilités. Pourquoi faut-il que ça arrive ici, où l'appareil de Siav ne porte pas jusqu'au Terminus ?

Sharra se penchait sur Zair.

— Il retrouvera Robinton, où qu'il soit. Allons, Zair !

— Tu as besoin de ta trousse médicale ? demanda Jaxom.

— Je l'ai déjà envoyé chercher, dit-elle l'air anxieux. Lessa, votre guérisseuse est-elle là ? Elle en sait plus que moi sur les soins à donner aux dragons et aux lézards de feu. Zair a été empoisonné, mais je ne sais pas avec quoi.

Jaxom prit un morceau de viande sur la table, le renifla, et éternua bruyamment. Sharra le lui prit des mains et renifla plus prudemment.

— C'est du fellis, annonça-t-elle, mais mêlé à autre chose pour en dissimuler le goût et l'odeur. Pauvre Zair. Il n'a pas bonne mine !

F'lar prit le gobelet de Robinton et but une petite gorgée qu'il recracha immédiatement.

— Il y a aussi du fellis dans le vin. J'aurais dû savoir que du vin seul ne terrasserait pas Robinton, dit-il, dégoûté.

Jaxom gémit.

— Je l'ai vu dormir, et j'aurais dû savoir qu'il ne dort jamais à une Fête...

— Généralement, tout le monde s'endort avant lui, dit

386

Lessa. Quelle avance peuvent bien avoir ces misérables ?
Et où sont-ils allés ?

Jaxom fit claquer ses doigts.

— Il y a des vigiles sur toutes les routes. Ils auront vu
quiconque partait et dans quelle direction.

Mais tous les chevaliers-dragons revinrent peu après.
Personne, avaient dit les vigiles, n'avait quitté la Fête, ni
cavaliers, ni chariots.

Dites aux lézards de feu de le chercher, dit Ruth à
Jaxom.

— Ruth conseille de le faire chercher par les lézards de
feu.

— Ramoth vient de me dire la même chose, dit Lessa.

Le froufrou du soudain exode ailé couvrit même l'air
endiablé qui encourageait les danseurs à se surpasser.

— Si nous annonçons la nouvelle, dit Lytol, nous
aurons assez de monde pour fouiller toutes les terres du
Fort d'une frontière à l'autre.

— Non, dit Jaxom. Cela déclencherait la panique !
Vous connaissez la popularité de Robinton. Ils l'ont enlevé
depuis une heure, tout au plus. Ce n'est pas suffisant pour
atteindre la côte.

— La montagne alors ? suggéra Lytol. Mais il y a tellement de grottes que nous ne pourrons jamais les fouiller
toutes.

— Les lézards de feu le peuvent, et le feront, dit Piemur.

— Il n'y a pas tellement de chemins de montagne, dit
Jaxom. Ruth et moi, nous allons commencer les recherches. Lytol...

Jaxom hésita, mais Lytol lui serra le bras.

— D'ram et Tiroth m'emmèneront. Je connais Ruatha
aussi bien que vous, mon ami.

— Moi aussi, dit Lessa avec brusquerie.

— J'irai vers le nord-est jusqu'au Col de Nabol, dit
F'lar.

— Nous avons besoin de chevaliers-dragons de Fort, dit
Lessa.

— Et d'autres qui devraient suivre la rivière jusqu'à la
mer, ajouta Lytol.

— Nous resterons ici avec les lézards de feu, dit Piemur à Sharra, le visage inondé de larmes. On le retrouvera, il le faut !

L'aube pointait quand les dragons, accompagnés de chevaliers du Weyr de Fort, s'avouèrent vaincus et rentrèrent à Ruatha. Quelques participants étaient réveillés et s'apprêtaient à rentrer chez eux, mais la plus grande partie de l'aire de la fête était occupée par des dormeurs qui cuvaient les excès de la nuit.

— Pas un seul chariot ne part sans être fouillé, dit Sharra à Jaxom. C'est une idée de Piemur.

— Et une bonne idée, dit Jaxom, prenant avec gratitude le gobelet de klah qu'elle lui tendait. Car il n'y avait personne sur les chemins, et je suis allé jusqu'au Lac de Glace, Ruth étant particulièrement vigilant au-dessus des parties boisées.

Quelqu'un avait jeté une couverture sur les épaules du mort. Piemur et Jancis s'étaient assis à côté, comme pour veiller sur le sommeil de leur maître.

— Nous avons trouvé plus sage de faire croire que c'est Maître Robinton, murmura Sharra. Sebell et Menolly sont au courant, naturellement, et les dix lézards de feu de Menolly ont cherché toute la nuit. Sebell est retourné à l'Atelier des Harpistes pour alerter tout le monde. Tu as entendu les tambours ?

— Impossible de faire autrement ! Asgenar et Larad connaissent les codes des harpistes, et ils parlaient de lancer une attaque contre Bitra.

— Ils n'auraient jamais été assez bêtes pour y emprisonner le Harpiste. Sigomal n'est pas stupide. Il sait que c'est le premier endroit auquel on pensera.

— C'est ce que Lytol leur a dit, mais ils ont des remords parce qu'ils ont été les premiers à avoir vent du complot. Larad dit qu'il aurait dû immédiatement demander des explications à Sigomal et l'engager à abandonner cette idée.

— Cela n'aurait servi à rien, dit Jaxom avec lassitude.

— Et pourtant, c'était une si belle Fête, dit Sharra, pleurant doucement contre son épaule.

Jaxom lui entoura les épaules de son bras, retenant lui-même ses larmes à grand-peine.

— Et Zair ? demanda-t-il, se rappelant soudain la petite créature.

— Ah oui, dit Sharra, se redressant et s'essuyant les yeux en reniflant. Il s'en remettra, dit Campila. Elle l'a purgé, et il avait l'air très embarrassé, ajouta-t-elle avec un petit sourire. C'est la première fois que je vois cette nuance dans les yeux d'un lézard de feu.

— Quand sera-t-il capable de nous aider à chercher son maître ?

— Il est très faible et en pleine confusion mentale. Je ne lui ai pas posé la question, parce que si Maître Robinton est comateux, même Zair ne pourra pas le localiser.

Soudain, l'air s'emplit de lézards de feu très agités, glapissant et claironnant à pleines voix.

Ils l'ont trouvé ! s'écria Ruth, qui vint se poser près de Jaxom.

Jaxom avait enfourché son dragon avant de réaliser ce qu'il faisait, et Ruth décolla avec tant de précipitation qu'il faillit déséquilibrer son cavalier. D'autres dragons s'envolèrent tout aussi vite. Comme une flèche composée de nombreux corps, volant aile contre aile, les lézards de feu partirent vers le sud-est.

Comprends-tu où ils vont et qui sont les coupables ? demanda Jaxom à Ruth.

Ce n'est pas loin, et ils visualisent un chariot. On voit clairement ses traces.

Et Jaxom les vit, bien visibles à travers les champs récemment labourés. Les ravisseurs, très astucieusement, avaient dédaigné les routes et avaient pris à travers champs. Leur chariot devait être petit, sinon ils n'auraient pas pu manœuvrer dans la terre meuble et la rocaille. Les dragons aperçurent bientôt le premier coureur abandonné, couché sur le flanc et haletant, les pattes emmaillotées de linges pour assourdir ses pas. Dix minutes plus tard, une autre bête épuisée rendait l'âme, les flancs couverts d'estafilades témoignant qu'on l'avait cravachée sans merci.

Ruth, dis aux autres qu'ils doivent se diriger vers la mer. Que quelques chevaliers-dragons prennent les devants.

C'est ce qu'ils font.

Et Jaxom vit des vides s'ouvrir autour de lui, aux endroits où les dragons avaient disparu dans l'*Interstice*.

Mais les dragons sont plus rapides que les coureurs les plus véloces, même avec une avance de quelque six heures, et Jaxom aperçut enfin un petit chariot, cahotant sur la pente finale menant à la mer et au petit bateau à l'ancre, attendant sa cargaison clandestine. Les dragons avaient encerclé l'embarcation, et Jaxom voyait l'équipage sauter à la mer, tentant vainement d'éviter la capture.

Puis Ruth et le contingent de Benden fondirent sur le chariot.

Les trois hommes — deux sur le siège avant, l'autre allongé à l'intérieur et feignant d'être malade — tentèrent d'abord de jouer l'innocence.

Mais les lézards de feu s'intéressaient beaucoup plus à sa couche qu'ils égratignaient avec des claironnements de triomphe. Le « malade » fut jeté dehors sans cérémonie, son matelas roulé, et on arracha les planches du double fond. Et là, ils découvrirent Maître Robinton, le teint cireux et presque inanimé.

Ils le sortirent avec précaution, et l'étendirent sur le matelas déroulé pour l'occasion.

— Il a peut-être seulement besoin d'air, dit F'lar, étouffé dans ce compartiment et ballotté comme un paquet...

Il regarda les trois ravisseurs aux mains des chevaliers en furie. Au-dessus d'eux, les lézards de feu se préparaient à fondre sur les misérables, toutes griffes dehors.

— Nous avons besoin de Sharra, dit Lessa à Jaxom d'un ton pressant. A moins qu'Oldive ne soit encore à la Fête...

Jaxom avait déjà enfourché Ruth.

— Ne vous rencontrez pas en venant, Jaxom ! lui cria Lessa.

Malgré son anxiété et sa fureur, Jaxom reconnut la sagesse de cet avertissement ; mais il ne perdit quand même pas de temps à revenir avec Sharra et sa trousse médicale.

— Je crois qu'ils lui ont donné trop de fellis, dit-elle, plus pâle que le Harpiste. Il faut le ramener à Ruatha où je pourrai le soigner comme il faut.

Ils installèrent le corps avachi du Harpiste sur Ruth, entre Jaxom et Sharra. En arrivant à Ruatha, N'ton les attendait dans la cour avec Maître Oldive, et Jaxom sut ainsi que le Chef du Weyr de Fort avait pris le risque de remonter le temps pour aller chercher le guérisseur.

— Tiens bon, Sharra, lui dit Jaxom. Ruth va nous déposer directement dans notre chambre.

— Est-ce qu'il tiendra...

Elle s'interrompit, car ils avaient émergé dans leur

chambre, Ruth repliant vivement ses ailes, s'accroupissant, et parvenant à ne renverser que quelques meubles.

Le temps que N'ton et Oldive les rejoignent, ils avaient déshabillé et couché le Harpiste dans leur lit. Sharra lui tint la tête, et Maître Oldive lui vida une fiole dans la gorge.

Puis il lui examina les yeux et écouta son cœur.

— Il lui faut de la chaleur, dit le Maître Guérisseur, mais Sharra le bordait déjà de fourrures. Il a subi un choc terrible. Qui sont les coupables ?

— Nous découvrirons qui est derrière tout ça. Les ravisseurs avaient presque atteint la plage, dit Jaxom. Un bateau attendait pour l'emmener Dieu sait où.

— Nous aurons bientôt la réponse, dit N'ton. Maître Robinton se remettra, n'est-ce pas, Maître Oldive ?

— Il le faut, dit Sharra avec ferveur, s'agenouillant près du lit. Il le faut.

CHAPITRE 18

Heureusement pour les conspirateurs, Maître Robinton se remit de son overdose de fellis et ne souffrit que de contusions après sa folle équipée à travers champs. Tant qu'il ne fut pas certain que Zair se remettrait lui aussi, il ne parut pas disposé à l'indulgence, puis il commença à murmurer qu'ils n'avaient pas fait grand mal.

— Ils ont été grossièrement abusés, commença-t-il.

— *Abusés* ! s'indignèrent en chœur Lytol, D'ram, F'lar, Jaxom, Piemur, Menolly et Sebell.

— La seule intention de vous enlever, vous, pour nous forcer à détruire Siav ! dit Lessa, l'air si féroce que Robinton la regarda, bouche bée. Manquant de peu de vous tuer, vous et Zair ! Et vous croiriez qu'ils ont été abusés ?

— Moi, j'emploierais un autre terme, dit le Seigneur Groghe rouge de colère. Je suis certain que pratiquement tous les autres Seigneurs arriveront à la même conclusion après avoir entendu les aveux qu'on nous a faits. Norist n'a jamais caché son opposition, mais que Sigomal l'assiste activement ! Norist a baptisé Siav l'« Abomination », mais c'est lui et Sigomal qui ont agi abominablement, en infâmes qu'ils sont !

— Les maîtres régleront le sort de Norist, dit Sebell, d'un ton implacable, approuvé par Oldive.

Une réunion spéciale des Seigneurs et des Maîtres d'Ateliers fut hâtivement convoquée pour le lendemain soir. Les deux groupes entendraient ensemble les preuves condamnant les ravisseurs, mais ils délibéreraient séparément et rendraient chacun leur sentence.

— Ces sessions sont très rares dans les Archives de Pern,

dit Lytol, tentant de trouver des précédents dans les Archives maintenant lisibles du Fort de Ruatha.

— Elles ont rarement été nécessaires, dit le Seigneur Groghe. Dans l'ensemble, les Weyrs, Forts et Ateliers ont gouverné leurs membres à la satisfaction de tous, chacun sachant ce qu'on attend de lui et quels sont ses droits, privilèges et responsabilités.

— Quel dommage qu'ils aient eu des vues aussi erronées, dit Robinton, d'une voix encore affaiblie.

— Et d'autant plus qu'ils ne se sont pas fait scrupule d'utiliser les objets que Siav nous a aidés à produire, dit Lytol, indigné.

— Leur attitude a peut-être quelque justification, insista Robinton.

— Oh, il est impossible, dit Menolly. Il doit être vraiment fatigué pour dire des sottises pareilles ! dit Menolly, faisant signe aux visiteurs de sortir.

— Ce ne sont pas des sottises, Menolly, répliqua Robinton avec humeur, se tournant et retournant dans le lit où Oldive l'obligeait à rester. Nous autres Harpistes, nous avons échoué dans notre tâche...

— Nous n'avons pas échoué ! dit Menolly, furieuse. Ces misérables idiots ont failli vous tuer, vous... et Zair...

Elle vit Robinton froncer les sourcils.

— Ah ! Enfin ! Vous vous souciez de *lui*, même si vous vous moquez comme d'une guigne de votre propre peau. Dehors, tout le monde ! Robinton doit se reposer s'il veut être en état de participer au Conseil.

Avec tant d'excitation dans l'air, peu d'invités avaient quitté Ruatha après le retour des dragons avec Robinton et ses ravisseurs. Les chevaliers-dragons avaient été obligés de protéger les deux hommes de la fureur de la foule. Jaxom les avait fait enfermer dans les sombres petites pièces de l'intérieur du Fort, avec seulement de l'eau et un panier de brandons. On retrouva la jeune domestique qui avait servi le Harpiste, et, bien qu'étant manifestement d'intelligence très limitée, elle fut également enfermée.

Il se trouva que le capitaine du bateau était l'un des fils de Sigomal, ce qui suggérait fortement une participation du Seigneur bitran. Une petite promenade, suspendu entre ciel et terre aux griffes d'un dragon, desserrait admirablement vite les dents d'un homme, remarqua N'ton.

Une escadrille de Benden se présenta au Fort de Bitra, mais Sigomal nia avec indignation toute participation à une si vile affaire et dénonça un fils qui attirait un tel deshonneur sur son père et son Fort.

G'narish du Weyr d'Igen et ses chevaliers-bronzes arrêtèrent Maître Norist, cinq de ses maîtres et neuf compagnons impliqués dans le complot. Depuis, on avait ramené à Ruatha le chariot et les coureurs maltraités. Deux durent être abattus. Pour comble d'impudence, ils avaient été volés dans une écurie de Ruatha. Tandis que le maître éleveur du Fort soignait les pauvres créatures, le menuisier et Maître Fandarel inspectèrent le véhicule. Bendarek trouva le nom du fabricant sur le repose-pieds : Tosikin, compagnon menuisier de Bitra.

— Il a été fait sur commande, murmura Fandarel.

— C'est évident, répliqua Bendarek, avec son double fond capitonné assez grand pour contenir un homme de la taille de Maître Robinton. Et regardez ces ressorts extraforts, les essieux résistants, les roues renforcées. Ce chariot était prévu pour le tout-terrain.

Puis Bendarek fronça les sourcils, remarquant un bord mal raboté et des clous enfoncés à la diable.

— Et pour ne servir qu'une seule fois. Un bon artisan n'aurait jamais gravé son nom sur une telle pacotille.

— Devons-nous le faire venir pour entendre sa version des faits ? demanda Fandarel, les yeux étincelants en se frottant les mains.

— Pourquoi pas ? Sigomal fera tout pour se tirer d'affaire.

— Je doute qu'il réussisse cette fois, dit sombrement Fandarel.

A l'origine, l'assemblée extraordinaire devait se réunir dans le Grand Hall de Ruatha. Mais, en plus de tous les participants à la Fête restés au Fort, tant de gens y étaient accourus en foule pour le procès que Jaxom, après avoir consulté Groghe, Lytol, D'ram et F'lar, avait transféré les débats dans la cour. Il faisait beau, quoique frais en ce début d'automne, et, en utilisant les porte-flambeaux de la piste de danse, on pourrait illuminer la cour si la séance se prolongeait. Les dragons massés sur les crêtes de feu, leurs yeux roulant de toutes les couleurs de l'arc-en-ciel, ajoutaient une note insolite à la scène, encore accentuée par les bandes de lézards de feu voletant de toutes parts.

Le Seigneur Begamon fit savoir qu'il ne pourrait pas venir, mais F'lar lui dépêcha F'nor et deux escadrilles pour le ramener, car le Neratien était également impliqué. La servante, en revanche, fut excusée. Sharra, Lessa et Menolly s'étaient entretenues avec elle, avec assez de bienveillance quand elles avaient réalisé à quel point elle était simple. Un homme « en beaux habits » lui avait demandé de ne servir au Maître Harpiste que des provisions choisies qu'il apportait de très loin, spécialement pour lui. On lui avait montré les outres réservées à Maître Robinton, lui enjoignant également de ne donner à Zair que de la viande contenue dans un bol spécial.

— A l'évidence, elle ne savait pas ce qu'elle faisait, dit Lessa après cette entrevue. C'est effrayant d'utiliser ainsi une enfant aussi naïve.

— C'est astucieux aussi, dit Menolly d'un air sombre. Zair aurait senti une menace ouverte contre Robinton ; ils devaient donc se servir d'une innocente.

— Astucieux, mais pas assez, Menolly, dit Jaxom. D'où vient-elle ?

— D'un petit fort près d'une grande montagne, soupira Sharra. Et elle était folle de joie de venir à une Fête et de servir quelqu'un d'aussi aimable que l'homme en bleu. Je vais la garder ici, où elle sera désormais à l'abri de mésaventures semblables. La cuisinière dit qu'elle est bonne rôtisseuse.

Le soir, dès son arrivée, le Seigneur Corman s'avança vers Jaxom, en train de bavarder avec Groghe, Ranrel, Asgenar et Larad.

— Je ne suis pas d'accord avec ce que vous faites, dit-il. Je réprouve la façon dont ce... cette machine bafoue tant de nos valeurs et coutumes. Mais ce que vous faites, c'est votre affaire ! Ce que je refuse de faire, c'est mon affaire à moi !

— Ce qui est votre droit le plus strict, dit Larad, hochant solennellement la tête.

— Cela, pour que ma position soit bien nette, dit Corman.

— Personne ne met votre intégrité en doute, Seigneur Corman, dit Jaxom.

Corman haussa les sourcils, comme prêt à prendre ombrage des paroles du plus jeune des Seigneurs, puis il se ravisa et suivit Brand qui le conduisit à sa place.

On avait hâtivement dressé un dais en forme de « V » tronqué à la base, un côté réservé aux Seigneurs, l'autre aux Maîtres d'Ateliers. Au centre, siégerait Jaxom, en qualité de Seigneur résident, Lytol à sa droite et D'ram à sa gauche. Robinton prendrait place devant eux, en face des accusés, qui seraient assis sur des bancs dans l'espace entre les deux branches. Lytol avait tenté de trouver un défenseur impartial pour les représenter, suivant les pratiques juridiques trouvées dans les fichiers historiques de Siav. Les harpistes remplissaient généralement cette fonction, mais comme aucun harpiste ne pouvait être considéré comme « impartial » en cette affaire, et qu'on n'avait trouvé personne d'autre, il avait été décidé que les accusés se défendraient eux-mêmes — si, avait remarqué Piemur, quelque chose pouvait atténuer leur faute, vu que leur culpabilité était déjà prouvée.

A l'heure dite, on fit sortir les accusés dans la cour, hués et vilipendés par la foule immense venue de tous les points de Pern. Il fallut un moment pour rétablir l'ordre, mais enfin, le silence revint, et les Seigneurs et Maîtres d'Ateliers prirent place.

Jaxom se dressa, levant les bras pour demander le silence. Puis il commença :

— Hier soir, Maître Robinton a été drogué et enlevé à son insu et contre sa volonté. Un mort qui n'a pas été identifié a été laissé à sa place, vêtu d'habits similaires. Nous devons donc juger deux crimes aujourd'hui : un enlèvement et un meurtre.

« Ces trois hommes, poursuivit-il en les montrant, conduisaient le véhicule qui transportait Maître Robinton à son insu et contre sa volonté. Ces six hommes, dit-il, montrant les six autres, étaient à bord du bateau qui les attendaient pour emporter Maître Robinton vers une destination inconnue, à son insu et contre sa volonté. Je vais maintenant lire leurs déclarations, faites en présence d'un Harpiste, de moi-même en qualité de Seigneur, et de Maître Fandarel, représentant les Ateliers. »

Chaque déclaration commençait par le nom et l'origine de l'homme, suivis d'un résumé du travail qu'on lui avait

396

demandé. Chacun déclarait que le Seigneur Sigomal et Maître Norist avaient donné les ordres et fourni le matériel et l'argent. Les maîtres et compagnons verriers impliqués avaient passé messages et paiements aux conspirateurs. Maître Idarolan produisit la facture de vente du bateau, signée d'un certain Federen, Maître Verrier, assis parmi les accusés. Il se trouva qu'il avait également dirigé la première attaque contre les batteries alimentant Siav, et qu'il était le frère aîné d'un des vandales impliqués dans l'assaut suivant que Siav avait déjoué. Il ressentait une profonde amertume du châtiment et de la surdité de son frère. Le Seigneur Begamon était, lui aussi, compromis : il était accusé d'avoir fourni les marks et les chevaux pour l'attaque avortée contre Siav, et d'avoir procuré un port sûr au bateau.

Le Compagnon Tosikin, personnage falot et obséquieux manifestement terrifié par son expérience, désigna Gomalsi, fils du Seigneur Sigomal et capitaine du bateau, comme celui qui avait commandé l'étrange chariot. Le compagnon n'avait aucune idée de l'emploi qu'on lui destinait et avait tenté de les aiguiller sur un autre modèle de véhicule pour transporter une « cargaison fragile ». Non, il ne savait pas que la cargaison serait un homme.

Brestolli avait demandé à répéter en public ce qu'il avait surpris par hasard. De plus, il identifia trois des matelots comme les trois conspirateurs entendus à l'auberge. Ce qui provoqua une recrudescence de récriminations consternées parmi les accusés.

— Chacun sera autorisé à présenter sa défense et à informer cette assemblée d'éventuelles circonstances atténuantes, dit Jaxom.

Mais avant qu'aucun ait eu le temps d'ouvrir la bouche, le Seigneur Sigomal se leva, soudain tiré de son apathie.

— Je suis innocent, je vous le jure ! Mon fils a été égaré, abusé par de mauvais compagnons dont je l'ai supplié de se séparer, quoique ne sachant pas ce qu'ils projetaient...

— Je proteste ! cria Gomalsi, bondissant sur ses pieds, les yeux étincelants. C'est toi qui m'as dit de faire tout ce que je pourrais pour discréditer cette machine. C'est toi qui m'as dit de détruire les batteries — et où je les trouverais. C'est toi qui m'as donné l'argent pour engager des hommes...

— Idiot ! Imbécile ! glapit Sigomal en retour, s'avançant et frappant si durement le jeune homme au visage qu'il tomba à la renverse sur le banc.

Immédiatement, Jaxom fit signe aux gardes de ramener Sigomal à sa place et de relever Gomalsi.

— Encore une sortie semblable, et, Seigneur ou pas, je vous fais bâillonner, dit-il à Sigomal.

Il fit signe aux gardes de rester derrière les Bitrans, puis pointa le doigt sur le premier des trois ravisseurs.

— Vous pouvez présenter votre défense. Annoncez d'abord votre nom et votre rang.

— Je m'appelle Halefor, dit le plus âgé en se levant. Je n'ai ni rang, ni fort, ni métier. Je loue mes services à quiconque les paie assez cher. Cette fois, c'était le Seigneur Sigomal. Nous avons tous les trois convenu d'un prix avec lui, et on nous en a versé la moitié d'avance pour transporter le Harpiste en chariot jusqu'au bateau. C'est pour ça qu'on nous a engagés. Pas pour tuer. Le mort, c'est un accident. Biswy devait boire, pour sentir le vin, mais il ne devait pas en mourir. Et nous ne voulions pas non plus faire aucun mal à Maître Robinton. Ça ne me plaisait pas de l'enlever, mais le Seigneur Sigomal a dit qu'il fallait que ce soit lui, parce qu'il était si populaire. Et que vous démoliriez la machine pour qu'on vous rende Maître Robinton.

Il regarda autour de lui, d'abord les Seigneurs, puis les Maîtres d'Ateliers, hocha résolument la tête et se rassit.

L'équipage de Gomalsi raconta à peu près la même chose : Ils avaient été engagés pour faire un certain travail, amener un bateau de Ruatha jusqu'à une île située au large de la côte est de Nerat. A ce stade, le Seigneur Begamon gémit et se cacha la tête dans ses mains, et il continua à gémir par intermittence pendant le reste de la procédure. Quand Maître Idarolan leur demanda durement si certains d'entre eux étaient apprentis ou compagnons, deux répliquèrent qu'ils avaient navigué deux saisons dans des flottes de pêche, mais qu'ils trouvaient le travail trop dur. Maître Idarolan eut l'air soulagé que personne de son Atelier ne soit impliqué.

Jaxom comprenait le désir de Maître Idarolan de bien faire préciser ce point en présence de ses pairs et des Seigneurs. Dans bien des petits forts du littoral, tous les garçons et les filles apprenaient à manœuvrer un bateau dès l'enfance. Savoir distinguer la proue de la poupe d'une embarcation n'était pas un crime. Ce qui choquait Idarolan, c'était la témérité de Gomalsi, qui, n'ayant jamais appris à naviguer, avait pensé pouvoir amener ce petit bateau de Ruatha à la côte est de Nerat, à travers les Courants et les eaux les plus dangereuses de la planète, risquant la vie de Robinton à chaque vague.

Contrairement aux autres, Maître Norist les affronta avec orgueil et arrogance.

— J'ai fait ce que me dictait ma conscience, pour débarrasser ce monde de l'Abomination et de toutes ses œuvres mauvaises. Il encourage la paresse et l'oisiveté chez notre jeunesse, l'éloignant de ses devoirs traditionnels. Je prévois qu'il détruira la structure même de nos Ateliers et de nos Forts. Qu'il contaminera notre Pern de ses vicieuses complexités qui priveront d'honnêtes artisans de leur travail et de leur fierté, éloignant des familles entières de ce qui a été trouvé bon et salutaire pendant deux mille cinq cents Révolutions. Je le ferais encore si j'avais à le faire. Je ferai tout ce qui est en mon pouvoir pour détruire le sort que cette Abomination a jeté sur vous !

Tendant le bras, il pointa le doigt sur chacun des Maîtres siégeant pour le juger.

— Vous avez été trompés ; vous en souffrirez, et tout Pern souffrira de votre aveuglement, et de vos erreurs qui nous éloignent de la pureté de notre culture et de nos traditions.

Deux de ses maîtres et cinq de ses compagnons l'acclamèrent.

Les autres Maîtres d'Ateliers furent choqués. Les Seigneurs restèrent impassibles. Toric se montrait ouvertement méprisant chaque fois qu'il regardait Sigomal ou Begamon. Corman était écœuré et ne cherchait pas plus à le cacher qu'il n'avait dissimulé son opposition à Siav.

Le Seigneur de Nerat renonça à présenter sa défense.

— Seigneur Jaxom, dit Maître Oldive en se levant, mes collègues viennent de me communiquer leurs conclusions quant aux causes de la mort de l'homme substitué.

— Et ?

— L'autopsie prouve que sa fin est due à une crise cardiaque. On n'a relevé aucune blessure visible ni contusions crâniennes. Mais ses lèvres et ses ongles étaient bleus, indication commune d'une défaillance cardiaque. Son estomac contenait une grande quantité de fellis, qui a sans doute provoqué l'arrêt du cœur.

— En ces circonstances, il semble que la mort ait été accidentelle et non pas préméditée par les prévenus, et l'accusation de meurtre ne sera donc pas retenue, dit Jaxom, remarquant le soulagement visible d'Halefor. La préméditation a-t-elle été établie dans l'enlèvement de Maître Robinton ?

Il ignora les affirmations véhémentes de la foule. Les Seigneurs levèrent la main comme un seul homme, même Corman. Puis Jaxom répéta la question à l'intention des Maîtres d'Ateliers. Toutes les mains se levèrent, celle d'Idarolan plus haut que toutes les autres.

— Alors, vous pouvez vous retirer dans le Grand Hall pour rendre votre verdict.

Soudain, Maître Robinton demanda la parole. Surpris, Jaxom la lui donna. En tant que victime, le Harpiste avait le droit d'être entendu. Jaxom craignait que Robinton ne plaide pour la clémence, ce qui n'aurait fait qu'exacerber le problème — surtout ayant affaire à un homme aussi vindicatif et étroit d'esprit que Norist.

— A l'intention de tous les témoins ici présents, commença Robinton, s'adressant non aux Seigneurs et Maîtres d'Ateliers, mais à la foule massée dans la cour, les escaliers, et sur les toits des habitations les plus proches. A votre intention, je tiens à déclarer que Siav ne nous a rien appris que nos ancêtres ne connaissaient déjà. Il ne nous a donné aucune machine, outil ou commodité qu'ils ne possédaient pas à leur arrivée sur Pern. Il n'a fait que rendre à tous les Ateliers les connaissances que le temps avait effacées dans nos Archives. Ainsi, si ces connaissances sont mauvaises, c'est que nous sommes tous mauvais. Or, je ne crois pas que nous soyons foncièrement mauvais, ni que nous complotions le mal dans nos Ateliers. Pour chaque Fort, il a comblé les lacunes de son histoire individuelle, de sorte que tous connaissent leur passé et leur ancêtre fondateur. Et ils ne se considèrent pas comme mauvais, ni engendrés par des femmes et des hommes mauvais.

Maître Robinton regarda Norist, qui détourna les yeux.

— A nos Weyrs, il a promis la délivrance d'un long combat, délivrance rendue possible pour les capacités de nos dragons, créés par nos ancêtres, et par le courage de leurs maîtres. Ils ne sont pas mauvais, sinon ils auraient tourné contre nous la puissance des dragons et nous auraient tous réduits en esclavage. Mais ils ne l'ont pas fait.

« Le mal qui m'a été fait par ces hommes l'a été pour la pire des raisons : pour nous forcer à détruire notre lien avec notre passé, notre chance de transformer cette planète, comme l'espéraient nos ancêtres, en un monde prospère, pacifique et heureux. Je n'ai jamais fait ni souhaité aucun mal à ces hommes, dit-il, montrant Sigomal, Begamon et Norist. Je les plains, car ils ont peur de l'inconnu et de la nouveauté, je les plains car ils sont étroits d'esprit et violents. »

Puis Maître Robinton considéra ses trois ravisseurs.

— Je vous pardonne en mon nom personnel. Mais vous avez accepté des marks pour faire le mal, ce qui est très répréhensible. Et vous étiez prêts à réduire un Harpiste au silence, ce qui est encore pire. Car lorsque la libre expression est bâillonnée, non seulement moi, mais chacun en souffre.

Il s'assit commen incapable de rester debout plus longtemps.

Groghe se pencha vers Warbret et Bargen et leur murmura quelque chose. Toric, qui n'entendait pas, s'approcha pour écouter, imité par Ranrel, Deckter et Laudey. Nessel avait l'air très gêné entre Asgenar et Larad, tandis que Sangel et Toronas discutaient un point de détail.

Les Maîtres d'Ateliers s'étaient également regroupés autour de Fandarel qui leur parlait à voix basse. Morilton ne prit la parole qu'une seule fois, puis se tut, se contentant d'écouter les autres avec attention. Il représentait les verriers au tribunal, aucun des autres maîtres n'ayant accepté cette responsabilité.

— Seigneurs et Maîtres d'Ateliers, vous pouvez vous retirer dans le Grand Hall si vous le désirez, répéta Jaxom.

— Nous sommes très bien ici, dit Groghe.

Pensant que Robinton se trouverait bien d'un verre de vin, Jaxom lui en remplit un, puis goûta avant de le lui passer avec un sourire rassurant. Maître Robinton feignit un mouvement de recul, puis, levant son verre, but d'un air connaisseur — jeu muet qui provoqua des rires et des acclamations dans la foule et contribua à réduire la tension.

— Ce qui me contrarie le plus, dit Robinton à Jaxom, c'est qu'on pourrait croire que je ne tiens plus mon vin à me voir ainsi endormi presque au début d'une Fête.

— Nous avons rendu notre verdict, Seigneur Jaxom, annonça Groghe.

Tous les Seigneurs reprirent leurs places.

— Nous aussi, dit Maître Idarolan en se levant.

— Quelle est votre décision, Seigneur Groghe ? demanda Jaxom.

— Sigomal et Begamon ont prouvé qu'ils étaient indignes de gouverner. Ils se sont déshonorés. D'abord en concevant et exécutant une action punitive dirigée contre un autre Fort ou propriété commune, à savoir le Terminus, et ensuite en enlevant une personne pour se livrer à un chantage contraire aux intérêts de la planète et de la population.

Sigomal accepta cette décision avec une certaine dignité, mais Begamon se mit à sangloter et se jeta à genoux.

— Nous connaissons tous Sousmal, le troisième fils de Sigomal, et nous avons décidé qu'il gouvernerait temporairement le Fort de Bitra jusqu'à décision définitive du Conseil des Seigneurs. Vu que Begamon n'a pas d'enfant assez âgé pour gouverner à sa place, nous avons nommé son frère, Ciparis, Seigneur temporaire jusqu'à plus ample informé. Gomalsi sera exilé avec son père pour le rôle qu'il a joué dans la première attaque contre Siav, pour la part qu'il a prise à l'enlèvement, et parce que, se nommant capitaine d'un bateau de haute mer sans en avoir les qualifications, il a offensé tous les membres de l'Atelier des Pêcheurs. Nous proposons qu'ils soient exilés sur l'une des Îles de la Ceinture Orientale.

Sigomal gémit et Gomalsi étouffa un cri de protestation.

— Maître Norist est dépouillé de son rang, de même que les autres membres du complot, dit Idarolan. Tous seront exilés. La même île leur conviendra, où ils pourront vivre en communauté d'esprit avec les autres exilés.

Il se tourna ensuite vers tous les Verriers présents dans la foule.

402

— Cette assemblée a décidé que vous deviez accepter Maître Morilton pour Maître d'Atelier, jusqu'à ce que nous, vos pairs, décidions que vous pouvez choisir, sans préjugés, un homme d'esprit plus ouvert et plus visionnaire que Norist.

Lytol hocha la tête à l'adresse de Jaxom, qui devait prononcer le verdict concernant les autres prévenus. Jaxom n'avait jamais eu à condamner un homme pour le restant de ses jours, mais il repensa à l'angoisse éprouvée lors du sauvetage de Maître Robinton.

— L'exil ! annonça-t-il.

La plupart acceptèrent la décision sans broncher, mais les deux plus jeunes eurent l'air si désespéré que Jaxom ajouta :

— Vos familles pourront vous accompagner en exil si elles le désirent.

Il vit Sharra sourire et Lessa approuver de la tête.

— Les condamnés vont maintenant retourner dans leurs cellules et seront convoyés demain jusqu'à leur lieu d'exil. A partir de maintenant, ils sont sans fort, sans métier, et ne sont plus protégés par les Weyrs. L'audience est levée.

Les gardes encerclèrent les condamnés, et juges et jury entrèrent dans le Fort.

Il y eut assez de provisions pour nourrir la foule inattendue venue à Ruatha. Sharra, trouvant un instant pour parler avec Jaxom, lui confia que tout le monde s'était montré très obligeant, Weyr, Fort et Atelier, en accumulant assez de nourriture pour que personne ne s'en aille affamé.

— Et tu as été magnifique, mon chéri, ajouta-t-elle. C'était une affaire terrible à juger, mais étant donné les preuves et les aveux, personne ne peut trouver à redire à ta décision. La sentence a été plus douce qu'ils ne le méritaient. Quand j'ai vu les contusions de Maître Robinton...

— Se remettra-t-il ?

Jaxom se demandait s'il n'avait pas été trop clément, mais il aurait été incapable de prononcer la peine capitale. Si Maître Robinton était mort, ou si Biswy n'était pas décédé d'une défaillance cardiaque, il aurait peut-être dû décider autrement.

A ce point, le Seigneur Groghe vint le trouver et lui confia que, si les crimes avaient eu lieu dans son Fort, il aurait fait exactement la même chose. A la surprise de Jaxom, le Seigneur Corman l'approcha aussi plus tard dans la soirée.

— Félicitations, Jaxom. C'est la seule chose que vous pouviez faire étant donné les circonstances.

Le Seigneur de Nerat ne resta pas pour le dîner et ne retourna jamais en visite au Terminus. Mais désormais il n'empêcha plus ses vassaux d'utiliser les nouveaux produits, ni les jeunes d'aller étudier dans le Sud. De tous les objets produits à partir des instructions de Siav, le Seigneur Corman n'achetait que du papier, remarquant un jour en présence de son Harpiste que Bendarek avait découvert une forme de papier tout seul avant le réveil de la « machine ».

Le lendemain matin, trois escadrilles du Weyr de Fort arrivèrent à Ruatha pour convoyer les condamnés jusqu'à leur lieu d'exil. On leur promit de remettre leurs lettres à leurs familles. Celles qui voudraient rejoindre les exilés y seraient transportées dès qu'elles seraient prêtes.

Maître Idarolan avait choisi lui-même le lieu d'exil.

— Pas trop grand, pas trop petit, avec beaucoup de poisson, un peu de gibier, quoique les wherries soient une nourriture bien monotone. Grande abondance de fruits et de légumes. Ils devront travailler pour survivre, mais pas plus que nous.

— Et les Chutes ? demanda Jaxom.

Maître Idarolan haussa les épaules.

— Il y a quelques grottes, et vous vous occupez de régler ce problème pour l'avenir. Ils pourront s'en accommoder ou non. Il y a aussi un volcan éteint et des traces d'occupation humaine antérieure. Cette île est beaucoup plus hospitalière que le Continent du Far West, où ils n'auraient trouvé que du sable et des serpents.

Quand les condamnés furent installés sur les dragons, on leur tendit des sacs contenant les outils indispensables et quelques provisions, puis les escadrilles disparurent dans l'*Interstice*.

Asgenar et Toronas s'en allèrent assister le jeune Sousmal à Bitra. En retournant au Fort de la Baie, D'ram déposerait Lytol au Fort de Nerat pour communiquer la décision de l'assemblée à Ciparis, jusque-là Intendant de Begamon.

Brand et ses aides s'occupaient du transport des nombreux visiteurs, trouvant des provisions de bouche à ceux qui avaient épuisé les leurs, et supervisant les servantes qui nettoyaient les déchets et réparaient les dommages causés par la foule.

Jaxom ressentit une satisfaction perverse quand Sharra, l'air déchiré entre ses responsabilités, lui demanda si on avait besoin d'elle.

— On t'attend au laboratoire du *Yokohama*.

— Oui, Oldive et moi.

Il hocha la tête en la serrant dans ses bras. En un sens, ce serait un soulagement pour lui de pouvoir éclaircir ses idées sans lui communiquer son découragement.

— Je vais passer quelque temps avec les enfants, dit-il. Pour le moment, on n'a pas besoin de moi, ni au Terminus ni sur le *Yokohama*.

Ce n'était pas tout à fait vrai, et Sharra le savait. Elle sourit quand même, l'embrassa et le laissa seul dans leur chambre.

De sa fenêtre, il les regarda, elle et Oldive, monter le jeune bleu maintenant posté à Ruatha — et cela lui rappela malheureusement G'lanar.

Je suis là, lui dit doucement Ruth de son weyr.

Tu es toujours là pour moi, mon cher ami.

Vous avez fait ce que vous deviez faire. Vous n'avez rien à vous reprocher.

Mais il faut maintenant affronter les suites.

Vous avez agi en homme d'honneur. D'autres ne peuvent pas en dire autant. Que pouviez-vous faire de plus ?

Bonne question, Ruth, très bonne question.

Jaxom s'étira sur son lit, les mains croisées derrière la tête.

Aurais-je pu éviter ce dénouement ?

Comment ? En n'aidant pas Piemur et Jancis à dégager Siav ce fameux jour ? Quelqu'un d'autre aurait trouvé la machine. Plus de bien est sorti de ce jour de travail que de tout autre — à part le jour où nous avons recouvré l'œuf de Ramoth, et l'expédition d'hier dans l'avenir, où nous avons confirmé notre réussite...

Jaxom sourit malgré sa tristesse.

Les hommes ne pensent pas comme les dragons, reprit Ruth, pensif. *La plupart du temps, les dragons comprennent leur compagne. Parfois, comme en ce moment, je ne comprends pas pourquoi vous êtes troublé. Vous permettez à chacun de penser ce qu'il veut tant qu'il ne vous impose pas ses idées. Vous écoutez impartialement les deux côtés d'un problème. Vous permettez à tous de faire ce qu'ils veulent, pourvu qu'ils ne nuisent à personne, et surtout pas à quelqu'un que vous aimez et admirez.*

Mais dès que nous avons appris que Sigomal complotait contre Robinton, nous aurions dû l'arrêter.

Ses plans étaient-ils connus ?

Non, pas avec précision.

Et vous avez pris des mesures pour protéger le Harpiste.

Qui se sont révélées inutiles.

Ce n'est pas votre faute. Qui aurait pensé qu'ils tenteraient quelque chose pendant une Fête, au milieu d'une telle foule ? Il faut écarter ces pensées négatives qui vous abattent. Nous avons mieux à faire...

En effet ! dit Jaxom, se tournant sur le ventre et enfouissant sa tête dans l'oreiller, et se demandant si Ruth et lui parviendraient à résoudre le problème posé par Siav.

Ce n'est pas un problème, Jaxom. Car il est déjà résolu. Siav vous l'a dit. Et il vous l'a montré.

Et tu es d'accord pour prendre ce risque ?

Nous sommes allés dans l'avenir pour voir si nous avions réussi. Par conséquent, nous accomplirons cette mission parce que nous l'avons déjà accomplie. Quel exploit !

Ruth semblait impatient et enthousiaste. Surpris, Jaxom se releva sur les coudes.

Ce sera un challenge plus excitant que le sauvetage de l'œuf de Ramoth, reprit Ruth. *Et encore plus important pour l'avenir de ce monde. C'est à cela que vous devez penser, et non pas aux tristes événements passés. Ce qui est fait est fait, et rien ne pourra le défaire.*

Sharra t'a-t-elle parlé avant de partir ? demanda Jaxom, soupçonnant sa femme d'avoir enrôlé l'aide de son dragon.

Ce n'était pas nécessaire. Ne suis-je pas toujours proche de votre esprit et de votre cœur ?

Toujours, mon cher cœur, toujours !

Sur quoi, revigoré, Jaxom se leva. Il avait encore beaucoup à faire à Ruatha avant de pouvoir retourner au Terminus et sur le *Yokohama*, la conscience tranquille.

CHAPITRE 19

Siav avait expliqué à Fandarel et Bendarek comment exactement modifier et renforcer les réservoirs d'HNO_3 qui devaient corroder les enveloppes métalliques des moteurs antimatière, et ils avaient suivi ses instructions à la lettre.

— Processus très lent, c'est certain, mais le taux de pénétration peut être mesuré et monitoré, dit Siav au Maître Forgeron. Les facteurs de sécurité intégrés aux grands moteurs interstellaires étaient immensément sophistiqués, et les données de construction ne sont pas disponibles pour trouver un moyen plus efficace de les annuler, de sorte que cette méthode rudimentaire est notre seule option. C'est pourquoi il est prudent de prévoir une large fenêtre, dont la longueur a été calculée à deux semaines, plus ou moins quelques jours. Le temps que les dragons transfèrent et positionnent les moteurs sur l'Etoile Rouge, la corrosion devrait avoir pénétré presque jusqu'à la capsule d'antimatière.

— Ecoutez, Siav, je sais à quelle vitesse l'agenothree corrode le métal... commença Fandarel.

— Pas le métal utilisé pour ces vaisseaux, Maître Fandarel.

— Ah oui, dit Fandarel, se passant la main dans les cheveux, perplexe. Ce qui m'étonne, c'est la *quantité* d'agenothree requise pour atteindre l'antimatière.

Un diagramme apparut sur l'écran : un bloc massif entourant un cube ridiculement petit, enfermé dans une sphère à peine plus grande, et Siav reprit :

— Comme il a déjà été expliqué, l'antimatière représente une masse très faible d'approximativement deux cents grammes.

— Franchement, Siav, c'est ce que j'ai du mal à admettre ; comment deux cents grammes de *n'importe quoi* peuvent-ils propulser dans l'espace un vaisseau de la taille du *Yokohama* ?

— N'appréciez-vous pas l'efficacité, Maître Fandarel ? demanda Siav, d'un ton qu'on aurait pu qualifier d'amusé, et Fandarel avait souvent l'impression que la machine s'amusait. Le moteur matière/antimatière représente la quintessence de l'efficacité. Il n'exige qu'une très petite quantité de matière.

— Avec deux cents grammes de poudre noire ou même de nitroglycérine, on ne peut pas faire sauter grand-chose, répliqua Fandarel.

— L'énergie explosive dégagée par l'antimatière n'est en rien comparable à celle de la poudre noire ou de la nitroglycérine. Malgré la distance, vous pourrez voir l'éclair de l'explosion avec un télescope ordinaire quand l'antimatière explosera sur l'Etoile Rouge. Alors que vous ne verriez rien du tout avec deux cents grammes de poudre noire ou de nitroglycérine. Soyez assuré que cette installation comprend parfaitement la puissance qui sera dégagée.

Perplexe, Fandarel continua à se gratter la tête.

— Vous êtes un excellent artisan, Maître Fandarel, et vous avez appris à une vitesse étonnante au cours de ces derniers quatre ans et neuf mois. Mais comme l'antimatière, contrairement à l'atome que vous avez étudié récemment, ne peut pas être étudiée en laboratoire, vous devez vous en remettre aux explications théoriques. L'antimatière ne peut pas être mise en présence de la matière telle que vous la connaissez — minerai, terre, gaz, eau. L'antimatière peut être confinée, comme elle l'est dans le moteur du vaisseau, et, une fois contrôlée, devient la source d'énergie la plus puissante que l'humanité ait à sa disposition. A ce stade de vos études de physique, vous ne pouvez pas comprendre ces concepts. Mais vous pouvez les utiliser à votre avantage — grâce aux techniques connues de cette installation et aux sauvegardes déjà exposées. Dans la suite de vos études, vous arriverez à comprendre même les anomalies de l'antimatière. Mais pas maintenant. Le temps devient un facteur critique. L'Etoile Rouge doit être délogée de son orbite actuelle exactement à l'endroit où elle approchera plus tard la cinquième planète de votre système.

« Avez-vous des colliers d'assemblage pour fixer les réservoirs d'HNO³ aux moteurs ? »

— Oui, dit Fandarel, montrant ceux que lui et ses meilleurs maîtres avaient confectionnés pour maintenir les réservoirs étroitement collés aux moteurs et permettre au liquide corrosif de suinter sur le métal en un flux régulier.

— Alors, vous devriez commencer à les installer.

L'écran projeta un autre schéma.

— Je pourrais faire ça en dormant, grommela Bendarek.

— Il serait malavisé de vous endormir dans l'espace, Compagnon Bendarek, répliqua immédiatement Siav.

Bendarek grimaça et lança à Fandarel un regard d'excuse.

— N'oubliez pas de vous attacher quand vous serez en AEV, reprit Siav. F'lar et son bronze seront dans la soute en cas d'urgence.

Rassemblant leur matériel, Fandarel et Bendarek se dirigèrent vers le Sas E-7, le plus proche de la galerie des machines. Les grandes bouteilles d'agenothree, les plus grandes qu'eût jamais fabriquées Fandarel, entouraient les parois du sas où les attendaient les autres membres de l'équipe, tous revêtus de leur combinaison, à part le casque. Quand Fandarel et Bendarek furent prêts, il coiffèrent et assurèrent leurs casques, chacun des six hommes vérifiant la bouteille d'oxygène et le harnais de sécurité de son équipier.

Sur un signe de tête de Fandarel, Bendarek ferma le sas, puis ouvrit la porte extérieure. Evan et Belterac prirent une bouteille, Silton et Fosdak en prirent une autre. Bendarek tendit les colliers d'assemblage à ses camarades, vérifiant que chacun avait les outils nécessaires. Puis Fandarel posa le pied sur l'échelle menant du sas à la galerie des machines.

Malgré sa taille et son volume imposants, le Maître Forgeron paraissait minuscule auprès de la masse énorme contenant les deux cents grammes d'antimatière si efficaces. Pour une fois, Fandarel se sentit tout petit au regard

410

de la tâche à accomplir : grain de sable à côté d'une dune. Mais il y avait un travail à faire, pour lequel il était qualifié, alors il écarta la comparaison de son esprit, et, sans jeter un regard en arrière, fit signe à Evan et Belterac de le suivre.

Ils étaient tous habitués à l'apesanteur et aux activités extravéhiculaires, et parfaitement conscients des dangers inhérents à ce nouvel environnement. A la surprise de Fandarel, Terry, son bras droit depuis si longtemps, n'avait pas supporté l'immensité de l'espace, ni même le manque de gravité, quoiqu'il n'eût jamais rechigné à voyager à dos de dragon. Il y avait eu quelques accidents — cinq exactement — mais heureusement, il y avait toujours des dragons dans les parages, et les hommes qui avaient détaché leurs harnais de sécurité par inadvertance avaient été ramenés à bord du *Yokohama*. Belterac était le seul à avoir surmonté sa peur et continué l'entraînement. Mais Belterac était de nature flegmatique.

Enfin, la main gantée de Fandarel toucha l'échelle d'accès, montant le long de la galerie des machines. Hors de sa portée, à une demi-longueur, se trouvaient les poutrelles rondes auxquelles étaient attachées la cargaison durant le long voyage de la Terre jusqu'à Pern. Quand le moment viendrait d'emporter les moteurs sur l'Etoile Rouge, les dragons, protégés du froid cuisant de l'espace pas des gants spéciaux, saisiraient ces poutrelles et disparaîtraient dans l'*Interstice*. Siav doutait toujours, Fandarel le savait, que les dragons, même en s'y mettant à plusieurs centaines, pussent déplacer une telle masse. Pourtant, s'ils devaient avoir confiance en ce que Siav leur disait, Siav pouvait leur rendre la politesse. S'assurant que Belterac et Evan le suivaient, Fandarel attacha son harnais à la rampe de l'échelle, et, posant les mains sur les premiers échelons, il se hissa.

La montée fut longue. Il arriva enfin au sommet du moteur, assez large pour que cinq dragons s'y posent à la queue-leu-leu. Et le moteur était quatre fois plus long que large. Fandarel n'était pas encore habitué à des dimensions si colossales.

Le diagramme de Siav bien présent à l'esprit, Fandarel avança avec précaution vers l'endroit où il devait positionner les bouteilles d'HNO³. La destruction de ce métal étonnant désolait Fandarel, et d'autant plus que Siav lui avait affirmé que Pern ne possédait pas les minerais nécessaires à la reproduction d'un tel alliage.

Bendarek et Fosdak étaient restés en bas pour attacher les câbles de halage aux bouteilles. Quand ceux d'en haut eurent assuré leurs harnais, ils purent hisser les bouteilles sans que leurs efforts les fassent dériver dans l'espace. L'équipe était bien entraînée, et les bouteilles hissées furent bientôt arrimées au moteur. Finalement, ils y fixèrent les panneaux solaires noirs qui empêcheraient l'agenothree de geler ou bouillir durant l'opération. Puis, Bendarek tendit cérémonieusement à Fandarel la clé permettant d'ouvrir les buses par où s'écoulerait l'agenothree corrosif.

— Trois moins un, reste deux, dit Fosdak avec son impudence habituelle.

— Je sais, je sais, dit Hamian avec irritation, le visage inondé de sueur, repoussant à deux mains ses cheveux en arrière, et regardant F'lar dans les yeux.

Hamian travaillait, nu jusqu'à la ceinture dans la chaleur qui faisait partie de la pénibilité de son métier. L'objet du litige était le matériau plastique qu'Hamian, Zurg, Jancis, et une cinquantaine d'autres compagnons et maîtres de divers Ateliers, essayaient de produire en quantité — et qualité — suffisantes pour protéger les chevaliers-dragons lors de leur épique entreprise.

Tandis que le plastique qu'il avait fabriqué en appliquant les formules de Siav était souple et résistant pour l'enveloppe extérieure, le rembourrage et la doublure de coton posaient des problèmes à l'assemblage. Comme l'enveloppe extérieure en plastique devait être imperméable à l'air, il était impossible de la coudre. Hamian avait essayé des colles de toutes les sortes, essayant d'en trouver une qui ne devînt pas friable dans l'espace tout en liant bien les trois couches. Il ne comptait plus les combinaisons qu'il avait envoyées sur le *Yokohama* pour qu'on les teste.

En comparaison, les gants pour les dragons avaient été relativement simples à confectionner, même si les pieds des dragons étaient aussi différents, en longueur et en largeur, que les pieds des humains. Il leur avait quand même fallu plusieurs mois pour fabriquer les trois cents paires nécessaires.

— Oui, je sais que le délai approche, F'lar, mais nous travaillons jour et nuit. Nous avons cent soixante-douze combinaisons terminées et testées.

Il leva les mains au ciel, résigné.

— Personne n'a rien à vous reprocher, dit F'lar.

— Ecoutez, dit Jaxom d'un ton conciliant, au pire, nous pouvons transporter les moteurs en trois fois. Les combinaisons sont de tailles assez variées pour que les chevaliers-dragons puissent les échanger.

F'lar fronça les sourcils, n'appréciant pas cette alternative.

— Ce n'était qu'une suggestion, dit Jaxom. Cela permettrait à Hamian de relâcher un peu la pression.

— Mais ce devait être un effort commun...

— Vous savez aussi bien que moi, F'lar, que Siav a prévu une large fenêtre, dit Jaxom, présentant ses arguments aussi subtilement que possible, pour que F'lar ne réalise pas que Siav ne voulait pas plus de deux cents combinaisons.

La nécessité de manipuler ses meilleurs amis ne plaisait pas à Jaxom, mais c'était pourtant capital s'il devait exécuter le plan de Siav.

— Ce n'est pas comme si les moteurs devaient être déposés tous les trois en même temps.

— Oui, c'est vrai, dit F'lar, s'épongeant distraitement le front.

— Combien de temps mettons-nous maintenant à ôter nos combinaisons ? Une demi-heure au plus. Hamian n'a plus besoin que d'en fabriquer une vingtaine — davantage si possible, bien sûr, mais nous en avons déjà presque assez.

— Et le temps presse, dit Hamian, se détendant légèrement.

Il n'aurait pas aimé échouer dans cette entreprise, mais ils avaient perdu beaucoup de temps à régler de petits détails auxquels personne n'avait pensé dans l'enthousiasme du début.

— Tout prend plus de temps et coûte davantage que prévu. Zut, je ne voudrais pas vous faire échouer !

— Qui pourrait le prétendre ? demanda Jaxom. Vous avez déjà assez de combinaisons comme ça.

F'lar regarda Jaxom, légèrement étonné. Sachant qu'il venait d'usurper une prérogative de F'lar, Jaxom arbora son sourire le plus engageant et haussa modestement les épaules.

— Oui, comme vous le dites, Jaxom, il y a assez de combinaisons si les chevaliers-dragons les échangent.

— Alors, je peux prendre le temps de manger un morceau ? dit Hamian, rayonnant de soulagement. Vous me tenez compagnie ? ajouta-t-il, montrant sous l'auvent une table posée sur des tréteaux.

Certains de ses collaborateurs se servaient, car chacun mangeait quand il en trouvait le temps.

— Les chevaliers-dragons sont toujours les bienvenus à notre table.

Jaxom sentit que F'lar l'observait pendant tout le repas, mais il feignit de ne pas le remarquer. Il allait secrètement demander à Siav de relâcher un peu sa pression sur Hamian. Il faisait l'impossible — mais il ne pouvait pas se douter que Siav rejetait délibérément des combinaisons sans doute parfaitement acceptables à tous égards. Deux cents combinaisons — et pas une de plus — résoudraient les problèmes des voyages temporels de Jaxom.

Bien que le Terminus supportât l'essentiel des efforts pour le dernier assaut contre les Fils, une agitation fébrile régnait sur toute la planète à mesure que les jours du dernier mois passaient les uns après les autres.

Oldive et Sharra avaient enrôlé autant de guérisseurs que possible, et aussi, à la suggestion de Maître Nicat, quelques tailleurs de diamant, habitués à travailler à la loupe et avec de petits outils. On redoubla d'efforts pour trouver le « prédateur » des Fils le plus efficace. On en avait essayé beaucoup, mais aucun ne s'était révélé assez virulent au goût de Siav. Et une fois sélectionné, le virus choisi — modifié en forme plus parasitaire — devrait être capable de se répliquer en utilisant le matériau des ovoïdes.

Dans les salles de classe du Terminus et le laboratoire du *Yokohama*, tous les chercheurs passaient de longues heures à des travaux durs et monotones, malgré la fatigue visuelle, les migraines et les douleurs dorsales.

Siav les consolait.

— Les Fils sont des organismes très désorganisés, pas même aussi organisés que les bactéries indigènes que vous avez isolées au cours de vos études de biologie. On ne peut pas vous demander de comprendre la reproduction d'une telle forme de vie.

— Nous n'avons pas assez de temps ! dit Mirrim entre ses dents.

C'était sa trouvaille que Siav venait de rejeter.

— Bien sûr, nous pourrions les garder pour les étudier après, dit-elle en s'éclairant.

Devant l'air horrifié de ses collègues, elle se ravisa.

— Non, je suppose que non. Alors, retour au microscope. C'est mon quatre-vingt-dix-huitième essai de la journée. Je décrocherai peut-être le gros lot au centième !

— Encore vingt-deux jours ! soupira Oldive en se remettant au travail.

Plus tard, quand Lytol écrivit l'histoire des années de Siav, il ne se souviendrait que des résultats, pas de la frénésie qui les avait accompagnés, tout en reconnaissant tous ses mérites à quiconque avait participé aux différents projets.

Finalement, tous les préparatifs furent terminés — deux jours entiers *avant* la date fixée par Siav.

Deux cents chevaliers en combinaisons montés sur deux cents dragons gantées attendaient le signal dans leurs Weyrs. Neuf autres chevaliers-dragons en combinaisons s'apprêtaient à jouer leur rôle dans cette grande entreprise, en disséminant les parasites qui devaient détruire les ovoïdes. Les trois chefs, F'lar, N'ton et Jaxom, attendaient dans la soute du *Yokohama*. Lessa s'y trouvait aussi avec Ramoth qui préparait sa ponte, et Jaxom n'avait pas osé demander à F'lar et Mnementh comment ils avaient minuté l'événement avec tant de précision. Lessa acceptait de ne pas participer à cette aventure, mais son exclusion ne lui plaisait pas.

Maître Fandarel et Belterac s'apprêtaient à séparer la galerie des machines du *Yokohama* de la sphère principale. Bendarek sur le *Bahrain*, et Evan sur le *Buenos Aires*

·se préparaient à procéder à la même opération. Cela fait, les dragons viendraient prendre leurs places.

Siav avait désigné F'lar pour transporter le moteur du *Yokohama* et le déposer approximativement au milieu de la Grande Faille de l'Etoile Rouge. Jaxom devait emmener son groupe à un bout de la Faille, et N'ton devait déposer le sien à l'autre bout, à proximité des immenses cratères — et *quand*. Empêcher N'ton de le deviner, c'était là le hic.

Chaque groupe de bronzes s'adjoindrait trois dragons bruns, bleus et verts, dont Mirrim, qui dissémineraient les parasites des ovoïdes sur toute la surface de la planète et dans l'anneau d'ovoïdes en orbite autour de son équateur. Oldive et Sharra avaient terminé leur mission juste à temps. Le centième essai de Mirrim s'était révélé le bon.

Le front plissé de concentration, Maître Fandarel tapa d'un doigt prudent les mots de passe qui devaient activer la séquence appropriée pour libérer les moteurs. Siav avait dû les chercher longtemps avant de les trouver dans les codes secrets des fichiers personnels des capitaines.

— Voilà ! dit le Maître Forgeron, l'air triomphal.

Le moniteur afficha des lumières, puis un message s'éclaira — mais pas celui qu'attendait Fandarel.

— Il y a un problème, dit-il. L'ordinateur refuse d'activer.

— Le mot de passe a été donné, la séquence nécessaire a été fournie. La séparation devrait se produire, dit Siav.

— L'écran dit « Incapable d'activer ».

— Incapable d'activer ? dit Siav, d'un ton sincèrement surpris.

— Incapable d'activer, répéta Fandarel, se demandant quel pouvait être le problème.

La machinerie du *Yokohama*, bien que dormante depuis des siècles, avait toujours réagi aux sollicitations.

— Je vais recommencer, dit Fandarel.

— Un examen est en cours pour déterminer s'il s'agit d'un mauvais fonctionnement de l'ordinateur, répondit Siav.

— Maître Fandarel ? demanda Bendarek du *Bahrain*. Pouvons-nous commencer ?

— La séparation n'est pas encore accomplie, dit Fan-

416

darel, étreint par un puissant sentiment d'échec et espérant qu'il ne durerait pas.

— Ne devrais-je pas essayer, pour voir si le *Bahrain* réagit mieux ? dit Bendarek, essayant de réprimer son impatience.

— Siav ?

Fandarel avait toujours été généreux ; si Bendarek réussissait, tant mieux.

— Aucun mauvais fonctionnement n'a été découvert dans le programme, dit Siav. Il est recommandé que le *Bahrain* procède à la séparation.

Bendarek n'eut pas plus de chance que Fandarel.

— Mon écran affiche : « Mauvais fonctionnement découvert ». Mauvais fonctionnement de quoi ?

Sur le *Buenos Aires*, Evan entra son programme, et reçut en réponse : « Panne mécanique ».

— Quel est le diagnostic correct ? demanda Fandarel, se sentant un peu justifié par l'échec des autres.

— Tous peuvent être corrects, dit Siav. Recommençons au départ.

Fandarel pensa qu'il pouvait profiter de l'idée, et répéta, mais sans taper les touches, la séquence qu'il avait entrée.

— Il s'agit d'un mauvais fonctionnement mécanique, annonça Siav.

— Bien sûr ! tonitrua Fandarel, réalisant que ce ne pouvait pas être autre chose. Ces vaisseaux sont dans l'espace depuis deux mille cinq cents ans. Les parties mécaniques ont besoin de maintenance.

— C'est correct, Maître Fandarel, dit Siav.

— Pourquoi ce délai, là-haut ? demanda F'lar de la soute.

— Un petit problème, répondit Fandarel. Où ? ajouta-t-il à l'adresse de Siav.

— Les colliers d'assemblage sont grippés, par manque d'entretien.

— Pas simplement gelés, non ? demanda Fandarel.

— Vous avez beaucoup appris, Maître Fandarel. Heureusement, les colliers peuvent être lubréfiés de l'intérieur. par un accès très étroit.

L'écran s'alluma et projeta un schéma de l'aire comprise entre les deux coques du *Yokohama*.

— Toutefois, un lubréfiant spécial s'impose, car il fait

très froid dans cette section, et les huiles ordinaires se fige-raient. Un mélange de néon, d'hydrogène et d'hélium liquides avec une faible adjonction de fluide au silicone devrait convenir. Ce sera l'équivalent d'une huile péné-trante mais adaptée aux très basses températures. Le fai-ble poids moléculaire des gaz provoque leur évaporation, mais leur viscosité est très basse et entraîne l'huile de sili-cone plus lourde jusqu'en les interstices les plus ténus. Cela résoudra notre petit problème.

— Petit Problème ? dit Fandarel, perdant patience pour une fois. Nous ne possédons pas ces gaz liquides.

— Vous avez les moyens de les produire, si vous vous souvenez des expériences sur l'hélium liquide.

Fandarel s'en souvenait.

— Cela prendra du temps.

— Nous avons le temps, dit Siav. Une large fenêtre a été prévue pour ce transfert. Le temps ne manque pas.

Les chevaliers-dragons furent contrariés du délai — ils s'étaient mentalement préparés avec leurs dragons à cette entreprise incroyable et étaient impatients de passer à l'action.

— Si ce n'est pas une chose, c'en est une autre, non ? dit N'ton avec un sourire ironique.

— Demain ? demanda Jaxom, souriant pour dissiper l'irritation de F'lar. Demain, même heure, même poste ?

F'lar repoussa sa mèche qui semblait ne jamais tenir à sa place, et fit claquer ses doigts.

— Nous allons prévenir les chevaliers-dragons, Siav.

Malgré sa désinvolture de surface, Jaxom avait été incroyablement déçu du délai. Plus que personne, il avait dû se préparer à l'effort fantastique que Siav exigeait de lui et de Ruth.

Un jour ne fait pas grande différence pour moi, Jaxom. Le repas que j'ai fait hier me soutiendra plusieurs jours, dit Ruth, encourageant.

Parfait, répondit Jaxom, plus lugubre que les circonstan-ces ne le justifiaient — mais il s'était préparé à agir aujourd'hui ! *Eh bien, retournons au Weyr Oriental pour mettre mes escadrilles au repos.*

En fait, il fallut plusieurs jours pour fabriquer le lubri-fiant spécial. Jaxom faisait manger à Ruth un petit wherry tous les soirs, et Ruth finit par se plaindre qu'il serait tellement bourré de nourriture qu'il ne pourrait pas faire un saut dans le passé, et encore moins deux.

— Ça vaut mieux que de t'évanouir entre deux époques, répliqua Jaxom.

Il passa ces journées d'oisiveté au Fort de la Baie avec Sharra, qui se reposait de son travail intense au laboratoire. Elle avait maigri et elle avait les yeux cernés. Au moins, il pouvait s'occuper d'elle. Et de lui. Et de Robinton.

Jaxom se désolait du changement survenu chez le Maître Harpiste, changement subtil, mais, comme Lytol et D'ram, il se rendait compte que Robinton s'était remis du choc physique, mais pas du choc moral de son enlèvement. Il ne redevenait lui-même qu'en compagnie, mais trop souvent, Jaxom le surprenait plongé dans ses pensées — troublantes et chagrines, à en juger sur la tristesse de son regard. Il semblait également boire moins, et avec moins de plaisir. Il continuait à faire les gestes de la vie par habitude, mais il n'était pas là.

Zair s'inquiète, dit Ruth à Jaxom, quand il le surprit à se morfondre sur l'état du Harpiste.

— Il lui faut peut-être encore un peu de temps pour récupérer, dit Jaxom, tentant de se rassurer. Il n'est plus aussi jeune qu'autrefois, aussi résistant. Et c'était une expérience traumatisante. Quand tout cela sera terminé, il faudra trouver quelque chose pour le tirer de son apathie. Sharra l'a remarquée aussi. Elle en parlera avec Oldive. Nous ferons quelque chose. Dis-le à Zair. Maintenant, juste une fois de plus, revoyons la carte du ciel de notre premier saut dans le passé.

Nous la connaissons mieux que la carte du ciel actuel, dit Ruth, qui s'exécuta pourtant.

L'ordre de rassemblement leur parvint en fin d'après-midi. Fosdak, le plus svelte des compagnons forgerons, s'insinua dans l'étroit accès et pompa le lubrifiant dans les joints des énormes pinces retenant le moteur à la coque. Ce travail exécuté sur les trois vaisseaux, Fosdak revint au *Yokohama,* raisonnablement sûr du succès.

De nouveau, Fandarel tapa le mot de passe et le code, puis la touche « Entrée », et attendit. Cette fois, l'ordinateur répondit : « Prêt à exécuter ».

— Je suis prêt à exécuter l'ordre, dit Fandarel.

— Alors, allez-y, mon ami, allez-y ! s'écria F'lar.

Fandarel activa le programme. Il ne sut jamais si quelqu'un d'autre entendit les grincements et craquements métalliques et le « cling » final des énormes pinces qui s'ouvraient, mais le bruit fut assez fort dans la section des machines.

— Séparation accomplie ! dit-il, activant l'optique extérieure pour juger de l'effet.

— Alerte aux Weyrs ! cria F'lar.

Et Fandarel put admirer l'arrivée soudaine des dragons, chacun se posant à son poste le long des poutrelles supérieures.

— Magnifique !

— Séparation réussie sur le *Bahrain* ! s'écria Bendarek.

Fandarel ne voyait pas le *Bahrain*, mais Jaxom, si, car c'était sa plate-forme de départ. Quand F'lar avait appelé les escadrilles — des Weyrs de Benden, Igen et Telgar — placées sous ses ordres, Jaxom avait alerté les siennes, d'Ista et des Weyrs Méridional et Oriental. Le rassemblement qui suivit fut le plus impressionnant qu'il eût jamais vu de sa vie. Chacun prit son poste au même instant, comme pendant les entraînements. Les serres des dragons se refermèrent sur les longues poutrelles, et toutes les têtes casquées sur tournèrent vers la section de poupe où il attendait avec Ruth.

Ruth, transmets les instructions sous forme de carte céleste. N'oublie pas qu'il n'y a pas de cratère à l'endroit de la Faille où nous allons.

Je sais, parce que c'est nous qui allons le provoquer, répondit Ruth d'un ton transporté.

Aucune confusion ne pouvait survenir pendant ce transfert ; les dragons attendaient leurs instructions de Ruth. Aucun n'était allé sur l'Etoile Rouge. Et tous les chevaliers-dragons avaient été prévenus que le saut dans l'*Interstice* serait plus long que ceux dont ils avaient l'habitude, et qu'ils ne devaient pas oublier de respirer régulièrement.

Ils comprennent et ils sont prêts, dit Ruth.

Jaxom prit une profonde inspiration et leva le bras.

Alors, allons-y, dit-il abaissant le bras.

Même s'il s'y attendait, le transfert parut long à Jaxom. Il compta trente respirations posées. Dommage que Lessa ne se souvînt pas du temps qu'elle avait mis pour remonter à quatre Révolutions dans le passé — cela l'aurait rassuré. A trente-deux, Jaxom eut du mal à dominer son angoisse.

Voilà ! s'écria Ruth, surgissant au-dessus de la Grande Faille.

Dans le ciel, les constellations formaient les configurations attendues. Le paysage était aussi lugubre à cette époque reculée qu'à celle de Jaxom.

Il ramena son esprit à la tâche présente. Ils avaient dix minutes pour déposer l'énorme moteur dans la faille.

Ceux qui sèment les parasites sont au travail, dit Ruth.

Jaxom donna l'ordre aux dragons d'abaisser leur charge, puis il eut un grand sourire. Les dragons avaient réussi cet incroyable voyage ! Le poids du moteur n'avait pas compté — car ils ne l'avaient pas considéré comme sortant de l'ordinaire.

Nous avons réussi, Ruth ! Nous avons réussi ! dit-il, transporté.

Naturellement. Doucement maintenant, gardez le moteur horizontal, ajouta Ruth, et Jaxom fit un signe aux dragons de queue qui descendaient plus vite que ceux de tête. *T'gellan demande à quelle profondeur nous allons ?*

Dis-lui aussi loin que possible sans que les ailes des dragons ne touchent les parois. On devrait trouver quelque protubérance rocheuse pour y déposer le moteur. Doucement, descendez à vitesse régulière.

Ils étaient bien au-dessous du rebord de la Faille quand il sentit tout le moteur vibrer.

Passons dessous, Ruth, pour voir si cette corniche conviendra. Les yeux de Ruth brillèrent au-dessus du granit, puis ils se retrouvèrent sous la strate.

Le moteur sera un peu incliné quand ils le lâcheront, dit Ruth, qui voyait mieux que Jaxom dans la pénombre.

Qui est à la proue ? demanda Jaxom.

Heth, Clarinath, Silvrath, Jarlath.

Demande-leur d'abaisser leur charge aussi loin qu'ils peuvent.

C'est fait.

Demande-leur de lâcher tout, mais d'être prêts à ressaisir la poutrelle. Il ne faut surtout pas que ce moteur glisse dans l'abîme.

Heth dit que si la poupe avance d'une demi-longueur, il y a une solide corniche à la proue.

Transmets ce message à Monarth.

C'est fait.

Jaxom vit les vibrations du moteur qui se stabilisait sur la corniche.

Parfait. Jaxom fit signe aux chevaliers-dragons se trouvant face à lui de lâcher tout.

Cela fait, et les dragons continuant à planer au-dessus de leur charge, serres ouvertes prêtes à la ressaisir, il jugea que la masse du moteur était stable. Il consulta le chronomètre à son poignet. Huit minutes avaient passé. Ils avaient terminé.

Tout en faisant signe aux escadrilles de sortir de la Faille, il demanda à Ruth de faire atterrir les dragons au bord de l'abîme.

Le travail des semeurs se passe bien, Ruth ?

Oui. Mirrim a fait atterrir Path une fois pour examiner les ovoïdes à la surface. Il y en a beaucoup plus qu'elle ne s'y attendait.

Dis à Path que Mirrim ne doit pas, sous aucun prétexte, rapporter un échantillon. Nous en avons assez chez nous. dit Jaxom avec fermeté. Il ne lui aurait plus manqué que ça, rapporter un artefact datant de mille huit cents Révolutions !

Path dit qu'il y en a beaucoup de pourris.

Raison de plus pour les laisser où ils sont !

Path n'en rapportera pas.

Jaxom consulta son chronomètre. Une autre minute avait passé. Les dragons et leurs maîtres regardaient autour d'eux avec curiosité.

T'gellan demande si ces moteurs vont exploser tout de suite.

Non, pas selon ce qu'indiquait la jauge de Bendarek quand il en a vérifié le niveau. J'espère que tout va bien pour F'lar.

De nouveau, l'aiguille des secondes avait fait un tour complet.

Rappelle les autres, Ruth. Nous rentrons.

Huit secondes plus tard, les chevaliers bruns, bleus et verts se posaient près des bronzes.

Maintenant se plaçait l'épisode dangereux, celui que

redoutait Jaxom depuis que Siav l'avait informé de son plan : ramener les dragons et leurs maîtres sains et saufs à leur époque.

Fais bien comprendre à chaque dragon qu'il doit rentrer à son propre weyr. Le voyage aura duré quatorze minutes, de sorte qu'il n'y a pas de danger qu'ils entrent en collision avec eux-mêmes au retour, n'est-ce pas ?

Je vous ai dit bien des fois, Jaxom, qu'ils ne se perdront pas. Tous les dragons savent rentrer à leur weyr.

Chaque dragon doit bien faire comprendre à son maître que cet ordre ne souffre aucune exception.

Je leur dirai qu'ils sont trop loin de Pern pour désobéir. Et ils ne désobéiront pas. En tout cas, pas les dragons. L'ordre est transmis. Je ne suis peut-être pas une reine, mais les dragons ont confiance en moi.

Encore étreint d'appréhension, Jaxom demanda à Ruth de s'élever un peu au-dessus de la surface pour que tous les dragons puissent le voir.

De retour à leurs weyrs, ils doivent ôter immédiatement leurs combinaisons que des bruns viendront prendre pour les apporter au Weyr de Fort.

Pour notre voyage suivant, dit Ruth, avec une telle fierté que Jaxom en resta pantois. Il avait vraiment tort de s'inquiéter que ce double saut dans le passé n'affecte la résistance de son petit dragon. Il vit tous les casques tournés vers lui, et il leva le bras, pour donner le signal du départ. Une seconde plus tard, Ruth repartait pour le *Yokohama*.

Curieusement, le retour lui sembla plus long, et pourtant ils émergèrent à sa trentième respiration dans la soute du *Yokohama*. Il vit d'abord Ramoth, Lessa debout près d'elle, puis F'lar surgit à leur côté. Jaxom jeta un coup d'œil sur son chronomètre. Le voyage de F'lar avait duré les quinze minutes entières que les dragons pouvaient supporter sans oxygène. La soute était éclairée, mais pas assez pour distinguer si la couleur de Mnementh avait terni. Baissant les yeux sur Ruth, il ne vit aucun changement dans l'éclat de sa robe blanche.

Mission accomplie, dit-il. Tout le monde est rentré sans problèmes ?

C'est ce que dit Monarth. Heth...

Ruth hésita, et Jaxom se crispa d'appréhension.

423

Heth dit qu'ils sont tous rentrés, mais que plusieurs dragons ont une mauvaise couleur.

Si ce n'est que ça, un bon repas fera bien vite tout rentrer dans l'ordre. Et toi ?

Je me sens très bien. Nous avons très bien manœuvré. Jusqu'à présent.

Maintenant, il faut trouver un prétexte pour accompagner ceux du Buenos Aires, dit Jaxom en ôtant son casque.

Vous en trouverez bien un.

— Yohouuuu ! hurla F'lar avec exultation.

Jaxom en fut si stupéfait qu'il faillit s'envoler du dos de Ruth. Le dragon blanc, roulant des yeux ébaudis, tourna la tête et vit F'lar, quittant Mnementh, filer comme une flèche vers Lessa, non moins étonnée. Il la prit dans ses bras, et son élan les entraîna dans un lent tourbillon jusqu'à ce qu'ils se cognent dans Ramoth. La grande reine arqua le cou pour observer ce comportement extraordinaire.

— On a réussi ! Les dragons de Pern ont réussi ! hurla F'lar à pleins poumons en éclatant de rire.

— Vraiment, F'lar... dit Lessa, s'efforçant de retrouver son équilibre.

Mais Jaxom vit qu'elle souriait.

— Oui, c'est une victoire extraordinaire pour tous les Weyrs, reprit-elle. Une victoire magnifique ! Tu as tenu toutes tes promesses ! Bonne leçon pour les Forts et les Ateliers !

— En fait, Lessa, dit F'lar, reprenant son sérieux, nous n'avons pas tout à fait terminé. Les escadrilles de N'ton doivent encore transporter le troisième moteur. Puis il faudra attendre l'explosion, et voir si elle aura le résultat escompté.

Jaxom passa sa main sur ses lèvres. C'était parfois terrible de connaître l'avenir. Mais il savait que cette grande entreprise aurait une heureuse issue.

— Pas d'accidents dans vos escadrilles, Jaxom ? demanda F'lar.

— Quelques dragons décolorés...

— Ruth ne l'est pas, dit Lessa, scrutant le dragon blanc avec un sourire approbateur.

— Il dit que je l'ai bourré de nourriture. Lequel de nous

deux annoncera la nouvelle à Siav ? demanda Jaxom avec un grand sourire.

— Tous les deux, dit F'lar, prenant Jaxom par les épaules pour s'approcher de la console. Vous savez, je n'ai pas vu vos escadrilles.

— Ni moi les vôtres, gloussa Jaxom. C'est que cette Faille est gigantesque, dit-il, ouvrant tout grands les bras. Nous avons trouvé une large corniche pour déposer notre moteur.

— Siav est déjà prévenu, dit Lessa. Je lui ai dit que vous étiez tous partis et que Mnementh restait en contact avec Ramoth. Curieusement, ajouta-t-elle en regardant Jaxom, elle n'a pas entendu Ruth.

— C'est bizarre, dit Jaxom, feignant la perplexité. Pourtant, Ramoth le reçoit bien d'habitude. C'est peut-être parce que nous étions à l'extrême nord de cette immense Faille.

Ils arrivèrent à la console.

— Siav ? dit F'lar.

— Vous avez réussi. Tout le monde est bien rentré ?

— Oui. Alors, doutez-vous toujours des capacités des dragons ? demanda F'lar avec un rire triomphal. Vous ne vouliez pas croire que les dragons pouvaient transporter ce qu'ils *pensaient* pouvoir.

— Et nous avons tout fait dans les délais, dit Jaxom. Mon équipe a déposé son moteur exactement là où vous vouliez. Sans problème !

— Vous méritez tous des compliments pour votre courage et votre audace.

— N'exagérez pas les flatteries, Siav, dit F'lar.

— Votre exploit est l'équivalent historique de la première bataille contre les Fils livrée par les premiers dragons de Pern. Votre nom sera immortalisé, au côté de ceux de Sean O'Connell, Sorka Hanrahan...

— Alors là, Siav, c'est ce que j'appelle exagérer, dit Jaxom. Vous êtes le seul à vous rappeler les noms de ces premiers combattants.

— En fait, Jaxom, dit F'lar avec un grand sourire, Sebell m'a montré les Archives restaurées de l'Atelier des Harpistes. Et les dix-huit chevaliers-dragons qui ont participé à la première Chute furent honorés à leur époque.

Nous n'avons rencontré aucun des dangers que vous crai-
gniez, reprit-il, s'adressant à Siav.

— Il est sage de se préparer à tout, dit Siav.

— Eh bien, c'est fait, nous avons réussi.

— Et vous méritez bien ça, dit Lessa, s'approchant avec
une outre. Le meilleur cru de Benden, dit-elle la tendant
à Jaxom avec un sourire plein de coquetterie.

Jaxom la regarda, étonné, puis sourit. Il était temps
qu'elle le traite en adulte. Puis il lui prit l'outre des mains
et la leva pour porter un toast.

— A tous les Weyrs de Pern !

— A nous, en ce jour de triomphe !

Jaxom but une longue rasade, puis passa l'outre à F'lar
qui but à son tour avant de la rendre à Lessa. Tandis
qu'elle la portait à ses lèvres, F'lar se tourna vers Jaxom.

— Vous leur avez bien dit d'ôter leurs combinaisons
pour le voyage suivant ?

— Comme prévu, les chevaliers-bruns les apporteront
à N'ton au Weyr de Fort.

— Votre équipe a-t-elle bien disséminé ces parasites
comme le voulait Siav ?

— Oui. Mirrim voulait ramener quelques échantillons
d'ovoïdes vides, dit-il, avec un clin d'œil à Lessa.

Mais devant son air outré, il ajouta vivement :

— Je lui ai interdit de le faire.

— Encore combien de temps avant l'explosion, Siav ?
demanda F'lar.

— Selon les jauges des réservoirs d'HNO_3, l'écoulement
continue. La corrosion se poursuit.

— Ce n'est pas une réponse, dit F'lar, fronçant les sourcils.

— Vous n'en saurez pas plus pour le moment, sourit
Jaxom. Et il y a encore le transport du troisième moteur.

Ce qui lui posait un gros problème. Il avait désespéré-
ment besoin de parler à Siav en particulier, pour voir s'il
avait une idée de la façon dont Jaxom pourrait s'insinuer
dans les escadrilles de N'ton et faire accepter par les dragons les coordonnées de Ruth pour ce second saut temporel de cinq cents Révolutions dans le passé. Il savait qu'il
avait réussi, puisque le second cratère existait à l'extrémité sud de la Faille. Jaxom s'était mis la cervelle à la
torture chaque fois qu'il était seul avec Siav pour essayer

de trouver une solution évitant de mettre N'ton au courant. Non que N'ton eût refusé ou qu'il ne fût pas discret, mais moins de gens connaîtraient cette remontés temporelle, mieux ça vaudrait. Lessa serait furieuse des risques encourus.

Il regarda donc autour de lui, et demanda :

— Nous sommes seuls sur le vaisseau, Lessa ?

— Oh non ! sourit-elle. Tous les autres sont dans la passerelle, l'œil collé au télescope dans l'espoir de voir l'explosion. Je leur ai pourtant dit qu'elle n'était pas pour tout de suite. Mais ils étaient sûrs de pouvoir apercevoir les escadrilles.

Cette remarque coupa le souffle à Jaxom, mais Lessa poursuivit sans y prêter attention :

— Bien sûr, ils n'ont rien vu. Parfois, même Fandarel ne comprend pas les grandes distances. Mais l'excitation d'aujourd'hui est partagée par tous.

— Il y a combien de temps que nous sommes rentrés ? demanda F'lar.

— Une vingtaine de minutes, répondit Jaxom. Les escadrilles de N'ton ne sont pas encore prêtes, F'lar. Quelqu'un a-t-il besoin de votre combinaison ?

— Je ne crois pas, mais pour plus de sûreté, je vais l'ôter. Pouvez-vous l'apporter sur le *Buenos Aires* pour le cas où on en aurait besoin ? dit F'lar, tendant son casque à Jaxom et se dévêtant de l'encombrant vêtement avec l'aide de Lessa.

Puis il le donna à Jaxom en disant :

— Je vais rejoindre les autres dans la passerelle, et regarder N'ton.

Dès que les portes de l'ascenseur se furent refermées sur eux, Jaxom retourna à la console.

— Eh bien, Siav, comment vais-je faire pour partir avec N'ton ?

— Tout est arrangé, répliqua Siav, à sa grande surprise.

— *Comment ?*

— Vous avez l'esprit vif et astucieux. Vous avez déjà une raison de vous trouver sur le *Buenos Aires*. Vous saurez quoi faire le moment venu. Tranférez-vous sur l'autre vaisseau.

— Alors comme ça, je saurai quoi faire le moment venu ? grommela Jaxom, jetant la combinaison de F'lar sur son épaule, et, les deux casques à la main, rejoignant Ruth.

Il se mit en selle, et, posant la combinaison de F'lar devant lui, perçut une forte odeur de transpiration. Curieux. Il ne transpirait pas comme ça pendant ses transferts.

N'ton dit qu'il faut sécher les combinaisons, et assortir les casques.

Les laver ?

Les chevaliers-dragons tendaient à une propreté méticuleuse, et endosser une combinaison trempée de sueur pouvait en dégoûter beaucoup.

Oui, peut-être qu'il faudra les laver. Je ne comprends pas ce qu'il y a avec les casques.

Il y eut une pause, pendant laquelle Ruth s'informa auprès de Monarth, le bronze de N'ton.

Ils ont oublié de remettre les combinaisons ensemble, dit Ruth, répétant des paroles qu'il ne comprenait manifestement pas. *Et les casques se sont mélangés.*

Combien de temps leur faudra-t-il pour les trier ?

Soudain, Jaxom eut une idée. Avec une centaine de combinaisons à assortir aux casques, cela pouvait prendre des heures. Il espérait que ça prendrait longtemps.

Monarth ne sait pas. N'ton n'est pas content.

Rassure Monarth et N'ton, s'il te plaît, Ruth. Parce que c'est très bien pour nous. Maintenant, nous pouvons nous transférer sur le Buenos Aires.

Il y avait deux verts et trois bleus dans la soute du *Buenos Aires* qui accueillirent Ruth avec une admiration respectueuse. Sachant que son dragon apprécierait leur attention déférente, Jaxom le laissa avec eux et prit l'ascenseur pour rejoindre la passerelle.

— Qu'est-ce qui retient les escadrilles de N'ton ? demanda Fandarel. Quel splendide spectacle que tous ces dragons soulevant les moteurs comme si c'étaient de simples sacs de pierre de feu ! Siav nous a informés que tout s'est bien passé. Mais pourquoi N'ton n'est-il pas là ?

— Parce que personne n'a pensé à remettre ensemble casque et combinaison.

Puis, réalisant qu'il devait aussi avoir l'air soucieux, il fronça les sourcils.

— Ce ne devrait pas être trop grave, ajouta-t-il d'un ton

pensif en se dirigeant vers la console. Siav, il y a un délai inattendu. Les casques n'ont pas été remis avec les combinaisons, et il faut les réassortir.

— Ce pourrait être ennuyeux si le délai se prolonge.

— Nous avons décollé il y a trois quarts d'heure. D'ici combien de temps faudra-t-il de nouvelles coordonnées stellaires à N'ton ? Ce serait désastreux qu'il arrive au mauvais moment et que son moteur explose prématurément ou trop tard.

Puisque Siav voulait que Jaxom se serve de sa matière grise, il espérait que Siav comprenait où il voulait en venir.

— En effet. Il faut reprogrammer.

Des configurations stellaires se mirent à défiler sur l'écran.

— Si le délai se prolonge, la carte du ciel sera légèrement différente.

— Ça va poser un problème ? demanda Fandarel.

Jaxom adressa un sourire rassurant au Maître Forgeron et à tous ceux qui se trouvaient dans la passerelle : le Maître Mineur Nicat, Maître Idarolan, Jancis et Piemur. Jaxom aurait préféré que Piemur ne soit pas là ; ils se connaissaient trop bien.

— Rien d'insurmontable. Comme vous l'avez entendu, Siav est déjà en train de reprogrammer les coordonnées. Je vais en informer F'lar et Lessa.

De tous les assistants présents dans les trois passerelles, Jaxom fut le seul à se féliciter du délai de quatre heures qu'il fallut à N'ton et ses escadrilles pour être fin prêts. Heureusement que N'ton était toujours calme et détendu, car cela avait mis sa patience à l'épreuve.

Monarth dit qu'ils sont prêts. Ramoth dit qu'ils doivent vous demander les nouvelles configurations stellaires que Siav vous affiche pour les transmettre à Monarth.

Au même instant, les nouvelles coordonnées parurent sur l'écran. C'étaient, comme Jaxom le savait, les positions des étoiles cinq cents Révolutions plus tôt.

— Lessa, dit Jaxom, activant la communication avec le *Yokohama*. J'ai les nouvelles coordonnées visuelles. Je vais les transmettre à N'ton. Ramoth peut-elle leur dire de se transférer ici dans cinq minutes ? Il faut que je rejoigne Ruth dans la soute.

— Contentez-vous de donner les coordonnées à N'ton, dit Lessa.

— C'est bien mon intention, mentit Jaxom. Fandarel, séparation dans cinq minutes ?

Le forgeron hocha la tête avec enthousiasme, car l'attente avait énervé tout le monde.

On y va ? dit Ruth, roulant les yeux avec excitation.

Nous ne sommes pas obligés, tu sais, dit Jaxom. *Lessa nous demande simplement de transmettre les coordonnées à N'ton...*

Il ne put s'empêcher de rire de l'air déçu de son dragon. Il monta et coiffa son casque, ajoutant : *Ils peuvent partir seuls en toute sécurité... Mais disons que tu les auras accompagnés par erreur. Tu te sens bien ?*

Je me suis reposé, et c'est le saut temporel le plus court, non ?

Je l'espère.

Pour sa part, après la tension du premier voyage temporel, le souci de savoir comment se joindre aux escadrilles de N'ton, et la longue attente, Jaxom se sentait assez fatigué, chose qu'il dissimula soigneusement à son dragon.

Monarth arrive ! dit Ruth, très excité.

— Fandarel, vous les voyez ? demanda Jaxom par le micro du casque.

— Oui. C'est magnifique. J'ai donné à Evan l'ordre de séparation.

Ruth, allons à la poupe.

Jaxom prit une profonde inspiration, mais le transfert par l'*Interstice* fut si rapide qu'il n'avait pas encore terminé quand Ruth émergea à la poupe. Monarth et N'ton étaient à côté d'eux, et au-dessous, les bronzes de Fort, Telgar, Ista, et des Hautes Terres s'alignaient le long des poutrelles supérieures.

Jaxom visualisa la carte du ciel. *Présente mes compliments à Monarth et N'ton, et demande à Monarth de recevoir de toi ses coordonées.*

N'ton salua Jaxom, qui lui rendit son salut.

Monarth dit de partir !

Ils partirent donc. Le froid de l'*Interstice* pénétra Jaxom à travers l'épaisse combinaison, et il réalisa qu'il haletait ; il se força à respirer régulièrement.

Je suis là, lui dit Ruth, rassurant.

Comme toujours, répondit Jaxom, continuant à compter ses respirations. Dix-huit, dix-neuf, vingt, vingt et un, vingt-deux.

Et ils surgirent, planant à quelques pouces de la surface de l'Etoile Rouge, à l'extrémité sud de la Faille.

Monarth demande où est le cratère ?

Dis-lui que Siav a choisi cet endroit et que nous devons y déposer le moteur. Nous n'avons pas le temps de chercher ce maudit cratère !

Jaxom se tourna vers N'ton qui le regardait, les bras levés en signe d'interrogation. Jaxom haussa les épaules, exaspéré.

Monarth dit que N'ton comprend. Ils passent à l'action.

N'ton fit signe aux dragons auxiliaires de commencer à semer les parasites, puis dirigea la manœuvre pour positionner l'énorme moteur dans la Faille. Tout se passa bien et fut terminé en dix minutes.

N'ton attendit encore quelques instants, pour laisser souffler les bronzes, puis rappela les auxiliaires.

J'ai dit à Monarth que chacun doit rentrer à son propre weyr. Mais de ne pas mélanger les combinaisons et les casques cette fois, dit Ruth à Jaxom.

Je doute que nous ayons besoin de sitôt de deux cents combinaisons spatiales d'occasion, dit Jaxom, essayant de contenir son exaltation. *Nous, nous devons retourner sur le* Yokohama

Je l'ai dit à Monarth. N'ton dit qu'il vous est reconnaissant et qu'il s'excuse du délai.

Dis-lui que tout est bien qui finit bien.

C'est vrai, tout s'est bien passé, dit Ruth. *On rentre maintenant ?*

Oui, avec plaisir !

De nouveau, le retour parut plus long que l'aller, bien qu'il n'en fût rien. Enfin, la pénombre réconfortante de la soute du *Yokohama* se referma sur eux. Et Ramoth et Mnementh les attaquèrent immédiatement.

Où j'étais ? dit Ruth, reculant devant l'air féroce de Ramoth et esquivant les ailes de Mnementh. *Je vais bien, je vais bien. Jaxom aussi. Il ne m'a pas dit de ne pas partir !*

— Jaxom ! rugit F'lar, à l'instant où il émergea de l'ascenseur, Lessa sur les talons.

Jaxom ôta son casque.

— Eh oui, nous y sommes allés aussi, dit-il, élevant la voix pour dominer la colère des Chefs du Weyr de Benden. La couleur de Ruth n'a pas changé. Ce n'est pas sa faute. J'ai oublié de lui dire de ne pas suivre Monarth. Mais la mission est accomplie ! Et une bonne rasade de Benden ne me ferait pas de mal, Lessa, si vous permettez...

Il parlait sans trace de regret ou d'excuse, trop fatigué pour se soucier du respect qu'il devait aux Chefs du Weyr. Il commença à déboucler sa combinaison, sachant qu'ils étaient encore furieux et espérant que ça leur passerait bientôt.

— Tenez, je vais vous aider, dit F'lar, inopinément. Lessa, ce Seigneur mérite bien une rasade de Benden !

Jaxom lança un regard perçant à F'lar, puis sourit. Enfin, il était arrivé à l'âge d'homme, ici, dans la soute du *Yokohama*.

CHAPITRE 20

Quelques chevaliers-dragons du troisième groupe souffrirent d'épuisement. M'rand, l'un des plus vieux chevaliers-bronzes des Hautes Terres revint longtemps après le reste de son Weyr et dans un état épouvantable. Il ne cessait de faire des cauchemars, disant qu'il était rentré à son Weyr, mais que ce n'était pas *son* Weyr. Tileth avait paniqué, ne reconnaissant aucun autre dragon, et trouvant un bronze étranger endormi sur sa corniche. D'abord, M'rand n'avait pas compris, mais il avait entendu parler de déplacements temporels. Sans perdre son sang-froid, il avait transmis à Tileth des images détaillées des Hautes Terres, avec, sur les crêtes de feu, le dragon de guet ce jour-là. Et cette fois, ils avaient émergé en leur Weyr, en leur temps.

— Mauvaise visualisation, dit Lessa quand, avec F'lar, elle eut interrogé M'rand et les autres. Et tous de vieux chevaliers, qui laissent leurs dragons faire à leur tête plus qu'ils ne devraient.

Jaxom remarqua que N'ton le regardait, l'air interrogateur, et répondit par un sourire perplexe. Lui-même, épuisé après les fatigues de ce jour mémorable, s'était arrêté juste le temps de laisser Ruth dévorer un wherry bien juteux avant de rentrer à Ruatha, ou personne ne s'étonna qu'il dorme un jour entier. Sharra était tout aussi épuisée par les derniers jours passés au laboratoire à produire les parasites en série.

Bien que Siav eût dit et répété que l'explosion n'aurait pas lieu avant plusieurs jours et ne serait pas immédiatement visible, compte tenu de la vitesse de la lumière

— concept qu'il dut encore expliquer à certains — une veil-
lée d'armes fut organisée sur le *Yokohama* pour la guetter
nuit et jour. Tous les écrans des sections pourvues d'une
atmosphère respirable furent branchés sur l'écran principal, et le télescope braqué sur l'Etoile Rouge.

— Jaxom, tu ne vas pas aller voir l'explosion ?
demanda Sharra. Si quelqu'un en a le droit, c'est bien toi !

— Franchement, dit-il, j'ai des choses bien plus importantes à faire ici que de flotter dans la passerelle en attendant que ça saute. Sauf, bien sûr, si tu désires voir l'explosion.

— Eh bien… J'ai aussi des cultures en train et…

— D'ailleurs, nous en serons avertis à l'avance, et Ruth
pourra nous amener là-haut à temps. Je lui demanderai
d'ouvrir l'œil, si tu veux. Il y a toujours quelques lézards
de feu et un ou deux dragons sur le *Yokohama*. Pas de
problème.

— S'il arrive à rester éveillé assez longtemps pour écouter, répliqua Sharra, qui avait remarqué que Ruth semblait dormir bien plus que d'ordinaire.

Brand aussi avait observé la somnolence de Ruth et en
fit la remarque un jour qu'il inspectait les écuries avec
Jaxom.

— Il n'y a rien d'étonnant à cela, Brand, dit-il d'un ton
léger. D'après N'ton, tous les bronzes ayant participé à
l'opération dorment beaucoup. Les dragons ne veulent pas
admettre, je suppose, qu'ils ont dû faire de violents efforts
pour transférer ces moteurs.

Puis, remarquant l'embarras de son Intendant, il ajouta :

— Pourquoi ? Qu'est-ce qu'il y a ?

— C'est que j'ai entendu des plaintes au sujet du Weyr
de Fort.

— Que voulez-vous dire ? demanda Jaxom qui n'avait
pas pris part aux dernières Chutes. Quelque chose m'aurait-
il échappé ?

— Eh bien, parce que les bronzes sont apathiques, ils
n'ont pas été aussi efficaces contre les Fils. Beaucoup
d'équipes au sol se sont plaintes. Et c'est là l'autre problème.

— Expliquez-vous.

— Eh bien… beaucoup pensaient que les Fils disparaîtraient *immédiatement*. Qu'il n'y aurait plus jamais de Chute après l'explosion.

— Oh, zut ! grimaça Jaxom. Ils n'écoutent donc jamais ? Les Harpistes leur expliquent depuis quatre ans que les Chutes continueront jusqu'à la fin de *ce* Passage, mais que ce sera le dernier !

— Ils ne voient pas les choses comme ça d'après ce que j'entends. Grevil n'est pas stupide, vous le savez, mais il n'avait pas compris et il se sent lésé, surtout depuis qu'un gros paquet de Fils est tombé sur son meilleur champ.

— Je comprends sa contrariété. Vous êtes parvenu à le raisonner ?

— Oui, mais je suis sûr qu'il vous en parlera à la première occasion, et j'ai préféré vous prévenir. Et vous devez savoir qu'il en rend Siav responsable.

Jaxom réprima sa colère, découragé par cette réaction, surtout venant de Grevil, généralement modéré.

— Je croyais que nous avions réglé la question lors du procès.

Brand haussa les épaules, levant les bras en un geste d'impuissance.

— Les gens n'entendent que ce qu'ils veulent bien entendre, et croient ce qu'ils veulent. Mais s'ils mettent tous le blâme sur Siav, cela vous met hors de cause, Jaxom, et tous les Weyrs avec vous.

— Je ne considère pas cela comme un avantage. Pourquoi blâmer Siav après tout ce qu'il a fait pour Pern ?

— Ce qu'il a fait n'est pas apparent pour certains, dit Brand. Tout cela se calmera de soi-même, Jaxom, mais j'ai pensé qu'il valait mieux vous prévenir.

— Oui, vous avez bien fait. Combien de juments de ce lot cet étalon a-t-il couvertes ? poursuivit-il, content de trouver un prétexte pour changer de conversation.

Plus il y pensait, plus il se sentait obligé de prévenir l'Atelier des Harpistes et le Fort de la Baie, tout en hésitant à troubler leur euphorie. Il envoya Meer, qui ne le quittait pas quand Ruth dormait, porter un message à Lytol, qui pourrait soulever la question au moment qu'il jugerait opportun.

— Ce que je ne comprends pas, dit Sharra, quand il en discuta avec elle pendant le déjeuner, c'est qu'après toutes les explications données à qui voulait les entendre, il y ait encore tant de malentendus sur l'action des Weyrs et ses conséquences immédiates.

— Ils ont sans doute cessé d'écouter après les mots : « Les Fils seront définitivement détruits », dit Jaxom en souriant.

F'lar et Lessa sont sur le Yokohama, dit Ruth d'une voix endormie. *Ramoth dit que Siav pense que l'explosion surviendra maintenant d'un instant à l'autre.*

Sharra pencha la tête, sachant que Ruth venait de lui parler.

— Qu'est-ce qui l'a réveillé ?

— C'est imminent. L'explosion. Tu veux y aller ?

— Tu veux y aller, *toi* ?

— Ne jouons pas au petit jeu toi-d'abord, moi-d'abord. Tu as envie d'y aller ?

Elle battit des paupières, réfléchissant, d'un air qui la fit tellement ressembler à Jarrol qu'il sourit.

— Non, soupira-t-elle. Je crois que j'ai assez vu l'intérieur du *Yokohama* pour le restant de mes jours. Et il y aura une telle foule, là-haut. Mais si tu veux y aller...

Il éclata de rire, lui prenant la main et la portant à ses lèvres.

— Je n'irai pas. Il faut laisser ce moment de triomphe à F'lar.

Sharra le considéra pensivement, les yeux brillants.

— Tu es généreux. Mais le triomphe n'appartient pas qu'à F'lar !

— Bien sûr, répondit-il. Tous les Weyrs de Pern y ont participé.

— Et un dragon blanc !

Comme elle se remettait à manger, Jaxom se demanda ce qu'elle voulait dire exactement. Sharra pouvait-elle avoir deviné le rôle extraordinaire que Ruth avait joué ?

Après tant de jours passés à surveiller la petite sphère qu'était l'Etoile Rouge, l'explosion leur parut décevante, simple boule rouge-orange s'épanouissant au flanc de la planète erratique.

— Seulement une ? s'exclama F'lar, déçu que la moitié de la planète n'ait pas sauté après tout ce que Siav leur avait dit de la terrible puissance de l'antimatière.

— Cela est dû à la distance, dit Siav.

— C'est quand même très spectaculaire, murmura Robinton.

— Alors, les trois moteurs ont explosé en même temps ? demanda Fandarel.

— C'est ce qu'il semble, dit Siav.

— Compliments, Siav ! Compliments ! dit Fandarel, rayonnant, et pas déçu le moins du monde. La corrosion a été réussie.

— Et efficace, dit D'ram, incapable de résister au plaisir de taquiner Fandarel.

— C'est bizarre, tu sais, dit Piemur à Jancis. On se décarcasse pour accomplir quelque chose, et soudain, c'est fini ! Finies l'excitation, les frustrations, les insomnies ! Terminées ! En une seule grosse boule de feu ! Alors, qu'est-ce que nous allons faire de notre temps, maintenant ?

— En qualité de Harpiste, dit Robinton, pointant sur lui un doigt sévère, vous aurez la tâche peu enviable d'expliquer la portée réelle de cet exploit à tous ceux qui n'ont pas encore compris que cette explosion ne mettrait pas fin aux Chutes pour le reste de ce Passage.

A la surprise de Lytol, le rapport de Jaxom n'avait pas consterné Robinton.

— Menolly a déjà composé une ballade, avec chœurs, poursuivit-il, pour bien enfoncer dans la tête de tous, que nous vivons le Dernier Passage des Fils, qu'il n'y en aura plus jamais après la fin de celui-ci.

— C'est à voir, dit Piemur. Est-ce certain, Siav ?

— C'est maintenant garanti, Piemur. Vous devez cependant réaliser que l'altération de l'orbite de l'Etoile Rouge ne sera pas perceptible avant plusieurs décennies, dit Siav.

— Décennies ? s'exclama F'lar, stupéfait.

— Naturellement. Si vous considérez la taille de l'objet à déplacer, dit Fandarel, et l'étendue de ce système solaire, un changement soudain est impossible. Même le chaos prend du temps à s'installer. Mais dans quelques décennies, l'altération sera mesurable.

— Vous pouvez en être certain, Chef de Weyr, ajouta Siav, d'un ton si plein d'assurance que F'lar sentit sa consternation se dissiper.

— Dommage que Sharra et Jaxom ne soient pas venus,

dit Lessa, légèrement irritée par leur absence. Je savais que Ruth se fatiguerait à participer à ce second voyage.

— Jaxom est en âge de prendre ses décisions tout seul, ma chérie, dit F'lar, amusé de son attitude possessive envers le Seigneur de Ruatha.

— Il reste cependant une mission mineure à accomplir, et cette installation recommande d'en charger les dragons bruns, bleus et verts.

— Ah ? Quoi ?

F'lar et Lessa étaient parfaitement conscients que les chevaliers bruns, bleus et verts étaient mécontents d'avoir été exclus du projet. « Tous les Weyrs de Pern » s'étaient limités à la plupart des bronzes, et à quelques dragons des autres couleurs, même si, à l'évidence, il n'y avait pas assez de place sur les poutrelles pour tous ceux qui désiraient participer à l'opération, et encore moins de combinaisons spatiales pour protéger leurs maîtres.

— La question concerne le *Buenos Aires* et le *Bahrain*.

— Et alors ? demanda F'lar, tandis que Fandarel faisait « ah », de l'air d'avoir compris.

— Les relevés des orbites de ces deux vaisseaux révèlent une augmentation marquée de fréquence des corrections. Ces corrections exigent de plus en plus d'énergie, et il est à prévoir que leurs orbites dégénéreront jusqu'au point critique au cours des prochaines décennies. Naturellement, le *Yokohama* a suffisamment de carburant pour rester en orbite stable, qui devra être maintenue aussi longtemps que possible, car son télescope servira à surveiller l'Etoile Rouge. Mais les autres vaisseaux devraient être déplacés.

— Déplacés ? dit F'lar. Où ?

— Une légère altération de leur altitude et de leur vitesse suffira à modifier leur orbite et à les envoyer dériver dans l'espace.

— Où ils seront finalement capturés par la gravité du soleil dans lequel ils tomberont à la longue, ajouta Fandarel.

— Et brûleront ? demanda Lytol.

— Fin héroïque pour ces vaillants vaisseaux, murmura Robinton.

— Vous ne nous en aviez jamais parlé, dit F'lar.

— Il y avait des choses plus urgentes, répondit Siav. C'est une tâche qu'il vaut mieux accomplir plus tôt que plus tard, quand les orbites auront encore dégénéré, et tant que vos chevaliers-dragons possèdent encore l'entraînement subi en vue de l'explosion de l'Etoile Rouge.

— Il est certain que cela atténuerait la tension régnant dans les Weyrs, dit Lessa, et que nous n'avions pas prévue.

— Que faudra-t-il faire exactement, Siav ? demanda F'lar.

— Comme dit plus haut, les dragons devront modifier la direction des deux vaisseaux en leur imprimant une « poussée » ; c'est-à-dire les transporter par l'*Interstice*, tous agissant en même temps. Ils trouveront de nombreuses prises à l'extérieur des vaisseaux. Et à en juger sur ce que vous avez accompli avec le transfert des moteurs, cette entreprise est parfaitement à la portée de vos dragons plus petits.

F'lar eut un grand sourire.

— Ainsi, vous n'êtes plus sceptique concernant leurs capacités ?

— Absolument pas, Chef du Weyr.

— Dans quel délai ? demanda Fandarel.

— De préférence, au cours des prochaines semaines. Il n'y a pas de danger imminent, mais il faut profiter de l'entraînement des dragons et de leurs maîtres.

— Je crois que c'est une bonne nouvelle pour tous, dit F'lar.

— Alors, vous fixerez une date pour cette manœuvre ?

— Dès que j'en aurai parlé aux autres Chefs de Weyrs.

Curieusement, F'lar se sentait revigoré à la perspective d'un nouveau projet. Combattre les Fils n'était plus aussi excitant depuis le transport des moteurs sur l'Etoile Rouge.

— Il semble bien ingrat de condamner à mort ces vaisseaux, murmura Lessa.

— Et c'est un crime de gaspiller tous leurs matériaux, ajouta Fandarel.

— Ces vaisseaux n'ont jamais été conçus pour un atterrissage planétaire, Maître Fandarel, dit Siav.

— Enfin, en un seul morceau, remarqua Piemur.

— Oui, Piemur, car les morceaux auraient des conséquences fatales s'ils entraient dans l'atmosphère sans s'être totalement désintégrés.

— Je vous préviendrai du moment, dit F'lar. Nous partons, Lessa ?

L'observation de la boule de feu avait bientôt perdu son intérêt pour la plupart des assistants. Peu après, tandis que D'ram et le Chef du Weyr Oriental se préparaient à ramener les derniers observateurs au Terminus, Fandarel et Piemur mirent les systèmes de diffusion d'oxygène en veille.

— Je suis content qu'on puisse conserver le *Yokohama*. C'est que j'ai fini par m'y attacher, depuis le temps, dit-il pensivement en caressant la console.

— Il a servi bien, et longtemps, dit Robinton avec un profond soupir.

— Pourquoi n'écris-tu pas une ballade en son honneur, Piemur ? suggéra Jancis.

— Tu sais, je crois que c'est ce que je vais faire !

Dernier à monter dans l'ascenseur, Piemur éteignit les lumières de la passerelle.

Jaxom apprit le projet de la seconde expédition par N'ton, qui passa à Ruatha deux jours après l'explosion de l'Etoile Rouge. N'ton y avait assisté sur le *Buenos Aires,* avec une demi-douzaine de ses chefs d'escadrilles.

— Je me sens des affinités avec ce petit vaisseau, dit N'ton. Ça me peinera de le voir partir.

— Je me demande pourquoi c'est nécessaire, dit Jaxom. Sans doute que les panneaux solaires...

— Siav dit que trop de corrections sont nécessaires et que les panneaux solaires n'y suffisent pas.

— Hum, c'est bien possible.

— Il a aussi recommandé d'agir tant que nous sommes habitués à travailler en apesanteur. Inutile de dire la joie des chevaliers bruns, bleus et verts. Ils savent pourtant qu'il n'y a que deux cents et quelques combinaisons disponibles et qu'ils devront tirer au sort. Mais ce sera juste.

— Espérons que les casques seront assortis aux combinaisons, cette fois.

— Oh, on y a veillé, dit N'ton, levant les yeux au ciel. Quelle affaire ! J'ai essayé une vingtaine de casques avant d'en trouver un qui s'adapte parfaitement à mon col. Puis les chefs d'escadrilles ont dû passer tous les hommes en revue pour s'assurer qu'ils étaient correctement équipés. Certains avaient coiffé un casque n'importe comment.

— L'important, c'est qu'ils aient été tous bien protégés et aient accompli leur mission.

N'ton le considéra si longtemps que Jaxom se demanda s'il avait deviné la vérité. Etant donné la désorientation des chevaliers-bronzes, un homme de l'intelligence de N'ton pouvait avoir compris par extrapolation. Mais tant que Jaxom n'avouerait rien, N'ton en serait réduit aux suppositions.

— C'est peut-être ce qui est arrivé aux chevaliers-bronzes désorientés, dit Jaxom. Peut-être qu'ils avaient mal ajusté leurs casques et qu'ils ont perdu de l'air.

— Je n'avais pas pensé à ça, dit N'ton, mais ça expliquerait beaucoup de choses.

Jaxom hocha la tête sans rien ajouter.

— F'lar n'est pas content d'avoir encore à attendre avant d'être sûr que l'explosion aura le résultat désiré, reprit N'ton.

— Pourtant, Siav est satisfait, à l'évidence.

— Oui, mais il a toujours l'air sûr de lui.

— Et chaque fois qu'il a eu l'air sûr de lui, il a eu raison. Il n'a jamais menti. D'ailleurs, je ne crois pas qu'une Intelligence Artificielle le puisse.

— Vous le savez mieux que moi, dit N'ton en souriant. Mais nous ne pouvons pas reprocher leur incrédulité aux Forts et aux Ateliers si le Chef du Weyr de Benden est sceptique lui-même.

— Pourtant, Siav a eu raison si souvent qu'il faut lui faire confiance cette fois, dit Jaxom.

Jaxom fut pris de la bizarre envie de confier à N'ton qu'il savait, avec certitude, que le Grand Dessein de Siav avait réussi, du moins en ce qui concernait le déplacement de l'Etoile Rouge. Qu'il l'avait vu de ses propres yeux — à cinquante Révolutions dans l'avenir.

— Comme il a fait confiance à nos dragons ?

— Il leur a bien fait confiance à la fin, non ? répliqua Jaxom. Non, N'ton, ne vous inquiétez pas. Il en sera comme l'a dit Siav. Attendez et vous verrez.

— Mais F'lar n'a pas envie d'attendre. C'est lui qui voudrait avoir une certitude !

Peut-être, se dit Jaxom, devrait-il rassurer F'lar.

Non, vous seriez obligé de tout lui expliquer, dit Ruth.

Pas nécessairement, répondit Jaxom.

Le silence de Ruth témoigna de son total désaccord.

— Alors, maintenant que nous avons résolu les problèmes du monde, reprit N'ton, qu'allez-vous faire de vos loisirs ?

— Quels loisirs ? Dès que j'aurais mis de l'ordre dans les affaires du Fort, je vais reprendre mes études — à un rythme plus modéré, maintenant que l'urgence est passée.

— Nous avons une Chute dans deux jours. Serez-vous assez reposés pour y participer avec Ruth ?

— Il vaut mieux, avec tous les malentendus qui règnent sur la fin des Fils.

— En effet !

Ce commentaire, laconique mais convaincu, apprit à Jaxom que N'ton avait été très critiqué pour avoir laissé des Fils échapper à ses escadrilles.

— Nous serons là, promit Jaxom.

— Maître Robinton, c'est un plaisir de vous voir, dit Siav.

— Je voulais venir la semaine dernière, répondit le Harpiste avec un sourire penaud, la courte marche dans le couloir l'ayant essoufflé.

— Vous allez bien ?

— Non, dit Robinton, caressant Zair, pelotonné sur son épaule. Vous savez, je leur ai pardonné au procès, mais je ne suis pas certain que je leur pardonnerais maintenant.

— Les effets de cette overdose de fellis ?

— Oui.

— Vous n'avez pas consulté Maître Oldive ? dit Siav.

Robinton eut un geste évasif.

— Il a assez à faire, à enseigner à ses guérisseurs toutes les nouvelles techniques apprises en travaillant pour vous. Cela l'occupera jusqu'à la fin de ses jours.

— Vous devez consulter…

— Pourquoi ? On ne peut pas remplacer les pièces usées chez un homme. Ni Zair ni moi ne nous remettrons de cet enlèvement, poursuivit-il en caressant Zair. Parfois, je me dis qu'il continue à vivre par vengeance.

— Ou par amour pour vous, Maître Robinton.

— C'est possible, car ils peuvent être extrêmement fidèles, ces lézards de feu.

Maintenant, Robinton avait retrouvé son souffle, et son retour dans cette salle lui rappela l'excitation des premiers jours ayant suivi la découverte. Il se sentait à l'aise ici, avec Siav, plus qu'au Fort de la Baie où D'ram et Lytol le traitaient en invalide... qu'il était, il devait bien l'avouer. Il entendit dans le couloir les bavardages des étudiants qui changeaient de salle.

— Les classes continuent ? demanda-t-il, avec satisfaction.

— Les classes continuent, dit Siav. Les machines contiennent maintenant toutes les informations dont ce monde aura besoin pour bâtir un avenir meilleur.

— L'avenir que vous leur avez donné.

— Mais la mission de cette installation est accomplie.

— C'est vrai, dit Robinton.

— Et cette installation n'a pas d'autre fonction.

— Ne soyez pas ridicule, Siav, dit Robinton avec véhémence. Vos étudiants viennent juste d'atteindre le niveau nécessaire pour discuter avec vous !

— Et s'irriter de la supériorité de cette installation. Non, Maître Robinton, la tâche est terminée. Il est sage maintenant de les laisser continuer tout seuls. Ils ont l'intelligence et le courage nécessaires. Leurs ancêtres peuvent être fiers d'eux.

— Vous l'êtes, vous ?

— Ils ont travaillé dur et bien. Cela constitue en soi un but et une récompense.

— Je crois que vous avez raison.

— Il y a une saison et un temps pour toute chose sous le ciel, Maître Robinton.

— Vous savez que vous êtes poétique, Siav ?

Il y eut une de ces pauses que Robinton avait toujours interprétées comme les équivalents d'un sourire.

— C'est tiré du plus grand livre jamais écrit par l'Humanité. Vous trouverez la citation complète dans les fichiers. Les temps sont accomplis. Ce système va se rendormir. Adieu, Maître Robinton.

Robinton se redressa, ne sachant comment devancer les intentions de Siav, et aucun de ceux qui auraient su comment faire — Jaxom, Piemur, Jancis, Fandarel, D'ram ou Lytol — n'était là.

L'écran qui avait vu défiler tant de connaissances et qui leur avait dispensé tant d'ordres, de diagrammes et de plans, s'éteignit soudain. Dans le coin droit, une seule ligne continua à clignoter.

— Et un temps pour toute chose sous le ciel, murmura Robinton, la gorge serrée, pris d'une somnolence insurmontable. Oui, c'est bien vrai. Et comme ce temps a été merveilleux !

Incapable de résister à la léthargie que s'emparait de tous ses membres, il posa la tête sur la console, une main toujours posée sur Zair, lové autour de son cou, et il ferma les yeux, son temps et son œuvre accomplis.

Ce fut D'ram qui les trouva, car Zair avait rendu le dernier soupir avec lui, le suivant dans la mort comme les dragons faisaient pour leur maître.

Tiroth leva la tête, alertant de son ululement funèbre tout le Terminus, tous les Weyrs, tous les dragons de Pern, et annonçant le malheur à tous les Forts et Ateliers par les montagnes, les plaines et les mers de tous les continents.

Aveuglé par les larmes, D'ram ne remarqua pas l'écran devenu noir ni le message qui clignotait au bas.

Au Fort de Ruatha, Ruth émit un rugissement de douleur qui précipita tout le monde vers la porte.

Le Harpiste ! Le Harpiste !

Jaxom saisit Sharra par la main et l'entraîna vers Ruth.

— Le Harpiste ! Quelque chose est arrivé au Harpiste ! dit-il.

Sans en demander davantage, elle monta derrière lui sur le dragon blanc.

— Il nous faut Oldive, Ruth. Passons d'abord par l'Atelier des Guérisseurs.

Ils émergèrent presque immédiatement dans la grande cour de l'Atelier, où Oldive, sa veste claquant au vent et sa trousse à la main, descendait déjà le perron.

Je l'ai prévenu, dit Ruth.

Au même instant, le dragon du Fort de Fort se mit à lancer sa lamentation funèbre, et des bandes de lézards de feu surgirent, avec des pépiements déchirants.

— Qu'est-il arrivé au Harpiste ? demanda Oldive, tendant sa trousse à Sharra et enfilant sa veste. Vous n'êtes pas en tunique de vol !

— Aucune importance, dit Jaxom, hissant Oldive en selle. *Il est au Terminus ou au Fort de la Baie ?* demanda-t-il à Ruth.

Au Terminus !

444

— Alors, vas-y ! Il faut arriver à temps !

Ni Jaxom ni Sharra ne sentit le froid de l'*Interstice* au cours de ce terrible transfert. Les dragons arrivaient de toutes parts et Ruth évita de justesse une collision à l'atterrissage.

C'est trop tard ! dit Ruth, repliant ses ailes sur sa tête.

— C'est impossible ! Arrière, faites place à Oldive ! dit Jaxom, se frayant un chemin dans la foule en entraînant Oldive. Arrière !

A la porte, il s'arrêta brusquement. Piemur, Jancis, D'ram et Lytol entouraient le Harpiste, dont il ne voyait que les cheveux d'argent. Réprimant ses sanglots, Jaxom s'approcha. Le Harpiste semblait endormi, Zair encore lové autour de son cou.

— Il… s'est… endormi, dit Piemur d'une voix brisée. Il est déjà froid.

— J'ai pensé qu'il dormait la dernière fois que j'ai jeté un coup d'œil dans la salle, dit D'ram. Je n'aurais jamais pensé…

— *Siav !* rugit Jaxom. Pourquoi n'avez-vous pas appelé quelqu'un ? Vous avez dû vous rendre compte…

— Regarde, dit Sharra, montrant l'écran et le message clignotant.

— « Et un temps pour chaque chose sous le ciel ? » Qu'est-ce que ça veut dire, Siav ? Siav !

Seulement alors Jaxom remarqua que l'écran était éteint, aussi mort que la première fois qu'il était entré dans cette salle.

— Siav ?

Il tapa une séquence « restaurer ». Puis maudissant ses doigts soudain malhabiles, il essaya d'autres codes, mais sans résultat.

— Piemur ? Jancis ? Qu'est-ce qu'on va faire ?

Sharra saisit ses mains tremblantes, ayant compris ce qu'il n'arrivait pas accepter.

— Siav est parti lui aussi, dit-elle d'une voix rauque. Tu vois le sourire de Maître Robinton ? C'est le sourire que nous lui avons vu tant de fois. Le message était pour lui, comme il est pour nous maintenant.

— Nous allons retourner au moment où il était encore vivant, dit Jaxom, entraînant Maître Oldive vers la porte. Ruth et moi, nous pouvons remonter le temps jusqu'…

F'lar et Lessa se dressaient sur le seuil, mais peu lui importait qu'ils connaissent son intention.

Oldive lui saisit le bras et secoua la tête, les yeux pleins de larmes.

— Nous ne pourrions rien pour lui, Jaxom. « Un temps pour chaque chose sous le ciel, Jaxom. » Et le temps était venu pour le Harpiste.

— Il nous interdisait de vous avertir de son état, dit Sharra.

— Ce n'était qu'une question de temps, murmura Oldive, le visage creusé de chagrin. Son cœur avait été très éprouvé par l'enlèvement. Il a eu une fin très douce, Jaxom, bien que brusque et inattendue.

— Je sais que Robinton n'allait pas bien, reprit Jaxom, le visage inondé de larmes. Mais je ne comprends pas pourquoi Siav nous a quittés aussi.

— Il nous l'explique pourtant clairement, dit D'ram, qui s'était ressaisi. Il a accompli sa tâche en nous aidant à détruire les Fils. Vous réaliserez plus tard la sagesse de Siav en nous quittant aujourd'hui. Nous commencions à trop compter sur lui.

— Les machines ne peuvent pas mourir ! dit Jaxom avec rancœur.

— Les connaissances qu'ils nous a prodiguées ne mourront pas, dit F'lar, s'écartant pour laisser entrer Menolly et Sebell. Maintenant, occupons-nous de rendre les derniers honneurs au Maître Harpiste.

Le temps magnifique contrastait avec la désolation générale quand Maître Robinton, enveloppé dans un linceul bleu harpiste, fut confié aux eaux claires de son bien-aimé Fort de la Baie. Maître Idarolan avait dépêché son bateau le plus rapide, et était venu lui-même à dos de dragon pour en prendre le commandement. Maître Alemi, avec son sloop de la Rivière Paradis, et tous les petits ketchs pêchant dans la Baie de Monaco s'étaient rassemblés pour transporter tous ceux qui désiraient accompagner Maître Robinton à son dernier repos. Tous les Weyrs de Pern planaient dans le ciel, et, accompagné d'une foule de lézards de feu, le bateau appareilla, chargé de Seigneurs et Maîtres d'Ateliers mêlés aux harpistes de tous rangs.

Sebell et Menolly chantèrent toutes les ballades qui

avaient rendu le Maître Harpiste si populaire. Et, quand le bateau s'engagea dans les Courants, des bancs de dauphins lui ouvrirent la voie.

Quand son corps s'enfonça sous les eaux, les dragons claironnèrent une dernière fois en l'honneur du Maître Harpiste.

Jaxom, qui regardait du ciel avec Ruth, vit les rides se propager à la surface, puis se perdre dans les vagues. Après une nuit tourmentée, il avait dominé son chagrin et renoncé à l'idée qu'il aurait pu sauver Robinton en remontant le temps avec Ruth, mais il ressentait toujours autant d'amertume d'avoir été abandonné par Siav juste au moment où il avait le plus besoin de lui. N'avait-il pas fait tout ce que Siav lui demandait ? N'avait-il pas risqué sa vie et celle de Ruth pour remplir la mission assignée par cette ingrate machine ?

Je comprends votre chagrin, Jaxom, dit doucement Ruth, observant, comme tous les autres dragons, les bateaux qui revenaient vers le Fort de la Baie. *Mais pourquoi tant de colère et de rancœur ?*

— Il nous a abandonnés, et Maître Robinton disparu, nous avons plus besoin de lui que jamais.

Pas nous. Vous, Jaxom. Mais votre attitude d'esprit n'est pas la bonne. Siav a laissé derrière lui toutes les informations qu'il vous faut — vous n'avez qu'à vous en servir pour résoudre tous vos problèmes.

Pour la première fois depuis le début de leur longue association, Jaxom fût fâché de ces paroles.

Vous savez sans doute que j'ai raison, ajouta Ruth d'un ton comique. *Je crois que Siav était aussi fatigué que le Harpiste après avoir attendu tant de Révolutions pour accomplir sa mission, sans perdre foi en ses créateurs.*

Jaxom repensa au dernier message de Siav. Comme Robinton avait apprécié Siav ! Siav avait-il mis fin à son existence avant ou après la mort de Robinton ? Si Siav avait eu conscience de l'état de Robinton, il aurait sûrement appelé à l'aide. Tout le monde en avait discuté la veille, mais tout le monde était tombé d'accord avec D'ram que Siav avait accompli sa mission avec honneur.

Alors, rendez à Siav les honneurs qui lui sont dus. La colère et le ressentiment égarent votre esprit et votre cœur.

— Je n'ai plus ma tête, c'est ça ? soupira Jaxom, acceptant le reproche voilé de son dragon.

Pensez à ce que nous avons fait ensemble pour Siav. Nous avons fait l'impossible parce que je savais où et quand nous étions. Heureusement que vous avez cassé ma coquille le Jour de l'Eclosion, sinon, où en serait Pern aujourd'hui ?

Jaxom éclata de rire à cette flatterie sournoise, mais la logique de son dragon lui avait rendu le moral.

— « Il y a un temps pour chaque chose sous le ciel ! » s'écria-t-il.

Ruth avait raison. Seuls lui, Jaxom, et Ruth, le dragon blanc, auraient pu faire ce qu'il fallait pour libérer Pern à jamais des Fils.

Et c'est pourquoi Jaxom rentra au Fort de la Baie, prêt à se plonger dans l'héritage que Siav avait laissé derrière lui.

Achevé d'imprimer sur les presses de

BUSSIÈRE

GROUPE CPI

à Saint-Amand-Montrond (Cher)
en janvier 2002

POCKET - 12, avenue d'Italie - 75627 Paris Cedex 13
Tél. : 01-44-16-05-00

— N° d'imp. 16928. —
Dépôt légal : février 1993.

Imprimé en France